唐诗选注

欧丽娟 ○ 选注

北京大学出版社
PEKING UNIVERSITY PRESS

图书在版编目(CIP)数据

唐诗选注／欧丽娟选注. —北京： 北京大学出版社，2021.3
ISBN 978-7-301-31051-9

Ⅰ. ①唐… Ⅱ. ①欧… Ⅲ. ①唐诗—注释 Ⅳ. ①I222.742

中国版本图书馆 CIP 数据核字(2020)第 015493 号

书　　　名	唐诗选注 TANGSHI XUANZHU
著作责任者	欧丽娟　选注
责任编辑	吴　敏
标准书号	ISBN 978-7-301-31051-9
出版发行	北京大学出版社
地　　　址	北京市海淀区成府路 205 号　100871
网　　　址	http://www.pup.cn　新浪微博：@北京大学出版社
电子信箱	pkuwsz@126.com
电　　　话	邮购部 010-62752015　发行部 010-62750672　编辑部 010-62767065
印刷者	北京中科印刷有限公司
经销者	新华书店
	880mm×1230mm　A5　17.5 印张　560 千字 2021 年 3 月第 1 版　2023 年 5 月第 3 次印刷
定　　　价	99.00 元

未经许可，不得以任何方式复制或抄袭本书之部分或全部内容。
版权所有，侵权必究
举报电话：010-62752024　电子信箱：fd@pup.pku.edu.cn
图书如有印装质量问题，请与出版部联系，电话：010-62756370

目 录

序言	(1)
王勃(二首)	(5)
送杜少府之任蜀州	(6)
山中	(7)
骆宾王(一首)	(8)
在狱咏蝉并序	(9)
刘希夷(一首)	(12)
代悲白头翁	(12)
杜审言(二首)	(14)
和晋陵陆丞早春游望	(15)
夏日过郑七山斋	(16)
宋之问(三首)	(17)
度大庾岭	(18)
新年作	(19)
渡汉江	(19)
沈佺期(二首)	(21)
古意	(21)
杂诗三首(选一)	(22)
"闻道黄龙戍"	(22)
张若虚(一首)	(24)
春江花月夜	(24)
陈子昂(五首)	(27)
感遇三十八首(选三)	(28)

"兰若生春夏" ……………………………………（28）
"幽居观天运" ……………………………………（29）
"翡翠巢南海" ……………………………………（30）
蓟丘览古赠卢居士藏用七首（选一）………………（31）
"南登碣石馆" ……………………………………（31）
登幽州台歌 …………………………………………（32）

贺知章（二首）……………………………………………（33）
咏柳 …………………………………………………（33）
回乡偶书二首（选一）……………………………………（34）
"少小离家老大回" ………………………………（34）

张说（一首）………………………………………………（35）
蜀道后期 ……………………………………………（35）

张旭（二首）………………………………………………（37）
山行留客 ……………………………………………（37）
桃花溪 ………………………………………………（37）

刘眘虚（一首）……………………………………………（39）
阙题 …………………………………………………（39）

张九龄（五首）……………………………………………（41）
感遇十二首（选三）……………………………………（42）
"兰叶春葳蕤" ……………………………………（42）
"孤鸿海上来" ……………………………………（43）
"江南有丹橘" ……………………………………（43）
望月怀远 ……………………………………………（44）
赋得自君之出矣 ……………………………………（44）

王梵志（一首）……………………………………………（46）
城外土馒头 …………………………………………（46）

王之涣（二首）……………………………………………（47）
凉州词 ………………………………………………（47）

登鹳雀楼 …………………………………（48）
王翰(一首) ……………………………………（50）
　　凉州词 ……………………………………（50）
崔颢(四首) ……………………………………（52）
　　黄鹤楼 ……………………………………（52）
　　行经华阴 …………………………………（53）
　　长干曲四首(选二) ………………………（54）
　　　"君家何处住" …………………………（54）
　　　"家临九江水" …………………………（54）
王昌龄(十四首) ………………………………（56）
　　塞下曲四首(选一) ………………………（57）
　　　"蝉鸣空桑林" …………………………（57）
　　从军行七首(选四) ………………………（57）
　　　"烽火城西百尺楼" ……………………（57）
　　　"琵琶起舞换新声" ……………………（58）
　　　"青海长云暗雪山" ……………………（58）
　　　"大漠风尘日色昏" ……………………（59）
　　出塞二首(选一) …………………………（59）
　　　"秦时明月汉时关" ……………………（59）
　　采莲曲二首(选一) ………………………（60）
　　　"荷叶罗裙一色裁" ……………………（60）
　　春宫曲 ……………………………………（60）
　　西宫春怨 …………………………………（61）
　　长信秋词五首(选三) ……………………（62）
　　　"金井梧桐秋叶黄" ……………………（62）
　　　"奉帚平明金殿开" ……………………（62）
　　　"真成薄命久寻思" ……………………（63）
　　闺怨 ………………………………………（63）

  芙蓉楼送辛渐二首（选一） …………………………（ 64 ）
   "寒雨连江夜入吴" …………………………………（ 64 ）

李颀（八首） ……………………………………………（ 65 ）
  古从军行 ……………………………………………（ 65 ）
  送陈章甫 ……………………………………………（ 67 ）
  琴歌 …………………………………………………（ 67 ）
  听安万善吹觱篥歌 …………………………………（ 68 ）
  听董大弹胡笳弄兼寄语房给事 ……………………（ 69 ）
  古意 …………………………………………………（ 71 ）
  送刘昱 ………………………………………………（ 72 ）
  送魏万之京 …………………………………………（ 72 ）

孟浩然（十二首） ………………………………………（ 74 ）
  夜归鹿门山歌 ………………………………………（ 75 ）
  夏日南亭怀辛大 ……………………………………（ 76 ）
  宿业师山房期丁大不至 ……………………………（ 76 ）
  万山潭 ………………………………………………（ 77 ）
  秋登万山寄张五 ……………………………………（ 78 ）
  与诸子登岘山 ………………………………………（ 78 ）
  岁暮归南山 …………………………………………（ 79 ）
  望洞庭湖赠张丞相 …………………………………（ 80 ）
  过故人庄 ……………………………………………（ 81 ）
  送朱大入秦 …………………………………………（ 81 ）
  宿建德江 ……………………………………………（ 82 ）
  春晓 …………………………………………………（ 82 ）

王维（三十一首） ………………………………………（ 84 ）
  洛阳女儿行 …………………………………………（ 85 ）
  九月九日忆山东兄弟 ………………………………（ 87 ）
  桃源行 ………………………………………………（ 87 ）

息夫人 …………………………………………（88）
夷门歌 …………………………………………（89）
观猎 ……………………………………………（90）
少年行四首(选一) ……………………………（91）
　"新丰美酒斗十千" …………………………（91）
归嵩山作 ………………………………………（91）
使至塞上 ………………………………………（92）
出塞作 …………………………………………（92）
汉江临泛 ………………………………………（93）
渭川田家 ………………………………………（94）
青溪 ……………………………………………（95）
终南山 …………………………………………（95）
过香积寺 ………………………………………（96）
辋川闲居赠裴秀才迪 …………………………（97）
春日与裴迪过新昌里访吕逸人不遇 …………（97）
送梓州李使君 …………………………………（98）
积雨辋川庄作 …………………………………（99）
山居秋暝 ………………………………………（100）
送别 ……………………………………………（100）
酬张少府 ………………………………………（101）
终南别业 ………………………………………（101）
鹿柴 ……………………………………………（102）
竹里馆 …………………………………………（103）
辛夷坞 …………………………………………（103）
鸟鸣涧 …………………………………………（103）
山中 ……………………………………………（104）
杂诗三首(选一) ………………………………（104）
　"君自故乡来" ………………………………（104）

相思 …………………………………………………（105）
送元二使安西 ………………………………………（105）

李白（七十一首） ……………………………………（107）

访戴天山道士不遇 …………………………………（109）
峨眉山月歌 …………………………………………（110）
早发白帝城 …………………………………………（111）
秋下荆门 ……………………………………………（111）
望庐山瀑布二首 ……………………………………（112）
金陵城西楼月下吟 …………………………………（113）
山中问答 ……………………………………………（114）
静夜思 ………………………………………………（114）
黄鹤楼送孟浩然之广陵 ……………………………（115）
长相思 ………………………………………………（115）
　"日色欲尽花含烟" ………………………………（115）
长相思 ………………………………………………（117）
　"长相思,在长安" …………………………………（117）
侠客行 ………………………………………………（117）
自遣 …………………………………………………（119）
山中与幽人对酌 ……………………………………（119）
春日醉起言志 ………………………………………（120）
襄阳歌 ………………………………………………（120）
江上吟 ………………………………………………（123）
春夜洛城闻笛 ………………………………………（124）
客中作 ………………………………………………（124）
嘲鲁儒 ………………………………………………（125）
送友人 ………………………………………………（126）
夜泊牛渚怀古 ………………………………………（126）
长干行 ………………………………………………（127）

赠孟浩然 …………………………………… (129)
关山月 …………………………………… (129)
子夜吴歌四首(选二) …………………… (130)
　"长安一片月" ………………………… (130)
　"明朝驿使发" ………………………… (131)
金陵酒肆留别 …………………………… (131)
春思 ……………………………………… (132)
蜀道难 …………………………………… (133)
乌夜啼 …………………………………… (135)
玉阶怨 …………………………………… (135)
清平调词三首 …………………………… (136)
下终南山过斛斯山人宿置酒 …………… (138)
月下独酌四首(选一) …………………… (139)
　"花间一壶酒" ………………………… (139)
把酒问月 ………………………………… (139)
少年行二首(选一) ……………………… (140)
　"五陵年少金市东" …………………… (140)
登太白峰 ………………………………… (140)
行路难三首 ……………………………… (141)
将进酒 …………………………………… (145)
拟古诗十二首(选一) …………………… (146)
　"月色不可扫" ………………………… (146)
梦游天姥吟留别 ………………………… (147)
越女词五首(选一) ……………………… (150)
　"长干吴儿女" ………………………… (150)
日出入行 ………………………………… (150)
闻王昌龄左迁龙标遥有此寄 …………… (151)
劳劳亭 …………………………………… (152)

古风五十九首（其一） …………………………（152）
　"大雅久不作" ……………………………（152）
答王十二寒夜独酌有怀 ……………………（154）
古风五十九首（其三） …………………………（157）
　"秦王扫六合" ……………………………（157）
远别离 ………………………………………（159）
古朗月行 ……………………………………（161）
独坐敬亭山 …………………………………（161）
秋登宣城谢朓北楼 …………………………（162）
宣州谢朓楼饯别校书叔云 …………………（162）
听蜀僧濬弹琴 ………………………………（163）
清溪行 ………………………………………（164）
秋浦歌十七首（选一） …………………………（165）
　"白发三千丈" ……………………………（165）
宣城见杜鹃花 ………………………………（165）
赠汪伦 ………………………………………（165）
扶风豪士歌 …………………………………（166）
古风五十九首（其十九） ………………………（167）
　"西上莲花山" ……………………………（167）
与史郎中钦听黄鹤楼上吹笛 ………………（168）
鹦鹉洲 ………………………………………（168）
庐山谣寄卢侍御虚舟 ………………………（169）
登金陵凤凰台 ………………………………（171）
九日龙山饮 …………………………………（172）

高适（四首） ……………………………………（173）
燕歌行并序 …………………………………（174）
赋得还山吟赠沈四山人 ……………………（176）
人日寄杜二拾遗 ……………………………（177）

赠张立本女吟 ……………………………………（177）

岑参（十二首）………………………………………（179）
  逢入京使 ……………………………………………（180）
  戏问花门酒家翁 ……………………………………（180）
  武威送刘判官赴碛西行军 …………………………（181）
  春梦 …………………………………………………（181）
  轮台歌奉送封大夫出师西征 ………………………（182）
  走马川行奉送出师西征 ……………………………（183）
  白雪歌送武判官归京 ………………………………（184）
  热海行送崔侍御还京 ………………………………（185）
  奉和中书贾至舍人早朝大明宫 ……………………（185）
  韦员外家花树歌 ……………………………………（186）
  送杨子 ………………………………………………（187）
  山房春事二首（选一）………………………………（187）
    "梁园日暮乱飞鸦" ……………………………（187）

杜甫（七十三首）……………………………………（188）
  望岳 …………………………………………………（190）
  画鹰 …………………………………………………（191）
  赠李白 ………………………………………………（191）
  奉赠韦左丞丈二十二韵 ……………………………（192）
  春日忆李白 …………………………………………（195）
  乐游园歌 ……………………………………………（196）
  兵车行 ………………………………………………（198）
  丽人行 ………………………………………………（200）
  醉时歌 ………………………………………………（203）
  自京赴奉先县咏怀五百字 …………………………（205）
  月夜 …………………………………………………（210）
  春望 …………………………………………………（211）

哀江头 …… (212)
曲江二首 …… (214)
义鹘行 …… (216)
瘦马行 …… (217)
新安吏 …… (219)
新婚别 …… (221)
赠卫八处士 …… (222)
佳人 …… (224)
梦李白二首 …… (225)
月夜忆舍弟 …… (227)
天末怀李白 …… (228)
病马 …… (229)
蜀相 …… (230)
江村 …… (231)
戏题王宰画山水图歌 …… (231)
客至 …… (232)
春夜喜雨 …… (233)
江畔独步寻花七绝句 …… (234)
茅屋为秋风所破歌 …… (236)
赠花卿 …… (237)
不见 …… (238)
戏为六绝句 …… (238)
观打鱼歌 …… (240)
闻官军收河南河北 …… (241)
登楼 …… (242)
丹青引赠曹将军霸 …… (244)
宿府 …… (246)
旅夜书怀 …… (247)

白帝城最高楼 …………………………………… (248)
　　八阵图 …………………………………………… (249)
　　古柏行 …………………………………………… (250)
　　秋兴八首 ………………………………………… (252)
　　咏怀古迹五首(选二) …………………………… (259)
　　　"摇落深知宋玉悲" …………………………… (259)
　　　"群山万壑赴荆门" …………………………… (260)
　　阁夜 ……………………………………………… (261)
　　寄韩谏议注 ……………………………………… (262)
　　登高 ……………………………………………… (264)
　　观公孙大娘弟子舞剑器行并序 ………………… (265)
　　登岳阳楼 ………………………………………… (267)
　　江汉 ……………………………………………… (268)
　　江南逢李龟年 …………………………………… (269)

常建(二首) ……………………………………… (271)
　　题破山寺后禅院 ………………………………… (271)
　　宿王昌龄隐居 …………………………………… (272)

刘方平(二首) …………………………………… (273)
　　月夜 ……………………………………………… (273)
　　春怨 ……………………………………………… (273)

李华(一首) ……………………………………… (275)
　　春行即兴 ………………………………………… (275)

于良史(一首) …………………………………… (277)
　　春山夜月 ………………………………………… (277)

张谓(一首) ……………………………………… (278)
　　闻薛先辈陪大夫看早梅因寄 …………………… (278)

张继(一首) ……………………………………… (279)
　　枫桥夜泊 ………………………………………… (279)

韩翃（二首） ……………………………………（281）
- 同题仙游观 …………………………………（281）
- 寒食 …………………………………………（282）

元结（二首） ……………………………………（284）
- 舂陵行并序 …………………………………（285）
- 贼退示官吏并序 ……………………………（286）

钱起（五首） ……………………………………（288）
- 谷口书斋寄杨补阙 …………………………（288）
- 送僧归日本 …………………………………（289）
- 省试湘灵鼓瑟 ………………………………（289）
- 赠阙下裴舍人 ………………………………（290）
- 归雁 …………………………………………（292）

刘长卿（十三首） ………………………………（293）
- 逢雪宿芙蓉山主人 …………………………（294）
- 听弹琴 ………………………………………（294）
- 送方外上人 …………………………………（295）
- 送灵澈上人 …………………………………（295）
- 碧涧别墅喜皇甫侍御相访 …………………（296）
- 送李中丞之襄州 ……………………………（296）
- 寻南溪常山道人隐居 ………………………（297）
- 饯别王十一南游 ……………………………（298）
- 送李判官之润州行营 ………………………（298）
- 晚春归山居题窗前竹 ………………………（299）
- 长沙过贾谊宅 ………………………………（299）
- 别严士元 ……………………………………（300）
- 经漂母墓 ……………………………………（300）

韦应物（八首） …………………………………（302）
- 淮上喜会梁州故人 …………………………（303）

寄李儋元锡 …………………………………（303）
寄全椒山中道士 ……………………………（304）
秋夜寄丘二十二员外 ………………………（305）
长安遇冯著 …………………………………（305）
幽居 …………………………………………（306）
滁州西涧 ……………………………………（306）
听莺曲 ………………………………………（307）

李端（三首）……………………………（309）
听筝 …………………………………………（309）
闺情 …………………………………………（310）
拜新月 ………………………………………（310）

卢纶（四首）……………………………（311）
塞下曲六首（选二）…………………………（311）
"林暗草惊风" ……………………………（311）
"月黑雁飞高" ……………………………（312）
晚次鄂州 ……………………………………（312）
山店 …………………………………………（313）

李益（九首）……………………………（314）
竹窗闻风寄苗发司空曙 ……………………（314）
喜见外弟又言别 ……………………………（315）
盐州过胡儿饮马泉 …………………………（315）
江南曲 ………………………………………（316）
从军北征 ……………………………………（317）
听晓角 ………………………………………（317）
宫怨 …………………………………………（318）
隋宫燕 ………………………………………（318）
夜上受降城闻笛 ……………………………（318）

孟郊（五首） ………………………………………（320）
列女操 ………………………………………（321）
游子吟 ………………………………………（321）
怨诗 …………………………………………（321）
登科后 ………………………………………（322）
游终南山 ……………………………………（322）

杨巨源（二首） …………………………………（323）
和练秀才杨柳 ………………………………（323）
城东早春 ……………………………………（324）

崔护（一首） ……………………………………（325）
题都城南庄 …………………………………（325）

王建（四首） ……………………………………（327）
新嫁娘词三首（选一） ……………………（327）
"三日入厨下" ……………………………（327）
江陵使至汝州 ………………………………（328）
十五夜望月寄杜郎中 ………………………（328）
宫词百首（选一） …………………………（328）
"树头树底觅残红" ………………………（328）

张籍（四首） ……………………………………（330）
野老歌 ………………………………………（330）
节妇吟 ………………………………………（331）
没蕃故人 ……………………………………（332）
秋思 …………………………………………（332）

韩愈（九首） ……………………………………（333）
山石 …………………………………………（334）
八月十五夜赠张功曹 ………………………（335）
谒衡岳庙遂宿岳寺题门楼 …………………（337）
石鼓歌 ………………………………………（339）

调张籍 ……………………………………………（342）
　　听颖师弹琴 ………………………………………（344）
　　晚春 ………………………………………………（345）
　　左迁至蓝关示侄孙湘 ……………………………（346）
　　早春呈水部张十八员外二首（选一）……………（347）
　　　"天街小雨润如酥" ……………………………（347）
柳宗元（十三首）……………………………………（348）
　　晨诣超师院读禅经 ………………………………（349）
　　溪居 ………………………………………………（350）
　　夏初雨后寻愚溪 …………………………………（351）
　　雨后晓行独至愚溪北池 …………………………（351）
　　秋晓行南谷经荒村 ………………………………（352）
　　渔翁 ………………………………………………（352）
　　夏昼偶作 …………………………………………（353）
　　江雪 ………………………………………………（354）
　　登柳州城楼寄漳汀封连四州 ……………………（354）
　　柳州二月榕叶落尽偶题 …………………………（355）
　　别舍弟宗一 ………………………………………（355）
　　柳州城西北隅种甘树 ……………………………（356）
　　酬曹侍御过象县见寄 ……………………………（357）
刘禹锡（十四首）……………………………………（358）
　　蜀先主庙 …………………………………………（359）
　　西塞山怀古 ………………………………………（359）
　　秋风引 ……………………………………………（361）
　　竹枝词二首（选一）………………………………（361）
　　　"杨柳青青江水平" ……………………………（361）
　　竹枝词九首（选三）并引 …………………………（362）
　　　"山桃红花满上头" ……………………………（362）

"瞿塘嘈嘈十二滩" …………………………………… (362)
"巫峡苍苍烟雨时" …………………………………… (362)
杨柳枝词九首(选三) ………………………………… (363)
"花萼楼前初种时" …………………………………… (363)
"炀帝行宫汴水滨" …………………………………… (363)
"城外春风吹酒旗" …………………………………… (363)
元和十一年自朗州召至京戏赠看花诸君子 ………… (364)
金陵五题(选二) ……………………………………… (364)
石头城 …………………………………………… (364)
乌衣巷 …………………………………………… (365)
和乐天春词 …………………………………………… (366)

白居易(十六首) ……………………………………… (367)
赋得古原草送别 ……………………………………… (368)
自河南经乱,关内阻饥,兄弟离散,各在一处。因望月有感,聊书所怀,寄上浮梁大兄、於潜七兄、乌江十五兄,兼示符离及下邽弟妹 ………………………………… (369)
长恨歌 ………………………………………………… (370)
后宫词 ………………………………………………… (376)
秦中吟十首(选一)并序 ……………………………… (377)
买花 ……………………………………………… (377)
放言五首(选二)并序 ………………………………… (378)
"朝真暮伪何人辨" …………………………………… (378)
"赠君一法决狐疑" …………………………………… (379)
琵琶行并序 …………………………………………… (380)
问刘十九 ……………………………………………… (385)
暮江吟 ………………………………………………… (385)
钱塘湖春行 …………………………………………… (386)
杭州春望 ……………………………………………… (387)

江楼夕望招客 …………………………………… (387)
　　真娘墓 ………………………………………………… (388)
　　花非花 ………………………………………………… (389)
　　杨柳枝词 ……………………………………………… (389)
元稹(六首) …………………………………………… (390)
　　遣悲怀三首 …………………………………………… (391)
　　离思诗五首(选一) …………………………………… (393)
　　　"曾经沧海难为水" ………………………………… (393)
　　行宫 …………………………………………………… (394)
　　菊花 …………………………………………………… (394)
贾岛(六首) …………………………………………… (395)
　　题李凝幽居 …………………………………………… (395)
　　送唐环归敷水庄 ……………………………………… (396)
　　忆江上吴处士 ………………………………………… (397)
　　宿山寺 ………………………………………………… (397)
　　渡桑干 ………………………………………………… (397)
　　寻隐者不遇 …………………………………………… (398)
李贺(二十二首) ……………………………………… (399)
　　李凭箜篌引 …………………………………………… (400)
　　雁门太守行 …………………………………………… (402)
　　苏小小墓 ……………………………………………… (403)
　　梦天 …………………………………………………… (404)
　　河南府试十二月乐辞并闰月(选一) ………………… (405)
　　　三月 ………………………………………………… (405)
　　天上谣 ………………………………………………… (406)
　　浩歌 …………………………………………………… (407)
　　秋来 …………………………………………………… (409)
　　南园十三首(选二) …………………………………… (410)

"花枝草蔓眼中开" …… (410)
"寻章摘句老雕虫" …… (410)
金铜仙人辞汉歌并序 …… (411)
马诗二十三首(选三) …… (412)
"此马非凡马" …… (412)
"大漠沙如雪" …… (413)
"武帝爱神仙" …… (413)
老夫采玉歌 …… (414)
昌谷北园新笋四首(选一) …… (415)
"斫取青光写楚辞" …… (415)
感讽五首(选一) …… (415)
"南山何其悲" …… (415)
苦昼短 …… (416)
巫山高 …… (417)
神弦曲 …… (418)
将进酒 …… (419)
官街鼓 …… (420)

张祜(五首) …… (422)
宫词二首(选一) …… (422)
"故国三千里" …… (422)
赠内人 …… (423)
集灵台二首(选一) …… (423)
"虢国夫人承主恩" …… (423)
题金陵渡 …… (424)
纵游淮南 …… (424)

朱庆馀(三首) …… (425)
宫词 …… (425)
近试上张籍水部 …… (426)

南湖 …………………………………………………（426）
许浑(六首) ………………………………………………（428）
　　秋日赴阙题潼关驿楼 …………………………（428）
　　金陵怀古 ………………………………………（429）
　　咸阳城东楼 ……………………………………（430）
　　登洛阳故城 ……………………………………（431）
　　汴河亭 …………………………………………（432）
　　塞下曲 …………………………………………（433）
杜牧(二十二首) …………………………………………（434）
　　念昔游三首(选一) ……………………………（435）
　　　　"十载飘然绳检外" …………………………（435）
　　过华清宫绝句三首(选二) ……………………（435）
　　　　"长安回望绣成堆" …………………………（435）
　　　　"新丰绿树起黄埃" …………………………（436）
　　登乐游原 ………………………………………（436）
　　江南春绝句 ……………………………………（437）
　　九日齐山登高 …………………………………（437）
　　齐安郡后池绝句 ………………………………（438）
　　初冬夜饮 ………………………………………（439）
　　商山麻涧 ………………………………………（439）
　　赤壁 ……………………………………………（440）
　　泊秦淮 …………………………………………（441）
　　题桃花夫人庙 …………………………………（442）
　　题乌江亭 ………………………………………（443）
　　寄扬州韩绰判官 ………………………………（443）
　　赠别二首 ………………………………………（444）
　　遣怀 ……………………………………………（444）
　　叹花 ……………………………………………（445）

山行 …………………………………………………（445）
　　秋夕 …………………………………………………（446）
　　金谷园 ………………………………………………（446）
　　清明 …………………………………………………（447）
陈陶(一首) ……………………………………………（448）
　　陇西行四首(选一) …………………………………（448）
　　　"誓扫匈奴不顾身" ………………………………（448）
韩氏(一首) ……………………………………………（450）
　　题红叶 ………………………………………………（450）
温庭筠(九首) …………………………………………（451）
　　利州南渡 ……………………………………………（452）
　　过陈琳墓 ……………………………………………（453）
　　经五丈原 ……………………………………………（454）
　　苏武庙 ………………………………………………（455）
　　达摩支曲 ……………………………………………（456）
　　商山早行 ……………………………………………（457）
　　送人东归 ……………………………………………（458）
　　瑶瑟怨 ………………………………………………（458）
　　碧涧驿晓思 …………………………………………（459）
李商隐(三十六首) ……………………………………（460）
　　初食笋呈座中 ………………………………………（461）
　　宿骆氏亭寄怀崔雍崔衮 ……………………………（462）
　　安定城楼 ……………………………………………（462）
　　回中牡丹为雨所败二首(选一) ……………………（464）
　　　"浪笑榴花不及春" ………………………………（464）
　　无题二首(选一) ……………………………………（465）
　　　"昨夜星辰昨夜风" ………………………………（465）
　　曲江 …………………………………………………（466）

七月二十九日崇让宅宴作	(467)
花下醉	(468)
落花	(468)
瑶池	(469)
晚晴	(470)
贾生	(470)
夜雨寄北	(471)
北禽	(472)
谒山	(473)
昨夜	(474)
无题	(474)
"相见时难别亦难"	(474)
无题四首(选二)	(475)
"来是空言去绝踪"	(475)
"飒飒东风细雨来"	(476)
蝉	(477)
无题二首	(478)
"凤尾香罗薄几重"	(478)
"重帏深下莫愁堂"	(479)
筹笔驿	(480)
马嵬二首(选一)	(481)
"海外徒闻更九州"	(481)
龙池	(483)
北齐二首(选一)	(484)
"一笑相倾国便亡"	(484)
隋宫	(486)
"紫泉宫殿锁烟霞"	(486)
春雨	(489)

板桥晓别 …………………………………………… (489)
流莺 ………………………………………………… (490)
常娥 ………………………………………………… (491)
端居 ………………………………………………… (491)
北青萝 ……………………………………………… (492)
暮秋独游曲江 ……………………………………… (493)
乐游原 ……………………………………………… (493)
锦瑟 ………………………………………………… (494)

郑畋（一首） ……………………………………… (497)
马嵬坡 ……………………………………………… (497)

陆龟蒙（四首） …………………………………… (498)
别离 ………………………………………………… (498)
和袭美春夕酒醒 …………………………………… (498)
白莲 ………………………………………………… (499)
新沙 ………………………………………………… (500)

皮日休（三首） …………………………………… (501)
春夕酒醒 …………………………………………… (501)
馆娃宫怀古五首（选一） ………………………… (502)
"绮阁飘香下太湖" ……………………………… (502)
汴河怀古二首（选一） …………………………… (502)
"尽道隋亡为此河" ……………………………… (502)

罗隐（四首） ……………………………………… (504)
自遣 ………………………………………………… (504)
绵谷回寄蔡氏昆仲 ………………………………… (505)
偶题 ………………………………………………… (505)
蜂 …………………………………………………… (505)

钱珝（一首） ……………………………………… (507)
未展芭蕉 …………………………………………… (507)

韦庄（五首） ……………………………………（508）
 忆昔 ………………………………………（508）
 古离别 ……………………………………（509）
 金陵图 ……………………………………（509）
 台城 ………………………………………（510）
 长安清明 …………………………………（510）

曹松（一首） ……………………………………（512）
 己亥岁二首（选一） ……………………（512）
  "泽国江山入战图" ………………（512）

韩偓（八首） ……………………………………（514）
 中秋禁直 …………………………………（515）
 苑中 ………………………………………（515）
 故都 ………………………………………（516）
 深院 ………………………………………（517）
 惜花 ………………………………………（518）
 春尽 ………………………………………（518）
 已凉 ………………………………………（519）
 寒食夜 ……………………………………（519）

杜荀鹤（四首） …………………………………（520）
 春宫怨 ……………………………………（520）
 再经胡城县 ………………………………（521）
 赠质上人 …………………………………（521）
 小松 ………………………………………（522）

郑谷（三首） ……………………………………（523）
 席上贻歌者 ………………………………（523）
 淮上与友人别 ……………………………（523）
 中年 ………………………………………（524）

秦韬玉(一首) ·· (525)
 贫女 ·· (525)
王驾(二首) ·· (526)
 社日 ·· (526)
 雨晴 ·· (526)
西鄙人(一首) ·· (528)
 哥舒歌 ·· (528)
齐己(一首) ·· (529)
 早梅 ·· (529)
太上隐者(一首) ·· (530)
 答人 ·· (530)
张泌(一首) ·· (531)
 寄人二首(选一) ·· (531)
  "别梦依依到谢家" ··································· (531)
金昌绪(一首) ·· (532)
 春怨 ·· (532)
唐温如(一首) ·· (533)
 题龙阳县青草湖 ··· (533)
无名氏(二首) ·· (534)
 杂诗 ·· (534)
 金缕衣 ·· (534)
后　记 ·· (535)

序　言

　　唐诗,是中国文学史上经由活力丰沛、生机旺盛的大唐文化所凝结、琢磨而成的璀璨珍珠,当其光华四射时,也烨然闪耀着隐身于字里行间的诗人优美而深邃的内在心魂,成为艺术、人生与时代共同的结晶,和自我完成的完美方式,遂尔成为文学艺术中瑰丽至极的宝藏。

　　明胡应麟《诗薮·外编》卷三曾简要地阐述唐诗创作的盛况:"甚矣!诗之盛于唐也,其体则三四五言,六七杂言,乐府歌行,近体绝句,靡弗备矣;其格则高卑远近,浓淡浅深,巨细精粗,巧拙强弱,靡弗具矣;其调则飘逸浑雄,沉深博大,绮丽幽闲,新奇猥琐,靡弗谐矣;其人则帝王将相,朝士布衣,童子妇人,缁流羽客,靡弗预矣。"对那从帝王将相、士人隐者、僧徒道侣、侠客名妓及贩夫走卒等各行各业分身而出的二千二百多位诗人而言,收录于清康熙敕编的九百卷《全唐诗》中近五万首的诗歌,记载的是他们对人生起落浮沉的体证摸索,对生命离合悲欢的品味歌咏,对宇宙自然消长变化的沉思感悟,以及对天地万物民胞物与的悲悯忧怀;而在创作之时,既有不得不然的自然流露,因而深情悲愿、浑然天成,同时也不乏致力于形式之美的刻意雕琢,因而音谐韵和、巧夺天工。这种形式与内容的完美结合,不但来自于对五、七言乐府古诗的娴熟运用,而其中,七古是唐人在流传已久的五古上更进一步的发展;同时也来自于初唐诗人将六朝以来追求形式与声韵的潮流推向顶峰,成功地确立了五、七言律诗格度的体式;此外更得力于唐人本身对创作的认真与对人生的热情。在这由南北长久分裂而复归大一统的集大成的时代,唐人用诗作为生命的见证,终于创造出一个伟大的诗的国度。

　　在有唐近三百年的历史中,这些缤纷峥嵘的创作活动,大致可依元杨士弘《唐音》所区别的,分为初、盛、中、晚四期,代有才人而各领风骚，以其才力扬芬竞秀：

初唐约占百年（六一八—七一二），为时最久，乃储备酝酿的铺路阶段。明陆时雍《诗镜总论》曾道："调入初唐，时带六朝锦色。"此期主要是承袭前朝齐、梁之余绪，而表现轻靡浮艳的习气，同时，所谓"近体诗"的平仄律度也在此时宣告确立。号称"初唐四杰"的王勃、杨炯、卢照邻、骆宾王和并名"沈宋"的沈佺期、宋之问，皆顺此潮流而有豫力之功，而陈子昂、张九龄则逆势挺立，以复古的姿态首倡风骨之说，其风雅之调别具苦心孤诣。

盛唐约有五十年（七一三—七六五），正与玄宗在位时期相当。此阶段正是唐朝一切政治、文学、社会等各方面成熟腾达的时候，诗歌之花朵盛开怒放，百家争鸣，名家辈出，王维、孟浩然以自然诗树立淡秀清远之风格，将过去陶渊明的田园诗和谢灵运的山水诗熔铸出崭新之意趣；高适、岑参以边塞诗开宗立派，冰寒酷暑、风雪热浪等异地情调和用命征战的豪情悲慨，使人读后为之耳目一新。但此刻舞台上光芒万丈的主角，莫过于飘逸奔放的李白和沉郁博大的杜甫。李白将自由浪漫的个人色彩发挥到淋漓尽致，展现了向上高度昂扬的生命力，而杜甫则是地负海涵、牢笼万有的诗歌集大成者，以无与伦比的深度和广度开展艺术与人格的宇宙，一"仙"一"圣"，同时横绝千秋，令人眩目神往。

中唐约七十年（七六六—八三五），笼罩着安史之乱留下的阴影，唐诗已渐由绚烂归于平淡。杜甫的影响力于此期留下深刻的痕迹，除元稹、白居易继承其写实精神而致力于讽谕诗之外，韩愈则将杜甫开出的奇诡怪诞风格由羊肠小径推展为康庄大道，吸引了孟郊、贾岛、李贺等人而蔚为风潮，尤其是李贺兼具奇诡与秾丽的特质，不但赢得"诗鬼"之名，更发晚唐唯美浪漫派之先声。此外，韦应物和柳宗元另以冲淡之味化开一片天地，写退居之闲和自然之趣而自成一格。

晚唐约为七十年（八三六—九〇六），政治、社会延续着中唐自安史乱后的动荡不安而为祸更烈，宦官干政、藩镇割据，都较中唐时有过之而无不及。诗坛上弥漫着世纪末的华丽与感伤、绮艳与悲凉，李商隐、杜牧、温庭筠和韦庄等人，各以其濡满凄情之笔墨绘出了诗歌的黄昏，而在落霞片片与孤鹜点点的夕阳景色中悠荡着天鹅之歌的旋律。

　　对如此丰硕的成果进行筛选披拣工作的努力一直不绝如缕，自唐代起便不断推陈出新，唐诗选本琳琅满目，至今仍源源涌入新血。目前流传较广或评注较佳的选本，如清沈德潜《唐诗别裁集》，以评诗为重，注释则付诸阙如；高步瀛《唐宋诗举要》以注释详审见长，各种典故出处惠人良多，然其分体排列，作品散置各卷，不易总览诗人之全貌，且引文多简省檃栝，与今人习惯不合；孙洙(蘅塘退士)的《唐诗三百首》最为人所熟知，其书注释简略，今人虽加以详释或新注，然其分体排列的方式仍然有碍于掌握诗人之整体观。当代有余冠英、王水照两位先生合作的《唐诗选注》和学者集体编写的《唐诗鉴赏辞典》，但前者侧重反映现实疾苦的讽谕诗，评论往往偏于一见；后者则选诗丰富、面面俱到，惜虽有精辟之赏析，却未能提供翔实的典故注解。以上举其荦荦大者，可见编注新的唐诗选本仍有其需要，虽不能取而代之，仍足以备于一格，因此有本书之诞生。

　　本书参酌各家选本，期能兼采众美，以选入的七十九家诗人、五百四十五首诗完整地展现唐诗的精华。全书以诗人生存、活动时间之先后顺序为架构，可观诗歌演进之大概；每一位诗人则先述其生平传略，再选录其作品：

　　一、在诗人小传方面：于外缘资料上，诗人之生卒爵里、仕宦经历，主要是参考北京中华书局出版、傅璇琮先生主编的《唐才子传校笺》，此书考证精审，不虚为论，廓清不少传统传记中模糊错置之处，而补充足成，允为详当，因此本书多所采用，读者观焉，将有助于了解诗人的背景。至于诗人风格、生命基调及艺术成就等内缘层面的阐述，则采取古今学者之论评，选其中之精微深入而有得者，间以笔者个人平日研读之心得，而提纲挈领地扼要介绍，俾能使读者清楚掌握诗人在创作上的地位。

　　二、在作品选注方面：选诗标准在于性情人格和艺术美感两者兼具。从古至今，人性仍是相通一贯的，以诗人缘情体物、流连光景或思索天人之际的真切流露，作为洞烛内在灵魂的具体例证，也许可以提供惶然迷惑的现代人一帖反省的良方；而作为一个存在于尘寰世间的人，诗人无可避免地也牵系着社会的种种脉动，家庭骨肉之亲、朋友交游之情、夫妻恋侣之爱、君臣僚属之义与天下家国之思，都自然而然地成为诗歌形式中的血肉，再经艺术之熔裁、提升与净化，这就锻炼成了含英咀华、耐人品嚼的诗歌，足以令人再三涵泳。而这些兼具性情与艺术之深度与美感的作品，本书尽其可能都以编年的方式排列，俾能见诗人一生各阶段的发展和思想感情变化的轨迹；每一首诗后则分条详注其用语典故和文意字义，以助解读，且引文皆采录原典，以管窥其他文化经典之内涵；对诗歌本身的创作表现若有抉发幽隐、评析深入，而有益于欣赏体悟的历代论评，亦予以收录。此外，较具有争议性的诗句用字，本书一般采用通行本中为人熟悉者，另据《全唐诗》和其他集子为底本加以参校，如有出入之处，又能引发不同之意趣，则将比较重要的异文载入注释中说明，以去专断之弊，却不至于琐屑。

选注工作历时一年多已告一个段落，其中甘苦备尝、冷暖自知，往往陷溺唐诗所腾涌的浩瀚大海，便尔沉湎其中不知东方之既白。李白曾说"却顾所来径，苍苍横翠微"，但检视自昔日一路行过的来时路，苍茫云烟之中仍然浮雕着几张不灭的面容，令人不能不援笔刻记：感念中学时启蒙的连宝香老师，她用唐诗为一位孤寂青涩的学子注入汩汩以流的生命活泉；也要向里仁书局的徐秀荣先生致谢，因为他是不可或缺的催生者，且在尽量保持此书原貌的情况下惠予出版。至于对父母和仁宏，那就允许我无声胜有声吧！

欧丽娟序于台北
1995年8月

王　勃

　　王勃(高宗永徽元年—上元三年,六五〇—六七六),字子安,绛州龙门(今山西河津)人①,祖父王通为隋末大儒。"六岁善文辞,九岁得颜师古注《汉书》读之,作《指瑕》以擿其失。麟德初……对策高第。年未及冠,授朝散郎……沛王闻其名,召署府修撰,论次《平台秘略》,书成,王爱重之。是时诸王斗鸡,勃戏为文檄英王鸡,高宗怒曰:'是且交构!'斥出府。勃既废,客剑南……闻虢州多药草,求补参军。倚才陵藉,为僚吏共嫉。官奴曹达抵罪,匿勃所,惧事泄,辄杀之。事觉当诛,会赦除名。父福畤,繇雍州司功参军坐勃故左迁交阯令。勃往省,度海溺水,瘴而卒"②,年二十七。有《王子安集》,《全唐诗》存诗二卷九十六首。

　　王勃属于恃才傲物之典型,由《唐摭言》所载《滕王阁序》故事,与《新唐书·文艺传》所云:"勃属文,初不精思,先磨墨数升,则酣饮,引被覆面卧,及寤,援笔成篇,不易一字,时人谓勃为腹稿。"可知其才高思捷,泉涌无碍;然多次被斥受罪,虽说事出有因,却也不能排除嫉恨者构陷入罪的因素,加上自己的个性"浮躁炫露"③,遂造成连累至亲而夭亡于蛮荒之莫大遗憾。其个性与其英采焕发之文学成就相比,更显得极不协调。

　　王勃在文学上与杨炯、卢照邻、骆宾王齐名,号为"初唐四杰",原是基于文的创作而言,亦可兼指诗的方面立说。四人排名顺序一般都取杜甫《戏为六绝句》和《旧唐书·文苑传·杨炯传》中所称之"王杨卢骆",虽然当时郗云卿《骆宾王文集序》采用"卢骆杨王"之名次,而且四杰本身即各有异议,如杨炯自云:"愧在卢前,耻居王后。"卢照邻亦曰:"喜居王后,耻在骆前。"④但单就诗而言,应是王、骆在前,而王勃居首,实当之无愧。

因为王勃诗虽仍有六朝靡丽之遗风,所谓"调入初唐,时带六朝锦色"⑤,但其内容较为开阔,又能吸取乐府之长,企图改变当时"争构纤微,竞为雕刻"⑥的诗风;音韵上也与其他三杰共同努力,逐渐树立五律的格律,因而表现出"高华"的风格,在美文丽句中流露着清新诚挚的气息。于六朝华而不实的形式化风尚过渡到新时代的历程中,王勃等四杰为诗歌因势导入唐人本色,完成了时代的使命,因此杜甫《戏为六绝句》推崇他们道:"王杨卢骆当时体,轻薄为文哂未休。尔曹身与名俱灭,不废江河万古流。"可谓客观中肯之评价。

【注释】

① 一说为太原祁人,非。
② 《新唐书·文艺传》,唯本传云王勃卒年二十九,说误。据王勃《春思赋》:"咸亨二年,余春秋二十有二。"又杨炯《王子安集序》谓其逝于"皇唐上元三年秋八月也",推知生卒年如上。
③ 《大唐新语》卷七载裴行俭云:"勃等虽有才名,而浮躁炫露,岂享爵禄者!杨稍似沉静,应至令长,并鲜克令终。"
④ 杨炯语见《旧唐书·文苑传》,卢照邻语见张鹭《朝野佥载》卷六。
⑤ 此明陆时雍《诗镜总论》中语。
⑥ 杨炯《王子安集序》。

送杜少府之任蜀州①

城阙辅三秦②,风烟望五津③。与君离别意,同是宦游人。④海内存知己,天涯若比邻。⑤无为在歧路,儿女共沾巾。⑥

【注释】

① 少府,指县尉,洪迈《容斋随笔》卷一云:"唐人呼县令为明府,丞为赞府,尉为少府。"杜少府,未详其人。之,往赴。
② 城阙,即城郭宫阙。辅,夹护、辅翼。三秦,指长安所在之关中地区,《史

记·秦始皇本纪》曰:"项籍灭秦之后,各分其地为三,名曰雍王、塞王、翟王,号曰三秦。"此句一作"城阙俯西秦"。

③五津,指四川岷江边的五个渡口,《华阳国志·蜀志》云:"其大江自湔堰下至犍为有五津,始曰白华津,二曰万里津,三曰江首津,四曰涉头津……五曰江南津。"首联先明送别者所在,次点别者将赴之任所,扣紧诗题,又壮阔精整。

④宦游,因宦途不定,随任而迁,不免游徙奔走,故云。此联以散调承上,而以彼此境遇相类,故感同身受慰之,其温情善意醇然可感。

⑤意本于曹植《赠白马王彪》诗所云:"丈夫志四海,万里犹比邻。恩爱苟不亏,在远分日亲。"而本联更为精练有力。高步瀛《唐宋诗举要》卷四引吴北江曰:"凭空挺起,是大家笔力。"

⑥歧路,即叉路。意谓不要在分手处如小儿女般,感伤落泪而沾湿巾袖。《后汉书·来歙传》载,来歙叱盖延曰:"反效儿女子涕泣乎?"曹植《赠白马王彪》诗亦云:"忧思成疾疢,无乃儿女仁?"

△胡应麟《诗薮·内编》卷四评曰:"唐初五言律,惟王勃'送送多穷路''城阙辅三秦'等作,终篇不著景物,而兴象婉然,气骨苍然,实首启盛、中妙境。"

山 中①

长江悲已滞,万里念将归。②况属高风晚,山山黄叶飞。③

【注释】

①高步瀛《唐宋诗举要》卷八曰:"此疑咸亨二年寓巴蜀时作,(见《春思赋》),故有长江悲已滞之句。"全诗融合念乡思归之悲与深秋叶落的凄怆之情,与宋玉《九辩》所云"悲哉秋之为气也,萧瑟兮草木摇落而变衰。憭慄兮若在远行,登山临水兮送将归"甚近。

②滞,指滞留异乡。下句"万里"呼应上句"长江"的逶迤延伸之势,并具言离乡之远。

③高风,秋天高扬的风,张协《七命》曰:"高风送秋。"本联形容晚秋之际黄叶纷飞、处处萧然的情景,更增归家之念与思乡之情。

骆宾王

骆宾王(约高祖武德二年—武后光宅元年之后,约六一九—六八四之后),一说字观光,婺州义乌(今浙江义乌)人。初为道王府属,乾封二年(六六七)对策入选授奉礼郎,次年从军出塞,又从军西南,往姚州击叛蛮,平乱后回京,旋奉使巴蜀。后任武功主簿,上元三年(六七六)裴行俭为洮州总管,表掌书奏,以母老不应,母殁后归家服丧。又调任长安主簿,坐赃,而于同年仕侍御史时,因向武后"数上疏言事"而获罪,却以赃名入狱,达一年之久,次年调露元年(六七九)遇赦获释,任临海丞。文明元年(六八四),"徐敬业乱,署宾王为府属,为敬业传檄天下,斥武后罪。后读,但嘻笑,至'一抔之土未干,六尺之孤安在',矍然曰:'谁为之?'或以宾王对,后曰:'宰相安得失此人!'敬业败,宾王亡命,不知所之"①。有《骆宾王文集》,《全唐诗》存诗三卷一百三十首。

骆宾王为四杰之一,七岁能赋诗,作《咏鹅》一首,《旧唐书·文苑传》载其"少善属文,尤妙于五言诗,尝作《帝京篇》,当时以为绝唱"。长篇如《帝京篇》《畴昔篇》华赡闳丽,特别显其才力;然其十二首五律诗缜密谨严,也不下于沈佺期、宋之问,是奠定近体诗格律的先行者之一。

【注释】

① 引文见《新唐书·文艺传》。骆宾王于徐敬业兵败后,有伏诛、投水、逃亡等三说;唐孟棨《本事诗》则载其落发为僧栖于江南灵隐寺,与宋之问有深夜吟诗续篇之逸闻,事属荒诞,不足采信。

在狱咏蝉 并序[1]

　　余禁所。禁垣西[2],是法曹厅事也[3]。有古槐数株焉,虽生意可知,同殷仲文之枯树[4];而听讼斯在,即周邵伯之甘棠[5]。每至夕照低阴,秋蝉疏引,发声幽息,有切尝闻;岂人心异于曩时,将虫响悲乎前听[6]?嗟乎!声以动容,德以象贤[7],故洁其身也,禀君子达人之高行[8];蜕其皮也,有仙都羽毛之灵姿[9]。候时而来,顺阴阳之数;应节为变,审藏用之机[10]。有目斯开,不以道昏而昧其视;有翼自薄,不以俗厚而易其真[11]。吟乔树之微风,韵姿天纵[12];饮高秋之坠露,清畏人知[13]。仆失路艰虞,遭时徽纆[14];不哀伤而自怨,未摇落而先衰[15]。闻蟪蛄之流声[16],悟平反之已奏[17];见螳螂之抱影,怯危机之未安[18]。感而缀诗,贻诸知己[19]。庶情沿物应,哀弱羽之飘零[20];道寄人知,悯余声之寂寞[21]。非谓文墨,取代幽忧云尔[22]。

　　西陆蝉声唱[23],南冠客思侵[24]。那堪玄鬓影,来对白头吟。[25]露重飞难进,风多响易沉。[26]无人信高洁,谁为表予心。[27]

【注释】

①高步瀛《唐宋诗举要》卷四引清陈熙晋注云:"盖因为侍御时讽谏得罪,而坐以前为长安主簿时之赃。……当是初被系之作,盖仪凤三年冬也(六七八),明年夏改元调露。《萤火赋》《在狱咏蝉》诸作即在是时。"

②禁所,即监牢,《礼记·月令》郑注云:"囹圄所以禁守系者,若今别狱矣。"垣,短墙。

③法曹,《新唐书·百官志》"王府官"下云:"法曹参军事掌按讯、决刑。""外官"下云:"法曹司法参军事,掌鞫狱丽法、督盗贼、知赃贿没入。"厅事,《资治通鉴·齐纪八》胡三省注曰:"中庭曰听事,言受事察讼于是也。汉、晋皆作'听事',六朝以后乃始加'广'作'厅'。"

④《晋书·殷仲文传》载:"仲文因月朔,与众至大司马府。府中有老槐树,顾之良久而叹曰:'此树婆娑,无复生意。'"

⑤邵伯,即"召伯",《诗经·甘棠》为美召伯之作,郑笺云:"召伯听男女之讼,

不重烦劳百姓，止舍小棠之下，而听断焉。"

⑥疏引，即导唱；引，本乐曲名。有切尝闻，谓其凄切过于昔日所听闻。曩时，昔日。将，抑或之意。

⑦《礼记·乐记》曰："歌，咏其声也；舞，动其容也。"《书经·微子之命篇》云："崇德象贤。"两句意谓蝉之声令人动容，其高尚德操则效法贤者。

⑧高行，指高尚之德操行谊，陆云《寒蝉赋序》云："昔人称鸡有五德，而作者赋焉。至于寒蝉，才齐其美，独未之思，而莫斯述。夫头上有绫，则其文也；含气饮露，则其清也；黍稷不享，则其廉也；处不巢居，则其俭也；应候守常，则其信也。加以冠冕，取其容也。君子则其操，可以事君，可以立身，岂非至德之虫哉！"

⑨本句赞美蝉超凡脱俗之身姿。《淮南子·说林训》曰："蝉饮而不食，三十日而蜕。"仙都，即天城仙乡。《晋书·许迈传》云："（迈）携其同志遍游名山焉。……后莫测所终，好道者皆谓之羽化矣。"此谓其弃俗登仙，纤尘不染。

⑩指蝉之生命顺应自然微妙的时序节候而生成变化。曹植《蝉赋》云："盛阳则生，太阴逝兮。"藏用之机，谓出处进退之间隐微奥妙之关键。

⑪四句意谓蝉开眼张目，不因世道昏暗而盲昧趋从；羽翼虽薄，却能善自爱重，不因世俗看重厚质而改变它的真实面貌。

⑫形容蝉在乔树上随微风歌吟之美妙清姿乃凡人所难摹，唯天所成就。

⑬典出《晋书·良吏传》："（武帝）谓（胡）威曰：'卿孰与父清？'对曰：'臣不如也。'帝曰：'卿父以何为胜耶？'对曰：'臣父清恐人知，臣清恐人不知，是臣不及远也。'"

⑭失路，指沉沦不得志。徽缥，黑色绳索，代喻陷身牢狱，被系执缚绑。

⑮《晋书·殷浩传》载："（顾悦之）与简文同年，而发早白。帝问其故，对曰：'松柏之姿，经霜犹茂；蒲柳常质，望秋先零。'简文悦其对。"

⑯蟪蛄，《广雅·释虫》曰："蚵蟟也。"《庄子·逍遥游》释文曰："司马云：惠蛄，寒蝉也。"《证类本草》卷二十一"蚱蝉"下引陶隐居曰："蝉类甚多，蟪蛄九月十月中鸣，甚凄急；七月八月鸣者名蚵蟟，色青。"此处用《孔子家语·子路初见篇》所载孔子曰："违山十里，蟪蛄之声犹尚在耳。"意谓寒蝉悠鸣，似相应其清白正洁之心声。

⑰平反,谓洗雪冤屈、从轻发落,《汉书·隽不疑传》载:隽不疑擢为京兆尹,"京师吏民敬其威信。每行县录囚徒还,其母辄问不疑:'有所平反,活几何人?'即不疑多有所平反,母喜笑,为饮食,语言异于他时。"如淳注曰:"反,音幡。幡,奏使从轻也。"

⑱典出《后汉书·蔡邕传》:"初,邕在陈留也,其邻人有以酒食召邕者,比往而酒以酣焉。客有弹琴于屏,邕至门试潜听之,曰:'憘!以乐召我而有杀心,何也?'遂反。……邕素为邦乡所宗,主人遽自追而问其故,邕具以告,莫不怃然。弹琴者曰:'我向鼓弦,见螳螂方向鸣蝉,蝉将去而未飞,螳螂为之一前一却。吾心耸然,惟恐螳螂之失之也;此岂为杀心而形于声者乎?'"

⑲缀诗,即作诗,联缀字句而成诗歌。贻,赠予。诸,"之于"之连读。

⑳庶情,即"万情",指各种情感。弱羽,即"薄翼",代指秋蝉,兼喻诗人自己。

㉑《楚辞·九辩》曾曰:"蝉寂寞而无声。"此处以"余声"形容有所寄寓之本首咏蝉诗。

㉒幽忧,深切幽隐之忧思。云尔,类似口语的"罢了""如此而已",语末助词。

㉓西陆,指秋天,《隋书·天文志》云:"日循黄道东行,一日一夜一度,三百六十五日有奇而周天。行东陆谓之春,行南陆谓之夏,行西陆谓之秋,行北陆谓之冬。"

㉔南冠,本指南方楚人之冠帽,《左传·成公九年》载:"晋侯观于军府,见钟仪,问之曰:'南冠而絷者谁也?'有司曰:'郑人所献楚囚也。'"后世遂用指被拘执之囚徒,此处用以自比。侵,一作"深"。

㉕那堪,怎禁得起。玄鬓,即"黑发",指蝉。白头,诗人自指,以彰显忧深虑苦之煎熬;"白头吟"原为乐府古题名,此处巧妙转用。二句分承上联之首句、次句而言。

㉖"露重""风多"俱指周遭之恶劣环境与命运之困蹇不济。"飞难进""响易沉"乃喻有志难伸、心迹莫白之沦落无助。

㉗蝉"饮露而不食",《职林》载:"汉侍中,冠加金珰,附蝉,取其居高食洁。"此为"高洁"语之所本。

△全诗名为咏蝉,实自寓其中,故由物见我,因我观物;将咏物诗超升于六朝以来客观写实的格套之上,而注入新生命,启后世之新声,遂为初唐佳构。

刘 希 夷

刘希夷(约高宗永徽二年—约高宗仪凤三年,约六五一—约六七八),字庭芝,汝州(今河南临汝)人。高宗上元二年(六七五)进士及第,时年二十五;三年后为奸人所杀。《全唐诗》存诗三十五首。

希夷"美姿容,好谈笑,善弹琵琶。饮酒至数斗不醉,落魄不拘常检";"善为从军、闺情之诗,词调哀苦",直到"孙翌撰《正声集》,以希夷为集中之最,由是稍为时人所称"①。希夷与张若虚同是将乐府长篇声律化的成功者,其诗多乐府旧题,尤以《代悲白头翁》最为知名,而其年未及三十即卒,亦传闻与此诗有关。唐孟棨《本事诗·征咎》载:"刘希夷尝为诗曰:'今年花落颜色改,明年花开复谁在?'忽然悟曰:'其不祥欤?'复遘思逾时,又曰:'年年岁岁花相似,岁岁年年人不同。'又恶之。或解之曰:'何必其然。'遂两留之,果以来春之初下世。"②

【注释】

①三段引文分见《唐才子传》卷一、《旧唐书·文苑传》、《大唐新语》卷八。
②诗谶之说唐时流传,《大唐新语》《刘宾客嘉话录》皆载有此事,并谓乃因宋之问乞诗不成而害之,恐不可信。

代悲白头翁①

洛阳城东桃李花,飞来飞去落谁家。洛阳女儿好颜色,坐见落花长叹息。②今年花落颜色改,明年花开复谁在?已见松柏摧为薪,更闻桑田变成海。古人无复洛城东,今人还对落花风。③年年岁岁花相似,岁岁年年人不同。④寄言全盛红颜子,应怜半死白头翁。此翁白头真可怜,伊昔红颜美少年。公子王孙芳树下,清歌妙舞落花前。光禄池台开锦绣,将军楼阁画神仙。⑤一朝卧病无相识,三春行乐在谁边?宛转蛾眉能几时,须臾鹤发乱如丝。⑥但看古来歌舞地,惟有黄昏鸟雀悲⑦。

【注释】

① 题一作《白头吟》,属相和歌辞的楚调曲。《西京杂记》卷三载:"相如将聘茂陵人女为妾,卓文君作《白头吟》以自绝,相如乃止。"郭茂倩《乐府诗集》引《古辞》解题云:"《白头吟》疾人相知,以新间旧,不能至于白首,故以为名。"然本诗但因其题,内容则用"白头"之字面意义,另抒青春易逝、荣华难再之悲感,颇富据题发挥之创意;同时此作亦是声律化之七言诗,音韵宛转流美。

② 好,一作"惜"。坐见,一作"行逢"。由落花、红颜之对比,引起下文铺陈繁华代谢之感的契机。

③ 二句意谓古人已逝,不再能城东赏花;而今人虽在,面对风吹不息,依然有落花当前之感伤。

④ 本联为人口传诵之名句,唐时盛传宋之问因乞夺此二句不成,怒而杀之(见韦绚《刘宾客嘉话录》载);事不可信,今宋集亦收此诗。

⑤ 开,一作"丈"。光禄,官名,秦代始置,唐时光禄大夫乃从二品的文散官,为司膳之职。两句形容年轻位高,享有青云之上的富贵生活,乃用西汉末王凤家族之典故,《汉书·元后传》载:成帝时,"大将军(王)凤用事,上遂谦让无所颛。……自是公卿见凤,侧目而视,郡国守相刺史皆出其门……五侯群弟,争为奢侈,赂遗珍宝,四面而至;后庭姬妾各数十人,僮奴以千百数,罗钟磬,舞郑女,作倡优,狗马驰逐;大治第室,起土山渐台,洞门高廊阁道,连属弥望"。又"用光禄勋曲阳侯(王)根为大司马票骑将军,岁余益封千七百户"。而王莽亦曾任光禄大夫。

⑥ 三春,即孟春、仲春、季春之合称。宛转蛾眉,指美丽容颜。须臾,不久,形容极短的时间。

⑦ 悲,一作"飞"。

杜 审 言

　　杜审言(约太宗贞观十九年—约中宗景龙二年,约六四五—约七〇八),字必简,京兆、襄阳为祖籍,自其父杜依艺起迁居河南巩县。咸亨元年(六七〇)及进士第,为隰城尉,"累转洛阳丞(六九六),坐事贬授吉州司户参军(六九八)。……后则天召见审言,将加擢用,问曰:'卿欢喜否?'审言蹈舞谢恩,因令作《欢喜诗》,甚见嘉赏,拜著作佐郎。俄迁膳部员外郎。神龙初年(七〇五)坐与张易之兄弟交往,配流岭外(峰州)。寻召授国子监主簿(七〇六),加修文馆直学士(七〇八)。年六十余卒"①。有《杜审言集》,《全唐诗》存其诗四十三首。

　　杜审言文名早著,"少与李峤、崔融、苏味道为文章四友,世号'崔李苏杜'。融之亡,审言为服缌",然恃才傲物,"苏味道为天官侍郎,审言集判,出谓人曰:'味道必死。'人惊问故,答曰:'彼见吾判,且羞死。'又尝语人曰:'吾文章当得屈、宋作衙官,吾笔当得王羲之北面。'……病甚,宋之问、武平一等省候何如,答曰:'甚为造化小儿相苦,尚何言?然吾在,久压公等,今且死,固大慰,但恨不见替人。'"②此种矜诞自负的作风自是难免遭嫉,于唐代诗人中这种性格亦显得突出。

　　审言为杜预之后代,杜甫之祖父;所作五律已达圆熟之境,使齐梁以来不断进展的近体诗更为完备,王夫之《薑斋诗话》便谓:"近体,梁、陈已有,至杜审言而始叶于度。"而七律则还留有过渡时期的痕迹,平仄尚未全合。杜甫以孺慕之情推崇道:"吾祖诗冠古。"③并以转益多师的态度模仿学习,颇有克绍箕裘的自许。

【注释】

①引文见《旧唐书·文苑传》,仕历年代之考证参傅璇琮主编《唐才子传校笺》卷一。

②两段引文俱见《新唐书·文艺传》。
③见《赠蜀僧间丘师兄》诗。

和晋陵陆丞早春游望①

独有宦游人,偏惊物候新。②云霞出海曙,梅柳渡江春。③淑气催黄鸟,晴光转绿蘋。④忽闻歌古调,归思欲沾巾。⑤

【注释】

①一作韦应物诗。晋陵,《元和郡县志》"江南道常州晋陵县":"本春秋时延陵,汉之毗陵也,后与郡俱改为晋陵(避晋元帝讳)。"在今江苏武进。陆丞,陆姓县丞,为杜审言友人,《早春游望》之作者。《唐六典》卷三十曰:"诸州上县……丞一人,从八品上。"县丞为赞治佐理之县官。
②宦游,参王勃《送杜少府之任蜀州》注④。偏惊,意谓特别敏感善惊。物候,指天地万物节气风候等大自然的整体表现。
③曙,破晓天明,与"春"字皆作动词用。两句意谓云霞随旭日出海而与朝阳同其升腾绚烂;梅柳于江南抢先绽花舒叶,似乎是渡过长江以妆点春色。
④淑气,指和暖之春气。黄鸟,陆元恪《毛诗疏》曰:"黄鸟,黄鹂留也,或谓之黄栗留,幽州人谓之黄莺,或谓之黄鸟。"蘋,《诗经·召南·采蘋》毛传云:"蘋,大萍也。"两句意谓早春之和气催促黄莺鸣啭,阳光使绿蘋的色泽转深,源出江淹《咏美人春游》:"江南二月春,东风转绿蘋。"
⑤古调,指陆丞的《早春游望》诗,谓其具有古风遗韵。末联作收,亦扣住诗题中的"和"字。《升庵诗话》卷五云:首句、第七句"妙在'独有''忽闻'四虚字"。
△此诗每句皆有平上去入四声,故诵之音调谐美,胡应麟《诗薮》推为唐人五律第一。清屈复《唐诗成法》云:"中四句合写'物候'二字,颠倒变化,可学其法。'物候新',居家者不觉,独宦游人偏要惊心。三、四写物候到处皆新,五、六写物候新得迅速,具文见意,不言'惊'而'惊'在语中。结和陆丞,以'归思'应'宦游',以'欲沾巾'应'偏惊'。"

夏日过郑七山斋①

共有樽中好,言寻谷口来。②薜萝山径入,荷芰水亭开。③日气含残雨,云阴送晚雷。洛阳钟鼓至,车马系迟回。④

【注释】

①寻绎句意,此诗当是杜审言任洛阳丞时作。
②樽中好,即对杯中酒的喜爱。言,助词,无义。谷口,汉县名,今陕西礼泉东,扬雄《法言·问神》载:"谷口郑子真(名璞)不屈其志,而耕乎岩石之下,名震于京师。"此处用以比诸郑七,并切其姓。
③薜萝,谓薜荔、女萝之类的蔓生植物。芰,即菱。开,开展铺陈。
④钟鼓,报时之具,言时辰已到;一谓为烘托威势之仪仗乐器,如此则指权贵驾临。高步瀛《唐宋诗举要》卷四引王隐《晋书》曰:"宋纤隐于酒泉南山,酒泉太守马岌具威仪、鸣钟鼓造纤,纤拒而不见。"参味下句,应指时辰较确。迟回,晚归;或解作留连徘徊貌。

△明周珽《唐诗选脉会通评林》卷二十六云:"首述来过之由,次叙相过所历,三记山斋时景,末致留恋之意。惟其有尊中嗜好,故致钟鼓已动,尚迟留忘别。开词结构,照应有情,曲尽幽思。"

宋 之 问

宋之问(约高宗显庆元年—玄宗先天元年,约六五六—七一二),一名少连,字延清,汾州(今山西汾阳)人,一说虢州弘农(今河南灵宝)人。高宗上元二年(六七五)进士及第,于天授元年(六九〇)直习艺馆后,在万岁通天元年(六九六)前后任洛州参军,并与陈予昂交友。久视元年(七〇〇)为奉宸府内供奉,"于时张易之等烝昵宠甚,之问与阎朝隐、沈佺期、刘允济倾心媚附,易之所赋诸篇,尽之问、朝隐所为",直至中宗神龙元年(七〇五)武则天病重,张易之兄弟等被诛,坐贬泷州参军(在今广东罗定),未几逃归洛阳,起为鸿胪主簿,"景龙中,迁考功员外郎,谄事太平公主,故见用;及安乐公主权盛,复往谐结,故太平深疾之",下迁越州长史。睿宗立,"以之问尝附张易之、武三思,配徙钦州(在今广西),先天中,赐死于徙所"。①有《宋之问集》,《全唐诗》存诗三卷近二百首。

之问诗名早著,善长五律诗,史传称其有"夺锦之才"②,主要是以格律精工取胜,另亦兼擅五古;晚年再被窜谪,途经江、岭,作品遂多个人怀抱,流露自我真情和人生感慨,而更具传布之价值。在文学史上,宋之问和沈佺期齐名,两人诗集中合于近体诗格律之作品已占大多数,因此被视为律诗形式的完成者,《新唐书·文艺传·宋之问传》称:"魏建安后讫江左,诗律屡变,至沈约、庾信,以音韵相婉附,属对精密。及之问、沈佺期,又加靡丽,回忌声病,约句准篇,如锦绣成文,学者宗之,号为'沈宋'",而除了比肩的文学地位外,两人在生平遭遇及巧事承迎的性格,也颇多相似之处。

【注释】

①三段引文分见《新唐书·文艺传》《旧唐书·文苑传》。所述仕历年代,可

参傅璇琮主编《唐才子传校笺》卷一之考证。

②如《新唐书·文艺传》载:"武后游洛南龙门,诏从臣赋诗,左史东方虬诗先成,后赐锦袍,之问俄顷献,后览之嗟赏,更夺袍以赐。"另《旧唐书·文苑传》亦载此事。

度大庾岭①

度岭方辞国,停轺一望家。②魂随南翥鸟,泪尽北枝花。③山雨初含霁,江云欲变霞。④但令归有日,不敢怨长沙⑤。

【注释】

①诗作于宋之问流放岭南途中。大庾岭,在今江西大庾,因其多梅,又称梅岭。《元和郡县志》"岭南道韶州始兴县":"大庾岭,一名东峤山,在县东北百七十里,本名塞上。汉伐南越,有监军姓庾,城于此地,故名大庾。"

②辞国,辞别故土。轺(yáo),古时轻便的小马车。

③翥(zhù),飞起之意。南翥鸟,此处指雁,传闻中鸿雁南飞,至大庾岭即折回,故宋之问《题大庾岭北驿》诗亦云:"阳月南飞雁,传闻至此回。"北枝花,高步瀛《唐宋诗举要》引《白氏六帖·梅部》曰:"大庾岭上,梅南枝落、北枝开。"此处用以具现其望北念归之心情。

④霁,雨雪停歇天色放晴。霞,云上反映日光所生之红彩;云变霞,亦放晴日出之景。有借景为喻之意,启下联。

⑤怨长沙,以被谪于长沙的贾谊自比而申其幽怨。《史记·屈原贾生列传》载:"孝文帝初即位,谦让未遑也。诸律令所更定,及列侯悉就国,其说皆自贾生发之,于是天子议以为贾生任公卿之位。绛、灌、东阳侯、冯敬之属尽害之,乃短贾生曰:'洛阳之人,年少初学,专欲擅权,纷乱诸事。'于是天子后亦疏之,不用其议,乃以贾生为长沙王太傅。"

△许文雨曰:"言远度岭南,停轺回望,不觉魂逐南雁俱回,泪与梅花同尽矣。但看雨霁霞明,景象转佳,倘由剥而复,归返有日,正不必效贾傅迁谪而自伤矣。"

新年作①

乡心新岁切,天畔独潸然。②老至居人下,春归在客先。③岭猿同旦暮,江柳共风烟。④已似长沙傅,从今又几年。⑤

【注释】
① 亦是谪窜于江、岭时作。本篇一入刘长卿诗集中。
② 乡心,思乡之心,为全诗主旨,领起以下各句。切,急切。天畔,即天涯、天边。潸然,泪流不止貌。
③ 纪昀云:"三、四乃初唐之晚唐,似从薛道衡《人日思归》诗化出。"薛诗为:"人归落雁后,思发在花前。"本联点出诗人天畔潸然之故,乃在春来却客居异乡,而年老犹寄人篱下。
④ 两句意谓日夜交替的岁月流转中唯有岭猿相共,而风沙烟尘里的客居生活也只有江柳为伴。纪昀云:"五、六二句渐以心思相胜,非复从前堆垛之习矣;妙于巧密而浑成,故为大雅。"
⑤ 长沙傅,指贾谊,详参《度大庾岭》诗注⑤。
△ 清顾安《唐律消夏录》云:"句句从'切'字说出,便觉沉着。五、六以'同''共'二字形容出'独'来,甚妙。"

渡汉江①

岭外音书断,经冬复历春。②近乡情更怯,不敢问来人。③

【注释】
① 汉江,即汉水。明唐汝询《唐诗选》将此诗系宋之问名下,注云:"此逃归时作。"推测是由贬所泷州逃归洛阳之途中,渡汉水时作。有的本子视李频为本诗作者,似与李频仕宦生涯未及岭南之经历不合。
② 岭外,即岭南,奄有今广东一带。音书,指书信音讯。

③清于祉《澹园诗话》曰:"隔岁无书,近乡正宜问讯,今云不敢问者,思之之深,忧喜交集,若有所畏耳。"清吴修坞《唐诗续评》卷二云:"'怯'字写得真情出。音书久断,宜急于问,曰'不敢'者,恐日久而故乡有不测之事也。"

沈　佺　期

沈佺期(约高宗显庆元年—玄宗开元元年,约六五六—七一三),字云卿,相州内黄(今河南内黄西)人。上元二年(六七五)及进士第,历任协律郎、通事舍人、考功员外郎、给事中等职,长安四年(七〇四)受贿入狱,未究获释,中宗神龙元年(七〇五)因附会张易之、张昌宗而被逐,流放驩州(州治在今越南荣市),神龙三年遇赦北归;景龙二年(七〇八)以起居郎兼修文馆直学士,后历中书舍人、太子詹事,开元初卒。①有《沈佺期集》,《全唐诗》编诗三卷一五八首。

沈佺期与宋之问并称为"沈宋",唐刘𫗧《隋唐嘉话》载:"沈佺期以工诗著名,燕公张说尝谓之曰:'沈三兄诗,直须还他第一。'"除五言诗之外,又"善属文,尤长七言之作"②,诗集中的七言作品确然是质量较佳,故除了五律之外,也可说是七律的奠定者。不过其诗奉诏应制之作不少,感情的表达也常袭用传统旧调,似不及宋之问能抒发自我,而显得较没有个性。

【注释】

①本段所述仕历及其年代考证,参傅璇琮主编《唐才子传校笺》卷一。
②见《旧唐书·文苑传》。

古　意①

卢家少妇郁金堂②,海燕双栖玳瑁梁③。九月寒砧催木叶,十年征戍忆辽阳。④白狼河北音书断,丹凤城南秋夜长。⑤谁为含愁独不见,更教明月照流黄。⑥

【注释】

①诗题于《才调集》卷三作《古意呈补阙乔知之》,《乐府诗集》卷七十五作《独不见》,内容承袭传统闺怨之作,抒思妇念远之情。章兰省云:"此诗因乔知之妾为武承嗣夺去,乔剧思之,故作此诗以慰其意,言比之征夫戍妇无如何也。"

②本句自乐府古歌(《乐府诗集》卷八十五作梁武帝诗)化出,南朝乐府《河中之水歌》云:"河中之水向东流,洛阳女儿名莫愁。莫愁十三能织绮,十四采桑南陌头。十五嫁为卢家妇,十六生儿字阿侯。卢家兰室桂为梁,中有郁金苏合香。"卢家妇便被借作少妇之代称。郁金,为植物名,可做珍贵香料。郁金堂,又作"郁金香",一解作堂中燃烧郁金香料,一解作堂以郁金补壁,如椒房之类,皆取其芳香熏染之意。

③玳瑁,海龟类,甲壳光滑,黄黑相间,可制成饰品。本句形容屋梁涂以玳瑁之色,雕绘精美;上栖双飞之海燕,适与少妇之形单影只成强烈对比。

④催木叶,一作"催下叶"。砧,捣衣石。辽阳,今辽宁辽阳,泛指辽东边地。

⑤白狼河,《水经注·大辽水》:"白狼水,水出右北平白狼县(今辽宁沈阳西北)东南。"今名大凌河。丹凤城,指长安,杜甫《送覃二判官》诗赵彦材曰:"秦穆公女弄玉吹箫,凤集其城,因号丹凤城。"其后言京都之城曰凤城。唐时长安有丹凤门,《唐六典》卷七载:"丹凤门内,正殿曰含元殿,夹殿二阁,左曰翔鸾阁,右曰栖凤阁。"

⑥独不见,谓不能相见。流黄,羊胜《屏风赋》辞曰:"饰以文锦,映以流黄。"注云:"间色素也。"即黄紫相间的绢布。末联呼应上文寒砧寄衣之意。

△章兰省评此诗曰:"中含无限悲痛,而语极幽艳。"沈德潜《说诗晬语》卷上云,本篇"骨高气高,色泽情韵俱高"。

杂诗三首(选一)①

闻道黄龙戍,频年不解兵。②可怜闺里月,长在汉家营。③少妇今春意,良人昨夜情。④谁能将旗鼓,一为取龙城。⑤

【注释】

①本诗原列第三首,内容亦不离征人离妇的传统格局。

②闻道,听说。黄龙戍,即黄龙冈,在今辽宁开原北;一本作"黄花塞"。频年,常年。解兵,休兵、撤兵。

③闺里月,喻指闺中少妇,兼谓闺中团圆之美好境况。汉家,指汉朝,为诗人对唐朝的委婉代称。千里婵娟,联系两方;少妇之心思牵念长在边关异地,此离别之月虽明堪悲,故曰"可怜"。长在,一作"遍照",较不能表现"频年"分别之情状,似不可从。

④两句一承"闺里月",一承"汉家营",分述双方的离别情意。良人,《诗经·唐风·绸缪》毛传曰:"良人,夫称也。"

⑤将旗鼓,意指率领军队。一为,一举。龙城,《史记·匈奴列传》索隐引崔浩曰:"西方胡皆事龙神,故名大会处为龙城。"其地在今蒙古境内,此处借指敌人之核心要地。

△清黄生《唐诗摘钞》朱之荆补曰:"结联和起联相应,局法甚紧。"佚名《唐诗从绳》云:"即景见情,此全篇直叙格也。五怀春,六梦远,'怀'字、'梦'字藏于句中。结句即私情以见公义,何等柔婉。"

张 若 虚

张若虚(约高宗显庆五年—约玄宗开元八年,约六六〇—约七二〇),扬州(今属江苏省)人。据《旧唐书·文苑传》知其曾任兖州兵曹,中宗神龙年间,与贺知章、张旭、包融等人"俱以吴、越之士,文词俊秀,名扬于上京……数子人间往往传其文",为"吴中四士"之一。今《全唐诗》仅存诗二首。

张若虚是唐代作家中以孤篇传名千古的诗人之一。其作品之一的《代答闺梦还》并不突出,但此处所收的另一首《春江花月夜》则是一篇情致缠绵动人、节奏清畅流美的抒情杰作,使容易流于浮滥陈套的闺情妇怨令人一新耳目,不仅在声律上吸收了初唐时实验的成果而和谐动听,更重要的是成功地结合了大自然的清新与永恒,扩大了诗歌具有普遍意义的对宇宙人生探究的深度和广度,因此耐人感思,可堪反复吟咏,其成就远远超过了前人同题的作品,以及卢照邻以类似题材写成的《明月引》,以之流芳百世,可谓当之无愧。

春江花月夜①

春江潮水连海平,海上明月共潮生。滟滟随波千万里,何处春江无月明。②江流宛转绕芳甸,月照花林皆似霰。空里流霜不觉飞,汀上白沙看不见。③江天一色无纤尘,皎皎空中孤月轮。江畔何人初见月?江月何年初照人?④人生代代无穷已,江月年年只相似。不知江月待何人,但见长江送流水。⑤白云一片去悠悠,青枫浦上不胜愁。谁家今夜扁舟子?何处相思明月楼?⑥可怜楼上月裴回,应照离人妆镜台。玉户帘中卷不去,捣衣砧上拂还来。⑦此时相望不相闻,愿逐月华流照君。鸿雁长飞光不度,鱼龙潜跃水成文。⑧昨夜闲潭梦落花,可怜春半不还家。江水流春去欲尽,江潭落月复西斜⑨。斜月沉沉藏海雾,碣石潇湘无限路⑩。不知乘月几人归,落月摇情满江树⑪。

【注释】

① 《旧唐书·音乐志》云:"《春江花月夜》《玉树后庭花》《堂堂》并陈后主所作。叔宝常与宫中女学士及朝臣相和为诗,太乐令何胥又善于文咏,采其尤艳丽者以为此曲。"属乐府旧题,归入"清商曲·吴声歌"。本诗每四句一换韵,内容上亦每两联自成段落,各有重点和陈述角度,且为唐代"古诗声律化"的成功尝试,因而兼具意境上宏阔磅礴之深广与音韵上流丽婉转之美感,因此能够由一首闺怨诗提升为对宇宙人生的终极探究。

② 首段四句形容江水盈漫,与明月同升,而月光遍洒的空阔无限之状。次句"海上明月共潮生"展现一宇宙新生之鲜活力量,为初唐诗人所共感,如陈子昂《感遇》其一之"微月生西海"、张九龄《望月怀远》之"海上生明月"、崔融《关山月》之"月生西海上"与王湾《次北固山下》之"海日生残夜"等是。滟滟,水盈满漫溢貌。

③ 次段四句描写月光清明净白、透亮澄澈的效果。芳甸,花草芳茂的郊野。霰(xiàn),冰珠。

④ 本段四句由月光转向月本身,从而在时间的纵深度上突破有限,追问无限,显示一种更深远的时间向度。

⑤ 此段以江月不变、流水不断衬出人生之短暂无常;而由"待"字埋下深闺怀人的伏笔。

⑥ 自本段始,转入特定时空的短暂人生中某位闺中女子的思怨离愁,而集中于夜晚之春、江、花、月来表现;既承诗题,又更铺设华美之意象,使一片闺怨哀而不伤,婉丽柔荡。白云,象征游人,即下联之"扁舟子"。青枫浦,借指女子所在,即下句之"明月楼";今湖南浏阳有此地名。"谁家今夜扁舟子"为"扁舟子今夜谁家"之倒装。

⑦ 四句极写月之亲人缠绵,反衬出女子之孤单寂寞。裴回,即徘徊。卷不去,指帷帘卷收月不去之意。曹植《七哀诗》云:"明月照高楼,流光正徘徊。上有愁思妇,悲叹有余哀。"为此处所本。

⑧ 二联表现女子随月寻人之痴想,乃因鸿雁善飞,却难逾光照之范围;鱼龙深

潜,却为光所惊而潜跃动水,表现出月照之广与深,足以涵盖无限的空间,则可以无处不到。

⑨本段写落花春去而夜将尽,表现春事随光阴流逝而消歇,带来了期望落空、青春难久之遗憾。

⑩碣石,山名,位于河北境内。潇、湘,二水名,于湖南永州西合流,北入洞庭湖,宋陶岳《零陵总记》载:"潇水在永州西三十步,自道州营道县九嶷山中,亦名营水。湘水在永州北十里,出自桂林海阳山中,经灵渠,北流至零陵北,与潇水合。二水皆清泚一色,高秋八九月,虽丈余可以见底。自零陵合流谓之潇湘,经衡阳,抵长沙,入洞庭。"《舆地纪胜》"荆湖南路永州":"二水所会,九疑之麓,岂独草木土石水泉之胜,环以群山,延以林麓,游观之佳丽,山水之奇秀,殆非中州所有。"以潇湘八景著称。此处用两地代表南北悬隔的距离。

⑪末段以落月终结,呼应首段之初生明月;而以月色余辉映照江树来蕴蓄其悠远不尽的余韵。

△清沈德潜《唐诗别裁集》云:"前半见人有变易,月明常在,江月不必待人,惟江流与月同无尽也。后半写思妇怅望之情,曲折三致。题中五字安放自然,犹是王杨卢骆之体。"毛先舒《诗辩坻》卷三亦曰:"不著粉泽,自有腴姿,而缠绵蕴藉,一意萦纡,调法出没,令人不测,殆化工之笔哉!"明王世懋《艺圃撷馀》卷十一:"句句以春江花月妆成一篇好文字。"明钟惺《唐诗归》卷六:"将春、江、花、月、夜五字炼成一片奇光,分合不得,真化工手。"清徐增《而庵说唐诗》卷四:"此诗如连环锁子骨,节节相生,绵绵不断","春、江、花、月、夜五个字,各各照顾有情。诗有艳诗,才真绝才也"。

陈 子 昂

陈子昂(唐高宗龙朔元年—武后长安二年,六六一—七〇二),字伯玉,梓州射洪(今四川射洪)人。家世富豪,为当地豪族,"始以豪家子,驰侠使气,至年十七八未知书,尝从博徒入乡学,慨然立志,因谢绝门客,专精坟典,数年之间,经史百家罔不该览",于文明元年(六八四)进士及第。①"会高宗崩,灵驾将还长安,子昂诣阙上书,盛陈东都形势,可以安置山陵……则天召见,奇其对,拜麟台正字"②。垂拱二年(六八六)从左补阙乔知之护军北征,曾至张掖;永昌元年(六八九)仕右卫冑曹参军,以母丧去官,服终,擢右拾遗(六九三)。在拾遗任内,一度从建安王武攸宜北征契丹(六九六),为参谋之职,"圣历初解官归。会父丧,庐冢次。县令段简贪残,闻其富,造诈诬子昂,胁取赂二十万缗,犹薄之,遂送狱"③,忧愤而卒。有《陈伯玉集》,《全唐诗》存诗二卷一百二十多首。

陈子昂性情直率刚直,却绝不食古不化,曾上《大周受命颂》而得到武后的重视,但也屡次上书直谏,不惧权贵,所论皆切中时弊。惜与世相忤而不得志,形之于诗,遂多忧愤之词,流露出愤激刚烈之气,也因为这种不妥协的性情而在文坛中树立了个人鲜明的标帜,在当时讲究纤巧靡丽、追求形式化美学的风潮中独倡复古之议,开始为诗歌注入迥然有别的创作概念。其见解具体地表达于《与东方左史虬修竹篇》序中:"文章道弊五百年矣,汉魏风骨,晋宋莫传,然而文献有可征者。仆尝暇时观齐梁间诗,彩丽竞繁,而兴寄都绝,每以永叹。思古人,常恐逶迤颓靡,风雅不作,以耿耿也。"而这种重风骨、讲兴寄的观念,直接实践的成果就是《感遇三十八首》。

陈子昂开革新风气之先,不但影响了李白的创作观,也受到了杜甫、白居易的推崇。④他在诗歌演进史上的地位受到了后世的肯定,如韩愈《荐士》诗云："齐梁及陈隋，众作等蝉噪。搜春摘花卉，沿袭伤剽盗。国朝盛文章，子昂始高蹈。"《新唐书·陈子昂传》曰："唐兴，文章承徐、庾余风，天下祖尚，子昂始变雅正。"刘克庄《后村诗话》卷一亦谓："唐初，王杨沈宋擅名，而不脱齐梁之体，独陈拾遗首倡高雅冲澹之音，一扫六代之纤弱……太白、韦、柳继出，皆自子昂发之。"即使其部分诗作仍不能完全裁汰齐梁余习，但陈子昂作为开路先驱之地位，已然确立不移了。

【注释】

①引文见陈子昂友人卢藏用所撰之《陈氏别传》；而陈子昂及进士第前，传有"毁琴扬名"的故事，见《全唐诗话》卷一。

②引自《旧唐书·文苑传》。

③引见《唐才子传》卷一。而本段所述之仕历，可参傅璇琮主编《唐才子传校笺》。

④李白《古风》第一首曾说："自从建安来，绮丽不足珍。圣代复元古，垂衣贵清真。"立场与陈子昂相近。杜甫《陈拾遗故宅诗》云："公生扬马后，名与日月悬……终古立忠义，感遇有遗篇。"白居易《与元九书》则曰："唐兴二百年，其间诗人不可胜数，所可举者，陈子昂有《感遇》诗二十首。"

感遇三十八首(选三)①

一

兰若生春夏，芊蔚何青青。②幽独空林色，朱蕤冒紫茎。③迟迟白日晚，袅袅秋风生。④岁华尽摇落，芳意竟何成。⑤

【注释】

①陈子昂《感遇三十八首》实践其复古之理论，因遇有感，便援笔抒之，故有见闻实录，亦寓含个人之思意情志。其内容所咏不止一事，更非一时一地所作，诗旨多端，而不离咏怀。此处选收其中第二、十七首及第二十三首。

② 兰若,兰草、杜若二物之合称,俱为香草名。芊蔚、青青(jīng jīng),皆茂盛貌。
③ 幽独,即《楚辞·九章·悲回风》所云"兰茝幽而独芳"之意。空林色,意谓使林中颜彩为之黯然失色,用法同韩愈《送温处士序》之"伯乐一过冀北之野,而马群遂空"。朱蕤,即红花;蕤(ruí),草木花叶披垂貌。冒,冒出。
④ 白日晚,形容一日将尽;秋风生,表示衰飒已至。袅袅,长弱貌。
⑤ 岁华,即年来精心努力开出的花朵,用以比拟青春锐志。芳意,指春心灵思之类的美好心意。高步瀛《唐宋诗举要》卷一引吴挚甫曰:"此自伤不遇明时。"故充满摇落成空的迟暮之感;字里行间显然可见《楚辞》擅用的比兴之意,有古韵风调。

二①

幽居观天运,悠悠念群生。终古代兴没,豪圣莫能争。② 三季沦周赧,七雄灭秦嬴。③ 复闻赤精子,提剑入咸京。④ 炎光既无象,晋虏复纵横。⑤ 尧禹道已昧,昏虐势方行。岂无当世雄,天道与胡兵。⑥ 咄咄安可言,时醉而未醒。⑦ 仲尼溺东鲁⑧,伯阳遁西溟⑨。大运自古来,旅人胡叹哉!⑩

【注释】

① 本篇为退隐归乡后所作。其篇旨或如姚范《援鹑堂笔记》以为:"此以慨武后也。"或如陈沆《诗比兴笺》所云:"此指诸王举兵复兴,悉就败灭之事也。"然皆失之穿凿,附会太过。纵观全诗,应是在反省历史发展之势运的同时,更表达诗人在昏暗世局中壮志难伸的伤时愤世之情。
② 终古,古昔。代兴没,指朝代之兴亡更替。
③ 三季,《汉书·叙传》曰:"三季之后,厥事放纷。"颜师古注云:"三季,三代之末。"指夏商周三代的末世。两句意谓三代于周赧王时沦亡,战国七雄灭于秦始皇嬴政之手。
④ 赤精子,指汉高祖刘邦,《汉书·哀帝纪》中"待诏夏贺良等言赤精子之谶"句注引应劭曰:"高祖感赤龙而生,自谓赤帝之精,良等因是作此谶文。"而《史记·高祖本纪》载高祖语云:"吾以布衣提三尺剑取天下,此非天命

乎?"咸京,即秦都咸阳。

⑤炎光,指汉代运势;因汉尚赤,故云。无象,丧乱无状之意。晋房,指晋时五胡乱华。

⑥昧,昏暗不明。与,帮助。

⑦呫呫,怪叫声。《晋书·殷浩传》载:"浩虽被黜放,口无怨言,夷神委命,谈咏不辍,虽家人不见其有流放之感,但终日书空,作'呫呫怪事'四字而已。"又《楚辞·渔父》篇载屈原语云:"举世皆浊我独清,众人皆醉我独醒,是以见放。"

⑧溺,沦没。《史记·孔子世家》载:"孔子之去鲁凡十四岁而反乎鲁。……然鲁终不能用孔子,孔子亦不求仕。"

⑨伯阳,即老子,《神仙传》云:"老子,姓李,名耳,字伯阳,一名重耳,外字聃。"西溟,即西海,泛指西方。《史记·老子列传》载:"居周久之,见周之衰,乃遂去。至关,关令尹喜曰:'子将隐矣,强为我著书。'于是老子乃著书上下篇,言道德之意五千余言而去,莫知其所终。"关为散关或函谷关。

⑩大运,指三代以来历史推移之道。旅人,诗人自指,亦可泛指,以示其身如寄、难移乾坤之局外感。

三

翡翠巢南海,雄雌珠树林。①何知美人意,骄爱比黄金。②杀身炎州里,委羽玉堂阴。③旖旎光首饰,葳蕤烂锦衾。④岂不在遐远,虞罗忽见寻⑤。多材信为累,叹息此珍禽。⑥

【注释】

①翡翠,鸟名,《后汉书·班固传》李贤注引《异物志》曰:"翠鸟形如燕,赤而雄曰翡,青而雌曰翠,其羽可以饰帏帐。"珠树,神话中之珍木,《山海经·海外南经》云:"三株(一作珠)在厌火北,生赤水上,其为树如柏,叶皆为珠。"首联以珍禽比才士,而与奇树相互辉映,作为下文"杀身委羽"之对比,呈现张力。

②意谓美人之骄重赏爱比价于黄金,乃属意外;且爱之适足以害之,造成杀身之祸,而导出下文。

③炎州,即"炎洲",南海之洲,《十洲记》云:"炎洲在南海中。"玉堂,代指富贵之家,汉乐府《相逢行》有"白玉为君堂"之句。

④旖旎(yǐ nǐ),轻柔飘扬的样子,王逸注《楚辞·九辩》则云:"盛貌。"光,光耀。传统工艺中以翠鸟羽毛镶嵌于首饰上,称"点翠"。葳蕤(wēi ruí),本指草木花叶纷披下垂貌,此处用以形容羽饰美盛的样子。烂,灿烂。锦衾,锦绣之大被。

⑤虞罗,虞人之网罗。《礼记·檀弓》篇郑玄注云:"虞人,掌山泽之官。"

⑥信,实在。末联叹息珍禽因才失命之灾运,兼寓一己身世之悲慨。诗人所作《麈尾赋》亦云:"此仙都之灵兽,固何负而罹殃?……岂不以斯尾之有用,而杀身于此堂!"与此同调。

△高步瀛《唐宋诗举要》卷一引吴挚甫云:"此言时士不幸见知于武后也。"全诗明显呼应《庄子·人间世》中"山木自寇","膏火自煎"与同书《山木》中"直木先伐,甘井先竭"的思想,而益之以刚烈之气与热奋之情,遂更为激励人心。

蓟丘览古赠卢居士藏用七首(选一)①

南登碣石馆②,遥望黄金台③。丘陵尽乔木,昭王安在哉?④霸图怅已矣,驱马复归来。⑤

【注释】

①此处所选为其中第二首。蓟丘,据明蒋一葵《长安客话》,相传北京德胜门外之土城关为古蓟门遗址,亦名蓟丘。览古,意即览物怀古。武后万岁通天元年诗人(三十六岁)随建安郡王武攸宜北征契丹,进言献策而不为所用;于登览冀北古迹时,遥想燕昭王招贤之事,有感而发为诗作数篇,包括本组七首及《登幽州台歌》等。

②首联写两处与燕昭王招贤纳士有关之古迹,而引起下文之感怀。碣石馆,即碣石宫,《史记·孟荀列传》载:"(驺衍)如燕,昭王拥彗先驱,请列弟子之座而受业;筑碣石宫,身亲往师之。"

③黄金台,相传为燕昭王所筑,置金其上,以延请天下有能之士,对抗齐的侵

略。《史记·燕召公世家》云："燕昭王于破燕之后即位,卑身厚币以招贤者。……为(郭)隗改筑宫而师事之;乐毅自魏往,邹衍自齐往,剧辛自赵往,士争趋燕。"

④两句谓时日推移中,木已长成大树,而昭王也湮灭不存。

⑤霸图,宏伟雄霸之经略。《史记·燕召公世家》载昭王于二十八年苦心经营下,"以乐毅为上将军,与秦、楚、三晋合谋以伐齐。齐兵败,湣王出亡于外;燕兵独追北,入至临淄,尽取齐宝,烧其宫室宗庙。齐城之不下者,独唯聊、莒、即墨,其余皆属燕"。如今伐契丹之役所用非人,志士沉沦,故感慨霸业难再,有归去之叹。

登幽州台歌①

前不见古人,后不见来者。②念天地之悠悠,独怆然而涕下。③

【注释】

①本篇与前首作于同时。卢藏用《陈氏别传》云:"子昂知不合,因钳默下列,但兼掌书记而已。因登蓟北楼,感昔乐生、燕昭之事,赋诗数首(按:即《蓟丘览古七首》),乃泫然流涕而歌曰……时人莫之知也。"幽州,属河北道,治所在今北京市大兴区;幽州台,即蓟北楼。

②首联就时间感而言,表现前人已远而后继者难见的寂寞。《楚辞·远游》曰:"惟天地之无穷兮,哀人生之长勤。往者余弗及今,来者吾不闻。"阮籍《咏怀》第三十二首亦云:"去者余不及,来者吾不留。"皆与此同其感慨。

③此处就空间感而言,传达天下阔大却举目无人的孤独。而在时空滔滔莽莽、无限苍茫的对照之下,陈子昂所流露的却并非沧海一粟的渺小感受,与消极无力的负面意义;充塞其间的,毋宁是一股与之相抗的浩然之气,形成一种中流砥柱的自觉意识,因而能提振人心,不流于低调之哀音。其间差异似小实巨,宜加审辨。

贺 知 章

贺知章(约高宗显庆四年—约玄宗天宝三年,约六五九—约七四四),字季真,会稽永兴(今浙江萧山)人。"少以文词知名,性旷夷,善谈论笑谑。证圣初(六九五)擢进士、超拔群类科。陆象先在中书,引为太常博士。象先与知章最亲善,常曰:'季真清谈风韵,吾一日不见,则鄙吝生矣。'当时贤达皆倾慕之。……开元十三年迁礼部侍郎,兼集贤院学士","俄迁太子宾客、银青光禄大夫兼正授秘书监。……天宝三载,知章因病恍惚,乃上疏请度为道士,求还乡里,仍舍本乡宅为观。上许之……御制诗以赠行,皇太子已下咸就执别。至乡无几寿终,年八十六"。①

知章性嗜酒,又有诗才书艺,《旧唐书·文苑传》载其"晚年尤加纵诞,无复规检,自号四明狂客,又称'秘书外监',遨游里巷。醉后属辞,动成卷轴,文不加点,咸有可观。又善草隶书,好事者供其笺翰,每纸不过数十字,共传宝之"。而杜甫《饮中八仙歌》则传神地写其醉后狂态:"知章骑马似乘船,眼花落井水底眠。"《全唐诗》存其诗十六首,绝句淡而有味,时见巧思。

【注释】

① 两段引文各见《唐才子传》卷三及《旧唐书·文苑传》;《新唐书·隐逸传》亦有其事迹。

咏 柳①

碧玉妆成一树高,万条垂下绿丝绦②。不知细叶谁裁出?二月春风似剪刀。③

【注释】

①一题作《柳枝词》。

②绦(tāo),丝绳。此处用以形容柳条。

③末联以设问自答的方式,将初春时柳叶萌生之因果关系作微妙的联想,逸趣横生。

回乡偶书二首(选一)①

少小离家老大回,乡音无改鬓毛衰。②儿童相见不相识,笑问客从何处来。③

【注释】

①此处所收为其中第一首。诗人早年离家,回乡归隐时年岁已逾八十。

②离乡,一作"离家"。无改,一作"难改"。衰(cuī),萧疏稀落貌。

③二句意同杜甫《赠卫八处士》诗所云:"昔别君未婚,儿女忽成行。怡然敬父执,问我来何方?"表现时移事改、人物代换之境况,有故人旧地反成陌客异乡的沧桑之情。

张　　说

　　张说(高宗乾封二年—玄宗开元十八年,六六七—七三〇),字道济,一字说之,河东人,十四岁丧父后迁于洛阳。武后天授元年(六九〇)制科登第,授太子校书郎,累转右补阙。长安初年(七〇一)历任数官,擢拜凤阁舍人;长安三年因不谄附张易之而坐忤旨配流钦州,在岭外岁余。中宗即位,召拜兵部员外郎,累转工部侍郎。睿宗时迁中书侍郎,景云二年(七一一)为同中书门下平章事。玄宗开元元年封燕国公,此后仕宦迭有升沉,开元十三年为集贤殿书院学士,十七年任左丞相,十八年遇疾时,玄宗每日令中使问疾,并手写药方赐之。有《张燕公集》,《全唐诗》存其诗五卷三百多首。①

　　张说敦气节,重然诺,善于文辞,"为文俊丽,用思精密,朝廷大手笔,皆特承中旨撰述,天下词人咸讽诵之。尤长于碑文墓志,当代无能及者"②。与许国公苏颋齐名,号称"燕许大手笔",所作文章一矫南朝以来之浮丽,以实用为尚。其诗多为应制之作,"既谪岳州,而诗益凄婉,人谓得江山助云"③。

【注释】

① 除河东、洛阳外,籍贯另有范阳一说;本段所述仕历,详见新、旧《唐书》本传,并参傅璇琮主编《唐才子传校笺》卷一之考订。
② 见《旧唐书》本传。
③ 见《新唐书》本传。

蜀道后期①

　　客心争日月,来往预期程。②秋风不相待,先至洛阳城。③

【注释】

①诗作于出使四川,自蜀返回洛阳之途中。张说曾两度使蜀(史传未载),留下《过蜀道山》《蜀路二首》《再使蜀道》等作品。后期,谓落后于既定归期。

②日月,代喻时间。预期程,预定了行程期限。

③张说《被使在蜀》诗曾云:"归途千里外,秋月定相逢。"而误时之余,不言自己落后,反说秋风先至,语新意巧,别出心裁。清黄生《唐诗摘钞》卷二云:"'后期'者,不果前所期也;此何干秋风,而怨其不相待。诗有别趣,而不关理,即此之谓。"

张　　旭

　　张旭,生卒年不详,字伯高,苏州吴人,曾任常熟尉,又为金吾长史。其人好酒善书,性情豪迈不羁,《新唐书·文艺传》称:"嗜酒,每大醉,呼叫狂走,乃下笔。或以头濡墨而书,既醒自视,以为神,不可复得也。世呼张颠。"而杜甫《饮中八仙歌》写其人云:"张旭三杯草圣传。脱帽露顶王公前,挥毫落纸如云烟。"可见其人狂放之一斑。

　　今存诗六首,写景清新,诗境幽远,深富雅趣。唯其独擅一方而传名于世者,仍属草书,《新唐书·文艺传》于李白传后云:"文宗时,诏以白歌诗、裴旻剑舞、张旭草书为三绝。"

山行留客①

　　山光物态弄春辉,莫为轻阴便拟归②。纵使晴明无雨色,入云深处亦沾衣。③

【注释】

①山行,一作"山中"。
②轻阴,即雨前之微阴,点出客归之因由,回应诗题"留客"之说,并启下联。
③二句写山高云深,人行其中的微妙经验,不仅扣住诗题之"山行",亦且申足"轻阴"之美。
△清黄生《唐诗摘钞》卷四云:"清明游山,白昼游湖,皆俗人行径,趣士定不尔尔。若留客,说天未必雨,见亦与客等矣。'入云深处亦沾衣',非熟识游趣者不能道。"

桃花溪①

　　隐隐飞桥隔野烟,石矶西畔问渔船。②桃花尽日随流水,洞在清溪何处边③?

【注释】

① 《大清一统志》"湖南常德府"条目下:"桃花溪在桃源县西南二十五里,源出桃源山,北流入沅。"全诗暗用陶渊明《桃花源记》之篇意,详参王维《桃源行》诗注。
② 野烟,山野间之轻烟雾气。石矶,水边伸突于水面的大石。"问"字为全诗之旨。
③ "何处边"乃上联"问"字之具体内容;末句以问作结,意境悠远。

刘眘虚

刘眘虚,江东人,生年不详,据殷璠《河岳英灵集》所云"惜其不永,天碎国宝",知卒于天宝十二年(七五三)之前。开元十一年进士,曾任崇文馆校书郎。《唐才子传》云:"九岁属文,上书召见,拜童子郎……调洛阳尉,迁夏县令。"乃误刘晏事于此而言。①

刘眘虚与孟浩然交游,又和高适、王昌龄、司空曙以诗酬唱,《河岳英灵集》称:"眘虚诗情幽兴远,思苦语奇,忽有所得,便惊众听。顷东南高唱者数人,然声律宛态,无出其右。唯气骨不逮诸公,自永明已还,可杰立江表。至如'松色空照水,经声时有人'……又(按:诗略,此处所收《阙题》)并方外之言也。"后人曾将他与贺知章、张旭、包融等合称为"吴中四友",王士禛《渔洋诗话》亦谓:"其诗超远夐绝,在王、孟、王昌龄、常建、祖咏伯仲之间。"《全唐诗》存其诗十五首。

【注释】

① 考证见傅璇琮主编《唐才子传校笺》卷一。另王士禛《渔洋诗话》则以李华《三贤论》中之刘君(刘知幾子)为传,清钱大昕《十驾斋养新录》卷十二已辨其误。

阙 题①

道由白云尽,春与青溪长。②时有落花至,远随流水香。闲门向山路,深柳读书堂。幽映每白日,清辉照衣裳。③

【注释】

① 本诗于唐代收入《河岳英灵集》时诗题已佚,故按以此名。
② 由,自、从。首句形容山居之高,通道深入云中;次句言春花沿溪而开,一路

不绝,春色所及似与青溪同时延伸,亦由此道出下联落花随流而至的细腻品味。

③闲门、深柳,俱显居处之清静幽绝,不杂俗尘;"深柳"一句更为末联所本,因柳深叶密,故白日亦幽映,滤去强光炙热之后,唯余淡淡照映之清辉,传递清丽之雅韵。

张 九 龄

张九龄(高宗仪凤三年—玄宗开元二十八年,六七八—七四〇),一名博物,字子寿,韶州曲江(今属广东)人。进士及第后调校书郎,又策高第为右拾遗。"开元十年,三迁司勋员外郎,时张说为中书令,与九龄同姓,叙为昭穆,尤亲重之,常谓人曰:'后来词人称首也。'九龄既欣知己,亦依附焉。十一年,拜中书舍人";十四年张说为宇文融劾奏,九龄亦出为桂州都督;十八年张说卒,玄宗召拜九龄为秘书少监、集贤院学士、中书侍郎;因母丧归乡,二十一年任同中书门下平章事,次年迁中书令,时"天长节百僚上寿,多献珍异,唯九龄进《金镜录》五卷,言前古兴废之道,上赏异之"。二十三年封始兴县伯,二十四年因勇于直谏任用牛仙客事而触怒玄宗,并受到李林甫的排挤,遂罢相,次年又以故贬荆州长史。请归拜墓,病卒。有《曲江集》,《全唐诗》编诗三卷两百多首。

张九龄七岁知属文,后以文学为玄宗所用,然其识器风范亦颇受嗟赏,曾向玄宗上奏:"禄山狼子野心,面有逆相,臣请因罪戮之,冀绝后患。"①待安史乱起,玄宗悔不听言,下诏褒赠。他可以说是开元之治的最后一任贤相,李林甫继之掌权,遂由治而乱,形成了政治盛衰的明显分野。这种仕宦历练和品节操持,与其诗文风格是不可分割的。

陈子昂首倡复古之议后,张九龄首先引起共鸣,并起而效法,仿之而作《感遇》诗十二首,内容直抒胸臆,不拘题而作,表现方式又洗尽铅华,足以上接阮籍的《咏怀》诗,故常被相提并论,如清施补华《岘佣说诗》云:"唐初五言古,犹沿六朝绮靡之习,唯陈子昂、张九龄直接汉魏,骨峻神竦,思深力道,复古之功大矣。"不过陈、张二人虽性格行事和观念作风差相仿佛,但比较诗歌作品仍有差异存在:陈直露而激切,常见忧愤不平之气;张曲隐而温和,时有忧谗畏讥之心。胡应麟《诗薮·内编》卷二则谓:"唐初承袭梁、隋,陈子昂独开古雅之源,张子寿首创清淡之派。盛唐继起,孟浩然、王维、储光羲、常建、韦应物,本曲江之清澹而益以风神者也;高适、岑参、王昌龄、李颀、孟云卿,本子昂之古雅而加以气骨者也。"可知对后世也造成了不同的影响。

【注释】

①三段引文皆见《旧唐书·张九龄传》。

感遇十二首(选三)①

一

兰叶春葳蕤,桂华秋皎洁。②欣欣此生意,自尔为佳节。③谁知林栖者,闻风坐相悦。④草木有本心,何求美人折?⑤

【注释】

①此组《感遇》诗为张九龄开元二十五年(时六十岁)贬为荆州长史时所作,与陈子昂《感遇》诗前后辉映,形成初唐诗风之别调;唯忧谗畏讥之感较为含蓄内敛,亦别具一种恬淡从容之襟怀,可见二人性格与遭遇的影响。此处选收其中第一、四、七等三首。

②兰,指菊科的泽兰,白花,叶部有香气。葳蕤,枝叶繁茂的样子。桂华,即桂花。

③自尔,即"自此"。二句意谓兰、桂之花叶生机蓬勃,由此使春、秋成为佳节。

④林栖者,指林中人或山林隐士。张相《诗词曲语辞汇释》卷四云:"坐,甚辞,犹深也、殊也。……坐相悦,犹云深相悦也。"二句意谓不料山林中人闻风而来,倾其欣赏爱悦。

⑤本心,即根性、本志。美人,即"林栖者"。末联借兰桂为言,申喻其顺性而为、洁身自好的志趣,与不求闻达、不慕虚名的心性,表现出自得而无求的高华之致。

二

孤鸿海上来,池潢不敢顾。①侧见双翠鸟,巢在三珠树。②矫矫珍木巅,得无金丸惧?③美服患人指,高明逼神恶。④今我游冥冥,弋者何所慕!⑤

【注释】

①池潢,积水池。起首即以孤鸿自比,以海天为家,不居险恶之人境。
②翠鸟、三珠树,参陈子昂《感遇》诗之三注①。
③矫矫,高举貌。珍木,即三珠树。金丸,《西京杂记》卷四载:"韩嫣好弹,常以金为丸,所失者日有十余。"两句意谓位高质美,则有金丸杀身之忧惧。
④患人指,害怕别人指指点点,《汉书·王嘉传》载王嘉奏封事,引里谚曰:"千人所指,无病而死。"高明上逼天神,则为其所恶,扬雄《解嘲》亦云:"高明之家,鬼瞰其室。"皆明"满招损"之道理。
⑤末联化用扬雄《法言·问明》中"鸿飞冥冥,弋人何慕"之句,借以自清。冥冥,喻遥远不可见之地。弋人何慕,意谓射鸟之人无所施其技。张九龄被谪后有远祸避害之念,同时所作《归燕》诗谓:"无心与物竞,鹰隼莫相猜。"亦与此同旨。

三

江南有丹橘,经冬犹绿林。①岂伊地气暖?自有岁寒心。②可以荐嘉客,奈何阻重深。③运命唯所遇,循环不可寻。④徒言树桃李,此木岂无阴?⑤

【注释】

①屈原《橘颂》曾赞美橘树云:"受命不迁,生南国兮。深固难徙,更壹志兮。绿叶素荣,纷其可喜兮。"此用其意,首言橘历冬而不凋之美质。
②岂伊,岂因、岂唯。岁寒,《论语·子罕》载孔子云:"岁寒,然后知松柏之后凋也。"岁寒心,即"草木有本心"之"本心",为不与时变化、不屈于困境的贞定德操。

③荐,进献。重深,指山重水深的阻碍。二句比喻贤者足以荐举为朝廷所用,然而进贤之路却又受到层层障蔽,困难重重。于此,又兼用古诗《橘柚垂华实》篇"委身玉盘中,历年冀见食"的喻意。

④唯,一作"推"。两句谓外在命运不由"本心"主宰,只靠所遭遇的事物而形成;因果终始难以追究,如循索一个圆环般无法推寻其理。此处兼为丹橘不见食、自己未进用而致慨。

⑤树,种植。阴,树阴。《韩诗外传》卷七载简主云:"春树桃李,夏得阴其下,秋得食其实。"末联以反诘语气表示对世人忽略丹橘四季可阴之优点的不平。

望月怀远

海上生明月,天涯共此时。①情人怨遥夜,竟夕起相思。②灭烛怜光满,披衣觉露滋。③不堪盈手赠,还寝梦佳期。④

【注释】

①意谓月出之时双方虽相隔甚远、天各一方,但仍共同望月怀人。

②遥夜,长夜。竟夕,整晚。

③两句写夜深月明、光满露滋之情景,分别为"怜光满而灭烛,觉露滋而披衣"的倒装。怜,爱。滋,生。

④不堪,不能。盈手,盈满手中。陆机《拟古诗明月何皎皎》曾云:"照之有余辉,揽之不盈手。"故因相思而未眠者反希望回到卧寝中,透过睡梦来缔造佳期,实现欢会之望了。

△明周珽《唐诗选脉会通》卷二十七云:"通篇全以骨力胜,即'灭烛''光满'四字,已尽月之神。……用一'怜'字,便含下结意,可思不可言。"

赋得自君之出矣①

自君之出矣,不复理残机。思君如满月,夜夜减清辉。

【注释】

① 自君之出矣,为六朝古题,《乐府诗集》编入《杂曲歌辞》。赋得,表示诗题经过指定或限定之意。高步瀛《唐宋诗举要》卷八以为此篇与《望月怀远》同旨。

△ 明钟惺《唐诗归》云:"此题古今作者,毕竟此首第一。……从满字生出减字,妙想!"又章薇曰:"月日减,而思不可减,用意愈曲。"清李锳《诗法易简录》评:"题本六朝,而特出巧思,亦得《子夜》诸曲之妙。若直言消减容光,便平直少味;借满月以写之,新颖绝伦。其思路之巧,全在一'满'字。"

王 梵 志

　　王梵志,生卒年不详,据敦煌写本《王道祭杨筠文》知其主要活动于初唐时期,在世之下限为高宗末年;衡州黎阳(今河南浚县)人。作为性格奇特、善于戏谑的佛僧,王梵志以半诗半偈的五言诗,透过浅俗的语言而达到深刺人心的效果,颇富意外之趣。其作品于清末自敦煌残卷为世人发现之后,经胡适之推介,始受文学界重视,其中以《城外土馒头》一诗最为知名。

城外土馒头①

城外土馒头,馅草在城里。①一人吃一个,莫嫌没滋味。②

【注释】

① 土馒头,指坟堆,《通俗编》卷二云:"土馒头,墓冢之廋辞。"馅草,指人。
② 苏轼《书王梵志诗》评曰:"已且为馅草,当使谁食之? 为易其后两句云:'预先着酒浇,图教有滋味。'"

王 之 涣

王之涣(武后垂拱四年—玄宗天宝元年,六八八—七四二),字季凌,郡望在并州,本家晋阳(今山西太原)。宦徙绛郡,"以门子调补冀州衡水主簿……会有诬人交构,公因拂衣去官"。在家十五年,"复补文安郡文安县尉"。

其人少有侠气,中年折节工文,"慷慨有大略,倜傥有异才。尝或歌从军,吟出塞,皦兮极关山明月之思,萧兮得易水寒风之声,传乎乐章,布在人口"①。由于其诗境界阔大,雄浑壮健,并与王昌龄、崔辅国唱和,而名动天下;又因披诸管弦,随乐而歌,更是传颂一时。今《全唐诗》存其作品六首,其中以《凉州词》和《登鹳雀楼》最为杰出,表现出壮阔有力的盛唐气象。

【注释】

①以上两段引文俱见靳能所撰《唐故文安郡文安县太原王府君墓志铭并序》。

凉州词①

黄河远上白云间②,一片孤城万仞山③。羌笛何须怨杨柳④,春风不度玉门关⑤。

【注释】

①郭茂倩《乐府诗集·近代曲辞》收有《凉州歌》,并引《乐苑》云:"凉州,宫调曲,开元中西凉府都督郭知运进。"配唱之词即为"凉州词"。凉州,属唐陇右道,今甘肃武威。

②黄河远上,一作"黄沙直上"。七字由近而远,溯流以望,展开黄河源远流

长的宏伟规模和不凡气势。

③仞,古以周制八尺为仞。万仞,极言其高。

④杨柳,指笛奏曲《折杨柳》,乐府诗属"横吹曲辞"。《宋书·五行志》曰:"(晋)太康末,京洛始为《折杨柳》之歌,其曲始有兵革苦辛之词。"《乐府诗集》引《唐书·乐志》曰:"梁乐府有胡吹歌云:'上马不捉鞭,反拗杨柳枝。下马吹横笛,愁杀行客儿。'此歌辞元出北国,即鼓角横吹曲《折杨柳枝》是也。"(查《唐书》无此)古有折柳赠别之俗,因此多将伤别、吹笛与折柳相互联想,构成含义丰富的表达。羌笛,参李颀《古意》注⑦,用以隐喻塞外胡地,呼应上文之"孤城"及下文之"玉门关"。

⑤玉门关,通西域之要道,《后汉书·班超传》载超上疏云:"臣不敢望到酒泉郡,但愿生入玉门关。"李贤注:"玉门关属敦煌郡,今沙州也,去长安三千六百里。"在今甘肃敦煌西,阳关西北。春风,代指一切美好的希望;杨慎《升庵诗话》云:"此诗言恩泽不及于边塞,所谓君门远于万里也。"为其中一解。

△黄生《唐诗摘钞》卷四朱之荆补注曰:"此状凉州之险恶也,'远上'二字下得奇险。'一片孤城万仞山',春光之所不到也。春光不到,则无杨柳;不睹此春光杨柳,征人之愁犹未甚也,乃羌笛何须作《折杨柳》之曲,使闻者重增愁思乎?'何须'二字,若恨其曲之哀,正见征人之哀愈不可解。"

登鹳雀楼①

白日依山尽,黄河入海流。②欲穷千里目,更上一层楼。③

【注释】

①鹳雀楼,《大清一统志》"山西蒲州府"条目有:"鹳鹊楼在府城西南城上。旧志:旧楼在郡城西南,黄河中高阜处,时有鹳鹊栖其上,遂名。后为河流冲没。"蒲州府旧治在今山西永济。

②山,指中条山,沈括《梦溪笔谈》卷十五云:"河中府鹳雀楼三层,前瞻中条,下瞰大河。唐人留诗者甚多,唯李益、王之涣、畅当三篇能状其景。"二句借向东延伸的黄河与极西而落的夕阳拉开无限的远景,内蕴一股周流不息

的健动之感。

③二句表现出在无限宽广中开拓,以追求更高眼界的胸襟,并具把握时光的积极精神,与晚唐"夕阳无限好,只是近黄昏"(李商隐《乐游原》诗)的低调感伤迥然有别。

△李锳《诗法易简录》云:"先写登楼,再写形胜,便嫌平衍,虽有名句,总是卑格。此诗首二句先切定鹳雀楼境界,后二句再写登楼,格力便高。后二句不言楼之如何高,而楼之高已极尽形容,且于写景之外,更有未写之景在。此种格力,尤臻绝顶。"

王　翰

　　王翰(生卒年不详),即王澣,字子羽,并州晋阳(今山西太原)人。睿宗景云元年(七一〇)进士及第。其人"少豪荡,恃才不羁。喜纵酒,枥多名马,家蓄妓乐。翰发言立意,自比王侯,日聚英杰,纵禽击鼓为欢。张嘉贞为本州长史,厚遇之,翰酒间自歌,以舞属嘉贞,神气轩举。张说尤加礼异,及辅政,召为正字,擢驾部员外郎(约开元十年,七二二);说罢,翰出为仙州别驾(七二六),以穷乐畋饮,贬岭表(道州司马)"。开元二十三年时当在洛阳①。《全唐诗》存其作品一卷十四首。

　　王翰当出身于富有之并州豪族,颐指气使,人多嫉恶之,遂一再获贬;然其结交权贵,与政要同游,加以才名显著,又为文士所美,杜甫《奉赠韦左丞丈二十二韵》便曾以"李邕求识面,王翰愿卜邻"自重。其诗多古体,《凉州词》《饮马长城窟行》等苍凉奔放,风格与人格颇为相通。张说评道:"王翰之文有如琼林玉斝,虽烂然可珍,而多玷缺。"②

【注释】

① 见傅璇琮主编《唐才子传校笺》卷一,另可参《旧唐书·文苑传》和《新唐书·文艺传》。

② 见《大唐新语》卷八。

凉州词①

　　葡萄美酒夜光杯,欲饮琵琶马上催。②醉卧沙场君莫笑,古来征战几人回?③

【注释】

① 凉州词,见王之涣《凉州词》注①。王翰原作二首,此处收其中第一首。

②葡萄,参李颀《古从军行》注⑥。夜光杯,汉东方朔《海内十洲记》云:"周穆王时,西胡献昆吾割玉刀及夜光常满杯……杯是白玉之精,光明夜照。冥夕出杯于庭以向天,比明而水汁已满于杯中也。"琵琶,《释名·释乐器》云:"批把(即琵琶)本出于胡中,马上所鼓也。推手前曰批,引手却曰把,象其鼓时,因以为名也。"另参李颀《古从军行》注④。凡此皆边塞胡物,用以渲染异国情调。催,此字本身即有弹奏之意,一说相当于"侑",以音乐劝人饮酒也;一说即催人出征,皆可通。

③两句作旷达语,令人倍觉悲痛。因沙场本生死交关之处,"醉卧沙场"乃可笑又危险之举,而末句一转,点出战争即等于死亡的本质,于是"醉卧沙场"便不可笑,反而充满可悲与沉痛,却又不失幽默之趣,故清施补华《岘佣说诗》云:"作悲伤语读便浅,作谐谑语读便妙,在学人领悟。"全诗于华丽中交织了征战的无可奈何与视死如归的豪气,因而耐人咀嚼,味之不尽。

崔　颢

　　崔颢(生年不详—玄宗天宝十三年,？—七五四),汴州(今河南开封)人。开元十一年(七二三)及进士第,开元后期似在河东军幕供职,《新唐书·杜佑传》载:杜佑父"希望爱重文学,门下所引如崔颢等皆名重当时"。所引时间或在此时。天宝三年前曾任太仆寺丞,十三年卒,终尚书司勋员外郎①。《全唐诗》存诗四十二首。

　　崔颢"有俊才,无士行,好蒱博饮酒。及游京师,娶妻择有貌者,稍不惬意,即去之,前后数四"②;又"崔颢有美名,李邕欲一见,开馆待之。及颢至,献文,首章曰'十五嫁王昌',邕叱起曰:'小子无礼!'乃不接之"③。崔颢之轻薄也流露于诗作之间,直至晚期诗作融入边塞之刚健,而风格丕变,殷璠《河岳英灵集》评曰:"颢年少为诗,名陷轻薄,晚节忽变常体,风骨凛然,一窥塞垣,说尽戎旅……可与鲍昭并驱也。"

　　作品以《黄鹤楼》最著,自宋人诗话即盛传以下故事:颢"游武昌,登黄鹤楼,感慨赋诗。及李白来,曰:'眼前有景道不得,崔颢题诗在上头。'无作而去,为哲匠敛手云"④。其杰出由此可见。

【注释】

①考证见傅璇琮主编《唐才子传校笺》卷一。
②见《旧唐书·文苑传》。
③见李肇《唐国史补》卷上。
④见《唐才子传》卷一。

黄鹤楼①

　　昔人已乘黄鹤去②,此地空余黄鹤楼。黄鹤一去不复返,白云千载空悠悠。晴川历历汉阳树③,芳草萋萋鹦鹉洲④。日暮乡关何处是?烟波江上使人愁。

【注释】

① 本篇收入《国秀集》,应作于天宝三年以前。黄鹤楼,《元和郡县志》"江南道鄂州"条目下有:"城西临大江,西南因矶为楼,名黄鹤楼。"故址在今湖北武昌蛇山。唐阎伯瑾《黄鹤楼记》引《图经》曰:"费文祎登仙,尝驾鹤返憩于此,遂以名楼。"另《舆地纪胜》卷六十六引《南齐志》以为世传仙人王子安每乘黄鹤过此;《述异记》亦载荀瑰于黄鹤楼上见驾鹤之宾降自霄汉,又跨鹤腾空而去。此皆神仙之说,因名联想而生。

② 昔人,指仙人。黄鹤,一作"白云",非是。

③ 晴川,张相《诗词曲语辞汇释》卷六曰:"川,陆地也。……晴川,犹云晴郊或晴野也。"历历,分明貌。汉阳,指汉水北边,今湖北武汉汉阳一带,唐属江南道鄂州。

④ 萋萋,草盛貌。鹦鹉洲,得名有二说:《太平御览·地部》卷三十四引《江夏记》云:"黄祖为江夏太守,黄祖子射宾客大会,有献鹦鹉于此洲,故以为名。"《舆地纪胜》则云:"鹦鹉洲旧自城南跨城西大江中,尾直黄鹄矶,黄祖杀祢衡处。衡尝作《鹦鹉赋》,故遇害之处得名。"在今湖北武汉市西南长江中,明季已沦没不见。

△ 严羽《沧浪诗话》称:"唐人七言律诗,当以崔颢《黄鹤楼》为第一。"方东树《昭昧詹言》卷十六云:"此千古擅名之作,只是以文笔行之,一气转折;五六虽断写景,而气亦直下喷溢,收亦然,所以可贵。"而沈德潜《说诗晬语》卷上亦曰:"意得象先,纵笔所到,遂擅古今之奇。所谓章法之妙,不见句法;句法之妙,不见字法者也。"

行经华阴①

岧峣太华俯咸京②,天外三峰削不成③。武帝祠前云欲散,仙人掌上雨初晴。④河山北枕秦关险⑤,驿树西连汉畤平⑥。借问路旁名利客,何如此处学长生?

【注释】

①华阴,指华山之北,唐属关内道华州,今陕西华阴。华阴,一作"华山"。
②岩峣,山高峻貌。太华,《大清一统志》卷二百四十三"陕西同州府":"太华山在华阴县南十里,即西岳也。"此即华山,因别于山西南之少华,故名。咸京,指秦都咸阳,今陕西咸阳市东。
③天外,形容高远。三峰,一说为莲花、玉女、松桧;一说为芙蓉、明星、玉女。削不成,意谓天然神工,非人力所能,《山海经·西山经》云:"太华之山,削成而四方,其高五千仞,其广十里。"又《太平寰宇记》卷二十九引《名山记》曰:"华岳有三峰,直上数千仞,基广而峰峻,叠秀迄于岭表,有如削成,今博山香炉形实象之。"
④武帝祠,指河神巨灵祠,武帝登华山仙人掌峰所筑。仙人掌,据《大清一统志》卷二百四十三"陕西同州府太华山":"《华岳志》曰:岳顶东峰曰仙人掌,峰侧石上有痕,自下望之,宛然一掌,五指俱备,人呼为仙掌。"张衡《西京赋》薛综注:"(太华、少华)此本一山,当河水过之而曲行,河之神以手擘开其上,足踏离其下,中分其二,以通河流,手足之迹于今尚在。"
⑤枕,依靠。秦关,指秦所置之函谷关,在今河南灵宝东北。
⑥驿,本指传邮或旅宿之交通站;驿树,谓要道旁所植之路树。畤,神灵之所止,秦汉时帝王祭天地五帝之祠,《史记·封禅书》载:"文帝始郊见雍五畤祠。"汉畤在今陕西凤翔南。

△全诗雄浑壮阔,方东树《昭昧詹言》卷十六云:"三四句写景,有兴象故妙。"表现初唐气格。

长干曲四首(选二)①

一

君家何处住?妾住在横塘。②停船暂借问,或恐是同乡。③

二

家临九江水,来去九江侧。④同是长干人,自小不相识。⑤

【注释】

①题一作《江南曲》,属《乐府诗集·杂曲歌辞》之旧题,此处选收其中第一、二首。长干,参李白《长干行》注①。

②何处住,一作"定何处"。横塘,左思《吴都赋》刘逵注曰:"横塘在淮水南,近(陶)家渚。缘江筑长堤,谓之横塘。"在今江苏南京市西南,与长干相近。

③王夫之《薑斋诗话》评此篇云:"墨气所射,四表无穷,无字处皆其意也。"李攀龙《唐诗选注》引玉遮曰:"忽问'君家',随说自己,下'借问''恐是'俱足上二句意,情思无穷。"清刘宏煦、李德举《唐诗真趣编》云:"望远杳然,偶闻船上土音,遂直问之曰:'君家何处住耶?'问者急,答者缓,迫不及待,乃先自言曰:'妾住在横塘也,闻君语音似横塘,暂停借问,恐是同乡亦可知。'盖惟同乡知同乡,我家在外之人或知其所在、知其所为耶?直述问语,不添一字,写来绝痴绝真。用笔之妙,如环无端,心事无一字道及,俱在人意想间遇之。"

④九江,泛指长江下游一带多湖河之处。

⑤前首问,次首答,交织了水边泽畔之人家儿女特有的陌生与熟悉。

王 昌 龄

　　王昌龄(生年不详—约肃宗至德元年,? —约七五六),字少伯,京兆(今陕西西安)人①。开元十五年(七二七)登进士第,补秘书省校书郎,又以博学宏辞登科,再迁汜水县尉;二十七年贬谪岭南,次年北归,游襄阳访孟浩然,冬时离京赴江宁丞任。约天宝二三年时以不护细行贬龙标尉,故人称"王龙标",李白有《闻王昌龄左迁龙标遥有此寄》诗。安史乱起,往江宁,"以世乱还乡里,为刺史闾丘晓所杀。张镐按军河南,兵大集,晓最后期,将戮之,辞曰:'有亲,乞贷余命。'镐曰:'王昌龄之亲欲与谁养?'晓默然"②。有《王昌龄集》,《全唐诗》编诗四卷一百八十多首。

　　昌龄所交游之文士不少,有孟浩然、李颀、岑参、王维、李白、刘眘虚等人,并传与高适、王之涣三人共饮旗亭、画壁竞诗之故事③,可见其诗传唱一时。《新唐书·文艺传》称:"昌龄工诗,绪密而思清,时谓王江宁云。"作品以七绝最为出色,内容多为边愁闺怨,而能表现出沈德潜《唐诗别裁集》卷四所云"深情幽怨,意旨微茫,令人测之无端,玩之无尽,谓之唐人骚语可"之境因此足与李白并擅其名,俱以七绝为神品。明胡应麟《诗薮·内编》卷六曰:"太白诸绝句信口而成,所谓无意于工而无不工者;少伯深厚有余,优柔不迫,怨而不怒,丽而不淫,予尝谓古诗乐府后,惟太白诸绝近之。"清叶燮《原诗·外篇》亦谓:"七言绝句古今推李白、王昌龄。李俊爽,王含蓄,两人辞调意俱不同,各有至处。"此说皆能道中其精髓妙处。

【注释】

①又有江宁、太原二说,应以京兆为是。说详傅璇琮主编《唐才子传校笺》卷二。

② 见《新唐书·文艺传》。
③ 详见唐薛用弱《集异记》卷二所载。《唐才子传》卷三则略记其事曰:"尝共诣旗亭,有梨园名部继至。昌龄等曰:'我辈擅诗名,未定甲乙,可观诸伶讴诗,以多者为优。'一伶唱昌龄二绝句,一唱适一绝句。之涣曰:'乐人所唱皆下俚之词。'须臾,一佳妓唱曰:'黄河远上白云间……'复唱二绝,皆之涣词。三子大笑曰:'田舍奴,吾岂妄哉!'"

塞下曲四首(选一)①

蝉鸣空桑林,八月萧关道。②出塞入塞寒,处处黄芦草。从来幽并客,皆共尘沙老。③莫学游侠儿,矜夸紫骝好。④

【注释】
① 塞下曲,唐新乐府辞,出自汉乐府横吹曲辞《出塞》《入塞》。郭茂倩《乐府诗集》卷二十一云:"按《西京杂记》曰:'戚夫人善歌《出塞》《入塞》《望归》之曲。'则高帝时已有之,疑不起于(李)延年也。唐又有《塞上》《塞下》曲,盖出于此。"本诗为其中第一首,一作《塞上曲》。
② 空桑林,一作"桑树间",形容秋至桑落之景。萧关,据《元和郡县志》"关内道原州平高县":"萧关故城在县东南三十里。"在今宁夏固原东南。二句既点出秋熟时引来寇掠之边事,亦且铺陈塞外萧劲之景。
③ 幽并,幽州和并州,相当于今天河北、山西和陕西一部分之辖境。《隋书·地理志》:"自古言勇侠者,皆推幽、并云。"共尘沙,一作"向沙场"。
④ 游侠,《史记·游侠列传》裴骃《集解》引荀悦曰:"立气齐,作威福,结私交,以立疆于世者,谓之游侠。"紫骝,指骏马。末联劝诫武勇,以免同落"共尘沙老"的下场。

从军行七首(选四)①

一

烽火城西百尺楼,黄昏独坐海风秋。②更吹羌笛关山月,无那金闺万里愁。③

【注释】

①从军行,乐府古题,属"相和歌辞·平调曲",《乐府解题》曰:"从军行,皆军旅苦辛之辞。"此处选收其中第一、二、四、五首。
②烽火城,指位于青海的战乱之地,参李颀《古从军行》注②。百尺楼,形容极高的戍楼或瞭望台。海,指青海湖。
③羌笛,指边塞胡人乐器。关山月,古乐府中伤离别之曲也,参李白《关山月》诗注①。无那,无奈,张相《诗词曲语辞汇释》卷二云:"那,犹奈也。……无那,均犹云无奈也。"金闺,借指思妇所在。末联不直写塞外怀乡之情,偏说深闺念远之愁,绾合两端,曲折缠绵。

二

琵琶起舞换新声,总是关山离别情。①撩乱边愁听不尽,高高秋月照长城。②

【注释】

①琵琶已"换新声",所引起的却"总是"离别情,从而开启下文。
②末句造景辽远壮阔;而以景作收,有助于思入微茫,富不尽之意。

三

青海长云暗雪山,孤城遥望玉门关。①黄沙百战穿金甲,不破楼兰终不还。②

【注释】

①青海,参杜甫《兵车行》注⑰。雪山,今祁连山,自甘肃嘉峪关至永登附近。玉门关,参王之涣《凉州词》注⑤。
②楼兰,汉西域国名,后改称"鄯善",在今新疆若羌。首二句借西南、西北之边塞地名暗示唐时国境战事之扰攘,末联则简洁鲜明地勾勒征战之劳苦卓绝与报国之坚韧意志,明朗豪壮,铿锵有力。

△沈德潜《唐诗别裁集》云:"作豪语看亦可,然作归期无日看倍有意味。"刘永济《唐人绝句精华》曰:"写思归之情而曰'不破楼兰终不还',用一'终'字而使人读之凄然。盖'终不还'者,终不得还也,连上句金甲着穿观之,久戍之苦益明。如以为思破敌立功而归,则非诗人之本意矣。"

四

大漠风尘日色昏,红旗半卷出辕门。①前军夜战洮河北,已报生擒吐谷浑。②

【注释】

①红旗,唐诸卫及诸节度所用绯色旗幡。半卷,呼应上句风沙之强劲。辕门,古代军营前以车辕相向为门。二句写后军不畏恶劣天候出击之景象。
②洮河,源出甘肃西倾山,注入黄河。吐谷浑,《新唐书·西域传》载:"吐谷浑居甘松山之阳,洮水之西,南抵白兰,地数千里。有城郭,不居也,随水草、帐室、肉粮……有青海者,周八九百里,中有山。"太宗贞观九年(六三五),诏李靖为西海道行军大总管,并侯君集、李道彦等行军总管击之,大胜,深入星宿川,览观河源;其王慕容伏允自杀。

出塞二首(选一)①

秦时明月汉时关②,万里长征人未还。但使龙城飞将在③,不教胡马度阴山④。

【注释】

①出塞,参前《塞下曲》注①。此处选收第一首,明李攀龙曾推本诗为唐人七绝压卷之作。
②起句发兴高远。明月、关塞等边地常景上增益"秦时""汉时"之时间限词,使辽阔的空间交融了悠远的历史感,而长征未还遂成为世世代代共同的悲剧,意境雄浑苍茫。
③龙城,一作"卢城"。龙城为匈奴祭祀要地,《汉书·南匈奴列传》云:"五月

大会龙城,祭其先天地鬼神。"汉卫青曾北伐至此;卢城指汉代右北平郡之卢龙县,《史记·李将军列传》载:"广居右北平,匈奴闻之,号曰'汉之飞将军',避之数岁,不敢入右北平。"应以"龙城"为佳,一则诗歌本不必规规指实,借代亦无不可,何况卢龙县既能简称卢城,略名为龙城也不为过;再则"龙城"意象劲健不凡,音韵较为明朗,诗蕴更胜一筹。可视"龙城飞将"为借卫青、李广而泛指边关要隘上扬威立功之名将。

④阴山,在今内蒙古中部,横亘塞北,匈奴常据以侵汉寇边。

△明王世贞《艺苑卮言》卷四云:"李于鳞(按:攀龙)言唐人绝句,当以'秦时明月汉时关'压卷。"清黄生《唐诗摘钞》卷四曰:"'秦''汉'二字,分装以就句法,不必泥定说。……守边贵得良将,将在边,即可倚为万里长城矣;如其不然,置关而守,终非良策,徒苦中国征戍之人而已。千古守边大议论,借征夫口中写出。"

采莲曲二首(选一)①

荷叶罗裙一色裁,芙蓉向脸两边开。乱入池中看不见,闻歌始觉有人来。

【注释】

①采莲曲,属"相和歌辞·江南曲",郭茂倩《乐府诗集》云:"梁武帝作《江南弄》以代西曲,有《采莲》《采菱》,盖出于此。"又引《乐府解题》云:"江南古辞,盖美芳辰丽景,嬉游得时。"此处选收其中第二首。

△全诗将采莲女之美与大自然交融为一,由景物呈现女子之形貌。笔法间接巧妙,使之若隐若现,故而声色饱满,兴味悠长。

春宫曲①

昨夜风开露井桃,未央前殿月轮高。②平阳歌舞新承宠③,帘外春寒赐锦袍④。

【注释】

①诗题一作《殿前曲》。

②露井,未设亭盖的井。未央,汉宫室名,《三辅黄图》卷二载:"未央宫周回二十八里,前殿东西五十丈,深十五丈,高三十五丈。营未央宫因龙首山以制前殿。至孝武以木兰为棼橑,文杏为梁柱,金铺玉户……黄金为壁带,间以和氏珍玉,风至其声玲珑然也。"月轮高,有荣光高照之意。

③平阳,指武帝皇后卫子夫,废陈皇后后所立,《汉书·外戚传》云:"孝武卫皇后字子夫,生微也。其家号曰卫氏,出平阳侯邑。子夫为平阳主讴者。武帝即位,数年无子,平阳主求良家女十余人,饰置家。帝被霸上,还过平阳主……既饮,讴者进,帝独说子夫。帝起更衣,子夫侍尚衣轩中,得幸。还坐欢甚,赐平阳主金千斤。主因奏子夫送入宫。……而子夫生三女,元朔元年生男据,遂立为皇后。"同传又载:"及帝即位,立(按:陈阿娇)为皇后,擅宠骄贵,十余年而无子,闻卫子夫得幸,几死者数焉,上愈怒。"此代指一切得幸者。

④此句正是"新承宠"之表现,与"露井桃""月轮高"共蓄艳极而又含蓄柔婉之意蕴。

△沈德潜《说诗晬语》卷上云:本章"只说他人之承宠,而己之失宠,悠然可思,此求响于弦指外也"。

西宫春怨①

西宫夜静百花香,欲卷珠帘春恨长②。斜抱云和深见月③,朦胧树色隐昭阳④。

【注释】

①西宫,指长信宫,汉太后长居之。《汉书·外戚传》载:成帝时"赵氏姊弟骄妒,(班)婕伃恐久见危,求共养太后长信宫,上许焉"。泛指失宠者所居之处。

②"欲卷"而未卷,启下文之"隐昭阳",因"恨长"故不欲见昭阳也。

③云和,指琴瑟;《周礼·春官》"大司乐"下有"云和之琴瑟"句,云和本为地名或山名。《唐诗归》谭元春评本句云:"以态则至媚,以情则至苦。"

④昭阳,成帝宠幸之赵昭仪居所,参杜甫《哀江头》诗注⑤。朦胧树色,正见两地距离之远与西宫之幽僻,不言怨而怨在其中。

△清黄生《唐诗摘钞》卷四云:"'欲卷',不欲卷也。曰深、曰隐、曰朦,皆从帘内见月之语,是终于不卷也。……三、四解明次句,言本欲卷帘望月,恐照见昭阳,转增春恨耳。语脉深曲,自是盛唐家数。"又黄叔灿《唐诗笺注》曰:"西宫冷落,逐层递写。夜静花香,珠帘欲卷,乃由春恨,欲卷还停。因而斜抱云和,将以自遣。而帘中见月,朦胧树色,将映昭阳,暄凉异致,又有不忍见萦绕夜静恨长,不情不绪,更极怨意之曲。总为'春恨长'三字烘染。"

长信秋词五首(选三)①

一

金井梧桐秋叶黄,珠帘不卷夜来霜。熏笼玉枕无颜色,卧听南宫清漏长。②

【注释】

①长信秋词,拟托汉班倢伃秋夜幽居长信宫之怨情,参前《西宫春怨》诗注①。此处选收其中第一、三、四首。

②熏笼,熏染衣被之器,参白居易《后宫词》注③。无颜色,兼寓恩断物旧与心境灰冷之意。南宫,指未央宫,皇帝所在。清漏,夜深人静时计时漏器之清响;清漏长,形容漫漫无眠之长夜。

二

奉帚平明金殿开①,且将团扇共徘徊②。玉颜不及寒鸦色,犹带昭阳日影来。③

【注释】

①平明,天刚亮时。奉帚金殿,指班倢伃供养太后于长信宫事,见前《西宫春

怨》注①。

②团扇,相传为班倢伃所作《怨歌行》曰:"新裂齐纨素,皎洁如霜雪。裁为合欢扇,团团似明月。出入君怀袖,动摇微风发。常恐秋节至,凉飙夺炎热。弃捐箧笥中,恩情中道绝。"有恩绝见弃之寂寞凄凉意。

③昭阳,见杜甫《哀江头》诗注⑤,指极宠隆幸者居处。寒鸦本不登大雅,但经君恩如金阳般之照耀,却反为玉颜美质所不及;对比强烈大胆,情景合一,可谓语新意远。

△清焦袁熹《此木轩论诗汇编》云:"玉颜如何比到寒鸦,已是绝奇语,至更'不及',益奇矣。看下句则真'不及'也,奇之又奇。而字字是女人眼底口头语,不烦钩索而出,怨而不怒,所以为绝调也。"朱庭珍《筱园诗话》曰:"诗所以妙者,顾'玉颜''寒鸦',一人一物,初无交涉,乃借鸦之得入昭阳,虽寒犹带日光而飞,以及形人……用意全在言外对面,寓人不如物之感,而措词微婉,浑然不露。……十四字中兼有赋比兴三义,所以入妙,非但以风调见长也。"

三

真成薄命久寻思,梦见君王觉后疑。火照西宫知夜饮,分明复道奉恩时。①

【注释】

①西宫,指皇君所在。复道,又称阁道,《史记·留侯世家》注引如淳曰:"复……上下有道,故谓之复道。"其为架空之走廊,类似今日之天桥,为方便楼阁间两地往来之私密通路。

△四句各以今昔交错呈现,交织明与暗、宠与衰、梦与真实之对比,笔法绵密深长。

闺 怨

闺中少妇不知愁,春日凝妆上翠楼。①忽见陌头杨柳色,悔教夫婿觅封侯。②

【注释】

①不知,一作"不曾"。凝妆,即盛妆,精心修饰。翠楼,形容华美的楼阁。

②杨柳色,形容美丽春光,兼有离别与韶华短暂之复杂寓意。"悔"字扣连首句之"不知愁",带出使纯真少妇一夕成熟的微妙契机,内蕴丰富。

△明唐汝询《唐诗解》云:"伤离者莫甚于从军,故唐人闺怨,大抵皆征妇之词也。知愁,则不复能'凝妆'矣;凝妆上楼,明其'不知愁'也。然一见柳色而生悔心,功名之望遥,离索之情亟也。"又清黄生《唐诗摘钞》卷四曰:"感时恨别,诗人之作多矣;此却以'不知愁'翻出后二句,语境一新,情思婉折。闺情之作,当推此首第一。"

芙蓉楼送辛渐二首(选一)①

寒雨连江夜入吴,平明送客楚山孤。②洛阳亲友如相问,一片冰心在玉壶③。

【注释】

①芙蓉楼,据《元和郡县志》"江南道润州":"其城吴初筑也,晋王恭为刺史,改创西南楼名万岁楼,西北楼名芙蓉楼。"原址在今江苏镇江西北。天宝元年(七四二)诗人出任江宁丞,与友人辛渐至润州,而饯别于此楼,作诗二首,此处选收其中第一首。

②连江、入吴,具现夜雨之绵密不尽。平明,天刚亮时。楚山孤,触景以喻别后形单影只的诗人自己。

③冰心玉壶,以喻高洁清明的人格操守,鲍照《代白头吟》有句云:"清如玉壶冰。"唐开元贤相姚崇亦作《冰壶诫》,序云:"夫洞澈无瑕,澄空见底,当官明白者,有类是乎!故内怀冰清,外涵玉润,此君子冰壶之德也。"本句则经诗人融摄陶铸,以景代议,纯就优美之意象取胜,更增清丽绝俗之美。

李 颀

　　李颀(约武周天授元年—约玄宗天宝十年,约六九〇—约七五一),东川人①,赵郡为其郡望。开元二十三年(七三五)进士及第,调新乡县尉;开元末、天宝初其行迹大致在长安、洛阳两地,殷璠《河岳英灵集》称:"惜其伟才,只到黄绶。"似乎李颀之仕历亦仅至县尉。卒后诗歌颇有散佚,今《全唐诗》收其诗三卷一百二十多首。

　　《唐才子传》卷二云:颀"性疏简,厌薄世务。慕神仙,服饵丹砂,期轻举之道,结好尘喧之外,一时名辈,莫不重之。工诗,发调既清,修辞亦秀,杂歌咸善,玄理最长,多为放浪之语,足可震荡心神。……故其论家,往往高于众作"。与开元、天宝年间著名诗人如崔颢、王昌龄、高适、岑参、王维等皆有交游,作品以七古最为擅长,内容则包含音乐、边塞、玄理、游侠、山林等多方面。方东树《昭昧詹言》卷十二将之与王维、高适、岑参并列,谓诸人"别有天授,自成一家",其中"东川缠绵情韵,自然深至,然往往有痕"。

【注释】

①此处指河南颍阳之左颍水,为李颀久居之地。详参傅璇琮主编《唐才子传校笺》卷二。

古从军行①

　　白日登山望烽火②,黄昏饮马傍交河③。行人刁斗风沙暗,公主琵琶幽怨多。④野云万里无城郭,雨雪纷纷连大漠。胡雁哀鸣夜夜飞,胡儿眼泪双双落。闻道玉门犹被遮,应将性命逐轻车。⑤年年战骨埋荒外,空见蒲桃入汉家⑥。

【注释】

① 从军行,属乐府古题,参王昌龄《从军行七首》注①。

② 烽火,《后汉书·光武帝纪》李贤注引《前书音义》曰:"边方备警急,作高土台,台上作桔皋,桔皋头有兜零,以薪草置其中,常低之,有寇即燃火举之,以相告,曰烽。又多积薪,寇至即燔之,望其烟,曰燧。昼则燔燧,夜乃举烽。"

③ 交河,在今新疆吐鲁番西,《元和郡县志》"陇右道西州交河县":"本汉车师前王庭也……贞观十四年于此置交河县。……交河出县北天山,水分流于城下,因以为名。"

④ 刁斗,同"刀斗"。《史记·李将军列传》裴骃《集解》引孟康曰:"以铜作鐎器,受一斗,昼炊饭食,夜击持行,名曰刀斗。"公主琵琶,《汉书·西域传》载:"乌孙以马千匹聘。汉元封中,遣江都王建女细君为公主,以妻焉。……昆莫年老,语言不通,公主悲愁,自为作歌曰:'吾家嫁我兮天一方,远托异国兮乌孙王。穹庐为室旃为墙,以肉为食兮酪为浆。居常土思兮心内伤,愿为黄鹄兮归故乡。'"又石崇《王明君辞序》云:"昔公主嫁乌孙,令琵琶马上作乐,以慰其道路之思;其送明君,亦必尔也。其造新曲,多哀怨之声。"

⑤ 玉门,关名,参王之涣《凉州词》注⑤。被遮,用汉武帝派贰师将军李广利伐宛,以取善马事。《史记·大宛列传》载:太初元年起攻宛失利,士皆饥疲,"往来二岁,还至敦煌,士不过什一二。使使上书言:'道远多乏食,且士卒不患战,患饥。人少,不足以拔宛。愿且罢兵,益发而复往。'天子闻之,大怒,而使使遮玉门,曰军有敢入者辄斩之!贰师恐,因留敦煌"。轻车,《周礼·春官》郑注曰:"轻车,所用以驰敌致师之车也。"二句言帝王依然刚愎孤行,只得随将领拼命一搏。

⑥ 蒲桃,又作蒲陶、葡萄。《汉书·西域传》载:"大宛左右以蒲陶为酒,富人藏酒至万余石,久者至数十岁不败。俗嗜酒,马嗜目宿。……汉使采蒲陶、目宿种归。天子以天马多,又外国使来众,益种蒲陶、目宿离宫馆旁,极望焉。"

△沈德潜《唐诗别裁集》卷五评曰:"以人命换塞外之物,失策甚矣。为开边

者垂戒,故作此诗。"

送陈章甫①

四月南风大麦黄,枣花未落桐阴长。青山朝别暮还见,嘶马出门思旧乡。陈侯立身何坦荡,虬须虎眉仍大颡。②腹中贮书一万卷,不肯低头在草莽。③东门酤酒饮我曹④,心轻万事如鸿毛。醉卧不知白日暮,有时空望孤云高。⑤长河浪头连天黑,津口停舟渡不得。郑国游人未及家,洛阳行子空叹息。⑥闻道故林相识多,罢官昨日今如何?⑦

【注释】

①陈章甫,原籍江陵,长隐嵩山,开元间进士。曾"因籍有误,蒙袂而归"(陈章甫《与吏部孙员外书》),经上书力争而为吏部破例录用,因扬名天下;高适《同观陈十六史兴碑诗》称其为"才杰",有逸思、佳句。本诗应为阵章甫罢官回嵩山之时李颀赠别之作。

②陈侯,尊称陈章甫。虬,蜷曲。颡(sǎng),额也。

③腹中书,《世说新语·排调》云:"郝隆七月七日出日中仰卧。人问其故,答曰:'我晒书。'"草莽,形容未仕宦之身份,《孟子·万章下》云:"在国曰市井之臣,在野曰草莽之臣,皆谓庶人。"

④酤酒,买酒。饮(yìn),给人喝。我曹,我辈。

⑤四句写陈章甫豪迈不拘的洒脱性格;"空望孤云高"则兼含有志未伸之意,引带出下文。

⑥郑国,唐属河南道郑州,今河南省一带。游人,指陈章甫。洛阳行子,指李颀自己。二句有相怜之意。

⑦故林,指栖游之旧地。末联惦挂陈章甫罢官回乡后目前的现况,情深意挚。

琴　歌①

主人有酒欢今夕,请奏鸣琴广陵客②。月照城头乌半飞③,霜凄万木风入衣。铜炉华烛烛增辉,初弹渌水后楚妃④。一声已动物皆静,四座无言星欲稀。⑤清淮奉使千余里,敢告云山从此始。⑥

【注释】

① 题一作《琴歌送别》。琴歌,《后汉书·马融传》云:"(融)所著赋、颂、碑、诔、书、记、表、奏、七言、琴歌、对策、遗令,凡二十一篇。"此处指为奏琴之事作诗歌之。

② 广陵,地名,《汉书·地理志》云:"广陵国:景帝四年更名江都,武帝元狩三年更名广陵。"在今江苏省。又为曲名,《晋书·嵇康传》载:"康将刑东市,太学生三千人请以为师,弗许。康顾视日影,索琴弹之,曰:'昔袁孝尼尝从吾学《广陵散》,吾每靳固之,《广陵散》于今绝矣!'"此处以喻座客琴艺甚佳。

③ 曹操《短歌行》云:"月明星稀,乌鹊南飞。"皆极言月光明亮,惊飞乌鹊。

④ 渌水、楚妃,皆琴曲名,为雅奏。庾信《春赋》云:"阳春渌水之曲,对凤回鸾之舞。"《歌录》引石崇《楚妃叹》曰:"歌辞莫知其由,楚之贤妃能立德著勋,垂名于后,唯樊姬焉,故今叹咏之声,永世不绝。"

⑤ 二句言旁听者专注无言,聆听至于深夜。以效果代替直接描写琴艺,更见其妙。

⑥ 清淮奉使,因李颀曾任新乡(今属河南)县尉,近于淮水,故云。敢告,有敬告意。云山,指归隐之处。因听琴歌而动念退隐,正见其"性疏简,厌薄世务"之性格。

听安万善吹觱篥歌①

南山截竹为觱篥,此乐本自龟兹出②。流传汉地曲转奇,凉州胡人为我吹③。傍邻闻者多叹息,远客思乡皆泪垂。世人解听不解赏,长飙风中自来往。④枯桑老柏寒飕飗,九雏鸣凤乱啾啾。⑤龙吟虎啸一时发,万籁百泉相与秋。⑥忽然更作渔阳掺⑦,黄云萧条白日暗。变调如闻杨柳春,上林繁花照眼新。⑧岁夜高堂列明烛,美酒一杯声一曲。

【注释】

① 安万善,即诗中之"凉州胡人"。觱篥(bì lì),《文献通考·乐考》卷一百三

十八云:"觱篥,本名悲篥,出于胡中,其声悲。……一名笳管,羌胡龟兹之乐也。以竹为管,以芦为首,状类胡笳而九窍,所法者角音而甚悲篥,胡人吹之以惊中国马焉。"

②龟兹(Qiū cí),汉西域国名,《汉书·西域传》云:"王治延城,去长安七千四百八十里。"在今新疆库车和沙雅之间。

③凉州,《晋书·地理志》云:"汉改周之雍州为凉州,盖以地处西方,常寒凉也。"即今甘肃省地。

④解赏,懂得欣赏。飚(biāo),同"飙""猋"字,《尔雅·释天》云:"扶摇谓之猋。"即从下袭上之暴风,此处用以形容乐音激昂有力。以下开始铺写觱篥声中之情景。

⑤飕飗(sōu liú),形容清风寒雨之声。九雏鸣凤,《晋书·穆帝纪》载:"二月,凤皇将九雏见于丰城。"《荀子·解蔽》云:"凤凰秋秋,其翼若干,其声若箫。"

⑥籁,孔窍发出的声音。相与秋,形容觱篥如秋一般清拔萧爽之音。

⑦掺(shǎn),握持;又作"挝(zhuā)",敲击之意。渔阳掺,《后汉书·祢衡传》云:"祢衡……少有才辩,而尚气刚傲,好矫时慢物。……(曹)操怀忿,而以其才名,不欲杀之。闻衡善击鼓,乃召为鼓史,因大会宾客,阅试音节。……次至衡,衡方为《渔阳》参挝,踯躅而前,容态有异,声节悲壮,听者莫不慷慨。"李贤注曰:"捶及挝并击鼓杖也,参挝是击鼓之法。"

⑧杨柳春,指古乐曲《折杨柳》,参王之涣《凉州词》注④。上林,即上林苑,秦始皇辟建,汉武帝时更广开规模,周袤数百里,中置三十六苑、十二宫、二十五观和七十离宫,集天下珍禽异兽、奇卉异草,在今陕西长安西。

听董大弹胡笳弄兼寄语房给事①

蔡女昔造胡笳声,一弹一十有八拍。②胡人落泪沾边草,汉使断肠对归客。③古戍苍苍烽火寒,大荒沉沉飞雪白。④先拂商弦后角羽,四郊秋叶惊摵摵。⑤董夫子,通神明,深山窃听来妖精。⑥言迟更速皆应手,将往复旋如有情。⑦空山百鸟散还合,万里浮云阴且晴。嘶酸雏雁失群夜,断绝胡儿恋母声。⑧川为净其波,鸟亦罢其鸣。⑨乌孙部落家乡远,逻娑沙尘哀怨生。⑩幽音变调忽飘洒,长风吹林雨堕瓦。迸泉飒飒飞木末,野鹿呦呦走堂下。⑪长安城连东掖垣⑫,凤凰池对青琐门⑬。高才脱略名与利,日夕望君抱琴至。⑭

【注释】

① 董大,即董庭兰,妙善琴艺,名动一时,深受肃宗时宰相房琯之宠信,纳为门客。《旧唐书·房琯传》载:"琯为宰相,略无匡懈之意……此外则听董庭兰弹琴,大招集琴客筵宴,朝官往往因庭兰以见琯,自是亦大招纳货贿,奸赃颇甚。"后宪司奏弹此事,房琯见累,贬为太子少师。胡笳弄,《乐府诗集·琴曲歌辞》转引唐刘商语云:"后董生以琴写胡笳声为十八拍,今之《胡笳弄》是也。"房给事,房琯于天宝五年(七四六)时任给事中,故云。

② 蔡女,指后汉蔡邕之女蔡琰。《后汉书·列女传》载:"陈留董祀妻者,同郡蔡邕之女也,名琰,字文姬。博学有才辩,又妙于音律。……兴平中,天下丧乱,文姬为胡骑所获,没于南匈奴左贤王,在胡中十二年,生二子。曹操素与邕善,痛其无嗣,乃遣使者以金璧赎之,而重嫁于祀。"《蔡琰别传》又言:其"春月登胡殿,感笳之音,作《胡笳十八拍》为琴曲以言其志"。胡笳,《太平御览》卷五百八十一云:"笳者,胡人卷芦叶吹之,以作乐也,故谓曰胡笳。"

③ 归客,指自胡域归汉土的蔡琰。两句极言笳乐感人之深,使胡人落泪、汉使断肠。

④ 古戍,古时驻军防守之地。大荒,《山海经·大荒西经》载:"大荒之中,有山名曰大荒之山,日月所入……是谓大荒之野。"此处指广大荒凉之边地。

⑤ 商弦、角羽,古以宫、商、角、徵、羽、变宫、变徵为七音。《列子·汤问》云:"……于是当春而叩商弦,以召南吕,凉风忽至,草木成实;及秋而叩角弦,以激夹钟,温风徐回,草木发荣;当夏而叩羽弦,以召黄钟,霜雪交下,川池暴沍。"撼撼(sè sè),风吹叶落声;此处用以比喻琴音。

⑥ 董夫子,尊称董庭兰。通神明、来妖精,极言其琴艺精妙,足以感通鬼神。

⑦ 言迟更速,由缓弹变换为急弹。将往复旋,形容其乐抑扬顿挫,指法灵活。

⑧ 此处言琴声凄切,而联想到蔡琰《悲愤诗》中所述,其回国时抛别生于胡地之二子的沉痛。

⑨二句谓天地共感其情,乃至川息鸟静。
⑩乌孙,参《古从军行》注④。逻娑,唐时吐蕃都城,《新唐书·薛仁贵传》云:"吐蕃入寇,命为逻娑道行军大总管。"即今西藏拉萨市,唐文成公主和亲至此。
⑪迸,激射。飒飒,水声。木末,树梢。呦呦(yōu yōu),鹿鸣声,《诗经·小雅·鹿鸣》云:"呦呦鹿鸣,食野之苹。"以上四句皆状琴声。
⑫长安,唐都城,今陕西西安。垣,禁墙,《新唐书·权德舆传》云:"左右掖垣,承天子诰命。"因门下省、中书省如两掖般分列左右,故称"掖垣"。东掖垣,指门下省,方位在左,为给事中一职所属。
⑬凤凰池,指中书省,因在枢近,故名。《晋书·荀勖传》载:"勖久在中书,专管机事。及失之,甚罔罔怅恨。或有贺之者,勖曰:'夺我凤皇池,诸君贺我邪!'"青琐门,指宫门,《汉官仪》载:"黄门郎每日暮向青琐门拜。"《汉书·元后传》颜师古注云:"青琐者,刻为连环文,而青涂之也。"为天子门制。
⑭脱略,不受拘束。君,指董大。末四句言房琯位居要津,才高权重,却不羁名利,日夕醉心于董大琴艺,一则衬托董大琴曲造诣之高,再则赞扬房琯脱俗之才性,而对两人遇合无间之情的称羡亦寓其中。

古　意①

　　男儿事长征,少小幽燕客②。赌胜马蹄下,由来轻七尺③。杀人莫敢前,须如蝟毛磔④。黄云陇底白云飞⑤,未得报恩不得归。辽东小妇年十五,惯弹琵琶解歌舞。⑥今为羌笛出塞声,使我三军泪如雨。⑦

【注释】
①诗题标明为拟古,混用五、七言句写豪士之骁勇刚烈与征事之悲凄无奈。
②幽燕客,形容其人慷慨豪烈;因幽燕二州古多游侠活动,故云。
③七尺,指男子七尺之躯。其句意谓从来不将生死放在心上。
④磔(zhé),分裂肢体之形;此处为纷张之意。蝟毛磔,形容须多而短硬,为豪雄之貌。《晋书·桓温传》载:"温豪爽有风概,姿貌甚伟……(刘)惔尝称

之曰:'温眼如紫石棱,须作蜎毛磔。'"
⑤陇,山丘。句谓天边云色昏黄,沉沉堆积于山底;天空白云奔飞,风行甚速,合而为边塞旷野壮阔之景。
⑥辽东,东北边地。小妇,少妇。解,晓悟;此处为擅长义。
⑦羌笛,马融《长笛赋》云:"近世双笛从羌起,羌人伐竹未及已。龙鸣水中不见已,截竹吹之声相似。"末二联以异国歌舞情调突显豪士思归的软弱心情,张力强烈。

送刘昱①

八月寒苇花,秋江浪头白。北风吹五两,谁是浔阳客。②鸼鹚山头微雨晴,扬州郭里暮潮生。③行人夜宿金陵渚,试听沙边有雁声。④

【注释】

①刘昱,李颀之友,其人不可考。
②五两,古代一种候风器,郭璞《江赋》李善注引兵书曰:"凡候风法,以鸡羽重八两,建五丈旗,取羽系其巅,立军营中。"亦系于船樯尾以见风向,为楚人方言。浔阳,即今江西九江,为众水汇集入长江之地。"谁是"之反问语气平添一股感伤低回的悠情。
③鸼鹚山,或在镇江、扬州一带。郭,外城。本联点出启程之时间地点,又以"暮潮生"暗示船将解缆,载客远行。
④行人,指刘昱。金陵,今江苏南京。渚,水中沙洲。末联设想远行者泊舟夜宿之情景,"雁声"呼应首联之秋江寒苇,兼寓孤雁失群的孤悲与自己对友人的怜惜和思念。全诗素净清雅,别有一番淡远之致。

送魏万之京①

朝闻游子唱离歌,昨夜微霜初渡河。②鸿雁不堪愁里听,云山况是客中过。③关城树色催寒近,御苑砧声向晚多。④莫见长安行乐处,空令岁月易蹉跎。⑤

【注释】

①魏万,后名颢,居王屋山,与李白亦友善,曾"不远命驾江东访白,游天台,还广陵见之"(魏颢《李翰林集序》)。李白亦有《送王屋山人魏万还王屋》诗。之京,往京师长安去。

②游子,即魏万。方东树《昭昧詹言》卷十六云:"言昨夜微霜,游子今朝渡河耳,却炼句入妙。"交错其言,便有霜寒掩至、层层临近之生动感。

③鸿雁秋去春返,流徙不定;云山绵延不尽,伸展天际,最易引起游子客居之愁思,故不堪听闻。二句情韵缠绵。

④关,指潼关。树色,一作"曙色"。御苑,皇帝之园林,与"关城"皆借指京城长安。砧声,指晚秋天寒时捣衣之声。二句为诗人设想之情景。

⑤蹉跎,指虚度光阴。末联以长辈身份为良友规勉之言。

△方东树《昭昧詹言》卷十六云:"中四情景交写,而语有次第:三四送别之情,五六渐次至京。收句勉其立身立名。初唐人只以意兴温婉轻轻赴题,不著豪情重语。杜公出,乃开雄奇快健,穷极笔势耳。"

孟 浩 然

孟浩然(武后永昌元年—玄宗开元二十八年,六八九—七四〇),襄阳(今属湖北)人。早年以诗自适,隐居于故园附近之鹿门山,同时又至吴越湘一带漫游。四十岁时(开元十六年冬)静极思动,赴长安探路求官,但"终南捷径"竟无必然实效,终因"当路无人"而不幸科考落第,索寞中还居襄阳后,仍延续着入长安前隐居故里与偶游吴越的生活形态,以此终老。晚年时,"张九龄镇荆州,署为从事,与之唱和"①。"开元二十八年,王昌龄游襄阳,时浩然疾疹发背,且愈。相得欢甚,浪情宴谑,食鲜疾动,终于冶城南园。"②有《孟浩然集》,存诗二百六十多首。

孟浩然是唐诗名家中少数无一官半职而隐沦终身者之一,故其每于山林的幽赏清趣中,总无法断然舍去对宦途的向往与渴慕,他在《奉先张明府休沐还乡海亭宴集》一诗中便曾言:"朱绂恩虽重,沧洲趣每怀。"这股魏阙之望是热情入世的孟浩然在重友尚义之外的另一大牵绊,思宦与怀友两种情感纠结在诗歌的字里行间,便构成了孟诗风格与结构的特殊表现。

就内容而言,初唐王绩超越时俗潮流而开启的自然诗创作,直到孟浩然手中才发扬光大,孟浩然与王维并列为盛唐自然诗派的代表。孟诗以个人怀抱取代奉酬应制之泛泛格套,使开元诗坛出现一脉新鲜生命,其清新之风格赢得了时人与后世的推崇。除王维、张九龄雅相称道之外,李白《赠孟浩然》云:"高山安可仰,徒此揖清芬。"杜甫《解闷十二首》之六亦云:"复忆襄阳孟浩然,清诗句句尽堪传。"皆就此倾誉。王维复绘其像于郢州刺史亭,时称"浩然亭",后又改称"孟亭",借以传其磊落之凤仪。③孟浩然故世后短短数年间,其诗集便经两度编辑,且收存于宫中秘府,更是他人难以比肩之殊荣。第一位孟集编定者王士源于序中称其"文不按古,匠心独妙",可以看出孟浩然于唐代诗史上屹立成家的因素所在。

孟诗内容较单一化,多言隐居之情景、求官不遂之积郁和知己难遇之寂寞,不如王维触角较广,涉及边塞、乡思、庙堂、咏古等多方面人生体验,并迭有佳作;而孟诗在结构上,尤其是八句诗,则不乏头重脚轻的现象,如陆游《陆放翁集》卷三十一便指出:"大抵孟浩然四十字诗,后四句率觉气索,如《洞庭寄阎九》《岁暮归南山》之类皆然。"张谦宜《絸斋诗谈》卷五亦谓:"孟力尽于前四句,后面趁不起,故一边轻耳。"这些毛病使孟诗的成就受到限制,与并称的王维诗相比,便稍居下乘了。

【注释】

①见《旧唐书·孟浩然传》。

②引自唐王士源《孟浩然集序》。

③其画像"笔迹穷极神妙,襄阳之状顾而长,峭而瘦,衣白袍,靴帽重戴,乘款段马。一童总角,提书笈,负琴而从,风仪落落,凛然如生"(宋葛立方《韵语阳秋》卷十四)。

夜归鹿门山歌[①]

山寺钟鸣昼已昏,渔梁渡头争渡喧[②]。人随沙岸向江村,余亦乘舟归鹿门。鹿门月照开烟树,忽到庞公栖隐处。[③]岩扉松径长寂寥,唯有幽人自来去。[④]

【注释】

①鹿门山,在今湖北襄阳东南,《大清一统志》"湖北襄阳府":"鹿门山在襄阳县东南三十里。《襄阳记》:'鹿门山旧名苏岭山,建武中,襄阳侯习郁立神祠于山,刻二石鹿夹神道口,俗因谓之鹿门庙,遂以庙名山也。'"孟浩然青壮时期曾在此隐居。

②渔梁,指渔梁洲,《水经注·沔水》曰:"沔水中有鱼梁洲,庞德公所居。"

③开烟树,形容月光照耀着烟雾笼罩之树,使雾散而树明。庞公,即庞德公,

东汉隐士,《襄阳耆旧传》云:"(其人)居岘山之南,未尝入城府,躬耕田果,夫妇相敬如宾,琴书自娱。睹其貌者,肃如也。荆州牧刘表数延请,不能屈,乃自往候之。……后携其妻子登鹿门山,托言采药,因不知所在。"

④岩扉,石窟之门,《楚辞·七谏·哀命》云:"处玄舍之幽门兮,穴岩石而窟伏。"王逸注曰:"言己修德不用,伏岩穴之中以自隐藏也。"松径,松林中的小路。"岩扉松径"泛指隐士所居之处。幽人,即隐士,诗人自指。

夏日南亭怀辛大①

山光忽西落,池月渐东上。散发乘夕凉,开轩卧闲敞。②荷风送香气,竹露滴清响。③欲取鸣琴弹,恨无知音赏④。感此怀故人,中宵劳梦想。⑤

【注释】

①南亭,位于诗人隐居的涧南园或鹿门山。辛大,于孟集中出现凡四次,可见与诗人过从甚深,另《西山寻辛谔》一诗中之"辛谔"疑即此人。

②散发,为闲暇时轻松自适之举,因古代男子束发于头顶,有端庄拘束之感。轩,本指长廊之有窗者,此用以指窗。闲敞,形容悠闲清朗之气息。

③此联承上之宁适心情,而就此余裕欣赏幽丽清美之夜景。

④此在自足之中又生欲望与缺憾。知音,《吕氏春秋·孝行览·本味》云:"伯牙鼓琴,钟子期听之。方鼓琴而志在太山,钟子期曰:'善哉乎鼓琴,巍巍乎若太山。'少选之间而志在流水,钟子期又曰:'善哉乎鼓琴,汤汤乎若流水。'钟子期死,伯牙破琴绝弦,终身不复鼓琴。"汉代古诗亦云:"不惜歌者苦,但伤知音稀。"此亦叹知音莫赏。

⑤中宵,即中夜。"劳"字形容其思念之剧甚也。由上联无知音之恨,遂引出对辛大此一故人的怀想。

宿业师山房期丁大不至①

夕阳度西岭,群壑倏已暝②。松月生夜凉,风泉满清听。③樵人归欲尽,烟鸟栖初定。④之子期宿来,孤琴候萝径。⑤

【注释】

①业师,从以修业的老师;一说为名业之僧人。丁大,名凤,诗人集中有《送丁大凤进士赴举》一诗,即为此人。
②群壑,各个山谷。倏(shū),迅速之意。暝,幽暗。
③本联纤敏细致地从视、听、触觉各感官途径,把握清夜幽景,悠然自远。
④言黄昏后人、鸟及整个世界皆各得其归宿,引起下文殷切之期待。烟鸟,暮霭中的归鸟。
⑤之子,《诗经·周南·桃夭》中"之子于归"下朱熹注云:"之子,是子也。"即"此人"之意。期,约定、期会。萝径,松萝蔓生的山径。
△明周珽《唐诗选脉会通评林》卷三云:"'生''满'二字静中含动,'尽''定'二字动中得静,禅语妙思。伯敬谓'尽'字不如用'稀'字,那知'尽'字得暮宿真境。"

万山潭①

垂钓坐磐石,水清心益闲。②鱼行潭树下③,猿挂岛藤间。游女昔解佩④,传闻于此山。求之不可得,沿月棹歌还。⑤

【注释】

①万山,《大清一统志》载:"万山在(湖北)襄阳县西北十里,一名方山,一名蔓山,一名汉皋山。"滨汉江,山下有潭。
②磐石,指扁平而厚重稳固的大石,《易经·渐卦》中"鸿渐于磐"句下王弼注云:"磐,山石之安者也。"
③潭树,潭中树影。
④佩,同"珮",衣带上之玉饰。游女解珮,郭璞《江赋》有"感交甫之丧珮"句,李善注引《韩诗内传》曰:"郑交甫遵彼汉皋台下,遇二女,与言曰:'愿请子之珮。'二女与交甫,交甫受而怀之,超然而去。十步,循探之,即亡矣;回顾二女,亦即亡矣。"

⑤"求之不可得"原出于《诗经·周南·关雎》所云:"求之不得,寤寐思服。"沿月,顺着水上月光。棹(zhào),船桨;"棹歌"者,一边划船一边歌唱。此联颇可代表孟浩然一生求官念友之心境。

秋登万山寄张五①

北山白云里,隐者自怡悦。②相望试登高③,心随雁飞灭。愁因薄暮起,兴是清秋发。时见归村人,平沙渡头歇。天边树若荠,江畔舟如月。④何当载酒来,共醉重阳节。⑤

【注释】

①万山,一作"兰山",应以"万山"为是,参《万山潭》注①。张五,或以为张子容,或以为张諲(与王维唱和之诗甚多),又有张文僮之说,但皆有不合之处,阙疑待考。

②万山在襄阳城北,故云北山。两句暗用齐梁时陶弘景《诏问山中何所有赋诗以答》之诗意:"山中何所有?岭上多白云。只可自怡悦,不堪持寄君。"

③试,一作"始",从宋本。登高,九月九日之习俗,参王维《九月九日忆山东兄弟》诗注②。

④荠,菜名,高数寸,其嫩茎叶可食。两句盖本隋薛道衡《敬酬杨仆射山斋独坐》诗中之"遥望树若荠,远水舟如叶"变化而来,写远景更为开阔有致。舟,一作"洲"。

⑤何当,张相《诗词曲语辞汇释》卷三云:"商量之辞,犹云何妨或何如也。"重阳节,即九月九日,曹丕《与钟繇九日颂菊书》云:"岁往月来,忽复九月九日。九为阳数,而日月并应,俗嘉其名,以为宜于长久,故以享宴高会。至于芳菊,纷然独荣,谨奉一束,以助彭祖之术。"

与诸子登岘山①

人事有代谢,往来成古今。江山留胜迹,我辈复登临。②水落鱼梁浅,天寒梦泽深。③羊公碑尚在,读罢泪沾襟。④

【注释】

①岘山,又名岘首山,《元和郡县志》"山南道襄州襄阳县"条目下有:"岘山在县东南九里,山东临汉水,古今大路。"

②胜迹,指岘山。复登临,相对于羊公等人之登览而言,详见注④。

③鱼梁,洲名,参《夜归鹿门山歌》注②。梦泽,参《望洞庭湖赠张丞相》注③。

④羊公,即羊祜,镇荆州、襄阳时,政绩甚出色,《晋书·羊祜传》载:"祜乐山水,每风景,必造岘山,置酒言咏,终日不倦。尝慨然叹息,顾谓从事中郎邹湛等曰:'自有宇宙,便有此山,由来贤达胜士,登此远望,如我与卿者多矣!皆湮灭无闻,使人悲伤!如百岁后有知,魂魄犹应登此也。'……(祜卒后)襄阳百姓于岘山祜平生游憩之所,建碑立庙,岁时飨祭焉。望其碑者莫不流涕,杜预因名为堕泪碑。"

△刘辰翁云:"起得高古,略无粉色而情景俱称,悲慨胜于形容,真岘山诗也。"又清顾安《唐律消夏录》曰:"结语妙在前半首说得如此旷达,而究竟不免于堕泪也,悲夫!"

岁暮归南山^①

北阙休上书,南山归弊庐。^②不才明主弃,多病故人疏。^③白发催年老,青阳逼岁除^④。永怀愁不寐,松月夜窗虚^⑤。

【注释】

①玄宗开元十七年(四十一岁)春诗人考试落第,冬临时在极度失意中怅然而返襄阳。南山,指其于襄阳城南岘山附近之故园,故云。

②北阙,为待诏或上书之公署入门处,杨恽《报孙会宗书》李善注云:"上章者于公车……北阙,公车门所在也。"《后汉书·丁鸿传》李贤注曰:"公车,署名。公车所在,因以名。诸待诏者皆居以待命。"休,莫、不用、毋须。敝庐,破旧的草屋。

③孟浩然一生热烈情感之所系唯有仕宦与知己二端,一弃一疏,足为其一生失意之最。

④青阳,指春天,《尔雅·释天》曰:"春为青阳。"郝懿行义疏引《说文》云:"青,东方色也。阳,高明也。"逼岁除,逼使一年画下句点,"逼"字表现时光消逝之势不可遏。

⑤松月,松中月色,有隐逸之象征。虚,形容空灵不实之感。

望洞庭湖赠张丞相①

八月湖水平,涵虚混太清。②气蒸云梦泽,波撼岳阳城。③欲济无舟楫,端居耻圣明。④坐观垂钓者,徒有羡鱼情。⑤

【注释】

①孟浩然于开元十七年(七二九)落第归乡之后,除隐居襄阳之外,也曾漫游吴越,又与开元二十五年贬为荆州长史的张九龄巡视各地,此诗表现出求仕之强烈意愿。张丞相,指张九龄,开元二十一年拜中书侍郎,同中书门下平章事;二十二年迁中书令,另参本书诗人小传。

②八月江汛水涨,湖水漫溢,一望汪洋,与岸齐平,故曰"湖水平"。"虚"与"太清"均指天空,左思《吴都赋》刘渊林注云:"太清谓天也。"道教分天空为玉清、上清、太清等"三清"。下句形容湖水浩淼,与天相接,似能涵融之而混成如一。

③云梦,古大泽名,跨大江南北,约当今两湖省份之间,司马相如《子虚赋》云:"云梦者,方九百里,其中有山焉。"岳阳城,在今湖南省岳阳市,洞庭湖东岸。宋范致明《岳阳风土记》云:"孟浩然洞庭诗有'波撼岳阳城',盖城据湖东北,湖面百里,常多西南风,夏秋水涨,涛声喧如万鼓,昼夜不息。"两句极其壮阔。

④济,渡河。《书经·说命上》载殷高宗谓傅说云:"若济巨川,用汝作舟楫。"端居,指隐逸闲居。本联意谓欲入宦海出仕而无人援引;而于圣明时代竟赋闲在家,乃一羞耻之事。

⑤垂钓者,指取得官位之人,《史记·齐太公世家》载:"吕尚盖尝穷困,年老矣,以渔钓奸周西伯。"羡鱼,典出《淮南子·说林训》:"临河羡鱼,不如归家织网",及《汉书·董仲舒传》:"古人有言:临渊羡鱼,不如退而结网。"

△纪昀《瀛奎律髓刊误》卷一云:"前半望洞庭湖,后半赠张相公,只以望洞庭托意,不露干乞之痕。"而沈德潜则谓:"读此诗,知襄阳非甘于隐遁者。"

过故人庄①

故人具鸡黍②,邀我至田家。绿树村边合,青山郭外斜③。开筵面场圃,把酒话桑麻。④待到重阳日,还来就菊花。⑤

【注释】

①过,拜访。

②具,置办、准备。鸡黍,指待客之饭食。《论语·微子》云:"止子路宿,杀鸡为黍而食之。"

③郭,《广韵》云:"内城外郭。"即外城。

④筵,一作"轩"。场圃,《诗经·豳风·七月》中"九月筑场圃"句下毛传云:"春夏为圃,秋冬为场。"郑玄笺曰:"场圃同地。自物生之时,耕治之以种菜茹;至物尽成熟,筑坚以为场。"但后世分而为二,打谷之地为场,种菜者为圃。话桑麻,即陶渊明《归园田居五首》之二云:"相见无杂言,但道桑麻长。"

⑤重阳日,见《秋登万山寄张五》注⑤。就,亲近之意。由"被邀"而至"还来"之期待,可见其水乳交融之情。

△全诗自然冲淡,无刻画之迹,弥漫一股温馨自足之情,于孟集中别开天地。清黄生《唐诗摘钞》卷一云:"全首俱以信口道出,笔尖几不着点墨,浅之至而深,淡之至而浓,老之至而媚,火候至此,并烹炼之迹俱化矣。王孟并称,意尝不满于孟,若此作,吾何间然?结语系孟对故人语,觉一片真率、款曲之意,溢于言外。"

送朱大人秦①

游人五陵去②,宝剑直千金③。分手脱相赠,平生一片心。④

【注释】

①秦,指长安所在之关中地区。
②游人,游迹不定之人,或即游侠。五陵,指西汉高帝长陵、惠帝安陵、景帝阳陵、武帝茂陵、昭帝平陵,皆位长安之北。汉制高官贵人须徙居陵墓附近,故后世用以代指繁华富贵之地,此处借指长安。
③直,通"值"。曹植《名都篇》已有"宝剑直千金,被服丽且鲜"之句。
④宝剑相赠之深情挚意,呼应季札挂剑的故事,《史记·吴太伯世家》载:"季札之初使,北过徐君。徐君好季札剑,口弗敢言。季札心知之,为使上国,未献。还至徐,徐君已死,于是乃解其宝剑,系之徐君冢树而去。从者曰:'徐君已死,尚谁予乎?'季子曰:'不然。始吾心已许之,岂以死倍吾心哉!'"

宿建德江①

移舟泊烟渚②,日暮客愁新。野旷天低树,江清月近人。③

【注释】

①本篇约开元十八年(四十二岁)作于游越期间,诗题一作《建德江宿》。建德江,指浙江流经建德县之一段,即新安江,建德县即今浙江梅城。
②渚,水中小洲。烟渚,烟雾弥漫的水渚。
③张谦宜《絸斋诗谈》卷五云:"低字、近字,宋人所谓诗眼,却无造作痕,此唐诗之妙也。"
△刘宏煦、李德举《唐诗真趣编》云:"'低'字从'旷'字生出,'近'字从'清'字生出。野惟旷,故见天低于树;江惟清,故觉月近于人,清旷极矣。烟际泊宿,恍置身海角天涯、寂寥无人之境,凄然四顾,弥觉家乡之远,故云'客愁新'也。下二句不是写景,有'愁'字在内。"

春　晓①

春眠不觉晓,处处闻啼鸟。②夜来风雨声,花落知多少?③

【注释】

①宋本题为《春晚绝句》。

②春鸟晓啼,兼含喜明与喜晴之意。

③春夜正好眠,却心忧风雨,中夜方歇,以至不觉天晓;鸟啼初醒,又顾念花落景况,一片伤春惜花之情动人心弦。刘辰翁曰:"风流闲美,正不在多。"明周珽《唐诗选脉会通评林》卷四十八则云:"晓景喧媚,莫卜夜无寂寞。惜春心绪,有说不出之妙。"

王　维

　　王维(武后长安元年—肃宗上元二年,七〇一—七六一),字摩诘,太原祁人,因父处廉徙家于蒲(今山西永济),遂为河东人。九岁知属辞,与弟缙俱有才名,开元九年(二十一岁)进士擢第,调大乐丞,后坐事谪官;开元二十二年(七三四)张九龄为中书令,擢维为右拾遗,从此历任各职,并一度奉使出塞。安史乱起,王维不及逃出,为贼所获,迫任伪官,禁于菩提寺中①,称病不事。贼平论罪,以《凝碧诗》②与弟缙愿削官代赎之故,特蒙赦宥,后又一路累迁,终于尚书右丞,年六十一岁。有《王右丞集》,收诗四百余首③。

　　王维年少时虽曾流露出对富贵的进取之意,后世也流传有"郁轮袍"的故事④,但从其少作来看,王维实兼具早熟的天才与淡泊宁静的本性。《旧唐书·文苑传》称其"弟兄俱奉佛,居常蔬食,不茹荤血。晚年长斋,不衣文彩。得宋之问蓝田别墅在辋口,辋水周于舍下,别涨竹洲花坞,与道友裴迪浮舟往来,弹琴赋诗,啸咏终日。……妻亡不再娶,三十年孤居一室,屏绝尘累"。可见王维自青壮以至暮年,个人生活即清心寡欲,超脱尘网,尤其晚年时亦官亦隐之生命形态,更显出一种出入环中、不为世情所拘的洒脱自在。于佛理熏陶、母死妻亡及安史祸乱之冲击下,王维便顺其天性,一步步在心灵上从红尘抽身而退,走入空灵自得的境界,终能视"存亡去就如九牛一毛",认为"无可无不可",且"以不动为出世";⑤表现在诗歌上,便得到以下之钦誉:"太白五言绝,自是天仙口语;右丞却入禅宗,读之身世两忘,万念皆寂,不谓声律中有此妙诠。"⑥而无怪杜甫称其为"高人"了⑦。

　　王维之诗歌成就,与他在其他艺术方面的造诣的交互影响有关,除精于乐理音律之外,他又擅写草隶,尤其是绘画,开南宗山水画派,成就更不逊于诗。他曾自言山水画诀为:"凡画山水,意在笔先。"故旨趣超灵神妙,韵味无穷。苏轼称:"味摩诘之诗,诗中有画;观摩诘之画,画中有诗。"⑧最得其神。而早在唐时殷璠《河岳英灵集》已略有此见:"维诗词秀、调雅、意新、理惬,在泉为珠,着壁成绘。一字一句,皆出常境。"

【注释】

①集中有《菩提寺禁》诗,《长安志》谓寺在长安平康坊南门之东;而《旧唐书·文苑传》则云:"禄山素怜之,遣人迎置洛阳,拘于普施寺,迫以伪署。"应以诗为正。
②诗作于京城陷落之时期,曰:"万户伤心生野烟,百官何日更朝天。秋槐叶落空官里,凝碧池头奏管弦。"流露国亡之悲与贼威乱制之痛。
③据称王维作品超过千首,安史乱后丧失殆尽,王缙奉代宗之旨裒集四百余篇上之(见《旧唐书·文苑传》),其后便在此基础上更行纂集,而得此数。
④见唐薛用弱《集异记》所载,王维假借岐王之助,侧身优伶,歌《郁轮袍》以赢得公主之赏重,而于京兆府试中得擢为解头,一举登第,时年十九。
⑤引文俱见王维《与魏居士书》。
⑥见明胡应麟《诗薮·内编·下》。
⑦杜甫《解闷十二首》之八云:"不见高人王右丞,蓝田丘壑蔓寒藤。最传秀句寰区满,未绝风流相国能!"
⑧见宋胡仔《苕溪渔隐丛话·前集》卷十五引,另见苏轼《书摩诘蓝田烟雨图》。

洛阳女儿行①

洛阳女儿对门居,才可容颜十五余②。良人玉勒乘骢马,侍女金盘脍鲤鱼。③画阁朱楼尽相望,红桃绿柳垂檐向。罗帏送上七香车,宝扇迎归九华帐。④狂夫富贵在青春,意气骄奢剧季伦。⑤自怜碧玉亲教舞,不惜珊瑚持与人。⑥春窗曙灭九微火,九微片片飞花琐。⑦戏罢曾无理曲时,妆成只是薰香坐。⑧城中相识尽繁华,日夜经过赵李家⑨。谁怜越女颜如玉,贫贱江头自浣纱。⑩

【注释】

① 题下原注:"时年十六。"一作"十八"。洛阳女儿,代指一般人家之闺秀,详参沈佺期《古意呈补阙乔知之》诗注②。全诗表现出王维年少时对富贵之敏感,以及早熟的透视智慧。

② 才可,恰好、刚足。张相《诗词曲语辞汇释》卷一云:"可,约估数目之辞。"

③ 玉勒,美玉装饰的马络头带。骢马,青白相间的良马。脍,细切肉。

④ 罗帏,绫罗制成之帏幔。七香车,由七种香木做成之名车。宝扇,以鸟羽编制,妇女外出时遮掩之具。九华,宫室器物上的美丽图饰,此处指帐上纹彩。本联写洛阳女儿出入之排场。

⑤ 狂夫,对应上文之"良人"。季伦,晋朝石崇之字,其人以骄奢著称。剧,甚于、超过。

⑥ 碧玉,本为梁汝南王侍妾之名,梁元帝《采莲曲》云:"碧玉小家女,来嫁汝南王。"此处应指洛阳女儿,而与下文之"越女"呼应比较。下句承上之"狂夫富贵"而具现良人骄奢情状,《晋书·石苞传》载石崇与王恺争豪斗富,"武帝每助恺,尝以珊瑚树赐之,高二尺许,枝柯扶疏,世所罕比。恺以示崇,崇便以铁如意击之,应手而碎。恺既惋惜,又以为嫉己之宝,声色方厉。崇曰:'不足多恨,今还卿。'乃命左右悉取珊瑚树,有高三四尺者六七株,条干绝俗,光彩曜日,如恺比者甚众。恺恍然自失矣"。

⑦ 九微,灯名,《博物志》卷八载:"七月七日夜漏七刻,王母乘紫云车而至……时设九微灯。"花琐,雕镂花纹之窗棂。

⑧ 曾无,从无。理曲,温习乐曲。薰香,以香料薰染衣裳,使之散发香气。

⑨ 赵李家,本谓汉成帝时赵飞燕、李平二女宠之戚属,代指贵戚豪门。

⑩ 越女,即西施,《吴越春秋》卷九载:"越王乃使相者国中,得苎萝山鬻薪之女,曰西施、郑旦。饰以罗縠,教以容步,习于土城,临于都巷。三年学服而献于吴……吴王大悦。"《太平寰宇记》则云:"诸暨县有苎萝山,山下有石迹水,是西施浣纱之所,浣纱石犹存。"沈德潜《唐诗别裁集》卷五谓:"结意况君子不遇也。"以末联两句对照出富贵生活之空虚不实,论者以为有"劝百讽一"之病。

九月九日忆山东兄弟①

独在异乡为异客,每逢佳节倍思亲。遥知兄弟登高处,遍插茱萸少一人。②

【注释】

①题下原注:"时年十七。"为王维少作之一。九月九日,即重阳节,参孟浩然《秋登万山寄张五》注⑤。山东,泛指华山以东之地,此处指其位于(山西)蒲州之故乡。

②登高、茱萸,出自《续齐谐记》所载:"汝南桓景随费长房游学累年,长房谓曰:'九月九日汝家中当有灾,宜急去,令家人各作绛囊,盛茱萸以系臂,登高饮菊花酒,此祸可消。'景如言,齐家登高,夕还,见鸡犬牛羊一时暴死。长房闻之曰:'代之矣。'今世人九日登高饮酒,妇人带茱萸囊,盖始于此。"末联透过间接方式从对面写来,尤显出婉曲之深情,张谦宜《絸斋诗谈》云:"不说我想他,却说他想我,加一倍凄凉。"

桃源行①

渔舟逐水爱山春,两岸桃花夹去津。坐看红树不知远,行尽青溪不见人。山口潜行始隈隩,山开旷望旋平陆。②遥看一处攒云树③,近入千家散花竹。樵客初传汉姓名,居人未改秦衣服④。居人共住武陵源,还从物外起田园。⑤月明松下房栊静⑥,日出云中鸡犬喧。惊闻俗客争来集,竞引还家问都邑。平明闾巷扫花开,薄暮渔樵乘水入。初因避地去人间,及至成仙遂不还。峡里谁知有人事,世中遥望空云山。不疑灵境难闻见,尘心未尽思乡县。出洞无论隔山水,辞家终拟长游衍⑦。自谓经过旧不迷,安知峰壑今来变。当时只记入山深,青溪几曲到云林。春来遍是桃花水,不辨仙源何处寻。⑧

【注释】

①题下原注:"时年十九。"全诗翻用陶渊明《桃花源记》之内容,裁以歌行之

体,点染诗情画意,为其杰出少作之一。

②隈隩(wēi yù),山水弯曲之处。此联摹写《桃花源记》中"山有小口,仿佛若有光,便舍船,从口入。初极狭,才通人。复行数十步,豁然开朗,土地平旷"之一段。

③攒(cuán),聚居簇集貌。

④未改秦衣服,点明《桃花源记》中"男女衣着,悉如外人"之说,并呼应《桃花源诗》之"衣裳无新制",使避世后"不知有汉,无论魏晋"的情节更为完足。

⑤武陵源,指晋武陵郡内之桃花水源头,相传在今湖南桃源西南。物外,即世外,世俗以外的世界。

⑥栊(lóng),屋舍的泛称,《广雅·释室》云:"栊,舍也。"

⑦游衍,即游历。

⑧桃花水,《汉书·沟洫志》有"来春桃华水盛"之句,颜师古注云:"《月令》:'仲春之月,始雨水,桃始华'。盖桃方华时,既有雨水,川谷冰泮,众流猥集,波澜盛长,故谓之桃华水耳。"

△全诗写来,从容自在,清新雅致,翁方纲《石洲诗话》推许云:"古今咏桃源事者,至右丞而造极。"

息夫人①

莫以今时宠,能忘旧日恩。看花满眼泪,不共楚王言。②

【注释】

①题下原注:"时年二十。"当开元八年。息夫人,后世又称桃花夫人,名息妫,春秋时陈侯之女,息国国君夫人,为楚文王所夺。《左传·庄公十四年》载:"蔡哀侯为莘故,绳息妫以语楚子。楚子如息,以食入享,遂灭息。以息妫归,出堵敖及成王焉,未言。楚子问之,对曰:'吾一妇人,而事二夫,纵弗能死,其又奚言,'楚子以蔡侯灭息,遂伐蔡。"

②此诗乃王维据典发挥,有所为而作。唐孟棨《本事诗》载:"宁王曼贵盛,宠妓数十人,皆绝艺上色。宅左有卖饼者妻,纤白明媚。王一见注目,厚遗其夫取之,宠惜逾等。环岁,因问之:'汝复忆饼师否?'默然不对。王召饼

师,使见之,其妻注视,双泪垂颊,若不胜情。时王座客十余人,皆当时文士,无不凄异。王命赋诗,王右丞维诗先成(按:即此篇)。"看花满眼泪,乃结合息夫人与卖饼妻二事而创新之语,与杜甫"感时花溅泪"同悲。王士禛《渔洋诗话》卷下评末联云:"更不著判断一语,此盛唐所以为高。"

夷门歌①

七雄雄雌犹未分②,攻城杀将何纷纷。秦兵益围邯郸急,魏王不救平原君。③公子为嬴停驷马,执辔愈恭意愈下。④亥为屠肆鼓刀人,嬴乃夷门抱关者。⑤非但慷慨献奇谋,意气兼将身命酬。⑥向风刎颈送公子,七十老翁何所求!⑦

【注释】

① 夷门,战国时魏国首都大梁(今河南开封)城之东门。本篇歌咏夷门守门人侯嬴慷慨侠义之举(事见《史记·魏公子列传》),展现王维早年积极进取的一面。

② 七雄,指战国时秦、楚、齐、燕、赵、魏、韩七国,雄雌犹未分,还未分出胜负。

③ 益,更加、越发。邯郸,赵国都。平原君,赵公子胜,其夫人为魏公子无忌(信陵君)之姊。魏安釐王二十年,秦兵围邯郸,平原君数遣书请救于魏,魏王虽使将军晋鄙将十万救赵,然中途留军壁邺以观望。信陵君无奈中约宾客共百余乘,欲赴赵俱死。此述下文"奇谋"之缘起。

④ 嬴,即侯嬴。驷马,驾车的四匹马。辔,御马之绳索。两句追述信陵君之礼贤下士,曾"从车骑,虚左,自迎夷门侯生。侯生摄敝衣冠,直上载公子上坐,不让,欲以观公子,公子执辔愈恭"(《史记·魏公子列传》)。衬显侯嬴之智计与意气。

⑤ 亥,指侯嬴友朱亥,为市井屠夫。史传载:"公子引车入市,侯生下见其客朱亥,俾倪故久立,与其客语,微察公子。公子颜色愈和。"屠肆,即屠宰店。鼓刀,挥刀。抱关,守关。

⑥ 奇谋,指请魏王宠妃如姬盗兵符,以夺晋鄙军之计。将身命酬,指侯嬴甘心牺牲生命答报信陵君,使无后顾之忧。史传载魏信陵君启程欲行奇计,侯生曰:

"臣宜从,老不能。请数公子行日,以至晋鄙军之日,北乡自刭,以送公子。"
⑦末句本于《晋书·段灼传》所谓:"七十老公复何所求哉?"全联将"向风刎颈"及"一无所求"并列对比,造成激昂感奋的强烈效果,突出其人其事之悲壮侠情。高步瀛《唐宋诗举要》卷二引吴汝纶评此诗乃"叙古事而别有寄托",为有见之语。

观　猎①

风劲角弓鸣,将军猎渭城。②草枯鹰眼疾,雪尽马蹄轻。③忽过新丰市,还归细柳营。④回看射雕处,千里暮云平。⑤

【注释】

①诗题一作《猎骑》。就全篇风格观之,当属王维早期作品。
②角弓,以角装饰之硬弓。渭城,为秦咸阳故城,在长安西北,渭水之阳,汉时改称渭城。首联即用倒插法以风劲弓鸣先声夺人,沈德潜《说诗晬语》云:"直疑高山坠石,不知其来,令人惊绝。"
③两句写鹰、马助猎之声势,由于草枯地露,搜索猎物的鹰眼更为锐利;而雪尽冰消,奔行往来的马蹄也益发轻快。下"疾""轻"二字,使行猎之迅猛矫捷尤其突出。
④新丰市,古代盛产美酒之地,在今陕西临潼东北,为汉高祖所建,《西京杂记》卷二载:"太上皇徙长安,居深宫,凄怆不乐。高祖窃因左右问其故,以平生所好皆屠贩少年,酤酒卖饼,斗鸡蹴鞠,以此为欢,今皆无此,故以不乐。高祖乃作新丰,移诸故人实之,太上皇乃悦。……高帝既作新丰,并移旧社,衢巷栋宇,物色惟旧,士女老幼,相携路首,各知其室,放犬羊鸡鸭于通途,亦竟识其家。"细柳,汉代名将河内太守周亚夫为将军时,营作于此,在长安西北,两地相隔七十余里。"忽过"呼应"马蹄轻"。
⑤射雕,《史记·李将军传》载:"果匈奴射雕者也。"言善射也。此联表现出驰骋行猎后回首千里远景时的踌躇容与之情,其风定云平之感怡与首联之遒健劲急互为对比,章法甚妙。
△屈复《唐诗成法》云:"通篇不出'观'字,全得'观'字之神。"

少年行四首(选一)①

新丰美酒斗十千,咸阳游侠多少年。②相逢意气为君饮③,系马高楼垂柳边。

【注释】
① 整组四首诗分咏长安少年游侠之豪迈、从军报国之壮怀、奋勇杀敌之气概与功成无赏之境遇。此处选其中第一首。
② 新丰,参《观猎》诗注④。斗,量酒单位。十千,即一万钱,夸言其昂贵价格。上句借曹植《名都篇》之"归来宴平乐,美酒斗十千"用之。咸阳,代指长安。
③ 形容意气相投,一见如故,李白《侠客行》中"三杯吐然诺,五岳倒为轻"之慷慨跃然纸上。

归嵩山作①

晴川带长薄,车马去闲闲。②流水如有意,暮禽相与还。③荒城临古渡,落日满秋山。④迢递嵩高下,归来且闭关。⑤

【注释】
① 嵩山,《元和郡县志》"河南道河南府登封县":"嵩高山在县北八里,亦名方外山。又云:东曰太室,西曰少室,嵩高总名,即中岳也。山高二十里,周回一百三十里。"此诗约作于开元二十二年(三十四岁)隐居嵩山时。
② 晴川,清朗的河流。长薄,连绵成带的草木,《楚辞·九章·涉江》王逸注云:"草木交错曰薄。"闲闲,缓行貌。
③ 对句用陶渊明《饮酒诗二十首》其五之"山气日夕佳,飞鸟相与还",有得其所哉的亲切安适感。
④ 两句写归途中沿路所见。一片萧淡之秋色,却无凄凉感伤之意,似有繁华落尽之空淡韵致。

⑤迢递,远貌。元方回《瀛奎律髓》卷二十三云:"闲适之趣,澹泊之味,不求工而未尝不工者,此诗是也。"纪昀则曰:"非不求工,乃已雕已琢,后还于朴,斧凿之痕俱化尔。学诗者当以此为进境,不当以此为始境。"

使至塞上①

单车欲问边,属国过居延。②征蓬出汉塞,归雁入胡天。③大漠孤烟直,长河落日圆。④萧关逢候骑,都护在燕然。⑤

【注释】

①开元二十五年(三十七岁)为监察御史,奉使出塞,宣慰战胜吐蕃的河西节度副大使崔希逸,并兼幕中判官,察访军情。此为赴边途中所作。
②单车,轻车简从。属国,秦汉官名,为"典属国"之简称,唐人有时以之代指使臣,如此则为王维自称;赵殿成注则以"属国"指地方,由东汉时凉州有居延属国(参《后汉书·郡国志》),为州下之行政区,似亦可通,别为一解。居延,匈奴地名,汉末设县,在今甘肃张掖,东北有居延泽,为古之流沙。
③征蓬,指秋天时离根凋零、随风飘荡的蓬草。
④烟,指烽火和燧烟,为边塞示警或报平安的信号,《酉阳杂俎·毛篇》载:"狼粪烟直上,烽火用之。"长河,指黄河。
⑤萧关,在今宁夏固原。候,即斥候,行侦察任务;候骑,指骑马之侦察兵。都护,为边疆要地所设都护府之将领。燕然,山名,即今蒙古之杭爱山,东汉和帝时窦宪大破北匈奴,曾登此山勒石记功而返;唐初置燕然都护府,统外蒙之地,此处代指战地之最前线。

出塞作①

居延城外猎天骄,白草连天野火烧。②暮云空碛时驱马,秋日平原好射雕。③护羌校尉朝乘障④,破虏将军夜度辽⑤。玉靶角弓珠勒马,汉家将赐霍嫖姚。⑥

【注释】

①题下原注:"时为御史监察塞上作。"当开元二十五年所笔,姚范云:"正其中年才气极盛之时,此作声出金石,有麾斥入极之概矣。"

②居延城,见《使至塞上》诗注②。天骄,匈奴自称,《汉书·匈奴传》载单于遣使遗汉书云:"南有大汉,北有强胡。胡者,天之骄子也。"白草,《汉书·西域传》颜师古注云:"白草似莠而细,无芒,其干熟时正白色,牛马所嗜也。"冬枯而不萎,性至坚韧。

③碛(qì),沙漠;空碛,空旷的沙漠。射雕,参《观猎》诗注⑤。

④护羌校尉,《后汉书·光武帝纪》李贤注引《汉官仪》曰:"武帝置,秩比二千石,持节,以护西羌。"障,同鄣,《汉书·张汤传》颜师古注:"鄣,谓塞上要险之处,别筑为城,因置吏士为鄣蔽以扞寇也。"乘,登上。

⑤破虏将军,指三国时吴之孙坚,《三国志·吴书·孙破虏讨逆传》云:"前到鲁阳,与袁术相见,术表坚行破虏将军。"度辽,《汉书·昭帝纪》载:元凤三年冬,"辽东乌桓反,以中郎将范明友为度辽将军,将北边七郡郡二千骑击之"。注引应劭曰:"当度辽水往击之,故以度辽为官号。"此处纯做动词用。

⑥玉靶,以玉装饰的辔革。角弓,见《观猎》诗注②。珠勒,缀以珠宝的马络头带。霍嫖姚,指汉武帝时骠骑将军霍去病;嫖姚,又作"剽姚""票姚",《汉书·霍去病传》颜师古注云:"劲疾之貌。"末联表现意气风发、大功获赏的雄心壮志。

△清方东树《昭昧詹言》卷十六评曰:"此是古今第一绝唱,只是声调响入云霄。……前四句目验天骄之盛,后四句侈陈中国之武,写得兴高采烈,如火如锦,乃称题。收赐有功得体。浑颢流转,一气喷薄,而自然有首尾起结章法。其气若江海水之浮天,惟杜公有之。"

汉江临泛①

楚塞三湘接,荆门九派通。②江流天地外,山色有无中。郡邑浮前浦,波澜动远空。③襄阳好风日,留醉与山翁④。

【注释】

①一题《汉江临眺》。汉江,即汉水,源于陕西,于湖北汉阳流入长江。临泛,临流泛舟。本诗约作于开元二十八年(四十岁)知南选途中。

②楚塞,指楚地边界。三湘,一说指湘潭、湘乡、湘源三地;一说湘水合资水称资湘,合资江称资湘,合沅水称沅湘,故谓之三湘。荆门,在今湖北省,《水经注·江水》载:"江水又东,历荆门、虎牙之间。荆门在南,上合下开,暗彻山南;有门像虎牙在北,石壁色红,间有白文,类牙形,并以物像受名。此二山,楚之西塞也。"九派,九条支流,郭璞《江赋》李善注引应劭《汉书注》云:"江自庐江浔阳分为九。"本联写江汉水脉四通八达,南接三湘,西至荆门,东连九江。

③前浦,前方水边。两句摹写水势盛大浩渺,使郡邑若浮,而远空也似为波澜所激。

④山翁,指晋初竹林七贤之一山涛之子山简,《晋书·山简传》云:"简优游卒岁,唯酒是耽。诸习氏,荆土豪族,有佳园池,简每出嬉游,多之池上,置酒辄醉,名之曰高阳池。"

渭川田家①

斜光照墟落,穷巷牛羊归。②野老念牧童,倚杖候荆扉。雉雊麦苗秀,蚕眠桑叶稀。③田夫荷锄至,相见语依依。即此羡闲逸,怅然歌式微。④

【注释】

①渭川,即渭水,流经长安城北近郊。本诗写初夏时田园的景致与温情,天趣自然,温馨洋溢。

②斜光,即夕阳余晖。墟落,指村墟篱落。穷巷,深巷。

③雊(gòu),雄鸡啼鸣。秀,谓麦子擢芒吐花。蚕眠,形容蚕蜕皮时不食不动的样子,三眠、四眠后即吐丝结茧。

④式微,出自《诗经·邶风·式微》:"式微,式微,胡不归?"在暖融的宁静中,

身在官场的诗人不禁心生欣羡之情,怅然吐露"何不归去"的心声。

青　溪①

言入黄花川,每逐青溪水。②随山将万转,趣途无百里。③声喧乱石中,色静深松里。④漾漾泛菱荇,澄澄映葭苇。⑤我心素已闲,清川澹如此。⑥请留盘石上,垂钓将已矣。⑦

【注释】

①《水经注·沮水》云:"沮水南径临沮县西,青溪水注之。水出县西青山,山之东有滥泉,即青溪之源也。口径数丈,其深不测,其泉甚灵洁。"在今陕西勉县东。

②言,发语词,无义。黄花川,《方舆胜览》云:"黄花川在凤州梁泉县。"今之陕西凤县黄花镇附近。逐,循着、沿着。

③趣途,即"趋途",去往的道路。两句意谓沿着青溪到黄花川之路不到百里,却随着万重山曲折转绕。

④此处又以动静相衬,使乱石中的喧哗水声和深松里的清静山色更加生动有致。

⑤漾漾,水摇动貌。菱荇,皆水生植物名。澄澄,明净貌。葭苇,水边的芦苇。

⑥素,向来。澹,同"淡"。此处言心如清川般,久已简素淡泊,不慕繁华荣利之物欲。

⑦盘石,成公绥《啸赋》李善注云:"盘,大石也。"已,终此一生。末联用东汉光武帝故人严光(字子陵)典故,《后汉书·逸民列传》载:"除为谏议大夫,不屈,乃耕于富春山,后人名其钓处为严陵濑焉。"表明不与物竞、游心世外的自得心境。

终南山①

太乙近天都,连山接海隅。②白云回望合,青霭入看无。③分野中峰变,阴晴众壑殊。④欲投人处宿,隔水问樵夫。

【注释】

①终南山,又名南山、秦岭,在长安南五十里,赵殿成注引《陕志》谓终南山西起陇山,东逾商、洛,绵亘千里有余,南北亦然,其盘踞不止一州之地,为渭水与汉水的分水岭。潘岳《关中记》云:"其山一名中南,言在天之中,居都之南,故曰中南。"

②太乙,又称"太一",或以之为终南山群中之一山,或视为终南山别名,此诗则以终南山为太乙。天都,指天帝所居之所,即天庭;上句与下句一夸言其高耸,一极写其广大。一说"天都"指天子都城所在之长安,亦可通。

③本联承首句"太乙近天都"而具写其高耸所产生之情景:身入白云青霭之中,则一无所见、无从把捉;脱身其外而回首望之,则又聚合成形,云霭漫漫。

④本联承次句"连山接海隅"以精摹其广大所带来之变化:一峰之差异便进入不同的分野;而随着所在地的分布,群山中各个山谷虽在同一时间中,阴晴状况也自有别。分野,《周礼·春官》云:"保章氏……以星土辨九州之地,所封封域皆有分星,以观妖祥。"以星宿位置区分地面上之界域,谓之"分野"。

△全诗于壮阔中写景复极细腻,清沈德潜《唐诗别裁》卷九指出:"或谓末二句与通体不配,今玩其语意,见山远而人寡也,非寻常写景可比。"虽山远人寡,却又有一种自世外投向人间的温暖。

过香积寺①

不知香积寺,数里入云峰。古木无人径,深山何处钟。泉声咽危石,日色冷青松。②薄暮空潭曲,安禅制毒龙。③

【注释】

①《文苑英华》将此诗系于王昌龄名下。香积寺,《长安志》卷十二"长安县":"开利寺在县南三十里皇甫邨,唐香积寺也。"全诗展开了由迷而悟的过程,为一典型的寻道诗。

②危石,高耸嶙峋的岩石。赵殿成笺注云:"此篇起句极超忽,谓初不知山中

有寺也,迫深入云峰,于古木森丛、人踪罕到之区,忽闻钟声,而始知之。四句一气盘旋,灭尽针线之迹,非自盛唐高手,未易多觏。'泉声'二句,深山恒境,每每如此,下一'咽'字,则幽静之状恍然;著一'冷'字,则深僻之景若见,昔人所谓诗眼是矣。"

③薄暮,形容黄昏初临。潭曲,潭水幽僻的角落。安禅,为佛僧坐禅时入于平和空寂之境界。毒龙,《涅槃经》云:"但我住处有一毒龙,其性暴急,恐相危害。"此处应指妄心痴念,不宜做降龙实事解。

辋川闲居赠裴秀才迪①

寒山转苍翠,秋水日潺湲。②倚杖柴门外,临风听暮蝉。渡头余落日,墟里上孤烟③。复值接舆醉④,狂歌五柳前⑤。

【注释】

①裴迪,关中人,《唐诗纪事》卷十六云:"迪初与王维、兴宗俱居终南。"《新唐书·文艺传》载:"别墅在辋川,地奇胜……与裴迪游其中,赋诗相酬为乐。"王维始营蓝田辋川别业,最晚当在天宝三年(四十四岁)时。

②转,一作"积"。潺湲,水流貌。

③墟里,指墟落村里。烟,指炊烟。

④复值,又遇到。接舆,《论语·微子》云:"楚狂接舆歌而过孔子曰:'凤兮凤兮,何德之衰,往者不可谏,来者犹可追。'"又见《庄子·人间世》;皇甫谧《高士传》曰:"陆通,字接舆,楚昭王时见楚政无常,乃佯狂不仕,时人谓之楚狂。"此处用指裴迪。

⑤五柳,陶渊明自托以明志之人,所著《五柳先生传》曰:"先生不知何许人也,亦不详其姓字,宅边有五柳树,因以为号焉。闲静少言,不慕荣利。"王维于此借以自比。与上句正对照出两人同样置身俗世之外,却一热一冷的性格差异。

春日与裴迪过新昌里访吕逸人不遇①

桃源四面绝风尘,柳市南头访隐沦。②到门不敢题凡鸟③,看竹何须问主人④。城外青山如屋里,东家流水入西邻。⑤闭户著书多岁月,种松皆作老龙鳞。⑥

【注释】

① 新昌里,长安坊里名,《长安志》卷九云:"朱雀街东第五街,从北第八为新昌坊,即新昌里也。"吕逸人,吕姓隐居者,其名不详。

② 桃源,参《桃源行》诗注。绝风尘,意谓隔绝红尘世俗之侵扰。柳市,《汉书·游侠传》载:"长安炽盛,街间各有豪侠,章在城西柳市,号曰'城西万子夏'。"此处以桃源喻吕逸人居处之清美,并借柳市之名点明其居处坐落所在,为下文之过访着根。

③《世说新语·简傲》云:"嵇康与吕安善,每一相思,千里命驾。安后来,值康不在,喜出户延之,不入,题门上作'鳯'字而去。喜不觉,犹以为欣,故作。'鳯'字,凡鸟也。"此句反用以示对吕逸人之尊崇。

④《晋书·王羲之传》载:"徽之字子猷,性卓荦不羁……时吴中一士大夫家有好竹,欲观之,便出坐舆造竹下,讽啸良久。主人洒扫请坐,徽之不顾。将出,主人乃闭门,徽之便以此赏之,尽欢而去。"此处表示虽与主人不遇,看其幽竹亦颇富清趣。

⑤ 本联实写吕逸人之居处环境,青山绿水亲和近人,举目可见,唾手可得,呈现一种恬然自安之感。

⑥ "闭户"与首句之"绝风尘"相应;"种松"与"看竹"则显示隐逸之贞雅心性;松皮已呈龙鳞状,可见种松已久,正是"多岁月"之具体展现,而吕逸人择善固执、虽久不贰的品格亦流露无遗,因此得到诗人之钦敬。

送梓州李使君①

万壑树参天,千山响杜鹃。山中一夜雨,树杪百重泉。②汉女输橦布,巴人讼芋田。③文翁翻教授,不敢倚先贤。④

【注释】

① 梓州,今四川三台。使君,刺史之别称。

②起四句高调摩云,首联逆起,神韵俊迈;次联"分顶上二语,而一气赴之,尤为龙跳虎卧之笔"(方东树语)。树杪,树梢。

③汉、巴,皆指蜀地,今四川、重庆等地属之。檀布,即檀华布,左思《蜀都赋》有"布有檀华"之句,刘渊林注云:"檀华者,树名檀,其花柔毳,可绩为布也。"芋,蜀地盛产之农作物,《史记·货殖列传》载蜀卓氏曰:"吾闻汶山之下沃野,下有蹲鸱,至此不饥。"蹲鸱即芋。二句写蜀地之物产民情,引出下联著名的文翁之治,以期许李使君勉于教化。

④文翁,《汉书·循吏传》载:"景帝末,为蜀郡守,仁爱好教化。见蜀地辟陋有蛮夷风,文翁欲诱进之,乃选郡县小吏开敏有材者张叔等十余人亲自饬厉,遣诣京师,受业博士。……又修起学官于成都市中,招下县子弟以为学官弟子……繇是大化,蜀地学于京师者比齐鲁焉……至今巴蜀好文雅,文翁之化也。"末联言文翁教化至今已衰,当更翻新以振起之,不敢倚先贤成绩而泰然无为也。

积雨辋川庄作①

积雨空林烟火迟②,蒸藜炊黍饷东菑③。漠漠水田飞白鹭,阴阴夏木啭黄鹂。④山中习静观朝槿,松下清斋折露葵。⑤野老与人争席罢,海鸥何事更相疑。⑥

【注释】

①辋川,在陕西蓝田西南二十里,王维别墅所在。全诗命脉在"积雨"二字。

②烟火迟,因积雨潮湿,故炊烟在窒闷中沉缓上升。

③藜,类似豆藿之草本植物,嫩茎新叶可蒸为羹而食。饷,给食。东菑,东边的田地,《尔雅·释地》云:"田一岁曰菑。"句谓蒸煮藜黍,送饭给工作于东田者。

④三句状水田之广延,四句状夏木之深幽,"漠漠""阴阴"两叠字使其景更为活妙生动。中唐李嘉祐有"水田飞白鹭,夏木啭黄鹂"之句,较之王诗,稍显逊色。唐李肇《唐国史补》卷上载王维剽用李诗进行加工,立论失严,不可据信。

⑤习静,修禅养性之工夫。槿,即木槿,五月始花,仲夏盛开,然朝生而暮落,故谓"朝槿";"观朝槿"则兼合佛家观空之意。斋,本指过午不食,俗以素食亦谓之斋。露葵,即带露之绿葵,园中菜蔬也。
⑥野老争席,见《庄子·寓言》载:"其往也,舍者迎将,其家公执席,妻执巾栉,舍者避席,炀者避灶。其反也,舍者与之争席矣。"这表示一种不拘形迹、忘怀机心的境界。海鸥相疑,典出《列子·黄帝》:"海上之人有好沤鸟者,每旦之海上从沤鸟游,沤鸟之至者百住而不止。其父曰:'吾闻沤鸟皆从汝游,汝取来吾玩之。'明日之海上,沤鸟舞而不下也。"此处借指相嫉者,并反问以明心迹。

山居秋暝①

空山新雨后,天气晚来秋。明月松间照,清泉石上流。竹喧归浣女,莲动下渔舟。②随意春芳歇,王孙自可留。③

【注释】

①暝,夜晚。
②两句意谓"浣女归而竹喧,渔舟下而莲动",倒果置前,归因于后,表现出感官捕捉讯息的作用远较理性认知来得优先而敏锐。
③《楚辞·招隐士》云:"王孙兮归来,山中兮不可以久留。"此处反用其意,言春芳虽歇,山中自可留住,有欣然归隐之心愿。高步瀛《唐宋诗举要》卷四曰:"随意挥写,得大自在。"

送 别

下马饮君酒,问君何所之?①君言不得意,归卧南山陲②。但去莫复问,白云无尽时。③

【注释】

①饮(yìn),以酒饮人。之,往、去。

②南山,即终南山。陲,边远之地。
③结语妙远。沈德潜《唐诗别裁集》卷一云:"白云无尽,足以自乐,勿言不得意也。"末联结构作意与《酬张少府》甚为相类,可参。

酬张少府①

晚年唯好静,万事不关心。自顾无长策,空知返旧林。②松风吹解带,山月照弹琴。③君问穷通理,渔歌入浦深。④

【注释】

①少府,即县尉,参王勃《送杜少府之任蜀州》诗注①。张少府,未详何人。酬,答报。
②长策,即良策、善策、好方法。贾谊《过秦论》云:"振长策而御宇内。"旧林,指天性所好之昔日山林旧地,陶渊明《归园田居五首》之一曰:"误落尘网中,一去三十年。羁鸟恋旧林,池鱼思故渊。"
③二句写其保全自我天性后,那悠心逍遥、自适自得,与自然交融的生活境况。
④穷通理,指全然通达之理;或曰穷塞与通达的出处进退之理,亦可通。浦,河边。末句于景写情,以不答答之,寓有悠远不尽之味,似结而未结也。

终南别业①

中岁颇好道,晚家南山陲。②兴来每独往,胜事空自知。行到水穷处,坐看云起时。③偶然值邻叟,谈笑无还期。④

【注释】

①别业,即今之所谓"别墅",筑于山林幽景之中。王维隐居终南山约在天宝三年(四十四岁)以前的三四年间。
②中岁,即中年。道,指佛法。家,动词,为居住之意。陲,边缘地带。史称王维三十岁时妻亡不再娶,好道或于此时即始。

③胜事,山林中之胜景乐事。中四联言虽独行独觉而有从容游赏之余韵,且得于水穷处见云起,可见王维自能于绝处逢生,开出一片生生化机;其能享受孤独之超旷恬静,比诸不甘寂寞之扰攘世人,更显出玲珑无碍之智慧,故能无入而不自得。陆游《游山西村》云:"山重水复疑无路,柳暗花明又一村。"即仿此。

④值邻叟,遇到邻家老人。无还期,不限定回家的时间。"偶然"者、"无还期"者,乃出于自在而无拘执之心境的自然流露。

△纪昀《瀛奎律髓刊误》卷二十三曰:"此诗之妙,由绚烂之极归于平淡。"《苕溪渔隐丛话·前集》卷十七引《后湖集》云:"此诗造意之妙,至与造物相表里,岂直诗中有画哉?观其诗知其蝉蜕尘埃之中,浮游万物之表者也。"又黄生《唐诗摘钞》卷一评道:"玩'好道'二字,便知全篇不是徒然写景,盖略为人通一消息耳。意谓中岁虽颇参究此事,不免东投西奔,茫无着落,至晚年方知有安身立命之处。得此把柄,则行止洒落,冷暖自知;水穷云起,尽是禅机;林叟闲谈,无非妙谛矣。此诗若只作写景看过,白山道者不免为摩诘居士叫屈。"

鹿　柴①

空山不见人,但闻人语响。返景入深林②,复照青苔上。

【注释】

①柴,音义同"砦",篱栅围栏。"鹿柴"为辋水旁近之地名。《旧唐书·文苑传》载:"(王维)尝聚其田园所为诗,号《辋川集》。"其《辋川集》自序云:"余别业在辋川山谷,其游止有孟城坳、华子冈、文杏馆、斤竹岭、鹿柴、木兰柴、茱萸沜、宫槐陌、临湖亭、南垞、欹湖、柳浪、栾家濑、金屑泉、白石滩、北垞、竹里馆、辛夷坞、漆园、椒园等,与裴迪闲暇各赋绝句云尔。"集中共收诗二十首,《鹿柴》为第五首。

②返景,指夕阳反射的光,《四时纂要》云:"日西落,光返照于东,谓之返影。"

△清李锳《诗法易简录》云:"人语响,是有声也;返景照,是有色也。写空山不从无声无色处写,偏从有声有色处写,而愈见其空。"

竹里馆①

独坐幽篁里②,弹琴复长啸③。深林人不知,明月来相照。④

【注释】

①本诗为《辋川集》中第十七首。
②幽篁,深密的竹林,《楚辞·九歌·山鬼》云:"余处幽篁兮,终不见天。"
③啸,《诗经·召南·江有汜》笺云:"啸,蹙口而出声。"
④《唐诗解》云:"林间之趣,人不易知;明月相照,似若会意。"

辛夷坞①

木末芙蓉花,山中发红萼。②涧户寂无人,纷纷开且落。③

【注释】

①本诗为《辋川集》第十八首。辛夷,即木笔树。坞,四边高中央低的凹地。因山坞遍植辛夷,故名。
②木末,即树梢。芙蓉花,指辛夷花,二树花色相近,故直以芙蓉称之,裴迪和《辋川集》亦云:"况有辛夷花,色与芙蓉乱。"红萼,即红花之意。
③涧户,山涧中的人家。诗人不介入眼前景色,而"以物观物"呈现花朵自开自落之自然本貌,有天成之致,宋胡仔《苕溪渔隐丛话》引苏轼《罗汉赞》亦云:"山中无人,水流花开。"与此同调。

鸟鸣涧①

人闲桂花落②,夜静春山空。月出惊山鸟,时鸣春涧中。③

【注释】

①王维曾于友人皇甫岳居处题诗,成《皇甫岳云溪杂题五首》,本诗为其中第一首。

②人闲,指人迹不到而清寂宁静。桂花,又名木樨,其花幽香袭人,细如黄雪,故落地亦寂然无声。

③山鸟为明亮月色所惊,而醒转啼鸣不已。以动衬静,更显其幽。

山　中

荆溪白石出①,天寒红叶稀。山路元无雨,空翠湿人衣。②

【注释】

①荆溪,本名长水,源出陕西蓝田西北,于长安东北流入灞水;后秦时避姚苌名讳,改称荆溪。而自后魏以来又讹为浐水。白石出,见水枯浅见底。

②元,即"原"字。下句意谓山色虽无似有(故云"空"),青翠如滴,人行山中,似乎沾衣欲湿。张旭《山中留客》诗亦云:"纵使晴明无雨色,入云深处亦沾衣。"一言山翠之色,一言云雾之气,"空翠湿人衣"之想似更为奇绝。

杂诗三首(选一)①

君自故乡来,应知故乡事。来日绮窗前,寒梅著花未?②

【注释】

①本篇为其中第二首。视其念家怀乡之情感格调,似属少作。

②来日,指出门离家之日,张相《诗词曲语辞汇释》卷六云:"来日,犹云往日也,与作将来解者异。"绮窗,雕镂花纹的窗子。著花未,谓开花了没有。

△初唐王绩《在京思故园见乡人问》一诗之内容、手法与此类同,而较详尽繁芜,诗曰:"旅泊多年岁,老去不知回。忽逢门前客,道发故乡来。敛眉俱握手,破涕共衔杯。殷勤访朋旧,屈曲问童孩。衰宗多弟侄,若个赏池台?旧园今在否?新树也应栽。柳行疏密布?茅斋宽窄裁?经移何处竹?别种几株梅?渠当无绝水?石计总生苔?院果谁先熟?林花那后开?羁心只欲问,为报不须猜。行当驱下泽,去剪故园莱。"王维此诗仅著一问,却更含蓄深厚,赵殿成注云:"右丞只为短句,一吟一咏,更有悠扬不尽之致,

欲于此下复赘一句不得。"而王士禛《唐人万首绝句选》引宋顾乐云"问得淡绝、妙绝。如《东山》诗'有敦瓜苦'章,从微物关情,写出归时之喜;此亦以微物悬念,传出件件关心,思家之切。此等用意,今人那得知?"

相　思①

红豆生南国②,春来发几枝?劝君多采撷,此物最相思。③

【注释】

①唐人绝句常多谱曲流传,此诗亦为梨园传唱。《云溪友议》载:"明皇乐工奔迫江潭间,于湘中采访使筵上唱云'红豆生南国……',又云'清风明月苦相思,荡子从戎十载余。征人去日殷勤嘱,归雁来时数寄书。'皆摩诘所作也,至今梨园歌焉,坐中皆惨然。"

②红豆,李时珍《本草纲目》卷三十五曰:"相思子生岭南,树高丈余,白色,其叶似槐,其花似皂荚,其荚似扁豆,其子大如小豆,半截红色,半截黑色,彼人以嵌首饰。"

③劝君多采撷,实因诗人本身相思深切缠绵,故而殷勤劝君因物见意。不但有双关之妙,兼有"言在此而意在彼"之细腻深长。

送元二使安西①

渭城朝雨浥轻尘,客舍青青柳色新。②劝君更尽一杯酒,西出阳关无故人。③

【注释】

①诗题于宋郭茂倩《乐府诗集·近代曲辞》中作《渭城曲》(见卷八十)。本篇谱入乐府为送别歌,末句并经反复叠唱,称《阳关三叠》,后人所云"唱渭城"(如刘禹锡《与歌者何戡》的"更与殷勤唱渭城")、"唱阳关"(如白居易《晚春欲携酒寻沈四著作》的"最忆阳关唱"与李商隐《赠歌妓二首》之一的"断肠声里唱阳关")皆指乐府谱曲而言。元二,未详何人。安西,《唐会

要》卷七十三载:"(高宗)显庆三年五月二日,移安西都护府于龟兹国,旧安西复为西州都督。"在今新疆库车。

②渭城,参《观猎》诗注②。浥,湿润。次句一作"客舍依依杨柳春"。何焯《唐三体诗》批云:"首句藏行尘,次句藏折柳,两面皆画出,妙不入骨。"

③阳关,《元和郡县志》"陇右道沙州寿昌县":"阳关在县西六里,以居玉门关之南,故曰阳关。"故址在今甘肃敦煌西,与玉门关皆是出西域要道首途之关卡。沈德潜云:"阳关在中国外,安西更在阳关外,言阳关已无故人矣,况安西乎!此意须微参。"

△王文濡云:"朝雨湿尘,不碍旅行。柳青客舍,足遣离衷。此杯中物,何敢多劝,因阳关西去,无复故人同饮,愿君更尽一杯酒也。临别赠言,情真意切,遂成千古绝调。"

李　白

　　李白(武后长安元年—代宗宝应元年,七〇一—七六二),字太白,郡望在陇西成纪(今甘肃秦安以西)①。祖先于隋末流徙中亚的碎叶(今吉尔吉斯斯坦国境内之托克马克),姓名皆无考;其父李客于神龙初年(七〇五)逃归于蜀,时李白已五岁。②曾自言其成长历程为"五岁诵六甲,十岁观百家""十五好剑术,遍干诸侯""十五观奇书,作赋凌相如""十五游神仙,仙游未曾歇"③,受到了儒家、道教和纵横家的复杂影响;其豪迈不羁的性格,则如《新唐书·文艺传》所称:"喜纵横术,击剑为任侠,轻财重施。"这些都构成了李白其人其诗的主调。

　　开元十三年(七二五),二十五岁的李白认为"大丈夫必有四方之志,乃仗剑去国,辞亲远游,南穷苍梧,东涉溟海",并于安陆(今属湖北)入赘娶故相许圉师之孙女(七二七),过着"酒隐安陆,蹉跎十年"的生活④;其间又曾北上太原,并约于开元十九年初次入长安寻求入仕机会,却无功而返⑤。从安陆移家东鲁(七三六)后,在任城安家,又隐居徂徕山,与孔巢父、韩准、裴政、张叔明和陶沔号"竹溪六逸";同时北游东都、南阳,南下吴越。天宝元年(七四二)因好友元丹丘通过玉真公主的推荐,奉召入京而再入长安,任职翰林供奉,以"布衣侍丹墀"。初时玄宗待之以殊遇,李阳冰《草堂集序》载:"降辇步迎,如见绮皓。以七宝床赐食,御手调羹以饭之。……置于金銮殿,出入翰林中,问以国政,潜草诏诰,人无知者。"李白也以"尽节报明主"的赤诚竭力有所作为,但因玄宗实以文学侍臣视之而"倡优同畜",加上其洒脱狂放的个性与他人的谮毁,因此于天宝三年暮春被赐金放还,结束了为时二年的长安时期。此后的十年李白漂泊各地,从梁宋、齐鲁而幽燕,又多次来往于会稽、金陵、宣城之间,不但与杜甫结下千古交谊(天宝三年),并请北海高天师授道箓,加入道士行列。天宝十四年安史乱起,李白辗转至庐山屏风叠隐居,不久接受永王璘的征召入其幕府,希望"为君谈笑静胡沙"(《永王东巡歌》),但至德二年(七五七)时永王抗命东巡,为肃宗派兵讨灭,李白也受累系浔阳狱中,判流放夜郎,幸而乾元二年(七五九)朝廷大赦,才在中途的巫山获释。此后李白重游宣城等地,当上元二年(七六一)李光弼东镇临淮以抗拒史朝义时,李白又闻讯请缨,毅然从军,却因病而中途折返,次年即病逝于当涂令李阳冰任所⑥。有《李翰林集》,存诗约一千首。

  李白以凌驾传统、挥洒壮丽的绝世之姿,而成为增添盛唐光辉的耀眼星辰,其自由奔放的个性和浪漫不羁的行径,不但塑造了他个人传奇而曲折的人生,也确立了雄奇飘逸、纵横飞动的诗风,能同时融合屈原执著炽烈的情感,与庄子旷达超脱的胸襟,一如清龚自珍《最录李白序》所言:"庄、屈实二,不可以并;并之以为心,自白始。儒、仙、侠实三,不可以合,合之以为气,又自白始也。其斯以为白之真原也已。"因此李白能够以丰富的想象、生动的比喻、极度的夸张、鲜明的意象和恢宏的格度,交织出时而汪洋恣肆、时而深沉静远的动人作品,往往"想落天外,局自变生",启发人们洒然尘外的悠然远思。在创作形式上,李白常挣脱格律的束缚而自由驰骋,又能刻苦向前人学习,因此乐府诗便约占全集的四分之一,且富推陈出新的创造力;相对地,其现存的一百十八首律诗中,七律仅有八首,其余则是沈德潜《唐诗别裁集》称为"逸气凌云,天然秀丽"的五律。而律诗之外,其九十三首绝句则备受推誉,如王世贞《艺苑卮言》云:"五、七言绝句,李青莲、王龙标最擅胜场,为有唐绝唱。"胡应麟《诗薮·内编》卷六亦曰:"太白五、七言绝,字字神境,篇篇神物。"而沈德潜《说诗晬语》卷上所称:"七言绝句以语近情遥、含吐不露为主,只眼前景、口头语,而有弦外音、味外味,使人神远。太白有焉。"更是道出了此类诗歌传颂不衰的主因。

  在内容上,李白有救国之志和求仙之想,故不时抒发济世的理想和仙境的缥缈;因向往雄伟壮丽的大自然,尤爱在名山中徜徉,因此对崇山飞瀑的瑰奇和流水明月的幽谧便多所流露;因现实的挫伤而有折翼之痛,因时光的易逝而有销亡之悲,故诗中往往倾泄了奔腾的忧愤和袭卷一切的哀愁;还有出自于对女性深切的了解与同情,于是对她们的美好与期待也形诸歌咏。而不论是何种主题,李白抒写时都达到了"清水出芙蓉,天然去雕饰"[7]的自我期许,并受到杜甫"清新俊逸"和"笔落惊风雨,诗成泣鬼神"的赞美[8],所以李阳冰《草堂集序》云:"其言多似天仙之辞……千载独步,唯公一人。"

此处选诗率依詹锳《李白诗文系年》,詹谱未系者,则参考安旗主编《李白全集编年注释》。

【注释】

① 李白籍贯另有山东、金陵、四川绵州诸说,皆有误;惟四川绵州为李白之成长地,庶几近之。陈寅恪则谓其先世本西域胡人,而诡托陇西李氏,则李白原非中土人士。
② 李白出生地有西域(如中亚碎叶、焉耆碎叶、条支)及蜀中、长安等诸说,仍莫衷一是。
③ 四段引文分见《上安州裴长史书》《上韩荆州书》《赠张相镐二首》之二、《感兴八首》之五。
④ 两段引文分见《上安州裴长史书》《秋于敬亭送从侄耑游庐山序》。
⑤ 孟棨《本事诗》载贺知章一见李白及其《蜀道难》诗,呼之为"谪仙人",并解金龟换酒,与倾尽醉,由是称誉光赫。此事或发生于天宝元年二入长安时。
⑥ 唐宋时盛传李白在当涂采石泛舟于江,因乘酒捉月,沉水中而死,实不足信。
⑦ 见《经乱离后天恩流夜郎忆旧游书怀赠江夏韦太守良宰》诗。
⑧ 分见《春日忆李白》的"白也诗无敌,飘然思不群。清新庾开府,俊逸鲍参军"及《寄李十二白二十韵》。

访戴天山道士不遇[1]

犬吠水声中,桃花带露浓。树深时见鹿,溪午不闻钟[2]。野竹分青霭,飞泉挂碧峰。无人知所去,愁倚两三松。③

【注释】

① 此诗当作于玄宗开元七年(十九岁)于匡山读书处。《大清一统志》引《方舆胜览》云:"大匡山,一名大康山,又名戴天山,在(四川)彰明县北。"而据宋计有功《唐诗纪事》卷十八所载,诗人少时"隐居戴天大匡山。往来旁郡,依潼江赵征君蕤。……从学岁余,去,游成都"。

② 不闻钟,暗示道士未归,不能敲钟;也表现天然自在的山中生活,没有文明的范限干扰。

③ "无人知所去"呼承上文之"溪午不闻钟",分别以明说、暗示之法点出诗题中"不遇"之旨。

△ 贺贻孙《诗筏》云:"无一字说道士,无一字说不遇,却句句是不遇,句句是访道士不遇。何物戴天山道士,自太白写来,便觉无烟火气,此皆不必以切题为妙者。"

峨眉山月歌①

峨眉山月半轮秋,影入平羌江水流②。夜半清溪向三峡③。思君不见下渝州。④

【注释】

① 本篇约作于玄宗开元十二年(二十四岁)秋。峨眉山,《元和郡县志》载"剑南道嘉州峨眉县":"峨眉大山,在县西七里。……两山相对,望之如峨眉,故名。"在今四川峨眉山市。

② 平羌江,即青衣水,今名青衣江,源出四川芦山,东南流至乐山市会大渡河入岷江,在峨眉山东。

③ 清溪,一谓清溪驿,在嘉州犍为县,邻近峨眉山;一据《乐山县志》谓为嘉州附近之板桥驿,清邑宰迎大僚于此,为江行夜发之所。三峡,即长江三峡,一说为今乐山县的黎头、背峨、平羌三峡。

④ 君,多以为指月而言,亦可谓其友人。渝州,即秦汉时巴郡之地,因渝水

(今嘉陵江)而得名,今四川、重庆一带属之。

△明王世贞《艺苑卮言》评曰:"此是太白佳境,二十八字中有峨眉山、平羌江、清溪、三峡、渝州,使后人为之,不胜痕迹矣。益见此老炉锤之妙。"

早发白帝城①

朝辞白帝彩云间,千里江陵一日还。两岸猿声啼不住②,轻舟已过万重山。

【注释】

①作于开元十三年(二十五岁)辞亲远游时,一说为肃宗乾元二年(七五九)流放夜郎途中遇赦后,出三峡之途中,诗题一作《白帝下江陵》。白帝城,在今重庆奉节东白帝山上,参杜甫《白帝城最高楼》诗注①。江陵,今湖北江陵。

②住,一作"尽"。清施补华《岘佣说诗》云:"有此句走处仍留,急语乃缓。"桂馥《札璞》亦曰:"能使通首精神飞越,若无此句,将不得为才人之作矣。"

△全首即《水经注·江水》所云:"自三峡七百里中,两岸连山,略无阙处,重岩叠嶂,隐天蔽日,自非亭午夜分,不见曦月。至于夏水襄陵,沿溯阻绝,或王命急宣,有时朝发白帝,暮到江陵,其间千二百里,虽乘奔御风,不以疾也。……每至晴初霜旦,林寒涧肃,常有高猿长啸,属引凄异,空谷传响,哀转久绝。故渔者歌曰:'巴东三峡巫峡长,猿鸣三声泪沾裳。'"而此诗远较简约轻快,一气流动,诚为李白集中第一首快诗。

秋下荆门①

霜落荆门江树空,布帆无恙挂秋风。②此行不为鲈鱼鲙③,自爱名山入剡中④。

【注释】

①本诗约作于开元十三年(二十五岁)秋,于出峡后自荆门赴江东之时。唐

写本诗题作《初下荆门》。荆门,今湖北荆门,南有荆门山,与北岸虎牙山隔长江相对,二山为楚之西塞,参王维《汉江临泛》诗注②。

②江树空,江边之树因秋叶落,故显得空阔旷然。布帆无恙,《晋书·文苑传》载:"(顾恺之)为殷仲堪参军。……仲堪在荆州,恺之尝因假还,仲堪特以布帆借之。至破冢,遭风大败。恺之与仲堪笺曰:'地名破冢,真破冢而出。行人安稳,布帆无恙。'"

③鲙,同"脍",细切肉。本句反用张翰典故,《晋书·文苑传》载:"齐王冏辟为大司马东曹掾……翰因见秋风起,乃思吴中菰菜、莼羹、鲈鱼脍,曰:'人生贵得适志,何能羁宦数千里以要名爵乎?'遂命驾而归。……俄而冏败,人皆谓之见机。"吴中即江东浙江之地,李白赴游的目的地。

④剡(Shàn),在曹娥江上游(即剡溪),今浙江嵊州、新昌境。其地山水明秀佳丽,汉晋以来游者多高人逸士,亦为热爱大自然的李白所向往。

望庐山瀑布二首①

一

西登香炉峰,南见瀑布水。②挂流三百丈,喷壑数十里。欻如飞电来,隐若白虹起。③初惊河汉落,半洒云天里。④仰观势转雄,壮哉造化功!海风吹不断,江月照还空。空中乱潈射,左右洗青壁。⑤飞珠散轻霞,流沫沸穹石。⑥而我乐名山,对之心益闲。无论漱琼液,且得洗尘颜。⑦且谐宿所好,永愿辞人间。⑧

【注释】

①二首作于开元十四年(二十六岁)游庐山时。《元和郡县志》卷二十九"江南道江州浔阳县":"庐山,在县东三十二里,本名鄣山。昔匡俗字子孝,隐沦潜景,庐于此山,汉武帝拜为大明公,俗号庐君,故山取号,周环五百余里。"山在今江西九江南。

②香炉峰,庐山峰名,共有四处,此处应指南香炉峰,在庐山南秀峰寺后。慧远《庐山记》云:"香炉山孤峰独秀,气笼其上,则氤氲若香烟。"有瀑布腾空而下,名曰开先,又称黄岩,俗称瀑布水。

③欻(xū),迅急貌。两句化用梁沈约《被褐守山东》诗所云:"掣曳泻流电,奔飞似白虹。"

④河汉,即银河。两句唐写本作"舟人莫敢窥,羽客遥相指"。

⑤潈(cōng),众水汇集交会之处。潈射,意谓众水激射,飞珠喷溅。

⑥沸,形容水沫翻搅滚动。穹石,即大石。两句分承上联,写水珠飞空、坠流之景。

⑦漱琼液,喝琼浆玉液。意谓瀑布水虽不比仙家琼液,却足以涤清客颜之风尘。

⑧谐,此处为顺任、遵从之意。宿所好,向来所喜欢的。两句唐写本作"爱此肠欲断,不能归人间"。

二①

日照香炉生紫烟,遥看瀑布挂长川。②飞流直下三千尺,疑是银河落九天③。

【注释】

①一本题作《望庐山香炉峰瀑布》,而前两句为"庐山上与星斗连,日照香炉生紫烟",后两句同。

②香炉峰上有水雾氤氲之气,日照后折射呈紫色,故云"紫烟"。长川,一作"前川"。

③九天,指天最深远之处,《史记·司马相如列传》注引《太玄经》云:"九天谓一为中天,二为羡天,三为从天,四为更天,五为晬天,六为廓天,七为减天,八为沉天,九为成天。"

金陵城西楼月下吟①

金陵夜寂凉风发,独上高楼望吴越。白云映水摇空城,白露垂珠滴秋月。月下沉吟久不归,古来相接眼中稀。②解道澄江静如练,令人长忆谢玄晖。③

【注释】

①作于开元十四年(二十六岁)秋。金陵,即今江苏南京,详参刘禹锡《西塞山怀古》注③。
②此言放眼所见,古往今来能投契共鸣者至为稀少,故下联接云对谢朓之怀念,突显出李白对其人的感佩之情。
③解道,张相《诗词曲语辞汇释》卷一云:"解道,犹云会说也;其指前人之名句而言者,则犹云会咏也。"谢朓,字玄晖,南朝齐人,山水诗名家,与谢灵运并称"大小谢",其《晚登三山还望京邑》诗之"余霞散成绮,澄江静如练"为传世名句。

山中问答①

问余何意栖碧山②,笑而不答心自闲。桃花流水窅然去,别有天地非人间。③

【注释】

①本诗载入《河岳英灵集》,必作于天宝十二年以前;《李白全集编年注释》编入开元十五年(二十七岁)初到安陆不久。诗题宋本作《山中答俗人》。
②何意,一作"何事"。李白在安陆寿山隐居之后,又栖于白兆山,故又一说碧山即白兆山,并据《安陆县志》卷二十六转引《湖广志》为证:"白兆山,一名碧山,山下有桃花岩,李白读书处。"若泛指一般青山,亦无不可。
③桃花流水,有"桃花源"之寓意,而此"别有天地"之山中即其乐园所在。窅然(yǎo rán),深远貌。李东阳《麓堂诗话》评此联云:"淡而愈浓,近而愈远,可与知者道,难与俗人言。"
△黄生《唐诗摘钞》云:"趣,此绝句中拗体。三、四只当'心自闲'三字注脚,究竟不曾答其所以。"

静夜思①

床前明月光②,疑是地上霜。举头望明月③,低头思故乡。

【注释】

①本诗创作时地约同前首,为李白自创乐府新辞。
②各本皆作"看月光",偶作"明月光",应依前者。
③明月,除《唐宋诗醇》作"明月"之外,余各本皆作"山月"。
△清吴修坞《唐诗续评》卷二云:"思乡诗最多,终不如此语之真率而有味。此信口语,后人复不能摹拟,摹拟便丑。语似极率易,然细读之,乃知明月在天,光照于地,俯视而疑;及举头一望,疑解而思兴,思兴而头低矣。回环尽致,终不能以率易目之。"

黄鹤楼送孟浩然之广陵①

故人西辞黄鹤楼,烟花三月下扬州②。孤帆远影碧山尽③,唯见长江天际流。④

【注释】

①诗作于开元十六年(二十八岁)暮春江夏之行。黄鹤楼,在今湖北武汉市,详见崔颢《黄鹤楼》诗注①。孟浩然,参本书诗人小传。之,往、赴之意。广陵,即扬州,今江苏扬州市。
②烟花,形容春天繁花盛开,一片如烟似雾的景色。
③影,宋本等作"映"。山,多本作"空"。而唐写本全句作"孤帆远映绿山尽"。
④唐汝询《唐诗解》评曰:"帆影尽则目力已极,江水长则离思无涯,怅望之情,俱在言外。"

长相思①

日色欲尽花含烟,月明如素愁不眠。②赵瑟初停凤凰柱③,蜀琴欲奏鸳鸯弦④。此曲有意无人传,愿随春风寄燕然⑤。忆君迢迢隔青天,昔时横波目⑥,今作流泪泉。不信妾肠断,归来看取明镜前⑦。

【注释】

①此诗依《李白全集编年注释》系于开元十七年(二十九岁)。长相思,乐府旧题,多写男女相思之情,郭茂倩编入《乐府诗集·杂曲歌辞》,谓:"古诗又曰:'客从远方来,遗我一端绮。文彩双鸳鸯,裁为合欢被。著以长相思,缘以结不解。'谓被中著绵以致相思绵绵之意,故曰长相思也。"王琦云:"'长相思'本汉人诗中语……六朝始以名篇,(按:如陈后主、徐陵、江总)诸作并以'长相思'发端,太白此篇(按:指下一首'长相思,在长安'者)正拟其格。"

②花含烟,形容黄昏时花朵上笼罩着烟雾的样子。素,精白的生绢布。

③赵瑟,《西京杂记》卷五云:"赵后有宝琴曰'凤凰',皆以金玉隐起为龙凤螭鸾、古贤列女之象。"又杨恽《报孙会宗书》曰:"妇,赵女也,雅善鼓瑟。"隐起,器物上阴刻凹入的图像或文字。所谓"凤凰柱",即刻瑟柱为凤凰之形。

④杨齐贤云:"鸳鸯弦,以雌雄也。或曰成都雷氏善琢琴,故曰蜀琴。"一说蜀琴是以良质美材的蜀桐木做成的琴,如李贺有"吴丝蜀桐张高秋"之句,比喻佳音;亦可能用司马相如与卓文君故事,《史记·司马相如列传》载:"是时卓王孙有女文君新寡,好音,故相如缪与令相重,而以琴心挑之。……文君窃从户窥之,心悦而好之,恐不得当也。既罢,相如乃使人重赐文君侍者通殷勤。文君夜亡奔相如,相如乃与驰归成都。"以此表现成对求双之想望。

⑤燕然,山名,即今蒙古境内之杭爱山,代指漠北极远之地,《后汉书·窦宪传》云:"宪、秉遂登燕然山,去塞三千余里,刻石勒功,纪汉威德,令班固作铭。"

⑥横波,形容眼波流动的美丽眼睛,李善注傅毅《舞赋》云:"横波,言目邪视如水之横流也。"

⑦取,语助词,表示动作的进行,张相《诗词曲语辞汇释》卷三云:"取,语助辞,犹著也、得也。"

长相思①

长相思,在长安。络纬秋啼金井阑,微霜凄凄簟色寒。②孤灯不明思欲绝,卷帷望月空长叹。美人如花隔云端③,上有青冥之高天,下有渌水之波澜。④天长路远魂飞苦,梦魂不到关山难。⑤长相思,摧心肝。

【注释】

①《李白全集编年注释》编于开元十八年(三十岁)。余参前者。
②络纬,即纺织娘,崔豹《古今注》卷中云:"莎鸡,一名促织,一名络纬,一名蟋蟀。促织,谓其鸣声如急织;络纬,谓其鸣声如纺绩也。"秋夜风凉露冷,其声尤为凄紧。金井阑,形容装饰华贵的井上栏杆。簟(diàn),竹席。两句有不胜沦落之感。
③本句化用汉代古诗《兰若生春阳》所云:"美人在云端,天路隔无期。"美人,指所思者;一谓为身居长安之帝王,即《楚辞》以美人比国君、托君臣于夫妇的香草美人之义。
④青冥,形容极高远的天空;一说即云。渌(lù),清澄貌。
⑤关山,关塞山岭,用以形容艰难险阻。此句意谓梦中相会亦不可得,此相思更无由得解。
△《李白全集编年注释》云:"此诗为比兴之作,别有寓意……其所以借求女为辞,盖斯时李白渴望君臣遇合之心至切,惟有求女之情能仿佛其万一。"传统说法举此可概其余。而单纯以情诗视之,亦未尝不宜。

侠客行①

赵客缦胡缨②,吴钩霜雪明③。银鞍照白马,飒沓如流星。④十步杀一人,千里不留行。⑤事了拂衣去,深藏身与名。闲过信陵饮⑥,脱剑膝前横。将炙啖朱亥,持觞劝侯嬴。⑦三杯吐然诺,五岳倒为轻。眼花耳热后,意气素霓生⑧。救赵挥金槌,邯郸先震惊。⑨千秋二壮士,烜赫大梁城。⑩纵死侠骨香,不惭世上英。⑪谁能书阁下,白首太玄经。⑫

【注释】

①《李白全集编年注释》编于开元十九年(三十一岁)。侠客行,属乐府《杂曲歌辞》,《汉书·游侠传》云:"陵夷至于战国,合从连衡,力政争强,繇是列国公子,魏有信陵,赵有平原,齐有孟尝,楚有春申,皆借王公之势,竞为游侠,鸡鸣狗盗,无不宾礼……皆以取重诸侯,显名天下。搢绅而游谈者,以四豪为称首。"本诗即透过魏信陵君盗军符救赵之史事,歌颂游侠重信爱义、轻死忘名的人格特质与行为表现,充满豪气与魄力。

②赵客,指燕赵之地所出的慷慨悲歌之士。缦胡缨,《庄子·说剑》述太子之语曰:"然吾王所见剑士,皆蓬头突鬓垂冠,曼胡之缨。"曼通缦。司马彪注:"曼胡之缨,谓粗缨无文理也。"

③吴钩,刀名,形如弯月。《吴越春秋》卷四载:"阖闾既宝莫邪,复命于国中作金钩,令曰能为善钩者,赏之百金。吴作钩者甚众,而有人贪王之重赏也,杀其二子,以血衅金,遂成二钩,献于阖闾,诣宫门而求赏。……王钩甚多,形体相类,不知其所在。于是钩师向钩而呼二子之名:'吴鸿、扈稽,我在此,王不知汝之神也。'声绝于口,两钩俱飞著父之胸,吴王大惊。"霜雪明,言其刀锋锐,闪现如霜雪般之辉芒。

④飒沓,纷杂而盛的样子。鲍照《咏史》诗云:"宾御纷飒沓,鞍马光照地。"本联青出于蓝,更形跃动传神。

⑤《庄子·说剑》云:"臣之剑十步一人,千里不留行。"留行,滞留于行道。本联说解有二,一指其剑锐快,所当无敌,故一去千里,行不留住;一谓其人豪烈、剑术高明,纵横千里,无人可匹,故畅行无阻。两皆可通。

⑥过,往访。信陵,即魏信陵君无忌,与朱亥、侯嬴盗符救赵的故事,详见王维《夷门歌》注。

⑦两句意谓把烧烤的肉给朱亥吃,拿着酒杯劝侯嬴喝酒。

⑧素霓,即白虹。意谓意气慷慨,如白虹贯日。

⑨金槌,美称朱亥用以击杀晋鄙以统军救赵的铁椎,《史记·魏公子列传》云:"于是公子请朱亥。朱亥笑曰:'臣乃市井鼓刀屠者,而公子亲数存之,所以不报谢者,以为小礼无所用。今公子有急,此乃臣效命之秋也。'……至邺,矫魏王令代晋鄙。晋鄙合符,疑之……欲无听。朱亥袖四十斤铁椎,

椎杀晋鄙,公子遂将晋鄙军……进兵击秦军。秦军解去,遂救邯郸,存赵。"另与王维《夷门歌》合参。

⑩ 二壮士,指朱亥、侯嬴。烜赫,同"喧赫""咺赫",盛明昭著貌。大梁城,魏国都,即今河南开封。

⑪ 英,即英雄。西晋张华《游侠曲》曾云:"生从命子游,死闻侠骨香。"

⑫ 此用扬雄著书之典故,以示自己追慕侠客赴义而死的风范,而不屑扬雄辈穷其一生皓首纸堆中的行径。《汉书·扬雄传》载:"扬雄,字子云,蜀郡成都人也。……哀帝时丁、傅、董贤用事,诸附离之者或起家至二千石。时雄方草《太玄》,有以自守,泊如也。……王莽时,刘歆、甄丰皆为上公,莽既以符命自立,即位之后,欲绝其原以神前事。而丰子寻、歆子棻复献之。莽诛丰父子,投棻四裔,辞所连及,便收不请。时雄校书天禄阁上,治狱使者来,欲收雄;雄恐不能自免,乃从阁上自投下,几死。莽闻之曰:'雄素不与事,何故在此?'间请问其故,乃刘棻尝从雄学作奇字,雄不知情。有诏勿问。然京师为之语曰:'惟寂寞,自投阁……'"李白《古风五十九首》第八首亦云:"子云不晓事,晚献长杨辞。赋达身已老,草玄鬓若丝。"皆寓一种无补世事之叹。

自　遣①

对酒不觉暝②,落花盈我衣。醉起步溪月,鸟还人亦稀。

【注释】

① 依《李白全集编年注释》,约开元二十一年(三十三岁)作于安陆闲居时。
② 暝,昏暗,指日暮。本句见李白已进入浑然忘机的闲适情境,故不觉黄昏已然降临。

山中与幽人对酌①

两人对酌山花开,一杯一杯复一杯。我醉欲眠卿且去②,明朝有意抱琴来。

【注释】

①创作时地同前首。幽人,即隐士。
②全句用陶渊明语,《宋书·陶潜传》云:"贵贱造之者,有酒辄设。潜若先醉,便语客:'我醉欲眠,卿可去。'其真率如此。"

春日醉起言志①

处世若大梦,胡为劳其生。②所以终日醉,颓然卧前楹③。觉来盼庭前,一鸟花间鸣。④借问此何时,春风语流莺。感之欲叹息,对酒还自倾。⑤浩歌待明月,曲尽已忘情。⑥

【注释】

①创作时地同前。王琦据石刻所传,称此诗有序云:"大醉中作,贺生为我读之。"见《麓堂诗话》。
②此意同李白《春夜宴从弟桃花园序》所云:"夫天地者,万物之逆旅也;光阴者,百代之过客也。而浮生若梦,为欢几何?古人秉烛夜游,良有以也。"
③颓然,倒貌。前楹,厅前之柱子。
④王琦据石刻云:上句作"揽衣览庭际",下句"一鸟"作"有鸟"。
⑤欲叹息,为满足已极的一种反应。下句石刻又作"未叹酒已倾"。
⑥浩歌,放声高歌,《楚辞·九歌》云:"临风恍兮浩歌。"末联即《下终南山过斛斯山人宿置酒》末四句之意,"忘情"即"忘机",为超然忘俗的最高境界。全诗生机流转,春意盎然,流露诗人对生命、对大自然的衷心爱好。

襄阳歌①

落日欲没岘山西,倒著接䍦花下迷。②襄阳小儿齐拍手,拦街争唱《白铜鞮》。③傍人借问笑何事,笑杀山公醉似泥④。鸬鹚杓,鹦鹉杯。⑤百年三万六千日,一日须倾三百杯。遥看汉水鸭头绿,恰似葡萄初酦醅。⑥此江若变作春酒,垒曲便筑糟丘台⑦。千金骏马换小妾⑧,笑坐雕鞍歌落梅⑨。车旁侧挂一壶酒,凤笙龙管行相催⑩。咸阳市中叹黄犬⑪,何如月下倾金罍⑫?君不见晋朝羊公一片石,龟头剥落生莓苔⑬。泪亦不能为之堕,心亦不能为之哀。⑭谁能忧彼身后事,金凫银鸭葬死灰。⑮清风朗月不用一钱买,玉山自倒非人推⑯。舒州杓,力士铛⑰,李白与尔同死生。襄王云雨今安在⑱,江水东流猿夜声⑲。

【注释】

① 开元二十二年(三十四岁)李白于襄阳治所谒荆州长史韩朝宗,自荐不遂后作此诗,可与《与韩荆州书》合观。

② 岘山,在襄阳县南,参孟浩然《与诸子登岘山》诗注①。著,戴。接䍦,白帽。两句所写乃晋山简之醉态,参注④。

③ 白铜鞮,原作《白铜蹄》,南梁时童谣,《隋书·音乐志》载:"初武帝之在雍镇,有童谣云:'襄阳白铜蹄,反缚扬州儿。'识者言白铜蹄谓马也;白,金色也。及义师之兴,实以铁骑,扬州之士皆面缚,果如谣言。"

④ 山公,指西晋山简,竹林七贤中山涛之子。《晋书·山涛传》载:"永嘉三年……(简)镇襄阳。于时四方寇乱,天下分崩,王威不振,朝野危惧。简优游卒岁,唯酒是耽。诸习氏,荆土豪族,有佳园池,简每出嬉游,多之池上,置酒辄醉,名之曰高阳池。时有童儿歌曰:'山公出何许,往至高阳池。日夕倒载归,茗艼无所知。时时能骑马,倒著白接䍦……'"另参《世说新语·任诞》。

⑤ 二物并酒器名,杨齐贤注云:"鸬鹚,水鸟也,其颈长,刻杓为之形。……黄山有鸟……人舌能言,名鹦鹉,镂杯为之形。今人以海螺如鹦鹉形作之,亦曰鹦鹉杯。"

⑥ 鸭头绿,汉史游《急就篇》卷二颜师古注曰:"春草、鸡翘、凫翁,皆谓染彩而色似之,若今染家言鸭头绿、翠毛碧云。"酸醅(pō pēi),酒再酿而未滤清。二句谓汉水有如重酿未漉之葡萄酒呈现碧绿色,《南部新书》载唐太宗破西域之高昌,引进马乳葡萄与酿制葡萄酒之法,"造酒绿色,长安始识其味"。

⑦ 垒曲,谓将酿酒使之发酵的酒曲堆积起来。糟,酒渣;糟丘台,比喻酿酒之多,《韩诗外传》载:"桀为酒池,可以运舟,糟丘足以望十里。"

⑧《独异志》卷中云:"后魏曹彰性倜傥,偶逢骏马,爱之,其主所惜也。彰曰:

'予有美妾,可换,惟君所选。'马主因指一妓,彰遂换之。"

⑨落梅,曲名,即《梅花落》。《乐府诗集·横吹曲辞》收十三首,解题云:"《梅花落》,本笛中曲也。按唐大角曲亦有《大单于》《小单于》《大梅花》《小梅花》等曲,今其声犹有存者。"

⑩凤笙龙管,极言乐器之精美。行,将要。催,劝酒,参王翰《凉州词》注②。

⑪黄犬,用李斯故事,象征自由适性的生活。《史记·李斯列传》云:"二世二年七月,具斯五刑,论腰斩咸阳市。斯出狱,与其中子俱执,顾谓其中子曰:'吾欲与若复牵黄犬,俱出上蔡东门逐狡兔,岂可得乎?'遂父子相哭,而夷三族。"

⑫罍(léi),腹大口小短颈的酒樽。金罍,言酒器之贵重。

⑬羊公,即羊祜。一片石,指羊祜死后襄阳百姓为之所立的纪念碑,杜预称为堕泪碑。详参孟浩然《与诸子登岘山》诗注④。龟头,指驮碑的石龟头,此龟称"赑屃"。莓苔,即苔藓。

⑭二句形容事过境迁,人死物颓,连情感亦随之淡化麻木,时间的摧毁性令人骇怖。

⑮宋本等有此两句。金凫银鸭,俱坟冢边贵重的陪葬品,《汉书·刘向传》载刘向上疏曰:"秦始皇帝葬于骊山之阿,下锢三泉,上崇山坟,其高五十余丈,周回五里有余;石椁为游馆,人膏为灯烛,水银为江海,黄金为凫雁。"

⑯《世说新语·容止》载山涛云:"嵇叔夜(按:即嵇康)之为人也,岩岩若孤松之独立;其醉也,傀俄若玉山之将崩。"此处有自比之意,显示出诗人以大自然和美酒抗衡时间与人事之虚无的生命情境。

⑰二者皆酒器名,为舒州(在今安徽安庆)所产之杓(见《新唐书·地理志》)与力士所用之铛。铛(chēng),有足的锅子,《新唐书·韦坚传》云:"豫章力士瓷饮器、茗铛、釜。"

⑱襄王云雨,本指男女遇合欢会之事,此处以喻一切政治、人事之美好理想。宋玉《高唐赋》序云:"昔者楚襄王与宋玉游于云梦之台,望高唐之观。其上独有云气,崪兮直上,忽兮改容,须臾之间,变化无穷。王问玉曰:'此何气也?'玉对曰:'所谓朝云者也。'王曰:'何谓朝云?'玉曰:'昔者先王尝游高唐,怠而昼寝。梦见一妇人曰:"妾巫山之女也,为高唐之客。闻君游高唐,愿荐枕席。"王因幸之。去而辞曰:"妾在巫山之阳,高丘之阻。旦为朝云,暮为行雨,朝朝暮暮,阳台之下。"旦朝视之,如言,故为立庙,号曰

朝云。'"
⑲末句以江、猿等大自然永恒不变之景物对比出人事短暂无常之空幻,凭添一股悠长绵远之哀感悲情。

江上吟^①

木兰之枻沙棠舟②,玉箫金管坐两头③。美酒樽中置千斛④,载妓随波任去留。仙人有待乘黄鹤,海客无心随白鸥。⑤屈平词赋悬日月⑥,楚王台榭空山丘⑦。兴酣落笔摇五岳,诗成笑傲凌沧洲。⑧功名富贵若长在,汉水亦应西北流⑨。

【注释】

①约作于开元二十二年(三十四岁),诗题一作《江上游》。
②木兰,又名杜兰、林兰,一种落叶乔木,去皮不死,可以做舟。枻(yì),船桨。沙棠,木名,《山海经·西山经》云:"昆仑之丘……有木焉,其状如棠,华黄赤实,其味如李而无核,名曰沙棠,可以御水,食之使人不溺。"此处乃极言舟楫之华贵。
③玉箫金管,极言乐器音声之精美,此处代指乐妓。
④《三国志·吴书·吴主传》裴松之引《吴书》云:"郑泉……博学有奇志,而性嗜酒,其闲居每曰:'愿得美酒满五百斛船,以四时甘脆置两头,反覆没饮之,急即住而啖肴膳。酒有斗升减,随即益之,不亦快乎!'"李白似本此而化用之。
⑤黄鹤,参崔颢《黄鹤楼》诗注①。海客白鸥,参王维《积雨辋川庄作》诗注⑥。两句意谓仙人尚且有待方能高飞,而海客反因忘却机心而从容逍遥;分别喻指碌碌以求者,与随波自适的李白自己。
⑥屈平,即屈原,《史记·屈原贾生列传》称:"若《离骚》者……其称文小而其指极大,举类迩而见义远。其志洁,故其称物芳;其行廉,故死而不容。……推此志也,虽与日月争光可也。"悬日月,比喻如日月悬空般永恒不朽。
⑦楚王台榭,指楚灵王章华台、阳云台及楚庄王钓台等,以奢华著称。空山丘,谓其台榭已荒废倾圮,不复存在。本联表现李白对文学不朽的信心,从

而导出下文。

⑧五岳,指东岳泰山、西岳华山、南岳衡山、北岳恒山、中岳嵩山。沧洲,指江海边涯的隐者所居之处,《南史·袁粲传》载其五言诗句云:"访迹虽中宇,循寄乃沧洲。"此两句即杜甫《寄李十二白二十韵》所谓"笔落惊风雨,诗成泣鬼神"之意。

⑨汉水,源于陕西宁强境内,东流至襄阳与白河合流,再折而南行,至武汉入长江。

春夜洛城闻笛①

谁家玉笛暗飞声,散入春风满洛城。此夜曲中闻折柳②,何人不起故园情。

【注释】

①约于开元二十三年(三十五岁)春作于洛阳。

②折柳,笛曲名,又名《折杨柳》,崔豹《古今注》卷中云:"李延年因胡曲更造新声二十八解……魏晋以来二十八解不复具存,世用者……《折杨柳》……等十曲。"另参王之涣《凉州词》注④。古有折柳赠别的习俗,故诗中常因柳而兴离思,并有怀乡之联想。

△唐汝询《唐诗解》评析此诗云:"不见其人而闻其声,故曰暗。满洛城者,声之远也。折柳所以赠别,今于笛中闻之,则想及故园而伤别矣。"

客中作①

兰陵美酒郁金香②,玉碗盛来琥珀光③。但使主人能醉客,不知何处是他乡。

【注释】

①开元二十四年(三十六岁)作于初至东鲁时,一本题作"客中行"。

②兰陵,其地有二,一在今山东枣庄市南,王琦云:"唐时沂州之承县,春秋时

郯国也,后魏于此置兰陵郡,隋废郡为兰陵县。"一在今江苏武进西北,《宋书·州郡志》载南徐州有南兰陵郡,郡有兰陵县,乃为北方流寓江南之侨民所置。此处似为前者。郁金,香草名,《梁书·诸夷传》载:"郁金独出罽宾国,华色正黄而细,与芙蓉华里被莲者相似。国人先取以上佛寺,积日香槁,乃粪去之。"其物可以香酒熏衣。

③琥珀,松脂之化石,色蜡黄或赤褐而透明。首两句以精美晶莹之意象具现美酒之动人品质,如此方足以担当下联醉客以解乡愁的任务。

嘲鲁儒①

鲁叟谈五经,白发死章句。②问以经济策,茫如坠烟雾。③足著远游履,首戴方山巾。④缓步从直道,未行先起尘。⑤秦家丞相府,不重褒衣人。⑥君非叔孙通,与我本殊伦。⑦时事且未达,归耕汶水滨。⑧

【注释】

①开元二十五年(三十七岁)作于山东。

②五经,指儒家《诗》《书》《易》《礼》《春秋》五部经典。下句云鲁地儒生出言则引经据典,但皓首穷经却死守章句,不知变通运用。

③经济策,经世济民的方法;此乃学问之活用与最终目的。

④远游履,汉时古鞋名,曹植《洛神赋》李善注引繁钦《定情诗》云:"何以消滞忧,足下双远游。"方山巾,汉时文儒者所戴的头冠之一,《后汉书·舆服志》有"方山冠"一项,祠宗庙之乐人戴之。二句描绘鲁儒之泥古不化和不合时宜的装束。

⑤从直道,即走大路正途,不取小径,也是墨守成规之表现,乃用《论语·雍也》载子游曰:"有澹台灭明者,行不由径。"而因儒服端整宽大,不便行动,因此步履之间掀风惊尘,声势俱足。

⑥丞相,指李斯,《史记·李斯列传》载其上书云:"古者……诸侯并作,语皆道古以害今……臣请诸有文学诗书百家语者,蠲除去之。"褒衣人,指儒生,《汉书·隽不疑传》中"褒衣博带"句下颜师古注云:"褒,大裾也。言著褒大之衣,广博之带也。"

⑦殊伦,不同类。《史记·刘敬叔孙通列传》载:"叔孙通儒服,汉王(按:刘邦)憎之,乃变其服,服短衣,楚制,汉王喜。……叔孙通使征鲁诸生三十余人,鲁有两生不肯行,曰:'……公所为不合古,吾不行。公往矣,无污我!'叔孙通笑曰:'若真鄙儒也,不知时变。'"

⑧汶水,山东境内水名。末联谓鲁儒不通时务,与世脱节,只有回到汶水滨躬耕度日罢了。

送友人①

青山横北郭,白水绕东城。②此地一为别,孤蓬万里征。③浮云游子意,落日故人情。④挥手自兹去,萧萧班马鸣。⑤

【注释】

①《李白全集编年注释》编入开元二十六年(三十八岁)于南阳告别友人时作。

②郭,外城。南阳西北有精山,东有俗名白河之清水,或即其地;亦不必实指。

③一,一旦;或云为加强语气之助词。蓬,草名,枯时即离根随风飘散,故又称"飞蓬",诗中常用以比喻游子。征,远行。

④汉代古诗即有"仰视浮云驰,奄忽互相逾。风波一失所,各在天一隅"之说,王琦云:"浮云一往而无定迹,故以比游子之意;落日衔山而不遽去,故以比故人之情。"孤蓬、游子,皆诗人自指,飘飘无定中深寓依依不舍之温情。

⑤自兹,从此。萧萧,马鸣声,《诗经·小雅·车攻》有"萧萧马鸣"之句。班马,离别之马,《左传·襄公十八年》中"有班马之声"句下杜预注云:"班,别也。"王琦评:"主客之马将分道,而萧萧长鸣,亦若有离群之感。畜犹如此,人何以堪!"

△沈德潜《唐诗别裁集》云:"苏李赠言多唏嘘而无蹶蹙声,知古人之意在不尽矣。太白犹不失斯旨。"

夜泊牛渚怀古①

牛渚西江夜②,青天无片云。登舟望秋月,空忆谢将军③。余亦能高咏,斯人不可闻。④明朝挂帆席,枫叶落纷纷。⑤

【注释】

①作于开元二十七年(三十九岁)秋,题下原注:"此地即谢尚闻袁宏咏史处。"牛渚,在今安徽马鞍山,《元和郡县志》"江南道宣州当涂县":"牛渚山,在县北三十五里,山突出江中,谓之牛渚圻,津渡处也。"牛渚圻,即采石矶。

②西江,指长江由江西至南京之一段。

③谢将军,指晋朝镇西将军谢尚,领牛渚时赏拔袁宏于孤贫之中,《世说新语·文学》载:"袁虎少贫,尝为人佣载运租。谢镇西经船行,其夜清风朗月,闻江渚间估客船上有咏诗声,甚有情致;所诵五言,又其所未尝闻,叹美不能已。即遣委曲讯问,乃是袁自咏其所作《咏史诗》,因此相要,大相赏得。"

④高咏,高声咏诗。斯人,此人,指谢尚。此处慨叹自己才比袁宏,却无知音。

⑤挂帆席,一作"洞庭去"。王士禛《带经堂诗话》评此诗云:"诗至此,色相俱空,正如羚羊挂角,无迹可求,画家所谓逸品是也。"

长干行①

妾发初覆额,折花门前剧。②郎骑竹马来,绕床弄青梅。③同居长干里,两小无嫌猜。十四为君妇,羞颜未尝开。低头向暗壁,千唤不一回。十五始展眉,愿同尘与灰。④常存抱柱信,岂上望夫台。⑤十六君远行,瞿塘滟滪堆⑥。五月不可触,猿声天上哀。⑦门前迟行迹,一一生绿苔。苔深不能扫,落叶秋风早。⑧八月胡蝶黄,双飞西园草。⑨感此伤妾心,坐愁红颜老⑩。早晚下三巴,预将书报家。⑪相迎不道远,直至长风沙。⑫

【注释】

①诗作于开元二十七年(三十九岁)由金陵赴巴陵途中。长干,金陵之地名,在今江苏南京市秦淮河南边,左思《吴都赋》刘逵注云:"建业(按:即金陵)南五里有山冈,其间平地,吏民杂居,号长干。中有大长干、小长干,皆相

连;大长干在越城东,小长干在越城西,地有长短,故号大、小长干。……地下而广曰干。"乐府《杂曲歌辞》旧题有《长干曲》,源出《清商西曲》,为长江下游一带之民歌,多以船家女之生活为内容。

②妾,古时女子自称。初覆额,谓年幼尚未束发之时。剧,游戏。

③床,厅堂中所置坐卧之具。《博物志》云:"小儿五岁曰鸠车之戏,七岁曰竹马之戏。"折花、骑竹马、弄青梅等皆小儿女嬉戏之事。

④展眉,形容欢容开颜之状。同尘灰,表现同生共死之坚贞情意;一说为形容双方交融和同之状态,亦通。

⑤抱柱信,指生死不渝之信守,《庄子·盗跖》云:"尾生与女子期于梁下,女子不来,水至不去,抱梁柱而死。"望夫台,古代坚贞女子眺望守候久别不归之丈夫的地点;望夫石、望夫崖、望夫岗亦同。

⑥瞿塘,长江三峡之一,在今重庆奉节东。滟滪堆,又名"淫豫堆",瞿塘峡口之大石,《太平寰宇记》云:"滟滪堆周回二十丈,在夔州西南二百步,蜀江中心,瞿塘峡口。冬水浅,屹然露百余尺,夏水涨,没数十丈,其状如马,舟人不敢进。谚云:'滟滪大如象,瞿塘不可上。滟滪大如马,瞿塘不可下。滟滪大如襆,瞿塘不可触。'以此为水候,盖五月水涨时,不可行船也。"水涨则石没,船行易触礁㦲难,故下文接云"五月不可触"。

⑦三峡山势高峻,岭间多猿,其声哀切,传响于空谷间,故此云"猿声天上哀",参《早发白帝城》诗注③。此二联写夫君远行入蜀行程之艰险,兼寓离情之凄切。

⑧迟行迹,指夫君留下的旧足迹;因久未归来,不复踏行其上,故"一一生绿苔"。"苔深"以见时日之长,又隐示女子思愁之深,因而倍觉秋天过早降临,使落叶提前飘零,有如深受离苦包围的少妇一般。

⑨胡蝶黄,杨慎《丹铅总录》卷二十一云:"蝴蝶或白或黑,或五彩皆具,惟黄色一种至秋乃多,盖感金气也。李白(按:引此句)深中物理。"双飞,反衬少妇之形单影只,故下文云"感此伤妾心"。

⑩坐愁,犹云"深愁",见张相《诗词曲语辞汇释》卷四云:"坐,甚辞,犹深也、殊也。……坐愁,犹云深愁也。"

⑪早晚,即"何时",张相《诗词曲语辞汇释》卷六曰:"早晚,犹云何日也,此多指将来而言。"三巴,在今四川东部,《华阳国志·巴志》云:献帝建安六年,

"改永宁为巴郡,以固陵为巴东,徙羲为巴西太守,是为三巴。"

⑫不道,同"不顾""不管"之意。长风沙,地名,在今安徽安庆东,陆游《入蜀记》卷二云:"自金陵至此七百里,而室家来迎其夫,甚言其远也。地属舒州,旧最号湍险。"

△清黄周星《唐诗快》云:"虽是儿女子喁喁,却原带英雄之气,自与他人闺怨不同。"

赠孟浩然①

吾爱孟夫子,风流天下闻②。红颜弃轩冕,白首卧松云。③醉月频中圣,迷花不事君。④高山安可仰?徒此挹清芬。⑤

【注释】

①开元二十七年(三十九岁)春出游南阳途中,经襄阳时作,为李白集中少数的律体之一。

②风流,指风度潇洒,气质脱俗不羁。

③红颜,谓青春年少。轩冕,本指高车和朝冠,比喻贵显著。卧松云,形容栖隐于山林的生活。

④上句意谓于月下饮酒,常因而喝醉。中圣,《三国志·魏书·徐邈传》云:"魏国初建,为尚书郎。时科禁酒,而邈私饮至于沉醉。校事赵达问以曹事,邈曰:'中圣人。'达白之太祖,太祖甚怒,度辽将军鲜于辅进曰:'平日醉客谓酒清者为圣人,浊者为贤人,邈性修慎,偶醉言耳。'竟坐得免刑。"迷花,谓沉迷于自然美景。不事君,不做官报效君王、为国服务。

⑤高山,喻崇高之德行,《诗经·小雅·车辖》云:"高山仰止,景行行止。"此处化用其句。挹,酌取;各本多作"揖"字,则通为行礼之义。

△高步瀛《唐宋诗举要》引吴北江云:"一气舒卷,用孟体也,而其质健豪迈,自是太白手段,孟不能及。"

关山月①

明月出天山②,苍茫云海间。长风几万里,吹度玉门关③。汉下白登道④,胡窥青海湾⑤。由来征战地,不见有人还。⑥戍客望边邑⑦,思归多苦颜。高楼当此夜,叹息未应闲。⑧

【注释】

①作于开元二十九年(四十一岁)。关山月,《乐府古题要解》云:"皆言伤离别也。"属横吹曲辞。

②天山,《元和郡县志》卷四十"陇右道伊州伊吾县":"天山,一名白山,一名折罗漫山,在伊州北一百二十里。春夏有雪……匈奴谓之天山,过之皆下马拜。"即今新疆祁连山。王琦云:"自征夫而言已过天山之西,而回首东望,则俨然见明月出于天山之外也。"

③玉门关,在今甘肃敦煌西,为通西域之要道,参王之涣《凉州词》注⑤。

④白登,山名,《史记·韩信列传》载:"上遂至平城,上出白登,匈奴骑围上。"司马贞《索隐》引《北疆记》曰:"桑干河北有白登山,冒顿围汉高之所,今犹有垒壁。"在今山西大同市东北。

⑤青海,湖名,《北史·吐谷浑传》称:"青海周围千余里。"隋时属吐谷浑,唐高宗龙朔三年时为吐蕃所据,直至开元之际,唐多次与吐蕃攻战,皆近其地,另参杜甫《兵车行》注⑰。

⑥近藤元粹《李太白诗醇》引严羽云:"'由来'二句,极惨、极旷。"

⑦戍客,即征夫。边邑,即边境。

⑧高楼,指思妇所在,徐陵《关山月》诗云:"思妇高楼上,当窗应未眠。"闲,停息。

△《唐宋诗醇》云:"朗如行玉山,可作白自道语。格高气浑,双关作收,弥有逸致。"

子夜吴歌四首(选二)①

一

长安一片月,万户捣衣声②。秋风吹不尽,总是玉关情③。何日平胡虏,良人罢远征④?

【注释】

① 《李白全集编年注释》编于天宝元年(四十二岁)在长安作。子夜吴歌,《旧唐书·音乐志》载:"《子夜》,晋曲也。晋有女子夜造此声,声过哀苦。"因出于吴地,故名《子夜吴歌》。《乐府诗集》收入《清商曲辞·吴声歌曲》,题作《子夜四时歌》,并分标四季之名,此处选收第三首《秋歌》与第四首《冬歌》。

② 捣衣,击打衣物,使之洁净松软;一说即"捣练",将生丝处理成熟丝,以制布裁衣。以后说为是。

③ 玉关,即玉门关,参王之涣《凉州词》注⑤。

④ 良人,妻称夫之谓,《孟子·离娄下》载齐人之妻归,告其妾曰:"良人者,所仰望而终身也。"罢,终止、不再之意。

△ 王夫之《唐诗评选》云:"前四语是天壤间生成好句,被太白拾得。"而田同之《西圃诗说》亦认为末两句多余可删,"更觉浑含无尽"。

二

明朝驿使发,一夜絮征袍。①素手抽针冷,那堪把剪刀。裁缝寄远道,几日到临洮②?

【注释】

① 驿使,驿站间传送文书、物件者。絮,作动词用,弹松旧棉。

② 临洮,隋郡名,唐置洮州,《旧唐书·地理志》"陇右道洮州下":"在京师西一千五百六里。"州治在今甘肃临潭,此处借以代称西北边塞战地。

金陵酒肆留别①

风吹柳花满店香②,吴姬压酒唤客尝③。金陵子弟来相送,欲行不行各尽觞④。请君试问东流水,别意与之谁短长?

【注释】

① 本诗约为天宝二年(四十三岁)自金陵赴扬州时作。金陵,今江苏南京。

酒肆，即酒铺、酒店。

②柳花，指柳絮，本无香气；此处以"柳花"设想，则"满店香"虚而如实，凭添江南烟景动人之致。

③吴姬，即吴女。压酒，新酒于酿后初熟，欲饮时方压槽榨床取用之，语颇传神。全句表现出江南的民俗风土之美。宋赵彦卫《云麓漫钞》云："说者以为工在'压'字上，殊不知乃吴人方言耳。至今酒家有旋压酒子相待之语。"

④欲行，指将行的李白；不行，指相送的金陵子弟。尽觞，即干杯。表现离别时之赤诚豪情，而不流于哀怨凄切、缠绵难舍，显露李白不沾滞、不陷溺的潇洒风格。

春　思①

燕草如碧丝，秦桑低绿枝。②当君怀归日，是妾断肠时。③春风不相识，何事入罗帏？④

【注释】

①《李白全集编年注释》编于天宝二年（四十三岁）。

②燕，指征夫所在之北方；秦，为思妇所在之长安一带，两地一南一北、一草一桑，乃以物候之对比呈现距离之遥远。

③萧士赟注云："燕北地寒，草生迟；当秦桑低绿之时，燕草方生如丝之碧也。秦桑低枝者，兴思妇之断肠也。言其夫方萌怀归之心，犹燕草之方生；妾则思君之久，先已断肠矣，犹秦桑之已低枝也。"

④春风，比喻外界之引诱。罗帏，即罗帐，为女子深闺寝卧之处。萧士赟云："末句则兴此心贞洁，非外物所能动。"而以"何事"反问之，更具纯真活泼的笔触。《唐宋诗醇》引吴昌祺曰："以风之来反衬夫之不来，与'只恐多情月，旋来照妾床'同意。"赵翼《瓯北诗话》云："青莲深于乐府，故亦多征夫怨妇惜别伤离之作，然皆含蓄有古意……皆蕴藉吞吐，言短意长，直接《国风》之遗。"

蜀道难①

噫吁嚱②,危乎高哉!蜀道之难,难于上青天!蚕丛及鱼凫,开国何茫然。尔来四万八千岁,不与秦塞通人烟。③西当太白有鸟道,可以横绝峨眉巅。④地崩山摧壮士死,然后天梯石栈相钩连。⑤上有六龙回日之高标⑥,下有冲波逆折之回川⑦。黄鹤之飞尚不得过,猿猱欲度愁攀援。⑧青泥何盘盘,百步九折萦岩峦。⑨扪参历井仰胁息,以手抚膺坐长叹。⑩问君西游何时还,畏途巉岩不可攀。⑪但见悲鸟号古木,雄飞雌从绕林间。又闻子规啼夜月,愁空山。⑫蜀道之难,难于上青天!使人听此凋朱颜。连峰去天不盈尺,枯松倒挂倚绝壁。飞湍瀑流争喧豗,砯崖转石万壑雷。⑬其险也如此,嗟尔远道之人胡为乎来哉⑭!剑阁峥嵘而崔嵬⑮,一夫当关,万夫莫开。所守或匪亲,化为狼与豺。⑯朝避猛虎,夕避长蛇,磨牙吮血,杀人如麻。锦城虽云乐⑰,不如早还家。蜀道之难,难于上青天!侧身西望长咨嗟⑱。

【注释】

①作于天宝二年(四十三岁)。蜀道难,唐写本作《古蜀道难》,本属相和歌辞,为瑟调曲,南朝诸作多备言蜀道艰险之状,李白乃蜀人,亦据题发挥,于送友人入蜀时作。一说李白此诗乃以比兴之法写仕途坎坷之情,于将离长安之际抒发失志的幽愤。而传统说解者有以此乃危房琯杜甫、讽章仇兼琼或非玄宗幸蜀避乱而作,皆未得当。蜀道,自汉中入四川之通道。

②噫吁嚱(yī xū xī),一种感叹词,宋陆游《老学庵笔记》卷八云:"蜀人见人物之可夸者,则曰'呜呼',可鄙者,则曰'噫嘻'。"王琦引《宋景文公笔记》云:"蜀人见物惊异,辄曰噫嘻嚱,李白作《蜀道难》因用之。"

③四句本诸左思《蜀都赋》刘逵注引扬雄《蜀王本纪》云:"蜀王之先,名蚕丛、柏濩、鱼凫、蒲泽、开明……从开明上到蚕丛,积三万四千岁。"茫然,蒙昧难知。尔来,即"此来",自此以来。四万八千岁,极言时日之悠长。秦塞,关中秦地之边塞。

④太白,山名,秦岭主峰,王琦引慎蒙《名山记》云:"太白山在凤翔府郿县东

南四十里,钟西方金宿之秀,关中诸山莫高于此。"又云:"鸟道,谓连山高峻,其少低缺处,惟飞鸟过此,以为径路,总见人迹不能至也。"横绝,横越凌绝。峨眉,山名,见《峨眉山月歌》注①。

⑤ 两句化用《华阳国志·蜀志》所载:"(秦)惠王知蜀王好色,许嫁五女于蜀。蜀遣五丁迎之,还到梓潼,见一大蛇入穴中,一人揽其尾,掣之不禁,至五人相助,大呼拽蛇,山崩时压杀五人及秦五女并将从,而山分为五岭。"抽离神话情节后,纯粹以重大之破坏与惨烈之牺牲形容开辟蜀道之艰险。天梯,极言步梯之高已入云霄。石栈,即凿石架木筑成之栈道。

⑥ 此句唐写本作"上有横河断海之浮云"。六龙回日,意谓山高阻日,太阳至此而回转。《初学记·天部三》引《淮南子》曰:"爰止羲和,爰息六螭,是谓悬车。"注云:"日乘车,驾以六龙,羲和御之,日至此而薄于虞渊,羲和至此而回,六螭即为六龙也。"高标,王琦曰:"指蜀山之最高而为一方之标识者言也。"先前左思《蜀都赋》已有"阳乌回翼乎高标"之说,李白乃进一步夸言之。

⑦ 句谓江河奔流至此,亦因险阻而逆转折回,故云"回川"。

⑧ 黄鹤,即黄鹄,朱骏声《说文通训定声·孚部·鹄字》云:"形似鹤,色苍黄,亦有白者。其翔极高,一名天鹅。"猱(náo),猿猴类,善攀援。

⑨ 青泥,岭名,《元和郡县志》"山南道兴州长举县":"青泥岭在县西北五十三里,接溪山,东即今通路也。悬崖万仞,上多云雨,行者屡逢泥淖,故号为青泥岭。"在今陕西略阳北,为入蜀之路。盘盘,迂回曲折貌。萦,曲绕。

⑩ 参、井,古二十八星宿之名,二宿相近,各为蜀、秦之分野。扪参历井,王琦曰:"谓仰视天星,去人不远,若可以手扪及之,极言其岭之高也。"仰,抬头。胁息,《汉书·酷吏传》颜师古注云:"胁,敛也,屏气而息。"抚膺,即抚胸。两句夸言人们面对如此险峻之山岭的反应。

⑪ 问君,问入蜀之友人。巉岩,险峻的高山。

⑫ 子规,王琦曰:"子规即杜鹃也,蜀中最多,南方亦有之。状如雀鹞而色惨黑,赤口有小冠,春暮即鸣,夜啼达旦,至夏尤甚,昼夜不止。鸣必向北,若云不如归去,声甚哀切。"愁空山,使空山增愁之意。

⑬ 砏(huī),喧闹声。砅,郭璞《江赋》李善注曰:"水击岩之声也。"

⑭ 嗟,叹辞。尔,你们。胡为乎,即"为什么"。

⑮剑阁,左思《蜀都赋》刘逵注云:"谷名,自蜀通汉中道,一由此。背有阁道。"《元和郡县志》"剑南道剑州普安县":"其山峭壁千丈,下瞰绝涧……后诸葛亮相蜀,又凿石架空为飞梁阁道,以通行路。"《大清一统志》"四川保宁府":"大剑山在剑州北二十五里,蜀所恃为外户,其山削壁中断,两崖相嵌,如门之辟,如剑之植,又名剑门山。"峥嵘、崔嵬,俱山势高峻貌。

⑯匪,同"非"。亲,一作"人"。四句本诸西晋张载《剑阁赋》所云:"一人荷戟,万夫趑趄。形胜之地,匪亲勿居。"谓蜀道险要,一人把关,即胜于千军万马。设若当关者非亲任之人,则有如豺狼般反噬之危机;一说其地荒僻,守此险者非人所亲之类,乃是凶恶之豺狼。皆可通。

⑰锦城,即锦官城,今四川成都,参杜甫《蜀相》诗注③。虽云,虽说。

⑱咨嗟,叹息声。

△胡应麟《诗薮》云:"乐府则太白擅奇古今……《蜀道难》《远别离》等篇,出鬼入神,惝恍莫测。"

乌夜啼①

黄云城边乌欲栖,归飞哑哑枝上啼。机中织锦秦川女②,碧纱如烟隔窗语。停梭怅然忆远人,独宿孤房泪如雨。

【注释】

①作于天宝二年(四十三岁)。乌夜啼,属清商曲辞,为《西曲歌》之一种,内容均是女子思远人之辞。

②句意用《晋书·列女传》所载故事:"窦滔妻苏氏,始平人也,名蕙,字若兰,善属文。滔,苻坚时为秦州刺史,被徙流沙,苏氏思之,织锦为回文旋图诗以赠滔,宛转循环以读之,词甚凄婉。"

△《唐宋诗醇》云:"语浅意深,乐府本色。"

玉阶怨①

玉阶生白露,夜久侵罗袜。却下水精帘②,玲珑望秋月③。

【注释】

①《李白全集编年注释》编于天宝二年(四十三岁)。玉阶怨,属相和歌辞,王琦云:"题始自谢朓,太白盖拟之。"

②却,张相《诗词曲语辞汇释》卷一云:"却,犹还也、仍也。……(李白)此诗极写怨情,夜久不寐,还下帘而望月也。"水精帘,即水晶帘。

③玲珑,晶莹澄澈貌,为月光穿透水晶所呈现的空明之感,吴文溥《南野堂笔记》云:"玲珑二字最妙,真是隔帘见月也。"全句为"望玲珑秋月"之倒装。

△萧士赟云:"太白此篇,无一字言怨,而隐然幽怨之意见于言外。晦庵所谓圣于诗者此欤!"《唐宋诗醇》引翼云曰:"玉阶露生,待之久也;水晶帘下,望之息也。怨而不怨,惟玩月以抒其情焉,此为深于怨者,可以怨矣。"

清平调词三首①

一

云想衣裳花想容,春风拂槛露华浓。②若非群玉山头见③,会向瑶台月下逢④。

二

一枝红艳露凝香,云雨巫山枉断肠⑤。借问汉宫谁得似,可怜飞燕倚新妆⑥。

三

名花倾国两相欢⑦,长得君王带笑看。解释春风无限恨,沉香亭北倚阑干。⑧

【注释】

①天宝三年(四十四岁)春于长安宫中应制作,共三首。《新唐书·礼乐志》云:"隋亡,清乐散缺,存者才六十三曲。其后传者,《平调》《清调》,周《房中乐》遗声也。"清平调当是介乎平调与清调之间的乐调。宋乐史《太真外

传》载:"开元中,禁中重木芍药,即今牡丹也。得数本红紫、浅红、通白者,上因移植于兴庆池东、沉香亭前。会花方繁开,上乘照夜白,妃以步辇从,诏选梨园弟子中尤者,得乐一十六色。李龟年以歌擅一时之名,手捧檀板押众乐前,将欲歌之。上曰:'赏名花,对妃子,焉用旧乐词为?'遽命龟年持金花笺,宣赐翰林学士李白立进《清平乐词》三篇。承旨,犹苦宿醒,因援笔赋之。……龟年捧词进,上命梨园弟子约略词调,抚丝竹,遂促龟年以歌之。妃持玻璃七宝杯,酌西凉州蒲桃酒,笑领歌,意甚厚。……上自是顾李翰林尤异于他学士。"

② 想,同"如""似""若""像"等明喻之辞。露华浓,带露的花朵开得十分浓艳,用以形容贵妃之芳美晶润。

③ 群玉山,《山海经·西山经》载:"玉山是西王母所居也。"又《穆天子传》云:"天子北征东还……至于群玉之山。"

④ 会,应当,参《行路难三首》第一首注⑦。瑶台,《太平御览》卷六百六十引《登真隐诀》云:"昆仑瑶台,是西王母之宫,所谓西瑶上台。"又《拾遗记》曰:"昆仑山傍有瑶台十二,各广千步,皆五色玉为台基。"本联二句乃将贵妃比诸西王母。

⑤ 云雨巫山,参《襄阳歌》注⑱。枉断肠,意谓楚王与神女遇合之事终属虚幻枉然,与玄宗贵妃之欢会相较,自是令人断肠。

⑥ 可怜,可爱。飞燕,汉成帝赵后,《西京杂记》卷一载:"赵后体轻腰弱,善行步进退,女弟昭仪不能及也;但昭仪弱骨丰肌,尤工笑语,二人并色如红玉,为当时第一,皆擅宠后宫。"另参杜甫《哀江头》诗注⑤。倚,凭仗。

⑦ 名花,指牡丹。倾国,指绝代美人,《汉书·外戚传》载:武帝李夫人兄李延年"侍上起舞,歌曰:'北方有佳人,绝世而独立。一顾倾人城,再顾倾人国。宁不知倾城与倾国,佳人难再得!'"

⑧ 解释,解除、消去。沉香亭,《开元天宝遗事》卷四云:"国忠又用沉香为阁,檀香为栏,以麝香、乳香筛土和为泥饰壁。每于春时木芍药盛开之际,聚宾客于此阁上赏花焉,禁中沉香之亭远不侔此壮丽也。"《唐人绝句精华》曰:"第三首总结,点明名花、妃子皆能长邀帝宠者,以能'解释春风无限恨'也。"

△ 三篇中,首章言妃子之美,花似之;次章言花之艳,妃似之;三章花与妃合写,并归于君。沈德潜《唐诗别裁集》卷二十评曰:"三章合花与人言之,风

流旖旎,绝世丰神。"李锳《诗法易简录》云:"三首人皆知合花与人言之,而不知其意实重在人,不在花也,故以'花想容'三字领起。'春风拂槛露华浓',乃花最鲜艳、最风韵之时,则其容之美何如? 说花处即是说人,故下二句极赞其人。(次章)仍承'花想容'言之,以'一枝'作指实之笔,紧承前首。三、四句作转,言如花之容,虽世非常有,而现有此人,实如一枝名花,俨然在前也。……(末章)此首乃实赋其事而归结明皇也。只'两相欢'三字,直写出美人绝代风神,并写得花亦栩栩如活,所谓诗中有魂。第三句承次句,末句应首句,章法最佳。"

下终南山过斛斯山人宿置酒[①]

暮从碧山下,山月随人归。却顾所来径,苍苍横翠微。[②]相携及田家,童稚开荆扉。[③]绿竹入幽径,青萝拂行衣。欢言得所憩,美酒聊共挥。[④]长歌吟松风,曲尽河星稀。[⑤]我醉君复乐,陶然共忘机[⑥]。

【注释】

① 作于天宝三年(四十四岁)。终南山,参王维《终南山》诗注①。斛斯,复姓,此处或即杜甫诗所提之斛斯融,见《过斛斯校书庄》等作。

② 却顾,即"回首、回头看"之意。翠微,《尔雅·释山》云:"山脊,冈;未及上,翠微。"指山腰处;左思《蜀都赋》刘逵注云:"翠微,山气之轻缥也。"首两联写诗题之"下终南山"情状。

③ 荆扉,即柴门。此二句扣诗题之"过斛斯山人"。

④ 言,语助词,无义。憩,休息。聊,姑且。挥,饮尽,《礼记·曲礼》郑玄注云:"振去余酒曰挥。"此联应诗题之"宿置酒"。

⑤ 松风,曲名,《风俗通义》载:"河间杂歌二十一章,内有《风入松曲》。"河星稀,形容夜深时银河星群疏落之景。

⑥ 机,机心,《庄子·天地》云:"有机械者必有机事,有机事者必有机心,机心存于胸中,则纯白不备。"忘机乃消泯人我之际、化除机变巧饰之心的浑然境界。

△王夫之《唐诗评选》云:"清旷中无英气,不可效陶。以此作视孟浩然,真山

人诗尔。"王文濡《唐诗评注读本》曰:"先写景,后写情。写景处字字幽靓,写情处语语率真。"

月下独酌四首(选一)①

花间一壶酒,独酌无相亲。举杯邀明月,对影成三人。②月既不解饮,影徒随我身。③暂伴月将影,行乐须及春。④我歌月徘徊,我舞影凌乱。醒时同交欢,醉后各分散。永结无情游,相期邈云汉。⑤

【注释】

①作于天宝三年(四十四岁)春,此处选收第一首。
②此本陶渊明《杂诗十二首》之二所云:"欲言无予和,挥杯劝孤影。"而更灵动纯真,以极热闹之笔写极寂寞之心。
③此联乃从热闹中转入有感于友伴无知而生之孤寂。徒,徒然、空自。
④将,和、与。至此则又提起心绪聊以为伴,以求及时行乐,不负春光。
⑤期,约定。邈,杳远。云汉,指银河。无情游,意谓"醒时交欢、醉后分散"之交游形态;一说月、影本无知无情之物,与之交游自属无情;亦可解作抛却世俗之情的"忘情游",三说皆可通。

△《唐宋诗醇》云:"千古奇趣,从眼前得之。尔时情景虽复潦倒,终不胜其旷达。"

把酒问月①

青天有月来几时,我今停杯一问之。人攀明月不可得,月行却与人相随。皎如飞镜临丹阙,绿烟灭尽清辉发。②但见宵从海上来,宁知晓向云间没。③白兔捣药秋复春,嫦娥孤栖与谁邻。④今人不见古时月,今月曾经照古人。古人今人若流水,共看明月皆如此。唯愿当歌对酒时,月光常照金樽里。⑤

【注释】

①《李白全集编年注释》编于天宝三年(四十四岁)。题下原注:"故人贾淳令

余问之。"
②丹阙,朱红色之宫阙。绿烟,即碧云;绿烟灭尽,指遮蔽月光之云烟消散去尽。
③但见,只见到。宵,夜晚,与下句之"晓"相对。宁知,岂知、哪里知道。没,隐没不见。
④白兔捣药,属月神话之一,汉乐府《董逃行》云:"玉兔长跪捣药虾蟆丸。"嫦娥,《淮南子·览冥训》云:"羿请不死之药于西王母,恒娥窃以奔月。"
⑤当歌对酒,本诸曹操《短歌行》所云:"对酒当歌,人生几何?譬如朝露,去日苦多。"金樽,金质酒杯。

少年行二首(选一)①

五陵年少金市东②,银鞍白马度春风。落花踏尽游何处,笑入胡姬酒肆中③。

【注释】

①约作于天宝三年(四十四岁),此处选收其中第二首,宋本等注云:"此一首亦作《小放歌行》。"
②五陵年少,指长安贵公子,参孟浩然《送朱大入秦》诗注②。金市,应指长安之西市,薛用弱《集异记》中"王四郎"条记载:唐元和中,洛阳尉王琚调入京师,其侄四郎赠金以助其费,可五两许,色如鸡冠,谓曰:"到京但于金市访张蓬之付之,当得二百千。"因可兑金,故云金市。
③胡姬,西域少女,多以歌舞侍酒为业。酒肆,即酒店。
△唐汝询《唐诗解》评曰:"金市,地之豪也;银鞍,骑之华也;春风,时之丽也;踏落花、入酒肆,游之冶也。模写少年之态,曲尽其妙。"

登太白峰①

西上太白峰,夕阳穷登攀。②太白与我语,为我开天关。③愿乘泠风去④,直出浮云间。举手可近月,前行若无山。一别武功去,何时复更还?⑤

【注释】

①作于天宝三年(四十四岁)西游岐、邠之途中。太白山,为秦岭之一支,在今陕西武功南,旧谚称:"武功太白,去天三百。"李白《古风五十九首》第五首亦云:"太白何苍苍,星辰上森列。去天三百里,邈尔与世绝。"其峰之高耸可想。

②《尔雅·释山》曰:"山西曰夕阳,山东曰朝阳。"本句谓至夕阳西下始攀登到达峰顶。

③太白,指太白星,即金星;又有长庚星、启明星之名。天关,犹云天门。

④泠风,即轻风,《庄子·逍遥游》云:"夫列子御风而行,泠然善也。"郭象注曰:"泠然,轻妙之貌。"

⑤末二联云乘风飞去,故山虽高却无碍,复还亦不知何时。

行路难三首①

一

金樽清酒斗十千,玉盘珍羞直万钱。②停杯投箸不能食,拔剑四顾心茫然。③欲渡黄河冰塞川,将登太行雪满山。④闲来垂钓碧溪上,忽复乘舟梦日边。⑤行路难,行路难,多岐路,今安在?⑥长风破浪会有时,直挂云帆济沧海。⑦

【注释】

①约天宝三年(四十四岁)作于长安。行路难,属杂曲歌辞,《乐府古题要解》云:"备言世路艰难及离别悲伤之意。"古辞已亡佚,鲍照曾作《拟行路难十八首》,为后人祖述。

②斗十千,即一斗一万钱,极言其贵重,参王维《少年行》注②。羞,同"馐",膳食。直,价值。

③箸,筷子。两句本诸鲍照《拟行路难十八首》之六所云:"对案不能食,拔剑击柱长叹息。"而更有举世茫茫,虽剑锋凌厉却无以奋力一击的悲哀。

④满山,宋本等作"暗天"。二句以冬季实景兼喻前程坎坷多艰,东汉张衡

《四愁诗》序云:"屈原……以水深雪雰为小人。"可为注脚。又中唐顾况《悲歌》其二亦云:"我欲升天天隔霄,我欲渡水水无桥。我欲上山山路险,我欲汲井井泉遥。"与此二句类同。

⑤垂钓,用姜太公吕尚故事,《史记·齐太公世家》载:"吕尚盖尝穷困,年老矣,以渔钓奸周西伯。"日边,指皇帝所在,《宋书·符瑞志》载:"伊挚将应汤命,梦乘船过日月之傍。"本联见李白念念不忘君侧之心。

⑥岐,同"歧"。《列子·说符》载:"杨子之邻人亡羊,既率其党,又请杨子之竖追之。杨子曰:'嘻,亡一羊,何追者之众?'邻人曰:'多歧路。'既反,问:'获羊乎?'曰:'亡之矣。'"显示李白对前途之迷茫困惑。

⑦末联用《宋书·宗悫传》所载:"悫年少时,(其叔)炳问其志。悫曰:'愿乘长风破万里浪。'"会,张相《诗词曲语辞汇释》卷一云:"会,犹当也、应也。有时含有将然语气。"济沧海,渡大海也。喻示一种有朝一日必能扬帆远航、宿志得偿之信心。

△《唐宋诗醇》云:"冰塞雪满,道路之难甚矣;而日边有梦,破浪济海,尚未决志于去也。后有二篇,则畏其难而决去矣。此篇被放之初,述怀如此。"

二

大道如青天,我独不得出。羞逐长安社中儿,赤鸡白狗赌梨栗。①弹剑作歌奏苦声,曳裾王门不称情。②淮阴市井笑韩信③,汉朝公卿忌贾生④。君不见昔时燕家重郭隗,拥篲折节无嫌猜。⑤剧辛乐毅感恩分,输肝剖胆效英才。⑥昭王白骨萦蔓草,谁人更扫黄金台。⑦行路难,归去来⑧!

【注释】

①社中儿,指市井少年。《汉书·五行志》臣瓒注云:"旧制二十五家为一社,而民或十家五家共为田社,是私社。"汉以后社为民间饮食宴乐之所。赤鸡白狗,指斗鸡赌狗之事。两句寓指玄宗宠幸不务正业的市井小辈,如陈鸿《东城老父传》载开元年间贾昌善养斗鸡,号称"神鸡童","金帛之赐,日至其家",当时谣云:"生儿不用识文字,斗鸡走马胜读书。贾家小儿年十三,富贵荣华代不如。"故诗人羞与并列,为下文之沉沦失意伏下背景。

②两句谓出入王侯之门并不如意。上句用战国时冯骥故事,《史记·孟尝君列传》载:"冯骥闻孟尝君好客,蹑跻而见之。……孟尝君置传舍十日,孟尝君问传舍长曰:'客何所为?'答曰:'冯先生甚贫,犹有一剑耳,又蒯缑。弹其剑而歌曰:长铗归来乎!食无鱼。'孟尝君迁之幸舍,食有鱼矣。五日,又问传舍长,答曰:'客复弹剑而歌曰:长铗归来乎!出无舆。'孟尝君迁之代舍,出入乘舆车矣。五日,孟尝君复问传舍长,舍长答曰:'先生又尝弹剑而歌曰:长剑归来乎!无以为家。'孟尝君不悦。"下句出自《汉书·邹阳传》:"饰固陋之心,则何王之门不可以曳长裾乎?"

③《史记·淮阴侯列传》云:"淮阴侯韩信者,淮阴人也。……淮阴屠中少年有侮信者,曰:'若虽长大,好带刀剑,中情怯耳。'众辱之曰:'信能死,刺我;不能死,出我袴下。'于是信孰视之,俯出袴下,蒲伏。一市人皆笑信,以为怯。"

④《史记·屈原贾生列传》载贾谊年少才高,"天子议以为贾生任公卿之位。绛、灌、东阳侯、冯敬之属尽害之,乃短贾生曰:'雒阳之人,年少初学,专欲擅权,纷乱诸事。'于是天子后亦疏之,不用其议,乃以贾生为长沙王太傅"。

⑤燕家,指燕昭王,下文所与之郭隗、剧辛、乐毅等皆受其礼遇者,因而君臣相得,共成霸业。拥篲,《史记·孟子荀卿列传》云:"(邹衍)如燕,燕昭王拥篲先驱。"司马贞《索隐》云:"篲,帚也。谓为之扫地,以衣袂拥帚而却行,恐尘埃之及长者,所以为敬也。"折节,屈折肢节,亦谦恭之态。

⑥郭、剧、乐三人事迹见《史记·燕召公世家》,另参陈子昂《蓟丘览古赠卢藏用》诗注③。

⑦黄金台,燕昭王置金招才之所,参陈子昂《蓟丘览古赠卢藏用》诗注③。

⑧归去来,用陶渊明语,《晋书·隐逸传》载:"郡遣都邮至县,吏白应束带见之,潜叹曰:'吾不能为五斗米折腰,拳拳事乡里小人邪!'义熙二年,解印去县,乃赋《归去来》。"

三

有耳莫洗颍川水①,有口莫食首阳蕨②。含光混世贵无名③,何用孤高比云月。吾观自古贤达人,功成不退皆殒身。子胥既弃吴江上④,屈原终投湘水滨⑤。陆机雄才岂自保⑥,李斯税驾苦不早⑦。华亭鹤唳讵可闻⑧,上蔡苍鹰何足道⑨。君不见吴中张翰称达生,秋风忽忆江东行。且乐生前一杯酒,何须身后千载名!⑩

【注释】

① 此用许由故事,《高士传》载:许由,字武仲。隐于沛泽之中,尧让天下,不受而逃去,遁耕于中岳颍水之阳,箕山之下隐。尧又召为九州长,由不欲闻之,洗耳于颍水滨。时其友巢父牵犊欲饮之,见由洗耳,问其故,对曰:"尧欲召我为九州长,恶闻其声,是故洗耳。"巢父曰:"子若处高岸深谷,人道不通,谁能见子?子故浮游,欲闻求其名誉,污吾犊口。"牵犊上流饮之。

② 用伯夷、叔齐之事,《史记·伯夷列传》载:"武王已平殷乱,天下宗周。而伯夷叔齐耻之,义不食周粟,隐于首阳山,采薇而食之。……遂饿死于首阳山。"薇,蕨类。

③ 含光混世,意谓收敛光芒混迹于世,《老子》第四章云:"挫其锐,解其纷,和其光,同其尘。"即其所本。

④ 子胥,名伍员,春秋时吴王阖庐与谋国事之功臣,"西破强楚,北威齐晋,南服越人";后受太宰嚭之谗毁,吴王夫差赐剑令其自尽,子胥"告其舍人曰:'必树吾墓上以梓,令可以为器;而抉吾眼县吴东门之上,以观越寇之入灭吴也。'乃自刭死。吴王闻之大怒,乃取子胥尸盛以鸱夷革,浮之江中。"(见《史记·伍子胥列传》)

⑤ 屈原,战国时楚怀王左徒,因被谗而疏放;后又因忧思小人乱政,再三致意,"令尹子兰闻之大怒,卒使上官大夫短屈原于顷襄王,顷襄王怒而迁之。屈原至于江滨,被发行吟泽畔,颜色憔悴,形容枯槁。……于是怀石自沉汨罗以死"(《史记·屈原列传》)。汨水在罗,因曰汨罗,《大清一统志》"湖南长沙府":"汨罗江在湘阴县北七十里。"故称之湘水。

⑥ 陆机,三国时吴将相世族之裔,少以文章知名。入晋后事成都王颖,官平原内史;诸王乱起,任后将军、河北大都督。鹿苑七里涧之役起,机军大败,孟玖、卢志等谮之,言其有异志,颖大怒,密收机欲诛。临刑而叹曰:"华亭鹤唳,岂可复闻乎!"遂遇害于军中,时年四十三。(见《晋书·陆机传》)

⑦ 税驾,停车息驾,不一味求进。李斯,秦始皇丞相,《史记·李斯列传》载其语曰:"嗟乎!吾闻之荀卿曰:'物禁大盛。'夫斯乃上蔡布衣,间巷之黔首,

上不知其驽下,遂擢至此,当今人臣之位无居臣上者,可谓富贵极矣。物极则衰,吾未知所税驾也。"二世时被处以腰斩之刑而死。

⑧华亭,《世说新语·尤悔》刘孝标注引《八王故事》曰:"华亭,吴由拳县郊外墅也,有清泉茂林。吴平后,陆机兄弟共游于此十余年。"又引《语林》曰:"机为河北都督,闻警角之声,谓孙丞曰:'闻此不如华亭鹤唳。'故临刑而有此叹。"讵可,岂能。

⑨上蔡苍鹰,参《襄阳歌》注⑪;然今本《史记·李斯列传》中无"臂苍鹰"三字,李白屡用其事,当另有所本。何足,何可、怎能。

⑩张翰,西晋吴郡人,其事迹参《秋下荆门》诗注;末联化用张翰语,《晋书·文苑传》载:"翰任心自适,不求当世。或谓之曰:'卿乃可纵适一时,独不为身后名邪?'答曰:'使我有身后名,不如即时一杯酒。'时人贵其旷达。"

将进酒①

君不见黄河之水天上来,奔流到海不复回。君不见高堂明镜悲白发,朝如青丝暮成雪。②人生得意须尽欢,莫使金樽空对月。天生我材必有用,千金散尽还复来。③烹羊宰牛且为乐,会须一饮三百杯。④岑夫子,丹丘生⑤,将进酒,君莫停⑥。与君歌一曲,请君为我倾耳听。钟鼓馔玉不足贵⑦,但愿长醉不用醒。古来圣贤皆寂寞,唯有饮者留其名。陈王昔时宴平乐,斗酒十千恣欢谑。⑧主人何为言少钱?径须沽取对君酌⑨。五花马,千金裘⑩,呼儿将出换美酒,与尔同销万古愁。⑪

【注释】

①约于天宝四年(四十五岁)作于梁宋之地。将进酒,属鼓吹曲辞,大略以饮酒放歌为言,李白填之以申己意。将(qiāng),《诗经·郑风·将仲子》毛传云:"将,请也。"唐写本题作《惜罇空》。

②首先慨叹时光飞逝、年华易老,如黄河东流,旦夕之间已成白头。《论语·子罕》载:"子在川上曰:'逝者如斯夫!不舍昼夜。'"李白则出以淋漓豪迈之笔,更添其飞雷奔电的迅急之势。

③二句显示李白自信、豪放之个性,其《上安州裴长史书》亦云:"曩昔东游维

扬,不逾一年,散金三十余万,有落魄公子,悉皆济之。"即千金散尽之实。

④会须,应该。曹植《箜篌引》曰:"中厨办丰膳,烹羊宰肥牛。"又《世说新语·文学》刘孝标注引《郑玄别传》:"袁绍辟玄,及去,饯之城东,欲玄必醉。会者三百余人,皆离席奉觞,自旦及莫,度玄饮三百余桮,而温克之容,终日无怠。"后谓痛饮为"一饮三百杯"。

⑤岑夫子,指岑勋(岑征君);丹丘生,指元丹丘,两人皆李白好友。

⑥唐写本无此二句,宋本等作"进酒杯莫停"。

⑦一作"钟鼎玉帛岂足贵"。因钟鼓、馔玉不成对文,或作"鼓钟馔玉"为是。馔(zhuàn),饮食之意。

⑧陈王,即曹植,《三国志·魏书》卷十九云:"陈思王植,字子建……(文帝太和六年)以陈四县封植为陈王。"平乐,观名,汉明帝筑于洛阳,《汉书·武帝纪》应劭注:东汉"明帝永平五年,至长安迎取飞帘并铜马,置上西门外,名平乐馆。董卓悉销以为钱"。曹植《名都篇》云:"归来宴平乐,美酒斗十千。"为此联所本。斗十千,即一斗万钱,极言其贵重。恣,任情恣意。

⑨径,直接、干脆之意。沽取,买来;取,语助词,表示动作的进行,张相《诗词曲语辞汇释》卷三云:"取,语助词,犹着也、得也。"

⑩五花马,参岑参《走马川行奉送封大夫出师西征》诗注⑥。千金裘,贵重之皮衣,《史记·孟尝君列传》云:"孟尝君有一狐白裘,直千金,天下无双。"

⑪儿,指僮仆。将出,拿出。销,消除、泯除。万古愁,即由"朝如青丝暮成雪"所呈现的时光消亡之悲。

△唐汝询《唐诗解》评曰:"此怀才不遇,托于酒以自放也。首以河流起兴,言以河之发源昆仑,尚入海不返,以人之年貌倏然而改,非若河之回也,而可不饮乎?难得者时,易收者金,又可惜费乎?……但愿醉以适志耳。……酒既不可废,则不当计有无,虽以裘马易之可也。不然,何以销此穷愁哉!旷达如此,而以销愁终之,自有不得已之情在。"

拟古诗十二首(选一)①

月色不可扫,客愁不可道。②玉露生秋衣,流萤飞百草。日月终销毁,天地同枯槁。蟪蛄啼青松,安见此树老?③金丹宁误俗,昧者难精讨。④尔非千岁翁,多恨去世早。饮酒入玉壶,藏身以为宝。⑤

【注释】

①《李白全集编年注释》编于天宝四年(四十五岁)秋,此处选收其第八首。
②《唐宋诗醇》云:"起句妙语天然,不由思索而得。"
③蟪蛄,即寒蝉,参骆宾王《在狱咏蝉》诗注⑯。安见,即未见之意。
④金丹,指道教之长生不老仙药。宁,岂。昧者,谓昧于此道之人;实指所有世人。此句乃反用古诗"服食求神仙,多为药所误"之说,认为仙道不成,乃因世人庸昧之故。
⑤意谓求仙不得,未若藏身于玉壶美酒之中,此乃可贵。《后汉书·方术传》载:"费长房者,汝南人也,曾为市掾。市中有老翁卖药,悬一壶于肆头,及市罢,辄跳入壶中。……长房旦日复诣翁,翁乃与俱入壶中,唯见玉堂严丽,旨酒甘肴盈衍其中,共饮毕而出。"

梦游天姥吟留别①

海客谈瀛洲,烟涛微茫信难求。②越人语天姥,云霓明灭或可睹。天姥连天向天横,势拔五岳掩赤城③。天台四万八千丈,对此欲倒东南倾。④我欲因之梦吴越,一夜飞度镜湖月⑤。湖月照我影,送我至剡溪⑥。谢公宿处今尚在,渌水荡漾清猿啼。⑦脚著谢公屐⑧,身登青云梯⑨。半壁见海日,空中闻天鸡⑩。千岩万转路不定,迷花倚石忽已暝。熊咆龙吟殷岩泉,慄深林兮惊层巅。⑪云青青兮欲雨,水澹澹兮生烟⑫。列缺霹雳⑬,丘峦崩摧。洞天石扉,訇然中开。⑭青冥浩荡不见底,日月照耀金银台。⑮霓为衣兮风为马,云之君兮纷纷而来下。⑯虎鼓瑟兮鸾回车,仙之人兮列如麻。⑰忽魂悸以魄动,恍惊起而长嗟⑱。惟觉时之枕席,失向来之烟霞。⑲世间行乐亦如此,古来万事东流水。别君去兮何时还,且放白鹿青崖间⑳,须行即骑访名山。安能摧眉折腰事权贵㉑,使我不得开心颜!

【注释】

① 作于天宝五年(四十六岁)自东鲁赴越之时。唐《河岳英灵集》题作"梦游天姥山别东鲁诸公",其余各本或作"别东鲁诸公"。天姥(mǔ)山,《大清一统志》"浙江绍兴府":"天姥山,在新昌县东五十里,高三千五百丈,周六十里。……《寰宇记》:登此山者,或闻天姥歌谣之声,道书以为第十六福地。"白居易《沃洲山禅院记》亦曰:"东南山水,越为首,剡为面,沃洲、天姥为眉目。"地在今浙江天台西,为山水名胜。

② 瀛洲,《海内十洲记》云:"瀛洲在东海中,地方四千里。大抵是对会稽,去西岸七十万里。上生神芝仙草,又有玉石,高且千丈,出泉如酒,味甘,名之曰玉醴泉,饮之数升辄醉,令人长生。……洲上多仙家,风俗似吴中,山川如中国也。"微茫,隐微渺茫。信,实在。

③ 势拔五岳,谓其气势超拔五岳之上。掩,遮盖、压倒。赤城,《大清一统志》"浙江台州府":"赤城山,在天台县北六里。……往天台者,当由赤城山为道径。孔灵符《会稽记》:赤城山,土色皆赤,状似云霞,望之如雉堞。"

④ 天台,《大清一统志》"浙江台州府":"天台山,在天台县北。陶弘景《真诰》:山高一万八千丈,周八百里。山有八重,四面如一,当斗牛之分,上应台星,故曰天台。"四句极力夸言天姥山势高耸连天,连五岳与赤城、天台两座名山也叹不如。

⑤ 镜湖,又名鉴湖,《元和郡县志》"江南道越州会稽县":"镜湖,后汉永和五年太守马臻创立,在会稽、山阴两县界。筑塘蓄水……堤塘周回三百一十里,溉田九千顷。"

⑥ 剡溪,《元和郡县志》"江南道越州剡县":"剡溪,出县西南,北流入上虞县界,为上虞江。"在今浙江嵊州南,另参《秋下荆门》诗注④。

⑦ 谢公,指南朝刘宋的谢灵运,谢诗《登临海峤初发强中作与从弟惠连见羊何共和之》曾云:"暝投剡中宿,明登天姥岑。"故云宿处尚在。渌水,清水;渌(lù),澄清貌。

⑧ 谢公屐,谢灵运所发明之登山鞋,《宋书·谢灵运传》载:"寻山陟岭,必造幽峻,岩嶂千重,莫不备尽。登蹑常著木履,上山则去前齿,下山去其后齿。"

⑨青云梯,用谢灵运《登石门最高顶》诗之语:"惜无同怀客,共登青云梯。"王琦云:"谓山岭高峻,如上入青云,故名。"

⑩天鸡,《述异记》卷下载:"东南有桃都山,上有大树,名曰桃都,枝相去三千里。上有天鸡,日初出照此木,天鸡则鸣,天下鸡皆随之鸣。"

⑪殷,司马相如《上林赋》郭璞注云:"殷,犹震也。"下句谓于深林中、层峰上感到战栗惊骇。

⑫澹澹,宋玉《高唐赋》李善注引《说文》曰:"水摇也。"

⑬《汉书·扬雄传》应劭注曰:"辟历,雷也。列缺,天隙电照也。"列缺霹雳,指雷电交加。

⑭洞天,指神仙所居之福地。扇,一作"扉";石扇,即石门。訇(hōng)然,形容声音很大,轰然作响。

⑮青冥,指深远之青天。金银台,为仙宫,《史记·封禅书》载:"自威、宣、燕昭使人入海求蓬莱、方丈、瀛洲。此三神山者,其傅在渤海中,去人不远;患且至,则船风引而去。盖尝有至者,诸仙人及不死之药皆在焉。其物禽兽尽白,而黄金银为宫阙。"

⑯霓,彩虹外围之副虹。云之君,《楚辞·九歌》中有《云中君》篇,此处泛指神仙。

⑰二句言仙人之排场。张衡《西京赋》有云:"白虎鼓瑟,苍龙吹篪。"《太平御览·道部·真人篇》引《白羽经》亦曰:"太真丈人,登白鸾之车,驾黑风于九源。"列如麻,形容排列众多。

⑱恍,颠狂迷乱貌。长嗟,长声叹息。

⑲觉时,醒来时。向来,适才,指觉醒前。烟霞,统指梦中景物。《唐诗品汇》引范德机云:"'梦吴越'以下,梦之原也;次诸节,梦之波澜也。其间显而晦,晦而显,至'失向来之烟霞',极而与人接矣。……'枕席''烟霞'二句最有力。"

⑳白鹿,求仙者所乘之坐骑,《楚辞·九章·哀时命》云:"浮云雾而入冥兮,骑白鹿而容与。"

㉑句用陶渊明语,见《行路难三首》其二注⑧。摧眉,即低眉,恭逊卑屈貌。

△《唐宋诗醇》云:"此篇天矫离奇,不可方物;然因语而梦,因梦而悟,因悟而别,节次相生,丝毫不乱,若中间梦境迷离,不过词意伟怪耳。"陈沆《诗比

兴笺》卷三则曰:"太白被放以后,回首蓬莱宫殿,有若梦游,故托天姥以寄意。……题曰留别,盖寄去国离都之思,非徒酬赠握手之什。"

越女词五首(选一)①

长干吴儿女②,眉目艳星月。屐上足如霜,不著鸦头袜。③

【注释】

①本组诗作于天宝六年(四十七岁)游金陵之时,此处选收其第一首。
②长干,见前《长干行》注①。吴,先秦吴国所在地,约当今之江苏南部、浙江北部一带。儿女,即"女儿"。
③屐,木底鞋。鸦头袜,又名"丫头袜",穿时大脚趾与其余四趾分而为二。
△《李太白诗醇》云:"后人所谓《竹枝》体也。"

日出入行①

日出东方隈②,似从地底来。历天又入海,六龙所舍安在哉?③其始与终古不息,人非元气,安得与之久徘徊。④草不谢荣于春风,木不怨落于秋天。⑤谁挥鞭策驱四运⑥,万物兴歇皆自然。羲和,羲和,汝奚汩没于荒淫之波?⑦鲁阳何德?驻景挥戈?⑧逆道违天,矫诬实多⑨。吾将囊括大块,浩然与溟涬同科。⑩

【注释】

①《李白全集编年注释》编于天宝六年(四十七岁)。日出入行,属相和歌辞,汉《郊祀歌》有《日出入》篇,言日出入无穷,人命独短,愿乘六龙仙而升天,李白则反其意而言。
②隈(wēi),隅、角落。
③历天又入海,宋本等作"历天又复入西海"。六龙,日神车驾所御,参《蜀道难》诗注⑥。舍,居住。
④元气,天地未分前的混一之气;亦为构成万物之基本元素。《汉书·律历

志》云:"太极元气,函三为一。"

⑤谢荣、怨落,本诸《庄子·大宗师》郭象注所云:"故圣人之在天下,煖焉若春阳之自和,故蒙泽者不谢;凄乎若秋霜之自降,故凋落者不怨也。"即下联"万物兴歇皆自然"之意。

⑥四运,即四时。

⑦羲和,日神车驾之御者,参《蜀道难》诗注⑥。奚,何以。汩没(gǔ mò),沉沦之意。荒淫,形容浩瀚无涯貌。荒淫之波,指大海。

⑧二句本诸《淮南子·览冥训》所言:"鲁阳公与韩构难,战酣,日暮援戈而挥之,日为之反三舍。"舍,三十里。驻景挥戈,即"挥戈驻影",意谓援戈一挥便使夕日留驻不前。

⑨矫诬,虚矫不实。

⑩大块,出自《庄子·齐物论》:"大块噫气,其名为风。"成玄英疏云:"大块者,造物之名,亦自然之称。"溟涬,同"涬溟",《庄子·在宥》云:"大同乎涬溟。"司马彪注曰:"涬溟,自然气也。"同科,同类。末联言死生自然、万象天成,人力不能间乎其中;不如委顺造化,以尽有生之妙蕴。《李太白诗醇》曰:"一结高超横绝,非太白不能道。"

△明周珽《唐诗选脉会通评林》卷十八曰:"必用议论,却随游衍,得屈子《天问》意,千载以上人物呼之欲出。"

闻王昌龄左迁龙标遥有此寄①

杨花落尽子规啼,闻道龙标过五溪。②我寄愁心与明月,随风直到夜郎西。③

【注释】

①约作于天宝八年(四十九岁)暮春。王昌龄,约于天宝六年贬龙标尉,参本书诗人小传。左迁,贬官;古时贱左贵右,故云。龙标,黔南道县名,今位于湖南怀化,时为遐荒之地。

②杨花落尽,宋本等作"扬州花落"。子规,即杜鹃鸟,暮春至夏啼鸣,其声哀切。闻道,听说。五溪,位于湘、黔交界处,《通典》卷一百八十三云:"谓

酉、辰、巫、武、陵等五溪也。"

③夜郎,唐时其地有三,此处所指为在今湖南沅陵者,余二在今贵州桐梓;若汉代之夜郎国则与龙标相去甚远,不得云"夜郎西"。沈德潜《唐诗别裁集》卷二十曰:"即'将心寄明月,流影入君怀'意,出以摇曳之笔,语意一新。"李锳《诗法易简录》云:"三四句言此心之相关,真是神驰到彼耳,妙在借明月以写之。"

△《李太白诗醇》引潘稼堂云:"前半言时方春尽,已可愁矣;况地又极远,愈可愁矣。结句承次句,心寄与月,月又随风,幻甚。"

劳劳亭①

天下伤心处,劳劳送客亭。春风知别苦,不遣柳条青。②

【注释】

①约天宝八年(四十九岁)春作于金陵。劳劳,忧伤貌;劳劳亭,李白《劳劳亭歌》题下原注:"在江宁县南十五里,古送别之所,一名临沧观。"又《景定建康志》卷二十二云:"劳劳亭在城南十五里,古送别之所;吴置亭在劳劳山上。"在今江苏南京南。

②李锳《诗法易简录》云:"若直写别离之苦,亦嫌平直;借春风以写之,转觉苦语入骨。其妙在'知'字、'不遣'字,奇警无伦。"

古风五十九首(其一)①

大雅久不作,吾衰竟谁陈?②王风委蔓草,战国多荆榛。③龙虎相啖食,兵戈逮狂秦。④正声何微茫,哀怨起骚人。⑤扬马激颓波,开流荡无垠。⑥废兴虽万变,宪章亦已沦⑦。自从建安来,绮丽不足珍。⑧圣代复元古,垂衣贵清真。⑨群材属休明,乘运共跃鳞。⑩文质相炳焕,众星罗秋旻。⑪我志在删述,垂辉映千春。⑫希圣如有立,绝笔于获麟。⑬

【注释】

①《古风五十九首》不成于一时一地,内容亦包罗万端,本篇为第一首,《李白

全集编年注释》编于天宝九年(五十岁),为表现李白文学史识与诗论之代表作品。

②大雅,指《诗经》所代表的文学正统;下文之"王风""正声""宪章"皆同此义。久不作,沦丧已久。吾衰,用孔子语,《论语·述而》载子曰:"甚矣,吾衰也。"竟谁陈,究竟还有谁能陈示其义?

③王风,《诗大序》云:"《关雎》《麟趾》之化,王者之风。"二句言战国时代荒芜动荡,雅正之风凋萎。

④唉,吃。二句谓战国时强权相争互斗,兵连祸结,直至狂秦统一各国。

⑤骚人,指屈原,《史记·屈原列传》云:"屈平之作《离骚》,盖自怨生也。"此言诗歌上异于风雅诗教的楚骚变体取而代之,成为主流。

⑥扬马,指扬雄、司马相如,为汉赋之代表作家,将赋体发扬光大,承先启后,故云"激颓波""开流荡无垠"。无垠,无边无际。

⑦宪章,指《诗经》之创作法度。

⑧建安,东汉末世献帝年号,时曹操父子及建安七子俱有文名,号曰建安体,诗歌内容真实有力,以所谓"建安风骨"垂范后世。降及六朝,诗歌创作日趋华靡,以形式美为重,故李白谓之绮丽,认为不值得珍爱。

⑨圣代,指唐朝。复元古,谓恢复上古时代之治世。垂衣,形容道家无为而治的最高政治理想,《易经·系辞传》云:"黄帝、尧、舜,垂衣裳而天下治。"

⑩休明,指淳美清明的时代。跃鳞,鱼龙腾跃;形容人才乘势活跃、展才逞能之状。

⑪文质,指形式与内容。炳焕,光彩焕发。罗秋旻,繁星罗织于秋日清朗的天空;形容人才众多,文采辉耀。

⑫删述,为孔子之志业,《史记·孔子世家》载:"古者诗三千余篇,及至孔子,去其重,取可施于礼义。"得三百五篇。又《论语·述而》录孔子曰:"述而不作,信而好古。"二句谓将取法孔子,从事述作大业,使其光辉映照千秋万世。

⑬希圣,冀求达于圣人之境,《艺文类聚》卷二十引夏侯湛《闵子骞赞》云:"圣既拟天,贤亦希圣。"有立,有所成就。获麟,《春秋·哀公十四年》载:"西狩获麟,孔子曰:'吾道穷矣。'"《孔子家语·辨物》云:"叔孙氏之车士曰子鉏商,采薪于大野,获麟焉。折其前左足,载以归,叔孙以为不祥,弃之于郭

外。使人告孔子曰:'有麕而角者,何也?'孔子往观之,曰:'麟也,胡为来哉,胡为来哉!'反袂拭面,涕泣沾衿。……子贡问曰:'夫子何泣尔?'孔子曰:'麟之至为明王也,出非其时而见害,吾是以伤焉。'"据传孔子撰作《春秋》即止于此年,未几孔子亦逝。末句谓自己将终身创作,直至道穷命终的那一天。

△《唐宋诗醇》云:"此篇全用赋体,括风雅之源流,明著作之意旨,一起一结,有山立波回之势。"而全首雍容和缓,泱然大度,更以孔子为起结,可见李白希圣尊孔、浸润传统诗教之深沉面。

答王十二寒夜独酌有怀①

昨夜吴中雪,子猷佳兴发②。万里浮云卷碧山,青天中道流孤月。孤月沧浪河汉清,北斗错落长庚明。③怀余对酒夜霜白,玉床金井冰峥嵘④。人生飘忽百年内,且须酣畅万古情。君不能狸膏金距学斗鸡,坐令鼻息吹虹霓。⑤君不能学哥舒,横行青海夜带刀,西屠石堡取紫袍。⑥吟诗作赋北窗里,万言不值一杯水。世人闻此皆掉头,有如东风射马耳。鱼目亦笑我,谓与明月同。⑦骅骝拳跼不能食,蹇驴得志鸣春风。⑧折杨黄华合流俗⑨,晋君听琴枉清角⑩。巴人谁肯和阳春⑪,楚地犹来贱奇璞⑫。黄金散尽交不成,白首为儒身被轻。⑬一谈一笑失颜色,苍蝇贝锦喧谤声⑭。曾参岂是杀人者?谗言三及慈母惊。⑮与君论心握君手,荣辱于余亦何有。孔圣犹闻伤凤麟⑯,董龙更是何鸡狗⑰!一生傲岸苦不谐,恩疏媒劳志多乖。⑱严陵高揖汉天子,何必长剑拄颐事玉阶。⑲达亦不足贵,穷亦不足悲。韩信羞将绛灌比⑳,祢衡耻逐屠沽儿㉑。君不见李北海,英风豪气今何在?㉒君不见裴尚书,土坟三尺蒿棘居。㉓少年早欲五湖去,见此弥将钟鼎疏。㉔

【注释】

①约天宝九年(五十岁)冬作。王十二,不详何人。

②子猷,晋王徽之之字,《世说新语·任诞》载:"王子猷居山阴,夜大雪,眠觉

开室,命酌酒。四望皎然,因起彷徨,咏左思《招隐诗》。忽忆戴安道,时戴在剡,即便夜乘小船就之,经宿方至,造门不前而返。人问其故,王曰:'吾本乘兴而行,兴尽而返,何必见戴!'"此处以喻王十二夜怀李白之雅兴。

③沧浪,清寒冷凉之意。长庚,即太白星,又名启明星,《诗经·小雅·大东》云:"东有启明,西有长庚。"晨现东,为启明;夕现西,为长庚,其实为一。

④床,井栏。金、玉,形容其雕饰精美。峥嵘,冰厚貌;亦可形容寒气凛冽。

⑤狸膏、金距,皆斗鸡时装备之用品。狸膏,狐狸油,《艺文类聚》卷九十一载庄子谓惠子曰:"羊沟之鸡,三岁为株,相者视之,则非良鸡也。然而数以胜人者,以狸膏涂其头。"用以威吓敌鸡。金距,鸡爪套戴之金属刺针,用以刺伤对方。鼻息吹红霓,形容斗鸡之徒不可一世之状,另参《行路难三首》其二注①。两句言玄宗好斗鸡,童子无赖都可因之平步青云,王十二却不能以此小道而一步登天。

⑥哥舒,指哥舒翰。青海,吐蕃所据之边域,参杜甫《兵车行》注⑰。石堡,城名,《资治通鉴·唐纪三十二》称:"其城三面险绝,唯一径可上。"为唐与吐蕃之间的交通要地,在今青海西宁西南。取紫袍,谓取得高官大爵,《新唐书·车服志》载唐制三品官以上服紫。天宝六年,玄宗图取石堡城,河西、陇右节度使王忠嗣奏云:"石堡险固,吐蕃举国而守之,若顿兵坚城之下,必死者数万,然后事可图也。臣恐所得不如所失。"又谓李光弼曰:"今争一城,得之未制于敌,不得之未害于国,忠嗣岂以数万人之命易一官哉!"(见《旧唐书》本传)因之被贬,职任由哥舒翰代之。天宝八年六月翰统十万兵众拔城,获敌四百,而唐兵死者数万;上录其功,拜特进、鸿胪员外卿,加摄御史大夫。三句谓王十二不能如哥舒翰般,将个人之荣华富贵建立在造成重大牺牲的无谓战事上。

⑦谓,宋本等作"请"。明月,珍珠名。两句谓鱼目混珠,良窳不分。

⑧骅骝,良马名,传为周穆王八骏之一,色如华而赤。拳跼,困顿不伸貌。蹇(jiǎn),跛足。

⑨折杨、黄华,皆古代俚俗之曲,《庄子·天地》云:"大声不入于里耳,折杨、黄华,则嗑然而笑。"

⑩晋君,指晋平公。清角,古乐五音之一,其调悲壮。《韩非子·十过》载:"平公曰:'清角可得而闻乎?'师旷曰:'不可。……今主君德薄,不足听

之,听之将恐有败。'平公曰:'寡人老矣,所好者音也,愿遂听之。'师旷不得已而鼓之。一奏而有玄云从西北方起;再奏之,大风至,大雨随之,裂帷幕,破俎豆,隳廊瓦,坐者散走,平公恐惧,伏于廊室之间。晋国大旱,赤地三年,平公之身遂癃病。"

⑪巴人、阳春,皆楚曲名,一俗一雅,宋玉《对楚王问》云:"客有歌于郢中者,其始曰《下里》《巴人》,国中属而和者数千人;其为《阳阿》《薤露》,国中属而和者数百人;其为《阳春》《白雪》,国中属而和者不过数十人。……是其曲弥高,其和弥寡。"

⑫犹来,从来、向来。句本《韩非子·和氏》所载:"楚人和氏得玉璞楚山中,奉而献之厉王。厉王使玉人相之,玉人曰:'石也。'王以和为诳而刖其左足。及厉王薨,武王即位,和又奉其璞而献之武王,武王使玉人相之,又曰:'石也。'王又以和为诳而刖其右足。武王薨,文王即位,和乃抱其璞而哭于楚山之下,三日三夜,泣尽而继之以血。王闻之,使人问其故,曰:'天下之刖者多矣,子奚哭之悲也?'和曰:'吾非悲刖也,悲夫宝玉而题之以石,贞士而名之以诳,此吾所以悲也。'王乃使玉人理其璞,而得宝焉,遂命曰和氏之璧。"

⑬意谓疏财结义或爱仁笃行的侠、儒二道俱无所成。

⑭苍蝇、贝锦,指谗言诋毁,《诗经·小雅·青蝇》云:"营营青蝇,止于樊。岂弟君子,无信谗言。"另《巷伯》云:"萋兮斐兮,成是贝锦。彼谮人者,亦已大甚。"

⑮句用《战国策·秦策》所载:"昔者曾子处费,费人有与曾子同名族者而杀人。人告曾子母曰:'曾参杀人。'曾子之母曰:'吾子不杀人。'织自若。有顷焉,人又曰:'曾参杀人。'其母尚织自若也。顷之,一人又告之曰:'曾参杀人。'其母惧,投杼逾墙而走。"

⑯谓世道衰落,祥鸟不至,瑞兽见害;孔子再生,亦将感伤。《论语·子罕》载孔子曰:"凤鸟不至,河不出图,吾已矣夫!"伤麟事参《古风五十九首》其一注⑬。

⑰董龙,名荣,北朝秦王苻生之嬖臣,《晋书·苻生传》载:"(宰相王堕)性刚峻疾恶,雅好直言。疾董荣、强国如仇雠,每于朝见之际,略不与言。人谓之曰:'董尚书贵幸一时,公宜降意。'堕曰:'董龙是何鸡狗,而令国士与之

⑱傲岸,谓与世俗异别的高傲之性。媒劳,指营谋之努力令人劳瘁。乖,悖离不顺之意。

⑲严陵,汉光武帝同学严光,字子陵,《后汉书·逸民传》云:"少有高名,与光武同游学。及光武即位,乃变名姓,隐身不见。……遣使聘之,三反而后至。……曰:'昔唐尧著德,巢父洗耳。士故有志,何至相迫乎?'帝曰:'子陵,我竟不能下汝邪!'于是升舆叹息而去。"拄颐,极言剑之长而触及面颊,《战国策·齐策》云:"大冠若箕,长剑拄颐。"为臣子之装束。玉阶,代指皇宫,以喻朝廷。

⑳绛灌,指绛侯周勃、颍阴侯灌婴,代称平庸之才,《史记·淮阴侯列传》谓:"信知汉王畏恶其能,常称病不朝从。信由此日夜怨望,居常鞅鞅,羞与绛灌等列。"

㉑屠沽儿,即屠肉沽酒的市井俗辈,《后汉书·文苑传》称祢衡"尚气刚傲,好矫时慢物。……是时许都新建,贤士大夫四方来集。或谓衡曰:'盍从陈长文、司马伯达乎?'对曰:'吾焉能从屠沽儿耶?'"

㉒李北海,指北海太守李邕,参杜甫《奉赠韦左丞丈二十二韵》注⑦。

㉓裴尚书,指刑部尚书裴敦复,以平海贼功为李林甫所忌,《旧唐书·玄宗纪》天宝六年下云:"北海太守李邕、淄川太守裴敦复并以事连王曾、柳勋,遣使就杀之。"

㉔五湖,《吴越春秋》卷十载:"(勾践二十四年)范蠡辞于王……乃乘扁舟,出三江,入五湖,人莫知其所适。"徐天祐补注引张勃《吴录》云:"五湖者,太湖之别名。"钟鼎,即"钟鸣鼎食",代指荣华富贵。弥,更加。

古风五十九首(其三)①

秦王扫六合,虎视何雄哉!②挥剑决浮云,诸侯尽西来。③明断自天启,大略驾群才。④收兵铸金人⑤,函谷正东开⑥。铭功会稽岭⑦,骋望琅邪台⑧。刑徒七十万,起土骊山隈⑨。尚采不死药,茫然使心哀。⑩连弩射海鱼,长鲸正崔嵬。⑪额鼻象五岳,扬波喷云雷。鬐鬣蔽青天,何由睹蓬莱。⑫徐市载秦女,楼船几时回⑬,但见三泉下,金棺葬寒灰。⑭

【注释】

①本诗为第三首,约作于天宝十年(五十一岁)。乃讥玄宗尊道教、慕长生,使所在争言符瑞,而遂有天宝九年太白山人王玄翼上言妙宝真符事。

②秦王,指秦始皇。扫,横扫、扫荡。六合,本指上下四方,此谓天下。虎视,《后汉书·班固列传》云:"周以龙兴,秦以虎视。"章怀太子李贤注谓:"龙兴、虎视,喻盛强也。"贾谊《过秦论》云:"秦王……履至尊而制六合,执敲扑以鞭笞天下,威振四海。"

③决,冲决。上句用《庄子·说剑》云:"天子之剑……上决浮云,下绝地纪。此剑一用,匡诸侯,天下服矣。"下句谓六国皆面西向秦称臣。

④明断,英明果断。天启,即天示,《左传·宣公三年》云:"天或启之,必将为君。"大略,即鸿图壮策。

⑤兵,兵器。《史记·秦始皇本纪》载:"二十六年……收天下兵,聚之咸阳,销以为钟𫓹,金人十二,重各千石,置廷宫中。"

⑥函谷,关名,为长安东方护守都城之要塞,《水经注·河水》称:其"邃岸天高,空谷幽深,涧道之峡,车不方轨,号曰天险。"因天下统一,关隘形同虚设,故云"东开"。

⑦铭功,刻石记功。此句即《史记·秦始皇本纪》云:"三十七年十月癸丑,始皇出游。……上会稽,祭大禹,望于南海,而立石刻颂秦德。"

⑧骋望,尽情眺望。《史记·秦始皇本纪》载:二十八年"南登琅邪,大乐之,留三月。"张守节《正义》引《括地志》云:"琅邪山在密州诸城县东南百四十里。始皇立层台于山上,谓之琅邪台,孤立众山之上。秦王乐之,留三月,立石山上,颂秦德也。"

⑨《史记·秦始皇本纪》载:三十五年"隐宫徒刑者七十余万人,乃分作阿房宫,或作丽山。发北山石椁,乃写蜀、荆地材皆至。"骊山,在今陕西临潼县东南。隈,山坳。此言始皇大兴陵墓之事。

⑩采不死药之事,参下面注⑬。茫然,失落貌。

⑪连弩,连续射箭。崔嵬,形容长鲸如山之气势。

⑫至此四句,乃夸言海中大鲸形貌壮观、行动浩大的雄伟表现,足以阻绝到蓬莱仙山之路。蓬莱,参李商隐《无题》"来是空言去绝踪"注④。

⑬《史记·秦始皇本纪》载:二十八年"齐人徐市等上书,言海中有三神山,名曰蓬莱、方丈、瀛洲,仙人居之。请得斋戒,与童男女求之。于是遣徐市发童男女数千人,入海求仙人。……(三十七年)方士徐市等入海求神药,数岁不得,费多,恐谴,乃诈曰:'蓬莱药可得,然常为大鲛鱼所苦,故不得至,愿请善射与俱,见则以连弩射之。'……乃令入海者赍捕巨鱼具,而自以连弩候大鱼出射之。……至之罘,见巨鱼,射杀一鱼。"此段五联本此而言求仙之矛盾虚无。

⑭《史记·秦始皇本纪》载:三十七年"九月,葬始皇郦山。始皇初即位,穿治郦山,及并天下,天下徒送诣七十余万人,穿三泉,下铜而致椁,宫观百官奇器珍怪徙臧满之。"张守节《正义》引颜师古云:"三重之泉,言至水也。"寒灰,指化为冷冷灰烬之尸骸。

远别离①

远别离,古有皇英之二女②,乃在洞庭之南,潇湘之浦③。海水直下万里深,谁人不言此离苦!④日惨惨兮云冥冥,猩猩啼烟兮鬼啸雨。⑤我纵言之将何补?皇穹窃恐不照余之忠诚。⑥雷凭凭兮欲吼怒,尧舜当之亦禅禹。⑦君失臣兮龙为鱼,权归臣兮鼠变虎。⑧或云尧幽囚,舜野死。⑨九疑联绵皆相似,重瞳孤坟竟何是?⑩帝子泣兮绿云间,随风波兮去无还。⑪恸哭兮远望,见苍梧之深山。苍梧山崩湘水绝,竹上之泪乃可灭。⑫

【注释】

①约作于天宝十二年(五十三岁),借舜与二妃死别之悲痛言其忧国念君之哀思。对此诗之意旨与创作时间另有二说,一谓天宝十五年安史乱时,马嵬兵变、贵妃惨死之事为其本;一谓肃宗上元年间李辅国矫诏迁太上皇于西内,李白感而有此作。然唐殷璠结集于天宝十二年之当代诗选《河岳英灵集》已录此诗,故后二说皆不可从。远别离,属杂曲歌辞。

②皇英,指尧女娥皇、女英,妻舜为妃。

③潇湘,二水名,合流后北至长沙入洞庭湖,参张若虚《春江花月夜》诗注⑩。

《水经注·湘水》云:"大舜之陟方也,二妃从征,溺于湘江,神游洞庭之渊,出入潇湘之浦。"浦,水边。

④王琦注云:"'海水直下'二句是倒装句法,谓生死之别永无见期,其苦如海水之深,无有底止也。"

⑤惨惨、冥冥,皆阴沉晦暗貌。二句比喻政局昏昧、危机四起之局面,杜甫《兵车行》亦云:"新鬼烦冤旧鬼哭,天阴雨湿声啾啾。"

⑥皇穹,指天,喻朝廷;与"窃恐"倒装。照,如光照般察知。

⑦凭凭,《左传·昭公五年》中"震雷凭怒"句下杜预注云:"凭,盛也。"二句谓祸乱将作,帝位堪虑。可见李白认为"禅让"的真相并不是无私的道德,而是无情的权力斗争。

⑧《说苑·正谏》载:"吴王欲从民饮酒,伍子胥谏曰:'不可。昔白龙下清泠之渊,化为鱼,渔者豫且射中其目。'"又东方朔《答客难》曰:"用之则为虎,不用则为鼠。"此谓权力移转,造成君臣地位陵夷升降,此乃政治之残酷本质。

⑨或云,有人说。《史记·五帝本纪》张守节《正义》引《括地志》云:"《竹书》云昔尧德衰,为舜所囚也。"又《国语·鲁语》称:"舜勤民事而野死。"韦昭注曰:"野死,谓征有苗,死于苍梧之野。"二句具言古帝王遭遇不测之例。

⑩九疑,山名,《山海经·海内经》云:"南方苍梧之丘,苍梧之渊,其中有九嶷山,舜之所葬,在长沙零陵界中。"郭璞注曰:"其山九豀皆相似,故云九疑。"《水经注》卷三十八云:"苍梧之野,峰秀数郡之间,罗岩九举,各导一溪,岫壑负阻,异岭同势。游者疑焉,故曰:九疑山。"重瞳,指舜,《史记·项羽本纪》太史公曰:"吾闻之周生曰,舜目盖重瞳子。"竟何是,究竟在哪里;言其孤坟竟尔渺不可寻。

⑪帝子,指娥皇、女英,《楚辞·九歌·湘夫人》云:"帝子降兮北渚。"王逸注曰:"帝子,谓尧女也。"绿云,指竹林,因其远望如绿色云雾,故云。

⑫《述异记》卷上:"昔舜南巡而葬于苍梧之野。尧之二女娥皇、女英追之不及,相与恸哭,泪下沾竹,竹文上为之斑斑然。"末联显示一股永恒不灭、与天地共存亡的悠悠长恨,典出自汉乐府《上邪》诗:"上邪!我欲与君相知,长命无绝衰。山无陵,江水为竭,冬雷震震,夏雨雪。天地合,乃敢与君绝。"

△高步瀛《唐宋诗举要》引胡孝辕曰:"此篇……著人君失权之戒。使其词闪

幻可骇,增奇险之趣。盖体干于楚骚,而韵调于汉铙歌诸曲,以成为一家语。"

古朗月行①

小时不识月,呼作白玉盘。又疑瑶台镜②,飞在青云端。仙人垂两足,桂树何团团。③白兔捣药成④,问言与谁餐?蟾蜍蚀圆影,大明夜已残。⑤羿昔落九乌,天人清且安。⑥阴精此沦惑,去去不足观。⑦忧来其如何?凄怆摧心肝。

【注释】

①约作于天宝十二年(五十三岁)。朗月行,属杂曲歌辞。
②瑶台,指神仙居所,参《清平调》注④。
③《初学记》卷一引虞喜《安天论》云:"俗传月中仙人桂树,今视其初生,见仙人之足渐已成形,桂树后生。"两句言月由初生而渐明朗之过程所见。
④晋傅玄《拟天问》云:"月中何有?白兔捣药。"另参《把酒问月》诗注③。
⑤蟾蜍,《淮南子·说林训》载:"月照天下,蚀于詹诸(按:即蟾蜍)。"高诱注云:"詹诸,月中虾蟆,食月,故曰食于詹诸。"圆影、大明,皆指月言。两句形容月蚀情状。
⑥《楚辞·天问》云:"羿焉彈日?乌焉解羽?"王逸注曰:"《淮南》言尧时十日并出,草木焦枯,尧命羿仰射十日,中其九日,中日九乌皆死,堕其羽翼,故留其一日也。"另参《淮南子·本经训》。
⑦阴精,即太阴之精,指月。沦惑,指月蚀事。
△全诗以月喻世局朝政,而忧天宝之际昏昧之乱象。

独坐敬亭山①

众鸟高飞尽,孤云独去闲。相看两不厌,只有敬亭山。②

【注释】

①约作于天宝十二年(五十三岁)。敬亭山,在安徽宣城北,《江南通志》称

其:"东临宛溪,南俯城闉,烟市风帆,极目如画。"

②宋辛弃疾《贺新郎》所云:"我见青山多妩媚,料青山见我应如是。"即由末联化出。

△李锳《诗法易简录》云:"首二句已绘出独坐神理,三四句偏不从独处写,偏曰'相看两不厌',从不独处写出独字,倍觉警妙异常。"俞陛云《诗境浅说续编》则曰:"后二句以山为喻,言世既与我相遗,惟敬亭山色,我不厌看,山亦爱我。夫青山漠漠无情,焉知憎爱,而言不厌我者,乃太白愤世之深,愿遗世独立,索知音于无情之物也。"

秋登宣城谢朓北楼①

江城如画里②,山晚望晴空。两水夹明镜,双桥落彩虹。③人烟寒橘柚,秋色老梧桐。④谁念北楼上,临风怀谢公?

【注释】

①约作于天宝十二年(五十三岁)秋。宣城,宣州宣城郡治所,今安徽宣城。谢朓,曾任宣城太守,参《金陵城西楼月下吟》诗注③。北楼,谢朓所建之高斋,又名谢公楼,唐时改称叠嶂楼。

②江城,指宣城,临水阳江畔,故名。

③两水,指宛溪、句溪,绕城而流。双桥,指宛溪上横跨之凤凰、济川二桥,隋文帝开皇时建。彩虹,指桥影。

④人烟,指炊烟。老,做动词用,表现出生动传神之意趣。此联备受称誉,如《李太白诗醇》引严羽曰:"五、六入画品中,极平淡,极绚烂。岂必王摩诘?"

△顾安《唐律消夏录》云:"'明镜''彩虹''寒'字'老'字,皆在秋天晴空中看出,所以为妙。乃知古人好句,必与上下文关合。若后人就句论句,不知埋没古人多少好处。"

宣州谢朓楼饯别校书叔云①

弃我去者,昨日之日不可留;乱我心者,今日之日多烦忧。长风万里送秋雁,对此可以酣高楼②。蓬莱文章建安骨③,中间小谢又清发④。俱怀逸兴壮思飞,欲上青天览明月⑤。抽刀断水水更流,举杯销愁愁更愁。人生在世不称意,明朝散发弄扁舟⑥。

【注释】

① 约作于天宝十二年(五十三岁)秋。《文苑英华》题作《陪侍御叔华登楼歌》。叔华,指监察御史李华。宣州谢朓楼,见《秋登宣城谢朓北楼》诗注①。饯别,设宴送别。校书,即秘书省校书郎。

② 酣,醉饮也。

③ 蓬莱,代指东汉藏书之东观,《后汉书·窦章传》载:"是时学者称东观为老氏藏室,道家蓬莱山。"李贤注云:"言东观经籍多也。蓬莱,海中神山,为仙府,幽经秘录并皆在焉。"建安骨,即建安风骨,参《古风》其一注⑧。

④ 小谢,指谢朓,参《金陵城西楼月下吟》诗注③。清发,清新俊发之诗歌表现。唐汝询《唐诗解》释本联云:"子校书蓬莱宫,文有建安风骨;我若小谢,亦清发多奇。"可通。

⑤ 览,意通"揽",《离骚》云:"朝搴阰之木兰兮,夕揽洲之宿莽。"为采取之意。

⑥ 散发,去冠披发,有绝世之意,《后汉书·袁闳传》云:"延禧末,党事将作,闳遂散发绝世。"弄扁舟,寓春秋时越国范蠡入五湖以终之事,参《答王十二寒夜独酌有怀》诗注㉔。又孔子云:"道不行,乘桴浮于海。"(《论语·公冶长》)

△清王尧衢《古唐诗合解》云:"此篇三韵两转,而起结别是一法。起势豪迈,如风雨之骤至。"

听蜀僧濬弹琴①

蜀僧抱绿绮,西下峨眉峰。②为我一挥手,如听万壑松。③客心洗流水④,遗响入霜钟⑤。不觉碧山暮,秋云暗几重。

【注释】

① 约作于天宝十二年(五十三岁)。蜀僧濬,即李白《赠宣州灵源寺仲濬公》

诗中之仲濬公。

② 绿绮，琴名，傅玄《琴赋》序云："司马相如有琴曰绿绮，蔡邕有琴曰焦尾，皆名器也。"峨眉峰，参《峨眉山月歌》注①，此指僧自蜀来。

③ 挥手，指弹琴，嵇康《兄秀才公穆入军赠诗十八首》之十四有"手挥五弦"之句。万壑松，形容其琴音如松涛之声，亦暗用《风入松》之琴曲名。本联化用嵇康《琴赋》所云："伯牙挥手，钟期听声。"

④ 洗流水，形容琴韵之清空灵妙，足以净化人心；一说用伯牙、钟子期故事，参孟浩然《夏日南亭怀辛大》诗注④。

⑤ 霜钟，形容琴声共鸣，余音清冽悠长之感，《山海经·中山经》载："丰山……有九钟焉，是知霜鸣。"郭璞注云："霜降则钟鸣，故言知也。"

△ 俞陛云《诗境浅说》云："观其起句，言僧抱古琴自峨嵋而下，已有'入门下马气如虹'之概。紧接三、四句，如出龙门，一泻千里，以松涛喻琴声之清越，以'万壑松'喻琴声之宏远，句法动荡有势。五句言琴之高妙，闻者如流水洗心，乃赋听琴之正面。六句以'霜钟'喻琴，同此清迥，不以俗物为譬，乃赋听琴之尾声。收句听琴心醉，不觉山暮云深，如闻韶忘味矣。"

清溪行①

清溪清我心，水色异诸水。借问新安江，见底何如此？② 人行明镜中，鸟度屏风里。③ 向晚猩猩啼，空悲远游子。④

【注释】

① 约作于天宝十三年(五十四岁)。清溪，水名，属池州秋浦县，在今安徽贵池县。

② 新安江，源出安徽休宁与江西婺源交界处的五股尖山，为浙江上游，南朝宋沈约有《新安江至清浅深见底贻京邑游好诗》。

③ 此句本于王羲之《镜湖》诗所云："山阴路上行，如坐镜中游。"而更工巧精美。

④ 向晚，傍晚。《唐宋诗醇》云："伫兴而言，铿然古调，一结有言不尽意之妙。"

秋浦歌十七首(选一)①

白发三千丈,缘愁似个长②。不知明镜里,何处得秋霜③?

【注释】

①约成于天宝十三年(五十四岁)秋,本处选收其中第十五首。秋浦,县名,今安徽贵池;一说为水名,宋祝穆《方舆胜览》卷十六注引《池阳记》曰:秋浦"北带郡城,南连驿道,为舟楫之路。"
②缘,因为。个,如此、这样。
③秋霜,指白发。
△黄叔灿《唐诗笺注》云:"因照镜而见白发,忽然生感,倒装说人,便如此突兀,所谓逆则成丹也。唐人五绝用此法多,太白落笔便超。"

宣城见杜鹃花①

蜀国曾闻子规鸟,宣城还见杜鹃花。②一叫一回肠一断,三春三月忆三巴。③

【注释】

①作于天宝十四年(五十五岁)暮春。宣城,今安徽宣城。杜鹃花,春时绽放,又名映山红。
②子规鸟,又名杜鹃,参《蜀道难》诗注⑫。
③三巴,在四川东部,用以代指蜀地,参《长干行》注⑪。末二句叠用数目字,显出流宕如风之妙。
△《唐宋诗醇》云:"如谣如谚,却是绝句本色。效之,则痴矣。"

赠汪伦①

李白乘舟将欲行,忽闻岸上踏歌声②。桃花潭水深千尺,不及汪伦送我情。③

【注释】

①约作于天宝十四年(五十五岁)。汪伦,《李太白文集》杨齐贤注云:"白游泾县桃花潭,村人汪伦常酿美酒以待白,伦之裔孙至今宝其诗。"

②踏歌,歌唱时踏地为节拍,《旧唐书·睿宗本纪》载:"上元日夜,上皇御安福门观灯,出内人连袂踏歌,纵百僚观之,一夜方罢。"

③桃花潭,位于宣州泾县南,为泾川上游。沈德潜《唐诗别裁集》卷二十云:"若说汪伦之情比于潭水千尺,便是凡语;妙境只在一转换间。"李锳《诗法易简录》亦曰:"言汪伦相送之情甚深耳,直说便无味,借桃花潭水以衬之,便有不尽曲折之意。"

△唐汝询《唐诗解》云:"伦,一村人耳,何亲于白?既酝酒以候之,复临行以祖之,情固超俗矣。太白于景切情真处信手拈来,所以调绝千古。"

扶风豪士歌①

洛阳三月飞胡沙,洛阳城中人怨嗟。天津流水波赤血,白骨相撑如乱麻。②我亦东奔向吴国,浮云四塞道路赊。③东方日出啼早鸦,城门人开扫落花。梧桐杨柳拂金井,来醉扶风豪士家。扶风豪士天下奇,意气相倾山可移。作人不倚将军势④,饮酒岂顾尚书期⑤?雕盘绮食会众客,吴歌赵舞香风吹。原尝春陵六国时⑥,开心写意君所知。堂中各有三千士⑦,明日报恩知是谁?抚长剑,一扬眉,清水白石何离离⑧。脱吾帽,向君笑,饮君酒,为君吟。张良未逐赤松去⑨,桥边黄石知我心⑩。

【注释】

①肃宗至德元年(五十六岁)春作于溧水。扶风,郡名,即岐州,在今陕西凤翔一带。扶风豪士,不详何人,有万巨、窦嘉宾之说,未能确指。

②天津,指洛阳西南洛水上之天津桥。二句形容洛阳沦陷于安史乱军后,血流成河、白骨遍野之状,申明首句"飞胡沙"之情景。

③东奔向吴国,一作"来奔溧溪上"。赊,遥远。

④本句反用汉辛延年《羽林郎》诗所云:"昔有霍家姝,姓冯名子都。依倚将军势,调笑酒家胡。"
⑤岂顾,哪里管。尚书期,典出《汉书·游侠传》载:"(陈)遵耆酒,每大饮,宾客满堂,辄关门,取客车辖投井中,虽有急,终不得去。尝有部刺史奏事,过遵,值其方饮,刺史大穷,候遵沾醉时,突入见遵母,叩头自白当对尚书有期会状,母乃令从后阁出去。"
⑥指战国时赵平原君、齐孟尝君、楚春申君、魏信陵君四公子,俱以养士知名。
⑦三千士,指门下食客众多,《史记·魏公子列传》载:"公子为人仁而下士……士以此方数千里争往归之,致食客三千人。"
⑧离离,清晰貌;"清水白石"言其胸怀磊落坦荡,有如水清石见一般。
⑨《史记·留侯世家》载:张良"乃称曰:'……今以三寸舌为帝者师,封万户,位列侯,此布衣之极,于良足矣。愿弃人间事,欲从赤松子游耳。'乃学辟谷,道引轻身。"《搜神记》卷一云:"赤松子者,神农时雨师也。服冰玉散,以教神农,能入火不烧。至昆仑山,常入西王母石室中,随风雨上下。"
⑩黄石,《史记·留侯世家》载:"良尝闲从容步游下邳圯上,有一老父,衣褐至良所……出一编书,曰:'读此则为王者师矣。后十年兴;十三年孺子见我济北,谷城下黄石即我矣。'遂去,无他言,不复见。旦日视其书,乃《太公兵法》也。……始所见下邳圯上老父与《太公书》者,后十三年从高帝过济北,果见谷城山下黄石,取而葆祠之。"末联意谓自己有如张良,尚未从有难之俗世中引退的原因,自有黄石公知晓;因此在随赤松子而去之前,先得完成救世使命。

古风五十九首(其十九)①

西上莲花山,迢迢见明星。②素手把芙蓉,虚步蹑太清③。霓裳曳广带,飘拂升天行。邀我登云台,高揖卫叔卿。④恍恍与之去,驾鸿凌紫冥。⑤俯视洛阳川,茫茫走胡兵。⑥流血涂野草,豺狼尽冠缨。⑦

【注释】

①约作于肃宗至德元年(五十六岁)避乱东南时。清陈沆《诗比兴笺》云:"皆

遁世避乱之词,托之游仙也。《古风》五十九章,涉仙居半,惟此二章(按:包括'郑客西入关'一首)差有古意,则词含寄托故也。"

②莲花山,即华山莲花峰,《华岳志》载:"岳顶中峰曰莲花峰,有上宫,宫前有池为玉井,生千叶白莲花,服之令人羽化。"明星,仙女名,《太平广记》卷五十九引《集仙录》云:"明星玉女者,居华山,服玉浆,白日升天。"

③太清,指天空,《抱朴子·杂应》云:"上升四十里,名为太清。"另参《庐山谣寄庐侍御虚舟》注⑮。

④云台,华山东北之山峰名,慎蒙《名山诸胜一览记》称:其"上冠景云,下贯地脉,巍然独秀,有若灵台。"卫叔卿,《神仙传》卷二云:"卫叔卿者,中山人也,服云母得仙。汉元封二年八月壬辰,武帝闲居殿上,忽有一人,乘浮云,驾白鹿,集于殿前。"

⑤恍恍,同"恍惚"。驾鸿,驾着鸿鹄。凌,凌空飞翔。紫冥,指天空。

⑥茫茫,众多貌。两句即《扶风豪士歌》所言之"洛阳三月飞胡沙"。

⑦冠缨,指做官。末二联写与仙界凌虚飘逸之境界极端对照的现实惨酷之情状,可参《扶风豪士歌》注②。

与史郎中钦听黄鹤楼上吹笛①

一为迁客去长沙②,西望长安不见家。黄鹤楼中吹玉笛,江城五月落梅花③。

【注释】

①依《李白全集编年注释》,为肃宗乾元元年(五十八岁)夏作于流放夜郎途中之江夏。史钦,事迹不详。钦,宋本等作"饮"。

②迁客,指被贬而流徙者。去长沙,用贾谊故事,参宋之问《度大庾岭》注⑤。

③落梅花,意指笛曲《梅花落》自高处传来,兼以形容笛音清莹凉润之美。

鹦鹉洲①

鹦鹉来过吴江水②,江上洲传鹦鹉名。鹦鹉西飞陇山去,芳洲之树何青青。③烟开兰叶香风暖,岸夹桃花锦浪生④。迁客此时徒极目,长洲孤月向谁明?⑤

【注释】

①作于肃宗上元元年(六十岁)。鹦鹉洲,参崔颢《黄鹤楼》诗注④。
②吴江,指流经湖北武昌一带的长江,其地古属吴国,故云。
③陇山,又名陇坤、陇坻,在今陕西陇县至甘肃平凉一带。祢衡《鹦鹉赋》云:"惟西之灵鸟兮。"李善注曰:"西域,谓陇坻,出此鸟也。"另参朱庆馀《宫词》注③。青(jīng),同"菁";青青,茂盛貌。
④岸夹桃花,指桃花茂生于江边两岸。
⑤迁客,谓贬谪之人,李白自指。徒极目,徒劳地远望。

△清张揔《唐风怀》引质公曰:"此篇凡三'鹦鹉'、三'江'、三'洲'、二'青'字,其法皆出于《黄鹤楼》《龙池篇》二作,与《凤凰台》同一机杼,而天锦灿然,亦一奇也。"

庐山谣寄卢侍御虚舟①

我本楚狂人,凤歌笑孔丘。②手持绿玉杖,朝别黄鹤楼。③五岳寻仙不辞远,一生好入名山游。庐山秀出南斗旁,屏风九叠云锦张④,影落明湖青黛光⑤。金阙前开二峰长⑥,银河倒挂三石梁⑦。香炉瀑布遥相望,回崖沓嶂凌苍苍。⑧翠影红霞映朝日,鸟飞不到吴天长。⑨登高壮观天地间,大江茫茫去不还。黄云万里动风色,白波九道流雪山⑩。好为庐山谣,兴因庐山发。闲窥石镜清我心,谢公行处苍苔没。⑪早服还丹无世情⑫,琴心三叠道初成⑬。遥见仙人彩云里,手把芙蓉朝玉京⑭。先期汗漫九垓上,愿接卢敖游太清。⑮

【注释】

①作于肃宗上元元年(六十岁)秋,时在浔阳。卢虚舟,字幼真,曾为殿中侍御史。
②楚狂人,《高士传》载:"陆通,字接舆,楚人也。"本联所用其事参王维《辋川

闲居赠裴秀才迪》诗注④。

③绿玉杖,绿玉装饰的手杖。黄鹤楼,参崔颢《黄鹤楼》诗注①。

④南斗,即斗宿,星名;为浔阳之分野。屏风九叠,庐山五老峰东北有九叠云屏,亦称屏风叠,下为九叠谷。云锦张,如云锦般铺展。两句形容庐山之高耸与山势之绵延。

⑤影,山影。明湖,谓鄱阳湖。青黛,青黑之色。

⑥金阙,《太平御览》卷四十一引《庐山记》云:"西南有石门,似双阙,壁立千余仞,而瀑布流焉。"另《水经注·庐江水》云:"庐山之北有石门水,水出岭端,有双石高竦,其状若门,因有石门之目焉。"似谓此。

⑦三石梁,各家所解不一,王琦云:"今三叠泉在九叠屏之左,水势三折而下,如银河之挂石梁,与太白诗句正相吻合,非此外别有三石梁也。"

⑧香炉,峰名,参《望庐山瀑布》诗其一注②。沓嶂,即重峦叠嶂之意。苍苍,形容广大茫远的天空。

⑨翠影,即山色。吴天长,形容庐山之高耸;山在三国时属吴,故云。

⑩九道,指长江,至浔阳分流成九道水脉,参王维《汉江临泛》注②。白波、雪山,形容江中喷涌之波涛。

⑪石镜,《太平寰宇记》云:"石镜在东山悬崖之上,其状团圆,近之则照见形影。"《艺文类聚》卷七十引《浔阳记》亦云:"石镜在山东,有一团石悬崖,明净照人。"谢公,指谢灵运,尝登庐山,其《入彭蠡湖口》诗曾谓:"攀崖照石镜。"苍苔没,谓消失于青苔中。

⑫还丹,道教炼丹术语,指丹砂烧成水银,积久又还原为丹砂,故称。《抱朴子·金丹》载:"若取九转之丹,内神鼎中,夏至之后,爆之鼎热……须臾翕然俱起煌辉,煌辉神光五色,即化为还丹。取而服之一刀圭,即白日升天。"

⑬琴心三叠,亦道教术语,《黄庭内景经》梁丘子注云:"琴,和也;三叠,三丹田,谓与诸宫重叠也。"意谓"其心和则神悦",为身心修养之境界,故曰"道初成"。

⑭玉京,为道教系统中的三十二帝之都,天神元始天尊所在的无为之天。《魏书·释老志》云:"道家之原,出于老子。其自言也,先天地生,以资万类。上处玉京,为神王之宗;下在紫微,为飞仙之主。"

⑮汗漫,形容无边际、不可知者。九垓,九天。卢敖,《淮南子·道应训》云:

"卢敖游乎北海,经乎太阴,入乎玄阙,至于蒙谷之上。见一士焉,深目而玄鬓,泪注而鸢肩,丰上而杀下,轩轩然方迎风而舞。……卢敖与之语曰:'唯敖为背群离党,穷观于六合之外者……唯北阴之未辟。今卒睹天子于是,子殆可与敖为友乎?'若士者齤然而笑曰:'……吾与汗漫期于九垓之外,吾不可以久驻。'"高诱注曰:"卢敖,燕人,秦始皇召以为博士,使求神仙,亡而不返也。"此用以比诸卢虚舟。太清,指天空最高处;道教以玉清、上清、太清为"三清"。

△明桂天祥《批点唐诗正声》云:"方外玄语,不拘流例。全篇开阖佚荡,冠绝古今,即使杜工部为之,未易及此,高、岑辈恐亦胁息。又襟期雄旷,辞旨慷慨,音节浏亮,无一不可。结句非素胎仙骨,必无此诗。"

登金陵凤凰台[①]

凤凰台上凤凰游,凤去台空江自流。吴宫花草埋幽径,晋代衣冠成古丘。[②]三山半落青天外[③],二水中分白鹭洲[④]。总为浮云能蔽日,长安不见使人愁。[⑤]

【注释】

① 肃宗上元二年(六十一岁)作于金陵,或说于天宝年间作。凤凰台,在今江苏南京城西南凤凰山上,《宋书·符瑞志》云:"文帝元嘉十四年三月丙申,大鸟二集秣陵民王顗园中李树上,大如孔雀,头足小高,毛羽鲜明,文采五色,声音谐从,众鸟如山鸡者随之,如行三十步顷,东南飞去。……改鸟所集永昌里曰凤皇里。"后起台于山,曰凤凰台。此诗与崔颢《黄鹤楼》相近,格律气势互为劲敌,前后辉映。

② 三国时孙吴与偏安江南之东晋皆都于金陵,故此处举二朝以概括历史沧桑之感慨,与其《金陵凤凰台置酒》之"六帝没幽草,深宫冥绿苔"意同。

③ 三山,王琦注引《舆地志》云:"其山积石森郁,滨于大江,三峰排列,南北相连,故号三山。"陆游《入蜀记》卷二曰:"三山,自石头及凤凰台望之,杳杳有无中耳;及过其下,则距金陵才五十余里。"

④ 二水,宋本等皆作"一水",王琦注引史正志《二水亭记》云:"秦淮源出句

容、溧水两山,自方山合流,至建业贯城中而西,以达于江。有洲横截其间,李太白所谓'二水中分白鹭洲'是也。白鹭洲,《舆地志》云:"在县西三里,隔江中心,南边新林浦。白鹭洲在大江中,多聚白鹭,因名。"

⑤浮云蔽日,出于《古诗十九首》之一的"浮云蔽白日,游子不顾返",又陆贾《新语·慎微》云:"邪臣之蔽贤,犹浮云之障日月也。"此诗若作于天宝年间,则其旨乃愁玄宗为奸佞之辈所蔽。萧士赟云:"此诗因怀古而动怀君之思乎?抑亦自伤谗废,望帝乡而不见,乃触景而生愁乎?太白之志亦可哀也已。"

△《唐宋诗醇》云:"崔颢题诗黄鹤楼,李白见之,去不复作,至金陵登凤凰台乃题此诗,传者以为拟崔而作,理或有之。崔诗直举胸情,气体高浑,白诗寓目山河,别有怀抱,其言皆从心而发,即景而成,意象偶同,胜境各擅。论者不举其高情远意,而沾沾吹索于字句之间,固已蔽矣。"

九日龙山饮①

九日龙山饮,黄花笑逐臣②。醉看风落帽③,舞爱月留人。④

【注释】

①代宗宝应元年(六十二岁)重阳节作于当涂,在今安徽省。《元和郡县志》"江南道宣州当涂县":"龙山,在县东南十二里,桓温尝与僚佐九月九日登此山宴集。"

②黄花,指菊花,参孟浩然《秋登万山寄张五》注⑤。逐臣,被迁谪之人,李白自谓。

③风落帽,用孟嘉事,《晋书·桓温传》载:"孟嘉……后为征西桓温参军,温甚重之。九月九日,温燕龙山,僚佐毕集。时佐史并著戎服,有风至,吹嘉帽堕落,嘉不之觉,温使左右勿言,欲观其举止。嘉良久如厕,温令取还之,命孙盛作文嘲嘉,著嘉坐处。嘉还见,即答之,其文甚美,四坐嗟叹。"

④唐汝询《唐诗解》云:"时有夜郎之放,故称'逐臣',而任风落帽,爱月留人,所为花亦笑其狂态者也。"

高　适

　　高适(约武后长安二年—代宗永泰元年,七〇二—七六五),字达夫,渤海蓨(今河北沧州)人。"少性拓落,不拘小节。耻预常科。隐迹博徒,才名便远。后举有道,授封丘尉。未几,歌舒翰表掌书记",安史乱起,佐翰守潼关;关破,高适赴行在,俄迁侍御史,擢谏议大夫(天宝十五年),"负气敢言,权近侧目,李辅国忌其才",数短毁之,下除太子少詹事(乾元元年,七五八)。蜀乱,出为彭、蜀二州刺史,宝应二年(七六三)就任剑南西川节度使,年底吐蕃取陇右,高适牵制无功,遂亡松、维二州及云山城,召还,为左散骑常侍。①《旧唐书》本传云:"有唐已来,诗人之达者,唯适而已。"有《高常侍集》,《全唐诗》编诗四卷二百多首。

　　"适尚气节,语王霸衮衮不厌。遭时多难,以功名自许,年五十始为诗,即工,以气质自高,多胸臆间语。每一篇已,好事者辄传播吟玩。""尝过汴州,与李白、杜甫会,酒酣登吹台,慷慨悲歌,临风怀古,人莫测也,中间唱和颇多。"②高适与岑参齐名,以边塞诗开宗立派。所作七言歌行跌宕铿锵,自然一气,虽不事雕琢,却能文采焕发,情韵生动,音节也婉转浏亮,抑扬生姿,表现出高浑矫健之风格。明胡应麟《诗薮·内编》卷三曰:"盛唐歌行,高适之浑、岑参之丽、王维之雅、李颀之俊,皆铁中铮铮者。"清翁方纲《石洲诗话》卷一则区分云:"高之浑厚,岑之奇峭……各自成家。"可见各擅胜场。

【注释】

① 本段引文见《唐才子传》卷二,余参新、旧《唐书》本传,并傅璇琮主编《唐才子传校笺》之考证。

② 见《唐才子传》卷二。唯"年五十始为诗"之说有误,盖其于五十岁登第前已有诗名。

燕歌行并序①

开元二十六年,客有从御史大夫张公出塞而还者②,作《燕歌行》以示适。感征戍之事,因而和焉。

汉家烟尘在东北③,汉将辞家破残贼。男儿本自重横行,天子非常赐颜色。④扨金伐鼓下榆关⑤,旌旆逶迤碣石间⑥。校尉羽书飞瀚海⑦,单于猎火照狼山⑧。山川萧条极边土,胡骑凭陵杂风雨⑨。战士军前半死生,美人帐下犹歌舞!大漠穷秋塞草腓⑩,孤城落日斗兵稀。身当恩遇恒轻敌⑪,力尽关山未解围⑫。铁衣远戍辛勤久,玉箸应啼别离后。⑬少妇城南欲断肠,征人蓟北空回首。⑭边风飘飘那可度,绝域苍茫更何有!杀气三时作阵云⑮,寒声一夜传刁斗⑯。相看白刃血纷纷,死节从来岂顾勋⑰。君不见沙场征战苦,至今犹忆李将军⑱!

【注释】

①燕歌行,《乐府诗集》卷三十二引《乐府解题》曰:"晋乐奏魏文帝《秋风》《别日》二曲,言时序迁换,行役不归,妇人怨旷无所诉也。"又引《广题》曰:"燕,地名也,言良人从役于燕,而为此曲。"属平调曲。时高适三十七岁。

②御史大夫,参岑参《热海行送崔侍御还京》注⑧。张公,即张守珪,《旧唐书·张守珪传》载:开元"二十三年春,守珪诣东都献捷……上赋诗以褒美之。廷拜守珪为辅国大将军、右羽林大将军兼御史大夫,余官并如故……诏于幽州立碑以纪功赏。二十六年,守珪裨将赵堪、白真陀罗假以守珪之命,逼平卢军使乌知义令率骑邀叛奚余烬于潢水之北……及逢贼,初胜后败,守珪隐其败状而妄奏克获之功。事颇泄,上令谒者牛仙童往按之。守珪厚赂仙童,遂附会其事,但归罪于白真陀罗,逼令自缢而死。"本诗盖隐刺其事。

③汉家,指唐朝。烟尘,边境的战争,梁萧统《七契》云:"边境无烟尘之惊。"

④横行,纵横敌境,《史记·季布栾布列传》载樊哙云:"臣愿得十万众,横行匈奴中。"季布斥为当面欺君该斩。颜色,代指官服;非常赐颜色,意谓赏赐极高之爵位与特殊之恩宠,详见注②。以上四句写张守珪于东北打败契

丹、建功受赏之概况。

⑤𢱧(chuāng)，撞击。金，铜制的锣钹、铃钲等敲击器，用以号令队伍进退。榆关，即山海关，在今河北临榆东。

⑥旌旆(jīng pèi)，军用大旗。逶迤，形容队伍蜿蜒绵长貌。碣石，位于河北之山名。

⑦校尉，武官名，《汉书·百官公卿表》载："凡八校尉，皆武帝初置。"羽书，即羽檄，军用紧急文书，《汉书·高帝纪》颜师古注云："檄者，以木简为书，长尺二寸，用征召也。其有急事，则加以鸟羽插之，示速疾也。"瀚海，大沙漠。

⑧单于，匈奴王，代指边族领袖。猎火，为出战所持之火炬，因古时亦以"会猎"指战争。狼山，《大清一统志》"甘肃宁夏府"："狼山在灵州东南韦州堡东五里。"二句泛指边境外敌入侵，军情紧急。

⑨凭陵，侵陵逼压。杂，混合。风雨，形容来势迅猛，刘向《新序·善谋》载韩安国曰："且匈奴者，轻疾悍亟之兵也……来若风雨，解若收电。"

⑩穷秋，秋尽。腓(féi)，字一作"衰"，《诗经·小雅·四月》："秋日凄凄，百卉具腓。"毛传曰："腓，病也。"

⑪恩遇，即前文之"非常赐颜色"。轻敌、未解围，指开元二十六年事，见注②。

⑫关山，在陕西陇县西，代指边塞险地。

⑬铁衣，铠甲。玉箸，喻女子之泪，刘孝威《独不见》："谁怜双玉箸，流面复流襟。"

⑭蓟北，唐河北道蓟州治渔阳县，在今天津蓟县，此处泛指东北边地。空回首，意谓徒望乡。以上四句写两地别离相思，与沈佺期《古意呈乔补阙知之》所云"白狼河北音书断，丹凤城南秋夜长"类同。

⑮三时，指晨、午、晚；或谓春、夏、秋三个农忙季节，皆可通。阵云，形容兵气冲天，与云气聚合成阵。

⑯刁斗，见李颀《古从军行》注④。

⑰死节，为志节而死。岂顾勋，哪里是为了勋爵功赏；一说乃"死是战士死，功是将军功"之意，皆可通。此以刺张守珪妄奏克捷之事。

⑱李将军，汉将李广，《史记·李将军列传》载："广居右北平，匈奴闻之，号曰'汉之飞将军'，避之数岁，不敢入右北平。……广廉，得赏辄分其麾下，

饮食与士共之。……广之将兵,乏绝之处,见水,士卒不尽饮,广不近水;士卒不尽食,广不尝食。宽缓不苛,士以此爱乐为用。"

△赵熙《唐贤三昧集笺注》评:"常侍第一大篇。"沈德潜《唐诗别裁集》卷五云:"七言古中时带整句,局势方不散漫。若李、杜风雨分飞、鱼龙百变,又不可以一论。"

赋得还山吟赠沈四山人①

还山吟,天高日暮寒山深,送君还山识君心。人生老大须恣意,看君解作一生事。②山间偃仰无不至③,石泉淙淙若风雨,桂花松子常满地。卖药囊中应有钱,还山服药又长年。④白云劝尽杯中物,明月相随何处眠。⑤眠时忆问醒时事,梦魂可以相周旋。⑥

【注释】

①赋得,表示诗题经过指定或限定之意。沈四山人,《唐才子传》卷二云:沈千运,"吴兴人。工旧体诗,气格高古,当时士流皆敬慕之,号为沈四山人。天宝中数应举不第,时年齿已迈。……其时多艰,自知屯蹇,遂浩然有归欤之志……遂释志,还山中别业"。本篇约作于天宝五年(七四六),高适四十五岁。

②恣意,率性而为。一生事,言所贵者,陶渊明《饮酒二十首》之三曰:"所以贵我身,岂不在一生。一生复能几,倏如流电惊。"

③偃仰,指栖迟坐卧等活动。

④卖药,《后汉书·逸民传》载:韩康"常采药名山,卖于长安市"。长年,即长生。

⑤杯中物,指酒。二句写隐士生活。

⑥事,一作"意"。周旋,犹言应接追随,《左传·僖公二十三年》有"以与君周旋"句,注云:"周旋,相追逐也。"于梦魂中周旋事,见《韩非子》佚文载:"张敏、高惠为友,每相思不能见,敏便于梦中往寻,行至半道,即迷不知路,遂回,如此者三。"末句表现高适对沈千运之倾倒。

△高步瀛《唐宋诗举要》卷二评曰:"兴象华妙,音韵尤美。"

人日寄杜二拾遗①

人日题诗寄草堂,遥怜故人思故乡。柳条弄色不忍见,梅花满枝空断肠。②身在南藩无所预,心怀百忧复千虑。③今年人日空相忆,明年人日知何处？一卧东山三十春,岂知书剑老风尘。④龙钟还忝二千石,愧尔东西南北人。⑤

【注释】

① 人日,《荆楚岁时记》云："正月七日为人日,以七种菜为羹,剪彩为人,或镂金箔为人,以贴屏风,亦戴之头鬓,又造华胜以相遗,登高赋诗。"杜二拾遗,即杜甫,见本书诗人小传。本篇作于肃宗上元二年（七六一）,高适六十岁,任蜀州刺史。
② 草堂,杜甫卜居成都浣花溪畔之宅。"遥怜"以下三句本于杜甫之《和裴迪登蜀州东亭送客逢早梅相忆见寄》诗,谓："幸不折来伤岁暮,若为看去乱乡愁。江边一树垂垂发,朝夕催人自白头。"高适见此有感,故云。
③ 藩,屏障；南藩,指蜀州,一作"远藩"。预,指参预朝政大事。
④ 卧东山,用东晋谢安事,《世说新语·排调》载："谢公在东山,朝命屡降而不动。后出为桓宣武司马,将发新亭,朝士咸出瞻送。高灵（按:即高崧）时为中丞,亦往相祖。先时,多少饮酒,因倚如醉,戏曰：'卿屡违朝旨,高卧东山,诸人每相与言："安石不肯出,将如苍生何？"今亦苍生将如卿何？'谢笑而不答。"书剑,指文武之才。
⑤ 龙钟,《通雅》卷六云："或言老,或言泪,或训小人行,总皆状其潦倒笨累耳。"忝,愧也。二千石,《汉书·百官公卿表》曰："郡守,秦官,掌治其郡,秩二千石。"唐之刺史相当于汉之郡太守,故云。尔,你也,此处指杜甫。东西南北,形容流徙不定的生活,《礼记·檀弓上》载孔子云："今丘也,东西南北之人也。"

赠张立本女吟①

危冠广袖楚宫妆②,独步闲庭逐夜凉。自把玉簪敲砌竹,清歌一曲月如霜。③

【注释】

①《太平广记》卷四百五十四载:"张立本有一女,为妖物所魅。其妖来时,女即浓妆盛服于闺中,如与人语笑;其去,即狂呼号泣不已。久每自称高侍郎,一日忽吟一首云(按:即本诗)……立本乃随口抄之。"此说荒诞,不足采。本篇或非高适所作,张立本亦不详其人。

②危冠广袖,即高冠宽袖,《后汉书·马援列传》载长安语曰:"城中好高髻,四方高一尺;城中好广眉,四方且半额;城中好大袖,四方全匹帛。"此处则勾勒一典雅玉立之少女形象。

③二句展现一幅悠闲自然、音声响脆的清丽画面,情景俱美。

岑　参

岑参(约玄宗开元三年—代宗大历五年,七一五—七七〇),南阳(今属河南)人。父亲岑植曾任刺史而早逝,少经孤寒,乃从兄受学,刻苦读书,"能早砥砺,遍览史籍"。"十五隐于嵩阳,二十献书阙下",此后十年间为出仕而奔波,直到天宝三年(七四四)三十岁时进士及第,乃任参军一职。天宝八年冬至十年春首度出塞,为安西节度使高仙芝掌书记,归来后僻居终南,半官半隐;天宝十三年夏秋间至至德二年春再次出塞赴北庭,为安西、北庭节度使封常清之判官。东归后转任各地为官,任右补阙、虢州长史等职,安史乱平后入为郎官,大历元年赴蜀,为剑南西川节度使杜鸿渐僚属,后转为嘉州刺史,不久罢官,寓居于蜀,卒于成都旅舍[①]。有《岑嘉州集》七卷,收诗约四百首。

岑参早期诗"语奇体峻,意亦造奇"[②],写景警巧;直到"累佐戎幕,往来鞍马烽尘间十余载,极征行离别之情,城障塞堡,无不经行"[③],将经验所见笔之于诗,遂多风沙冰雪、严寒酷热的边塞风光,及将士用命征战、生离死别的壮烈悲苦,往往即事命题,慷慨奋笔,写出磅礴激昂的诗篇。此类作品风格奇峻孤峭,却又融合了歌行体明朗流畅的节奏韵律,因此中外流布,人口传诵,故杜确《岑嘉州集序》云:"遍览史籍,尤工缀文,属辞尚清,用志尚切,其有所得,多入佳境,迥拔孤秀,出于常情。每一篇绝笔,则人人传写,虽闾里士庶、戎夷蛮貊,莫不讽诵吟习焉。"

岑参与高适同为有唐边塞诗派的两员大将,后世往往并称,如严羽《沧浪诗话》谓:"高岑之诗悲壮,读之使人感慨。"然而岑诗描写性较强,多寓情于景,表现出瑰奇俊拔、想象丰富的一面,于当时、于后世都较具有影响力,如对宋诗人陆游的影响就是明显的一例。

【注释】

①岑参卒后,友人杜确整理其遗文编次为集,并为之序,岑参生平两《唐书》无传,赖杜序始得窥知。
②见殷璠《河岳英灵集》。
③见《唐才子传》卷三。

逢入京使①

故园东望路漫漫,双袖龙钟泪不干。②马上相逢无纸笔,凭君传语报平安③。

【注释】

①约天宝八年(七四九)离京西行途中所作。
②漫漫,长远貌。龙钟,方以智《通雅》以为同"泷涷",状流泪沾湿貌。
③凭,请也,张相《诗词曲语辞汇释》卷五云:"此所谓凭,犹云恳烦或请求也。"传语报平安,正见行色匆匆、萍水相逢的无奈。
△钟惺、谭元春《唐诗归》评曰:"人人有此事,从来不曾写出,后人蹈袭不得,所以可久。"

戏问花门酒家翁①

老人七十仍沽酒,千壶百甕花门口。道傍榆荚仍似钱②,摘来沽酒君肯否?

【注释】

①题下一本注云:"在凉州。"天宝十年(七五一)春作于武威。花门,即《凉州馆中与诸判官夜集》中的花门楼,为客舍之名。
②榆荚,榆树之果实。《本草纲目》卷三十五李时珍曰:"榆有数十种,今人不能尽别。……荚榆、白榆皆大榆也,有赤、白二种。白者名枌,其木甚高大,

未生叶时,枝条间先生榆荚,形状似钱而小,色白成串,俗呼榆钱。"

△全诗充满旷达不羁和幽默不俗的谐趣,别树一格。

武威送刘判官赴碛西行军①

火山五月人行少②,看君马去疾如鸟。都护行营太白西③,角声一动胡天晓④。

【注释】

① 天宝十年五月作于武威。武威,在今甘肃武威。刘判官,名单,天宝初登第,曾为安西行营节度使高仙芝草告捷书。碛西,一指沙碛以西,此处指安西节度。行军,义近于诗中的"行营",为出征之军。此年西北边境石国太子引大食军入侵,高仙芝将兵三十万逐之。
② 火山,即新疆吐鲁番之火焰山,由红砂岩构成,色赤如火,气候干热。
③ 都护,指安西节度使高仙芝;安西,治所在今新疆库车。太白,即西方之星金星,《淮南子·天文训》云:"何谓五星?……西方金也,其帝少昊,其佐蓐收,执矩而治秋,其神为太白。"太白西,夸言在西方极远之处。
④ 角,军中乐器,其音高亢嘹亮,吹奏以报时。胡天晓,除了天明破晓之外,兼有战胜胡人、驱走黑暗之意。

春 梦①

洞房昨夜春风起,遥忆美人湘江水。②枕上片时春梦中,行尽江南数千里。③

【注释】

① 本篇载入《河岳英灵集》,当作于天宝十二年(七五三)之前。
② 洞房,深屋。遥忆美人,一作"故人尚隔"。湘江,参张若虚《春江花月夜》注⑩。
③ 宋晏几道《蝶恋花》云:"梦入江南烟水路,行尽江南,不与离人遇。"即由此化出。

轮台歌奉送封大夫出师西征①

轮台城头夜吹角,轮台城北旄头落。②羽书昨夜过渠黎,单于已在金山西。③戍楼西望烟尘黑,汉兵屯在轮台北。上将拥旄西出征,平明吹笛大军行。④四边伐鼓雪海涌,三军大呼阴山动。⑤虏塞兵气连云屯,⑥战场白骨缠草根。剑河风急雪片阔,沙口石冻马蹄脱。⑦亚相勤王甘苦辛,誓将报主静边尘。⑧古来青史谁不见,今见功名胜古人。⑨

【注释】

①本篇约作于天宝十三年(七五四)或十四年九月。轮台,唐代属庭州,治所当在今新疆,《元和郡县志》"陇右道庭州":"轮台县,东至州四十二里。"封大夫,即封常清,《旧唐书》本传载其天宝十一年任安西四镇节度使,十三载春加御史大夫,同年三月兼北庭节度使。大夫,即御史大夫,职掌御史台监察之职。

②角,军中乐器。旄头,同髦头,二十八星宿之一,为胡人之象征,《史记·天官书》云:"昴曰髦头,胡星也。"旄头落,喻胡兵即将败亡。

③羽书,军用之紧急文书,见高适《燕歌行》注⑦。渠黎,同"渠犁",汉西域诸国之一,位处轮台东南。单于,汉匈奴用以称君主。金山,即横亘新疆北部、蒙古西部的阿尔泰山(意谓"有金之山")。

④上将,指封常清。旄,即节旄,顶上饰以氂牛尾或羽毛的长竿,为皇帝授予使臣或大将之信物。平明,天刚亮的时候。

⑤伐鼓,击鼓。雪海,《新唐书·西域传》云:"雪海,春夏常雨雪。"同书《地理志》又载:"渡雪海,又三十里至碎卜戍,傍碎卜水五十里至热海(按:今伊塞克湖)。"可知雪海距伊塞克湖不满百里。阴山,《新唐书·地理志》载北庭都护府下有阴山州都督府,其地应在新疆北部,指边族常居之地。

⑥虏塞,敌塞。连云屯,形容兵气冲天,与云聚合一气。

⑦剑河,《新唐书·回鹘传》云:"青山之东,有水曰剑河。"属黠戛斯国境,在北庭之北,今西伯利亚叶尼塞河上游一带。沙口,一作"河口",其地未详。

⑧亚相,御史大夫之别称;汉三公(丞相、太尉、御史大夫)中御史大夫地位次于丞相,故云。勤王,尽力王事。静边尘,平定边疆战祸。

⑨青史,史书,因以青竹做简而成,故云。末联推誉封常清功名高过史册上建功立名的英雄。

走马川行奉送出师西征①

君不见走马川行雪海边②,平沙莽莽黄入天。轮台九月风夜吼,一川碎石大如斗③,随风满地石乱走。匈奴草黄马正肥,金山西见烟尘飞,汉家大将西出师。④将军金甲夜不脱,半夜军行戈相拨,风头如刀面如割。⑤马毛带雪汗气蒸,五花连钱旋作冰,幕中草檄砚水凝。⑥虏骑闻之应胆慑,料知短兵不敢接,车师西门伫献捷。⑦

【注释】

①走马,即跑马。走马川,未详其地,应在轮台附近。写作年代与背景同前。

②雪海,见《轮台歌奉送封大夫出师西征》注⑤。行,疑涉诗题而衍。

③轮台,见《轮台歌奉送封大夫出师西征》注①。川,指路也,犹"平川"之川;亦可指沙漠中水干涸后之河床,另张相《诗词曲语辞汇释》卷六则云:"川,陆地也。……一川,估量情形之辞,犹云满地或一片地。"以后说为是。

④匈奴,借指西域边疆诸国。金山,见《轮台歌奉送封大夫出师西征》注③。烟尘飞,形容战况已起。汉家大将,指封常清。

⑤金甲,形容坚实如铁的盔甲。三句言寒夜行军,无暇解衣安歇,兵器彼此碰撞的紧张肃杀。

⑥五花,即五花马,一说为马之毛色作五花纹者,一说为剪马鬣为五瓣者,皆可通。连钱,马名,《尔雅·释畜》郭璞注云:"色有深浅,斑驳隐粼,今之连钱骢。"草檄,起草声讨敌人的文书。

⑦短兵,指肉搏使用的刀、剑之类兵器,《史记·匈奴列传》云:"长兵则弓矢,短兵则刀铤。"车师,汉西域国名,分前后车师,其地属安西都护府。伫,久立,此处为等待之意。献捷,呈献捷报和战果。末三句为预祝成功之词。

△沈德潜《唐诗别裁集》卷五云:"势险节短。句句用韵,三句一转,此《峄山

碑》文法也,唐《中兴颂》亦然。"

白雪歌送武判官归京①

　　北风卷地白草折②,胡天八月即飞雪。忽如一夜春风来,千树万树梨花开。③散入珠帘湿罗幕,狐裘不暖锦衾薄。将军角弓不得控,都护铁衣冷难着。④瀚海阑干百丈冰,愁云黲淡万里凝。⑤中军置酒饮归客,胡琴琵琶与羌笛。⑥纷纷暮雪下辕门,风掣红旗冻不翻。⑦轮台东门送君去,去时雪满天山路。⑧山回路转不见君,雪上空留马行处。⑨

【注释】

①本篇约作于天宝十三年,时岑参任安西、北庭节度判官,《新唐书·百官志》云:节度使、观察使等皆设判官为僚属。武判官,未详其人。

②白草,西域牧草,入秋转白,《汉书·西域传》颜师古注云:"白草似莠而细,无芒。其干熟时正白色,牛马所嗜也。"

③忽如,一作"忽然"。梨花开,梁萧子显《燕歌行》曾云:"洛阳梨花落如雪。"此处则反用之,形容大雪纷飞,飘凝于枝头,有如梨花盛开。

④角弓,以兽角雕饰之弓。控,拉开。都护,为边地掌理政务之长官。以上四句言气候之酷寒。

⑤瀚海,大沙漠。阑干,纵横貌,见左思《吴都赋》李善注。百丈,一作"千尺",百丈冰,言冰层极厚。黲淡,阴暗。

⑥中军,指主帅所居之营帐。古制分兵为左、中、右三军,中军为发号施令之所。"胡琴"句言乐音齐奏,而皆为胡声,使离人倍增乡愁归思。

⑦辕门,军营前以车辕相向,斜相架设所成之门。掣,牵曳拉扯。红旗,天宝九年诸卫及节度使并改用赤色旗幡。翻,飘动。

⑧天山,《大清一统志》载"辟展":"天山,一名祈连山,一名雪山,一名白山,一名折罗漫山,西域中干以天山为总名,东西六千余里。"春夏常有雪,匈奴过之皆下拜。

⑨末联有依依不舍的悠然余韵。

热海行送崔侍御还京①

侧闻阴山胡儿语,西头热海水如煮②。海上众鸟不敢飞,中有鲤鱼长且肥③。岸傍青草常不歇,空中白雪遥旋灭。蒸沙烁石然虏云,沸浪炎波煎汉月。④阴火潜烧天地炉,何事偏烘西一隅。⑤势吞月窟侵太白,气连赤坂通单于。⑥送君一醉天山郭⑦,正见夕阳海边落。柏台霜威寒逼人,热海炎气为之薄。⑧

【注释】

①约天宝、至德年间作于北庭。热海,即今吉尔吉斯斯坦境内之伊塞克湖,属安西都护府所辖。侍御,侍御史之简称,居殿中主纠察之职。
②侧闻,从旁听到。阴山,见《轮台歌奉送封大夫出师西征》注⑤。西头,西方尽头。
③句下原注:"海中有赤鲤。"
④烁石,使石头融化。然,同"燃"。虏云,胡地天上的云。
⑤阴火,地下看不见的火。天地炉,贾谊《鵩鸟赋》云:"且夫天地为炉兮,造化为工。阴阳为炭兮,万物为铜。"西一隅,指热海所在之西方边地。
⑥月窟,指月亮所生的极西之地,《汉书·扬雄传》服虔注曰:"崛,音窟,穴,月崛,月所生也。"太白,即金星,位于西方,见《武威送刘判官赴碛西行军》注③。赤坂,地名,在陕西洋县东龙亭山。单于,指单于都护府辖地,开元九年划归朔方节度使领辖。两句极力形容热力冲天,并向四方传送。
⑦天山郭,谓天山城;或即轮台,轮台在天山北。
⑧柏台,《汉书·朱博传》云:"其(按:御史)府中列柏树。"故代指御史。《通典》卷二十四则曰:"御史为风霜之任,弹纠不法,百僚震恐,官之雄峻,莫之比焉。"故此处称"霜威寒逼人"。薄,减弱。

奉和中书贾至舍人早朝大明宫①

鸡鸣紫陌曙光寒,莺啭皇州春色阑②。金阙晓钟开万户,玉阶仙仗拥千官。③花迎剑珮星初落,柳拂旌旗露未干。④独有凤凰池上客,《阳春》一曲和皆难。⑤

【注释】

①本篇作于肃宗乾元元年(七五八)春末,时在长安任右补阙。贾至,字幼邻,洛阳人,擢明经第,肃宗朝任中书舍人,《唐六典》卷九"中书省":"中书舍人六人,正五品上。……掌侍奉进奏、参议表章,凡诏旨制敕及玺书册命,皆按典故起草进画,既下则署而行之。"曾作《早朝大明宫呈两省僚友》诗,杜甫、王维、岑参皆有和作。大明宫,《唐六典》卷七:"大明宫在禁苑之东南,西接宫城之东北隅。"为朝会行仪之处。

②皇州,指天子所在之京师。阑,尽、衰减。

③金阙,指皇宫楼阙。晓钟,破晓时报时的钟声。万户,指设计有千门万户之宏伟宫殿。玉阶,宫殿的阶梯。仙仗,皇帝的仪仗,《新唐书·仪卫志》载:"凡朝会之仗,三卫番上,分为五仗,号衙内五卫。"

④珮,剑绶上之玉饰。星初落、露未干,皆天初晓之景。

⑤凤凰池,指中书省,因位居枢禁,多受宠任,故云,见李颀《听董大弹胡笳弄兼寄语房给事》注⑬。客,指贾至。《阳春》,高雅不俗之曲,见李白《答王十二寒夜独酌有怀》注⑪,用指贾至原诗。

△高步瀛《唐宋诗举要》卷五引吴北江曰:"庄雅秾丽,唐人律诗此为正格。"

韦员外家花树歌①

今年花似去年好,去年人到今年老。始知人老不如花,可惜落花君莫扫。君家兄弟不可当,列卿御史尚书郎。②朝回花底恒会客,花扑玉缸春酒香。③

【注释】

①本篇作于代宗永泰元年(七六五)春。韦员外,未详其人。全诗前四句最有感慨酣畅之致。

②当,匹敌。"列卿"句盛赞其个个位居要津,为人中之龙。

③朝回,上朝回来。缸,一作"瓯"。

送杨子①

斗酒渭城边,垆头耐醉眠。②梨花千树雪,柳叶万条烟。惜别添壶酒,临歧赠马鞭③。看君颖上去,新月到家圆。④

【注释】
①未编年诗。题一作《送别》,入李白集中。杨子,其人未详。
②渭城,见王维《观猎》注②。垆头,酒店。耐醉眠,值得一醉之意。
③歧,指岔路。别后即分道扬镳,故"赠马鞭"以示情谊。
④颖上,今属安徽阜阳。"新月到家圆"有与家人团圆之双关义。

山房春事二首(选一)①

梁园日暮乱飞鸦②,极目萧条三两家。庭树不知人去尽,春来还发旧时花。③

【注释】
①未编年诗,此处选收其中第二首。
②梁园,又名兔园、修竹园,《西京杂记》卷二载:汉"梁孝王好营宫室苑囿之乐,作曜华之宫,筑兔园,园中有百灵山,山有肤寸石、落猿岩、栖龙岫,又有雁池,池间有鹤洲、凫渚。其诸宫观相连,延亘数十里,奇果异树,瑰禽怪兽毕备"。乱飞鸦,言其荒败。
③写今昔沧桑变化,由"不知"中更见感慨,《唐人绝句精华》曰:"此诗从萧条中想见繁盛,不言人之感慨,但写树之无情,使人诵之,自然生感。"故沈德潜《唐诗别裁集》卷十九云:"后人袭用者多,然嘉州实为绝调。"

杜 甫

杜甫(玄宗先天元年—代宗大历五年,七一二—七七〇),字子美,尝自称少陵野老、杜陵野客。祖籍襄阳(今属湖北),生于河南巩县,初唐诗人杜审言为其祖父。杜家世代奉儒守官,杜甫自幼即深受熏陶,并展露诗歌创作的兴趣和才华,其《壮游》诗云:"七龄思即壮,开口咏凤凰。九龄书大字,有作成一囊。"二十岁(开元十九年)至二十四岁南游吴越,后归洛阳,应试不第;二十五岁(开元二十四年)至三十岁北游齐赵,过着"裘马轻狂"的日子,并于而立之年成婚,定居首阳山下。天宝三年(七四四)初遇李白于东都,与高适三人同游梁、宋,结下千古交谊。天宝五年入长安,展开直到安史乱起的十年困顿时期:天宝六年应试,因李林甫的把持而与其他人全数落第,因此终身未成进士;天宝十年献《三大礼赋》,却未受到重用,十四年任河西尉,不拜,旋授右卫率府胄曹参军。不久安史乱生,杜甫于奔赴灵武之途中被乱军俘至长安,次年(七五七)逃出,至凤翔后肃宗授任左拾遗,隔年(七五八)因上疏得罪而获贬华州司功参军。乾元二年(七五九)关辅大饥,杜甫弃官展开晚年"漂泊西南天地间"的岁月,途经关陇、秦州、同谷之艰险历程,最终客居蜀地。此后虽有成都浣花溪畔草堂中一年多安详和乐的闲适生活,仍以奔波转徙的时日较多,其足迹及于梓州、夔州各处;其间并曾任职剑南节度使严武幕中,官检校工部员外郎,世因称"杜工部"。大历三年携家出峡,漂泊于湖、湘一带,后病卒于湘江舟中[①]。有《杜工部集》,存诗一千四百多首。

杜甫是全然立足于现世的诗人,一生孜孜不倦地在为建立一个万物各得其所、各适其位的世界而努力,所谓"易识浮生理,难教一物违",因此他不但立志"致君尧舜上,再使风俗淳",呼求"安得广厦千万间,大庇天下寒士俱欢颜"[②],并且叹打鱼、哀禽鸟、惜病马,即连废畦、枯橘都分润到他深情的悲悯,更不必说他对君臣之义、人伦之亲的笃守。杜甫虽然一生颠沛流离,却能在战火烽连、自顾不暇的艰困中,以博大的胸怀推及万物,忧怜并承担一切生命的苦难,在人格与诗格上都到达"温柔敦厚"的最高境界,因而得到"诗圣"之尊称;又因为念兹在兹,抒写当前民生疾苦,反映了大唐由盛而衰的种种问题,故其诗又有"诗史"之名。这种出自于悲心深情之不容已的写实之作,与后学者元、白等有所为而为的社会诗,是有极大的不同的。

　　杜甫身处盛唐,本身又禀受深厚均衡的才力,在内外条件兼备的情况下,便成为诗歌创作的集大成者,除了广泛吸取前人的各方成就之外,更为律体诗开辟了成熟完美的境地,尤其是唐人率先尝试的七律,在杜甫手中迅速一扫奠立之初的生涩拘碍,而驾驭自如、腾掷跳跃,质与量都超过了前人的总和③,遂提供后人取之不尽的创作源泉,因此元稹所撰《唐故工部员外郎杜君墓系铭》序云:"至于子美,盖所谓上薄风骚,下该沈宋,言夺苏李,气吞曹刘;掩颜谢之孤高,杂徐庾之流丽,尽得古今之体势,而兼人之所独专矣。"其集中飞动浑茫的古诗和属对精深的近八百首律诗,不但将语言的领域扩大到极限,同时更深更广地探索人类经验的世界,因而具备了诗歌艺术与生命体验双重的永恒价值;其推陈出新、登峰造极,已成为一千多年来启发后人的典范,故《新唐书·文艺传》赞曰:"至甫,浑涵汪茫,千汇万状,兼古今而有之;他人不足,甫乃厌余,残膏剩馥,沾丐后人多矣。故元稹谓:诗人以来,未有如子美者。"而"沉郁顿挫"作为富于变化的杜诗构成的基调,也正是由这种广博厚积、地负海涵的胸襟视野而来的。

【注释】

①杜甫之死有"啖牛肉白酒,一夕而卒"的饫死说,经考证结果,此说殆不可信。而杜甫卒后,因家贫无力归葬而旅殡于岳阳,至其孙杜嗣业始移葬河南偃师首阳山下杜审言墓旁,并请元稹作墓志铭,距杜甫之卒已四十余年。

②三段诗分见《秋野五首》之二、《奉赠韦左丞丈二十二韵》及《茅屋为秋风所

破歌》。

③参叶嘉莹《论杜甫七律之演进及其承先启后之成就》一文,收入氏著《迦陵谈诗》一书。

望　岳①

岱宗夫如何？齐鲁青未了。②造化钟神秀,阴阳割昏晓。③荡胸生曾云,决眦入归鸟。④会当凌绝顶,一览众山小。⑤

【注释】

①本诗与《登兖州城楼》二首为杜甫今存之最早作品,乃其诗集开卷之作。写作时间在玄宗开元二十八年(二十九岁),时正游齐赵。岳,指泰山,在今山东泰安北。

②岱宗,指东岳泰山,《风俗通·山泽》云:"泰山,山之尊者,一曰岱宗。岱,始也;宗,长也,万物之始,阴阳迭代,故为五岳之长。"仇兆鳌《杜诗详注》引郑昂曰:"王者升中告代必于此山,又是山为五岳之长,故曰岱宗。"其势浩荡绵延,青青山色至齐鲁犹未尽也,《史记·货殖列传》云:"泰山之阳则鲁,其阴则齐。"首联写远望之景,便雄盖一世。

③钟,聚也。割,分也。徐增《说唐诗》卷一云:"阴,山之后,日光之所不到;阳,山之前,日光之所到也。阳处则为天之晓,阴处则为日之昏。割,是斩截、两不相混。"本联写近望之势,表现泰山拔地而起、矗天而峙的壮伟神秀,可判分昏晓,思致深细,造语奇特。

④曾云,即层云,蔡梦弼云:"言山之高,云势积叠而起,人登山故云气荡其胸。"决眦,开裂目眶,极力形容张目之状,蔡又云:"言山之高,观望之远,目眦决裂入于飞鸟之归处。"上句状襟怀之浩荡,下句状眼界之空阔,简劲有力。

⑤会当,张相《诗词曲语辞汇释》卷一云:"会,犹当也、应也。有时含有将然语气。"本联为身在岳麓,而神游山顶之辞。扬雄《法言·吾子》谓曰:"升东岳而知众山之峛崺也,况丘介乎!"早在《孟子·尽心上》便已载:"孔子登东山而小鲁,登泰山而小天下。"此处更显气骨峥嵘,表现了杜甫青年时

期的雄心壮志。

画 鹰①

素练风霜起,苍鹰画作殊。②㧐身思狡兔,侧目似愁胡。③绦镟光堪摘,轩楹势可呼。④何当击凡鸟,毛血洒平芜!⑤

【注释】

①本诗作于开元二十九年(三十岁)。由此可窥杜甫一生创作得以傲视千古之咏物诗的成就与特色,仇兆鳌曰:"每咏一物,必以全副精神入之,故老笔苍劲中,时见灵气飞舞。"此言足可概之。

②素练,白色画绢。仇兆鳌注引张孝祥云:"首联倒插,言鹰之威猛,如挟风霜而起也。"予人开卷迎来的逼真之感。

③㧐身,即竦身,形容其蓄势欲扑之状。侧目,傅玄《鹰赋》云:"左看若侧,右视如倾。"愁胡,眼含愁郁之胡人,借以形容锐利之鹰目,孙楚《鹰赋》云:"深目蛾眉,状似愁胡。"此因其碧眼相似之故。

④绦镟,丝绳与环轴,意谓以绦系鹰足而系之于镟。堪摘,可以解去。轩楹,窗子与厅柱,乃鹰之所在。本联曰摘、曰呼,描绘鹰之神呼之欲出,引出下联之设想。

⑤何当,即"合当",见张相《诗词曲语辞汇释》卷三,应该之意。平芜,杂草丛生的平野。末联从画鹰想出真鹰,写生欲活,且兼有疾恶搏奸之意,鹰之神采与作者之精神跃然纸上。

赠李白①

秋来相顾尚飘蓬②,未就丹砂愧葛洪③。痛饮狂歌空度日④,飞扬跋扈为谁雄⑤?

【注释】

①本诗作于玄宗天宝四年(三十四岁)时,正当前一年与李白结识,暂别后再

度重逢之际。杨伦《杜诗镜铨》引蒋弱六评云："是白一生小像。公赠白诗最多，此首最简，而足以尽之。"

②秋来，点明相逢时节，亦为句中"飘蓬"及全诗表现之李白生命情调奠基。是年冬二人分途互别，此后遂一生不复相见。"相顾"二字流露杜甫深挚之顾惜；"飘蓬"者乃李白一生流徙不定、浪迹无栖之写照，加一"尚"字，语尤沉痛可哀。

③就，亲近。丹砂，道教烧炼服食以资长生的丹药。葛洪，晋人，著有《抱朴子》一书，为成立道教精神与内涵之系统的重要人物，《晋书·葛洪传》载："以年老，欲炼丹以祈遐寿。闻交阯出丹，求为句屚令，帝以洪资高不许，洪曰：'非欲为荣，以有丹耳。'帝从之。"此处表示李白在政治仕途之失意外，于追求尘俗之外的理想亦复落空的第二层悲哀。

④痛饮狂歌，正是李白借酒浇愁、吟诗宣泄的形象，后杜甫又就此抒写了"敏捷诗千首，飘零酒一杯"(《不见》)、"李白一斗诗百篇"(《饮中八仙歌》)等句，莫不掌握了失意的李白赖以成就自己的最大要素；而所加"痛"字、"狂"字适足以表达其受屈反申的力度。末添"空度日"者，实为真知己之言，因千斛买醉、诗成笑傲，固不能据以安身立命，而弥补其内心凿空之深渊，故依旧成空。

⑤飞扬跋扈，形容李白旺盛勃发之生命力表现，《新唐书·文艺传》谓其："喜纵横术，喜击剑，为任侠。"故以此目之。下接"为谁雄"之疑询，乃为之感叹那如大鹏展翅高翔，如鲲鱼跳跋其尾的生命，竟没有对象可任其展现雄姿。全诗直指李白作为在现实界落拓无依的天才其悲剧的核心，显示诗人深厚的同情和致密的观察力，后代读者多有以负面意义作解者，实未甚契合杜甫精神，值得商榷。

奉赠韦左丞丈二十二韵①

纨袴不饿死，儒冠多误身。②丈人试静听，贱子请具陈。③甫昔少年日，早充观国宾。④读书破万卷，下笔如有神。⑤赋料扬雄敌，诗看子建亲。⑥李邕求识面，王翰愿卜邻。⑦自谓颇挺出，立登要路津⑧。致君尧舜上，再使风俗淳。⑨此意竟萧条，行歌非隐沦⑩。骑驴十三载，旅食京华春。⑪朝扣富儿门,暮随肥马尘。⑫残杯与冷炙,到处潜悲辛。⑬主上顷见征,欻然欲求伸。⑭青冥却垂翅,蹭蹬无纵鳞。⑮甚愧丈人厚,甚知丈人真。⑯每于百僚上,猥诵佳句新。⑰窃效贡公喜⑱,难甘原宪贫⑲。焉能心怏怏,只是走踆踆。⑳今欲东入海,即将西去秦。㉑尚怜终南山,回首清渭滨。㉒常拟报一饭,况怀辞大臣。㉓白鸥没浩荡,万里谁能驯㉔!

【注释】

①天宝七年(三十七岁)作于长安。上诗以求汲引的对象韦济,适迁尚书左丞,故尊称为韦左丞丈。

②纨,素也;纨袴,贵戚子弟服,《汉书·叙传》云:"(班伯)在于绮襦纨袴之间,非其好也。"全诗以议论总提,"儒冠误身"乃通篇之主。

③丈人,王弼注《易经》曰:"严庄之称。"为对尊长之敬称。贱子,谦称自己。具陈,详细陈明。

④充,充任。观国宾,《易经》云:"观国之光,利用宾于王。"本联意谓二十四岁时考功员外郎知贡举于洛阳之事。

⑤仇兆鳌注本联云:"胸罗万卷,故左右逢源而下笔有神。书破,犹'韦编三绝'之意,盖熟读则卷易磨也。张远谓识破万卷之理,另是一解。"实"破"字亦可解作超过之意。而"神"之境界乃杜甫所推仰的艺术最高成就,如"诗应有神助"(《游修觉寺》)、"篇什若有神"(《八哀诗》)、"书贵瘦硬方通神"(《李潮八分小篆歌》)、"将军善画盖有神"(《丹青引赠曹将军霸》)等皆足以为证。

⑥汉扬雄作《甘泉》《羽猎》《长杨》等赋,魏曹植(子建)七步成诗,为建安七子之一。此处杜甫料度赋可与扬雄匹敌,而诗与曹植相近,与下联俱为自负之语,特借昔秀时贤以衬之。

⑦李邕,为《文选》注家李善之子,少知名,文名天下,曾任北海郡太守,时称李北海。《新唐书》本传载:"(甫)少贫,不自振,客吴楚齐赵间,李邕奇其材,先往见之。"王翰为邻亦属当时实事,《旧唐书·文苑传》载:翰"神气豪迈……(张说)复知政事,以翰为秘书正字,擢拜通事舍人。"所写《凉州词》传诵至今,参本书诗人小传。

⑧《古诗十九首》之四中云:"何不策高足,先据要路津。"要路津,指宦途上的

重要地位。

⑨本联十字可谓杜甫一生事业努力与生命理想之总纲,此正君匡俗之念至晚年犹谆谆不忘,《暮秋枉裴道州手札率尔遣兴寄递呈苏涣侍御》诗云:"致君尧舜付公等,早据要路思捐躯。"不论是自期或期人,皆彻底一贯。

⑩下句意谓"以穷困行歌,非隐沦肥遁之流"(朱鹤龄注)。桓谭《新论》云:"天下神人五:一曰神仙,二曰隐沦。"隐沦,指退居隐逸者,清高之流。

⑪骑驴,困穷之喻,《后汉书·独行列传》载:"(向栩)或骑驴入市,乞丐于人。"十三载,溯自杜甫初至长安,至此所历之年岁,他本或作"三十载",误。旅食,旅寓外地以求生。

⑫两句极言仰仗施舍之悲辱。陶渊明曾有《乞食》诗谓"扣门拙言词";潘岳"趋世利,与石崇等诣事贾谧,每候其出,与崇辄望尘而拜。"(《晋书》本传)一因守拙而然,一为趋利之举,两者虽判然有别,杜甫转化后则皆为生事艰难的无奈遭遇。

⑬承上联续言旅食之辛酸。《颜氏家训·杂艺》载:"残杯冷炙之辱,戴安道犹遭之,况尔曹乎!"

⑭顷,刚刚。见征,被征召。欻然,即忽然。事指天宝六年诏天下通一艺者诣京师,李林甫忌刻文士,下付尚书省试,皆使落选,遂表贺野无遗贤。本联指出本有伸展机会,下联则谓不幸落选,有志难伸。

⑮《楚辞》有句"据青冥而攄虹",注云:"青冥,云也。"蹭蹬,失势的样子。纵鳞,纵游之鱼。

⑯丈人厚、丈人真,言韦左丞丈其相待之厚、其怀抱之真。

⑰百僚,众僚属。猥,曲也,谦抑以表尊敬之词。佳句新,指杜甫新作之诗歌。

⑱窃效,私自仿效。《汉书·王吉传》载:"吉(字子阳)与贡禹为友,世称'王阳在位,贡公弹冠',言其取舍同也。"刘孝标《广结交论》亦曰:"王阳登则贡公喜。"此以贡公自比,以王吉比韦济。

⑲原宪,字子思,《史记·仲尼弟子列传》载:"宪摄敝衣冠见子贡。子贡耻之,曰:'夫子岂病乎?'原宪曰:'吾闻之,无财者谓之贫,学道而不能行者谓之病。若宪,贫也,非病也。'子贡惭,不怿而去,终身耻其言之过也。"

⑳怏怏,不平貌。跋跋,行走貌。

㉑指困顿之余,将欲恢复往昔浪游之生涯,离开长安而东去。去,离开。秦,

㉑指位于关中地区的京师长安。
㉒终南山、清渭滨,皆代指长安,分别参王维《终南山》注①与《观猎》注②。尚怜、回首,皆显示对于宗国理想和丈人知遇情谊的眷眷难舍,不忍径去。
㉓拟,打算。报一饭,《史记·范雎传》云:"一饭之德必偿,睚眦之怨必报。"韩信显贵后亦以千金报漂母饭饥之恩,参刘长卿《经漂母墓》注①。辞大臣,辞别韦济这位大臣。
㉔吴瞻泰《杜诗提要》云:"结二语,全体俱振,悠扬跌宕,亦推开法也……观此一结,何其意味深长耶!"杜甫以一投入于波澜壮阔的白鸥自况,呼应起首的昂藏自负,使中段以来层层困厄沉沦不断蓄积的低调再度拔高,超越了世情薄俗,而得到了无比的展望和自由的新生命。仇兆鳌注引董养性曰:"篇中皆陈情告诉之语,而无干望请谒之私,词气磊落,傲睨宇宙,可见公虽困踬之中,英锋俊彩,未尝少挫也。"

春日忆李白①

白也诗无敌,飘然思不群。②清新庾开府,俊逸鲍参军。③渭北春天树,江东日暮云。④何时一樽酒,重与细论文?⑤

【注释】

①天宝六年(三十六岁)作于长安。
②《诗品》卷上曰:"(曹植诗)粲溢今古,卓尔不群。"太白歌诗豪放飘逸,杜甫曾云"笔落惊风雨,诗成泣鬼神"(《寄李十二白》)以示激赏,太白亦曾自言"诗成笑傲凌沧洲"(《江上吟》),故谓无敌、不群也。
③庾信入仕北周,迁骠骑大将军、开府仪同三司。鲍照,南朝刘宋时以文辞赡逸,为前军参军。二人极受杜甫推崇,黄生《杜工部诗说》曰:"六朝绮靡,庾鲍独存气骨。"故以比之。清新俊逸,正是太白诗歌风调,明杨慎《升庵诗话》云:"清者,流丽而不浊滞;新者,创见而不陈腐也。"又清乔亿《剑溪说诗》曰:"'逸'字作奔逸之逸,才托出明远精神,即是太白精神。"
④其时杜甫居渭北长安,李白在江东浪游,仇兆鳌曰:"春树、暮云,即景寓情,不言怀而怀在其中。"此景同时又是"清新俊逸"的具体落实,意象

可感。

⑤论文,即论诗。可见二人以诗酒论交,互示以真生命、真性情,又以才具相切磋,此真君子相得之交谊。或以为此有讥白才疏,望其竿头更进之意,则未免厚诬。

乐游园歌①

乐游古园崒森爽②,烟绵碧草萋萋长。公子华筵势最高,秦川对酒平如掌。③长生木瓢示真率,更调鞍马狂欢赏。④青春波浪芙蓉园⑤,白日雷霆夹城仗⑥。阊阖晴开诀荡荡⑦,曲江翠幙排银牓⑧。拂水低回舞袖翻,缘云清切歌声上。⑨却忆年年人醉时,只今未醉已先悲。⑩数茎白发那抛得,百罚深杯亦不辞。⑪圣朝已知贱士丑⑫,一物自荷皇天慈⑬。此身饮罢无归处,独立苍茫自咏诗。⑭

【注释】

①天宝十年(四十岁)作于长安,题下原注云:"晦日贺兰杨长史筵醉中作。"乐游园,亦曰乐游苑,仇兆鳌转引《西京记》云:"汉宣帝所立。唐长安中,太平公主于原上置亭游赏,其地四望宽敞,每三月上巳、九月重阳,士女戏就此祓禊登高,幄幕云布,车马填塞,虹彩映日,馨香满路,朝士词人赋诗,翌日传于京师。"另参李商隐《乐游原》注①。作为旁观者的杜甫处在盛会的边缘,结合了盛唐的欢乐繁华与个人的苍凉之感,发而为这首流丽深美的身世之歌。

②崒(zú),山危峻貌。森爽,森疏而爽豁。

③公子,指杨长史。秦川,流经长安的河流,《三辅黄图》卷六云:"关中八水,皆出入上林苑。"包括灞水、浐水、泾水、渭水等。本联从上联之近景聚焦于诗人身处之地,再由设于高地的盛席酒筵展眺远景,秦川如掌上手纹,一望皆见。

④长生木,《西京杂记》卷一载:"初修上林苑,群臣远方,各献名果异树……千年长生树十株。"晋嵇含有《长生木赋》,盖以木为瓢也。本联云酌瓢之后,调马而行,得以尽览诸胜。

⑤仇兆鳌注引张礼《游城南记》曰:"芙蓉园,在曲江西南,与杏园皆秦宜春下苑地。园内有池,谓之芙蓉池,唐之南苑也。"青春波浪,形容芙蓉池水随欢乐而掀腾的感受。

⑥夹城,仇兆鳌注引《两京新记》云:"开元二十年,筑夹城入芙蓉园,自大明宫夹亘罗城复道,经通化门观,以达兴庆宫,次经春明、延喜门,至曲江芙蓉园。"雷霆,形容仪仗车鼓之声。

⑦阊阖,《离骚》之"倚阊阖而望予"句下王逸注云:"阊阖,天门也。"訣荡荡,天体清坚之状。《汉书·礼乐志》云:"天门开,訣荡荡。"

⑧曲江,为长安东南的风景名胜,唐康骈《剧谈录》卷下云:"曲江池,本秦世隑洲,开元中疏凿,遂为胜境。其南有紫云楼、芙蓉苑,其西有杏园、慈恩寺,花卉环周,烟水明媚,都人游玩,盛于中和上巳之节,彩幄翠帱,匝于堤岸;鲜车健马,比肩击毂。……入夏则菰蒲葱翠,柳阴四合,碧波红蕖,湛然可爱。好事者赏芳辰,玩清景,联骑携觞,亹画不绝。"周六七里。翠幌,即翠幕。银牓,银色的榜示。形容高官贵戚出游者众多,幕旗连绵相及之状。

⑨缘,攀沿。两句形容舞姿婉转曼妙,歌声传入云霄。缘云而上之悠扬歌声将园中欢乐情致引带入于顶峰,为下文转入个人情境的部分留下自然而强烈之转折脉络,正所谓"兴尽悲来"也。

⑩由此联以下乃从外界转向自我,从欢情转向悲感,从身外事物转向内心活动,经过青春不再及仕途淹蹇之层层剥夺,至最终提出了"诗"之最终归趋,赋予全诗无比之深刻命意。

⑪辞,推却。此两句乃叹年衰,而不辞深杯饮醉。

⑫贱士,杜甫自指。天宝十年杜甫献《三大礼赋》,诏试集贤院,为宰相李林甫所忌。本句似谓此。

⑬荷,担受。一物,亦指杜甫自己;仇兆鳌认为指酒,犹陶公云杯中物,而曰:"朝已见弃,而天犹见怜,假以一饮之缘,其无聊亦甚矣。"如此则诗意衰颓,意境不振,实有误解;且杜甫以物喻人者所在多有,其中《客亭》诗之"圣朝无弃物,衰病已成翁"足为力证,可以互参。一说本联将人间、朝廷之丑与自然、天道之慈相对,亦可通。

⑭当酒罢无可堪慰,而又四顾苍茫,无所归止之时,独立人世中的杜甫唯有以诗为伴,以吟叹自己的声音在滔滔洪流中成就自我的意义,掌握自己存在的

实感,此即皇天所赋予之"慈",也是一无所有的杜甫最核心的志业与归宿。

兵车行①

　　车辚辚,马萧萧②,行人弓箭各在腰③。耶娘妻子走相送,尘埃不见咸阳桥。④牵衣顿足拦道哭,哭声直上干云霄。⑤道傍过者问行人,行人但云点行频⑥。或从十五北防河⑦,便至四十西营田⑧。去时里正与裹头,归来头白还戍边。⑨边庭流血成海水,武皇开边意未已⑩。君不闻汉家山东二百州,千村万落生荆杞。⑪纵有健妇把锄犁,禾生陇亩无东西⑫。况复秦兵耐苦战,被驱不异犬与鸡。⑬长者虽有问,役夫敢申恨?⑭且如今年冬,未休关西卒。县官急索租,租税从何出?⑮信知生男恶,反是生女好。生女犹得嫁比邻,生男埋没随百草!⑯君不见青海头⑰,古来白骨无人收。新鬼烦冤旧鬼哭,天阴雨湿声啾啾。⑱

【注释】

①天宝十一年(四十一岁)作于长安,乃杜甫集中最早反映现实疾苦的作品。诗题中的"行"为乐府歌行之旧体,但《兵车行》一题则是白居易所谓的"即事名篇",自出己意随遇而制,新瓶新酒,较之李白别具创意。其内容旧注多谓为玄宗用兵吐蕃,民苦行役而作,但因反映时代战役频繁的普遍现象,故已具有不被特定历史事件所限的典型意义。

②辚辚,《诗经·秦风·车邻》毛传云:"众车声也。"萧萧,马鸣声,参李白《送友人》注⑤。

③行人,行役之人,即征夫。

④耶娘,即爷娘。咸阳桥,《元和郡县志》"关内道京兆府咸阳县":"便桥在县西南十里,驾渭水上。"《大清一统志》云:"陕西西安府……西渭桥在咸阳县西南,一名便桥。……县志:一名咸阳桥。"为长安通往西北边区之要道。本联谓行人与相送者众,尘埃纷起,故桥为之隐蔽不见。

⑤此情此景,讨南诏时亦复如是,《资治通鉴·唐纪三十二》载:天宝十年,"制大募两京及河南、北兵以击南诏,人闻云南多瘴疠,未战士卒死者什八

九,莫肯应募。杨国忠遣御史分道捕人,连枷送诣军所……于是行者愁怨,父母妻子送之,所在哭声振野。"

⑥但云,只说。频,频繁;点行频,师民瞻曰:"点行者,以丁籍点照上下,更换差役。玄宗数出兵,故点行之法频也。"以下设为役夫问答之辞,乃风人遗格。

⑦或,有人。本联云自十五至四十岁一直在各地边境防戍应战。防河,《资治通鉴·唐纪二十九》载:开元十五年十二月,"制以吐蕃为边患,令陇右道及诸军团兵五万六千人,河西道及诸军团兵四万人,又征关中兵万人集临洮,朔方兵万人集会州防秋,至冬初无寇而罢"。钱谦益曰:"是时吐蕃侵扰河右,故曰防河也。"

⑧营田,《新唐书·食货志》云:"唐开军府以扞要冲,因隙地置营田……有警,则以兵若夫千人助收。"此即耕战并行的屯田制度。《通典·食货》载:"开元二十五年,令诸屯隶司农寺者,每三十顷以下、二十顷以上为一屯;隶州镇诸军者,每五十顷为一屯,皆从尚书省处分。"营田乃戍卒备吐蕃者。

⑨里正,即里长。《通典·食货》云:"大唐令诸户以百户为里,五里为乡……每里置正一人,掌按比户口,课植农桑,检察非违,催驱赋役。"与裹头,为之包裹头巾,显示征丁尚幼,承上联之"十五";古以皂罗三尺裹头。戍边,戍守边境。

⑩武皇,即汉武帝,借以指唐玄宗,唐人诗多如此。杨伦曰:"不敢斥言,故托汉武以讽。"未已,未止,不停。

⑪汉家,指唐朝。山东,方素北《古今释疑》云:"前史有山东之称者皆据华而言,谓华山之东也。"二百州,取约数而言,王彦辅曰:"按《十道四番志》,关以东七道凡二百一十一州。"本联形容关中以外的广大地区荆棘杞木蔓生杂长,各处呈现一片荒芜的景象。

⑫陇,田埂。无东西,指行列失序,杂乱无章。

⑬王嗣奭《杜臆》云:"秦兵即关中之兵,正此时点行者。秦兵坚劲耐战,故驱之尤迫。……今驱民之负耒耜者为兵,所谓不教之民弃之死地耳,何异犬与鸡乎?"

⑭长者,役夫对杜甫之尊称。敢申恨,怎敢申诉怨恨。《旧唐书·杨国忠传》载:时鲜于仲通等率军南征,"凡举二十万众弃之死地,只轮不还,人衔冤

毒,无敢言者"。

⑮杨伦《杜诗镜铨》引朱鹤龄注云:"名隶征伐,则生当免其租税矣。今以远戍之身,复督其家之输赋,岂可得哉?此承上更进一层语,亦与上村落荆杞相应。"县官,一说指天子,《史记·周勃世家》司马贞《索隐》曰:"所以谓国家为县官者,夏官王畿内县即国都也,王者官天下,故曰县官也。"此处应指地方官。

⑯信知,确实知道。唐制以四家为邻,"比邻"乃极言其近。《水经注·河水》引杨泉《物理论》云:"秦始皇使蒙恬筑长城,死者相属,民歌曰:'生男慎勿举,生女哺用餔。不见长城下,尸骸相支拄。'其冤痛如此矣。"

⑰青海,《旧唐书·西戎传》载:"吐谷浑……有青海,周回八百里,中有小山……至(唐高宗)龙朔三年为吐蕃所灭。"唐自与吐蕃战于青海,开元、天宝中先后多次破吐蕃,皆在青海西。

⑱唐李华《吊古战场文》曰:"往往鬼哭,天阴则闻。"啾啾,鬼哭之声。全篇章法首尾呼应,沈德潜《唐诗别裁集》卷六云:"以人哭始,以鬼哭终,照应在有意无意。"而新鬼、旧鬼当句自对,句中重出,尤表现出死者络绎不绝、哀怨不散之惨状。

△《唐宋诗醇》云:"此体创自老杜,讽刺时事而托为征夫问答之词,言之者无罪,而闻之者足以为戒,《小雅》遗音也。篇首写得行色匆匆,笔势汹涌,如风潮骤至,不可遏视。以下出行之频,出开边之非,然后正说时事,末以惨语结之。词意沉郁,音节悲壮,此天地商声,不可强为也。"

丽人行①

三月三日天气新②,长安水边多丽人③。态浓意远淑且真,肌理细腻骨肉匀。④绣罗衣裳照暮春,蹙金孔雀银麒麟。⑤头上何所有?翠为㙱叶垂鬓唇⑥;背后何所见?珠压腰衱稳称身⑦。就中云幕椒房亲⑧,赐名大国虢与秦⑨。紫驼之峰出翠釜⑩,水精之盘行素鳞⑪。犀箸厌饫久未下,鸾刀缕切空纷纶。⑫黄门飞鞚不动尘⑬,御厨络绎送八珍⑭。箫鼓哀吟感鬼神,宾从杂遝实要津⑮。后来鞍马何逡巡,当轩下马入锦茵⑯。杨花雪落覆白蘋⑰,青鸟飞去衔红巾⑱。炙手可热势绝伦⑲,慎莫近前丞相喷㉑。

【注释】

① 天宝十二年(四十二岁)春,在长安作。本诗亦是因事立题之篇章,刺诸杨游宴曲江也。

② 三月三日,又称上巳日,古人多至水边行修禊之事,祈福禳灾,后渐演变成春游集宴之节。

③ 长安水边,指曲江。唐康骈《剧谈录》形容其地曰:"花卉环周,烟水明媚,都人游玩,盛于中和上巳之节,彩幄翠帱,匝于堤岸,鲜车健马,比肩击毂。"详参《乐游园歌》注⑧。

④ 淑、真,本形容妇人美德,仇兆鳌则曰:"浓如红桃裛露,远如翠竹笼烟,淑如瑞日祥云,真如澄川朗月,一句中写出绝世丰神。"下句更写其天姿之美,参注△。

⑤ 本联以下六句写其服饰之华丽。蹙金,唐人常用语,以金线在罗衣上刺绣之谓;因金线撚紧,纹路绉缩,又名撚金。孔雀、麒麟乃奇禽瑞兽,为衣上所绣之物色。

⑥ 翠,翠玉。翠为,一作"翠微",赵次公曰:"翠微匐叶,则翡翠微布于匐彩之叶;翠为匐叶,则以翠为匐匝之叶也。"匐(è),"匐叶"乃匐彩之花叶;匐彩,妇人之头花髻饰。若与下联之"珠压"相称,则以"翠为"较佳。鬓唇,鬓边。

⑦ 腰衱,赵次公曰:"即今之裙带,缀珠其上,压而下垂也。"稳称身,十分紧贴合身。

⑧ 就中,其中。云幕,《西京杂记》卷一载:"成帝设云帐、云幄、云幕于甘泉紫殿,世谓三云殿。"指铺设幕帐如云雾一般;一说为绘饰云彩之帐幕。椒房,汉代皇后所居之所,《三辅黄图》卷二云:"椒房殿,在未央宫,以椒和泥涂,取其温而芬芳也。"又有取其增殖蕃实、辟除恶气之义。椒房亲,即外戚,指贵妃诸姊。

⑨《旧唐书·后妃传》载:"(贵妃)有姊三人,皆有才貌,玄宗并封国夫人之号:长曰大姨,封韩国;三姨,封虢国;八姨,封秦国,并承恩泽,出入宫掖,势倾天下。"

⑩《癸辛杂识》曰:"驼峰之隽,列于八珍。"唐段成式《酉阳杂俎·酒食》即载:

"今衣冠家名食……将军曲良翰,能为驴鬃驼峰炙。"翠釜,翠玉制的炊器;一说为翠色锅。

⑪水精,即水晶、玉晶,《三辅黄图》卷二载:"董偃……以玉晶为盘,贮冰于膝前,玉晶与冰同洁。"素鳞,代称白色鱼族,取其与冰色盘同一色调的晶丽感。

⑫犀箸,以犀牛角刻制之筷子。厌,同"餍";饫(yù),皆饱足之义。久未下,即《晋书·何曾传》所说:"食日万钱,犹曰无下箸处。"鸾刀,《诗经·小雅·信南山》孔颖达正义曰:"鸾即铃也。谓刀环有铃,其声中节。"缕切,切成细片,潘岳《西征赋》云:"饔人缕切,鸾刀若飞。"纷纶,乱貌。两联描写琼筵美食已吃腻,厨师之忙乱不过白费一场。

⑬黄门,指宦官,《汉书·百官公卿表》颜师古注曰:"中黄门,奄人,居禁中,在黄门之内给事者也。"飞鞚,指马奔行如飞,《通俗文》云:"制马口曰鞚。"其速至疾,使点尘不惊,故曰"不动尘"。《明皇杂录》载:"虢国夫人出入禁中,常乘紫骢,使小黄门为御。紫骢之骏健,黄门之端秀,皆冠绝一时。"此所谓黄门飞鞚也。

⑭八珍,《周礼·膳夫》"珍用八物"句下注云:"珍用淳熬、淳母、炮豚、炮牂、捣珍、渍、熬、肝膋也。"而《辍耕录》则曰:"醍醐、尘吭、野驼蹄、鹿唇、驼乳麋、天鹅炙、紫玉浆、玄玉浆也。"御厨络绎传送之事,见《新唐书·后妃传》载:"帝所得奇珍及贡献分赐之,使者相衔于道,五家如一。"

⑮杂遝,聚积众多貌。这里指趋附之宾客随从多得塞满交通要道。

⑯逶迤,徐行貌,此处用以形容其志得意满的样子。锦茵,谓地铺锦褥。本联指杨国忠居于秦、虢之后,其护拥填街,按辔徐行,至则当轩下马,意气洋洋,旁若无人。

⑰此联两句点染暮春景物之外,兼有讽意。《梁书·杨华传》载:"华少有勇力,容貌雄伟,魏胡太后逼通之,华惧及祸,乃率其部曲来降。胡太后追思之不能已,为作《杨白华歌辞》,使宫人昼夜连臂蹋足歌之,辞甚凄惋焉。"其歌辞曰:"阳春二三月,杨柳齐做花。春风一夜入闺闼,杨花飘荡落南家。……秋去春还双燕子,愿衔杨花入窠里。"此处杨花亦寓指杨氏兄妹,国忠冒杨姓,当时盛传与虢国通。《广雅》云:"杨花入水化为萍。"《尔雅翼》云:"萍之大者曰蘋。五月有花,白色,谓之白蘋。"是以无根之杨花,飘

⑱青鸟,《山海经·大荒西经》郭璞注云:"西王母所使也。"后演变为传消息之信使。《汉武故事》载:"七月七日,上于承华殿斋坐中,忽有青鸟从西方来集殿前,有顷王母至,有二青鸟如乌,夹侍王母旁。"红巾,盖妇人之饰。

⑲炙手可热,唐时长安习用语,如《两京新记》载:"安乐公主,上之季妹也,附会韦氏,热可炙手,道路惧焉。"言其烜赫声势无人可比。

⑳《资治通鉴·唐纪三十二》载:天宝十一年十一月,"以杨国忠为右相,兼文部尚书"。嗔,盛气貌,此处通用作怒义的"瞋"字。至末点出"丞相",用倒插法作收。

△清吴修坞《唐诗续评》卷六云:"写丽人意态肌肤服饰,无所不备。以从楚些来,故庄而不佻,华而不靡。美人有态有质,咏态易,咏质难,如'肌理细腻骨肉匀'七字,写美人形质,真毫发无憾。古来美人,首称玉环、飞燕,然不无'剩肉''露骨'之恨,'骨肉匀'三字,可谓跨杨而蹑赵矣。"浦起龙《读杜心解》曰:"无一刺讥语,描摹处语语讥刺;无一慨叹声,点逗处声声慨叹。"

醉时歌①

诸公衮衮登台省②,广文先生官独冷③。甲第纷纷厌粱肉④,广文先生饭不足。先生有道出羲皇,先生有才过屈宋⑤。德尊一代常坎轲,名垂万古知何用。⑥杜陵野客人更嗤,被褐短窄鬓如丝。⑦日籴太仓五升米,时赴郑老同襟期。⑧得钱即相觅,沽酒不复疑。忘形到尔汝⑨,痛饮真吾师。清夜沉沉动春酌,灯前细雨檐花落⑩。但觉高歌有鬼神⑪,焉知饿死填沟壑。相如逸才亲涤器⑫,子云识字终投阁⑬。先生早赋归去来,石田茅屋荒苍苔。⑭儒术于我何有哉,孔丘盗跖俱尘埃⑮。不须闻此意惨怆,生前相遇且衔杯。⑯

【注释】

①题下原注:"赠广文馆博士郑虔。"天宝十三年(四十三岁)春作于长安。

②衮衮,众多貌。台省,为清要之职,依唐制,御史台辖属有台院、殿院、察院等三院,掌纠正百官之罪恶;省包括中书、尚书、门下三省。

③广文,朝官名,《旧唐书·玄宗本纪》载:"(天宝九载)秋七月己亥,国子监置广文馆,领生徒为进士业者。"广文先生,指郑虔,《新唐书·郑虔传》云:"坐(私撰国史罪)谪十年。还京师,玄宗爱其才,欲置左右,以不事事,更为置广文馆,以虔为博士。虔闻命,不知广文曹司何在。……在官贫约甚,淡如也。"

④甲第,指高等贵官,因有甲乙次第,故曰甲第。厌,同"餍",饱足。粱肉,谓饭粱食肉,以示享用之优,《汉书·食货志》已有"衣必文采,食必粱肉"之说。

⑤二句称美郑虔才德兼备。《新唐书·郑虔传》云:"尝自写其诗并画以献,帝大署其尾曰:'郑虔三绝。'……学长于地里,山川险易、方隅物产,兵戍众寡无不详。尝为《天宝军防录》,言典事该。诸儒服其善著书,时号郑广文。"羲皇,上古时代之圣君。屈宋,屈原与宋玉。

⑥坎𰀁,车不利貌。坎,一作轗,车不平;𰀁,车折轴。两联与《梦李白二首》之二的"冠盖满京华,斯人独憔悴。……千秋万岁名,寂寞身后事"近似,而语更愤激。

⑦杜陵野客,杜甫自指。杜陵,在长安东南,《元和郡县志》"关内道京兆府万年县":"杜陵在县东南二十里,汉宣帝陵也。"为杜甫祖籍,故每以自称。嗤,嘲笑。褐,粗布衣。两句形容贫穷衰老之状,乃粗布犹不能蔽体,而鬓发稀疏如丝。

⑧《旧唐书·玄宗本纪》云:"(天宝十二载)八月,京城霖雨,米贵,令出太仓米十万石,减价粜与贫人。"每人每日五升。籴(dí),买入粮食(粜[tiào],卖出粮食)。襟期,谓怀抱也。

⑨尔汝,即"你你",彼此间亲狎的称呼;用以形容痛饮醉时忘形的狂态,正见襟怀相契之交情。

⑩此句一作"檐前细雨灯花落"。檐花,一说实指檐前之花,一说檐水落而灯光映射,如落银花。

⑪言歌声激昂苍凉,可以动天地、感鬼神。

⑫逸才,超逸不凡的才能。相如涤器,《汉书·司马相如传》云:"(相如)尽卖车骑,买酒舍,乃令文君当垆。相如身自着犊鼻裈,与庸保杂作,涤器于市中。"

⑬子云,为西汉末扬雄之字,投阁事见李白《侠客行》注⑫。
⑭两句将郑虔比喻为陶渊明,《晋书·隐逸传》云:"陶潜……为彭泽令。……义熙二年,解印去县,乃赋《归去来》。其辞曰:'归去来兮,田园将芜胡不归?'"石田,无用之地。
⑮孔丘,即孔子。盗跖,《庄子·盗跖》载:"盗跖从卒九千人,横行天下,侵暴诸侯,穴室枢户,驱人牛马,取人妇女,贪得忘亲,不顾父母兄弟,不祭先祖。所过之邑,大国守城,小国入保,万人苦之。"此处圣盗并举,同归诸尘埃,真乃惨怛痛极而冲口呼出的愤激之语,发自于笃念"法自儒家有"(《偶题》)的诗圣口中,更是无比悲怆。
⑯句意用《晋书·文苑传》载:张翰"任心自适,不求当世。或谓之曰:'卿乃可纵适一时,独不为身后名邪?'答曰:'使我有身后名,不如即时一杯酒。'"

自京赴奉先县咏怀五百字①

杜陵有布衣②,老大意转拙③。许身一何愚!窃比稷与契。④居然成濩落,白首甘契阔。⑤盖棺事则已,此志常觊豁。⑥穷年忧黎元,叹息肠内热。⑦取笑同学翁,浩歌弥激烈。⑧非无江海志,潇洒送日月。⑨生逢尧舜君,不忍便永诀。当今廊庙具,构厦岂云缺。⑩葵藿倾太阳,物性固难夺。⑪顾惟蝼蚁辈,但自求其穴。胡为慕大鲸,辄拟偃溟渤?⑫以兹误生理,独耻事干谒。⑬兀兀遂至今,忍为尘埃没。⑭终愧巢与由,未能易其节。⑮沉饮聊自适,放歌破愁绝。⑯

岁暮百草零,疾风高冈裂。天衢阴峥嵘,客子中夜发。⑰霜严衣带断,指直不能结。凌晨过骊山,御榻在嵽嵲。⑱蚩尤塞寒空,蹴踏崖谷滑。⑲瑶池气郁律,羽林相摩戛。⑳君臣留欢娱,乐动殷胶葛。㉑赐浴皆长缨,与宴非短褐。㉒彤庭所分帛,㉓本自寒女出。鞭挞其夫家,聚敛贡城阙。㉔圣人筐篚恩,实欲邦国活。㉕臣如忽至理,君岂弃此物?多士盈朝廷,仁者宜战慄!㉗况闻内金盘,尽在卫霍室。㉘中堂舞神仙,烟雾蒙玉质。㉙煖客貂鼠裘,悲管逐清瑟。㉚劝客驼蹄羹,霜橙压香橘。㉛朱门酒

肉臭,路有冻死骨。㉜荣枯咫尺异,惆怅难再述。㉝

北辕就泾渭,官渡又改辙。㉞群水从西下,极目高崒兀㉟。疑是崆峒来,恐触天柱折。㊱河梁幸未坼,枝撑声窸窣。㊲行李相攀援,川广不可越。㊳老妻寄异县,十口隔风雪。谁能久不顾?庶往共饥渴㊴。入门闻号咷,幼子饿已卒!吾宁舍一哀,里巷亦呜咽。㊵所愧为人父,无食致夭折。岂知秋禾登,贫窭有仓卒。㊶生当免租税,名不隶征伐。㊷抚迹犹酸辛,平人固骚屑。㊸默思失业徒,因念远戍卒。㊹忧端齐终南,澒洞不可掇。㊺

【注释】

① 作于天宝十四年十一月(四十四岁),时杜甫已出长安,至奉先探望自去秋即寄居彼处的妻子,安禄山适于此时以十五万人反于范阳。奉先,即后魏时南白水县,唐时改称蒲城,又改为奉先。本诗记载沿途所见所感,也反映诗人对自己客居长安十年的总检讨,是融合个人与家国之痛、血泪交织的长篇巨作。

② 杜陵,见《醉时歌》注⑦。布衣,未任官职之平民。事实上,杜甫当时为右卫府兵曹参军,掌管兵甲器仗及门禁锁钥等事,"布衣"之说,盖因官小职闲,难以实践理想、发挥力量,似有实无之故。

③ 老大,指年岁已长。拙,即陶渊明《归园田居五首》之一所说"守拙归园田"的拙,指一种外似笨拙,实为执着自守、不与世同的性格。本联起得沉痛。

④ 许身,即自我期许。一何愚,谓多么愚笨,兼有自嘲与愤激之意。窃,私自。稷与契,传说中辅佐虞舜的两位贤臣。

⑤ 居然,果然。瓠落,即瓠落,形容大而无用,《庄子·逍遥游》云:"大瓠之种,我树之成而实五石,以盛水浆,其坚不能自举也。剖之以为瓢,则瓠落无所容。"契阔,《诗经·邶风·击鼓》云:"死生契阔。"传曰:"契阔,勤苦也。"

⑥ 盖棺,即身亡。已,停止、完结。觊,希望。豁,拼力达到。此联意谓死后事无可能,但一息尚存,则比诸稷契致君尧舜之志业则愿努力完成。

⑦ 穷年,终年、整年。黎元,即庶民百姓。肠内热,表现杜甫情感之发用十分

真挚深切,乃从生命深处涌出,《赠卫八处士》之"惊呼热中肠"、《新婚别》之"沉痛迫中肠"及《壮游》之"嫉恶怀刚肠"亦类乎此。

⑧同学翁,指同侪等辈,语尊而意贬,晚年作品《秋兴八首》中所回忆的"同学少年多不贱,五陵衣马自轻肥"即指此。浩歌,放怀高歌。弥,更加。二句意谓青云得意之同学们虽予取笑,但自己的歌声和志气却更加激昂坚定。

⑨江海志,指悠游四方,逍遥适意的愿望,《庄子·刻意》云:"就薮泽,处闲旷,钓鱼闲处,无为而已矣;此江海之士,避世之人,闲暇者之所好也。"潇洒,豁脱无拘貌。

⑩廊庙具,为建构大厦之材料,比喻国家的栋梁之才。构厦,建构大厦,比喻治理国家。岂云缺,哪里说缺少。

⑪藿,豆叶,《尔雅·释草》曰:"豆角谓之荚,其叶谓之藿。"以葵藿向日之物性自比致君之念的根深不移,意同曹植《求通亲亲表》所云:"若葵藿之倾叶太阳,虽不为之回光,然终向之者,诚也。"

⑫胡为,何不之意。辄拟,就打算。偃,停息。溟渤,指广大无涯的海洋。二联以蝼蚁与大鲸做对比,一说蝼蚁即指琐琐事干谒者,大鲸指巢、由等江海之士,分别以以下四联所承,写仕既不成,隐又不遂;一说"居廊庙者,如蝼蚁拟鲸,公深耻而不屑干"(仇兆鳌);一说杜甫蔑视汲汲私利如蝼蚁般的干谒之徒,企慕拥有如大鲸般远大理想的大生命。并供参考。

⑬兹,此也,指对理想的执着。误,一作"悟"。生理,生计。干谒,钻营权贵之门以干求富贵。

⑭兀兀,亦勤苦之意。忍,岂忍。为尘埃没,形容沉沦埋没也。

⑮巢、由,指巢父与许由。仇兆鳌引《高士传》云:"巢父,尧时人也,山居,以树为巢而寝其上,故号曰巢父。许由,槐里人也,尧让天下于由,不受而逃,由告巢父,巢父曰:'何不隐汝形,藏汝光,非吾友也。'击其膺而下之。"另参李白《行路难三首》之二注①。易其节,指改变他比效稷契的志节。

⑯自适,一作"自遣"。本联云借诗酒以解愁咏怀。首句至此为一段落,表现了多方困顿挣扎中的自我反省与自我认识,与诗题之"咏怀"相合。

⑰天衢,即天空。阴峥嵘,形容阴寒甚盛。客子中夜发,指杜甫自己夜半启程。

⑱骊山,《太平寰宇记》云:"在昭应县东南二里,即蓝田山也。"上有温泉,秦

汉隋唐皆常有帝王游幸,而玄宗特为奢侈。御榻,皇帝坐卧之床榻。嵽嵲(dié niè),山高貌。仇兆鳌引《雍录》云:"即山建立百司庶府,各有寓止,于十月往,至岁尽乃还宫。又缘杨妃之故,其奢荡益著,大抵宫殿包裹骊山,而缭墙周遍其外,观风楼下,又有夹城可通禁中。"

⑲蚩尤,此处代指雾,因蚩尤尝作雾;旧注为兵气,误。蹴踏,即踢踏。两句形容卫士行军旅途之苦。

⑳瑶池,本西王母游宴之神地,此处借指骊山温泉。郁律,蒸气上腾貌。摩戛,摩擦碰撞。羽林,即御林军,《新唐书·兵志》载:"高宗龙朔二年,始取府兵越骑、步射置左右羽林军,大朝会则执仗以卫阶陛,行幸则夹驰道为内仗。武后改百骑曰千骑,中宗又改千骑曰万骑。"

㉑乐动,音乐响动。殷,雷声,司马相如《长门赋》有"雷殷殷而响起"之句。胶葛,广大深远貌。

㉒长缨,长帽带,借指高官贵人。短褐,粗布短衣,借指平民。《资治通鉴·唐纪三十三》胡三省注云:"自天宝六载以来,华清宫中益治汤,并池台观,环列山谷。御汤曰九龙殿,亦曰莲花汤。……《津阳门诗注》曰:宫内除供奉两汤外,内更有汤,十六所长汤,每赐诸嫔御,其修广与诸汤不侔。"《明皂杂录》卷下亦云:"玄宗幸华清宫,新广汤池,制作宏严。"

㉓彤庭,朱红色宫殿,指朝廷。帛,丝织品的总称。

㉔贡,呈献。城阙,指京城。

㉕圣人,指天子,唐人称天子多曰圣人。筐筐恩,《诗经·小雅·鹿鸣之什·小序》云:"既饮食之,又实币帛筐筐,以将其厚意,然后忠臣嘉宾,得尽其心矣。"本联云天子赏赐,目的本在兴活邦国,并非放纵挥霍苟得之欲望,而虚掷浪费。

㉖忽至理,忽视此一至真之道理。此联责臣以讽君。

㉗多士,《诗经·周颂·清庙之什》有"济济多士,秉文之德"句,朱熹注云:"多士,与祭执事之人也。"盈,充满。此处杜甫似转用以指朝中充斥玩忽无心之臣,故云仁者视之,应悚然战栗。

㉘内金盘,御用宝器,代指一切宫中之贵重物品。卫霍,即汉武帝大将卫青、霍去病,为卫皇后子夫之弟侄,乃是外戚获宠之要例,此处借指贵妃亲属。王嗣奭《杜臆》云:"天宝八年,帝引百官观左藏,帝以国用丰衍,赏赐贵宠

之家无有限极。十载,帝为安禄山起第,但令穷极壮丽,不限财力。既成,
具幄帝器皿充牣其中,虽禁中不及。"杜甫所云,皆道其实。

㉙神仙、玉质,皆指天仙美人,一说为歌妓舞女,一说为贵妃诸姨。烟雾,表现
出繁华的距离之感。

㉚煖客,使客温暖,与隔句之"劝客"相对;"煖"同"暖",作动词使用。貂鼠
裘,即貂皮大衣。驼蹄羹,为八珍之一的美食,见《丽人行》注⑭。悲管,指
箫管之乐声清越嘹亮,与"清瑟"当句自对,加强音乐绵延悠扬之感。逐,
追逐,此处乃形容乐音迭出相续之感。

㉛"霜橙""香橘"亦当句自对,强化饮食之精美繁多;同时全联又与上联以出
句、对句分别隔句相对,更造成饱暖逸乐之极致表现,清丽却不俗艳。

㉜本联写咫尺之间贫富之差别精约有力,令人惊心动魄;下句五字连仄,更强
化其沉重强烈之控诉。杜甫晚年《驱竖子摘苍耳》诗亦谓:"富家厨肉臭,
战地骸骨白。"唯不及此联之饱满铿锵而具概括性。

㉝自"岁暮百草零"至此,为全诗第二大段落,叙写途中所经所感,并抒发忧
心与感慨之情。既已"惆怅难再述",故以下将笔调转往旅程的描写。

㉞由此回到旅程中继续描述个人经历。北辕,车行向北。就,往某一对象接
近。泾渭二水交会于昭应之北,骊山则在昭应县东南二里,故云"北辕"。
改辙,即改道。

㉟岪兀(zú wù),山势高峻貌。泾渭诸水皆从陇西而下,又水急浪高,如排山
而至,故下云"疑是崆峒来"。

㊱崆峒,山名,位于甘肃平凉西。触,撞击。《淮南子·天文训》云:"昔者共工
与颛顼争为帝,怒而触不周之山,天柱折,地维绝。"此处用以极力形容水
势之盛大迅猛。

㊲河梁,即河桥。坼(chè),崩裂。枝撑,河桥之支柱。窸窣(xī sū),桥梁松
动摇晃的声音。

㊳行李,即行人,见《左传·僖公三十年》杜预注;或本作"行旅"。攀援,攀引
提携。二句写出旅途之艰困与互助之温情,与下文"里巷亦呜咽"皆透显
出一股时代倾覆之下相濡以沫的人性温暖。

㊴庶,希望。诗人虽在危机之中犹排除万难,执意与家人患难与共,是其笃厚
之人伦亲情的自然流露。

㊵宁,岂能。里巷,指邻人,所以随诗人丧子之痛而呜咽之故,正因人人皆不能自外于时代悲剧,亦各有共其辛酸之处,而不禁同声一哭。

㊶秋禾登,《礼记·月令》云:"孟秋之月……农乃登谷。"贫窭(jù),即贫穷。仓卒,指幼子夭折之类的意外不幸。写自身困穷直至为悲惨。

㊷隶,属于。二句谓诗人因世代累宦,自己又具官职,故享有豁免租税和兵役之权利。

㊸抚迹,抚念这些遭遇。平人,即平民。固骚屑,必定更是纷扰不堪。

㊹"失业徒""远戍卒"分别承上"租税""征伐",而言深受贫穷流离与战祸连绵之苦的人。

㊺终南,山名,参王维《终南山》注①。澒(hòng)洞,水势汹涌貌。掇,拾取。言忧思深广,如终南山般高,难以铲平;如洪水般漫溢,无法收拾,与前言"穷年忧黎元"相互呼应。从"北辕就泾渭"至此为第三大段落,除纪实之部分外,又从个人的苦难出发,推己及人,消融于大时代的苦难之中,这正是杜甫深沉博大的性格表征,反映于诗歌上,更代表了沉郁顿挫、"篇终接浑茫"(《寄彭州高适虢州岑参三十韵》)的具体典型。

月 夜①

今夜鄜州月,闺中只独看。②遥怜小儿女,未解忆长安③。香雾云鬟湿,清辉玉臂寒。④何时倚虚幌,双照泪痕干。⑤

【注释】

①作于天宝十五年(肃宗至德元年,四十五岁)。是年六月,安史叛军破潼关,直驱长安,杜甫携家向北流亡,万难中抵达鄜州,将妻小安置于附近之羌村后,又只身奔灵武,欲投刚即位之肃宗,途中为贼俘至沦陷区长安,此诗即是在长安思家之作。

②鄜州,在今陕西富县。闺中,指妻子。纪昀《瀛奎律髓刊误》卷二十二云:"入手便摆落现境,纯从对面着笔,蹊径甚别。"

③未解忆长安,可有二解,一指儿女不懂得怀念远在长安的父亲,一指儿女尚不能了解母亲忆念远方父亲的心情。"解忆"已悲,"未解忆"更悲。

④此联想象妻子看月之久,雾染其香,其发又为雾所湿;而月照之下,臂洁如玉,又添夜寒。其实正是杜甫自身写照,而更加美化为妻子之形象耳。

⑤幌,帷幔。虚幌,卷起之帘帷。泪痕干,反衬出此时泪水盈盈之状。黄生云:"'照'字应'月'字,'双'字应'独'字,语意玲珑,章法紧密。五律至此,无忝称圣矣。"

△王嗣奭《杜臆》云:"意本思家,而偏想家人之思我,已进一层;至念及儿女之不能思,又进一层。须溪云:'愈缓愈悲。'是也。……儿女尚小,此其只独看者也;鬟湿臂寒,此看月之久,忆望之至也。'何时'应'今夜','虚幌'应'闺中','双照'应'独看'。前联小不解忆,乃复可悲。"仇兆鳌所引又增其语云:"月愈好而苦愈增,语丽情悲。末又想到聚首时对月舒愁之状,词旨婉切,见此老钟情之至。"纪昀则曰:"通首无一笔着正面,机轴奇绝。"又浦起龙《读杜心解》卷三谓:"心已驰神到彼,诗从对面飞来。悲婉微至,精丽绝伦,又妙在无一字不从月色照出也。"

春　望①

国破山河在,城春草木深。感时花溅泪,恨别鸟惊心。②烽火连三月,家书抵万金。③白头搔更短,浑欲不胜簪。④

【注释】

①肃宗至德二年三月(四十六岁)作于长安沦陷区。

②司马光《续诗话》云:"古人为诗贵于意在言外,使人思而得之……近世诗人惟杜子美最得诗人之体。……'山河在'明无余物矣,'草木深'明无人矣。花鸟,平时可娱之物,见之而泣,闻之而悲,则时可知矣。"

③三月,指季春三月。赵汸云:"烽火句,应'感时',家书句,应'恨别',但下句又因上句而生。"

④白头,即白发。浑欲,几乎要。胜(shēng),堪受义。簪,用以固定发髻之物。本联近似鲍照《拟行路难》之十六所言:"白头零落不胜冠。"乃形容国破家别之愁恨煎逼着诗人,使之发白疏落,迅速老去。

哀江头①

少陵野老吞声哭,春日潜行曲江曲。②江头宫殿锁千门,细柳新蒲为谁绿?③忆昔霓旌下南苑,苑中万物生颜色。④昭阳殿里第一人⑤,同辇随君侍君侧⑥。辇前才人带弓箭,白马嚼啮黄金勒。⑦翻身向天仰射云,一笑正坠双飞翼。⑧明眸皓齿今何在?血污游魂归不得!⑨清渭东流剑阁深,去住彼此无消息。⑩人生有情泪沾臆,江水江花岂终极?⑪黄昏胡骑尘满城,欲往城南望城北。⑫

【注释】

①创作时地与《春望》同。江头,指曲江。全诗以玄宗、贵妃之爱情悲剧为主轴,交织着家国沦亡的椎心血泪,辅以"今—昔—今"的结构对比映衬,使全篇更具有历史与情感的纵深度,而意味深长,足为大唐之挽歌。其中对杨贵妃的哀悯同情尤其显示了诗人深沉博大的襟怀,在世人纷纷落井下石的同时,却能同体其悲,一片温柔敦厚,此所以成其为诗圣之故。

②少陵,距宣帝所葬的杜陵十八里,为许后葬处,亦被杜甫视为籍贯而以之自称。曲江,见前《乐游园歌》注⑧;曲江曲,曲江偏僻的角落。曰吞声、曰潜行,唯恐为贼所知。

③江头宫殿,《旧唐书·文宗纪》载:"天宝已前,曲江四岸皆有行官台殿,百司廨署,思复升平故事,故为楼殿以壮之。"千门,《资治通鉴·唐纪六十一》胡三省注云:"汉武帝起建章宫,度为千门万户,后世遂谓宫门为千门。"锁千门,显无人迹。细柳新蒲,形容春意盎然之景致,合乎康骈《剧谈录》卷下"入夏则菰蒲葱翠,柳阴四合"的描写。此联即《春望》所说之"国破山河在,城春草木深",而姜夔《扬州慢》云:"念桥边红药,年年知为谁生?"作意与此联下句雷同。由"为谁绿"转入对往昔之回想,启下联之"忆昔"二字,结构自然流畅,浑然无缝。

④霓旌,即彩旗,指皇帝亲临,仪仗随行。南苑,即曲江南边的芙蓉苑,因御驾幸此,而更欣欣向荣,增生光彩。

⑤第一人,谓最得宠者,本指汉成帝宠幸的赵飞燕姊妹,《汉书·外戚传》载:

"皇后(赵飞燕)既立,后宠少衰,而弟绝幸,为昭仪。居昭阳舍,其中庭彤朱,而殿上髹漆,切皆铜沓黄金涂,白玉阶,壁带往往为黄金釭,函蓝田璧,明珠、翠羽饰之,自后宫未尝有焉。"用以喻指杨贵妃。

⑥典出汉成帝与班婕妤故事,《汉书·外戚传》载:"成帝游于后庭,尝欲与婕妤同辇载,婕妤辞曰:'观古图画,贤圣之君皆有名臣在侧,三代末主,乃有嬖女,今欲同辇,得无近似之乎?'上善其言而止。"此处反用之,表现出杨贵妃之专宠,与玄宗之溺爱。辇,帝王所乘之车驾,《晋书·舆服志》云:"辇,案自汉以来为人君之乘,魏晋御小出即乘之。"

⑦才人,宫中女官,《旧唐书·百官志》云:"(内官)才人七人,正四品……掌叙宴寝,理丝枲,以献岁功。"黄金勒,以黄金装饰的勒马绳,《明皇杂录》卷下载:"上将幸华清宫,贵妃姊妹……竞购名马,以黄金为衔勒,组绣为障泥。"

⑧二句极言才人以绝佳射艺献媚,博得贵妃一笑。但在"一笑正坠双飞翼"中,除了表现到达顶峰之欢娱外,似亦暗含这段旷世爱情中的比翼双方,即将面临折翅陨落的悲剧命运,接以下联之"明眸皓齿今何在?血污游魂归不得"而呈现出极巧妙强韧的内在脉络,耐人寻味。

⑨自本联起又从光彩辉煌的昔日回忆跌入悲惨凄绝的当前现实。明眸皓齿,形容美人之丽色,用指杨贵妃。血污游魂,指玄宗仓皇奔蜀,途中被迫于马嵬驿缢死贵妃之事,《旧唐书·后妃传》载:"禄山叛,露檄数国忠之罪……及潼关失守,从幸至马嵬,禁军大将陈玄礼密启太子,诛国忠父子。既而四军不散,玄宗遣力士宣问,对曰'贼本尚在',盖指贵妃也。力士复奏,帝不获已与妃诀,遂缢死于佛室。时年三十八,瘗于驿西道侧。"而依《资治通鉴·唐纪三十四》所记:六月辛卯贼将崔乾祐克潼关;壬辰,首唱幸蜀之策;癸巳,士民惊扰奔走,市里萧条;甲午,百官朝者什无一二,既夕整比六军;乙未,黎明时玄宗独与亲近者出延秋门;丙申,国忠与贵妃皆死,其间沧桑变化不过短短五六日而已。

⑩"去住"分承上句之"剑阁深""清渭东流",前者指玄宗幸蜀,去往剑阁深处;后者指贵妃游魂,留驻渭水之畔的马嵬,极言生离死别之悲。剑阁,左思《蜀都赋》中"缘以剑阁"句下注云:"谷名,自蜀通汉中道,一由此。"详参李白《蜀道难》注⑮。

⑪臆,即胸。本联意谓泪水因有情而生,而情与生命相始终,情与泪便如同江中水、江边花一般,永无终了。李商隐《暮秋独游曲江》诗中之"深知身在情长在,怅望江头江水声"即本于此。

⑫末句下原注:"甫家居城南。"意谓城中胡骑纵横,不禁盼望位于城北方向的灵武,那里才有唐肃宗所代表的中兴希望;一说为诗人南向而归,却不禁回望北方之皇宫故地;又"望"字或本作"忘""向",则可表现诗人在巨悲深痛之中,心乱目迷,不辨南北的深挚之情。

△《唐宋诗醇》云:"所谓对此茫茫,百端交集,何暇计及风刺乎!叙乱离处全以唱叹出之,不用实叙,笔力之高,真不可及。"浦起龙《读杜心解》曰:"起四,写哀标意,浮空而来。次八,点清所哀之人,追叙其盛。'明眸'以下,跌落目前,而'去住彼此'并体贴出明皇心事。'泪沾''花草'则作者之哀声也。又回映多姿。"

曲江二首①

一

一片花飞减却春,风飘万点正愁人。②且看欲尽花经眼,莫厌伤多酒入唇。③江上小堂巢翡翠,苑边高冢卧麒麟。④细推物理须行乐,何用浮名绊此身。⑤

【注释】

①至德二年四月,杜甫自间道逃出长安,奔赴凤翔行在所,五月十六日授左拾遗,本诗即成于肃宗乾元元年(四十七岁)回到长安后左拾遗任上。虽生活暂获安定清平,但君臣不相得,衮职无补于世政,依然有违寸心,故发此及时行乐之慨。第一首沉痛感伤,第二首跌宕温柔,各有重点而互为一体,同是深情无限。曲江,见前人《乐游园歌》注⑧。

②却,犹"了"也。王嗣奭《杜臆》云:"起句语甚奇,意甚远,花飞则春残,谁不知之?不知飞一片而春便减,语之奇也。……以此推之,而风飘万点,意可识也,奚能不愁?盖花既飘,未有不尽者。"

③两句谓:且看飞经眼前的欲尽之花,不放过任何春色;莫嫌入唇之酒伤于过

多,欲拼力饮醉。王嗣奭《杜臆》云:"酒不伤多,非真好饮,若非如此无以解其愁也。"光阴流逝,好景尽虚,人事亦多泛泛无益,其中寓有不尽感慨。

④翡翠,一种水鸟,又名鱼狗,捕鱼为食。苑边,指芙蓉苑周围。高冢,达官贵人之墓地,墓前设石麒麟以为驱邪致祥之物。本联极言曲江繁华消散之后的荒废,堂空无主,一任飞鸟栖巢;冢废不修,以致石麟偃卧,正是事物无常之"物理"的表现。

⑤物理,指人事物发展变化所遵行之理。此词常于杜诗中出现,举凡自然之运转、君臣之体、待物之道及人生之理等皆包含在内。"细推"一语蕴藏深切之无奈,若非现实当下无可着力,又何须推究物理,而要求自己洒然抛开,以行乐自遣?浮名,一作"浮荣",指不具裨补作用的拾遗官职。

二①

朝回日日典春衣,每向江头尽醉归。②酒债寻常行处有,人生七十古来稀。③穿花蛱蝶深深见,点水蜻蜓款款飞。④传语风光共流转,暂时相赏莫相违。⑤

【注释】

①本篇承上篇所言"细推物理须行乐"而极言饮酒赏春之情。

②朝回,指上朝回来。仇兆鳌曰:"朝回典衣,贫也;典现在春衣,贫甚矣;且日日典衣,贫亦甚矣。"而上朝归来便沽酒买醉,显然朝中境况不如人意之甚,对一心冀望借此淑世济民的诗人而言,实有无限忧愤与惆怅。志不得展,贫亦如昔,无怪要放意于酒乡春景,以托此悬空之心。

③寻常,周制八尺曰寻,倍寻曰常,与下句之"七十"为巧对。本联意谓七十者稀,故须尽醉,以免辜负短暂之人生;而酒债多有,故至于典衣之地步。

④本联以叠字成对,特别婉丽优美,"深深"摹其翩翩隐见之景况,"款款"状其上下往来之轻盈,仇兆鳌注引叶梦得云:"'深深'字若无'穿'字,'款款'字若无'点'字,亦无以见其精微。然读之浑然,全似未尝用力,所以不碍气格超胜。"

⑤风光,泛指大自然中由花、蝶、蜻蜓等构成的一切景致而言。仇兆鳌曰:"春花欲谢,急须行乐,而行乐须寻醉乡,但恐现在风光瞥眼易过,故又作

留春之词。此两首中相承相应之意也。即就演义，作寄语于风光，从无情中看出有情，自见生趣。"

义鹘行①

阴崖有苍鹰，养子黑柏巅。白蛇登其巢，吞噬恣朝餐。雄飞远求食，雌者鸣辛酸。力强不可制，黄口无半存②。其父从西归，翻身入长烟。③斯须领健鹘，痛愤寄所宣。④斗上捩孤影，噭哮来九天。⑤修鳞脱远枝，巨颡坼老拳。⑥高空得蹭蹬，短草辞蜿蜒。⑦折尾能一掉⑧，饱肠皆已穿。生虽灭众雏，死亦垂千年。⑨物情有报复，快意贵目前。⑩兹实鸷鸟最，急难心炯然。⑪功成失所往，用舍何其贤。⑫近经潏水湄⑬，此事樵夫传。飘萧觉素发，凛欲冲儒冠。⑭人生许与分，亦在顾盼间。⑮聊为义鹘行，用激壮士肝。⑯

【注释】

①乾元元年在长安作，为即事名篇之古风体。鹘（hú），猛禽类，为大型鸷鸟的一种。本篇写一英勇侠义、快意恩仇的义鹘，笔调轩昂炽热，慷慨激切，足以显示杜甫在温柔敦厚之外豪迈劲烈的另一面性格。

②黄口，指幼鸟，因雏鸟未成熟前口喙内侧呈黄色，故以黄口代称。

③其父，指雄鹰。长烟，即云雾。

④斯须，不久之意。下句意谓满心痛愤表达于对健鹘的宣诉之中。

⑤斗上，即陡然上升。捩，转。孤影，指健鹘只身远举之身影。噭哮（jiào xiào），厉声长鸣。九天，王逸注《楚辞·离骚》中"指九天以为正兮"之句云："谓中央八方也。"则指广大的天空；一说"九天"即古代传说之九重天，如此则指天空高处，参李白《望庐山瀑布二首》之二注③。

⑥修鳞，指长蛇。脱远枝，离枝而落。巨颡，巨大的额头，指蛇首。坼，裂开。老拳，指鹘爪，仇兆鳌引周篆注云："鹘拳坚处，大如弹丸，鸠鸽中其拳，随空中堕，即侧身自下承之，捷于鹰隼。"两联意谓健鹘陡飞入云，翻转自高空长鸣而下时即以坚爪奋击，使蛇首应声碎裂，义勇特绝。

⑦蹭蹬，困顿貌。辞，不能之意。蜿蜒，蛇类弯曲前进的样子。两句形容白蛇

离枝而落时,在空中困顿挣扎;挫跌于草地上后,再也不能蜿蜒前行。

⑧意谓断折的蛇尾尚能甩动一下。

⑨此联讽其生时能够逞凶欺弱,死后也能遗臭千年,以恶名流传久远。

⑩两句表示报仇雪恨为万物之常情,所可贵的是当前便能立刻达成,俐落痛快。这是杜甫年轻时代所秉性格的自然流露,《遣怀》诗记其当年与李白、高适于宋中之游的情景曰:"白刃雠不义,黄金倾有无。杀人红尘里,报答在斯须。"正是本篇注脚。

⑪兹,此也,指健鹘。鸷鸟,即猛禽。急难,指急人之危难,立刻加以援救,《诗经·小雅·常棣》云:"兄弟急难。"炯然,明白昭亮。全联意谓此鹘实为猛禽中的最高典范,急难之心雪亮可鉴。

⑫用舍,即进退出处,出自《论语·述而》:"用之则行,舍之则藏。"此联盛赞义鹘功成身退,毫不恋栈,对进退的把握都十分贤德可佩。

⑬潏(jué)水,为关中八水之一,《三辅黄图》卷六云:潏水在长安杜陵,自南山皇子陂西流,经昆明池入渭河。水湄,水草交际的边岸。

⑭飘萧,稀疏零落貌。凛,指震慑肃然之感受。两联倒叙闻知经过,乃诗人近期路过潏水边,闻樵夫传述此事,不禁白发冲冠,激动不已。

⑮许与,即许诺。分,情分。本联由健鹘之义行引申至人生中彼此许诺之情分,亦应在顷刻间实现。

⑯末联申明写作之主旨。激,激励。

△杨伦《杜诗镜铨》云:"记异之作,愤世之篇,便是《聂政》《荆轲》诸传一样笔墨,故足与太史公争雄千古。得之韵言,尤为空前绝后。"王嗣奭亦曰:"此明是太史公一篇义侠传,笔力相敌,而叙乌尤难。'斗上'一段,摹神写照,千载犹生:'功成失所往,用舍何其贤'分明是仲连逃赏;'人生许与分,只在顾盼间'又分明是季札挂剑。借端发议,时露作者品格性情。"(今本《杜臆》无,见仇注引)

瘦马行①

东郊瘦马使我伤,骨骼硉兀如堵墙②。绊之欲动转欹侧,此岂有意仍腾骧?③细看六印带官字④,众道三军遗路旁。皮干剥落杂泥滓,毛暗萧条连雪霜。⑤去岁奔波逐余寇,骅骝不惯不得将。⑥士卒多骑内厩马,惆怅恐是病乘黄。⑦当时历块误一蹶,委弃非汝能周防。⑧见人惨淡若哀诉,失主错莫无晶光。⑨天寒远放雁为伴,日暮不收乌啄疮。⑩谁家且养愿终惠,更试明年春草长!⑪

【注释】

① 乾元元年于长安作。本篇同属杜甫创新之即事名篇的乐府诗体,特别值得注意的是,其中对马的描写偏向丑败落寞的一面,却深情动人,远超以往的同类题材,真乃诗圣深沉博大之手笔。旧注谓为房琯作或借以自况,未免小觑诗人博爱悲悯彻及万物之心量。

② 碌兀(lù wù),不平貌,极言马瘦瘠之惨状。

③ 绊,阻挡。敧侧,同于"敧侧",倾向一边。腾骧,昂首腾越而行。两句形容瘦马有气无力、衰弱不稳的情况。

④ 《唐六典》卷十七载:"诸牧监,掌群牧孳课之事……凡在牧之马皆印。印右膊以小官字,右髀以年辰,尾侧以监名,皆依左右厢。若形容端正,拟送尚乘,不用监名。二岁始春,则量其力,又以飞字印印其左髀膊,细马、次马以龙形印印其项左。送尚乘者,尾侧依左右闲印以三花。其余杂马送尚乘者,以风字印印左膊,以飞字印印右髀。……官马赐人者,以赐字印;配诸军及充传送驿者,以出字印,并印左右颊也。"

⑤ 仇兆鳌引李实曰:"凡马病,毛头生尘,故曰毛暗。"此联写瘦马衰病憔悴之貌极其传神。

⑥ 去岁,指肃宗至德二年,时收复长安,各地战况仍然不断,故谓"奔波逐余寇"。骅骝,古代神骏之良马,见《荀子·性恶》。"不惯不将",指未经调习不得驾御,故下句接云多乘内厩马。

⑦ 乘黄,亦名"飞黄",古之神马,《山海经·海外西经》云:"白民之国……有乘黄,其状如狐,其背上有角,乘之寿二千岁。"《汉书·礼乐志》应劭注云:"訾黄,一名乘黄,龙翼而马身,黄帝乘之而仙。"

⑧ 王褒《圣主得贤臣颂》云:"过都越国,蹶如历块。"历块,经过突起之土石块。蹶,此处作挫跌义。周防,周全防备。

⑨ 错莫,犹云"落寞"。两句描写瘦马丧家失主后,哀哀无告、落寞乞怜之神

情如在目前。

⑩天寒、日暮,则饥冷交迫更甚;只有天边飞雁与啄疮之乌为伴,更无可望。此数联叹其昔用而今弃,昔贵而今贱,悲楚之情透出纸背。

⑪终惠,意谓施惠养育有始有终,不始乱败终弃,用《韩诗外传》卷八所载:"昔者田子方出,见老马于道,喟然有志焉。以问于御者曰:'此何马也?'曰:'故公家畜也,罢而不为用,故出放也。'田子方曰:'少尽其力,而老去其身,仁者不为也。'束帛而赎之。"末联显示杜甫仁心广被,对瘦马亦满怀哀怜与信心;同时反映出一种推扩天下、深挚呼求的典型结构,如《茅屋为秋风所破歌》之"安得广厦千万间,大庇天下寒士俱欢颜,风雨不动安如山"即属此类。故刘须溪评本诗云:"展转沉着,忠厚恻怛,感动千古。"

新安吏①

客行新安道,喧呼闻点兵。借问新安吏,县小更无丁?②府帖昨夜下,次选中男行。③中男绝短小,何以守王城④?肥男有母送,瘦男独伶俜。⑤白水暮东流,青山犹哭声。⑥莫自使眼枯,收汝泪纵横。眼枯即见骨,天地终无情。⑦我军取相州,日夕望其平。⑧岂意贼难料,归军星散营。⑨就粮近故垒,练卒依旧京。⑩掘壕不到水⑪,牧马役亦轻。况乃王师顺,抚养甚分明。⑫送行勿泣血,仆射如父兄。⑬

【注释】

①题下原注:"收京后作。虽收两京,贼犹充斥。"杜甫于乾元元年六月贬为华州司功参军,次年(四十八岁)因事至东都洛阳,回华州途中依所经历感事而作"三吏""三别",分别是《新安吏》《潼关吏》《石壕吏》,与《新婚别》《垂老别》《无家别》,各篇分述不同之主题与面相,而却互相绾连,结成一体,与《前出塞》九首、《后出塞》五首同。一般视之为杜甫反映时代之写实作品的高峰,此处选收其中两首,以暂窥一斑。本篇之时事背景,参注⑧、注⑨。

②客,杜甫自指。新安,属河南府。"借问"一联为诗人所问,《杜臆》云:"更无丁,言岂无余丁可遣乎?"

③府帖,指官府所派之兵帖,即军籍。中男,《旧唐书·食货志》载:"男女始生者为黄,四岁为小,十六为中,二十一为丁,六十为老。……至天宝三年,又降优制,以十八为中男,二十二为丁。"本联为吏答之词,府帖夜行,可见守城之急;而退求其次,选中男应急,可见正丁多战死,因征次丁。相州邺师之败迹涂地,一至于此。

④王城,指东都洛阳。

⑤伶俜,孤苦无依貌。中男尚未成年,故有母照料则肥,无母则伶仃而瘦。

⑥白水流,比喻行者;青山哭,寓指居者。仇兆鳌引《杜臆》曰:"就中男内,看他或瘦或肥,有母无母,及同行送行之人,一齐俱哭,而以'哭声'二字括之,何等笔力。"

⑦眼枯,即泪竭。不言朝廷残忍,而谓天地无情,可见诗人委婉之旨。

⑧相州,即邺城,今河南安阳。自乾元元年十月九节度使围安庆绪于邺城,次年三月便因大旱饥馑而溃于相州。本篇作时尚在围城之际。

⑨《资治通鉴·唐纪三十七》载:"自冬涉春,安庆绪坚守以待史思明,食尽……人皆以为克在旦夕,而诸军既无统帅,进退无所禀……城久不下,上下解体。思明乃自魏州引兵趣邺,使诸将去城各五十里为营。……时天下饥馑……由是诸军乏食,人思自溃。……三月壬申,官军步骑六十万陈于安阳河北,思明自将精兵五万敌之……未及布陈,大风忽起,吹沙拔木,天地昼晦,咫尺不相辨,两军大惊,官军溃而南,贼溃而北,弃甲仗辎重委积于路,子仪以朔方军断河阳桥保东京,战马万匹,唯存三千;甲仗十万,遗弃殆尽。东京士民惊骇,散奔山谷……诸节度各溃归本镇。"此即二句所本之实事。归军,即败军。

⑩就粮,前往洛阳取食;其时郭子仪尚有军粮六七万石,故云。故垒,即旧京,指东都洛阳。

⑪如此则据壕而战时,可免受浸水泡肤之苦,亦见其劳役之轻。

⑫王师,指朝廷统辖派遣之军队,意同"国军"。抚养,谓对兵士的抚恤照顾。

⑬仆射,指郭子仪,《旧唐书·郭子仪传》云:至德二年于洞水之西与贼战,"王师不利,其众大溃……子仪收合余众,保武功,诣阙请罪,乞降官资,乃(自御史大夫)降为左仆射。"但其时已进任中书令,王嗣奭《杜臆》云:"称其旧官,盖功著于仆射时,而御士卒宽,郭仆射熟于人口,就其易晓者言之,

俾无所惧而勇往收功,报效朝廷,非止宽慰士卒而已。"如父兄,即《淮南子·兵略》所云:"上视下如子,则下视上如父;上视下如弟,则下视上如兄。"自"就粮"句至此,皆慰哀之语,俱说得恺切动情。

△仇兆鳌引张綖曰:"凡公此等诗,不专是刺。盖兵者凶器,圣人不得已而用之,故可已而不已者,则刺之;不得已而用者,则慰之哀。……若夫《新安吏》之类,则慰也;《石壕吏》之类,则哀也,此不得已而用之者也。然天子有道,守在四夷,则所以慰哀之者,是亦刺也。"说善可采。

新婚别①

兔丝附蓬麻,引蔓故不长。嫁女与征夫,不如弃路旁。②结发为妻子,席不暖君床。③暮婚晨告别,无乃太匆忙。④君行虽不远,守边赴河阳⑤。妾身未分明,何以拜姑嫜⑥。父母养我时,日夜令我藏。生女有所归,鸡狗亦得将。⑦君今往死地,沉痛迫中肠。誓欲随君去,形势反苍黄⑧。勿为新婚念,努力事戎行。妇人在军中,兵气恐不扬。⑨自嗟贫家女,久致罗襦裳。⑩罗襦不复施,对君洗红妆。⑪仰视百鸟飞,大小必双翔。人事多错迕⑫,与君永相望。⑬

【注释】

①仇兆鳌引卢元昌云:"呜呼!乱不废礼,礼必顺情,先王之制也。况民生有欲,莫大于婚,既弃其礼,又怫其情,至于暮婚晨别,是何等时事。"全诗以第一人称陈述,摹情写意,丝丝入扣。

②兔丝,即菟丝子,《本草纲目·草部·蔓草类》载:"田野墟落中甚多,皆浮生蓝纻麻蒿上。……苗茎似黄丝,无根株,多附田中,草被缠死。"因其纤细附生之特质,诗中常用作女性的象征。古诗云:"与君为新婚,兔丝附女萝。"此处谓"附蓬麻"有所托非人之意,因对象为征夫,故引蔓不长,无幸福希望可言。

③结发,旧传苏武诗曰:"结发为夫妇,恩爱两不疑。"李善注云:"结发,始成人也,谓男年二十,女年十五时,取笄冠为义也。"妻子,一作"君妻"。席不暖,即相聚匆匆之结果。

④暮婚,古代婚礼乃在黄昏举行,《白虎通》云:"昏时行礼,故曰婚。"
⑤守边,戍守边境。河阳,属孟州,在今河南孟县。自九节度使溃于邺城之役后,李光弼代郭子仪为副兵马元帅,弃洛阳守河阳,日后与史思明(安庆绪已为史所杀)之争战重镇便在此处。
⑥姑嫜,即舅姑,妇人称丈夫之父母。蔡梦弼曰:"妇人嫁三日,告庙上坟,谓之成婚。婚礼既明,然后称姑嫜。今嫁未成婚而别,故曰未分明云云。"
⑦将,扶助提携,此处作"跟随"之义。全句意即俗谚所云"嫁鸡随鸡,嫁狗随狗";一谓"嫁时将鸡狗以往,欲为室家久长计也"(见仇兆鳌注)。
⑧苍黄,本指青色和黄色,《墨子·所染》云:"子墨子言见染丝者而叹曰:'染于苍则苍,染于黄则黄。'"后以之比喻极大的变化,有翻覆不定之意。
⑨戎行,指兵卒行伍,代称战事。《汉书·李陵传》云:"陵曰:'吾士气少衰而鼓不起者,何也?军中岂有女子乎?'始军出时,关东群盗妻子徙边者随军为卒妻妇,大匿车中。陵搜得,皆剑斩之。"
⑩嗟,叹也。久致,很久才得到。罗襦裳,以细密之罗布做成的衣裳,当是嫁衾之美者。
⑪仇兆鳌云:"既勉其夫,且复自励,乃止乎礼义者也。"不施华服,洗去红妆,皆守洁自贞之表示,罗大经《鹤林玉露》卷十一云:"《国风》云:'岂无膏沐,谁适为容?'……盖古之妇人,夫不在家,则不为容饰也,其远嫌防微,至于如此。杜陵《新昏别》云:'自嗟贫家女,久致罗襦裳。罗襦不复施,对君洗红妆。'尤可悲矣!"
⑫迕(wǔ),违背之意;错迕,宋玉《风赋》注云:"错杂交迕也。"
⑬仇兆鳌曰:"此诗君字凡七见:君妻君床,聚之暂也;君行君往,别之速也;随君,情之切也;对君,意之伤也;与君永望,志之贞且坚也。频频呼君,几于一声一泪。"

赠卫八处士①

人生不相见,动如参与商②。今夕复何夕③,共此灯烛光。少壮能几时?鬓发各已苍!④访旧半为鬼,惊呼热中肠。⑤焉知二十载,重上君子堂⑥。昔别君未婚,儿女忽成行。⑦怡然敬父执,问我来何方?⑧问答乃未已,驱儿罗酒浆。⑨夜雨剪春韭,新炊间黄粱⑩。主称会面难,一举累十觞⑪。十觞亦不醉,感子故意长。⑫明日隔山岳,世事两茫茫。⑬

【注释】

① 作于肃宗乾元二年(四十八岁)自洛阳回华州司功参军任所途中。卫八,不详何人,或谓唐之隐逸者卫大经族人,或谓卫宾,俱无确据。处士,指隐居者。

② 动,动辄、动不动之意。参、商为二十八宿中的两星,各据天边,东西相对,此出彼没,不能同时出现会于一处。

③ 此句本于《诗经·唐风·绸缪》:"今夕何夕,见此良人。"

④ 苍,斑白之色。本联表现出阔别重逢时,首先对容貌变化的注意。

⑤ 为鬼,即作古,死去之意,语特悚异夺人。热中肠,极言内心激动。

⑥ 君子,指卫八处士。

⑦ 成行,排成行列,形容众多貌。容貌变化后,次及共同友朋的音讯;接着下一代的出现和成长成为主题焦点,"忽"字对应上言之"能几时""惊呼""焉知"等词,表现时光忽焉即逝之感。

⑧ 怡然,和悦貌。父执,父亲的朋友,此处指杜甫自己。本联即贺知章《回乡偶书》中"笑问客从何处来"之意。杨伦《杜诗镜铨》云:"'问我来何方'下,他人必尚有数句,看他剪裁净炼之妙。"

⑨ 乃未已,还未停止。驱儿,差遣儿女。罗酒浆,排列陈设酒食。

⑩ 黄粱,《本草纲目·谷部·稷粟类》云:"黄粱,出蜀汉商浙间,穗大毛长,谷米俱粗于白粱,而收子少。不耐水旱,食之香美,胜于诸粱。……黄粱、白粱,西洛农家多种,为饭尤佳。"间黄粱,谓挣杂着黄粱,为北人炊饭之习,俗称"二米饭",《楚辞·招魂》亦云:"稻粢穱麦,挐黄粱些。"本联表现出"最难风雨故人来"的温馨之感,春雨绵绵,春韭滋长,在大时代动荡之中别是一处自足的小天地。

⑪ 累,接连。十觞,十杯。因后会无期,故善加珍惜,不辞一醉。

⑫ 故意,指故旧深长之情意。此联云所以又不醉者,为要充分把握故友依依挚情之故。

⑬ 山岳,指西岳华山,但亦可泛指造成重重阻隔之山岳,更具普遍意义。末联

回应首句,从短暂相聚的点,再度投入几近于永恒的离别的线,而无限延长,于是这意外的重逢便冻结在回忆和诗歌中了。

△杨伦《杜诗镜铨》引张上若云:"全诗无句不关人情之至,情景逼真,兼极顿挫之妙。"黄生《增订唐诗摘钞》亦曰:"只是'真',便不可及,真则熟而常新。人也未尝无此真景,但为笔墨所隔,写不出耳。"

佳　人①

绝代有佳人②,幽居在空谷。自云良家子,零落依草木。③关中昔丧败④,兄弟遭杀戮。官高何足论?不得收骨肉。世情恶衰歇,万事随转烛。⑤夫婿轻薄儿,新人美如玉。合昏尚知时,鸳鸯不独宿。⑥但见新人笑,那闻旧人哭?在山泉水清,出山泉水浊。⑦侍婢卖珠回,牵萝补茅屋。⑧摘花不插鬓,采柏动盈掬。⑨天寒翠袖薄,日暮倚修竹。⑩

【注释】

①乾元二年秋,关辅大饥,杜甫弃官入蜀,永别十多年来依恋不舍的长安与挚爱不忘的故乡洛阳,开始晚年"漂泊西南天地间"(《咏怀古迹五首》之一)的生涯。秦州乃此行之第一站,本篇即作于是时是地。

②《汉书·外戚传》载李夫人兄李延年歌曰:"北方有佳人,绝世而独立。一顾倾人城,再顾倾人国。宁不知倾城与倾国,佳人难再得!"唐人避太宗讳,改"世"为"代"。

③良家子,与下文之"官高"呼应。零落,《离骚》有句云:"惟草木之零落兮,恐美人之迟暮。"王逸注曰:"零、落,皆堕也,草曰零,木曰落。"

④指天宝十五年六月安禄山攻陷京师之变乱。关中,《汉书·高帝纪》云:"初怀王与诸将约,先入定关中者王之。"颜师古注云:"自函谷关以西总名关中。"

⑤转烛,指人情趋炎附势,反复无常,如烛焰随风移转,一无定向;亦有烛焰随风,身不由己之无常感,如李后主"转烛飘蓬一梦归"即然。本联亦即《泛溪》诗所谓的"人情逐鲜美,物贱事已暌"之义。

⑥周处《风土记》云:"合昏,槿也,华晨舒而昏合。"《本草纲目·木部·乔木

⑥《类》载:"合欢,其叶至暮即合,故云合昏。……今汴洛闲皆有之,人家多植于庭除间。"又名夜合。崔豹《古今注》卷下则曰:"合欢树似梧桐,枝叶繁,互相交结,每风来辄身相解,了不相牵。"又卷中载:"鸳鸯,水鸟,凫类也,雌雄未尝相离,人得其一,则一思而至死。"本联各以草木、禽鸟作比,更衬出夫婿之轻佻凉薄。

⑦此联所指为何,历来说法不一,仇兆鳌云:"此谓守贞清而改节浊也。或以新人旧人为清浊,或以前华后憔为清浊,或以在家弃外为清浊,皆未当。"亦可解作夫婿及众人于顺境(在山、治世)时易清,于逆境(出山、乱世)中则浊。杜甫此联似言佳人之洞烛人情,而更增其品格之超远与心胸之宽容。

⑧卖珠,见其贫约。牵萝补屋,见居不庇身;一说此犹如《离骚》所谓"制芰荷以为衣,集芙蓉以为裳"之意,有清洁自持之精神。

⑨动盈掬,动辄满把。本联为其守贞不改的表示,用"松柏后凋于岁寒"之喻意。

⑩天寒、日暮,言寒冷与黑暗双重交逼,唯有轻倚细竹之弱女子以人格和意志挺立不屈。二句中"翠"字、"薄"字和"修"字在字质上互相渗透,同时修饰竹与佳人,使二者浑融一体,而令佳人风姿之轻盈纤美宛然在目,故黄生《杜诗说》云:"末二语嫣然有韵,本美其幽闲贞静之意,却无半点道学气。"而沈德潜《唐诗别裁集》卷五亦曰:"结处只用写景,不更着议论,而清洁贞正意,自隐然言外,诗格最超。"

梦李白二首①

一

死别已吞声,生别常恻恻。②江南瘴疠地,逐客无消息。③故人入我梦,明我长相忆。④恐非平生魂,路远不可测。魂来枫林青,魂返关塞黑。⑤君今在罗网,何以有羽翼?⑥落月满屋梁,犹疑照颜色。⑦水深波浪阔,无使蛟龙得。⑧

【注释】

①二首作于乾元二年秋客居秦州时。此刻李白因前年入永王璘幕而被捕入

浔阳狱,去年流放夜郎后,适被中途赦还,然因道路阻隔,消息不通,杜甫犹为之忧心哀怜不已。积想成梦,发诸笔端,遂成此诗。

②吞声,指无声悲泣。恻恻,悲凄。本联同《楚辞·九歌》所云"悲莫悲兮生别离"之意,极言生离死别之哀情。

③此联化用孙万寿《远戍江南寄京邑亲友诗》中"江南瘴疠地,从来多逐臣"之句,写致梦之因由。江南,因浔阳属江南西路,后名江州,夜郎亦在西南边陲,故云。瘴疠,指南方林泽中能致人疾病的蒸雾湿气。逐客,被放逐贬谪者,此指李白。

④"明我长相忆"一句有二义:一为对方明白我长相忆念,一为证明我长相记怀,皆可通。自本联以下,信、疑交替互换,如真似幻,错落有致。

⑤本联由疑转信。枫林,指李白所在之江南,《楚辞·招魂》云:"湛湛江水兮上有枫,目极千里兮伤春心,魂兮归来哀江南。"关塞,指杜甫所在之秦州。青、黑二字透出一股阴惨幽森之色,使幽魂活动之场景更为传神。

⑥二句又由信转疑。在罗网,系于狱中,陷身法网。高步瀛《唐宋诗举要》卷一曰:"'长相忆'下倒接'恐非平生魂'二句,疑真疑幻之情,千古如生;再以'魂来魂返'写其迷离之状,然后入'君今'二句,缠绵切至,恻恻动人。"

⑦落月满屋梁,出自宋玉《神女赋》:"其始来也,耀乎若白日初出照屋梁。"改"白日"为"落月",较符合魂梦活动之气氛。颜色,指李白之面容。此联写梦觉初醒时不辨真假的恍惚之感。

⑧波浪蛟龙,谓李白谪经江湖水路时覆舟溺水的危险,兼喻在险恶的政治环境中为小人所害的忧惧,即下篇"江湖多风浪,舟楫恐失坠"之意。

△杨伦《杜诗镜铨》引陆时雍评全诗云:"是魂是人,是真是梦,都觉恍惚无定,亲情苦意,无不备极,真得屈《骚》之神。"

二

浮云终日行,游子久不至。①三夜频梦君,情亲见君意。②告归常局促,苦道来不易。③江湖多风波,舟楫恐失坠。④出门搔白首,若负平生志。⑤冠盖满京华,斯人独憔悴!⑥孰云网恢恢?将老身反累!⑦千秋万岁名,寂寞身后事。⑧

【注释】

① 《古诗十九首》之一有句云:"浮云蔽白日,游子不顾返。"为此联所本,浮云、游子,俱指行踪不定之李白。

② 前篇"明我长相忆"是李白知杜甫;本篇"情亲见君意"是杜甫知李白,足见交深情笃。较上篇之"恐非平生魂"更进一步,似魂真来矣。

③ 自本联以下六句写梦中情景。告归,告辞。局促,匆促不安貌。苦道,再三诉说。

④ 上篇"水深波浪阔"言杜甫忧李白;本篇"江湖多风波"则李白自忧惧,异体同心。

⑤ 负,辜负。仇兆鳌评本联曰:"此代述梦中心事,曲尽仓皇悲愤情状。"

⑥ 本联以下六句抒醒后之悲怀。冠盖,本指冠冕和车盖,代喻贵族高官。斯人,即此人,指李白。两句对比张力甚强,益发突显李白之寂寞失意,末联亦同。

⑦ 孰云,谁说。恢恢,网疏貌。将老身反累,指李白年近六十而身系囹圄之事。浦起龙《读杜心解》云:"次章纯是迁谪之慨,为彼耶?为我耶?同声一哭。"

⑧ 身后,死后。本联即《醉时歌》之"德尊一代常坎轲,名垂万古知何用",抒尽才人沦落之悲。

△ 仇兆鳌曰:"前章说梦处,多涉疑词;此章说梦处,宛如目击。形愈疏而情愈笃,千古交情,惟此为至。然非公至性,不能有此至情;非公至文,亦不能写此至性。"浦起龙《读杜心解》亦云:"始于梦前之凄恻,卒于梦后之感慨,此以两篇为起讫也。'入梦',明我忆;'频梦',见君意。前写梦境迷离,后写梦语亲切,此以两篇为层次也。"

月夜忆舍弟①

戍鼓断人行,边秋一雁声。②露从今夜白,月是故乡明。③有弟皆分散,无家问死生。④寄书长不达,况乃未休兵⑤。

【注释】

①亦乾元二年作于秦州。舍弟,称自己的弟弟。
②戍鼓,戍楼上之更鼓,代喻战事。边秋,边塞外地的秋天。闻雁声而思弟,由感物而有所伤忆,引出下文。
③此联为"一~四"断句,特别突显出露与月之时节景物。"露从今夜白"写秋候景致变化,亦暗指白露节气。"月是故乡明"呼应上文之"边秋"以衬显对故乡的系念,并扣合诗题之"忆"字。或以为本联诗乃离析"白露""明月"而倒装之句,恐非。
④黄鹤注云:"是年九月,史思明陷东京及齐、汝、郑、滑四州,宜戍鼓之未休。二弟,一在许,一在齐,皆在河南,故忆之。"实杜甫下有颖、观、丰三位弟弟,分居各处,彼此不通讯息,故无家可问。
⑤末句"未休兵"呼应首句"戍鼓断人行",前后交织成一片战火之网,包围住身陷其中无助人们的乡愁离情。

天末怀李白①

凉风起天末,君子意如何?鸿雁几时到?江湖秋水多!②文章憎命达,魑魅喜人过。③应共冤魂语,投诗赠汨罗。④

【注释】

①与前二章同时所作。天末,即天边,指遥远偏处之地,此处指秦州边塞。
②鸿雁,指音信。江湖秋水多,所虑与《梦李白二首》同出机杼。
③杨伦《杜诗镜铨》云:"文人多遭困踬,反似憎命之达者,即诗能穷人之意。"黄生《杜诗说》曰:"文与命仇意,而'憎'字惊极。不言远贬,而曰'魑魅喜人过',将欲伺人而食之也,语险更惊。"
④冤魂,指屈原。投诗,谓李白。汨罗江,为屈原怨愤而怀沙自沉处,清《一统志》载:"湖南长沙府:屈原墓在湘阴县北。"为李白流放道途中所经之地点。"共语投诗"之设想,可见杜甫认为李白几与屈原同冤;而"地上无可与语,唯汨罗之冤魂,乃君相知,可投诗赠之也。"(《杜臆》)语极凄凉辛酸。

黄生《杜诗说》云:"不曰吊,曰赠,说得冤魂活现。"则直与鬼为邻矣,词情凄恻。

病　马①

乘尔亦已久,天寒关塞深。②尘中老尽力,岁晚病伤心。③毛骨岂殊众,驯良犹至今。④物微意不浅,感动一沉吟。⑤

【注释】

①乾元二年秋,杜甫在秦州作有一系列十多首咏物诗,范围广大,手法出新,意境深微,甚有可观者,此处选收一首。病马,见爱物之心。

②尔,你也,指病马。关塞,即边关要塞,此处指秦州。深,形容群山层叠之深远险要。

③老、病者,指马。伤心者,为杜甫。《韩诗外传》卷八曾载:"昔者田子方出,见老马于道,喟然有志焉。问于御者曰:'此何马也?'曰:'故公家畜也,罢而不为用,故出放也。'田子方曰:'少尽其力,而老去其身,仁者不为也。'束帛而赎之。"杜甫亦仁者之最。

④殊众,与众不同。王嗣奭《杜臆》云:"二句乃不称力而称德之意。再溯到从前,所谓沉吟也。"钟惺《唐诗归》曰:"情在五字内,是知己之言。"

⑤仇兆鳌注引申涵光云:"杜公每遇废弃之物,便说得性情相关,如《病马》《除架》是也。"杨伦《杜诗镜铨》引蒋弱六云:"贫贱患难中,只不我弃者,便生感激,写得真挚。"实则杜甫尽会人心,亦善体物情,矜怜每一受苦之生命,而冀望一切生命都能托身于和谐自适之宇宙秩序中,不独利害相关者而已,故于诗中每每致意:"物情无巨细,自适故其常"(《夏夜叹》)、"物微世竟弃,义在谁肯征"(《稷拂子》)、"物微限通塞,恻隐仁者心"(《过津口》)等,表现一种"浮生之理与物理合一"之生命观,此乃其忠君、爱民、惜物之共同出发点,非解此不足以谓知杜甫。

△钟惺《唐诗归》云:"同一爱马,买死马者,英雄牢络之微权;赎老马、怜病马者,圣贤悲悯之深心。"

蜀　相①

蜀相祠堂何处寻②，锦官城外柏森森③。映阶碧草自春色，隔叶黄鹂空好音。④三顾频繁天下计，两朝开济老臣心。⑤出师未捷身先死⑥，长使英雄泪满襟。

【注释】

① 作于肃宗上元元年（四十九岁）初抵成都之时。自去年（乾元二年）间关道路、"一岁四行役"（见《发同谷》诗，指春自洛阳回华州，秋自华州赴秦州，冬自秦州至同谷，又自同谷至成都）的艰辛旅程之后，杜甫终能稍事喘息，一尝恬静详谧的生活滋味，其间情景可于本诗以下数首略窥之。《蜀相》本身则为吊古之作，反映杜甫不死之愿望与哀伤。

② 蜀相，指诸葛亮，于蜀汉章武元年（二二一）任丞相。其庙乃晋时李雄称王成都时所建，今名"武侯祠"。

③ 锦官城，为成都别名，有锦江流经，《华阳国志·蜀志》载："（成都）西城，故锦官也。锦江，织锦濯其中则鲜明，他江则不好，故命曰锦里也。"一说："成都呼为锦官城，以江山明丽，错杂如锦也。"（见仇注）柏森森，形容柏树枝叶繁茂，亦暗喻武侯精神长存，柏心贞正，似有感而应之以欣欣生意。仇兆鳌转引《儒林公议》云："成都先主庙侧，有诸葛武侯祠，祠前有大柏，系孔明手植，围数丈。"

④ 此联景中寓情，草自春、鸟空啼，似对一代贤人伟业浑不知解；"空"字、"自"字，不胜寥落之感，笔法同何逊《行孙氏陵》诗之"山莺空曙响，垄月自秋晖"。

⑤ 频繁，一作"频烦"，言次数繁多，诸葛亮《出师表》云："三顾臣于草庐之中。"此处借以衬托亮之贤能。两朝，指刘备、刘禅两代。开济，开创济世之业。下一"老"字更显其至死不移之忠诚丹心。

⑥ 事见《三国志·蜀书·诸葛亮传》载："亮悉大众由斜谷出，以流马运，据武功五丈原，与司马宣王（懿）对于渭南。……相持百余日，其年八月，亮疾病，卒于军，时年五十四。"

△明王嗣奭《杜臆》云:"此与'诸葛大名'一首意正相发。……盖不止为诸葛悲之,而千古英雄有才无命者,皆括于此,言有尽而意无穷也。"又清金圣叹《杜诗解》曰:"三、四碧草春色,黄鹂好音,入一'自'字、'空'字,便凄清之极。……第七句'未'字、'先'字妙,竟似后曾恢复而老臣未及身见之者,体其心而为言也。当日有未了之事,在今日长留一未了之计、未了之心。"

江　村①

清江一曲抱村流,长夏江村事事幽。自来自去梁上燕,相亲相近水中鸥。②老妻画纸为棋局,稚子敲针作钓钩。③多病所须惟药物,微躯此外更何求?④

【注释】

①作于上元元年夏,时在成都。江,指浣花溪,杜甫草堂即营于溪畔,堂四周栽竹植松,种桃树柤,风吹叶吟,一片清幽。
②二句见物色之幽,及物我忘机之亲和。水中鸥,参王维《积雨辋川庄作》注⑥。
③二句见人事之幽,及老少各得之安详。
④末联表示自适于江村,有与世无求之意。盖多年匍匐困蹇,至此始能稍安,故惟尽享闲居天伦之乐。

戏题王宰画山水图歌①

十日画一水,五日画一石。②能事不受相促迫③,王宰始肯留真迹。壮哉昆仑方壶图,挂君高堂之素壁。④巴陵洞庭日本东,赤岸水与银河通⑤,中有云气随飞龙⑥。舟人渔子入浦溆,山木尽亚洪涛风。⑦尤工远势古莫比,咫尺应须论万里。⑧焉得并州快剪刀,剪取吴淞半江水。⑨

【注释】

①同是上元元年作于成都,题下原注:"王宰画丹青绝伦。"王宰,张彦远《历

代名画记》谓曰:"蜀中人,多画蜀山,玲珑嵌空,巉嵯巧峭。"画山水树石,出于象外。

②首言王宰平日练笔之勤,亦可视为杜甫夫子自道,明其诗歌创作上锻炼之工夫。

③能事,指擅长之术艺,不受促迫,方能从容尽其能事,而兴会淋漓。

④昆仑,西方神山。方壶,《拾遗记》卷一云:"三壶,则海中三山也。一曰方壶,则方丈也;二曰蓬壶,则蓬莱也;三曰瀛壶,则瀛州也。形如壶器,此三山上广,中狭,下方,皆如工制。"王嗣奭《杜臆》谓:"方壶东极,昆仑西极,盖就图中远景极言之,非真画昆仑、方壶也。"下联亦同此理。高堂素壁,高大厅堂中的素面墙壁。

⑤巴陵,今湖南岳阳,正当洞庭湖通长江之入口。赤岸,枚乘《七发》有句云:"凌赤岸,篲扶桑。"其地在江苏省。此联云水自西而东,且水势浩瀚,水天一色。

⑥《易经·系辞传》云:"云从龙,风从虎。"此联形容水势盛高,通天入云,故有苍龙云气。

⑦浦溆,河口水边。亚,《广韵》曰:"就也,相依也。"本联云风激涛涌,渔夫避入河口水边,山木尽为之低亚偃伏。张谦宜《絸斋诗谈》评云:"用笔少,光景多。(下句)风势、水势、树势,七字藏三层意,此谓活笔。"

⑧尤工,特别擅长。咫尺,极短的距离。本联赞其画能于极小的方寸之间包纳极大之远景,钱谦益注引朱景玄《唐朝名画录》云:"画四时屏风,若移造化风候云物八节四时于一座之内,妙之至极也。故山水松石,并可跻于妙上品。"杜诗包蕴致密,牢笼万有,以此自论,亦当之无愧。

⑨焉得,如何得到。并州,古十二州之一,治所在今山西太原,以产剪刀闻名。吴淞,在今江苏省,为太湖最大支脉。此联意谓画境逼真,如同以利剪取来吴淞江景,移置画纸之上。李贺诗"欲剪湘中一尺天,吴娥莫道吴刀涩"(《罗浮山人与葛篇》)即本此翻用。

客　至①

舍南舍北皆春水,但见群鸥日日来。②花径不曾缘客扫,蓬门今始为君开。③盘飧市远无兼味,樽酒家贫只旧醅。④肯与邻翁相对饮,隔篱呼取尽余杯。⑤

【注释】

①作于上元二年(五十岁)成都草堂,题下原注:"喜崔明府相过。"
②春水,对应下联之"花径",以春日之和融衬托相见欢甚之温馨。群鸥日来,有天人相得、无隔忘机之美,出自《列子·黄帝》,见王维《积雨辋川庄作》注⑥。
③缘客扫,因为有客欲来而事先打扫。此联见诗人顺任自然、不拘俗礼之性情,及其幽居僻静、交游疏绝之生活。
④飧,熟食。兼味,两种以上的菜肴。醅,未漉之粗酒。两句见待客之物甚为简素粗略。
⑤呼取,即"呼得",张相《诗词曲语辞汇释》卷三云:"取,语助词,犹着也、得也。"余杯,指剩酒。末联言宾主忘机,呼应首联鸥鸟之来;中途呼来隔邻野老以尽残酒,不避俗讳仪节,其真率可见。
△黄生《唐诗摘钞》卷三云:"经时无客过,日日有鸥来,语中虽见寂寞,意内愈形高旷。前半见空谷传音之喜,后半见贫家真率之趣。"何焯《义门读书记》曰:"风雨则思友,况经春积水绕舍,日惟鸥鹭群乎?极写不至,则'喜'字溢发纸上矣。"

春夜喜雨①

好雨知时节,当春乃发生。②随风潜入夜,润物细无声。③野径云俱黑,江船火独明。④晓看红湿处,花重锦官城。⑤

【注释】

①作于上元二年成都草堂。全诗扣住"喜"字将春雨之美好发挥得淋漓尽致。
②《尔雅·释天》云:"春为发生。"此雨应时而落,仿佛能知正待萌发之万物当前之所需;下联又写其绵密之雨势,见非伤苗损叶之暴雨,故称"好雨"。

此乃雨德之一。

③杜甫《大雨》诗亦云:"则知润物功,可以贷不毛。"意同而境界稍逊。仇兆鳌曰:"潜入、细润,正状好雨发生。……曰潜、曰细,写得脉脉绵绵,于造化发生之机,最为密切。"而所谓"无声",足见为善不欲人知之雨德,和大自然雄伟又谦虚之原道,正是《庄子·知北游》所言"天地有大美而不言,四时有明法而不议,万物有成理而不说"的具体表现。此乃雨德之二。

④云黑、火明,写雨中夜景。因云黑雨细,故船火特为显明;而好雨之进行益不为人所知,从而启出下联。

⑤锦官城,见前《蜀相》诗注③。红湿、花重,设想雨后之晓景,张谦宜《絸斋诗谈》卷四云:"借花衬雨,不知者谓止是写花。'红'下用'湿'字,可见其意。"梁简文帝《赋得入阶雨》诗曾云:"渍花枝觉重。"此处则更深化而扩大,以"红湿"濡染一片饱满沉重之花景,且此景于成都处处可见,益发可作为绵远广长而无私均沾之雨德的证明。此乃雨德之三,至此则"好雨"之意义乃全幅彰显。

江畔独步寻花七绝句①

江上被花恼不彻,无处告诉只颠狂。②走觅南邻爱酒伴,经旬出饮独空床。③

稠花乱蕊裹江滨,行步欹危实怕春。④诗酒尚堪驱使在,未须料理白头人。⑤

江深竹静两三家,多事红花映白花。⑥报答春光知有处,应须美酒送生涯。⑦

东望少城花满烟,百花高楼更可怜。⑧谁能载酒开金盏,唤取佳人舞绣筵。⑨

黄师塔前江水东⑩,春光懒困倚微风。桃花一簇开无主,可爱深红爱浅红?⑪

黄四娘家花满蹊⑫,千朵万朵压枝低。留连戏蝶时时舞,自在娇莺恰恰啼。⑬

不是爱花即欲死,只恐花尽老相催。⑭繁枝容易纷纷落,嫩蕊商量细细开。⑮

【注释】

① 作于上元二年成都草堂浣花溪畔,为一组连篇诗章,细玩可探杜甫裁织变化之章法。

② 张相《诗词曲语辞汇释》卷五云:"恼,犹撩也。"不彻,即不尽。"被花恼"语殊思奇,出人意表,故无人可供告诉,以致恼至癫狂之地步。王嗣奭《杜臆》云:"'颠狂'二字,乃七首之纲。觅酒伴而不值,所以独步寻花也。"

③ "走觅"句下原注云:"斛斯融,吾酒徒。"经旬,数十日;十日为一旬。因酒伴出饮不遇,故独步寻花。

④ 此初至江边而作。稠花乱蕊,见繁花盛茂之状;裹江滨,见两岸皆有花。行步欹危,此乃老年体衰之状,故自悲而怕春。

⑤ 张相《诗词曲语辞汇释》卷五云:"料理,犹云安排或帮助也。"本联谓诗酒还可驱使,故不须忧虑死亡,白头之人亦毋须料理,二句由自悲转向自慰。可见诗、酒二宗对年老身穷而意乖志挫的杜甫具有何等意义。

⑥ 本章过临江边家而作。红花、白花以复字重出之当句对表现繁多之貌;所谓"多事"亦有恼花之意。

⑦ 仇兆鳌云:"酒送余生,不孤春色,便是报答处。"而恼春又思报春,显见诗人爱恨交加的矛盾心情。

⑧ 少城,《元和郡县志》"剑南道成都府成都县":"少城,一曰小城,在县西南一里二百步。"又左思《蜀都赋》中"亚以少城,接乎其西"句下注云:"少城,小城也,在大城西,市在其中也。"花满烟,即繁花如烟似锦之意,一说少城居密,故烟气蒙花,亦可通。可怜,即可爱。

⑨ 本联之金盏酌酒、佳人舞筵,亦报答春光之举。载酒,带酒也。唤取,即唤得,参《客至》注⑤。

⑩ 师塔,僧侣葬处。宋陆游《老学庵笔记》卷九云:"予在成都,偶以事至犀浦,过松林甚茂,问驭卒:'此何处?'答曰:'师塔也。'盖谓僧所葬之塔。于是乃悟杜诗'黄师塔前江水东'之句。"

⑪ 王嗣奭《杜臆》云:"'春光懒困倚微风'似不可解,而于恼、怕之外,别有领

略,妙甚。"可,岂、哪之意。末句叠用"爱"字、"红"字,言爱深红乎,抑爱浅红乎? 有令人应接不暇意,此亦复字重出之当句对的运用。

⑫黄四娘,其人不详,浦起龙《读杜心解》认为:"黄四娘自是妓人,用戏蝶、娇莺恰合。"另一说则引宋赵明诚《金石录》中之《唐王四娘塔铭》,以之为已故的女尼,备此以供参考。

⑬本联见春景骀荡,蝶莺亦与花俱欢之欣悦。恰恰,婉转啼鸣之声,一解作频频、时时之意。

⑭本联正是全章爱花、惜花又恼花之种种纠结矛盾的根源,于末章点出,更收画龙点睛之妙。

⑮张相《诗词曲语辞汇释》卷四云:"容易,犹云轻易也、草草也、疏忽也。"仇兆鳌云:"爱花欲死,少年之情。花尽老催,暮年之感。繁枝易落,过时者将谢。嫩蕊细开,方来者有待。亦寓悲老惜少之意。"

△全篇或疏放或雅丽,或急切或舒缓,或老成或纯真,交错并行,各尽其妙,将一片烟花春景形容毕至。故刘须溪云:"每诵数过,可歌可舞,能使老人复少。"

茅屋为秋风所破歌①

八月秋高风怒号,卷我屋上三重茅。茅飞渡江洒江郊,高者挂罥长林梢,下者飘转沉塘坳。②南村群童欺我老无力,忍能对面为盗贼,公然抱茅入竹去。唇焦口燥呼不得,归来倚杖自叹息。③俄顷风定云墨色,秋天漠漠向昏黑。④布衾多年冷似铁,骄儿恶卧踏里裂。⑤床床屋漏无干处,雨脚如麻未断绝。⑥自经丧乱少睡眠,长夜沾湿何由彻?⑦安得广厦千万间,大庇天下寒士俱欢颜,风雨不动安如山! 呜呼,何时眼前突兀见此屋,吾庐独破受冻死亦足!⑧

【注释】

①作于上元二年八月成都草堂,透露了静谧生活中偶发的灾变所带来的忧患,和对天下寒士一股永不止息的矜悯之情。

②罥(juàn),挂结之意。塘坳,低洼积水处。首句至此写狂风袭卷茅屋之惨

状,茅草被吹得又远、又高、又沉,皆抢救不得。

③入竹去,指抱入竹林,据为己有。此段写茅草为儿童取走,破屋难补而祸不单行。进一步开启下文之外,同时也生动表现杜甫即使面对弱敌亦难力争的无奈,充满了其个人特有的宽容与幽默。

④俄顷,不久。漠漠,灰蒙一片貌。向,接近。此联写乌云密布、骤雨欲来之势,无异雪上加霜。

⑤布衾,即布被。恶卧,指睡姿欠佳,故蹬踏被里,导致破裂,如此则更无法御寒。无奈的语意中却有无限怜爱。

⑥床床,一作"床头"。写屋破之后夜雨侵迫之苦。

⑦丧乱,指安史之乱。何由彻,意谓如何彻晓达旦,挨到天明。

⑧突兀,形容广厦高突耸立的样子。见,同"现"。末段由小我到大我,使个人的悲苦透过民胞物与的深广胸怀,而沦没于博爱的理想之中,具有无比的心灵向度;而末句中七连仄的力度更显示杜甫所投入全副生命的重量。细较之下,白居易仿此所作之"争得大裘长万丈,与君都盖洛阳城"(《新制绫袄成感而有咏》)、"安得万里裘,盖裹周四垠"(《新制布裘》)便似空泛造作、照本宣科,难以企及,而宋黄彻《䂬溪诗话》卷九则谓:"子美诗意宁苦身以利人,乐天诗意推身利以利人,二者较之,少陵为难。"亦通。

赠花卿①

锦城丝管日纷纷②,半入江风半入云。此曲只应天上有,人间能得几回闻。③

【注释】

①亦上元二年成都所作。花卿,指花惊定。其年四月,梓州刺史段子璋反,高适率州兵从西川节度使崔光远攻斩之;西川牙将花惊定恃勇,大掠东蜀,将士肆其剽劫,妇女有金银臂钏,兵士皆断其腕以取之,乱杀数千人,光远不能禁,见《旧唐书》中《崔光远传》《高适传》。

②锦城,即成都,见前《蜀相》诗注③。丝管,本为弦乐器和管乐器之合称,用以代指一般乐器。日纷纷,谓无日无之。

③两句极力形容乐音之妙。花卿在蜀,恃功骄恣,颇僭用天子礼乐,杜甫作此讽之,而意在言外,最得风人之旨。仇兆鳌曰:"此诗风华流丽,顿挫抑扬,虽太白、少伯,无以过之。"

不　见①

不见李生久,佯狂真可哀。②世人皆欲杀,吾意独怜才。③敏捷诗千首,飘零酒一杯。④匡山读书处,头白好归来。⑤

【注释】

①作于上元二年成都,题下原注:"近无李白消息。"自天宝四年与李白一别之后,至此已十六年矣。

②李生,指李白。"佯狂"句,指出蕴藏在李白外现之狂态下深重之无奈与悲哀,参前文《赠李白》一诗。李白《笑歌行》亦曾自云:"笑矣乎,笑矣乎!甯武子、朱买臣,叩角行歌背负薪。今日逢君君不识,岂得不如佯狂人!"杜甫此言真知己之语。

③李白《上李邕》诗曾云:"时人见我恒殊调,见余大言皆冷笑。"杜甫此联更生动表现李白与世相忤之强烈紧张关系,与自己一份相濡以沫的相惜之情。

④极言才高、命蹇的落拓无依之感,正是李白一生写照。

⑤匡山,一指江西浔阳之匡庐山,一指四川江油之大小匡山,以后说较恰当。末联盼其浪游倦归,得以故乡温情殷殷抚慰,杨伦《杜诗镜铨》云:"结语抵一篇《大招》。"

戏为六绝句①

庾信文章老更成,凌云健笔意纵横。②今人嗤点流传赋,不觉前贤畏后生。③

王杨卢骆当时体,轻薄为文哂未休。④尔曹身与名俱灭,不废江河万古流。⑤

纵使卢王操翰墨,劣于汉魏近风骚。⑥龙文虎脊皆君驭⑦,历块过都见尔曹⑧。

才力应难跨数公,凡今谁是出群雄。⑨或看翡翠兰苕上,未掣鲸鱼碧海中。⑩

不薄今人爱古人,清词丽句必为邻。⑪窃攀屈宋宜方驾,恐与齐梁作后尘。⑫

未及前贤更勿疑,递相祖述复先谁。⑬别裁伪体亲风雅,转益多师是汝师。⑭

【注释】

①作于代宗宝应元年(五十一岁)成都。此六章彼此勾连相贯,为杜甫最完整的主要诗歌理论,亦开后世论诗绝句之风气,不唯有助于后学者的诗歌创作,亦是生命学问的指道原则,值得善加体会。

②庾信,字子山,文章绮丽,盛才洋溢,以"徐庾体"领道南朝齐梁诗坛;后半生入北周,羁旅异乡,文章乃为哀感动人,以《哀江南赋》最著,故此处曰"老更成""凌云健笔",意同《咏怀古迹五首》之一的"庾信平生最萧瑟,暮年诗赋动江关"。庾信为杜甫常加推崇之前辈诗人。

③嗤点,指点嘲笑。流传赋,指庾信传世之文章。前贤,指庾信。后生,即嗤点之今人。仇兆鳌云:"后人取其流传之赋,嗤笑而指点之,岂知前贤自有品格,未见其当畏后生也。"此说甚确。

④王杨卢骆,即合称初唐四杰的王勃、杨炯、卢照邻、骆宾王,其文学之努力与表现自有其时代意义,故而有一定的价值,此之谓"当时体"。轻薄为文者,指嗤点之今人,因盲目趋附复古之潮流而妄加诋毁,以致对四杰嗤笑不休。

⑤尔曹,即"你们",指轻薄嗤点者。谓你们最后必将身名俱灭,却无碍庾信、初唐四杰如江河般万古流传不朽。

⑥卢王,即前章提出之初唐四杰。操翰墨,即"拿笔墨",代指写文章诗歌。下句应依钱谦益注,意指虽劣于汉魏风骨,但仍近于风骚(《诗经》《离骚》合言)之流,为具有真生命的成功作品。

⑦龙文、虎脊,为两种纹色的马,借以代指各种不同的风格文体。皆君驭,都值得人们驾驭、学习。

⑧历块过都,见前《瘦马行》诗注⑧。此句言人们将见到你们这些妄诋前贤者自我设限,导致才力薄弱,终会遭遇失败如同越过都国时碰到石块而跌跤一般。

⑨数公,指前言之庾信、四杰等。本联意谓轻薄嗤点者才力难以超越前贤,其中又有谁能像庾信、四杰等为出群之雄呢?

⑩翡翠、兰苕,出自郭璞《游仙诗十四首》之三"翡翠戏兰苕,容色更相鲜",为容色鲜丽的珍禽芳草。钱谦益笺曰:"指当时研揣声病、寻章摘句之徒。"两句意谓这些今人只看到庾信、四杰清词丽句的一面,眼界限于一家一派,有如翡翠戏于兰苕之上般单薄;未能如掣鲸碧海,取资宏富,兼综博采,获得雄巨之才力。

⑪古人,指屈原、宋玉。今人,钱谦益注云:"齐梁以下,对屈宋言之,皆今人也。"即庾信、四杰之类清词丽句之作者。不加菲薄而以之为邻,才能善于学习。

⑫本联意谓这些轻薄子私自攀附屈宋,认为应该与之并驾齐驱;但志大才庸,执于一偏,恐怕亦难企及他们所菲薄的齐梁文学,只能沦为其后尘而已。

⑬前贤,呼应首章。递相祖述,意谓辗转模仿,意同末句之"转益多师"。复先谁,谓又以谁为先,指轻薄子盲目附从一家一派,又能超越何人?

⑭末章末联为整组绝句中正面提出的总纲领,呼吁当今众人善加区别,裁去虚伪不实的口号和做法(所谓"别裁伪体"),而亲近风雅所代表的真文学,以"真"为师,多方辗转请益,乃是学诗之道。故杨伦《杜诗镜铨》曰:"风骚有真风骚,汉魏有真汉魏,下而至于齐梁初唐,莫不有真面目焉。循流溯源以上追三百篇之旨,则皆吾师也。苟徒放言高论,而不能虚心以集益,亦终不离于伪体而已矣。此公之所以为集大成欤?"

观打鱼歌①

绵州江水之东津②,鲂鱼鲅鲅色胜银③。渔人漾舟沉大网,截江一拥数百鳞。④众鱼常才尽却弃,赤鲤腾出如有神⑤。潜龙无声老蛟怒,回风飒飒吹沙尘。⑥饔子左右挥霜刀,鲙飞金盘白雪高。⑦徐州秃尾不足忆⑧,汉阴槎头远遁逃⑨。鲂鱼肥美知第一,既饱欢娱亦萧瑟。君不见朝来割素鬐,咫尺波涛永相失!

【注释】

①代宗宝应元年作于绵州,其地属剑南道东川节度使管辖。

②绵水西出绵竹县,又称涪水。之东津,流向东边渡口。

③鲂鱼,陆玑《毛诗疏》曰:"鲂鱼广而薄,肌肥甜而少肉,细鳞之美者也。"鲅鲅(bà bà),鱼跃貌。

④漾舟,船摇动前行。截江一拥,形容大纲广布而收束之动作。鳞,代指鱼。

⑤鲤,陶弘景《本草》云:"鲤为鱼中之主,形可爱,又能神变,乃至飞越山湖。"段成式《酉阳杂俎·鳞介》云:"国朝律,取得鲤鱼即宜放,仍不得吃,号赤鲜公,卖者杖六十。"

⑥本联形容打鱼之举惊天动地、掀风吹尘,使龙无声潜伏,蛟被扰而怒,表现人们追求鲂鱼美味之热烈急切。朱鹤龄注云:"物恶伤类,故蛟龙亦不安其居,见残生之可畏如此。"

⑦饔子,即饔人,今之厨师,主烹宰之事。霜刀,形容刀子薄亮锐利。鲙,同"脍",细切肉。白雪高,形容肉白如雪,堆积如山。

⑧徐州秃尾,钱谦益笺引《诗义疏》曰:"鲂似鲂而大头,鱼之不美者,故里语曰:'买鱼得鲂,不如啖茹。'徐川谓之鲢,或谓之鱐。"殆指此。不足忆,不值得想念。

⑨汉阴槎头,仇兆鳌注引《襄阳耆旧传》云:"汉水中出鳊鱼,肥美,常禁人采捕,遂以槎断水,因谓之槎头缩项鳊。"孙炎《释尔雅》谓:"积柴木水中养鱼曰槮。"襄阳俗称鱼槮为槎头。

△杨伦《杜诗镜铨》云:"体物既精,命意复远,一饱之后,仍归萧瑟,数语可当一篇戒杀文。"王嗣奭《杜臆》评《又观打鱼》诗曰:"暴殄天物,其痛一也。故至诚尽人之性,即能尽物之性,一视同仁,初无二理。"

闻官军收河南河北①

剑外忽传收蓟北,初闻涕泪满衣裳。②却看妻子愁何在?漫卷诗书喜欲狂。③白日放歌须纵酒,青春作伴好还乡。④即从巴峡穿巫峡,便下襄阳向洛阳。⑤

【注释】

① 代宗广德元年春(七六三,五十二岁)作于梓州,其地为东、西川节度使治所,乃官吏往来必经之地。《旧唐书·史思明传》载:宝应元年冬十月,仆固怀恩为先锋,破史朝义军,进克东京,次年(即广德元年)正月史朝义为部将擒杀降唐,扰攘七年多的安史之乱至此即将画下句点。河南河北,指洛阳周边地区。

② 剑外,即剑南,代指杜甫所在之蜀地。蓟北,今河北省北部,范阳之所在,为安史叛军之根据地。涕泪满衣,因乱离已久,喜极而泣。

③ 却看,回头看。漫卷,漫不经心地卷收。仇兆鳌注引顾修远云:"'忽传'二字,惊喜欲绝。'愁何在',不复愁矣。'漫卷'者,抛书而起也。"

④ 此联中"纵酒"承上联之"狂喜","还乡"承上联之"妻子"。青春作伴,意谓风和明媚之春光能助行色,一路相伴,更不寂寞。

⑤ 末句下原注:"余田园在东京。"两句言还乡所经之路。巴峡,泛指四川东部长江流经的明月峡、广屿峡、鸡鸣峡等峡谷。巫峡,为长江三峡之一,参李白《早发白帝城》注③。

△ 仇兆鳌注引顾宸云:"此诗之忽传、初闻、却看、漫卷、即从、便下,于仓卒间写出欲歌欲哭之状,使人千载如见。"又引王嗣奭曰:"此诗句句有喜跃意,一气流注,而曲折尽情,绝无妆点,愈朴愈真,他人决不能道。"浦起龙《读杜心解》亦曰:"八句诗,其疾如风,题事只一句,余俱写情,得力全在次句。……生平第一首快诗也。"

登　楼①

花近高楼伤客心,万方多难此登临。②锦江春色来天地,玉垒浮云变古今。③北极朝廷终不改,西山寇盗莫相侵。④可怜后主还祠庙⑤,日暮聊为《梁甫吟》。⑥

【注释】

①作于代宗广德二年春（五十三岁），时杜甫本至阆州，意欲离蜀东下，不久其好友至交严武复任成都尹兼剑南东西川节度使，故又归成都，作成此诗。

②首二句倒装突兀：因万方多难故花伤客心，因果句倒置，效果更为警策有力。王嗣奭《杜臆》云："此诗妙在突然而起，情理反常，令人错愕。而伤心之故，至末始尽发之，而竟不使人知，此作诗者之苦心也。"

③本联承"登楼"写眼前景致，吴星叟云："二语壮阔而时趋世变亦全包于此。"锦江，见前《蜀相》诗注③，为岷江支流，经成都草堂附近。玉垒，山名，在灌县西，唐贞观间设关于其下，为吐蕃往来之要冲。

④二句承"万方多难"而具体言之。北极，指北极星，借喻朝廷屹立不坠而"终不改"。西山寇盗，指吐蕃。去年（广德元年）七月吐蕃入侵，十月陷长安，代宗出奔陕州，《旧唐书·代宗本纪》载："戊寅，吐蕃入京师，立广武王承宏为帝，仍逼前翰林学士于可封为制封拜。辛巳，车驾至陕州。子仪在商州，会六军……庚寅，子仪收京城。"然至十二月，"吐蕃陷松、维、保三州及云山新筑二城，西川节度使高适不能救，于是剑南、西山诸州亦入于吐蕃矣"（见《资治通鉴·唐纪三十九》）。

⑤后主，指刘备之子刘禅。还祠庙，指仍受祭祀，与诸葛亮之武侯祠各在蜀先主庙东、庙西从祠。王嗣奭《杜臆》云："至结语忽入后主，必非无为，而未有能知之者。盖后主初年，亦无他过，而后来一用黄皓，遂至亡国。肃、代信任李辅国、程元振、鱼朝恩，正与后主之任皓无异，虽有贤臣如李泌、子仪辈，而不得展其略，盖幸而不亡耳。"故下句引出对诸葛亮之追想。

⑥梁甫吟，《乐府诗集》卷四十一题解云："梁甫，山名，在泰山下。《梁甫吟》，盖言人死葬此山，亦葬歌也。"《三国志·蜀书·诸葛亮传》载："亮躬耕陇亩，好为《梁父吟》。"则杜甫亦姑且借之以赋己志耳。

△仇兆鳌云："伤心之故，由于多难；而多难之事，于后半发明之。其辞微婉而其意深切矣。"沈德潜《唐诗别裁集》卷十三云："气象雄伟，笼盖宇宙，此杜诗之最上者。"

丹青引赠曹将军霸①

　　将军魏武之子孙,于今为庶为清门。②英雄割据虽已矣,文采风流今尚存。③学书初学卫夫人④,但恨无过王右军⑤。丹青不知老将至,富贵于我如浮云。⑥开元之中常引见,承恩数上南薰殿⑦。凌烟功臣少颜色,将军下笔开生面。⑧良相头上进贤冠,猛将腰间大羽箭。⑨褒公鄂公毛发动,英姿飒爽来酣战。⑩先帝御马玉花骢,画工如山貌不同。⑪是日牵来赤墀下,迥立阊阖生长风。⑫诏谓将军拂绢素,意匠惨淡经营中。⑬斯须九重真龙出,一洗万古凡马空。⑭玉花却在御榻上,榻上庭前屹相向。⑮至尊含笑催赐金,圉人太仆皆惆怅。⑯弟子韩幹早入室,亦能画马穷殊相。⑰幹惟画肉不画骨,忍使骅骝气凋丧。⑱将军画善盖有神,必逢佳士亦写真。⑲即今飘泊干戈际,屡貌寻常行路人⑳。途穷反遭俗眼白㉑,世上未有如公贫。但看古来盛名下,终日坎壈缠其身。㉒

【注释】

① 作于代宗广德二年。丹青,原指绘画颜料,用以代指绘画。引,古诗体之一种,亦为乐曲体裁。张彦远《历代名画记》卷九曰:"曹霸,魏曹髦之后,髦画称于后代。霸在开元中已得名,天宝末,每诏写御马及功臣,官至左武卫将军。"

② 魏武,即曹操,死后追尊为魏武帝,曹髦为其曾孙。庶,平民。清门,指清寒之家。曹霸于玄宗末年得罪,削籍为庶人。

③ 英雄割据、文采风流,分指魏武帝之政治霸业与艺术表现,一烟消云散,一后继有人。

④ 首言其书法造诣。卫夫人,《法书要录》卷一载笔法传授谱系云:"蔡邕受于神人而传之崔瑗及女文姬,文姬传之钟繇,钟繇传之卫夫人,卫夫人传之王羲之。"

⑤ 但恨,只恨。无过王右军,谓无法超过王羲之。《晋书·王羲之传》云:"字逸少……尤善隶书,为古今之冠,论者称其笔势,以为飘若浮云,矫若惊龙。……为右军将军,会稽内史。"

⑥两句化用孔子经语,由书法转入绘画成就。《论语·述而》云:"其为人也,发愤忘食,乐以忘忧,不知老之将至云尔。"同篇又云:"不义而富且贵,于我如浮云。"此言曹霸浸润丹青之乐,亦为文末途穷坎壈之伏笔。

⑦承恩,承蒙帝王之恩宠。南薰殿,取虞舜所作五弦琴歌中首句"南风之薰兮"意,《长安志》卷九载:"南内兴庆宫……宫内正殿曰兴庆殿……前有瀛洲门,内有南薰殿,北有龙池。"

⑧凌烟,阁名,在今陕西长安,为朝廷绘存功臣之肖像画以示褒扬之处,《唐会要》卷四十五载:太宗"贞观十七年二月二十八日诏曰:自古皇王,褒崇勋德,既勒名于钟鼎,又图形于丹青。司徒赵国公(长孙)无忌等二十四人,可并图画于凌烟阁"。阁在西内三清殿侧。少颜色,谓日久暗淡而不鲜明。图像至开元时颜色已暗,曹霸重为之画,使其增色复光,故云"开生面"。

⑨进贤冠,《后汉书·舆服志》云:此冠乃"古缁布冠也,文儒者之服"。唐时百官朝服,皆着此冠。大羽箭,《酉阳杂俎》卷一载:"(太宗)好用四羽大笴,长常箭一扶,射洞门阖。"

⑩褒公,褒国公段志玄;鄂公,鄂国公尉迟敬德,二人于凌烟阁功臣中分列第十、第七。黄生《杜诗说》云:"于功臣但言褒、鄂,举二人以见其余,想画此尤生动耳。"

⑪自此由人物画进而写马画。先帝,指唐玄宗。《明皇杂录》云:"上所乘马有玉花骢、照夜白,封泰山回,令陈闳图之。"画工如山,形容画工众多。貌不同,意即画不像。

⑫赤墀,指官殿中之红色地阶,《汉书·梅福传》注引应劭曰:"以丹淹泥涂殿上也。"迥立,卓然挺立。阊阖,《说文》云:"阊,天门也。楚人名门曰阊阖。"此指皇官殿门。生长风,形容骢马之神骏伟岸,其气势足以掀起长风。

⑬拂绢素,展开白色绢布以为画纸。意匠,指艺术上推敲构思之工夫。惨淡经营,形容创作之艰苦。

⑭斯须,不久。九重,指皇官,《楚辞·九辩》中"君之门以九重"句下洪兴祖补注云:"天子有九门。"真龙出,形容画中之马如真龙般活现,下句遂曰:使自古以来之所有凡马相形见绌,虽有若无,"空"字用法同韩愈《送温处士序》之"伯乐一过冀北之野,马群遂空"。

⑮两句夹写画马、真马,展现曹霸令人真假莫辨之神技,只见榻上画马与庭前真马相对屹立。

⑯至尊,即帝王。据《周礼·夏官》载:圉(yǔ)师,掌教圉人养马;圉人,掌养马刍牧之事。太仆,王出入则自左驭而前驱。此联言养马者亦自叹真马有所不如,而怅然若失。

⑰韩幹,《历代名画记》卷九载:"大梁人。王右丞维见其画,遂推奖之,官至太府寺丞。善写貌人物,尤工鞍马。初师曹霸,后自独擅。……时岐、薛、宁、申王厩中皆有善马,幹并图之,遂为古今独步。"入室,称其最得师传,出自《论语·先进》:"子曰:由也升堂矣,未入于室也。"穷殊相,谓穷尽各种形貌样态。

⑱骅骝,《荀子·性恶》曰:"骅骝、骐骥、纤离、绿耳,此皆古之良马也。"此联以韩幹画法反衬曹霸之尽善,为抑扬烘托之法,未必有贬低韩幹之意。

⑲画善,一作"善画"。必,一作"偶"。有神,此为杜甫所推许的最高艺术境界,参《奉赠韦左丞丈二十二韵》诗注⑤。写真,指人物画。此联又从画马回转于画人,前后呼应。

⑳屡貌,常常画。先前笔下皆是凌烟功臣与骅骝名马的一代宗师,如今却以寻常路人为对象以求糊口,其沦落可知。

㉑宋黄彻《䂬溪诗话》云,此句"本用阮籍事,意谓我辈本宜以白眼视俗人;至小人得志,嫉视君子,是反遭其眼白,故倒用之"。

㉒仇兆鳌云:"随地写真,慨将军之不遇。不写佳士而写常人,已落魄矣;况遭俗眼之白,穷益甚矣,故结语含无限感伤。"坎壈,坎坷困顿。

△杨伦《杜诗镜铨》引张惕庵曰:"此太史公列传也。多少事实,多少议论,多少顿挫,俱在尺幅中。章法跌宕纵横,如神龙在霄,变化不可方物。"又施补华《岘佣说诗》云:"《丹青引》画人是宾,画马是主。却从善书引起善画,从画人引起画马,又用韩幹之画肉,垫将军之画骨,末后搭到画人,章法错综绝妙。"

宿　府①

清秋幕府井梧寒,独宿江城蜡炬残。②永夜角声悲自语,中天月色好谁看。③风尘荏苒音书绝,关塞萧条行路难。④已忍伶俜十年事,强移栖息一枝安。⑤

【注释】

①作于代宗广德二年秋。其年六月严武荐杜甫为节度使署中参谋,检校工部员外郎,赐绯鱼袋。

②幕府,《陔馀丛考》云:"古所谓幕府,指将帅在外之营帐而言……后人遂相沿,为牙署之称。"江城,指成都。由于杜甫草堂在城外西郊,故常独宿府中,以免往来奔波。"寒""残"二字铺陈一片荒寂之景,寓有满腔凄凉之情。

③永夜,长夜。角声,军中号角悲楚哀越之音。二句各为"五~二"断句,突破常格,奇警动人;《秋风二首》之二亦云"不知明月为谁好",意思相近。所谓自语其悲、谁看其好,真凄绝孤甚之感。

④风尘,兼喻战乱与行旅。荏苒,岁月推移貌。关塞,地势险要的边关要塞。行路难,本乐府旧诗题,吴竞《乐府古题要解》曰:"行路难,备言世路艰难及离别伤悲之意。"此处化用之,为一般常语。

⑤伶俜,飘零失所貌。栖息一枝,语出《庄子·逍遥游》:"鹪鹩巢于深林,不过一枝。"王嗣奭《杜臆》申述此联云:"自禄山叛乱,以至于今,苦忍伶俜,已历十年;而今得参谋幕府,安栖一枝,诚不幸中之幸,而实非中心之所欲也。清夜思之,宜其展转而不寐也。"

旅夜书怀①

细草微风岸,危樯独夜舟。②星垂平野阔,月涌大江流。③名岂文章著,官应老病休。④飘飘何所似?天地一沙鸥。⑤

【注释】

①作于代宗永泰元年(五十四岁)去蜀后舟旅途中。其年正月严武终允杜甫辞去幕府职务,归居草堂;四月严武病卒,杜甫顿失依傍,五月时遂携家别蜀东下,一路船行,经嘉州、戎州、渝州、忠州,此诗约成于自忠州赴云安之

时。上四句旅夜,下四句书怀。

②危樯,即高樯,"樯"乃船上之桅杆。本联下"细""微""危""独"等字,乃以纤敏之心看细微之景。

③两句承上,由极小推扩至极大,自纤微化至于雄浑,收放自如,笔力万钧;"星垂""月涌"又使平野更加广大辽阔,江流益形奔涌有力,而杜甫内心之波动也由"细草微风"激荡为波澜壮阔了。李白《渡荆门送别》诗曾云:"山随平野尽,江入大荒流。"形似而意境有别。

④本联为"一~四"断句,既突出"名"与"官",又以"岂"字、"应"字加以否定。沈德潜《唐诗别裁集》卷十曰:"胸怀经济,故云名岂以文章而著;官以论事罢,而云老病应休,立言之妙如此。"

⑤"一"字呼应首联之"独"字,末联以景自况:天高地远,而一己孤寞飘零,正如舟前沙鸥,将何去何从?至此可见杜甫于衰残之年已无早期"白鸥没浩荡,万里谁能驯"之劲力,但不失高渺清扬之境界,虽无依却不茫然,虽无定却不迷失,足为风范。故清黄生《唐诗矩》云:"'一沙鸥',何其渺;'天地'字,何其大。合而言之曰'天地一沙鸥',语愈悲,气愈傲。"

白帝城最高楼①

　　城尖径仄旌旆愁②,独立缥缈之飞楼③。峡坼云霾龙虎睡,江清日抱鼋鼍游。④扶桑西枝对断石,弱水东影随长流。⑤杖藜叹世者谁子?泣血进空回白头。⑥

【注释】

①此代宗大历元年(五十五岁)于夔州所作。白帝城,在今重庆奉节东白帝山上,《水经注·江水》云:"白帝山城周回二百八十步……西南临大江,窥之眩目。"另参李白《早发白帝城》诗注①。本篇运用古体音节写作七律,乃杜甫首创,名曰"拗律",又称"吴体",乃有意以拗涩之句写拗涩之情,以收声情相合之效。

②城尖,即山顶,因城依山势而筑,随坡度升降,故至山顶即为全城尖高之处。径仄,路径狭仄陡斜。旌旆愁,因城高风大,旌旗易被劲风吹折偃仆,故欲

愁：此三字已含末联句意。

③本句用散文化句法，音节亦不中律，意谓独自站在仿佛飞凌空中的缥缈高楼。

④本联极写自高处俯望江峡的种种迷离恍惚之景。坼，拆裂。云霾，即云雾尘沙。鼋鼍，蜥蜴大鳖之类的水族。杨伦《杜诗镜铨》引蒋弱六云："身在云霄，目前一片云气苍茫，平低望去，峡中多少怪怪奇奇之状，隐约其际。惟下视江流不受云迷，却受日光，遂觉如日抱之，而波光、日光两相涌闪，亦怪奇难状。以一语该万态，妙绝千古。"

⑤扶桑，《山海经·海外东经》载："汤谷上有扶桑，十日所浴……居水中，有大木，九日居下枝，一日居上枝。"弱水，所指不一，《山海经·大荒西经》载："西海之南，流沙之滨，赤水之后，黑水之前，有大山，名曰昆仑之丘……其下有弱水之渊环之。"郭璞注云："其水不胜鸿毛。"此其得名之故。朱鹤龄注本联曰："峡之高，可望扶桑西向；江之远，可望弱水东来。"

⑥杖藜，拄着藜茎做成的手杖。回白头，意谓不忍叹世之忧徒增愁绪，更添衰老，故掉头不堪继续眺望。王嗣奭《杜臆》云："叹世二字，为一章之纲。泣血迸空，起于叹世。以迸空写高楼，落想尤奇。"

△王嗣奭《杜臆》云："此诗真惊人之语，总是以忧世苦心发之，以自消其垒块者。"清方东树《昭昧詹言》则曰："此亦造句用力之法，句法字字攒炼。起句促簇。次句疏直而阔步放纵，乃立命之根。……收句气格历落，用意疏豁，非是则收不住中四句之奇崛。如此奇险，寻其意脉，却文从字顺，各称其职。"

八阵图①

功盖三分国②，名成八阵图。江流石不转，遗恨失吞吴。③

【注释】

①作于大历元年夔州。《太平寰宇记》"山南东道夔州奉节县"："八阵图在县西南七里。《荆州图副》云：'……聚细石为之，各高五尺，广十围，历然棋布，纵横相当，中间相去九尺，正中开南北巷，悉广五尺，凡六十四聚，或为

人所散乱,及为夏水所没,冬水退,复依然如故。'"陆游《入蜀记》卷六云:"(夔)州东南有八阵碛,孔明之遗迹,碎石行列如引绳。每岁江涨,碛上水数十丈,比退,阵石如故。"

②指诸葛亮智计无敌、功绩盖世,在魏、蜀、吴三分天下的时代中最为突出。

③仇兆鳌《杜诗详注》云:"下句有四说:以不能灭吴为恨,此旧说也;以先主之征吴为恨,此东坡说也;不能制主上东行,而自以为恨,此《杜臆》、朱注说也;以不能用阵法而致吞吴失师,此刘氏之说也。"而衡诸史实,以第二说、第三说较佳,盖因诸葛亮早在隆中对时即抱持"东连孙权,北拒曹操"之立场,待刘备执意伐吴而惨遭大败后,又云:"法孝直若在,则能制主上令不东行;就复东行,必不倾危矣。"(见《三国志·法正传》)所谓唇亡齿寒,"吞吴"之举乃蜀国力衰而终灭之一大关键,故为忧劳兴国的诸葛亮引为遗恨。

△清李锳《诗法易简录》云:"前题《武侯庙》,故写出武侯全部精神;此题《八阵图》,故只就阵图一节写其遗恨,作诗切题之法有如是。"

古柏行①

孔明庙前有老柏,柯如青铜根如石。霜皮溜雨四十围,黛色参天二千尺。②君臣已与时际会,树木犹为人爱惜。③云来气接巫峡长,月出寒通雪山白。④忆昨路绕锦亭东,先主武侯同閟宫。⑤崔嵬枝干郊原古,窈窕丹青户牖空。⑥落落盘踞虽得地,冥冥孤高多烈风。⑦扶持自是神明力,正直原因造化功。⑧大厦如倾要梁栋,万牛回首丘山重。⑨不露文章世已惊,未辞剪伐谁能送?⑩苦心岂免容蝼蚁,香叶终经宿鸾凤。⑪志士幽人莫怨嗟,古来材大难为用!⑫

【注释】

①作于大历元年夔州。《夔州歌十绝句》中亦云:"武侯祠堂不可忘,中有松柏参天长。"另参《蜀相》注③。

②两联之后三句极力形容古柏老而弥劲之形貌,千锤百炼,根干如生。柯,枝条。霜皮溜雨,谓树皮色白而光滑。黛色,青绿色。四十围、二千尺,极言

其高壮。

③与时，因时。际会，即遇合。《左传·定公九年》载："《诗》云：'蔽芾甘棠，勿剪勿伐，召伯所茇。'思其人犹爱其树。"两句意谓后人爱屋及乌，当时刘备与诸葛亮因缘际会、君臣相得而完成时代壮举，从而泽及庙前树木，使之为人护惜。

④巫峡，《大清一统志》"湖北宜昌府"："巫峡在巴东县西，接四川夔州府巫山县界。"雪山，《元和郡县志》载："剑南道松州嘉诚县：雪山在县东八十里，春夏常有积雪，故名。"两处各在夔州东、西方。本联承上夸大古柏之高可上接云气，其枝柯横披广布，可接通巫峡、雪山，以至于月光照耀下所呈显的寒白之色有如山上积雪。

⑤锦亭，指成都锦江野亭。閟宫，祭祀之地。武侯祠在先主庙西，杜甫《咏怀古迹五首》之四亦云："武侯祠屋常邻近，一体君臣祭祀同。"表现出诗人对其君臣相得之理想及无比向往。自本联以下转写成都柏树为陪衬。

⑥崔嵬，本山高不平貌，此处形容树势之雄伟。窈窕，深远貌。丹青，指庙内之图画绘饰。户牖空，指庙内空无一人；一说从空旷中衬托出庙宇的幽深肃穆。

⑦落落，坦荡大方貌，一说为独立寡合的样子。冥冥，指高空深远貌。

⑧正直，刚正挺直。原因，原是因为。仇兆鳌注此两联云："此柏下虽得地，而上受风侵，至今长存无恙者，盖以神明呵护，为造化钟灵耳。"

⑨要，需要。大厦栋梁，王通《中说·事君》曰："大厦将颠，非一木所支也。"此处反用之，言古柏足为大厦之栋梁，重如丘山，即使万牛亦难拉动而回首顾视。自此二联，言其材大。

⑩不露文章，指不以花叶之外美取胜。下句意谓虽不推却剪伐，但何人能将之致送廊庙，以为支柱？

⑪蝼蚁、鸾凤，分别比喻小人与君子。此联仇兆鳌云："容蝼蚁，伤其赤心已尽。宿鸾凤，喜其余芳可把。赋中皆有比义。"

⑫怨嗟，怨叹也。下句即孔子道大莫容之意，中有无限感慨，后李商隐《有感》诗亦有"古来才命两相妨"之叹。

△《唐宋诗醇》云："情深文明，眼空笔老，千载而下，如闻太息之声。"

秋兴八首①

一

玉露凋伤枫树林,巫山巫峡气萧森。②江间波浪兼天涌,塞上风云接地阴。③丛菊两开他日泪,孤舟一系故园心。④寒衣处处催刀尺,白帝城高急暮砧。⑤

【注释】

①作于代宗大历元年夔州。本组八首连篇诗章为一整体,堪称杜甫七律的登峰造极之作。潘岳有《秋兴赋》,杜甫遂以名篇。仇兆鳌注引吴论曰:"秋兴者,遇秋而遣兴也,故八首写秋字意少,兴字意多。"浦起龙《读杜心解》云:"'秋'为寓'夔'所值,'兴'自'望京'发慨。八诗总以'望京华'作主,在次章点眼。"杨伦《杜诗镜铨》引俞瑒亦云:"身居巫峡,心忆京华,为八诗大旨。曰巫峡、曰夔府、曰瞿塘、曰江楼、沧江、关塞,皆言身之所处;曰故国、曰故园、曰京华、长安、蓬莱、昆明、曲江、紫阁,皆言心之所思,此八诗中线索。"

②首章为秋兴之发端,首联烘托出秋气弥盖天地的萧瑟之感,铺陈全组诗的整体基调。首句与隋李密《淮阳感秋》之"金风荡初节,玉露凋晚林"颇为近似。巫山巫峡,参李白《早发白帝城》注③。萧森,萧瑟阴森之意。

③兼天,即滔天、冲天。塞上,即指夔州。仇兆鳌引顾注云:"波浪在地而曰兼天,风云在天而曰接地,极言阴晦萧森之状。"悲壮至甚。

④丛菊两开,指去秋至云安以来,淹留已历二秋。他日,即"往时"。孤舟,指杜甫离开成都后,以出峡返乡为目标的舟船漂泊之生涯。

⑤催刀尺,催促使刀尺加快以赶做寒衣。急暮砧,黄昏时捣衣之砧声急切传来。钱谦益云:"以节则杪秋,以地则高城,以时则薄暮,刀尺苦寒,急砧促别,末句标举兴会,略有五重,所谓嵯峨萧瑟,真不可言。"

△浦起龙《读杜心解》云:"首章,八诗之纲领也。明写秋景,虚含兴意;实拈夔府,暗提京华。"

二

夔府孤城落日斜,每依北斗望京华①。听猿实下三声泪,奉使虚随八月槎。^②画省香炉违伏枕,山楼粉堞隐悲笳。^③请看石上藤萝月,已映洲前芦荻花。^④

【注释】

① 北斗,仇兆鳌云:"秦城上直北斗,长安在夔州之北,故瞻依北斗而望之。或引长安城北为北斗形者,非是。"而北斗本即人君之象、号令之主,参《寄韩谏议注》注⑤。京华,即京城长安。

② "听猿"句,参李白《早发白帝城》注③。"奉使"句,出自《博物志》卷十:"旧说云天河与海通,近世有人居海渚者,年年八月有浮槎,去来不失期。人有奇志,立飞阁于槎上,多赍粮乘槎而去,十余日中犹观星月日辰,自后芒芒忽忽,亦不觉昼夜。去十余日,奄至一处,有城郭状,屋舍甚严,遥望宫中多织妇。见一丈夫牵牛渚次饮之,牵牛人乃惊问曰:'何由至此?'此人具说来意,并问此是何处?答曰:'君还至蜀郡访严君平则知之。'竟不上岸,因还如期。后至蜀问君平,曰:'某年月日有客星犯牵牛宿。'计年月正是此人到天河时也。"又《荆楚岁时记》载:"汉武帝令张骞寻河源,乘槎经月而去。至一处,见城郭如官府,室内有一女织,又见一丈夫牵牛饮河,骞问云:'此是何处?'答曰:'可问严君平。'织女取搘机石与骞而还。后至蜀问君平,君平曰:'某年月日客星犯牛女。'所得搘机石为东方朔所识,并其证焉。"严武为节度使,杜甫曾入幕为参谋,故云"奉使";虽有孤舟,却未能乘槎随严武至长安,故云"虚随"。

③ 画省,即尚书省,《汉官仪》卷上载:"尚书郎宿留台中,官给青缣白绫被,或锦被、帷帐、毡褥、通中枕。……给尚书郎伯二人、女侍史二人,皆选端正者。……女侍史执香炉烧薰,从入台护衣。"又云:"尚书郎奏事于明光殿,省中皆胡粉涂壁,画古贤人烈士。"严武尝表奏杜甫为尚书工部员外郎,为带衔之名,实未至京师供职,故曰"违伏枕"。粉堞,指白帝山城楼城上之墙垣。悲笳,胡笳之悲音。

④ 浦起龙《读杜心解》曰:"藤萝月,应'落日';芦荻花,合'秋'字。此章大意,言留南望北,身远无依,当此高秋,讵堪回首! 正为前后筋脉。"

△《杜诗言志》云:"通首重'望京华'三字,盖'望京华'者乃少陵之至性所钟,生平命脉,皆在于此。"

三

千家山郭静朝晖,日日江楼坐翠微。①信宿渔人还泛泛,清秋燕子故飞飞。②匡衡抗疏功名薄③,刘向传经心事违④。同学少年多不贱,五陵衣马自轻肥。⑤

【注释】

① 郭,外城;山郭,即山城。朝晖,清晨的日光。翠微,《尔雅疏》云:"山气青缥色曰翠微,凡山远望则翠,近之则翠渐微。"仇兆鳌解本联曰:"秋高气清,故朝晖冷静;山绕楼前,故坐对翠微。"

② 信,《左传·庄公三年》云:"一宿为舍,再宿为信。"泛泛,飘浮于水面。舟泛燕飞,此人情物性之常,旅人视之,偏觉增愁,故曰还、曰故。

③ 匡衡,西汉宣帝至成帝时之儒者,《汉书·匡衡传》载:"衡为少傅数年,数上疏陈便宜,及朝廷有政议,傅经以对,言多法义。上以为任公卿,由是为光禄勋、御史大夫。建昭三年,代韦玄成为丞相,封乐安侯。"抗疏,上书直陈也。此处谓其曾疏救房琯,不减匡衡,而竟被贬斥,一谪不复,故曰功名薄。

④ 《汉书·刘向传》载:"上(按:成帝)方精于诗书,观古文,诏向领校中《五经》秘书。"杨伦《杜诗镜铨》释本句云:"刘向虽数奏封事不用,而犹居近侍,典校《五经》;公则白头幕府,深愧平生,故曰心事违。"

⑤ 两句所言即《自京赴奉先县咏怀五百字》中之"同学翁",指长安卿相。五陵,详见孟浩然《送朱大入秦》注②,此处代指繁华之长安。末句五陵,起下篇之长安主题。

四

闻道长安似弈棋,百年世事不胜悲。①王侯第宅皆新主,文武衣冠异昔时。②直北关山金鼓震,征西车马羽书驰。③鱼龙寂寞秋江冷,故国平居有所思。④

【注释】

① 此首起由夔府转向长安,乃文章之过渡。闻道,听说。弈棋,下棋。百年,

指开国以来至此时。王嗣奭《杜臆》云:本篇"遂及国家之变。则长安一破于禄山,再乱于朱泚,三陷于吐蕃,如弈棋之迭为胜负,而百年世事有不胜悲者"。

②本联形容朝局之变更与人事之沧桑,一切缙绅之非故、官爵之滥赏、时俗冠裳之异昔,皆在其中。

③直北,指长安之北。关山,关塞和山岭。金鼓,战场上的指挥工具,鸣金收兵,击鼓则进击。羽书,即羽檄军书,为征调军队、传送军情的紧急文书,参高适《燕歌行》注⑥。其时北有回纥进逼,西有吐蕃入寇,边境多事,军情紧张,故云。

④鱼龙寂寞,极力形容"秋江冷",仇兆鳌引《水经注》云:"鱼龙,以秋日为夜。龙秋分而降,蛰寝于渊,故以秋为夜也。"故国平居,指长安平昔所居之地。杨伦《杜诗镜铨》释此联谓:"当此时而穷老荒江,了无所施其变化飞腾之术,此所以回忆故国、追念平居而不胜慨然也。"而易"故园心"为"故国思",其意更切。

五

蓬莱宫阙对南山,承露金茎霄汉间。①西望瑶池降王母②,东来紫气满函关③。云移雉尾开宫扇,日绕龙鳞识圣颜。④一卧沧江惊岁晚,几回青琐点朝班。⑤

【注释】

①蓬莱宫,《唐会要》卷三十载:高宗龙朔二年"修旧大明宫,改名蓬莱宫。北据原,南望爽垲"。南山,即终南山,见王维《终南山》诗注①。承露金茎,指汉武帝所铸以承云中之露的铜柱,班固《西都赋》云:"抗仙掌以承露,擢双立之金茎。"霄汉间,形容铜柱之高耸入云。

②瑶池、王母,《穆天子传》卷三云:"天子觞西王母于瑶池之上。"又《汉武故事》载:"王母遣使谓帝曰:'七月七日,我当暂来。'帝至日,扫宫内,燃九华灯,于承华殿斋。日正中,忽见有青鸟从西方来集殿前……是夜漏七刻,空中无云,隐如雷声,竟天紫色。有顷,王母至,乘紫车,玉女夹驭,载七胜履、玄琼凤文之舄,青气如云。"

③函关,指函谷关。《关尹内传》载:"关令尹,周大夫也。善于天文,常登楼四望,见东极有紫气西迈,喜曰:'应有圣人经过京邑。'乃斋戒。其日果见老君乘青牛车来过。"仇兆鳌释本联云:"宫在龙首冈,前对南山,西眺瑶池,东瞰函关,极言气象之巍峨轩敞。而当时崇奉神仙之意,则见于言外。"
④两句言玄宗朝仪伟丽,有非常之制。仇兆鳌云:"云移,状障扇之两开。龙鳞,谓衮衣之龙章。"雉尾,崔豹《古今注》卷上载:"雉尾扇,起于殷世。高宗时,有雊雉之祥,服章多用翟羽……缉雉羽为扇翣,以障翳风尘也。"而《新唐书·仪卫志》云:唐制,"其人君举动必以扇"。《唐会要》卷二十四亦云:"开元中,萧嵩奏每月朔望,皇帝受朝于宣政殿……臣以为宸仪肃穆,升降俯仰,众人不合得而见之,乃请备羽扇于殿两厢,上将出,所司承旨索扇,扇合,上座定,乃去扇;给事中奏无事,将退,又索扇如初。令以常式。"
⑤沧江,因江水色苍,故称。一卧沧江,指退隐于夔州荒远之地;"卧"字用谢安"卧东山"之卧,作"卧病"之卧亦通。岁晚,指秋深,亦带有年老之意。青琐,《汉书·元后传》颜师古注云:"青琐者,刻为连环文,而青涂之也。"此处指皇宫。点,《广雅·释诂》谓:"点,污也。"一说为传点之意,则"点朝班"意谓厕身上朝的行列,与王建诗"殿前传点各依班"义同。以后说较胜。

△方东树《昭昧詹言》卷十七云:"此乱后追思,故极言富盛,一片承平瑞气,而言外有余悲,所以为佳。"浦起龙《读杜心解》曰:"五章以后,分写'望京华'。此溯宫阙朝仪之盛,首帝居也,而意却重在曾列朝班,是为'所思'之一。"

六

瞿塘峡口曲江头,万里风烟接素秋。①花萼夹城通御气②,芙蓉小苑入边愁③。珠帘绣柱围黄鹄,锦缆牙樯起白鸥。④回首可怜歌舞地,秦中自古帝王州。⑤

【注释】
①瞿塘峡,《方舆胜览》云:"在夔州东一里,旧名西陵峡,乃三峡之门。"曲江,在长安杜陵西北,参《乐游园歌》注⑧。素秋,《初学记》卷三引梁元帝《纂

要》云:"秋曰白藏,亦曰收成,亦曰三秋、九秋、素秋、素商、高商。"因秋色尚白,故曰素秋。本联透过回忆,在一片萧森素秋中联结悬隔万里之两地,使身之所在与心之所忆合为一体。

②花萼,长安宫中之楼名,《旧唐书·地理志》载:"南内曰兴庆宫……自东内达南内,有夹城复道,经通化门达南内。人主往来两宫,人莫知之。宫之西南隅,有花萼相辉、勤政务本之楼。"夹城,参《乐游园歌》注⑥。御气,即天子之气。

③芙蓉苑,即秦宜春苑地,又名南苑,参见《乐游园歌》注⑤。入边愁,钱谦益笺云:"禄山反报至,上欲迁幸,登兴庆宫花萼楼置酒,四顾凄怆,此所谓入边愁也。"

④珠帘绣柱、锦缆牙樯,形容繁华盛地之景物,即宫殿中串珠编成的帘幕、绘饰精美的彩柱,与曲江上如锦般的缆绳、牙白色的桅杆。围黄鹄、起白鸥,为江上游赏实景;一说为荒废后禽为入据之荒凉景致,与《曲江二首》之"江上小堂巢翡翠"意同,以后说较当。

⑤秦中,即关中京畿之地,《史记·商君传》载:"卫鞅说孝公曰:'……秦据河山之固,东乡以制诸侯,此帝王之业也。'"故云"帝王州"。后二联伤盛时难再,仇兆鳌云:"长安之乱,起自明皇,故追叙昔年游幸始末。"王嗣奭《杜臆》曰:"曲江诚歌舞之地也,一回首而失之,殊为可怜!然秦中自古帝王建都之地,盛衰倚伏,安知今之乱,不转为他日之治?"

△《杜诗言志》云:"叙次及于巡幸之地,而兼伤其变乱之所由生。……上言宫阙,则极其盛;此首言胜地,则带言其衰,此自互文可见立言之有体。且得杼轴,饶有变化也。"

七

昆明池水汉时功①,武帝旌旗在眼中②。织女机丝虚夜月,石鲸鳞甲动秋风。③波漂菰米沉云黑,露冷莲房坠粉红。④关塞极天唯鸟道,江湖满地一渔翁。⑤

【注释】

①昆明池,汉武帝元狩三年所凿,《汉书·武帝纪》臣瓒注云:"汉使求身毒

国,而为昆明所闭。今欲伐之,故作昆明池象之,以习水战,在长安西南,周回四十里。"由上章之曲江过渡至此,联想自然。

②《汉书·食货志》载:"是时粤欲与汉用船战逐,乃大修昆明池,列馆环之。治楼船,高十余丈,旗织加其上,甚壮。"此句写想象中恍惚之所见。

③两句为"月夜织女虚机丝,秋风动石鲸鳞甲"之倒装,织女、石鲸都是汉代长安所凿昆明池畔之石雕。织女,班固《西都赋》云:"集乎豫章之宇,临乎昆明之池。左牵牛而右织女,似云汉之无涯。"石鲸,《西京杂记》卷一载:"昆明池刻玉石为鱼,每至雷雨,鱼常鸣吼,鬐尾皆动,汉世祭之以祈雨,往往有验。"此联在实景上加上"虚"字、"动"字,表现荒凉之景,以及徒劳无功和摇荡不安之感。

④菰米,即茭白于秋天所结之籽,《西京杂记》卷一载:"太液池边皆是雕胡、紫箨、绿节之类。菰有米者,长安人谓之雕胡。"沉云黑,言菰米之多,远望如云之黑。莲房,兼指莲花与莲实。杨伦《杜诗镜铨》以为本联"就昆明所有清秋节物,极写苍凉之景,以致其怀念故国旧君之感"。明杨慎《升庵诗话》亦云:"菰米不收而任其沉,莲房不采而任其坠,兵戈乱离之状具见矣。"

⑤鸟道,有高山、栈道、狭路诸说,但似以"关塞极天,往来闭塞,唯鸟飞之路可通"之义最佳,参李白《蜀道难》注④。江湖,泛指漂流之处。渔翁,杜甫自指。两句言其天涯飘零无依,返乡无路。

八

昆吾御宿自逶迤①,紫阁峰阴入渼陂②。香稻啄余鹦鹉粒,碧梧栖老凤凰枝。③佳人拾翠春相问,仙侣同舟晚更移。④彩笔昔曾干气象⑤,白头吟望苦低垂⑥。

【注释】

①昆吾、御宿,皆长安附近著名的游憩之地,扬雄《羽猎赋序》云:"武帝广开上林,东南至宜春、鼎湖、御宿、昆吾。"李善注曰:"昆吾,地名,上有亭。……樊川,一名御宿。"《元和郡县志》载:"关内道京兆府万年县:御宿川在县南三十七里,汉为离宫别馆,禁御人不得往来游观止宿其中,故曰御

宿。"逶迤,形容其广袤。

②紫阁峰,《通志》云:"在圭峰东,旭日射之,烂然而紫,其形上耸,若楼阁然。"峰阴,即山北。陂(bēi),蓄水之池;渼陂,本名五味陂,受终南山之水,在长安西南,上为紫阁峰,峰下陂水澄湛,环抱山麓,方广可数里。本联所涉之地,皆为长安附近名胜,可参阅杜甫作于长安时期的《渼陂行》。

③本联为著名之倒装句,顺读应为"鹦鹉啄余香稻粒,凤凰栖老碧梧枝",以倒装法特显长安物产之丰饶精美,以及回忆时错综缤纷之性质。香稻,一作"红稻"。

④拾翠,捡拾落地之珍贵首饰。晚更移,指天晚时仍移棹忘归。两句形容士女游赏之胜境。

⑤彩笔,《南史·江淹传》载:淹"尝宿于冶亭,梦一丈夫自称郭璞,谓淹曰:'吾有笔在卿处多年,可以见还。'淹乃探怀中,得五色笔以授之。尔后为诗绝无美句,时人谓之才尽"。干,冲犯也,此处为撷取之意。气象,指山水之气象。句谓昔日彩笔所作,曾气凌山水。

⑥吟,一作"今"。仇兆鳌引陈注云:"笔干气象,昔何其壮;头白低垂,今何其悲。诗至此,声泪俱尽,故遂终焉。"

△清沈德潜《唐诗别裁集》云:"此章追叙交游,一结并收拾八章,所谓'故园心''望京华'者,一付之苦吟怅望而已。"

咏怀古迹五首(选二)①

一

摇落深知宋玉悲②,风流儒雅亦吾师③。怅望千秋一洒泪,萧条异代不同时。④江山故宅空文藻⑤,云雨荒台岂梦思⑥。最是楚宫俱泯灭,舟人指点到今疑。⑦

【注释】

①代宗大历元年夔州作,其内容结合了咏怀与怀古,与《秋兴八首》同为连篇七律巨构,此处选收其中第二、第三首。

②宋玉,战国时楚人,任楚大夫,为屈原之弟子,因悲其师之放逐,故作《九

辩》以述其志;其余《神女赋》《高唐赋》等作品,亦皆寓言托兴之篇章。其《九辩》曾曰:"悲哉秋之为气也,萧瑟兮草木摇落而变衰。"表现了悲秋自伤的情怀。

③风流,言其风标格调。儒雅,言其文学气度。

④千秋,即千年,指杜甫与宋玉遥隔甚远。萧条,形容其生不逢时,生命志业困蹇不伸。本联意谓不同时而同悲,由于深知其悲,故杜甫虽有千秋异代之隔,仍怅然相望,一洒同情之泪。

⑤江山故宅,指宋玉故居,地在归州,今湖北秭归。空文藻,意谓徒留文藻传世,其人已矣,不复得见;一说宋宅虽亡,而文藻犹存。

⑥云雨荒台,指宋玉《高唐赋》所述巫山阳台神女荐席之故事,参李白《襄阳歌》注⑱;著一"荒"字,乃显其湮没颓圮之沧桑感。岂梦思,意谓本无此梦。故事乃宋玉虚构以讽劝楚王者,其苦心真意虽难得解人,此说却流传久远。

⑦言楚宫泯灭,即使舟人指点,亦一无可凭而疑惑难定,可见虽生前享帝王之富贵,身后却连宫殿亦不存,实不足与词人争千古。

△黄生《杜诗说》云:"前半怀宋玉,所以悼屈原;悼屈原者,所以自悼也。"

二

群山万壑赴荆门①,生长明妃尚有村②。一去紫台连朔漠,独留青冢向黄昏。③画图省识春风面,环佩空归月夜魂。④千载琵琶作胡语,分明怨恨曲中论。⑤

【注释】

①荆门,传统以为乃湖北宜都县之荆门山,在长江南岸;据徐复观先生论证,似为荆门市,《读史方舆纪要》卷七十七云:"州环列重山,萦绕大泽,西控巴峡,扼其咽喉;信荆楚之门户,实襄汉之藩垣。"下一"赴"字,更增其动态的绵延之状。

②明妃,即王昭君,晋人避文帝讳而改称明君。昭君村在归州东北四十里,今湖北宜昌兴山县。清黄周星《唐诗快》云:"昔人评'群山万壑'句,颇似生长英雄,不似生长美人。固哉斯言!美人岂劣于英雄耶?"

③紫台,即紫宫,汉宫名。朔漠,北方荒漠。青冢,在今内蒙古呼和浩特南,仇兆鳌注引《归州图经》云:"边地多白草,昭君冢独青,乡人思之,为立庙香溪。"本联谓其生往异域,死葬胡沙,下一"连"字见其悬绝无极,而"独青"则知其思归之志情屹然不灭。

④省识,略识、认识,或谓不识;作"仔细看"解亦可。意谓元帝按图求人,而不见活色生香之真容,《西京杂记》卷二载:"元帝后宫既多,不得常见,乃使画工图形,案图召幸之。诸宫人皆赂画工,多者十万,少者亦不减五万,独王嫱不肯,遂不得见。匈奴入朝,求美人为阏氏,于是上案图以昭君行。及去,召见,貌为后宫第一,善应对,举止闲雅。帝悔之,而名籍已定,帝重信于外国,故不复更人,乃穷案其事,画工皆弃市。"遂造成一缕幽魂空归故土之悲惨结果。"环佩"句阴森中有清丽,极为凄美。

⑤琵琶,胡器,以琵琶、胡语申其怨恨,正合昭君去汉后之环境。论,诉说。《琴操》曰:"昭君恨帝始不见遇,心思不乐,心念乡土,乃作《怨旷思惟歌》云云。"后人名其曲为《昭君怨》。

△仇兆鳌《杜诗详注》引朱瀚曰:"起处,见钟灵毓秀而出佳人,有几许珍惜;结处,言托身绝域而作胡语,含许多悲愤。"俞陛云《诗境浅说》云:"咏明妃诗多矣,沈归愚(按:德潜)推此诗为绝唱,以能包举其生平,而以苍凉凄楚出之也。首句咏荆门之地势,用一'赴'字,沉着有力。"

阁 夜①

岁暮阴阳催短景,天涯霜雪霁寒宵。②五更鼓角声悲壮,三峡星河影动摇。③野哭千家闻战伐,夷歌数处起渔樵。④卧龙跃马终黄土,人事音书漫寂寥。⑤

【注释】

①代宗大历元年冬于夔州西阁作。

②阴阳,指日(太阳)月(太阴)。短景,指短暂之光阴。霁,谓霜停雪止。寒宵,即寒夜。

③鼓角,俱战伐之声,当五更欲尽而益显悲壮;星河之影,映峡水而动摇,此皆

阁夜之景。下笔壮丽,而隐含巨大而潜在的耸动之感,可谓凌烁造化。《西清诗话》则谓二句皆用典:"《祢衡传》:'挝《渔阳操》,声悲壮。'《汉武故事》:'星辰动摇,东方朔谓:民劳之应。'则善用事者。"

④王嗣奭《杜臆》释云:"战伐败而野哭者约有千家,渔樵乐而夷歌者能有几处? 当此危乱,谓非豪杰不能拯济。"故引出下联之追想。一说"夷歌"乃西南少数民族的土谣,则下句意谓其地为外族所侵,而汉夷杂处。

⑤卧龙,指诸葛亮,《三国志·蜀书·诸葛亮传》载:"徐庶谓先主曰:'诸葛孔明者,卧龙也。'"跃马,指公孙述,左思《蜀都赋》云:"公孙跃马而称帝。"于王莽后更始帝时曾趁乱据蜀,自称白帝。二人皆与蜀地有密切关系,故及之。终黄土,终究一死而化为黄土。仇兆鳌注曰:"思及千古贤愚,同归于尽,则目前人事、远地音书,亦漫付之寂寥而已。"

△吴瞻泰《杜诗提要》云:"'人事'绾上'野哭''夷歌',音书绾上'天涯''三峡',关锁极密。"

寄韩谏议注①

今我不乐思岳阳,身欲奋飞病在床。②美人娟娟隔秋水,濯足洞庭望八荒。③鸿飞冥冥日月白,青枫叶赤天雨霜。④玉京群帝集北斗⑤,或骑麒麟翳凤凰⑥。芙蓉旌旗烟雾落,影动倒景摇潇湘。⑦星宫之君醉琼浆,羽人稀少不在旁。⑧似闻昨者赤松子,恐是汉代韩张良。⑨昔随刘氏定长安,帷幄未改神惨伤。⑩国家成败吾岂敢? 色难腥腐餐枫香。⑪周南留滞古所惜⑫,南极老人应寿昌⑬。美人胡为隔秋水,焉得置之贡玉堂!⑭

【注释】

①代宗大历二年(五十六岁)作于夔州。韩注,生平不详,曾任谏议官,掌侍从规谏之职;依诗意当于肃宗收京时曾与帷幄,而不能终用,遂屏居岳阳者。

②岳阳,为韩注所在之地,在岳州,今湖南岳阳,有君山、洞庭、湘江之胜。下句即心有余而力不足之意。

③美人,代比君子。娟娟,美好貌。濯足,左思《咏史八首》之五曰:"振衣千仞冈,濯足万里流。"象征洁净自好之意。洞庭,参孟浩然《望洞庭湖赠张丞相》注③。八荒,八方荒远之地。

④鸿飞冥冥,指鸿鸟飞于远空,比喻韩已遁世。下句点出时属深秋。首句至此申叙怀思韩谏议之情。

⑤玉京,《灵枢金景内经》曰:"下离尘境,上界玉京。"元君注云:"玉京者,无为之天也,东西南北,各有八天,凡三十二天,盖三十二帝之都玉京之下,乃昆仑北都。"群帝,即玉京大帝之下的各方天帝。北斗,《晋书·天文志》载:"北斗七星在太微北……为人君之象,号令之主也。"

⑥翳,本意为掩蔽,此处引申为跨骑之义;一说为语助词。《集仙录》云:"群仙毕集,位高者乘鸾,次乘麒麟,次乘龙,鸾鹤每翅各大丈余。"

⑦潇湘,参张若虚《春江花月夜》注⑩。两句意谓王公贵族仪卫之盛,旌旗如落于烟雾之中;其声势远可摇撼潇湘,倾动南楚。

⑧星官之君,比喻近侍之沾宠者,《汉书·天文志》云:"经星常宿中外官凡百一十八名,积数七百八十三星,皆有州国官宫物类之象。……其本在地,而上发于天者也。"羽人,原指飞仙,此处喻指远臣之去国者。本联承上之权贵繁华,启下之自洁远引,为对照之枢纽。

⑨昔者,昔日也。赤松子、张良,俱见李白《扶风豪士歌》注⑨。张良本为韩国人,故云"韩张良",以切韩谏议之姓。此处以张良比诸韩谏议。

⑩刘氏,指刘邦,《汉书·高帝纪》载其言曰:"运筹帷幄之中,决胜千里之外,吾不如子房……(与萧何、韩信)三者皆人杰,吾能用之,此吾所以取天下者也。"神惨伤,言其运筹帷幄之智计不改,有老谋而不能终用,故惨然心伤。

⑪色难,即面有难色。腥腐,指酒肉。枫香,为仙家道教之物,《海内十洲记》云:"聚窟洲在西海中申未之地。……山多大树,与枫木相类,而花叶香闻数百星,名为反魂树。"另仇兆鳌注引张远云:"枫香,道家以之和药,故云餐。"两句谓其不忘忧国,然厌浊世而慕长生,知韩为谏议时,必有不如意事而决去者。

⑫周南,地域名,《史记·太史公自序》云:"太史公留滞周南。"地当洛阳,一说自陕以东,皆周南之地。

⑬南极老人,本星名,《晋书·天文志》云:"老人一星,在弧南,一曰南极,常以秋分之旦见于丙,春分之夕而没于丁。见则治平,主寿昌。"以之颂美韩谏议,并含望治世之意。

⑭贡,举荐、呈献也。玉堂,即玉殿,《汉书·李寻传》颜师古注云:"玉堂殿在未央宫。"《梦溪笔谈》曰:"唐翰林院在禁中,乃人主燕居之所,玉堂、承明、金銮殿,皆在其间。"用以代指朝廷。末联申明主旨,盼其再出而匡君济世。

△全诗变化灵动,仙气缥缈,有楚骚之格,亦具太白风调,笔力伟甚。

登 高①

风急天高猿啸哀,渚清沙白鸟飞回。②无边落木萧萧下,不尽长江滚滚来。③万里悲秋常作客,百年多病独登台。④艰难苦恨繁霜鬓,潦倒新停浊酒杯。⑤

【注释】

①代宗大历二年作于夔州。登高,详见王维《九月九日忆山东兄弟》注。杨伦《杜诗镜铨》曰:"高浑一气,古今独步,当为杜集七言律诗第一。"

②渚,水中小洲。鸟飞回,应上句之"风急"。全诗四联皆对仗,首二句便铺陈一片萧瑟而冷肃之人生舞台背景,启下更辽阔无尽的悲怆苍凉。

③无边、不尽,极其宏阔壮伟;萧萧下、滚滚来,又有疏宕之气,使全诗不致笨重堆垛。《唐诗广选》引杨万里云:"全以'萧萧''滚滚'唤起精神,见得连绵,不是装凑赘语。"

④宋罗大经《鹤林玉露》卷十一分析本联云:"万里,地之远也;秋,时之惨凄也;作客,羁旅也;常作客,久旅也。百年,齿暮也;多病,衰疾也;台高,迥处也;独登台,无亲朋也。十四字之间含八意,而对偶又精确。"将漂泊羁旅、寂寞多病之悲哀推到极致,为杜诗凝练浓缩之代表。

⑤繁霜鬓,形容满头苍苍白发。新停浊酒杯,指刚刚戒酒,时杜甫因肺疾忌饮,故《季秋苏五弟缨江楼夜宴崔十三评事韦少府侄三首》之一云:"老人因酒病,坚坐看君倾。"连最后杯酒暂慰之凭借亦丧失殆尽,其潦倒莫此为甚矣。

观公孙大娘弟子舞剑器行 并序①

大历二年十月十九日,夔府别驾元持宅见临颍李十二娘舞剑器②,壮其蔚跂③。问其所师,曰:"余公孙大娘弟子也。"开元五载,余尚童稚,记于郾城观公孙氏舞剑器浑脱④,浏漓顿挫⑤,独出冠时。自高头宜春、梨园二伎坊内人洎外供奉⑥,晓是舞者,圣文神武皇帝初⑦,公孙一人而已。玉貌锦衣,况余白首;今兹弟子,亦匪盛颜⑧。既辨其由来,知波澜莫二⑨。抚事慷慨⑩,聊为《剑器行》。往者吴人张旭,善草书书帖⑪,数尝于邺县见公孙大娘舞西河剑器⑫,自此草书长进,豪荡感激,即公孙可知矣⑬。

昔有佳人公孙氏,一舞剑器动四方。观者如山色沮丧,天地为之久低昂。⑭㸌如羿射九日落,矫如群帝骖龙翔;⑮来如雷霆收震怒,罢如江海凝清光。⑯绛唇珠袖两寂寞,晚有弟子传芬芳。⑰临颍美人在白帝,妙舞此曲神扬扬。与余问答既有以,感时抚事增惋伤。⑱先帝侍女八千人,公孙剑器初第一。⑲五十年间似反掌,风尘澒洞昏王室。⑳梨园子弟散如烟,女乐余姿映寒日。㉑金粟堆南木已拱,瞿唐石城草萧瑟。㉒玳筵急管曲复终㉓,乐极哀来月东出。老夫不知其所往,足茧荒山转愁疾。㉔

【注释】

①代宗大历二年十月作于夔州。公孙大娘,钱谦益注引《明皇杂录》曰:"时有公孙大娘者,善舞剑器,能为《邻里曲》及《裴将军满堂势》《西河剑器》《浑脱》,遗妍妙,皆冠绝于时也。"剑器,舞蹈名,属健舞(另有软舞相对为名)之一种,其舞用女伎雄妆,空手而舞,表现军戎武态。

②别驾,《唐六典》卷三十曰:"下都督府:别驾一人,从四品下。"为郡守之辅官。临颍,县名,城临颍水上游,故名;在今河南省。临颍李十二娘,即诗中之"临颍美人",排行十二。

③蔚跂,形容盛大之舞姿。

④郾城,在今河南郾城南。剑器浑脱,武后末年时由《剑器》《浑脱》融合而成

的舞蹈;浑脱,胡语"囊袋"之音译,《资治通鉴·唐纪二十五》载:"上(按:中宗)数与近臣学士宴集,令各效伎艺以为乐,工部尚书张锡舞《谈容娘》,将作大匠宗晋卿舞《浑脱》。"胡三省注云:"长孙无忌以乌羊毛为浑脱毡帽,人多效之,谓之赵公浑脱,因演以为舞。"

⑤形容舞姿宛转利落,动时优活,顿时有致。

⑥高头,应即"前头",唐崔令钦《教坊记》载:"西京:右教坊在光宅坊,左教坊在延政坊,右多善歌,左多工舞,盖相因习成。""妓女入宜春院,谓之内人,亦曰前头人,常在上前头也。"因在帝左右,故称"内人""前头宜春";而待命于宫外之歌舞伎则谓之"外供奉"。梨园,宋程大昌《雍录》卷九云:"开元二年正月,置教坊于蓬莱宫,上自教法曲,谓之梨园弟子。至天宝中,即东宫置宜春北院,命宫女数百人为梨园弟子,即是。梨园者,按乐之地,而预教者,名为弟子耳。"二伎坊,或即"二教坊",指专司表演之内、外教坊。洎,及、与。

⑦圣文神武皇帝,指唐玄宗,为开元二十七年时所加之尊号。

⑧玉貌锦衣,形容当年公孙大娘之风采;其人已萎,何况是杜甫,亦已白发滋首。匪盛颜,非年轻绮貌。

⑨由来,指师承来历。波澜莫二,形容一脉相传。

⑩句意谓抚念往事,心生感慨。

⑪张旭,见本书诗人小传,《新唐书·文艺传》载:旭"自言始见公主檐夫争道,又闻鼓吹,而得笔法意,观倡公孙舞《剑器》,得其神"。

⑫邺县,今河南安阳。西河剑器,为剑器舞之一种,"西河"或指剑舞产地的河西一带,或指伴奏之西凉乐曲。

⑬感激,意为感发激昂。即,则也,那么。

⑭色沮丧,形容神为之夺而失色貌。天地低昂,连天地亦受其神技之惊动,而低回应和。

⑮爚(huò),灼亮貌。羿射九日之神话,参李白《古朗月行》注⑥。矫,矫健。骖,本是驾车之马,此处做动词使用,为驾驭之意。仇兆鳌注引夏侯玄赋云:"又如东方群帝兮,腾龙驾而翱翔。"或为此句所本。

⑯两联"四如句"历来解释不一,仇兆鳌之说可参:"爚然下垂,如九日并落;矫然上腾,如驾龙翔空。其来忽然,如雷霆过而响尚留;其罢陡然,如江海

⑰绛唇,红唇,借指青春美貌。上句指人与舞俱亡;下句谓幸有李氏传其神妙舞艺。

⑱临颍美人,指李氏。白帝,参《白帝城最高楼》注①。有以,即有原委或根由。

⑲先帝,指玄宗。侍女八千,极言人数众多。初,原本。

⑳似反掌,极言时光流逝之迅易。风尘,指战乱,此谓安史叛变。汹洞,浩大宏广貌。

㉑女乐,乐舞之女子,指李氏。余姿,指公孙大娘在李氏身上展现之流风余韵。寒日,十月时淡冷无温的太阳,有繁华已尽之感。

㉒金粟堆,在陕西蒲城东北金粟山上之坟堆,指玄宗泰陵。墓已拱,语出《左传·僖公三十二年》云:"尔墓之木拱矣。"意谓去世已久,墓前所植之树大可两手合围;玄宗死于宝应元年,至此有五年之距。瞿唐石城,指夔州,因近瞿塘峡,且荒僻多山,故云,参《秋兴八首》之六注①。

㉓玳筵,玳瑁装饰的筵席,形容其华贵。急管,急促的箫管乐声,喻音乐之美盛。

㉔末联谓哀来而悯然,忘却欲往何处;足生厚茧,其行迟缓,而愁反倒转为疾甚,即"愁转疾"之倒装。下句另一说谓"足茧行迟,反愁太疾,临去而不忍其去也"(仇说);一谓"疾转愁",意即很快地感到忧愁。似以第一说较佳,意同汉武帝《秋风辞》之"欢乐极兮哀情多,少壮几时兮奈老何!"

△王嗣奭《杜臆》谓:"全是为开元、天宝五十年治乱兴衰而发。"沈德潜《唐诗别裁集》卷七云:"咏李氏思及公孙,咏公孙念及先帝,身世之戚、兴亡之感,交赴腕下。"

登岳阳楼①

昔闻洞庭水,今上岳阳楼。吴楚东南坼,乾坤日夜浮。②亲朋无一字,老病有孤舟。戎马关山北,凭轩涕泗流。③

【注释】

①当是大历三年(五十七岁)作。其年春,杜甫携家别夔州,出峡复流寓江

潭,四处为家,此诗乃暮冬时成于岳州(今湖南岳阳)。岳阳楼,即岳阳城西门门楼,下瞰大江,而远眺洞庭湖,参孟浩然《望洞庭湖赠张丞相》注③。

②吴楚,原为春秋战国时长江以南两国之名,代指其所在的东南长江流域附近地区,吴约在湖东,楚约在湖西。坼,裂分。乾坤,指天地日月,《水经注·湘水》云:"(洞庭)湖水广圆五百余里,日月若出没于其中。"

③戎马,指战乱。关山,山名,在陕西省陇县西,此处指西北边疆。《资治通鉴·唐纪四十》载:"(大历三年)八月壬戌,吐蕃十万众寇灵武。丁卯,吐蕃尚赞摩二万众寇邠州,京师戒严,邠宁节度使马璘击破之。……九月壬申,命郭子仪将兵五万屯奉天以备吐蕃。"轩,长廊之窗门,"凭轩"绾合诗题之"登楼"。

△黄生《杜诗说》云:"写景如此阔大,自叙如此落寞,诗境阔狭顿异。结语凑泊极难,转出'戎马'五字,胸襟气象,一等相称,宜使后人搁笔也。"

江 汉①

江汉思归客,乾坤一腐儒②。片云天共远,永夜月同孤。③落日心犹壮,秋风病欲苏。④古来存老马,不必取长途。⑤

【注释】

①约代宗大历四年秋(五十八岁)作于湖南湘潭间。

②乾坤,天地之间。腐儒,指迂腐的读书人,《史记·黥布传》云:"(汉高祖)折随何之功,谓何为腐儒,为天下安用腐儒。"此处用以自指,兼有自嘲与自负之意,自嘲如《珊瑚钩诗话》卷二引陈师道所云:"乾坤之大,腐儒无所寄其身。"自负如黄生《杜诗说》所言:"一腐儒上著'乾坤'字,自鄙兼自负之辞,身在草野,心忧社稷,此腐儒能有几人。"

③此联景中寓情,交融浑一,片云、孤月皆为杜甫自我之移情投射,而共远同孤。永夜,即长夜。

④落日,象征暮年,与上联之"孤月"并不矛盾。病欲苏,指病即将康复。两句充满曹操《步出夏门行》所谓"老骥伏枥,志在千里。烈士暮年,壮心不已"之雄心壮志。

⑤存,意谓存养。《韩非子·说林上》载:"管仲、隰朋从桓公伐孤竹,春往冬返,迷惑失道。管仲曰:'老马之智可用也。'乃放老马而随之,遂得道。"此言取其志而不取其力,颇有"天行健,君子以自强不息"之奋发感。

△纪昀《瀛奎律髓刊误》卷二十九云:"前四句是思归,'片云'二句紧承思归说出。后四句乃壮心斗发,'落日'二句提笔振起,呼出末二句,语气截然不同。"

江南逢李龟年①

岐王宅里寻常见②,崔九堂前几度闻③。正是江南好风景,落花时节又逢君④。

【注释】

①代宗大历五年暮春(五十九岁)作于湖南湘潭间。李龟年,开元、天宝间著名之歌者,《明皇杂录》卷下载:"唐开元中,乐工李龟年、彭年、鹤年兄弟三人皆有才学盛名,彭年善舞、鹤年、龟年能歌,尤妙制渭川。特承顾遇,于东都大起第宅,僭侈之制,逾于公侯,宅在东都通远里,中堂制度,甲于都下。其后龟年流落江南,每遇良辰胜赏,为人歌数阕,座中闻之,莫不掩泣罢酒。"《云溪友议》卷中云:"明皇幸岷山,李龟年奔迫江、潭,杜甫以诗赠之。"可见其人亦是点缀开元天宝之繁华盛景的荣光之一。

②岐王,即李范,与玄宗情亲交密,常共宴乐,《旧唐书·睿宗诸子传》云:"惠文太子范,睿宗第四子也。……睿宗践祚,进封岐王。……好学工书,雅爱文章之士,士无贵贱,皆尽礼接待。"开元十四年病薨。天宝三年又以惠宣太子男略阳公珍为嗣岐王。此处应指嗣岐王。

③句下原注:"即殿中监崔涤,中书令湜之弟。"《旧唐书·崔湜传》载:"涤多辩智,善谐谑,素与玄宗款密。……用为秘书监,出入禁中,与诸王侍宴,不让席而坐,或在宁王之上。……开元十四年卒。"此处当指崔氏旧堂。

④落花时节,点明相逢时刻,而世境之离乱、人情之消散和生命之衰歇,皆寓于其中。

△清何焯《义门读书记》卷五十六云:"开元盛时,今已久矣。不意江南复与

龟年相逢,故兴感焉。四句浑浑说去,而世运之盛衰、年华之迟暮、两人之流落,俱在言表。"又黄生《唐诗摘钞》曰:"一、二总藏一'歌'字。'江南'字见地,'落花时节'见时,四字将'好风景'三字衬润一层。'正是'字、'又'字紧醒前二句,明'岐宅''崔堂'听歌之时,无非'好风景'之时也。今风景不殊,而回思天宝之盛,已如隔世,流离异地,旧人相见,亦复何堪?无限深情,俱藏于数虚字之内。"

常　　建

　　常建,生卒年未详,长安人。开元十五年(七二七)与王昌龄同榜登进士,大历时任盱眙尉。一生仕宦不得意,遂放浪琴酒,往来太白、紫阁诸峰,有隐遁之志。后寓居鄂渚(今湖北武昌),招王昌龄、张偾同隐,以山水胜景自娱,享盛名于世。今有《常建集》,存诗五十八首。

　　其诗多为五言,以山林、寺观为题材,表达清幽寂远之风格,颇近王孟一派,也受到当代之重视,如殷璠《河岳英灵集》以之为首,选录者不少,并曰:"建诗似初发通庄,却寻野径,百里之外,方归大道。所以其旨远,其兴僻,佳句辄来,唯论意表。"欧阳修尤爱其《题破山寺后禅院》中"曲径通幽处"一联,其《题青州山斋》云:"欲效其语作一联,久不可得,乃知造意者为难工也。"

题破山寺后禅院①

　　清晨入古寺,初日照高林。曲径通幽处,禅房花木深。②山光悦鸟性,潭影空人心。③万籁此俱寂,但余钟磬音。④

【注释】

①破山寺,即兴福寺,南齐倪德光舍宅为寺,在江苏常熟之破山,故名:位于今常熟虞山北。

②曲,又作"一""竹"字;通,一作"遇",意皆不胜。禅房,僧侣居处,即诗题之"后禅院"。"花木深"则与"幽处"相应。

③此言山光潭影之空灵幽静,足以滋养鸟欣悦之本性,而使纷扰浮乱的人心复返真纯宁定的境界,而天机一片。

④万籁,指大地之一切声响,《庄子·齐物论》云:"子游曰:'地籁则众窍是已,人籁则比竹是已,敢问天籁。'子綦曰:'夫吹万不同,而使其自己也。'"

俱,一作"都"。磬,寺观中拜神时所敲之金属器。末联有梵音悠扬、涤尽尘虑之意。

△沈德潜《唐诗别裁集》卷九云:"通体幽绝。"吴景旭《历代诗话》卷四十七亦评曰:"劈头劈脑喝出'清晨'两字,次句云'初日照高林',接得有力:竹与花皆从高林带出,而映之以初日,虽不幽且深,不可得矣。此际声闻色象,种种销灭,惟有一寺与入寺者,同摄入光影中,佛性、人性、鸟性,无动不静,无二不一,故结语'万籁此俱寂',昔人所以美旦气、快朝来也。……不过四十字尔,一尘不到,万虑清归,直与无始者往来。……此真正一篇尽善者也,岂仅称警策而已哉!"

宿王昌龄隐居①

清溪深不测,隐处唯孤云。②松际露微月,清光犹为君③。茅亭宿花影,药院滋苔纹④。余亦谢时去,西山鸾鹤群。⑤

【注释】

①王昌龄,见本书诗人小传,其登第前曾隐居石门山(在今安徽含山),即诗中首句之"清溪"所在地。

②唯孤云,形容隐居者情有独钟之乐,用陶弘景事,参孟浩然《秋登万山寄张五》诗注②。明徐增《说唐诗》卷十三云:"深,不是言水之深,是言溪进去之深。不测,人卒寻不出其隐居之所在。……惟见孤云,是昌龄不在,并觉其孤也。"亦可通。

③君,指王昌龄;犹为君,有期待王昌龄归隐以复其清真之意。

④药院,种药之圃。滋苔纹,青苔滋长,形成斑纹。可见其地之清幽,与王昌龄未归之久。

⑤谢时,谢却世事,指辞官而言。西山,即湖北武昌之樊山,为常建辞官后归隐之处。鸾鹤,江淹《登庐山香炉峰》诗云:"此山具鸾鹤,往来尽仙灵。"用以表示与世外仙灵为伴的隐居之志。

刘 方 平

刘方平,生卒年不详,河南洛阳人,开元、天宝时在世。

《唐才子传》卷三称其"白皙,美容仪,二十工词赋,与元鲁山交善。隐居颍阳大谷,尚高不仕,皇甫冉、李颀等相与赠答。……神意淡泊,善画山水,墨妙无前。汧国公李勉延致斋中,甚敬爱之,欲荐于朝,不忍屈,辞还旧隐。工诗,多悠远之思,陶写性灵,默会风雅,故能脱略世故,超然物外。区区斗筲,何足以系刘先生哉!"晚唐令狐楚编《御览诗》,即以刘方平为压卷,可见其受赏爱之程度。《全唐诗》存诗一卷,共二十六首。

月 夜

更深月色半人家,北斗阑干南斗斜。①今夜偏知春气暖,虫声新透绿窗纱。②

【注释】

①半人家,形容月色遍照,光映大半人家。阑干,左思《吴都赋》李善注云:"阑干,犹纵横也。"

②偏,表示动作之出于意外也;偏知,竟然知道。末联超越一般写月夜寂寞孤怀之俗套,而把握"偏知春气暖"的虫声,写出一片盎然春意,使此月夜在静谧中偏有勃发之生命力,故清新可喜。

春 怨

纱窗日落渐黄昏,金屋无人见泪痕①。寂寞空庭春欲晚,梨花满地不开门。②

【注释】

①金屋,指骄宠者所居之处,《汉武故事》载:"(帝)立为胶东王。数岁,长公主嫖抱置膝上,问曰:'儿欲得妇否?'胶东王曰:'欲得妇。'长公主指左右长御百余人,皆云不用,末指其女问曰:'阿娇好否?'于是乃笑对曰:'好!若得阿娇作妇,当作金屋贮之也。'"

②唐汝询《唐诗解》评析云:"一日之愁,黄昏为切;一岁之怨,春暮居多,此时此景,宫人之最感慨者也,不忍见梨花之落,所以掩门耳。"宋词人李重元《忆王孙》词中曰:"欲黄昏,雨打梨花深闭门。"即由本诗化出。

△俞陛云《诗境浅说续编》曰:"首二句言黄昏窗下,虽贵居金屋,时有泪痕。李白诗'但见泪痕湿,不知心恨谁',愁深泪湿,尚有人窥;此则于寂寞无人处泪尽罗巾,愈可悲矣。后二句言本甘寂寞,一任春晚花飞,朱门深掩,安有余绪怜花?结句不事藻饰,不诉幽怀,淡淡写来,而春怨自见。"

李 华

　　李华(玄宗开元三年—代宗大历元年,七一五—七六六),字遐叔,赵州赞皇(今河北赞皇)人。开元二十三年进士第,天宝二年又举博学宏辞科,官监察御史,转右补阙。曾弹劾杨国忠党羽仗势为非,为权贵所嫉。安史乱起,两京沦陷,不及随玄宗出奔而陷贼,伪署为凤阁舍人,乱平后贬杭州司户参军,遂屏居江上。李岘领选江南,入其幕府,检校吏部员外郎,后因风痹去官,客隐山阳,勒子弟力农,安于穷槁。大历初年卒。原有集,已散佚,后人辑为《李遐叔文集》。

　　李华文名较诗名为盛,与萧颖士齐名。其诗词采流丽,情思亦深,《全唐诗》编诗一卷二十九首。

春行即兴①

　　宜阳城下草萋萋②,涧水东流复向西。芳树无人花自落,春山一路鸟空啼。③

【注释】

①即兴,即景有感、乘兴而作之意。

②宜阳,县名,位于洛水中游,在今河南福昌附近,唐时改称福昌,为唐代最大行宫连昌宫所在地,境内有女几山、兰香神女庙等风景名胜。

③末联以"无人""花自落""鸟空啼"写寂寞春色,不着一字而感伤之意自寓其中。

△俞陛云《诗境浅说续编》云:"五绝中如王右丞之《鸟鸣涧》诗、《辛夷坞》诗,言月下鸟鸣、涧边花落,皆不涉人事,传神弦外。七绝中此诗亦然,首二句言城下之萋萋草满,城外之流水东西,皆天然之致。后二句言路转春山,

屐齿不到,一任鸟啼花落,送尽春光。诗题标以《春行寄兴》,殆万物静观皆自得也。若元微之见桃花自落,感连昌之故宫;刘长卿(按:应为韦庄)因啼鸟空闻,叹六朝之如梦,同是花落鸟啼,寓多少兴亡之感。此作不落形气之中,忘怀欣戚矣。"

于 良 史

于良史,天宝十五年(七五六)左右在世,曾为徐、泗、濠节度使张建封从事,官至侍御史。

其诗被选入当代高仲武《中兴间气集》卷上,评曰:"侍御诗清雅,工于形似。……吟之未终,皎然在目。"其平生似昧,篇什亦不多传,今《全唐诗》卷二百七十五存其诗七首,主要是以《春山夜月》一诗传名千古,其中次联诚为不可多得之佳句。

春山夜月①

春山多胜事,赏玩夜忘归。掬水月在手,弄花香满衣。②兴来无远近,欲去惜芳菲③。南望鸣钟处,楼台深翠微。④

【注释】

①全诗写山中夜游忘归,赏玩春花水月之胜景,其中第二联为历来传颂之名句。

②上句合水、月为一体,同时凝结于手中;下句分花、香为二物,错置成衣香,因而巧夺天工,令人耳目一新。

③芳菲,花草之香气。"惜芳菲",申明上文"夜忘归""无远近"之故,并启下联"南望"之动机。

④鸣钟,为报时之声,一方面表示夜深,一方面则点出所居"楼台"之处。翠微,山中轻缥之气,亦指山腰处,参李白《下终南山过斛斯山人宿置江酒》注②。"深翠微",形容距离遥远。

张　谓

　　张谓(生年不详,卒于代宗大历十二年后,？—七七七后),字正言,河内(今河南沁阳)人,天宝二年(七四三)登进士第。《唐才子传》卷四载:"二十四受辟,从戎营、朔十载,亭障间稍立功勋。……(大历时)累官为礼部侍郎,无几何,出为潭州刺史。"

　　《唐才子传》称张谓"少读书嵩山,清才拔萃,泛览流观,不屈于权势。自矜奇骨,必谈笑封侯。……性嗜酒,简淡,乐意湖山。工诗,格度严密,语致精深,多击节之音"。肃宗乾元时以尚书郎使夏口,曾与李白于江城南湖宴饮,以佳景寂寥,遂请李白为南湖命名,以传不朽。"白因举杯酹水,号之曰'郎官湖'……乃命赋诗纪事,刻石湖侧,将与大别山共相磨灭焉。"(见李白《泛沔州城南郎官湖》序)今《全唐诗》存其诗一卷四十首。

闻薛先辈陪大夫看早梅因寄

　　一树寒梅白玉条,迥临村路傍溪桥①。不知近水花先发,疑是经冬雪未销。②

【注释】

① 迥(jiǒng),远也。傍溪桥,临近溪桥边。
② 二句扣住诗题之"早"字,写早春时先发之梅花与未消之残雪差相仿佛,故产生疑惑和错觉,清新而有韵致。东方虬《春雪》诗曰:"春雪满空来,触处似花开。不知园里树,若个是真梅?"许浑《早梅》诗云:"素艳雪凝树,清香风满枝。"又宋王安石《梅花》诗所谓:"遥知不是雪,为有暗香来。"皆同此意。

张　　继

　　张继,生卒年不详,字懿孙,襄州(今湖北襄阳)人,天宝十二年(七五三)进士第。尝佐镇戎军幕府,又为盐铁判官,大历末,入内侍,为检校祠部员外郎,又分掌财赋于洪州(今江西南昌),后夫妇俱殁于其地。有《张继诗》一卷,已佚,《全唐诗》编诗一卷四十七首。

　　《唐才子传》卷三云:"继博览有识,好谈论,知治体。亦尝领郡,辄有政声。诗情爽激,多金玉音。"唐高仲武编《中兴间气集》卷下亦曰:"员外累代词伯,积习弓裘,其于为文,不雕自饰。及尔登第,秀发当时。诗体清迥,有道者风。"除了传颂千古的《枫桥夜泊》之外,张继也未忽略兵荒马乱中民生多艰之苦况,笔之于诗,即为高仲武所谓"事理双切""比兴深矣"之作。

枫桥夜泊[①]

　　月落乌啼霜满天,江枫渔火对愁眠。[②]姑苏城外寒山寺[③],夜半钟声到客船[④]。

【注释】

① 诗题一作"夜泊枫江"。枫桥,在今江苏苏州西。
② 对愁眠,指诗人面对江枫渔火之景而于愁绪中入眠,清毛先舒《诗辨坻》云:"后人因张继之诗始改山名'愁眠'。"首联铺展秋深之夜清寂萧疏之意象,不但突出江枫渔火色彩之醒目,倍增凄艳之美感,而客居之羁愁幽怀亦寓其中。
③ 姑苏,苏州之别称,因西南有姑苏山而得名。寒山寺,《大清一统志》载:"江苏苏州府……寒山寺在吴县西十里枫桥,相传寒山、拾得尝止此,故名。内有寒山、拾得二像。"

④夜半钟声,欧阳修《六一诗话》曾批评道:"诗人贪求好句,而理有不通,亦语病也。……说者亦云(按:张继此联)句则佳矣,其如三更不是打钟时!"而胡仔《苕溪渔隐丛话·前集》卷二十三引《诗眼》云:"《南史》载齐武帝景阳楼有三更、五更钟;丘仲孚读书,以中宵钟为限;阮景仲为吴兴守,禁半夜钟;至唐诗人如于鹄、白乐天、温庭筠尤多言之。今佛宫一夜鸣铃,俗谓之定夜钟。不知唐人所谓半夜钟者,景阳三更钟邪?今之定夜钟邪?然于义皆无害,文忠偶不考耳。"所举于鹄诗为"遥听缑山半夜钟",白居易诗为"半夜钟声后",温庭筠者为"无复松窗半夜钟",可为佐证。宋人孙觌《过枫桥寺》有"乌啼月落枫桥寺,倚枕犹闻半夜钟"之语,可见宋时犹有此习。

△沈德潜《唐诗别裁集》卷二十云:"尘市喧阗之处,只闻钟声,荒凉寥寂可知。"而全诗有声有色,色泽鲜明,声响悠远,以凄清之笔调将客居他乡、深夜未眠之情景含蓄表出。

韩 翃

韩翃,生卒年不详,字君平,南阳(今属河南)人。天宝十三年(七五四)进士及第,为大历十才子之一。《新唐书·卢纶传》附载其事云:"侯希逸表佐淄青幕府,府罢,十年不出。李勉在宣武,复辟之,俄以驾部郎中知制诰。时有两韩翃,其一为刺史,宰相请孰与,德宗曰:'与诗人韩翃。'终中书舍人。"《全唐诗》收其诗三卷一百六十多首。

韩翃之《寒食诗》流传天下,为德宗所赏识,并以之区别人选,此事传为一时佳话;同时韩翃也是唐传奇许尧佐《柳氏传》之男主角,是大历十才子中除李益之外,第二位同时以小说人物留名后世的诗人。

韩翃集中,赠别送行之作便占了十之八九,比例之大,其他诗人难以望其项背;而以叙事写景为主体的创作手法,也在韩翃手中发展至极致。唐高仲武《中兴间气集》卷上云:"韩员外意放经史,兴致繁富,一篇一韵,朝野珍之,多士之选也。……方之前载,则芙蓉出水,未足多也。其比兴深于刘员外(按:长卿),筋节减于皇甫冉也。"

同题仙游观①

仙台下见五城楼,风物凄凄宿雨收。②山色遥连秦树晚,砧声近报汉宫秋。③疏松影落空坛静,细草香闲小洞幽。何用别寻方外去,人间亦自有丹丘。④

【注释】

①仙游观,《旧唐书·隐逸传》云:"潘师正……大业中度为道士,师事王远知,尽以道门隐诀及符箓授之。师正清净寡欲,居于嵩山之逍遥谷,积二十余年,但服松叶饮水而已。高宗幸东都,因召见与语,问师正山中有何所

须?师正对曰:'所须松树清泉,山中不乏。'高宗与天后甚尊敬之,留连信宿而还。……初置奉天宫,帝令所司于逍遥谷口特开一门,号曰仙游门。"在今河南洛阳附近。

②五城楼,《史记·封禅书》载方士有言:"黄帝时为五城十二楼,以候神人于执期,命曰迎年。"此处代指仙游观。宿雨,隔夜之雨。

③秦,指今陕西一带。砧声,秋天时以备冬寒之捣衣声。汉宫,代指唐宫。

④方外,谓世俗以外,《庄子·大宗师》云:"子桑户、孟子反、子琴张三人……莫逆于心,遂相与友。莫然有间而子桑户死,未葬。孔子闻之,使子贡往待事焉。……子贡反,以告孔子……孔子曰:'彼,游方之外者也;而丘,游方之内者也。'"丹丘,指神仙居处,《楚辞·远游》云:"仍羽人于丹丘兮,留不死之旧乡。"王逸注:"丹丘,昼夜长明也。"

寒 食①

春城无处不飞花,寒食东风御柳斜②。日暮汉宫传蜡烛③,轻烟散入五侯家④。

【注释】

①题一作《寒食日即事》。寒食,节令名,当冬至后百五日、清明前一二天,《荆楚岁时记·寒食事考》云:"去冬节一百五日,即有疾风甚雨,谓之寒食,禁火三日。"又相传与介之推有关,《后汉书·周举传》载:"太原一郡,旧俗以介子推焚骸,有龙忌之禁。至其七月,咸言神灵不乐举火,由是士民每冬中辄一月寒食,莫敢烟爨。"《古今图书·岁功典·清明部》引《琴操》曰:"晋文公与介子绥(按:即介子推)俱亡,子绥割股以啖文公。文公复国,子绥独无所得,子绥作龙蛇之歌而隐。文公求之,不肯出,乃燔左右木,子绥抱木而死。文公哀之,令人五月五日不得举火。"所记时日不一,应以清明前者为准。

②东风,春风。御柳,宫中所植杨柳;时俗寒食日折柳插门,故有此语。

③汉宫,借指唐宫。寒食禁火,宫中却点燃蜡烛,特许权贵之家,故下句云"轻烟散入",唐代常有此例,如《唐辇下岁时记》之"清明日取榆柳之火以

赐近臣"、元稹《连昌宫词》之"特敕宫中赐燃烛"和韦庄《长安清明》之"内官初赐清明火"等可资为证。

④五侯,《汉书·元后传》载:成帝"河平二年,上悉封舅谭为平阿侯;商,成都侯;立,红阳侯;根,曲阳侯;逢时,高平侯。五人同日封,故世谓之五侯"。又《后汉书·宦者传》记桓帝借宦官之力诛杀权臣梁冀及其宗亲党,封单超新丰侯,徐璜武原侯,具瑗东武阳侯,左悺上蔡侯,唐衡汝阳侯,"五人同日封,故世谓之五侯。……自是权归宦官,朝廷日乱矣"。唐自肃、代宗之后,宦官擅权,不减桓、灵,此处应从后汉单超事以为比讽。

△清吴乔《围炉诗话》卷一云:"唐之亡国由于宦官握兵,实代宗授之以柄。此诗在德宗建中初,只'五侯'二字见意,唐诗之通于《春秋》者也。"而俞陛云《诗境浅说续编》则曰:"二十八字中,相见五剧春浓,八荒无事,官廷之闲暇,贵族之沾恩,皆在诗境之内。以轻丽之笔,写出承平景象,宜其一时传诵也。"

元　结

元结(玄宗开元七年—代宗大历七年,七一九—七七二),字次山,自幼居于河南鲁县商馀山。少不羁,十七始折节读书,天宝十二年(七五三)进士,礼部侍郎阳浚曰:"一第污元子耳!有司得元子是赖。"[1]安史乱起,史思明攻河阳,元结上《时议》三篇,肃宗大悦,授右金吾兵曹参军,以讨贼功迁监察御史。后任水部员外郎,佐荆南节度使吕諲拒贼。代宗即位时辞官闲居于武昌樊口,修耕钓以自资、养亲。久之,又拜道州刺史,进授容管经略使,绥定诸州,民乐其教。罢还京师后,卒赠礼部侍郎。著有《元子》十卷、《文编》十卷,后者即今《元次山集》。

《唐才子传》卷三云:"始隐于商山中,称元子;逃难入猗玕洞,称猗玕子;或称浪士。渔者或称聱叟、酒徒漫叟。及为官,呼漫郎,皆以命所著。性梗僻,深憎薄俗,有忧道悯世之心。《中兴颂》一文,灿烂金石,清夺湘流。作诗著辞,尚聱牙,天下皆知敬仰。"元结居官本于儒家仁爱之理想,作诗亦尚比兴雅正,其《系乐府十二首序》便揭示"极帝王理乱之道,系古人规讽之流"的标准,而其所编选之《箧中集》,收当代沈千运、王李友等七人作品,都属此一理念的实践。《箧中集序》云:"风雅不兴,几及千岁,溺于时者,世无人哉!……近世作者,更相沿袭,拘限声病,喜尚形似,且以流易为辞,不知丧于雅正。"有鉴于此,元结创作时或以反映民间疾苦为要,或刻意矫俗除弊,而造语枯涩,总之摆落艺术技巧之润饰,而独沽一味。清刘熙载《艺概》卷二赞之曰:"次山诗令人想见立意较然,不欺其志。其疾官邪、轻爵禄,意皆起于恻怛为民,不独《舂陵行》及《贼退示官吏作》足使杜陵感喟也。"

【注释】

[1] 见颜真卿《元君表墓碑铭》。

舂陵行并序①

癸卯岁,漫叟授道州刺史。②道州旧四万余户,经贼已来③,不满四千,大半不胜赋税。到官未五十日,承诸使征求符牒二百余封④,皆曰:"失其限者,罪至贬削。"於戏!⑤若悉应其命,则州县破乱,刺史欲焉逃罪;若不应命,又即获罪戾,必不免也。吾将守官,静以安人,待罪而已。⑥此州是舂陵故地,故作《舂陵行》以达下情。

军国多所需,切责在有司⑦。有司临郡县,刑法竞欲施。⑧供给岂不忧,征敛又可悲。⑨州小经乱亡,遗人实困疲⑩。大乡无十家,大族命单羸⑪。朝餐是草根,暮食仍木皮。出言气欲绝,意速行步迟。⑫追呼尚不忍,况乃鞭扑之。邮亭传急符,来往迹相追。⑬更无宽大恩,但有迫促期。欲令鬻儿女,言发恐乱随。⑭悉使索其家,而又无生资。⑮听彼道路言,怨伤谁复知。去冬山贼来,杀夺几无遗。所愿见王官,抚养以惠慈。奈何重驱逐,不使存活为!⑯安人天子命,符节我所持。州县忽乱亡,得罪复是谁。逋缓违诏令,蒙责固其宜。⑱前贤重守分,恶以祸福移⑲。亦云贵守官,不爱能适时。⑳顾惟孱弱者,正直当不亏。㉑何人采国风㉒,吾欲献此辞。

【注释】

①舂陵,汉零陵郡泠道有舂陵乡,为长沙王子买之封地,故址在今湖南宁远县附近。

②癸卯,指唐代宗广德元年(七六三)。漫叟,元结自号。道州,州治在今湖南道县,为舂陵所在。

③贼,指广西之西原蛮,广德元年冬寇掠道州月余。

④征求符牒,指征收赋税的官府文书。

⑤失其限,指未按期限完成任务。於戏,感叹词。

⑥《新唐书·元结传》载:"结以人困甚,不忍加赋,即上言:'臣州为贼焚破,粮储、屋宅、男女、牛马几尽。今百姓十不一在,耄孺骚离,未有所安。……

请免百姓所负租税及租庸使和市杂物十三万缗。'帝许之。明年,租庸使索上供十万缗,结又奏:'岁正租庸外,所率宜以时增减。'诏可。结为民营舍给田,免徭役,流亡归者万余。"

⑦有司,官吏掌管其职司理事务,故云;此处指地方长官。

⑧句谓竞相施用严刑峻法,以达成征敛的任务。

⑨供给,供应军国之所需。征敛,对人民征货敛财。

⑩遗人,即"遗民",指战后余生者;因避太宗李世民之名讳,故以"人"代用。

⑪羸(léi),孤弱。

⑫意速,心中想走快。两句写百姓气息奄奄、心有余而力不足之惨状。

⑬邮亭,即驿站,古有"十里一亭,五里一邮"之制。急符,官府所发紧急催缴之文书。迹相追,形容使者前后相追,不绝于途。

⑭鬻(yù),卖也。本联谓鬻儿女之令下,则恐暴乱随之而来。

⑮索,索求。生资,赖以维生之物资。

⑯王官,朝廷派遣之官吏。为,语气词。

⑰符节,中央派任地方官时授予持有之凭证,《孟子·离娄下》注云:"符节者,如今官中诸官诏符也。"唐高祖武德元年,刺史赐给铜鱼符,加号持节而实无节。

⑱逋,欠税;逋缓,指缓征租税。下句谓:蒙受罪责固然是应当的。

⑲恶(wū),意谓怎能,为疑问词。以祸福移,因趋福避祸而改变。

⑳适时,指迎合时宜、随波逐流。

㉑顾惟,顾念。下句谓:应当不损其正直之道。

㉒采国风,采集各地之诗谣,朱熹《诗集传》卷首"国风"题下注云:"国者,诸侯所封之域;而风者,民俗歌谣之诗也。……诸侯采之以贡于天子,天子受之而列于乐官,于以考其俗尚之美恶,而知其政治之得失焉。"

贼退示官吏 并序

癸卯岁,西原贼入道州①,焚烧杀掠,几尽而去。明年,贼又攻永破邵②,不犯此州边鄙而退③。岂力能制敌欤?盖蒙其伤怜而已。诸使何为忍苦征敛?故作诗一篇以示官吏。

昔岁逢太平,山林二十年。泉源在庭户,洞壑当门前。井税有常期,日晏犹得眠。④忽然遭世变,数岁亲戎旃。⑤今来典斯郡,山夷又纷然。⑥城小贼不屠,人贫伤可怜。是以陷邻境,此州独见全。使臣将王命⑦,岂不如贼焉？今彼征敛者,迫之如火煎。谁能绝人命,以作时世贤⑧！思欲委符节,引竿自刺船。⑨将家就鱼麦,归老江湖边。⑩

【注释】

①此一年代、事件参前首《舂陵行》注②、注③。

②明年,代宗广德二年。攻永破邵,谓攻破永州、邵州,二州各在今湖南省境之零陵与邵阳,与道州邻近。

③此州,指道州。边鄙,即边邑,荒僻之边地。

④井税,周代井田赋税的制度,《孟子·梁惠王下》"耕者九一"句下朱熹注云："九一者,井田之制也。方一里为一井,其田九百亩,中画井字,界为九区,一区之中,为田百亩,中百亩为公田,外八百亩为私田,八家各受私田百亩,而同养公田,是九分而税其一也。"此处代指唐之租庸调法。晏,晚。

⑤世变,指安史之乱以来的变乱。旃(zhān),曲柄的绸旗；亲戎旃,指亲自参与军事活动。

⑥典斯郡,掌理此郡,指任道州刺史。山夷,即西原蛮,下句所称之"贼"。

⑦使臣,朝廷派来催征的租庸使。将王命,奉朝廷的命令。

⑧时世贤,时人眼中的贤臣,即《舂陵行》中之"能适时",谓逢迎上意,征敛百姓。

⑨符节,参前《舂陵行》注⑰。委符节,弃官之意。刺,以篙撑船。

⑩将家,携家带眷。就鱼麦,谓亲自渔耕。末三句表示退隐的生活。

△清施补华《岘佣说诗》云："诗忌拙直,然如元次山《舂陵行》《贼退示官吏》诸诗,愈拙直愈可爱,盖以仁心结为真气,发为愤词,字字悲痛,《小雅》之哀音也。"

钱　　起

钱起(约玄宗开元十年—约德宗建中元年,七二二—七八〇),字仲文,吴兴(今属浙江)人。天宝十年(七五一)进士及第,授校书郎,官至尚书考功郎中。有《钱考功集》,《全唐诗》编诗四卷五百多首。

钱起为大历十才子之一,王维曾"许以高格",与之酬唱;又分别与刘长卿和郎士元并称,士林语曰:"前有沈、宋,后有钱、郎。"其诗以五言为主,多送别酬赠之作,然刻画景物,迭成佳句,常为评论家所称道。高仲武《中兴间气集》云:"诗格清奇,理致清赡……右丞没后,员外为雄,芟齐宋之浮游,削梁陈之靡嫚,迥然独立,莫之与群。"

谷口书斋寄杨补阙[①]

泉壑带茅茨,云霞生薜帷。[②]竹怜新雨后,山爱夕阳时。[③]闲鹭栖常早,秋花落更迟。[④]家童扫萝径,昨与故人期。[⑤]

【注释】

①谷口,地名,西汉时曾置县,东汉废之,在今陕西泾阳西北。补阙,官名,《新唐书·百官志》云:"门下省……左补阙六人,从七品上;左拾遗六人,从八品上。掌供奉讽谏,大事廷议,小则上封事。"杨补阙,未详何人。

②壑,山谷。茅茨(cí),茅屋。薜帷,藤蔓植物悬垂如帷幕,《楚辞·九歌·湘夫人》云:"罔薜荔兮为帷。"

③怜,爱也。二句为"怜新雨后竹,爱夕阳时山"之倒装,把握住大自然千变万化之风物中最美的搭配表现。

④"闲鹭"句有自比意味,"秋花"句则有不落以待客之意。

⑤扫萝径,打扫女萝薜荔等蔓生的小径,为迎客之举。昨,先前之意。期,约定。全诗应为与杨补阙相约之作。

送僧归日本①

上国随缘住②,来途若梦行。浮天沧海远,去世法舟轻。③水月通禅寂,鱼龙听梵声。④惟怜一灯影,万里眼中明。⑤

【注释】

①日本,《新唐书·东夷传》载:"日本,古倭奴也,去京师万四千里,直新罗东南,在海中,岛而居。……国无城郭,联木为栅落,以草茨屋。……直隋开皇末,始与中国通。"

②上国,《左传·昭公二十七年》贾逵注云:"上国,中国也。"

③浮天,形容海水汪洋无涯,行舟若浮于天际,《晋书·天文志》载葛洪语云:"故黄帝书曰'天在地外,水在天外',水浮天而载地者也。"去世,谓离开尘世,超脱俗累。法舟,此处指僧人所乘之船,《宋书·夷蛮传》载天竺迦毗黎国之王遣使奉表曰:"无上法船,济诸沉溺。"

④禅寂,一作"禅观",指佛家清静入定的境界。梵声,佛徒诵经之音;因佛教传自印度,遂以梵称。中二联皆扣住海上行舟而言。

⑤惟怜,只爱。一灯,指船灯,又兼有佛典中对"智慧"之喻意。末二句本于《维摩诘经》:"譬如一灯然百千灯,冥者皆明,明终不尽。"兼寓久视远望的送别之情,与对日僧智慧修为的推崇。

省试湘灵鼓瑟①

善鼓云和瑟,常闻帝子灵。②冯夷空自舞③,楚客不堪听④。苦调凄金石,清音入杳冥。⑤苍梧来怨慕,白芷动芳馨。⑥流水传潇浦,悲风过洞庭。⑦曲终人不见,江上数峰青。⑧

【注释】

①本篇为一试帖诗,即参加科举考试时所写的作品。省试,地方各州县贡士

于京师,由尚书省礼部主试的考选。湘灵,湘水女神,即舜妃娥皇、女英,见李白《远别离》诗注。鼓瑟,弹奏瑟这种弦乐器。湘灵鼓瑟,为省试考题,出自《楚辞·远游》之"使湘灵鼓瑟兮,令海若舞冯夷"句。

②云和,古山名,《周礼·春官·大司乐》云:"云和之琴瑟。"帝子,即诗题之"湘灵"。

③冯夷,河神名,《庄子·大宗师》云:"冯夷得之以游大川。"《经典释文》录司马彪引《清泠传》曰:"冯夷,华阴潼乡堤首人也,服八石,得水仙,是为河伯。"

④楚客,指贾谊和历代迁谪之人流落至此者,兼用《史记·张仪列传》之典故:越人庄舄为楚任大官,思故乡时不禁口发越吟,江淹《迁江亭》诗即有"楚客心命绝,一愿闻越声"之句。不堪听,谓听了之后悲伤不承受不住。

⑤杳冥,遥远渺冥之地。二句言瑟音凄楚,声调清越。

⑥苍梧,舜死葬处,见李白《远别离》注⑫,此处代指舜。白芷,多年生草本植物,四尺余高,夏开白色小花。本联形容湘灵之瑟曲动人已极,使舜怨慕倾听,白芷发花送香。

⑦两句言瑟音随流水悲风传到潇水边、洞庭中,形容其悠远不尽之音韵。

⑧末二句采宕开法,以恒定之青峰捕捉曲终后袅袅若存的流风余韵,更使神韵悠长,情味不尽。

△清黄生《唐诗摘钞》朱之荆补云:"结自有神助,亦先有'湘浦''洞庭'二句,故接'曲终''江上',觉缥缈超旷,灵烟万状,吾谓此四句皆神助也。至'流水''悲风',原系曲名,紧接'曲终',真是神来之笔。"又《唐诗五言排律》评曰:"先虚写二句,即点明题之来历,最工稳。结得渺然,题境方尽。'曲终'非专指既终后说,盖谓自始至终,究竟但闻其声,未见其形,正不知于何来于何往,一片苍茫,杳然极目而已。题外映衬,乃得题妙,此为入神之技。"

赠阙下裴舍人①

二月黄莺飞上林,春城紫禁晓阴阴。②长乐钟声花外尽③,龙池柳色雨中深④。阳和不散穷途恨,霄汉长悬捧日心。⑤献赋十年犹未遇,羞将白发对华簪。⑥

【注释】

①阙下,宫阙之下,指帝王所在。裴舍人,未详何人。

②上林,西汉时著名宫苑,详见李颀《听安万善吹觱篥歌》注⑧,此处泛指宫苑。紫禁,谢庄《宋孝武宣贵妃诔》李善注云:"王者之宫,以象紫微,故谓宫中为紫禁。"

③长乐,宫名,《三辅黄图》卷二云:"长乐宫,本秦之兴乐宫也。高皇帝始居栎阳,七年,长乐宫成,徙居长安城。"《雍录》曰:"未央在汉城西隅,而长乐乃其东隅也。汉都长安,两宫初成,朝诸侯群臣,乃于长乐,不在未央也。自惠帝以后,皆居未央宫,而长乐常奉母后,故凡语及长乐者,多曰东朝。"在今陕西长安西北之故城中,此处借喻唐宫。

④龙池,《唐六典》卷七云:"兴庆宫,在皇城之东南……即今上(按:玄宗)龙潜旧宅也。……初上居此第,其里名协圣讳,所居宅之东有旧井,忽涌为小池,周袤才数尺,常有云气,或见黄龙出其中,至景龙中潜复。出水,其沼浸广时,即连合为一。未半岁,而里中人悉移居,遂鸿洞为龙池焉。"玄宗常在兴庆宫听政、起居,为权力中心所在。

⑤阳和,和暖的春阳。穷途,《晋书·阮籍传》云:"时率意独驾,不由径路,车迹所穷,辄恸哭而反。"霄汉,指天空。捧日,《三国志·魏书·程昱传》注引《魏书》曰:"昱少时常梦上泰山,两手捧日。昱私异之,以语荀彧。及兖州反,赖昱得完三城,于是彧以昱梦白太祖,太祖曰:'卿当终为吾腹心。'昱本名立,太祖乃加其上'日',更名昱也。"本联起转入自身,意谓虽然当此春日阳和之际,穷途之恨未尝消散,依然一直怀有霄汉捧日、到朝廷为帝王奉献之心意。

⑥献赋,指科考时进献文章以求功名。华簪,雕饰精美的发簪,此处代指达官贵人。

△本篇前四句写宫阁景象,气象真朴闳美,间接衬托裴舍人之身份地位;后四句写个人之穷途不遇,亦含蓄而不失格调。

归　雁①

潇湘何事等闲回，水碧沙明两岸苔。②二十五弦弹夜月，不胜清怨却飞来。③

【注释】

① 瑟曲有《归雁操》，而古人以为秋雁避冬，最南只到湖南衡山之回雁峰，栖息于湘水下游一带，次年春临时再北返。因此本诗联结湘神鼓瑟之神话与归雁之物候现象，透过"瑟曲"构成巧妙的联想，使雁之北飞犹如承受不住瑟曲清怨之故。

② 潇湘，参张若虚《春江花月夜》注⑩。等闲，轻易、随便。次句描写月光下美丽的潇湘夜景，以强化首句提出之疑问。

③ 二十五弦，指瑟，见李商隐《锦瑟》注②。不胜，承受不住。却飞，飞回，指雁由潇湘之地北返。

△清李锳《诗法易简录》云："此上呼下应体，用'何事'呼起，而以三、四申明之。琴瑟中有《归雁操》，第三句即从此落想，出生'不胜清怨'四字，与'何事'紧相呼应，寄慨自在言外。"黄生《唐诗摘钞》卷四曰："此设为问答之辞。言潇湘之地，可食可居，何事等闲便回？又代答云：盖为彼地瑟声清怨，悲不可止，故却飞来耳。说者谓瑟中有《归雁操》，故云：然亦暗用湘灵鼓瑟事也。三句接法浑而健。"

刘 长 卿

刘长卿(生年不详,最晚卒于贞元七年,? —七九一),字文房,河间(今属河北)人。少居嵩山读书,天宝年间进士。天宝十四年(七五五)任长洲尉,至德三年(七五八)摄海盐令,上元元年(七六〇)第一次获贬,谪南巴尉;约代宗大历十年(七七五)时为观察使吴仲儒所诬奏,再由鄂岳转运留后贬为睦州司马。后官终随州刺史[1]。有《刘随州诗集》,存诗五百多首。

《唐才子传》卷二称:"长卿清才冠世,颇凌浮俗,性刚多忤权门,故两逢迁斥,人悉冤之。"而其诗驰声上元、宝应间,为时所重,长卿亦颇自负,《新唐书·隐逸传·秦系传》载权德舆曰:"长卿自以为'五言长城'。系用偏师攻之,虽老益壮。"范摅《云溪友议》卷上亦载:"刘长卿郎中,皆谓前有沈、宋、王、杜,后有钱、郎、刘、李。刘君曰:'李嘉祐、郎士元焉得与予齐称也!'每题诗,不言其姓,但长卿而已,以海内合知之乎。"后说虽不可尽信,亦能略见其人刚烈气锐之性格。

其诗多唱酬之作,内容又多山水之描写,往往以白描写荒村水乡,表现幽寒孤寂之境,方东树《昭昧詹言》卷十八云:"文房诗多兴在象外,专以此求之,则成句皆有余味不尽之妙矣。"其五绝最为特出,可追王维;五律亦足可观。唯其缺点则如高仲武《中兴间气集》所评:"大抵十首已上,语意稍同,于落句尤甚。思锐才窄也。"而《四库提要》之论述最为允当:"长卿诗号五言长城,大抵研炼深稳,而自有高秀之韵。其文工于造语:亦如其诗,故于盛唐、中唐之间号为名手。但才地稍弱,是其一短。"

【注释】

[1] 本段所述仕历,详参傅璇琮主编《唐才子传校笺》卷二。

逢雪宿芙蓉山主人①

日暮苍山远,天寒白屋贫。②柴门闻犬吠,风雪夜归人。③

【注释】

①芙蓉山,一说在今江苏常州,则本篇作于大历十年(七七五)贬谪退居于碧涧山庄时。主人,不详何人。
②白屋,覆以白茅或不上漆之木材为屋顶的贫家住所,《汉书·吾丘寿王传》颜师古注曰:"白屋,以白茅覆屋也。"又《孔子家语·贤君》王肃注云:"草屋也。"本联以暮、寒、苍、白等字敷设出雪夜荒僻之色调,写眼之所见。
③两句写耳之所闻。由犬吠而知人归,于风雪中听来兼有荒寂而温馨之感,暗夜冒雪归家之艰辛亦寓其中。
△明唐汝询《唐诗解》云:"此诗直赋实事,然令落魄者读之,真足凄绝千古。"清黄叔灿《唐诗笺注》曰:"上二句孤寂况味。犬吠人归,若惊若喜,景色入妙。"

听弹琴①

泠泠七弦上,静听松风寒。②古调虽自爱,今人多不弹。③

【注释】

①本诗与刘长卿《杂咏八首上礼部李侍郎》其一《幽琴》的中二联同,唯"泠泠七弦上"作"飕飕青丝上",可见诗人自赏之情。
②泠泠,形容琴音之清雅。弦,一作"丝"。七弦,《隋书·音乐志》载:"丝之属四,一曰琴,神农制为五弦,周文王加二弦为七者也。"松风,曲名,见李白《下终南山过斛斯山人宿置酒》注⑤。
③两句有孤芳自赏、叹风俗日下之意。

送方外上人①

孤云将野鹤,岂向人间住。②莫买沃洲山③,时人已知处④。

【注释】

① 方外,世俗以外,语出《庄子·大宗师》载孔子曰:"彼,游方之外者也;而丘,游方之内者也。"上人,佛家语,谓上德之人,为对僧侣的尊称。
② 将,共也,有伴随意。孤云、野鹤,皆化外出尘之物,借指所送上人。
③ 沃洲山,《大清一统志》"浙江绍兴府":"沃洲山在新昌县东二十五里,高百余丈,周十里,北通四明山,下统大溪,与天姥对峙,道书以为第十二福地。"在今浙江新昌东。白居易《沃洲山禅院记》云:"沃洲山在剡县南三十里……西北有支遁岭,而养马坡、放鹤峰次焉。"又《高僧传·竺道潜传》载:支遁"遣使求买仰山之侧沃洲小岭,欲为幽栖之处"。其后历经高僧、高士名人游止者甚众,为名胜之地。
④ 末联即终南捷径之意。沈德潜《唐诗别裁集》卷十九云:"有三宿桑下已嫌其迟意,盖讽之也。"

送灵澈上人①

苍苍竹林寺,杳杳钟声晚。②荷笠带斜阳,青山独归远。③

【注释】

① 灵澈,《唐诗纪事》卷七十二载:"生于会稽,本汤氏,字源澄。与吴兴诗僧皎然游,皎然荐之包佶、李纾,以是上人之名由二公而扬。贞元中游京师,缁流嫉之,造飞语激动中贵人,浸诬得罪,徙汀州,后归会稽。元和十一年终于宣州。"
② 苍苍,深青色。竹林寺,《大清一统志》"江苏镇江府":"竹林寺在丹徒县城南六里,创自晋时,久废。明崇祯间重建。"杳杳,深远貌。
③ 荷,以肩负承。带斜阳,映带夕阳之光照。末句即"独归青山远"之倒装,有渐行渐远而孤踪渺然之悠情余韵。

△俞陛云《诗境浅说续编》云:"四句纯是写景,而山寺僧归,饶有潇洒出尘之致。高僧神态,涌现毫端,真诗中有画也。"

碧涧别墅喜皇甫侍御相访①

荒村带返照,落叶乱纷纷。古路无行客,寒山独见君。②野桥经雨断,涧水向田分。不为怜同病,何人到白云。③

【注释】

①碧涧别墅,筑于碧涧之屋舍。皇甫侍御,指皇甫曾,字孝常,曾官殿中侍御史,有《过刘员外长卿别墅》诗,今《全唐诗》存诗一卷。

②此联不仅写景,亦喻山路之难行,更见相访之难得;承诗题之"喜",并启下同病之"怜"。

③怜同病,《吴越春秋·阖闾内传》载子胥曰:"吾之怨与(白)喜同。子不闻河上歌乎?同病相怜,同忧相救。"到白云,到刘长卿之碧涧别墅;可见其地有山林之胜,兼寓不得志而退隐之意。

△纪昀《瀛奎律髓刊误》云:"起四句有灏气。五、六言路之难行,以起末二句,非写意也。"胡本渊《唐诗近体》曰:"前叙时景,后叙地景,总言荒僻而喜侍御之相访。诗中不言喜,而喜意已足。"

送李中丞之襄州①

流落征南将,曾驱十万师。罢归无旧业,老去恋明时。②独立三边静,轻生一剑知。③茫茫汉江上,日暮复何之。④

【注释】

①题一作《送李中丞归汉阳》。中丞,御史中丞,唐时常代行御史大夫职务。之,往。襄州,今湖北襄阳一带。

②罢归,罢官回乡。旧业,家乡旧有的产业。明时,盛明的时代。本联承"流落",又写其人之忠廉。

③三边,《后汉书·乌桓鲜卑列传》载:"灵帝立,幽、并、凉三州缘边诸郡无岁不被鲜卑寇抄,杀略不可胜数。熹平……六年夏,鲜卑寇三边。"此处泛指边境。三边静,使边境安定;一作"三朝识",谓功高名重,三朝皆知。轻生,不怕死。本联承"曾驱十万师",又写其人之威勇。

④何之,往何处去。末联仍归于首句"流落"二字以作结。

△明周珽《唐诗选脉会通评林》卷三十三云:"章法明练,句律雄浑,中唐佳品。"

寻南溪常山道人隐居①

一路经行处,莓苔见履痕。②白云依静渚③,芳草闭闲门。过雨看松色,随山到水源。④溪花与禅意,相对亦忘言。⑤

【注释】

①题一作《寻常山南溪道士隐居》,其人其地未详。

②莓苔,即青苔。履痕,即足迹。首二句言其人迹罕至之幽僻。

③渚,水中小洲。此句可见其地势乃高耸入云。

④过雨,遇雨之意。三联中"见履痕""闭闲门""到水源"皆扣住"隐居"之貌,而"到水源"则有抵达桃花源之意。

⑤忘言,出自《庄子·外物》:"言者所以在意,得意而忘言。"指一种超越语言而得其全幅真意的最高境界,如《晋书·山涛传》载:山涛"与嵇康、吕安善,后遇阮籍,便为竹林之交,著忘言之契"。陶渊明《饮酒诗二十首》之五亦曰:"此中有真意,欲辨已忘言。"俞陛云《诗境浅说》云:"七句花与禅本不相涉,而连合言之,便有妙悟。"

△屈复《唐诗成法》云:"题是《寻常道士》诗,只'见履痕'三字完题,余但写南溪自己一路得意忘言之妙,其见道士否不论,与王子猷'何必见安道'同意。"章燮《唐诗三百首注疏》评:"清静寂灭谓之禅,非专言释也。此诗不分起承转合,句句俱寻不见道士意。以不见道士意为主,偏写出所见者,如此热闹。"

饯别王十一南游①

望君烟水阔,挥手泪沾巾。飞鸟没何处②,青山空向人。长江一帆远,落日五湖春③。谁见汀洲上,相思愁白蘋。④

【注释】

①饯别,设宴送别。王十一,名号爵里不详。
②飞鸟,隐喻远行者。没何处,呼应首句之"烟水阔",言其人音踪渺茫。
③五湖,指太湖,《说文通释》云:"太湖一名具区,其派有五,故曰五湖。"《水经注·沔水》曰:"范蠡灭吴,返至五湖而辞越,斯乃太湖之兼摄通称也。"郭璞《江赋》李善注引张勃《吴录》云:"五湖者,太湖之别名也,周行五百余里。"
④汀洲,水边平地与水中沙渚之合称。白蘋,一种开白花的水生植物。末三句出自南朝梁柳恽《江南曲》:"汀洲采白蘋,落日江南春。洞庭有归客,潇湘逢故人。故人何不返,春花复应晚。不道新知乐,只言行路远。"

送李判官之润州行营①

万里辞家事鼓鼙,金陵驿路楚云西。②江春不肯留行客,草色青青送马蹄。③

【注释】

①李判官,不详何人。之,往赴。润州,州治在今江苏镇江市。行营,军队出征时临时驻扎之地。
②鼓鼙,军用战鼓,此处代指军务。金陵,一般指南京,此处为唐时亦称金陵的润州。楚,东周时国名,据今江西、安徽、湖南、湖北地区。
③末联点出送别季节,而以"江春不肯留"曲现军务之不由自主,以青青草色取代个人表达送别之意,更见曲折委婉,与离情之绵密不尽。明李攀龙《唐诗直解》云:"春江不留,草色又送,殆难为情。'送'字佳。"唐汝询《唐

诗解》曰:"不言行客不留,而言'江春'不留,正绝句中翻弄法。"

晚春归山居题窗前竹①

溪上残春黄鸟稀,辛夷花尽杏花飞②。始怜幽竹山窗下,不改清阴待我归。③

【注释】
①本篇一作钱起诗,题云《暮春归故山草堂》。
②溪上,一作"谷口"。辛夷,即木笔树,参王维《辛夷坞》诗注。
③残春之际,鸟稀花尽,始衬出窗前幽竹不改清荫的坚贞执守,笔端寓有守候的深情与知悟的温暖。

长沙过贾谊宅①

三年谪宦此栖迟,万古惟留楚客悲。②秋草独寻人去后,寒林空见日斜时。③汉文有道恩犹薄④,湘水无情吊岂知⑤。寂寂江山摇落处,怜君何事到天涯⑥。

【注释】
①贾谊宅,《元和郡县志》"江南道潭州长沙县":"贾谊宅在县南四十步。"
②谪宦,贬官。此栖迟,滞留于此。楚客,指贾谊,其人其事详参宋之问《度大庾岭》注⑤、李商隐《贾生》诗注。
③二句为"人去后独寻秋草,日斜时空见寒林"之倒装。贾谊作于长沙之《鵩鸟赋》有"野鸟入室兮,主人将去""庚子日斜兮,鵩鸟集予舍"等句,此处暗用其词,并写古迹荒凉之景。
④汉文,即汉文帝。本句典故见李商隐《贾生》诗注②、注③。
⑤湘水,借指屈原自沉之汨罗江,二水相近互通,故常借代。《史记·屈原贾生列传》载:贾谊"又以适去,意不自得,及渡湘水,为赋以吊屈原。"五、六两句写贾谊遭遇了当道者之恩薄与已逝贤者之悠渺无知,双重加强其孤绝

之情,并启下联"寂寂"之句。

⑥君,指贾谊,兼摄诗人自己。明知何事,而反设问其故,使难以言喻的悲怨更深一层。

别严士元①

春风倚棹阖闾城,水国春寒阴复晴。②细雨湿衣看不见,闲花落地听无声。日斜江上孤帆影,草绿湖南万里情③。东道若逢相识问,青袍今已误儒生。④

【注释】

①题又作《送严员外》《吴中赠别严士元》等,亦入李嘉祐集中。严士元,吴人,曾官员外郎,与贬官过吴的诗人过从往还,临去时诗人以此赠别。

②棹,船桨;倚棹,停船之意。阖闾城,即苏州城,相传为伍子胥为吴王阖闾所筑,故名。水国,水乡。

③万里情,万里犹相牵系之情。

④东道,一作"君去",指严士元。青袍,即"青衿",为士人之服,借以代指读书人;又《新唐书·车服志》载:三品官以上服紫,五品以上服朱,六、七品服绿,八、九品服青,故青袍又为低秩官阶之代称。此处应从后者。

经漂母墓①

昔贤怀一饭,兹事已千秋。②古墓樵人识,前朝楚水流。③渚蘋行客荐,山木杜鹃愁。④春草茫茫绿,王孙旧此游。⑤

【注释】

①漂母,《史记·淮阴侯列传》云:"淮阴侯韩信者,淮阴人也。始为布衣时,贫无行,不得推择为吏,又不能治生商贾,常从人寄食饮,人多厌之者。……信钓于城下,诸母漂,有一母见信饥,饭信,竟漂数十日。信喜,谓漂母曰:'吾必有以重报母。'母怒曰:'大丈夫不能自食,吾哀王孙而进食,

岂望报乎?'……汉五年正月,徙齐王信为楚王,都下邳。信至国,召所从食漂母,赐千金。"《大清一统志》"江苏淮安府":"漂母墓在清河县东南淮阴城。"地在今江苏淮阴。

②昔贤,指韩信。怀一饭,记挂着一饭之恩,《史记·范雎传》亦云:"一饭之德必偿。"兹事,此事。

③方回《瀛奎律髓》卷二十八云:"意深不露。第四句盖谓楚亡、汉亡,今惟有流水耳。一漂母之墓,樵人犹能识之,亦以其有一饭之德于时耳。"

④渚蘋,沙洲上所生之水草,参杜审言《和晋陵陆丞早春游望》注④。《左传·隐公三年》载君子曰:"苟有明信,涧溪沼沚之毛、蘋蘩蕴藻之菜,筐筥锜釜之器、横汙行潦之水,可荐于鬼神,可羞于王公。"荐渚蘋,示其明信。

⑤王孙,指韩信,见注①。又《楚辞·招隐士》云:"王孙游兮不归,春草生兮萋萋。"为末联所本。

△高步瀛《唐宋诗举要》卷四评:"大家咏古诗,不屑屑于隶事,观此可见。"

韦 应 物

韦应物(玄宗开元二十五年—约德宗贞元八年,七三七—七九二),京兆长安人。少尚侠,玄宗天宝时任三卫郎,扈从游幸,偏侍恩私而豪纵不羁,及玄宗卒后屡受人欺,始悔,折节读书,肃宗乾元元年(七五八)就读太学,后应举登第。广德元年(七六三)任洛阳丞,大历九年(七七四)任京兆府功曹,十三年为鄠县令,十四年自鄠县令制除栎阳令,以疾辞不就。建中二年(七八一)为比部员外郎,次年出刺滁州,贞元元年改刺江州,四年任苏州刺史,六年罢守,寓苏台永定精舍。应物仕宦本末,似止于苏州①。有《韦苏州集》,存诗五百多首。

李肇《唐国史补》谓:"韦应物立性高洁,鲜食寡欲,所居焚香扫地而坐。"因清静闲雅,冥心象外,故诗歌内容也以描写山水景物和闲适悠静的意趣为主,形式则以五古见长。值得注意的是,韦应物极为向慕陶渊明,不仅有《效陶体》《效陶彭泽》之作,生活中亦"慕陶""等陶",可谓全心与渊明冥合;但另一方面,其内在意蕴与炼字下句却较有谢灵运的风格,缘情体物,常见精密工深之致。融裁之后,韦应物遂为王、孟之后足以成家之自然诗人,与柳宗元各领中唐诗坛之风骚。

白居易《与元九书》中曾谓:"近岁韦苏州歌行,才丽之外,颇近兴讽,其五言诗又高雅闲澹,自成一家之体。"清翁方纲更推誉备至,《石洲诗话》卷二云:"王、孟诸公,虽极超诣,然其妙处,似犹可得以言语形容之。独至韦苏州,则其奇妙全在淡处,实无迹可求。不得已,则取徐迪功所谓'朦胧萌拆、浑沌贞粹'八字,或庶几可仿象!"而韦应物常与柳宗元并称,实则二人同中有别,高下差异往往在比较中更加明朗,清吴乔《围炉诗话》卷三引贺裳黄公曰:"宋人诗法,以韦、柳为一体,更有忧乐也。柳构思精严,韦出手少易;学韦易以藏拙,学柳不能覆短。"贺裳《载酒园诗话又编》则谓:"韦无造作之烦,柳极锻炼之力。韦真有旷达之怀,柳终带排遣之意。诗为心声,自不可强。"此皆可作为知人论诗之资。

【注释】

① 见傅璇琮主编《唐才子传校笺》卷四之考证。一说其大和中以太仆少卿兼御史中丞,为诸道盐铁转运江淮留后,年九十余,实为同姓名者,非是。

淮上喜会梁州故人①

江汉曾为客,相逢每醉还。浮云一别后,流水十年间。②欢笑情如旧,萧疏鬓已斑。何因不归去,淮上有秋山③。

【注释】

① 淮上,今江苏淮阴附近。梁州,治今陕西南郑县东,《元和郡县志》:"山南道兴元府:秦惠文王取汉中地六百里以为汉中郡……(魏)钟会既克蜀,又置梁州。……(隋)大业三年,罢州为汉川郡;(唐)武德元年,又改为褒州,二十年,又为梁州。"即诗中所云做客之"江汉"所在。

② 浮云,喻漂泊不定;流水,喻时光消逝,乃暗用苏武、李陵于河梁送别时以诗赠答之事,而更为精练概括。苏武《诗四首》云:"俯观江汉流,仰视浮云翔。"李陵《与苏武诗三首》亦有"仰视浮云驰,奄忽互相逾。风波一失所,各在天一隅"之句。

③ 有,一作"对",非。

△ 明谢榛《四溟诗话》卷一指出:"此篇多用虚字,辞达有味。"清黄生《唐诗摘钞》卷一云:"前后两截:前叙往事,后说目前。五、六必作倒叙看,始见人老兴不老。结言何因在淮上对秋山而不归去?此一问中,感故人之寂寞,赞故人之高旷,俱有。"又无名氏评曰:"大抵平淡诗非有深情者不能为,若一直平淡,竟如槁木死灰,曾何足取?此苏州三首,极有深情。"

寄李儋元锡①

去年花里逢君别,今日花开已一年。世事茫茫难自料,春愁黯黯独成眠。身多疾病思田里,邑有流亡愧俸钱。②闻道欲来相问讯,西楼望月几回圆。③

【注释】

① 李儋,甘肃武威人,给事中李升之子,曾任殿中侍御史,为韦应物赠诗酬唱之好友。元锡,字君贶,曾任淄王傅。诗成于德宗建中四年(七八三)调任滁州刺史之次年。

② 思田里,意谓辞官归乡之想。邑,指滁州。流亡,不能安居而流落外地之灾民。愧俸钱,意指有愧于地方长官安辑百姓之职责。本联甚受后人推赏,《瀛奎律髓》云:"朱文公盛称此诗五、六好,以唐人仕宦多夸美州宅风土,此独谓'身多疾病''邑有流亡',贤矣。"《唐音癸签》亦谓:二句"仁者之言也。刘辰翁谓其居官自愧,闵闵有恤人之心,正味此两语得之"。而黄彻《䂬溪诗话》卷二更曰:"余谓有官君子,当切切作此语。彼有一意供租,专事土木,而视民如雠者,得无愧此诗乎?"

③ 闻道,听说。问讯,探望。西楼,一说为苏州观风楼。望月几回圆,即望君不至有数月之久了。

△方东树《昭昧詹言》卷十八评:"本言今日思寄,却追叙前此,益见情真,亦是补法。三句承一年之久,放空一句;四句兜回自己,五六接写自己怀抱,末始入今日寄意。"

寄全椒山中道士①

今朝郡斋冷②,忽念山中客。涧底束荆薪,归来煮白石。③欲持一瓢酒,远慰风雨夕。落叶满空山,何处寻行迹。④

【注释】

① 全椒,县名,在今安徽省,王象之《舆地纪胜》云:"淮南东路滁州:神山在全椒县西三十里,有洞极深,(引此诗)此即道士所居也。"在滁州辖区之内。

② 郡斋,为刺史衙署中之斋舍,此时诗人任滁州刺史,故居郡斋。

③ 涧底,山沟下。束荆薪,采薪柴。煮白石,《神仙传》卷一载:"白石生者,中

黄丈人弟子也。……常煮白石为粮,因就白石山居,时人号曰白石生。"此处兼喻道士修炼之艰苦与生活之清贫。

④末联意境近于贾岛《寻隐者不遇》之"只在此山中,云深不知处",更类似李商隐《北青萝》之"落叶人何在,寒云路几层"。

△高步瀛《唐宋诗举要》卷一称此诗"一片神行",沈德潜《唐诗别裁集》卷三云:"化工笔,与渊明'采菊东篱下,悠然见南山'妙处不关语言意思。"

秋夜寄丘二十二员外①

怀君属秋夜②,散步咏凉天。山空松子落,幽人应未眠③。

【注释】

①丘二十二,名丹,苏州嘉兴人,为诗人丘为之弟,曾官仓部员外郎,此时隐居临平山习道。

②属,适逢之意。

③幽人,指隐居者,即丘丹;丘丹亦有《和韦使君秋夜见寄》诗。

△唐汝询《唐诗解》云:"凉天散步,叙己之离怀;松子夜寒,想彼之幽兴。"呈现幽绝之致。

长安遇冯著①

客从东方来,衣上灞陵雨②。问客何为来,采山因买斧③。冥冥花正开,飏飏燕新乳。④昨别今已春,鬓丝生几缕。⑤

【注释】

①冯著,河间人,曾受广州刺史李勉之署为录事,韦应物赠诗凡四首。

②灞陵,即"霸陵"或"灞上",汉县名,因汉文帝葬此而得名,位在长安东方,为送往迎来之地。

③采山,采伐山中林木,意指归隐山林;一说为采矿,左思《吴都赋》:"煮海为盐,采山铸钱。"于此义较不谐。

④冥冥,形容大自然之运行宁定静默貌。飐飐,鸟飞翔之状。新乳,刚刚出生哺育。

⑤末联意谓时光迅速流逝,离别恍如昨日,而一年已过、又增几缕白色鬓发。

幽 居

贵贱虽异等,出门皆有营。①独无外物牵,遂此幽居情。②微雨夜来过,不知春草生。③青山忽已曙,鸟雀绕舍鸣。时与道人偶,或随樵者行。④自当安蹇劣,谁谓薄世荣。⑤

【注释】

①营,营求谋取之意,贫贱者为生计奔波,而显贵者追逐物欲。沈德潜《唐诗别裁集》卷三云:"每过阛阓门时诵首二句,为之哑然。"

②外物,指富贵利禄等身外之物。遂,满足之意。

③沈德潜《唐诗别裁集》卷三谓:微雨二句"中有元化"。与谢灵运《登池上楼》的"池塘生春草,园柳变鸣禽"以及杜甫《春夜喜雨》的"随风潜入夜,润物细无声"同具化工之妙,把握住生意盎然却默默运行的造化之机。

④偶,相对成双。二句可见诗人幽居之友皆是化外山林之辈,不为世俗所役。

⑤蹇劣,困顿不顺。薄世荣,看轻世俗的荣华富贵。末联谓自己安于幽居乃出于天性自然,并非矫俗干名。

△沈德潜《唐诗别裁集》卷三评《观田家》诗云:"韦诗至处,每在淡然无意,所谓天籁也。"本篇亦然。

滁州西涧①

独怜幽草涧边生,上有黄鹂深树鸣。②春潮带雨晚来急,野渡无人舟自横。③

【注释】

①滁州,州治在今安徽滁州。西涧,俗名上马河,《大清一统志》:"安徽滁

州……西涧在州城西。"时诗人任滁州刺史。
②独怜,只爱、最爱。黄鹂,即黄莺。深树,树丛深处。
③《澹园诗话》引唐汝询曰:"余谓涧本无潮,因雨成潮,雨之所积,顷刻成川,乌睹其不胜舟也?"横,漂泛,即《庄子·列御寇》所谓"泛若不系之舟,虚而遨游者也",一派闲放自然俱在言外,与韦应物《自巩洛舟行入黄河》中之"扁舟不系与心同"近似。

△黄叔灿《唐诗笺注》云:"闲淡心胸,方能领略此野趣。所难尤在此种笔墨,分明是一幅画图。"

听莺曲①

东方欲曙花冥冥,啼莺相唤亦可听。乍去乍来时近远,才闻南陌又东城。忽似上林翻下苑,绵绵蛮蛮如有情。②欲啭不啭意自娇,羌儿弄笛曲未调。③前声后声不相及,秦女学筝指犹涩④。须臾风暖朝日暾,流音变作百鸟喧。⑤谁家懒妇惊残梦,何处愁人忆故园。伯劳飞过声局促,戴胜下时桑田绿。⑥不及流莺日日啼花间,能使万家春意闲。有时断续听不了,飞去花枝犹袅袅。⑦还栖碧树锁千门,春漏方残一声晓。⑧

【注释】

①全诗写破晓时分娇柔婉转、此起彼落的莺啼,以及随之而鸣的百鸟喧闹,有声有色,余韵无穷。

②上林、下苑,皆汉代园林名,参李颀《听安万善吹觱篥歌》注⑧。绵绵蛮蛮,形容黄莺啼啭之音,《诗经·小雅·绵蛮》:"绵蛮黄鸟(按:即黄莺),止于丘阿。"

③啭,鸟鸣。羌儿弄笛,马融《长笛赋》曰:"近世双笛从羌起,羌人伐竹未及已。"本联谓黄莺欲啼又止,如羌人吹笛未成曲调。

④筝,秦乐也,《隋书·音乐志》云:"筝,十三弦,所谓秦声,蒙恬所作者也。"涩,不纯熟。

⑤须臾,不久。暾,音吞,日初出也。本联谓日出回暖后,百鸟争鸣取代了流转之莺啼。

⑥伯劳,又名伯鹩、博劳、伯赵、䴗、䦆、百舌等,《诗经·豳风·七月》:"七月鸣䴗。"戴胜,鸟名,头顶长有大冠羽,如戴着华胜(首饰),故名,《礼记·月令》:"季春之月,戴胜降于桑。"时桑田已绿。两种鸟中,伯劳啼声急促不雅,戴胜则不得其时,故下文云"不及流莺"。

⑦裊裊,形容鸟飞去后花枝犹自颤动、余波未息貌;正与"听不了"的莺啼余韵互衬。

⑧千门,本指皇宫,参杜甫《哀江头》注③。春漏方残,春夜即将消逝。一声晓,一声莺啼中天已破晓。末句恰和首联遥相呼应。

△邢昉《唐风定》评曰:"与太白《新莺篇》齐美。中唐有此,尤罕绝也。"

李 端

　　李端,生卒年不详,字正己,赵州(治今河北赵县)人。《唐才子传》卷四云:"少时居庐山,依皎然读书,意况清虚,酷慕禅侣。大历五年李抟榜进士及第,授秘书省校书郎。以清羸多病,辞官居终南山草堂寺。未几,起为杭州司马,牒诉敲扑,心甚厌之。买田园在虎丘下,为耽深癖,泉石少幽,移家来隐衡山,自号衡岳幽人,弹琴读《易》,登高望远,神意泊然,初无宦情,怀箕、颍之志。"有《李端诗集》,存诗二百多首。

　　李端喜作律诗,《旧唐书·李虞仲传》载:大历中,李端"与韩翃、钱起、卢纶等文咏唱和,驰名都下,号'大历十才子'。时郭尚父少子暧尚代宗女升平公主,贤明有才思,尤喜诗人,而端等十人多在暧之门下。每宴集赋诗,公主坐视帘中,诗之美者,赏百缣"。时端以敏捷著名。此处所录以闺情为主之作品,皆清新而有曲折之致,为其作品之一大特色。

听　筝①

鸣筝金粟柱,素手玉房前。②欲得周郎顾,时时误拂弦。③

【注释】

①筝,应劭《风俗通义·声音》云:"《礼乐记》:'筝五弦,筑身。'今并、凉二州筝形如瑟,不知谁所改作也。"《隋书·音乐志》载:"丝之属四……四曰筝,十三弦,所谓秦声,蒙恬所作者也。"

②金粟,器物表面上散碎金如粟粒以为装饰者。柱,乐器上系丝弦的小木轴。金粟柱,言其器之精美。玉房,同为筝上所设,本注云:"玉房所以安枕。"或谓为筝人所居之处,亦可通。

③《三国志·吴书·周瑜传》载:"是岁,建安三年也,策亲自迎瑜,授建威中

郎将,即与兵二千人,骑五十匹。瑜时年二十四,吴中皆呼为周郎。……瑜少精意于音乐,虽三爵之后,其有阙误,瑜必知之,知之必顾,故时人谣曰:'曲有误,周郎顾。'"末联本此而创巧意,故意以误为邀恩之法,令人耳目一新。徐增《说唐诗》卷九评:"妇人卖弄身分,巧于撩拨,往往以有心为无心。手在弦上,意属听者,在赏音人之前,不欲见长,偏欲见短。见长,则人审其音;见短,则人见其意。"

闺 情

月落星稀天欲明,孤灯未灭梦难成。披衣更向门前望,不忿朝来鹊喜声。①

【注释】

①不忿,恼怒、嫌恨。鹊喜,《西京杂记》卷三载陆贾云:"干鹊噪而行人至,蜘蛛集而百事喜。"梁武陵王萧纪《咏鹊》亦曰:"今朝听声喜,家信必应归。"本篇翻案反用之,别开生面。

拜新月①

开帘见新月,便即下阶拜。细语人不闻,北风吹裙带。②

【注释】

①本篇录入《乐府诗集·近代曲辞》。拜月,为唐代流行于民间和贵族女子间之习俗,户部侍郎吉中孚室张夫人亦有《拜新月》诗,中有"回看众女拜新月"句,应是祝祷祈福之风尚。

②徐增《说唐诗》卷九评:"即便,来得紧凑;细语,又来得稳贴。望西拜月,而北风却横来吹动腰裙带子;你道是无人听,早已被北风逗漏消息也。"黄叔灿《唐诗笺注》曰:"上三句写照,心事已是传神,但试思'细语人不闻'下如何下转语?工诗者于此用离脱法,'北风吹裙带',此诗之魂,通首活现矣。"

卢　　纶

卢纶(约玄宗天宝七年—约德宗贞元十四年,七四八—七九八),字允言,河中蒲州(今山西永济)人。因避天宝时乱,客居鄱阳,大历初数举进士不第,荐补阌乡尉,不久为密县令,又坐王缙被贬而被拘系(七七六),洗雪后出为陕州户曹,建中元年(七八〇)授昭应令。兴元元年(七八四)入浑瑊幕,随镇河中,为检校户部郎中①。有《卢纶诗集》,传于今世者三百多篇。

《唐才子传》卷四云:"纶与吉中孚、韩翃、耿湋、钱起、司空曙、苗发、崔峒、夏侯审、李端,联藻文林,银黄相望,且同臭味,契分俱深,时号'大历十才子',唐之文体,至此一变矣。纶所作特胜,不减盛时。"十人之中,卢纶诗题材较广,结构开阔较大,风格则明快爽朗,故胡震亨《唐音癸签》卷七曰:"卢郎中辞情捷丽,所作尤工。卢诗开朗,不作举止,陡发惊彩,焕尔触目,篇章亦富埒钱、刘。"开朗,正是卢纶诗之一大特色。

【注释】

①仕历考证详参傅璇琮主编《唐才子传校笺》卷四。

塞下曲六首(选二)①

一

林暗草惊风,将军夜引弓。②平明寻白羽,没在石棱中。③

【注释】

①诗题或作《和张仆射塞下曲》,此处选收其中的第二、第三首。张仆射,当

指张延赏,贞元元年为左仆射,次年唐军战胜吐蕃,诗当作于此时。延赏相德宗,其父嘉贞相玄宗,其子弘靖相宪宗,时称"三相张氏",李肇《唐国史补》卷中云:"祖孙三代为相,唯此一家。"与诗意正合。塞下曲,参王昌龄《塞下曲》注①。

②草惊风,用古代"云从龙,风从虎"之说,而以"惊"字带出下句。引弓,拉开弓箭以射虎。

③平明,天刚亮时。白羽,箭端之羽饰。石棱,石边棱角,此处指石缝。《史记·李将军列传》载:李广"出猎,见草中石,以为虎而射之,中石没镞,视之石也"。全诗写将军之勇,充满动态之力感。

二

月黑雁飞高,单于夜遁逃①。欲将轻骑逐②,大雪满弓刀。

【注释】

①单于,匈奴天子之号,用以代指边族首领。

②将,率领。轻骑,轻装迅捷的骑兵。

△李攀龙《唐诗训解》卷六云:"中唐音律柔弱,此独高健,得意之作。……此见边威之壮,守备之整,而惜士卒寒苦也。允言语素卑弱,独此绝雄健,堪入盛唐乐府。"

晚次鄂州①

云开远见汉阳城,犹是孤帆一日程。②估客昼眠知浪静,舟人夜语觉潮生。③三湘衰鬓逢秋色,万里归心对月明。④旧业已随征战尽,更堪江上鼓鼙声。⑤

【注释】

①题下或本注:"至德中作。"鄂州,唐属江南道,治江夏县,今湖北武昌。次,停留。

②汉阳,今湖北汉阳,《元和郡县志》云:"江南道沔州……本汉安陆县地……

（隋）大业二年改为汉阳县。（唐）武德四年分沔阳郡于汉阳县，置沔州及县。东渡江至鄂州，七里。"而《水经注·江水》称其"激浪崎岖，寔舟人之所艰也"，故曰"一日程"。

③估客，即商贩。沈德潜《唐诗别裁集》卷十四云："读三、四语如身在江舟间矣。"

④三湘，见王维《汉江临泛》注②。衰，一作"愁"。"归心"为全篇诗旨。

⑤旧业，祖传家业。征战，指安史战乱。鼓鼙，指战鼓，疑指永王璘事，《资治通鉴·唐纪三十五》载：肃宗至德元年，"璘领四道节度都使，镇江陵……薛镠等为之谋主，以为今天下大乱，惟南方完富……宜据金陵，保有江表，如东晋故事。……（十二月）甲辰，永王璘擅引兵东巡，沿江而下，军容甚盛……江淮大震"。至德二年二月"戊戌，永王璘败死，其党薛镠皆伏诛"。

△方东树《昭昧詹言》卷十八云："起句点题。次句缩转，用笔转折有势。三四兴在象外，卓然名句。五六亦兼情景，而平平无奇。收切鄂州，有远想。"

山　店

登登山路行时尽，决决溪泉到处闻。①风动叶声山犬吠，一家松火隔秋云。②

【注释】

①登登，上山登行貌。决决，水流貌。行，一作"何"。

②末联写山行之景，宛然画出，读之如身临其境，故是佳作。杜牧《山行》之"白云生处有人家"与此结语意同，而卢诗声色更胜。

△何焯《三体唐诗》云："发端是暮程倦客，亟望有店，'何时尽'又直贯注'隔秋云'三字。第二句疑若路穷，妙能顿挫。第四句仍用'隔秋云'三字，欲透复缩。"

李　益

　　李益(玄宗天宝七年—文宗大和三年,七四八—八二九),字君虞,陇西姑臧(今甘肃武威)人,大历四年(七六九)进士及第。后任郑县主簿,久不调官,故去职,约于大历十二年从军朔方,此后又分别于建中二年(七八一)、贞元元年(七八五)、贞元六年入朔方节度使李怀光、尚书杜希全、邠宁节度使张献甫等军幕出塞上;贞元十三年游河东、河北,寻入幽州刘济幕,前后共五在兵间,故为文多军旅之思。元和初为都官郎中,转为中书舍人,又出为河南府少尹。元和七年(八一二)官秘书少监、集贤殿学士,自元和末至大和初,官右散骑常侍①。有《李益集》,存诗一百六十多首。

　　李益其诗脍炙人口,其人则以妒痴闻名,《旧唐书》本传云:"每作一篇,为教坊乐人以赂求取,唱为供奉歌词,其《征人歌》《早行篇》好事者尽为屏障。……然少有痴病,而多猜忌,防闲妻妾,过为苛酷……故时谓妒痴为'李益疾'。"为唐传奇《霍小玉》中的男主角。只就其诗而论,却能明净自然,音律谐美,尤其是七绝,更傲视中唐诗坛,胡应麟《诗薮》便谓:"七言绝开元之下,便当以李益为第一……可与太白、龙标竞爽,非中唐所得有也。"其边塞诗亦极为出色,不论是抒发边地人情,或是描写塞外风调,都能动人心扉,发人幽思,故传唱一时。时有同名者,人因谓君虞为"文章李益"以志区别,可见其诗歌成就。

【注释】

①仕历考证详参傅璇琮主编《唐才子传校笺》卷四。

竹窗闻风寄苗发司空曙①

　　微风惊暮坐,临牖思悠哉②。开门复动竹,疑是故人来。时滴枝上露,稍沾阶下苔。何当一入幌,为拂绿琴埃。③

【注释】

① 苗发、司空曙,皆名列"大历十才子"中,为李益诗友。全诗扣住"风"来发展,由景物动态中把握风的存在。
② 临牖(yǒu),面对着窗户。悠哉,形容思念深远不尽的样子。
③ 何当,张相《诗词曲语辞汇释》卷三云:"商量之辞,犹云何妨或何如也。"幌,帐幔。绿琴,即"绿绮琴",参李白《听蜀僧濬弹琴》注②。

喜见外弟又言别①

十年离乱后,长大一相逢。问姓惊初见,称名忆旧容。别来沧海事②,语罢暮天钟。明日巴陵道,秋山又几重。③

【注释】

① 外弟,即表弟。
② 沧海事,言沧海桑田、世事变迁,见李贺《梦天》注⑥。
③ 巴陵,今湖南岳阳,《元和郡县志》云:"江南道岳州巴陵县……本汉下隽县之巴丘地也,下隽属长沙郡……(吴)改为巴陵县。……昔羿屠巴蛇于洞庭,其骨若陵,故曰巴陵。"秋山又几重,扣诗题之"又言别"。
△ 宋范晞文《对床夜语》云:"'马上相逢久,人中欲问谁''问姓惊初见,称名忆旧容''乍见翻疑梦,相悲各问年',皆诗人会故人诗也。久别倏逢之意,宛然在目,想而味之,情融神会,殆如直述。前辈谓唐人行旅聚散之作,最能感动人意,信非虚语。"沈德潜《唐诗别裁集》卷十二云:"次联与'乍见翻疑梦,相悲各问年'抚衷述愫,同一情至。(全诗)一气旋折,中唐诗中仅见者。"

盐州过胡儿饮马泉①

绿杨着水草如烟,旧是胡儿饮马泉。②几处吹笳明月夜③,何人倚剑白云天④。从来冻合关山路,今日分流汉使前。⑤莫遣行人照容鬓,恐惊憔悴入新年。

【注释】

① 题一作《过五原胡儿饮马泉》。盐州,故城在今宁夏盐池,《元和郡县志》卷五"关内道盐州五原县":"贞观二年与州同置,五原谓龙游原、乞地千原、青岭原、可岚贞原、横槽原也。"
② 《全唐诗》此句下注云:"鹈鹕泉在丰州城北,胡人饮马于此。"长城下往往有泉窟可饮马,此说殊无确证。著水,拂水也。
③ 《晋书·刘琨传》载:琨"在晋阳,尝为胡骑所围数重,城中窘迫无计,琨乃乘月登楼清啸,贼闻之,皆凄然长叹。中夜奏胡笳,贼又流涕歔欷,有怀土之切。向晓复吹之,贼并弃围而走"。此句谓边情紧急。
④ 句本宋玉《大言赋》:"方地为车,圆天为盖,长剑耿耿倚天外。"为对昔日守边将领之缅怀。
⑤ 关山,指边防要塞。汉使,李益自指。意谓昔日水皆冻结,今日却化水分流,回应首句之春景。

△方东树《昭昧詹言》卷十八云:"起句先写景,次句点地,三四言此是战场,戍卒思乡者多,以引起下文自家,则亦是兴也。五六实赋,带入自家'至'字;结句出场,神奇之笔,入妙。此等诗,有过此地之人、有命此题之人、有作此题诗之人之性情面目流露其中,所以耐人吟咏。"

江南曲①

嫁得瞿塘贾②,朝朝误妾期。早知潮有信,嫁与弄潮儿。③

【注释】

① 江南曲,属相和歌辞,《乐府诗集》卷二十六引《乐府解题》曰:"江南古辞,盖美芳辰丽景,嬉游得时。"
② 瞿塘,见李白《长干行》注⑥。贾,商人。
③ 《元和郡县志》"江南道杭州钱塘县":"浙江在县南一十二里。……江涛每

日昼夜再上,常以月十日、二十五日最小,月三日、十八日极大,小则水渐涨不过数尺,大则涛涌高至数丈。每年八月十八日,数百里士女共观舟人渔子泝涛触浪,谓之弄潮。"

△清李锳《诗法易简录》云:"极言夫婿之无情,借潮信作翻波,便有无限曲折。"

从军北征

天山雪后海风寒,横笛偏吹行路难。①碛里征人三十万,一时回首月中看。②

【注释】

①天山,参岑参《白雪歌送武判官归京》注⑧。海风,指远自青海吹来的风。行路难,乐府古辞,见李白《行路难》其二注①,此处兼取乐曲与字面之相关意。

②碛,沙漠。二句形容征事之浩大艰苦,笔调含蓄有远致,不落俗套。

听晓角①

边霜昨夜堕关榆②,吹角当城汉月孤。无限塞鸿飞不度,秋风卷入小单于③。

【注释】

①角,参岑参《轮台歌奉送封大夫出师西征》注②,为军中乐器。

②关榆,即榆林关,《元和郡县志》"关内道胜州榆林县":"榆林关在县东三十里,东北临河,秦却匈奴之处,隋开皇三年于此置榆林关。"在今绥远鄂尔多斯黄河北岸。

③小单于,乐曲名,《乐府诗集》卷二十四云:"唐大角曲亦有《大单于》《小单于》《大梅花》《小梅花》等曲,今其声犹有存者。"

△沈德潜《唐诗别裁集》卷二十云:"塞鸿闻角声尚不能飞度,况小单曲吹入

征人耳乎!与《受降城》一首相印。"

宫 怨

露湿晴花春殿香,月明歌吹在昭阳①。似将海水添宫漏,共滴长门一夜长。②

【注释】

①昭阳,喻得宠者所居之处,见杜甫《哀江头》注⑤。月明歌吹,形容笙歌至夜的恩幸。

②宫漏,宫中计时器,以铜壶滴漏为之。长门,代指失宠废位之妃嫔居所,《汉书·外戚传》载:武帝时"(陈)皇后失序,惑于巫祝,不可以承天命。其上玺绶,罢退居长门宫"。

隋宫燕①

燕语如伤旧国春,宫花旋落已成尘。自从一闭风光后,几度飞来不见人。

【注释】

①隋宫,《大清一统志》卷九十七"江苏扬州府":"江都宫:在甘泉县西七里,故广陵城内,中有成象殿、水精殿及流珠堂,皆隋炀帝建。……十宫,在甘泉县北五里,隋炀帝建。……临江宫,在江都县南二十里,隋大业七年炀帝升钓台,临扬子津,大燕百僚,寻建临江宫于此,亦曰扬子宫。"全诗以宫燕往返对比出今昔变化,兴繁华成空的沧桑之感。

夜上受降城闻笛①

回乐峰前沙似雪②,受降城下月如霜。不知何处吹芦管③,一夜征人尽望乡。

【注释】

①受降城,《新唐书·张仁愿传》载:神龙三年,"时默啜悉兵西击突骑施,仁愿请乘虚取漠南地,于河北筑三受降城,绝虏南寇路。……中宗从之……六旬而三城就,以拂云为中城,南直朔方,西城南直灵武,东城南直榆林,三垒相距各四百余里,其北皆大碛也……又于牛头朝那山北置烽候千八百所。自是突厥不敢逾山牧马,朔方益无寇"。东受降城在今绥远归化县黄河东岸,中城在盐州五原,见《盐州过胡儿饮马泉》注①;此处应是西城,见注②。本篇约德宗贞元初年在灵州杜希全幕中作。

②峰,一作"烽",李益另有《暮过回乐烽》诗,亦通。回乐县属唐关内道灵州,在今宁夏灵武西南。

③芦管,一作"芦笛",卷芦叶而吹之,特具边地风情,故引起下句。

孟　郊

孟郊(玄宗天宝十年——宪宗元和九年,七五一——八一四),字东野,湖州武康(今浙江德清)人。少时曾隐居嵩山,称处士;贞元十二年(七九六)进士及第,四年后调溧阳尉,年已近五十。但因耽于创作,常闲往坐水旁,裴回赋诗,而曹务多废。令白府,以假尉代之,分其半俸。元和元年郑馀庆为河南尹,署水陆运判官,试协律郎。元和四年解职居丧,九年时馀庆镇兴元,奉任节度参谋,试大理评事,孟郊未及到任,行至阌乡时暴疾而卒,张籍谥为贞曜先生①。有《孟东野集》,存诗四百余首。

孟郊诗歌风格与其一生性情遭遇密切相关,《唐才子传》云:"性介不谐合,韩愈一见为忘形交,与唱和于诗酒间。……拙于生事,一贫彻骨,裘褐悬结,未尝俛眉为可怜之色,然好义者更遗之。工诗,大有理致,韩吏部极称之。多伤不遇,年迈家空,思苦奇涩,读之每令人不欢。"由于愁苦未展,自云:"食荠肠亦苦,强歌声无欢。出门即有碍,谁谓天地宽。"(《赠别崔纯亮》诗)加上苦吟作诗之工夫,遂令读者产生奇涩刻峻之感,如宋严羽《沧浪诗话》云:"孟郊之诗憔悴枯槁,其气局促不伸。……诗道本正大,孟郊自为之艰阻耳。"苏轼《读孟郊诗二首》则曰:"人生如朝露,日夜火销膏。何苦将两耳,听此寒虫号。"金元好问《论诗绝句三十首》之十八更谓:"东野穷愁死不休,高天厚地一诗囚。"可见虽然有当代韩愈赞美道:"东野动惊俗,天葩吐奇芬。"(《醉赠张秘书》诗)其独沽僻苦一味,终究未臻大道,有不足之处;而其体制以乐府五言最多,亦不能称兼备众体。唯此仍无碍其于中唐自成一家的独特成就。

【注释】

①仕历考证详参傅璇琮主编《唐才子传校笺》卷五。

列女操①

梧桐相待老,鸳鸯会双死。②贞女贵徇夫,舍生亦如此。③波澜誓不起,妾心古井水。④

【注释】

①列女操,属琴曲歌辞;操,《琴曲》的体裁之一。列女,同"烈女"。
②梧桐,据闻梧为雄树,桐为雌树。鸳鸯,《古今注》卷中云:"鸳鸯,水鸟,凫类也。雌雄未尝相离,人得其一,则一思而死,故谓匹鸟。"会,应当,参杜甫《望岳》注⑤。
③徇,同"殉",以死相从。
④沈德潜《唐诗别裁集》卷四云:"写贞心下语崭绝。"

游子吟①

慈母手中线,游子身上衣。临行密密缝,意恐迟迟归。谁言寸草心,报得三春晖。②

【注释】

①题下自注:"迎母溧上作。"当是作于五十岁任溧阳县尉时。
②寸草心,言其心意细微。三春,暮春时节;三春晖,言母爱如春阳般温暖普照。沈德潜《唐诗别裁集》卷四云:"即'欲报之德,昊天罔极'意,与昌黎之'臣罪当诛,天王圣明'同有千古。"

怨　诗①

试妾与君泪,两处滴池水。看取芙蓉花,今年为谁死。②

【注释】

①题一作"古怨"。

②芙蓉,指荷花。为谁死,指双方何者泪多,将池中荷花溺死。四句可谓语新意奇,诡丽悚动。

登科后①

昔日龌龊不足夸,今朝放荡思无涯②。春风得意马蹄疾,一日看尽长安花。③

【注释】

①孟郊屡试不第,四十六岁(德宗贞元十二年)第三次应举始中进士,此诗写其狂喜之态。

②龌龊,形容贫贱坎坷。放荡,即狂放。下句一作"今日坦然未可涯"。

③疾,迅急也。吴景旭《历代诗话》云:"退之《荐士诗》许之深矣,何一登第即云'春风得意',致小苏辈讥其工于为诗,陋于闻道也。"《唐宋遗史》亦曰:"进取得失,盖亦常事,而东野器宇不宏,至于如此,何其鄙耶!"

游终南山①

南山塞天地,日月石上生。高峰夜留景②,深谷昼未明。山中人自正,路险心亦平。长风驱松柏,声拂万壑清。到此悔读书,朝朝近浮名③。

【注释】

①终南山,参王维《终南山》注①。

②句下原注:"太白峰西,黄昏后见余日。"景,同"影",指太阳之光影。

③浮名,虚浮不实之功名。

△沈德潜《唐诗别裁集》卷四云:"盘空出险语。《出峡诗》有'上天下天水,出地入地舟'句,同一奇险。"

杨 巨 源

杨巨源(玄宗天宝十四年—卒年不详,七五五—?),字景山,蒲州(治所在今山西永济)人。德宗贞元五年(七八九)进士及第,元和四年(八〇九)起为张弘靖从事,后兼衔监察御史,九年拜秘书郎,十一年前后迁太常博士,十三年拜虞部员外郎,旋出任凤翔少尹。约长庆元年(八二一)为国子司业,四年时还乡为河中少尹,大和四年(八三〇)时尚在此任。今《全唐诗》编诗一卷一百五十多首。

《唐才子传》卷五称:"巨源才雄学富,用意声律,细挹得无穷之源,缓隽有愈永之味。长篇刻琢,绝句清冷,盖得于此而失于彼者矣。"《唐诗纪事》卷三五则云:"巨源在元和时,诗韵不为新语,体律务实,功夫颇深,旦暮吟咏不辍。年老头摇,人言吟诗所致。"此处所选二首,皆清新可喜,流畅有致,为其作品之上乘者。

和练秀才杨柳[①]

水边杨柳曲尘丝,立马烦君折一枝。[②]惟有春风最相惜,殷勤更向手中吹。[③]

【注释】

①练秀才,未详其人,本篇为其《杨》诗之和作。

②曲尘丝,形容柳丝如酒曲、沙尘般微黄。立马,驻马、停下马来。

③谢枋得曰:"杨柳已折,生意何在? 春风披拂如有殷勤爱惜之心焉,此无情似有情也。"徐增《说唐诗》卷十一云:"在树上岂不可玩,而必欲折在手中哉? 此是世人习气,而初不知杨柳之可惜,巨源却借春风来说以动之。……春风不以其折在人手而置之不吹,正见其相惜处。少陵云'一片花飞减却春',推是心去待柳,亦何必不若春风哉!"

城东早春①

诗家清景在新春,绿柳才黄半未匀。若待上林花似锦,出门俱是看花人。②

【注释】

①城,指长安。本篇当作于任职京师时。
②上林,苑名,见李顾《听安万善吹觱篥歌》注⑧。末句与刘禹锡《元和十一年自朗州召至京戏赠看花诸君子》之"无人不道看花回"有异曲同工之妙。

崔　护

崔护,生卒年未详,字殷功,博陵(今河北定州)人。贞元十二年(七九六)进士及第,官至岭南节度使。《全唐诗》存其诗六首:主要是以《题都城南庄》传名。

题都城南庄①

去年今日此门中,人面桃花相映红。②人面不知何处去,桃花依旧笑春风。③

【注释】

①题一作《题昔所见处》。唐孟棨《本事诗·情感》载其本事云:"博陵崔护,姿质甚美,而孤洁寡合,举进士下第。清明日,独游都城南,得居人庄,一亩之宫,而花木丛萃,寂若无人。扣门久之,有女子自门隙窥之,问曰谁耶?以姓字对,曰:'寻春独行,酒渴求饮。'女入以杯水至,开门设床命坐,独倚小桃斜柯伫立,而意属殊厚,妖姿媚态,绰有余妍。崔以言挑之,不对,目注者久之。崔辞去,送至门,如不胜情而入;崔亦睠盼而归,嗣后绝不复至。及来岁清明日,忽思之,情不可抑,径往寻之,门墙如故,而已锁扃之,因题诗于左扉(按:即本篇,'不知'作'只今')。"女读之,绝食数日而死,崔护请入哭之,半日而复活,其父大喜,遂以女归之。

②梁简文帝《和林下妓应令诗》云:"泉将影相得,花与面相宜。"下句即本句之所本。

③宋吴开《优古堂诗话》云:"唐独孤及《和赠远》诗云:'忆得去年春风至,中庭桃李映琐窗。美人挟瑟对芳树,玉颜亭亭与花双。今年新花如旧时,去年美人不在兹。借问离居恨浅深,只应独有庭花知。'此诗与崔护诗意无异。"而清施闰章《蠖斋诗话》评曰:"太白、龙标外,人各擅能。有

一口直述，绝无含蓄转折，自然入妙，如……（按：引本篇）、此等着不得气力学问，所谓诗家三昧，直让唐人独步；宋贤要入议论，著见解，力可拔山，去之弥远。"

王　建

　　王建(约代宗大历元年—约文宗大和四年,七六六—八三〇),字仲初,颍川(今河南许昌)人,而生长于关辅。出身寒微,未第进士,曾任昭应县丞,迁太府寺丞、太常丞,约长庆二年(八二二)转官秘书丞。大和二年为陕州司马,数年后退居咸阳原,作《原上新居》十二首。有《王司马集》,存诗五百多首。

　　王建擅长乐府诗,与张籍年岁相当,行踪相随,诗坛上亦两人齐名,世称"张王",为元白新乐府运动之先驱。《唐才子传》卷四云:"与张籍契厚,唱答尤多。工为乐府歌行,格幽思远,二公之体,同变时流。……建才赡,有作皆工,盖尝跋涉畏途,甘分穷苦。……于征戍迁谪、行旅离别、幽居官况之作,俱能感动神思,道人所不能道也。"

　　王建有《宫词》百首绝句,天下传播,仿效者亦多,而建实为此体之祖。清翁方纲《石洲诗话》卷二曾谓:"其词之妙,则自在委曲深挚处,别有顿挫,如仅以就事直写观之,浅矣!"此言不独《宫词》为然,建诗之佳处,皆足以当之。

新嫁娘词三首(选一)①

　　三日入厨下,洗手作羹汤。未谙姑食性,先遣小姑尝。②

【注释】

① 此处选收其中第三首。
② 谙,熟悉。姑,指婆婆。小姑较熟悉婆婆口味,也较婆婆容易亲近,故先就教。

△许文雨曰:"此拟新妇之处家也。初入夫门,事姑特慎,举其调羹一事,足概其余,正犹风之采蘋采蘩,咏妇人洁奉祭祀而齐家之则,足以想见之焉。"

沈德潜《唐诗别裁集》卷十九云:"诗到真处,一字不可移易。"又黄叔灿《唐诗笺注》评:"新妇与姑未习,小姑易亲,转圜机绪慧甚。入情入理,语亦天然。"

江陵使至汝州①

回看巴路在云间,寒食离家麦熟还。②日暮数峰青似染,商人说是汝州山。③

【注释】

①江陵,今湖北江陵。汝州,唐属河南道,治梁县,今河南汝州。
②巴路,入蜀之路;古巴郡在蜀东。寒食,当季春之末,见韩翃《寒食》注①。麦熟,指孟夏时节,《管子·轻重己》云:"以春日至始数九十二日,谓之夏至,而麦熟。"
③汝州山,扣诗题之"至汝州",故见峰青似染。

十五夜望月寄杜郎中①

中庭地白树栖鸦②,冷露无声湿桂花。今夜月明人尽望,不知秋思落谁家③。

【注释】

①十五夜,此处当即是中秋夜。杜郎中,未详其人。
②中庭地白,形容月光十分明亮,故地面映其辉而呈银白色。
③落,一作"在"。沈德潜《唐诗别裁集》卷二十云:"不说明己之感秋,故妙。"

宫词百首(选一)①

树头树底觅残红,一片西飞一片东。自是桃花贪结子,错教人恨五更风。

【注释】

①此处选收者乃其中第九十首。

△钟惺曰:"王建宫词,非宫怨也;此首微有怨意,然亦深。"又曰:"贪结子,翻得奇,又是至理。"何焯《三体唐诗》则云:"谢王说到落花,气象便萧索;独此诗从落花说到结子,便有生意。"而清黄生《唐诗摘钞》卷四朱之荆补评:"残红,色衰也。分飞,言君之爱弛。下二句,不恨风,并不言色衰爱弛之当然,而反以'贪结子'自让其咎,忠厚之至也。风,喻君心之飘忽。"

张　籍

　　张籍(约代宗大历元年—约文宗大和四年,七六六—八三〇),字文昌,原籍吴郡(今江苏苏州),少时侨寓和州乌江(今安徽和县乌江镇)。贞元十五年(七九九)进士及第,元和元年(八〇六)为太常寺太祝,十一年官国子助教,十五年授秘书郎。长庆元年(八二一)经韩愈力荐为国子博士,又除水部员外郎,四年任主客郎中。大和二年迁国子司业。有《张司业集》,存诗四百多首。

　　张籍性狷直,即连韩愈亦多所责讽;又因患眼疾,孟郊《寄张籍》诗称之"西明寺后穷瞎张太祝",因此一生仕途并不顺遂,可谓既贫且病。然而其诗颇受时人推崇,与王建合称"张、王",并与贾岛、孟郊等多所赠答。在元和前期,张籍与元、白等创作了大量反映现实的乐府诗,以平易的笔调叙写民间疾苦,如张戒《岁寒堂诗话》所云"专以道得人心中事为工",而形成了中唐的新乐府运动,其风靡之盛况由李肇《唐国史补》可知:"元和以后,为文笔则学奇诡于韩愈,学苦涩于樊宗师;歌行则学流荡于张籍;诗章则学矫激于孟郊,学浅切于白居易,学淫靡于元稹,俱名为元和体。"

　　在被白居易称为"举代少其伦"的乐府诗中,张籍除了反映贫富不均、强凌弱寡的一般性社会问题之外,特别能深入妇女深受传统不平等价值观剥削的无助与伤痛,其真切的体认发而为《离妇诗》《妾薄命》和《别离曲》等作品,往往显得沉痛入里,有以激发自主的女性意识,因此弥足珍贵。

野老歌①

　　老农家贫在山住,耕种山田三四亩。苗疏税多不得食,输入官仓化为土②。岁暮锄犁傍空室,呼儿登山收橡实③。西江贾客珠百斛④,船中养犬长食肉。

【注释】
①题一作《山农词》。
②言积压日久,农人之心血竟尔等闲腐化成土,意同白居易《重赋》诗:"进入琼林库,岁久化为尘。"
③橡实,橡树果实,形如栗子,贫家常采以为食。
④西江,珠江主要源流之一,于广西苍梧合桂、黔、郁三江之水而成。贾客,商人也,指采珠客或珠宝商。

节妇吟①

君知妾有夫,赠妾双明珠。感君缠绵意,系在红罗襦②。妾家高楼连苑起,良人执戟明光里。③知君用心如日月,事夫誓拟同生死。还君明珠双泪垂,恨不相逢未嫁时!

【注释】
①节妇,有节操之妇人。题下一本注云:"寄东平李司空师道。"李师道,当时雄据一方的藩镇,元和五年检校尚书右仆射,十一年加司空之位。诗人以节妇自拟,婉拒李师道之征辟。
②罗襦,丝罗缝制的短衣。
③良人,指夫婿。戟,形似戈的兵器。明光,长安宫殿名,《三辅黄图》卷二载:"《三秦记》:未央宫渐台西有桂宫,中有明光殿,皆金玉珠玑为帘箔,处处明月珠。金阶玉阶,昼夜光明。"又《雍录》卷二云:"汉有明光宫三,一在北宫,南与长乐相连,武帝太初四年起。……别有明光宫在甘泉宫中,亦武帝所起。……至尚书郎主作文书起草……此之明光殿……则臣下奏事之地也。"本联夸示其夫家之富贵荣华,借以自重。
△此诗所述乃有血有肉、以理性超越感情的节操,而非传统中死守教条、不近人情的平面道德,塑造了突破刻板典型的节妇形象,故吴乔《围炉诗话》卷

三云:"张籍此诗若无'感君缠绵意,系在红罗襦'二语,即径直无情。朱子讥之,是讲道理,非说诗也。"黄周星《唐诗快》亦曰:"双珠系而复还,不难于系,而难于还。系者知己之感,还者从一之义也。……徒令千载之下,增才人无限悲感。"

没蕃故人①

前年伐月支,城上没全师。②蕃汉断消息,死生长别离。无人收废帐,归马识残旗。欲祭疑君在③,天涯哭此时。

【注释】

①没蕃故人,谓死于吐蕃的老朋友。
②月支,同"月氏"(ròu zhī),《汉书·西域传》载:"大月支国,治监氏城,去长安万一千六百里。……本行国也,随畜移徙,与匈奴同俗。"此处代指吐蕃。没全师,即全军覆没。
③《论语·八佾》云:"祭如在,祭神如神在。"此处以"疑"代"如",则全为一腔情感流露,生死之纠葛不甘显得强烈有力。

秋 思

洛阳城里见秋风,欲作家书意万重。复恐匆匆说不尽,行人临发又开封。

【注释】

△徐增《说唐诗》卷十一云:"余平生苦作家书,每作家书,头绪多,笔下写不干净,必有遗落处。读司业此诗,深得我心。"

韩　愈

韩愈(代宗大历三年—穆宗长庆四年,七六八—八二四),字退之,河阳(今河南孟县西)人,因韩氏郡望在昌黎,故每以自称。幼孤而刻苦励学,依嫂读书,日记数千言,通百家,贞元八年(七九二)擢第,董晋表署宣武节度推官(七九六)。汴军乱,去依张建封,辟府推官(七九九)。迁监察御史,上疏论关中旱饥,德宗怒,贬阳山令(八〇三);有善政,改江陵法曹参军(八〇五)。元和时为国子博士(八〇六)、河南令(八一〇)。愈才高难容,累下迁,乃作《进学解》以自喻,执政奇其才,转考功,知制诰,进中书舍人(八一五)。裴度宣慰淮西,奏为行军司马,贼平,迁刑部侍郎(八一七)。宪宗遣使迎佛骨入禁中,因上表极谏,帝大怒,欲杀,裴度、崔群力救,乃贬潮州刺史(八一九);到任后上表,陈情哀切,诏量移袁州刺史。次年诏拜国子祭酒(八二〇),长庆元年转兵部侍郎,三年(八二三)任京兆尹兼御史大夫,同年又递迁兵部侍郎、吏部侍郎。卒后谥曰"文"[①]。有《昌黎先生集》,《全唐诗》编诗十卷。

韩愈一生仕途坎坷,起伏甚大,而个性耿直倔强,不稍或改,对上忠言诤谏,不惜两度获贬;对下则宽和爱才,乐于提携后进,与贾岛、孟郊、张籍、李贺等或师或友,俨然为文坛宗主。在文方面,韩愈提倡古文运动,以散文取代骈文,讲究内容重于形式,苏轼称之"文起八代之衰,道济天下之溺",在诗方面,则一反大历、贞元浮靡之诗风,取杜诗之一端专力发展,而以"奇崛险怪"之风格自成一家,往往"以文为诗",用僻字,押险韵,并以散文化句式和铺叙的议论,造成"盘空硬语",故沈括评之曰:"韩退之诗,乃押韵之文耳,虽健美富赡,而格不近诗。"[②]不过其中的一些古风体,"其驱驾气势,若掀雷挟电撑抉于天地之间,物状奇怪,不得不鼓舞而徇其呼吸也"[③],而近体诗则清新自然,极有情韵,不但具有文学史上的意义,本身也富含诗的价值。沈德潜《唐诗别裁集》卷七云:"昌黎从李、杜崛起之后,能不相沿习,别开境界。虽纵横变化不追李、杜,而规模堂庑弥见阔大,洵推豪杰之士。"此可谓道出韩愈在诗史上的地位。此处系年依钱仲联《韩昌黎诗系年集释》。

【注释】

① 此段本于《唐才子传》卷五,详见新、旧《唐书》本传;《唐诗纪事》卷三十四亦有简谱。其仕历年代考证可参傅璇琮主编《唐才子传校笺》。

② 见胡仔《苕溪渔隐丛话·前集》卷十八。

③ 见司空图《题柳州集后》一文。

山 石①

山石荦确行径微②,黄昏到寺蝙蝠飞。升堂坐阶新雨足,芭蕉叶大支子肥③。僧言古壁佛画好,以火来照所见稀。铺床拂席置羹饭,疏粝亦足饱我饥。④夜深静卧百虫绝,清月出岭光入扉。天明独去无道路,出入高下穷烟霏。⑤山红涧碧纷烂漫,时见松枥皆十围。⑥当流赤足蹋涧石,水声激激风吹衣。⑦人生如此自可乐,岂必局束为人鞿⑧?嗟哉吾党二三子,安得至老不更归!⑨

【注释】

① 本篇当作于贞元十七年(八〇一)洛阳北惠林寺,《外集》有《洛北惠林寺题名》云:"韩愈、李景兴、侯喜、尉迟汾贞元十七年七月二十二日鱼于温洛,宿此而归。"而《赠侯喜》诗有"晡时坚坐到黄昏"之句,正同一时事景物。

② 荦确(luò què),山石坚硬不平貌。行径微,路窄。

③ 支子,即栀子。"肥"字承"新雨足",本于杜甫《陪郑广文游何将军山林十首》之"红绽雨肥梅"而来。元好问《论诗绝句三十首》之二十四云:"有情芍药含春泪,无力蔷薇卧晚枝。拈出退之山石句,始知渠是女郎诗。"即指"芭蕉"一句。

④稀,依稀、模糊之意;亦可作稀有难得解。疏粝,即糙米,粗食也。

⑤无道路,谓自由来去,不择路径。烟霏,即烟雾。

⑥山红涧碧,指山花涧水。烂漫,光彩分布貌,如张衡《思玄赋》云:"烂漫丽靡。"枥,张衡《南都赋》李善注云:"枥与栎同。"为落叶乔木,参李贺《感讽五首》注④。

⑦两句仍回应"新雨足",故涧水充盈,水声激激。

⑧局束,拘束难伸貌。靰(jī),口中的马嚼,此处为羁绊牵制意。

⑨吾党、二三子,用《论语》中语,《公冶长》云:"吾党之小子狂简。"《述而》谓:"二三子以我为隐乎?"此处似对同行者而言。归,辞官回乡。

△方东树《昭昧詹言》卷十二曰:"不事雕琢,自见精彩,真大家手笔。许多层事,只起四语了之,虽是顺叙,却一句一样境界,如展画图,触目通层在眼,何等笔力!五句六句又一画,十句又一画,'天明'六句,共一幅早行图画。收入议,从昨日追叙,夹叙夹写,情景如见,句法高古。只是一篇游记,而叙写简妙,犹是古文手笔。"

八月十五夜赠张功曹①

纤云四卷天无河,清风吹空月舒波。②沙平水息声影绝,一杯相属君当歌③。君歌声酸辞且苦,不能听终泪如雨。洞庭连天九疑高,蛟龙出没猩鼯号。④十生九死到官所⑤,幽居默默如藏逃。下床畏蛇食畏药⑥,海气湿蛰熏腥臊⑦。昨者州前捶大鼓⑧,嗣皇继圣登夔皋⑨。赦书一日行万里,罪从大辟皆除死⑩。迁者追回流者还,涤瑕荡垢朝清班。⑪州家申名使家抑,坎轲只得移荆蛮。⑫判司卑官不堪说,未免捶楚尘埃间。⑬同时辈流多上道,天路幽险难追攀。⑭君歌且休听我歌,我歌今与君殊科。一年明月今宵多,人生由命非由他,有酒不饮奈明何!⑮

【注释】

①作于顺宗永贞元年(八〇五),任江陵法曹参军,候命于郴。张功曹,指张署,河间人,拜监察御史,为幸臣所谮,舆韩愈同贬。

②卷，谓卷收不见。舒波，形容月光舒展散射貌；波，即月光。

③属，《汉书·灌夫传》载："及饮酒酣，(灌)夫起舞属(田)蚡。"颜师古注云："属，付也，犹今之舞讫相劝也。"

④九疑，山名，见李白《远别离》注⑩。猩，《尔雅·释兽》云："猩猩小而好啼。"郭璞注："今交趾封谿县出猩猩，状如獾狖，声似小儿啼。"鼯，《尔雅·释鸟》之"鼯鼠、夷由"下郭璞注云："状如小狐，似蝙蝠肉翅，翅尾项胁。毛紫赤色，背上苍艾色，腹下黄，喙颔杂白。脚短爪长，尾三尺许，飞且乳，亦谓之飞生。声如人呼，食火烟，能从高赴下，不能从下上高。"

⑤官所，贬后任官之所。贞元十九冬韩愈与张署同贬，韩为连州阳山令（今属广东），张为郴州临武令（今属湖南）。

⑥清方世举注云："南方多蛇，又多畜蛊，以毒药杀人。"

⑦蛰，通"霵"，湿也。《洛阳伽蓝记》曰："地多湿蛰，攒育虫蚁。"

⑧《新唐书·百官志》载："中尚署，令一人。……赦日……击捆鼓千声，集百官、父老、囚徒。"

⑨嗣皇，指顺宗后继任的宪宗。登夔、皋，谓任用贤士，《尚书·舜典》云："帝曰：夔，命汝典乐教胄子。"又载："帝曰：皋陶，蛮夷猾夏，寇贼奸宄，汝作士，五刑有服。"

⑩唐制，赦书日行五百里，此处夸言之。大辟，即死刑。除死，免死。《旧唐书·顺宗本纪》载：贞元二十一年正月德宗崩，顺宗即位，八月又因病传位于宪宗，诏曰："宜改贞元二十一年为永贞元年，自贞元二十一年八月五日已前，天下死罪降从流，流以下递减一等。"

⑪迁，指贬谪。流，流放。上句言赦还之事，见前注。瑕，玉之斑痕；涤瑕荡垢，谓去除污秽不洁，班固《东都赋》云："于是百姓涤瑕荡秽，而镜至清。"班，指上朝时官吏排成的行列，诗中常以"清班"称之。

⑫州家、使家，皆当时方言，指州刺史与观察使。州家申名，谓州刺史出言推誉。使家，指王叔文一党的湖南观察使杨凭。坎轲，不遇貌。荆蛮，指江陵；荆为楚之旧号，古时属南方蛮族，故名。

⑬判司，即判官；判一司之事，品秩低微，务多事杂，《通典·职官》云："大唐州府佐吏……在府为曹，在州为司（按：杜佑自注）：府曰功曹、仓曹，州曰司功、司仓。"捶楚，杖打之刑。唐制，参军县尉有过即受笞杖之刑，杜牧

《冬至日寄小侄阿宜诗》便云:"参军与县尉,尘土惊勤勤。一语不中治,笞箠身满疮。"

⑭上道,踏上回京之路,即下句之"天路"。由"洞庭连天"至本联十八句为代张署歌辞,而兼寓自己贬谪之苦、判司之移,即"避实法"。

⑮殊科,品类不同:言张署酸苦,而自己则归之于命,豁达行乐。奈明何,明宵月已缺、光已减,便无可奈何了。

△汪琬曰:"虚者实之,实者虚之,得反客为主之法,观起结自知。"蒋抱玄云:"用韵殊变化,首尾极轻清之致,是以圆巧胜者,集中亦不多见。"

谒衡岳庙遂宿岳寺题门楼①

五岳祭秩皆三公②,四方环镇嵩当中③。火维地荒足妖怪,天假神柄专其雄④。喷云泄雾藏半腹,虽有绝顶谁能穷?⑤我来正逢秋雨节,阴气晦昧无清风。潜心默祷若有应,岂非正直能感通⑥。须臾静扫众峰出,仰见突兀撑青空。⑦紫盖连延接天柱,石廪腾掷堆祝融。⑧森然魄动下马拜,松柏一经趋灵宫。⑨粉墙丹柱动光彩,鬼物图画填青红。⑩升阶伛偻荐脯酒,欲以菲薄明其衷。⑪庙令老人识神意,睢盱侦伺能鞠躬。⑫手持杯珓导我掷,云此最吉余难同。⑬窜逐蛮荒幸不死,衣食才足甘长终。⑭侯王将相望久绝,神纵欲福难为功⑮。夜投佛寺上高阁,星月掩映云朣胧⑯。猿鸣钟动不知曙,杲杲寒日生于东。⑰

【注释】

①当作于顺宗永贞元年自阳山徙掾江陵途中。衡岳,即南岳衡山,《元和郡县志》"江南道衡州衡山县:衡岳庙在县西三十里,《南岳记》曰:南宫四面皆绝,人兽莫至,周回天险,无得履者。"在今湖南衡山县境。

②秩,官阶。《礼记·王制》曰:"天子祭天下名山大川,五岳视三公。"《通典·礼典·吉礼》云:"大唐武德贞观之制,五岳、四镇、四海、四渎年别一祭……南岳衡山于衡州……其牲皆用太牢。……天宝五载,封……南岳神为司天王。"

③嵩，中岳嵩山，在河南登封北，《史记·封禅书》云："昔三代之君皆在河、洛之间，故嵩高为中岳，而四岳各如其方。"

④假，借予。《初学记·地理》引徐灵期《南岳记》及盛弘之《荆州记》云："故南岳衡山，朱陵之灵台，太虚之宝洞，上承冥宿，铨德钧物，故名衡山；下踞离宫，摄位火乡，赤帝馆其岭，祝融托其阳，故号南岳。"

⑤泄，犹出也。二句言山极高，半山腰即云雾弥漫，山顶亦难攀登。

⑥正直，指岳神，《左传·庄公三十二年》载史嚚曰："神，聪明正直而壹者也。"故能感通之。

⑦须臾，不久。众峰，《长沙记》云："衡山七十二峰，最大者五，芙蓉、紫盖、石廪、天柱、祝融为最高。"突兀，言山之高耸突立貌。

⑧两句描写衡山众峰连绵层叠之状。以上两联写因祷而云散开雾，故能仰观众峰。汪佑南评："是登绝顶写实景，妙用'众峰出'领起，盖上联虚，此联实，虚实相生。下接'森然动魄'句，复虚写四峰之高峻，的是古诗神境。朗诵数过，但见其排荡，化堆垛为烟云，何板实之有？"

⑨森然，敬畏貌。魄动，心魂震动。径，小路。灵官，指岳庙。

⑩动，闪动。谓墙上柱上都以青红色彩绘着鬼怪图样，设色凄艳，光影魅异。

⑪伛偻(yǔ lǔ)，背弯曲，以示尊敬。荐，呈上。脯酒，干肉和酒，作为祭品，《史记·封禅书》云："自殽以东，名山五，大川祠二……春以脯酒为岁祠。"衷，本心。

⑫庙令，《唐六典》卷三十云："五岳四渎令各一人，正九品上……，掌祭祀及判祠事。"睢盱(suī xū)，此处谓张目凝视。侦伺，窥察。

⑬杯珓，程大昌《演繁露》卷三云："问卜于神，有器名杯珓者，以两蚌壳投空掷地，观其俯仰，以断休咎。自有此制后，后人不专用蛤壳矣，或以竹，或以木，略斫削使如蛤形，而中分为二，有仰有俯，故亦名杯珓。杯者言蛤壳中空，可以受盛，其状如杯也。珓者本合为教，言神所告教，现于此之俯仰也。……其掷法则以半俯半仰者为吉。"

⑭蛮荒，指阳山，今属广东。才足，刚够。甘长终，甘心长久在此终老。

⑮纵欲福，纵使想要降福。难为功，谓无能为力。

⑯朣胧，谓天将亮，潘岳《秋兴赋》李善注："朣胧，欲明也。"

⑰曙，天亮。杲杲(gǎo gǎo)，日出光明貌。

△汪佑南评云："首六句从五岳落到衡岳,步骤从容,是典制题开场大局面,领起游意。'我来正逢'十二句是登衡岳至庙写景,'升阶伛偻'六句叙事,'窜逐蛮荒'四句写怀,'夜投佛寺'四句结宿意。精警处在写怀四句,明哲保身,是圣贤学问,隐然有敬鬼神而远之意。"

石鼓歌[①]

张生手持石鼓文[②],劝我试作石鼓歌。少陵无人谪仙死,才薄将奈石鼓何![③]周纲陵迟四海沸,宣王愤起挥天戈。[④]大开明堂受朝贺,诸侯剑佩鸣相磨。[⑤]蒐于岐阳骋雄俊,万里禽兽皆遮罗。[⑥]镌功勒成告万世,凿石作鼓隳嵯峨。[⑦]从臣才艺咸第一,拣选撰刻留山阿[⑧]。雨淋日炙野火燎,鬼物守护烦㧓呵[⑨]。公从何处得纸本,毫发尽备无差讹。[⑩]辞严义密读难晓,字体不类隶与科。[⑪]年深岂免有缺画,快剑斫断生蛟鼍。[⑫]鸾翔凤翥众仙下,珊瑚碧树交枝柯。[⑬]金绳铁索锁纽壮,古鼎跃水龙腾梭。[⑭]陋儒编诗不收入,二雅褊迫无委蛇。[⑮]孔子西行不到秦,掎摭星宿遗羲娥。[⑯]嗟余好古生苦晚,对此涕泪双滂沱。[⑰]忆昔初蒙博士征,其年始改称元和[⑱]。故人从军在右辅,为我量度掘臼科[⑲]。濯冠沐浴告祭酒[⑳],如此至宝存岂多。毡苞席裹可立致,十鼓只载数骆驼。[㉑]荐诸太庙比郜鼎,光价岂止百倍过。[㉒]圣恩若许留太学,诸生讲解得切磋。[㉓]观经鸿都尚填咽,坐见举国来奔波。[㉔]剜苔剔藓露节角,安置妥帖平不颇。[㉕]大厦深檐与盖覆,经历久远期无佗[㉖]。中朝大官老于事,讵肯感激徒媕婀[㉗]。牧童敲火牛砺角,谁复着手为摩挲?[㉘]日销月铄就埋没,六年西顾空吟哦。[㉙]羲之俗书趁姿媚,数纸尚可博白鹅。[㉚]继周八代争战罢,无人收拾理则那。[㉛]方今太平日无事,柄任儒术崇丘轲[㉜]。安能以此上论列?愿借辩口如悬河[㉝]。石鼓之歌止于此,呜呼吾意其蹉跎!

【注释】

①本篇作于宪宗元和六年(八一一)洛阳。石鼓,《元和郡县志》"关内道凤翔府天兴县":"石鼓文在县南二十里许,石形如鼓,其数有十,盖纪周宣王畋

猎之事,其文即史籀之迹也。贞观中吏部侍郎苏勖纪其事,云虞、褚、欧阳共称古妙。"石鼓文在岐阳,初不见称于前世,至唐人始盛称之,后人或据刻法,或据字体,或据地理,断以为秦时之物(详参高步瀛《唐宋诗举要》)。

②张生,旧说为张籍;或是同年《李花》诗中"夜领张彻投卢仝"的张彻。

③少陵,即杜甫。无人,谓后继无人。谪仙,即李白。才薄,韩愈自谦之词。

④周纲,周朝的纲纪秩序。凌迟,衰败。沸,动荡不安。宣王,厉王之子,为周室中兴之主,《史记·周本纪》云:"宣王即位,(召公、周公)二相辅之,脩政,法文、武、成、康之遗风,诸侯复宗周。"挥天戈,指用兵于淮夷、猃狁。

⑤明堂,《礼记·明堂位》曰:"昔者周公朝诸侯于明堂之位。"为天子颁布政教、接见诸侯和举行祭祀之所。剑佩,剑上玉饰。鸣相磨,形容朝贺之诸侯甚多,以致剑佩碰触发出鸣声。

⑥蒐于岐阳,《左传·昭公四年》有"成有岐阳之蒐"句,杜预注:"周成王归自奄,大蒐于岐山之阳。岐山在扶风美阳县西北。"岐阳,为汉县,今陕西扶风县治。蒐,打猎。遮罗,拦捕。

⑦镌、勒,刻也;镌功,将功业刻记石上。隳(huī),毁坏。嵯峨,山高峻貌。

⑧山阿,山陵大丘。

⑨㧑,同"挥",呵,同"诃",大声斥责。㧑呵,形容鬼物守护时威凛不容侵犯貌。

⑩公,即首句中之"张生"。差讹,差错讹误。

⑪晓,明白。隶,隶书,张怀瑾《书断》卷上曰:"隶书者,秦下邦人程邈所造也。……始皇善之,用为御史,以奏事繁多,篆字难成,乃用隶字,以为隶人佐书,故名隶书。"科,指远古时代之蝌蚪文,《水经注·泗水》云:"自秦烧诗书,经典沦缺,汉武帝时鲁恭王坏孔子旧宅,得《尚书》《春秋》《论语》《孝经》,时人已不复知有古文,谓之科斗书。"

⑫缺画,笔画残缺。斫(zhuó),砍也。蛟鼍(tuó),即蛟龙与鼋鼍,皆水中神兽。两句形容笔势矫健凌厉,杜甫《李潮八分小篆歌》曾云:"况潮小篆逼秦相,快剑长戟森相向。八分一字值千金,蛟龙盘拿肉屈强。"意境类似。

⑬翥(zhù),高飞。柯,树枝。本联上句形容笔势飞动,如龙飞凤舞;下句形容字体交互纵横,如珊瑚树枝。

⑭"金绳"句写字形遒劲钩连之状。古鼎跃水,《水经注·泗水》载:"周显王

四十二年,九鼎沦没泗渊,秦始皇时而鼎见于斯水,始皇自以德合三代,大喜,使数千人没水求之,不得,所谓鼎伏也。亦云系而行之,未出,龙齿啮断其系。"龙腾梭,《晋书·陶侃传》曰:"或云侃少时渔于雷泽,网得一织梭,以挂于壁。有顷雷雨,自化为龙而去。"此处用二典故以言其古雅神妙。

⑮诗,指《诗经》。二雅,指《大雅》《小雅》。褊迫,偏窄狭小。委蛇,同"委佗",庄严从容貌。两句谓石鼓文同是叙宣王功业,竟未被收入记述宣王征伐之事甚多的"二雅"中,故谓之"陋儒""褊迫"。

⑯秦,石鼓文出土于天兴县(今陕西宝鸡市),古属秦地。掎摭(jǐ zhí),拾取之意。羲娥,羲和与嫦娥之省称,代指日月。两句谓孔子未至秦地,因此《诗经》三百篇未收石鼓文,有如遗漏了日月,乃夸大之词。

⑰嗟,感叹词。滂沱,形容涕泗纵横、泪如雨下。

⑱《旧唐书·韩愈传》云:"元和初,召为国子博士。"

⑲故人,旧注以为乃郑馀庆,然其虽曾迁石鼓于凤翔孔子庙,其时却未尝有从军右辅之事(见《旧唐书·宪宗纪》及本传),应别有所指。右辅,谓右扶风,即凤翔府,《汉书·百官公卿表》云:"主爵中尉……武帝太初元年更名右扶风……与左冯翊、京兆尹是为三辅。"颜师古注曰:"长安以东为京兆,长陵以北为左冯翊,渭城以西为右扶风也。"白科,坑穴,石鼓埋藏处。

⑳祭酒,《唐六典》卷二十一载:"国子监,祭酒一人,从三品……掌邦国儒学训道之政令。"《旧唐书·郑馀庆传》云:宪宗元和元年八月"改为国子祭酒"。此处指郑馀庆。

㉑毡,毛毯。立致,立刻得到。

㉒荐,进献。太庙,皇族祭祀之祠堂。比,比美。郜鼎,《春秋·桓公二年》云:"四月,取郜大鼎于宋。戊申,纳于太庙。"郜,城名,在今山东成武县。光价,犹言声价。

㉓太学,古学校名,汉兴太学,立五经博士,以养天下之士。切磋,互相研讨观摩,语出《诗经·卫风·淇奥》:"如切如磋。"朱熹注《大学》云:"治骨角者,既切而复磋之,……皆言其治之有绪,而益致其精也。"

㉔鸿都,为课读之所,《后汉书·灵帝纪》云:光和元年二月,"始置鸿都门学生"。李贤注曰:"鸿都,门名也,于内置学。时其中诸生,皆敕州、郡、三公举召能为尺牍辞赋及工书鸟篆者相课试,至千人焉。"诸生皆当时之佼佼

者,"或出为刺史、太守,入为尚书、侍中,乃有封侯赐爵者"(见同书《蔡邕传》)。填咽,拥挤阻塞貌。观经,《后汉书·蔡邕传》载:"熹平四年,乃与五官中郎将堂溪典……奏求正定《六经》文字,灵帝许之,邕乃自书丹于碑,使工镌刻立于太学门外。于是后儒晚学,咸取正焉。及碑始立,其观视及摹写者,车乘日千余两,填塞街陌。"韩愈将灵帝置鸿都门学、刻熹平石经二事混为一谈,以言求学之盛况。坐,即将。

㉕剜,以刀挖取。节角,字体之棱角。妥帖,稳当。颇,《左传·昭公二年》杜预注:"不平也。"

㉖佗(tuó),通"他"字,有"其他意外"之意。本联谓石鼓长期被深藏掩盖,面世之日遥遥无期。

㉗中朝,即朝廷中。老于事,做事圆滑熟练,有讥讽意。讵肯,岂肯。感激,有感而奋激。婩婀(ān'ē),犹豫不决貌。

㉘敲火,敲击取火。砺,磨也。着手,用手。摩娑,抚摸赏玩。

㉙铄,通"烁",消融损毁。就,归于。六年,指元和六年。

㉚俗书,相对于古文字而言的时俗字体。博,换取。《晋书·王羲之传》载:"山阴有一道士,养好鹅,羲之往观焉,意甚悦,固求市之。道士云:'为写《道德经》,当举群相赠耳。'羲之欣然写毕,笼鹅而归,甚以为乐。"

㉛八代,据苏轼所谓"文起八代之衰",应指东汉、魏、晋、宋、齐、梁、陈、隋,或即是自秦以下各朝之泛称。则那,又奈何。

㉜柄任,以权柄任之,有重用意。崇,推崇。丘轲,即孔子(名丘)、孟子(名轲)。

㉝悬河,形容辩才无碍、滔滔不绝,《晋书·郭象传》载:太尉王衍每云:"听象语,如悬河泻水,注而不竭。"

△《唐宋诗举要》引吴闿生云:"句奇语重,能字字顿挫出筋节,最是此篇胜处。"

调张籍①

李杜文章在,光焰万丈长。②不知群儿愚,那用故谤伤!蚍蜉撼大树,可笑不自量。③伊我生其后④,举颈遥相望。夜梦多见之,昼思反微茫。徒观斧凿痕,不瞩治水航。⑤想当施手时,巨刃磨天扬。垠崖划崩豁,乾坤摆雷硠。⑥惟此两夫子,家居率荒凉。帝欲长吟哦,故遣起且僵⑦。剪翎送笼中,使看百鸟翔。⑧平生千万篇,金薤垂琳琅⑨。仙官敕六丁,雷电下取将⑩。流落人间者,太山一豪芒⑪。我愿生两翅,捕逐出八荒⑫。精诚忽交通,百怪入我肠。刺手拔鲸牙,举瓢酌天浆。⑬腾身跨汗漫,不着织女襄。⑭顾语地上友,经营无太忙。⑮乞君飞霞佩,与我高颉颃!⑯

【注释】

①作于元和十一年(八一六)洛阳。调,调侃。张籍,参本书诗人小传。当时流行崇杜抑李之风气,以元稹《唐故检校工部员外郎杜君墓系铭》为例:"是时山东人李白,亦以奇文取称,时人谓之李杜。余观其壮浪纵恣,摆去拘束,模写物象,及乐府歌诗,诚亦差肩于子美矣。至若铺陈终始,排比声韵,大或千言,次犹数百,词气豪迈,而风调清深,属对律切,而脱弃凡近,则李尚不能历其藩翰,况堂奥乎!"韩愈则不以成见自限,而以真知和虚心推美前辈之成就,可为无知而自大者戒。

②文章,指诗歌。韩愈诗中常以李杜并举,对二人评价极高。

③蚍蜉,《尔雅·释虫》云:"蚍蜉,大蚁。"用以比喻浅薄愚妄之辈。撼,摇撼。大树,指李、杜。

④伊,发语词,无意义。其,即李、杜。

⑤徒观,只看到。瞩,注目。此以大禹治水为喻,谦称自己只见其凿山浚川之痕迹,却未能究本穷源。

⑥垠崖,边山。划,截划。崩豁,崩裂。乾坤,即天地。摆,拨落。雷硠,左思《吴都赋》吕延济注云:"雷硠,山崩声也。"以上四句想象大禹凿山裂石之壮观场面。

⑦起且僵,指李、杜之命运升沉不顺。

⑧两句用祢衡《鹦鹉赋》所云"闭以雕笼,剪其翅羽"写其不得伸展貌。百鸟,其他庸才俗辈。

⑨金薤(xiè),金质薤叶。琳琅,美玉之名。比喻李、杜诗歌优美。

⑩敕,诏命。六丁,道教中天神名,《后汉书·孝明八王列传》李贤注云:"六丁谓六甲中丁神也。若甲子旬中,则丁卯为神;甲寅旬中,则丁巳为神之类也。"又《黄庭内景经》梁丘子注曰:"六丁者,谓六丁阴神玉女也。"将,拿取。本联言李、杜诗篇为天神取去。

⑪太山,即泰山。豪,通"毫",豪芒,鸟兽和草端之细毛,以喻微小。本句犹"冰山一角"意。

⑫捕逐,追捕李、杜人间失落的作品。八荒,八方荒远之地。

⑬刺手,迅速伸手出去。斠,斟取。"拔鲸牙"以喻沉雄,化用杜甫《戏为六绝句》之四的"未掣鲸鱼碧海中";"酌天浆"以喻飘逸,暗合李白"谪仙"之风范。

⑭汗漫,言广漠无尽,见李白《庐山谣寄庐侍御虚舟》诗注⑮。襄,此处为纺织之意,《诗经·小雅·大东》云:"跂彼织女,终日七襄。"两句谓李、杜境界高远,相较之下,织女所织的天衣也不值得穿了。

⑮地上友,指张籍。经营,构思创作之意。

⑯乞,给予。佩,系带。颉颃(xié háng),鸟上下飞翔貌;飞上曰颉,飞下曰颃。

△《唐宋诗醇》卷三十曰:"此示籍以诗派正宗,言己所手追心慕,惟有李、杜,虽不可几及,亦必升天入地以求之。籍有志于此,当相与为后先也……所以推崇李、杜者至矣。"

听颖师弹琴①

昵昵儿女语,恩怨相尔汝。②划然变轩昂,勇士赴敌场。③浮云柳絮无根蒂,天地阔远随飞扬。④喧啾百鸟群,忽见孤凤凰。⑤跻攀分寸不可上,失势一落千丈强。⑥嗟余有两耳,未省听丝篁。⑦自闻颖师弹,起坐在一旁⑧。推手遽止之,湿衣泪滂滂。⑨颖乎尔诚能,无以冰炭置我肠。⑩

【注释】

①作于元和十一年(八一六)。李贺亦有《听颖师弹琴歌》,诗云:"竺僧前立当吾门,梵宫真相眉棱尊。……请歌直请卿相歌,奉礼官卑复何益。"据此知颖师为僧人。

②昵昵,亲昵。尔汝,即"你你",为挚友深交间对彼此之称呼,表示亲昵无隔的关系。又《世说新语·排调》载:"晋武帝问孙皓:闻南人好作尔汝歌,颇能为不?"则"尔汝"乃江南民间所流行每句用汝或尔为词的情歌。

③划然,以刀破物之声,此处即突然之意。本联言琴声一改前联之温柔低缓,而变得激昂高亢,笔法与王褒《洞箫赋》之"澎濞沆瀣,一何壮士;优柔温润,又似君子"与阮瑀《筝赋》之"不疾不徐,迟速合度,君子之衢也;慷慨磊落,卓砾盘纡,壮士之节也"相承应。

④两句形容琴声远扬,如柳絮随风般悠悠荡荡,飘扬于天地之间。

⑤形容在喧杂繁絮的琴声中,出现了清越嘹亮的长音,有如百鸟群中的孤凤。

⑥跻攀,向上攀登。千丈强,千丈有余。形容如孤凤之音高亢到极点,又接着低沉到谷底,音域宽广,变化自如。

⑦嗟,感叹词。未省,不懂得。丝篁,本为管、弦乐器之合称,代指音乐。

⑧起坐,忽起忽坐,坐立不安。

⑨遽,急迫、仓促。滂滂,水流动貌。

⑩尔诚能,你实在很行。冰炭置我肠,《庄子·人间世》云:"事若成,则必有阴阳之患。"郭象注:"人患虽去,然喜惧战于胸中,固已结冰炭于五藏矣。"末二联言颖师琴艺感人至深,令人悲喜不自胜,故推手止之。

△明蒋之翘《辑注唐韩昌黎集》云:"只起四语耳,忽而弱骨柔情,销魂欲绝,忽而舞爪张牙,可骇可愕。其恣态百出如此。"

晚　春①

草树知春不久归,百般红紫斗芳菲②。杨花榆荚无才思,惟解漫天作雪飞。③

【注释】

①约作于元和十一年(八一六)于长安,为《游城南十六首》中的第三首。

②斗,即争奇斗艳之意。

③榆荚,即榆钱,参岑参《戏问花门酒家翁》注②。杨花、榆荚皆色白,与万紫千红相比便黯然失色,有如缺乏文采,故谓之"无才思"。惟解,只懂得。

作雪飞,《世说新语·言语》载:谢家于寒雪日内集,谢安问曰:"白雪纷纷何所似?"其侄女谢道韫答云:"未若柳絮因风起。"

左迁至蓝关示侄孙湘①

一封朝奏九重天,夕贬潮州路八千。②欲为圣明除弊事,肯将衰朽惜残年。③云横秦岭家何在,雪拥蓝关马不前。④知汝远来应有意,好收吾骨瘴江边⑤。

【注释】

①作于元和十四年(八一九)。左迁,贬官,《新唐书·韩愈传》云:"宪宗遣使者往凤翔迎佛骨入禁中,三日,乃送佛祠。王公士人奔走膜呗,至为夷法灼体肤,委珍贝,腾沓系路。愈闻恶之,乃上表……表入,帝大怒,持示宰相,将抵以死。裴度、崔群曰:'愈言讦牾,罪之诚宜。然非内怀至忠,安能及此?愿少宽假,以来谏争。'帝曰:'愈言我奉佛太过,犹可容;至谓东汉奉佛以后,天子咸夭促,言何乖剌邪?愈,人臣,狂妄敢尔,固不可赦。'于是中外骇惧,虽戚里诸贵,亦为愈言,乃贬潮州刺史。"蓝关,在今陕西,《元和郡县志》云:"关内道京兆府蓝田县:蓝田关在县南九十里,即峣关也。"湘,韩愈侄子韩老成之子,长庆三年进士,官大理丞。

②朝奏,上朝之奏事,或谓早晨所上之奏章,皆指谏迎佛骨表;由下句相对之"夕贬"来看,应以后说为是,"朝奏夕贬"乃极言其罹咎之迅速。九重天,指天子所在,《楚辞·九辩》云:"君之门以九重。"潮州,一作"潮阳",《元和郡县志》载:"岭南道潮州:即汉南海郡之揭阳县也。……(隋文帝开皇)十一年于义安县立潮州,以潮流往复,因以为名。"又云:"潮阳县:以在大海之北,故曰潮阳。"州治在今广东潮州。八千,长安至潮州距离八千里。

③圣明,指宪宗。除弊,指谏迎佛骨事。肯将,即岂将。下句即不惜一死之意。

④秦岭,《读史方舆纪要》云:"陕西西安府蓝田县:秦岭在县东南,即南山别出之岭。凡入商洛、汉中者,必越岭而后达……由此东出,即蓝田关矣。"雪拥,见厚雪堆积之状。下句沿用古乐府《饮马长城窟行》所云:"驱马涉

阴山,山高马不前。"
⑤瘴江,位于南方瘴疠之地的江川,代指潮州。
△何焯《义门读书记》卷三十云:"妙在许大题目,而以'除弊事'三字了却。结句即是不肯自毁其道以从于邪之意,非怨怼,亦非悲伤也。"

早春呈水部张十八员外二首(选一)①

天街小雨润如酥②,草色遥看近却无③。最是一年春好处,绝胜烟柳满皇都。④

【注释】

①本篇作于穆宗长庆三年(八二三),为原作二首中的第一首。水部张十八员外,即当时任水部员外郎的张籍,于其家族之同辈堂兄弟中排行第十八,故称;另参本书诗人小传。
②天街,指天子所在之京城中的街道,此处即长安之朱雀门大街,亦名天门街。酥,由动物乳汁制成之酥油,《本草纲目·兽部·畜类》李时珍曰:"酥乃酪之浮面所成。……造法以乳入锅煎二三沸,倾入盆内,冷定,待面结皮,取皮再煎,油出去渣,入在锅内,即成酥油。"用以比喻洁泽松腻之物。
③此句正是早春草端初露之景,传神地呼应诗题。
④绝胜,远远胜过。烟柳满皇都,繁茂如烟之柳色满布长安,此为晚春之景。苏轼承末联之笔法,于《赠刘景文》诗云:"一年好景君须记,最是橙黄橘绿时。"用意与此相近。

柳 宗 元

柳宗元(代宗大历八年——宪宗元和十四年,七七三——八一九),字子厚,河东(今山西永济)人,世称柳河东,而家在长安。贞元九年(七九三)第进士,十二年试博学宏辞,十四年为集贤殿正字,十七年调蓝田县尉,十九年迁监察史里行。与王叔文、韦执谊善,二人引之谋事,于二十一年擢礼部员外郎,欲大用。永贞元年(八〇五)叔文败,贬邵州刺史,半道,有诏贬永州司马(今湖南零陵)。至元和十年徙柳州刺史,时刘禹锡同谪,得播州(今贵州遵义),宗元以播州非人所居,且禹锡母老,具奏以柳州让禹锡而自往播;会大臣亦有为请者,禹锡遂改连州。宗元在柳,多惠政,及卒,百姓追慕,立祠享祀于罗池庙①。柳州虽处蛮僻(治所在今广西柳州),然柳宗元文名满天下,为文者多不远千里至其门,时号"柳州"。有《柳河东集》,存诗一百六十多首。

柳宗元早年锐意图治,其《答贡士元公瑾论仕进书》云:"始仆之志学也,甚自尊大,颇慕古之大有为者。"不但政治上的企图心强,其才性气质亦英锐勃发,遭受世人之讥斥,《与杨诲之第二书》追述道:"当时志气类足下,时遭讪骂诟辱,不为之面,则为之背。积八九年,日思摧其形、锄其气,虽甚自折挫,然已得号为狂疏人矣。及为蓝田尉……益学老子和其光、同其尘,虽自以为得,然已得号为轻薄人矣。"而贬官废逐之后,则寄情于山水,以大自然景物为题材的诗与游记卓然成家,因此得享千古之名。然忧愤郁结之气时时发露,固未臻于旷达圆足之境,胡仔《苕溪渔隐丛话·前集》卷十九引《蔡宽夫诗话》遂谓:"子厚之贬,其忧悲憔悴之叹发于诗者,特为酸楚。…卒以愤死,未为达理也。"此其平生性情与得失之大概。

柳诗兼有陶、谢之风格,与韦应物并称。然其诗风实较近于谢灵运,不但运思精密,用字炼句表现出峻洁深邃的特色,于心境感受上亦复近似,故元好问《论诗绝句三十首》之二十云:"谢客风容映古今,发源谁似柳州深。朱弦一拂遗音在,却是当年寂寞心。"可谓深得其中脉络。而柳诗本身之价值,苏轼曾有的论,《书黄子思诗集后》谓:"李杜之后,诗人继作,虽间有远韵,而才不逮意,独韦应物、柳宗元发纤秾于简古,寄至味于澹泊,非余子所及也。"《评韩柳诗》又曰:"所贵乎枯澹者,谓其外枯而中膏,似澹而实美,渊明、子厚之流是也。"高步瀛《唐宋诗举要》卷一则推崇其贬谪南迁后,"诸诗皆神情高远,词旨幽隽,可与永州山水诸记并传"。

然而柳诗风调虽清,内情词意却往往自我重复,少有别开蹊径、另行开阖之手笔,故屈复《唐诗成法》卷十谓:"柳州诗属对工稳典切,情景悲凉,声调亦高,刻苦之作,法最森严。但首首一律,全无跳踯之致耳。"

【注释】

①此段所述仕历详参傅璇琮主编《唐才子传校笺》卷五之考证。

晨诣超师院读禅经①

汲井漱寒齿,清心拂尘服。②闲持贝叶书③,步出东斋读。真源了无取,妄迹世所逐。④遗言冀可冥,缮性何由熟。⑤道人庭宇静,苔色连深竹。⑥日出雾露余,青松如膏沐⑦。澹然离言说,悟悦心自足。⑧

【注释】

①作于永州,而年月不可考。诣,往见。超师,永州之僧人。

②章燮《唐诗三百首注疏》云:"'清心'句言漱井水,内可以清心;拂尘服,外可以去垢。谓内外洁净诚心,方可读禅经也。"

③贝叶书,指佛经,《酉阳杂俎·前集》卷十八云:"贝多,出摩伽陀国,长六七丈,经冬不凋。此树有三种:一者多罗娑力叉贝多,二者多梨婆力叉贝多,三者部婆力叉多罗多梨,并书其叶,部阇一色,取其皮书之。贝多是梵语,

汉翻为叶,贝多婆力叉者,汉言树叶也。西域经书,用此三种皮叶,若能保护,亦得五六百年。"

④真源,指佛理真谛。了无取,即完全一无所取。妄迹,由妄心所生之一切法相,与"真源"相对为言。逐,追逐。

⑤遗言,指佛典,柳宗元《送琛上人南游序》云:"佛之迹去乎世久矣,其留而存者,佛之言也。言之著者为经,翼而成之者为论,其流而来者,百不能一焉,然而其道则备矣。"冀,希望。冥,冥合。缮,治也;缮性,修养心性。熟,圆熟之境。

⑥道人,指超师,叶梦得《避暑录话》卷下云:"晋宋间佛学初行,其徒犹未有僧称,通曰道人。"

⑦膏沐,出于《诗经·卫风·伯兮》:"岂无膏沐,谁适为容。"为女子润发的脂浆之属。何焯《义门读书记》卷三七云:"日来雾去,青松如沐,即去妄迹而取真源也,故下云澹然有悟。"

⑧范温《潜溪诗眼》谓此联"盖言因指而见月,遗经而得道"。幽闲清净,草木自得,游目静观,反比晓晓言说更得悟悦。

△范温《潜溪诗眼》评全诗:"至诚洁清之意,参然在前。……其本末立意遣词,可谓曲尽其妙,毫发无遗恨者也。"

溪 居①

久为簪组累,幸此南夷谪。②闲依农圃邻,偶似山林客。晓耕翻露草,夜榜响溪石。③来往不逢人,长歌楚天碧④。

【注释】

①当作于元和五年(三十八岁)永州。溪,指愚溪,柳宗元《与杨诲之书》云:"方筑愚溪东南为室,耕野田,圃堂下,以咏至理,吾有足乐也。"另参《夏初雨后寻愚溪》注①。

②簪组,本谓发簪与帽带,用以代指官服。南夷,指永州,辖今湖南零陵一带,《楚辞·九章·涉江》云:"哀南夷之莫吾知兮,旦余济乎江湘。"章燮《唐诗三百首注疏》曰:"谪而曰幸,不怨之怨,怨深哉!"

③山林客,指隐士。榜,《切韵》云:"榜,进船也。"

④楚天,永州所在为古之楚地,故曰楚天。长歌,放怀高歌。此说表面超旷,实则怨深,其《对贺者》一文云:"嘻笑之怒,甚乎裂眦;长歌之哀,过乎恸哭。庸讵知吾之浩浩,非戚戚之尤者乎?"正其注脚。

夏初雨后寻愚溪①

悠悠雨初霁,独绕清溪曲。②引杖试荒泉,解带围新竹。③沉吟亦何事,寂寞固所欲。幸此息营营,啸歌静炎燠。④

【注释】

①约元和六年(三十九岁)夏作于永州。愚溪,在湖南零陵西南,柳宗元《愚溪诗序》云:"灌水之阳有溪焉,东流入于潇水,或曰冉氏尝居也,姑姓是溪为冉溪。或曰可以染也,名之以其能,故谓之染溪。余以愚触罪,谪潇水上,爱是溪,入二三里,得其尤绝者家焉。古有愚公谷,今予家是溪,而名莫能定……故更之为愚溪。"

②霁,雨止或雪停而放晴。曲,隐僻之地。

③王二梧《唐四家诗》谓此联:"幽人韵事,人未曾道。"于寂寞聊赖中寓有遗世自得之感。

④息,平息。营营,形容辛劳奔波也,《诗经·小雅·青蝇》有"营营青蝇"句,毛传曰:"营营,往来貌。"炎燠,炎热。

雨后晓行独至愚溪北池①

宿云散洲渚,晓日明村坞。②高树临清池,风惊夜来雨③。予心适无事,偶此成宾主。④

【注释】

①愚溪,见前诗注。北池,柳宗元《愚溪诗序》曰:"愚溪之上,买小丘为愚丘,自愚丘东北行六十步,得泉焉,又买居之,为愚泉。愚泉凡六穴,皆出山下

平地,盖上出也。合流屈曲而南,为愚沟,遂负土累石,塞其隘为愚池。"

②洲渚,《尔雅·释水》云:"水中可居者曰洲,小洲曰渚。"村坞,即村庄。

③言树上余雨,被风惊落。

④成宾主,形成宾主之关系有相得相欢之情谊。唐汝询《唐诗解》卷十云:"宿雨初霁,树间余点未消,风触之而散洒,若惊之使然。对此景而心无挂碍,所遇之物皆良朋也。"

秋晓行南谷经荒村①

杪秋霜露重②,晨起行幽谷。黄叶覆溪桥,荒村唯古木。寒花疏寂历③,幽泉微断续。机心久已忘,何事惊麋鹿。④

【注释】

①当是元和年间作于永州。南谷,其地不详。

②杪秋,即晚秋,梁元帝《四时纂要》曰:"九月季秋,亦曰暮秋、末秋、暮商、季商、杪秋。"

③寂历,江淹《杂体诗》李善注云:"寂历,雕疏貌。"

④机心,参李白《下终南山过斛斯山人宿置酒》注⑥。惊麋鹿,高步瀛《唐宋诗举要》卷一引《列士传》云:"伯夷、叔齐不食,经七日,天遣白鹿乳之,夷、齐私念,此鹿肉食之必美,鹿知其意,不复来,二子遂饿死。"

渔　翁①

渔翁夜傍西岩宿,晓汲清湘燃楚竹。②烟销日出不见人,欸乃一声山水绿③。回看天际下中流,岩上无心云相逐。④

【注释】

①由诗中"湘""楚"之名,知作于永州。

②西岩,即西山。湘,湘江,《太平御览》卷六十五引《湘中记》曰:"湘水至清,虽深五六丈,见底。"

③欸乃,元结《欸乃曲》云:"谁能听欸乃,欸乃感人情。…昔闻和断舟,引钓歌此声。"自注:"欸音袄,乃音霭,棹船之声。"此为行船时舟人劝力之唱歌和声的意思。其义也有"船声"之解,音为"霭袄""霭乃"之说,可并参。绿,一作"渌"。

④无心,陶渊明《归去来辞》云:"云无心而出岫。"惠洪《冷斋夜话》载东坡评曰:"诗以奇趣为宗,反常合道为趣。熟味此诗有奇趣,然其尾两句虽不必亦可。"(见《苕溪渔隐丛话·前集》卷十九)实则有无都各得其味,足以吟咏,不须纷纭聚讼。

△孙月峰《评点柳柳州集》卷四十三云:"是神来之调,句句险绝,炼得浑然无痕。后二句尤妙,意竭中复出余波,含景无穷。"

夏昼偶作①

南州溽暑醉如酒,隐机熟眠开北牖。②日午独觉无余声,山童隔竹敲茶臼。③

【注释】

①约作于永州。

②南州,指永州等江南之地,《楚辞·远游》云:"嘉南州之炎德兮,丽桂树之冬荣。"溽暑,潮湿炎热。机,同"几",桌案;隐几,靠着桌子,《庄子·齐物论》曰:"南郭子綦隐几而坐。"牖,窗户。

③独觉,独自醒来。敲茶臼,谓制新茶。朱翌《猗觉寮杂记》卷上云:"唐造茶与今不同,今采茶者,得芽即蒸熟焙干,唐则旋摘旋炒,刘梦得《试茶歌》:'自傍芳丛摘鹰嘴,斯须炒成满室香。'又云:'阳崖阴岭各殊气,未若竹下莓苔地。'竹间茶最佳,今亦如此。唐未有碾磨,止用臼,多是煎茶。"

△明周珽《唐诗选脉会通评林》卷五十六曰:"暑窗熟眠,一茶臼之外无余声,心地何等清静。惟静生凉,溽暑无能困之矣。日[午]独觉,见一种凉思,有人所不及知者。"引周敬云:"好一幅山居夏景图。"

江 雪①

千山鸟飞绝,万径人踪灭。孤舟蓑笠翁,独钓寒江雪。

【注释】

①约作于永州。

△此诗清峭幽寂,雪景如画,遂为千古绝唱。俞陛云《诗境浅说续编》云:"空江风雪中,远望则鸟飞不到,近观则四无人踪,而独有扁舟渔夫,一竿在手,悠然于严风盛雪间。其天怀之淡定,风趣之静峭,子厚以短歌为之写照,志和《渔父词》所未道之境也。"而诗人之人格境界亦寓于其中。

登柳州城楼寄漳汀封连四州①

城上高楼接大荒,海天愁思正茫茫。②惊风乱飐芙蓉水,密雨斜侵薜荔墙。③岭树重遮千里目,江流曲似九回肠④。共来百越文身地⑤,犹自音书滞一乡。⑥

【注释】

①作于宪宗元和十年(四十三岁)到柳州刺史任所时。十年前随着王叔文党失势而被贬,包括柳宗元在内的所谓"八司马",此时重获起用,《旧唐书·宪宗纪》云:元和十年三月,"以虔州司马韩泰为漳州刺史,以永州司马柳宗元为柳州刺史,饶州司马韩晔为汀州刺史,朗州司马刘禹锡为播州刺史,台州司马陈谏为封州刺史。御史中丞裴度以禹锡母老,请移近处,乃改授连州刺史"。柳州,治今广西柳州市;漳州,治今福建龙溪西;汀州,治今福建长汀;封州,治今广东封川;连州,治今广东连州。

②大荒,指广大荒僻的边地。纪昀《瀛奎律髓刊误》卷四云:"一起意境阔远,倒摄四州,有神无迹,通篇情景俱包得起。"

③飐(zhǎn),风吹浪动。芙蓉,崔豹《古今注》卷下曰:"芙蓉,一名荷华,生池泽中,实曰莲,花之最秀异者。"薜荔,《离骚》王逸注云:"薜荔,香草也,缘

木而生。"纪昀评道:"三四赋中之比,不露痕迹。旧说谓借寓震撼危疑之意,好不着相。"

④九回肠,司马迁《报任少卿书》云:"肠一日而九回。"

⑤百越,又作"百粤",指南方蛮夷诸族,《通典》卷十四:"自岭而南,当唐、虞三代为蛮夷之国,是百越之地。"文身,即"纹身",与断发皆为土俗,《史记·越王句践世家》载:"其先禹之苗裔……封于会稽,以奉守禹之祀。文身断发,披草莱而邑焉。"而《淮南子·原道训》高诱注云:"文身,刻书其体,内默(墨)其中,为蛟龙之状以入水,蛟龙不害也。"

⑥末联谓虽共来百越,却是音讯疏隔,苦上加苦。不明言谪宦而谪宦之意自见。

柳州二月榕叶落尽偶题①

宦情羁思共凄凄,春半如秋意转迷。②山城过雨百花尽,榕叶满庭莺乱啼。③

【注释】

①约作于元和十一年(四十四岁)春。晋嵇含《南方草木状》云:"榕树,南海桂林多植之,叶如木麻,实如冬青。…以其不材,故能久而无伤,其荫十亩,故人以为息焉。而其枝条既繁,叶又茂细,软条如藤,垂下渐渐及地,藤稍入土便生根节,或一大株有根四五处。"又宋严有翼《艺苑雌黄》曰:"闽、广有木名榕。……其木大而多阴,可蔽百牛,故字书有宽庇广容之说。《集韵》:'榕,初生如葛藟,缘木后,乃成树;枝下着地,又复生根,异于他木。'"

②两句言仕宦羁旅于荒外之地,本自凄悲;偏又遇此物候迥异,春半如秋,故心转迷乱。

③本联以花尽、叶落具写"如秋"之景,并蕴蓄一种凄迷悲戚又无可奈何的远谪之苦。

别舍弟宗一①

零落残魂倍黯然,双垂别泪越江边。②一身去国六千里,万死投荒十二年。③桂岭瘴来云似墨,洞庭春尽水如天。④欲知此后相思梦,长在荆门郢树烟。⑤

【注释】

①作于柳州,时间同前首。宗一,柳宗元之堂弟,事迹不详。
②残魂黯然,出自江淹《恨赋》:"黯然销魂者,唯别而已矣。"越江,指柳江,因其地属百越,故云。
③六千里,《通典·州郡》云:柳州"去西京五千四百七十里"。故此处取其约数。投荒,投身于荒远之地。
④桂岭,《太平寰宇记》"江南西道连州桂阳县":"桂岭,五岭之一也。山上多桂,因以为名。"用指诗人所在。洞庭,用指宗一去处。两境并举,美恶判然。
⑤相思梦,见高适《赋得还山吟赠沈四山人》注⑥。荆门,见王维《汉江临泛》注②;郢,在今湖北江陵县,二处皆春秋时楚地,为宗一将游之处。烟,一作"边",以"烟"为佳;吴景旭《历代诗话》卷四十九云:"天下梦境极灵极幻,疑假疑真,着一'烟'字缀之,使模糊离迷于其间,以梦为体,以烟为用,说出一种相思况味,诗人神行处也。"

柳州城西北隅种甘树①

手种黄甘二百株,春来新叶遍城隅。方同楚客怜皇树②,不学荆州利木奴③。几岁开花闻喷雪,何人摘食见垂珠。④若教坐待成林日,滋味还堪养老夫。⑤

【注释】

①约作于元和十三年(四十六岁)春。甘,同"柑",晋嵇含《南方草木状》卷下云:"柑,乃橘之属,滋味甘美特异者也。"
②楚客,指屈原。皇树,《楚辞·九章·橘颂》曰:"后皇嘉树,橘徕服兮。受命不迁,生南国兮。"王逸注:"言皇天后土生美橘树,异于众木,来服习南土,便其风气。屈原自喻才德如橘树,亦异于众也……自比志节如橘,亦不

③荆州利木奴,指三国时襄阳人李衡,《三国志·吴书·三嗣主传》裴松之注引《襄阳记》云:"衡每欲治家,妻辄不听,后密遣客十人于武陵龙阳汜洲上作宅,种甘橘千株。临死,敕儿曰:'汝母恶我治家,故穷如是。然吾州里有千头木奴,不责汝衣食,岁上一匹绢,亦可足用耳。'衡亡后二十余日,儿以白母……(母)曰:'且人患无德义,不患不富。若贵而能贫,方好耳,用此何为!'吴末,衡甘橘成,岁得绢数千匹,家道殷足。"

④喷雪,形容花白如雪而又盛开怒放之状。垂珠,形容果实圆美如隋侯珠,《太平御览·果部》引宗炳《甘颂》云:"南金其色,隋侯厥形。"

⑤坐待,"慢慢等"之意,张相《诗词曲语辞汇释》卷四曰:"坐,将然辞,犹寝也、旋也、行也。……坐待,犹云徐俟,为寝字义。"姚鼐《今体诗钞》卷四云:"结句自伤迁谪之久,恐见甘之成林也。而托词反平缓,故佳。"

酬曹侍御过象县见寄①

破额山前碧玉流,骚人遥驻木兰舟。②春风无限潇湘忆,欲采蘋花不自由。③

【注释】

①诗作于柳州,不确知年月。曹侍御,其人不详。象县,《元和郡县志》卷三十六"岭南道柳州象县":"陈于今县南四十五里置象郡,开皇九年废郡为县……总章元年属柳州。"

②破额山,《大清一统志》"湖北黄州府":"双峰山在黄梅县西北三十里,一名西山,一名破额山。"碧玉,形容青流绿水。骚人,本指屈原,此处代称曹侍御。木兰,又名杜兰、林兰,落叶乔木;木兰舟,为船的美称。

③潇湘,参张若虚《春江花月夜》注⑩。忆,一作"意"。采蘋,出自柳恽《江南曲》:"汀洲采白蘋,日暮江南春。洞庭有归客,潇湘逢故人。"其意如黄生《唐诗摘钞》所云:"言己为职事所系,不得自由,特托采蘋寓兴,言欲涉潇湘采蘋,而不得往,此意空与江水俱深也。《离骚》以香草比君子,此盖祖之。"

刘禹锡

刘禹锡(代宗大历七年—武宗会昌二年,七七二—八四二),字梦得,洛阳人,一作彭城人,又自言系出河北中山。贞元九年(七九三)进士及第,淮南节度使杜佑表掌书记(八〇〇),三年后入为监察御史。时王叔文得幸太子,禹锡以名重一时,与之交,叔文每称有宰相器。顺宗即位(八〇五),朝廷大议秘策多出叔文,引禹锡及柳宗元与议禁中,所言必从,擢屯田员外郎,号"二王、刘、柳"。宪宗立(八〇五),叔文等改革失败,禹锡被谪朗州司马,元和十年(八一五)召还至京师,旋贬连州刺史。长庆二年(八二二)为夔州刺史,四年(八二四)任和州刺史。大和二年(八二八)入为主客郎中,因宰相裴度之知遇,荐为礼部郎中,五年出任苏州刺史,九年为同州刺史。开成元年(八三六)迁太子宾客,分司东都;会昌时加检校礼部尚书。①有《刘宾客集》,今存诗近八百首。

《新唐书》本传云:"禹锡恃才而废,……乃以文章自适。素善诗,晚节尤精,与白居易酬复颇多,居易以诗自名者,尝推为'诗豪'。"与白居易并称为"刘白",诗亦为时人所重,而沈德潜《唐诗别裁集》卷十五曰:"大历后诗,梦得高于文房,与白傅唱和,故称刘白。实刘以风格胜,白以近情胜,各自成家,不相肖也。"由于长期贬谪,却又不改远大理想,故诗中时露桀骜之气;而同时也能吸收在地的民歌俗谣,写出《竹枝词》《杨柳枝词》等作品,独树真率活泼的风格。其怀古诗则又沉着低回,内蕴兴亡沧桑的凄清之感,令人品味不尽。

【注释】

①可参新、旧唐书本传。

蜀先主庙①

天下英雄气,千秋尚凛然。②势分三足鼎,业复五铢钱。③得相能开国,生儿不象贤。④凄凉蜀故妓,来舞魏宫前。⑤

【注释】

①题下原注:"汉末谣:黄牛白腹,五铢当复。"长庆二年(八二二)作者任夔州刺史,蜀先主庙在重庆奉节东,当是任期中作。

②天下英雄,《三国志·蜀书·先主传》载曹操从容谓刘备曰:"今天下英雄,唯使君与操耳。本初之徒,不足数也。"此处用以推美刘备,并点出主题。尚凛然,还令人肃然起敬。

③三足鼎,如鼎一般三足分立。五铢钱,汉武帝元狩五年(一二六)铸造,通行全国,王莽篡汉乃废而不用;复五铢钱,意谓恢复汉室。本联概括刘备一生功业,可谓精当。

④相,宰相,指诸葛亮,建安二十六年(蜀章武元年)刘备即帝位,策亮为丞相。儿,指后主刘禅。象贤,效法父祖之贤德,《礼记·郊特牲》:"继世以立诸侯,象贤也。"郑玄注云:"贤者子孙,恒能法其先父德行。"二句感慨刘备虽得开国之相才,却生不足以守成的不肖子。

⑤《三国志·蜀书·后主传》裴松之注引《汉晋春秋》云:"司马文王与禅宴,为之作故蜀技,旁人皆为之感怆,而禅喜笑自若。"

△纪晓岚云:"句句精拔。起二句确是先主庙,妙似不用事者;后四句沉着之至,不病其直。"

西塞山怀古①

西晋楼船下益州②,金陵王气黯然收③。千寻铁锁沉江底,一片降幡出石头。④人世几回伤往事,山形依旧枕寒流。⑤今逢四海为家日,故垒萧萧芦荻秋。⑥

【注释】

①西塞山,《水经注·江水》"鄂县北":"江之右岸有黄石山,水经其北,即黄石矶也。……山连延江侧,东山偏高,谓之西塞。"又《元和郡县志》"江南道鄂州武昌县":"西塞山在县东八十五里,竦峭临江。"在今湖北大冶东。方东树《昭昧詹言》卷十八谓:"此地孙策、周瑜、桓玄、刘裕事甚多,此所怀独王濬一事。"

②西晋,一作"王濬"。益州,《晋书·地理志》载:"(汉)武帝开西南夷……遂置益州统焉,益州盖始此也。"治蜀郡,郡治在今四川成都。《晋书·王濬传》云:"王濬字士治,弘农湖人也……拜益州刺史……武帝谋伐吴,诏濬修舟舰。濬乃作大船连舫,方百二十步,受二千余人。以木为城,起楼橹,开四出门,其上皆得驰马来往。又画鹢首怪兽于船首,以惧江神。舟楫之盛,自古未有。濬造船于蜀,其木柿蔽江而下。"

③金陵,吴国都城,今之南京,《太平御览》引《金陵图》云:"昔楚威王见此有王气,因埋金以镇之,故曰金陵。秦并天下,望气者言江东有天子气,凿地断连冈,因改金陵为秣陵。"王气收,指亡国。

④千寻,极力形容其长度;周制八尺为一寻。降幡,代表投降的长形旗帜。石头,城名,见《金陵五题》之《石头城》注②。《晋书·王濬传》载:"太康元年正月,濬发自成都,……吴人于江险碛要害之处,并以铁锁横截之;又作铁锥长丈余,暗置江中,以逆距船。……濬乃作大筏数十,亦方百余步,缚草为人,被甲持杖,令善水者以筏先行,筏遇铁锥,锥辄着筏去。又作火炬,长十余丈,大数十围,灌以麻油,在船前,遇锁,然炬烧之,须臾,融液断绝,于是船无所碍。……濬自发蜀,兵不血刃,攻无坚城,夏口、武昌,无相支抗。……(二月)壬寅,濬入于石头,皓乃备亡国之礼,素车白马,肉袒面缚,衔璧牵羊,大夫衰服,士舆榇……造于垒门。濬躬解其缚,受璧焚榇,送于京师。"

⑤上句一作"荒苑至今生茂草",下句"寒"一作"江"。山,扣诗题之"西塞山"。纪晓岚评:"第四句但说得吴;第五句七字括过六朝,是为简练;第六句一笔折到西塞山,是为圆熟。"

⑥四海为家,谓四海归于一家,即天下一统之意。故垒,昔日军垒之遗迹。

△清钱朝鼒、王俊臣《唐诗鼓吹笺注》云:"劈将王濬下益州起,加'楼船'二

字,何等雄壮! 随手接云'金陵王气黯然收',下一'收'字,何等惨淡! ……看他前四句单写吴主孙皓,五忽转云'人世几回伤往事',直将六朝人物变迁、世代废兴俱收在七字中。六又接云'山形依旧枕寒流',何等高雅,何等自然! 末将无数衰飒字样写当今四海为家,于极感慨中却极壮丽,何等气度,何等结构! 此真唐人怀古之绝唱也。"薛雪《一瓢诗话》云:"似议非议,有论无论,笔著纸上,神来天际,气魄法律,无不精到。洵是此老一生杰作,自然压倒元白。"

秋风引①

何处秋风至,萧萧送雁群。朝来入庭树,孤客最先闻。

【注释】

①引,马融《长笛赋》李善注曰:"引,亦曲也。"

△王文濡曰:"秋风自远而至,乍聆之,似莫测其所自,惟萧萧之声,送雁群南去,则知为北风而秋深矣。朝来犹寂,风入庭树,他人或不知觉,独孤客之心易伤摇落,故最先闻之而有感也。"沈德潜《唐诗别裁集》卷十九云:"若说不堪闻,便浅。"

竹枝词二首(选一)①

杨柳青青江水平,闻郎江上唱歌声。东边日出西边雨,道是无晴却有晴。②

【注释】

①竹枝,为四川巴、渝一带之民歌,本篇为组诗中的第一首。详见《竹枝词九首》注①。

②晴,又作"情",取其谐音,一语双关。"无晴"以应"西边雨","有晴"则应"东边日出"。

竹枝词九首(选三)并引①

一

山桃红花满上头,蜀江春水拍山流。花红易衰似郎意,水流无限似侬愁。

二

瞿塘嘈嘈十二滩,此中道路古来难。②长恨人心不如水,等闲平地起波澜。③

三

巫峡苍苍烟雨时,清猿啼在最高枝。④个里愁人肠自断,由来不是此声悲。⑤

【注释】

①引言云:"四方之歌,异音而同乐。岁正月(按:指长庆二年),余来建平(按:即夔州),里中儿联歌竹枝,吹短笛击鼓以赴节,歌者扬袂睢舞,以曲多为贤。聆其音,中黄钟之羽,卒章激讦如吴声,虽伧伫不可分,而含思宛转,有淇澳之艳音。昔屈原居沅湘间,其民迎神,词多鄙陋,乃为作《九歌》,到于今荆楚歌舞之。故余亦作《竹枝》九篇,俾善歌者扬之。附于末,后之聆巴歈,知变风之自焉。"此处选收其中的第二、第七、第八首。

②瞿塘,长江三峡之最西者,峡口有险滩滟滪堆,往来舟子皆深以为惧,详见李白《长干行》注⑥。嘈嘈,惊涛拍石之声。此中,一作"人言"。

③等闲,有凭空、无端之意。此联意谓十二滩虽险,尚且有迹可寻;人心则瞬息万变,无从捉摸。

④巫峡多猿,猿声清哀,能致人泪,详见李白《早发白帝城》注②。

⑤个里,其中。此谓愁人自愁,非关外物;猿声本无哀乐也。

杨柳枝词九首（选三）①

一

花萼楼前初种时，美人楼上斗腰肢。②如今抛掷长街里，露叶如啼欲向谁。

二

炀帝行宫汴水滨，数枝杨柳不胜春。③晚来风起花如雪，飞入宫墙不见人。④

三

城外春风吹酒旗，行人挥袂日西时。长安陌上无穷树，唯有垂杨管别离。⑤

【注释】

①杨柳枝词，《乐府诗集》卷八十一云："《杨柳枝》，白居易洛中所制也。"详见白居易《杨柳枝词》注①；本组作品为对白居易诗之和作。费燕峰曰："《杨柳枝词》与竹枝颇近，其情柔，其体婉。"高步瀛则谓："其实竹枝非咏竹，以各首相次，取象于竹枝，而杨柳枝词则咏柳也。"（皆见《唐宋诗举要》卷八）此处选收其中的第五、第六、第八首。

②花萼楼，《长安志》卷九云：南内兴庆宫"其西曰花萼相辉楼。置宫后，宁王宪、申王㧑、岐王范薛王业邸第相望，环于宫侧，明皇因题花萼相辉之名，取诗人常棣之义。帝时登楼，闻诸王音乐，咸召升楼，同榻宴谑"。斗腰肢，彼此比赛腰细的程度，或较量扭腰起舞的风姿。

③行宫，天子游幸在外时之居所。汴水，详见许浑《汴河亭》注①。本联言其时繁华鼎盛，水滨杨柳相形增色。

④二句谓繁华已逝，春去花飞，人迹亦已罕至。与上联形成对比，而妙在含蓄有致。

⑤挥袂，挥袖告别。垂杨管别离，扣古时折柳赠别的习俗。或因"柳""留"音近，故以表留恋之情；或如清褚人获《坚瓠集》卷四所云："送行之人岂无他

枝可折而必于柳者,非谓津亭所便,亦以人之去乡正如木之离土,望其随处皆安,一如柳之随地可活,为之祝愿耳。"

元和十一年自朗州召至京戏赠看花诸君子①

紫陌红尘拂面来,无人不道看花回。玄都观里桃千树②,尽是刘郎去后栽③。

【注释】

①元和"十一年",应作"十年"(八一五),是年春诗人被召还。朗州,约当今湖南常德。

②玄都观,《唐两京城坊考》卷四载:"西京(长安)朱雀门街西第一街崇业坊玄都观:隋开皇二年,自长安故城徙通道观于此,东与大兴善寺相比。初宇文恺置都,以朱雀街南北尽郭,有六条高坡,象乾卦,故于九二置宫殿,以当帝王之居;九三立百司,以应君子之数。九五贵位,不欲常人居之,故置此观及兴善寺以镇之。"桃千树,刘禹锡后有《再游玄都观绝句》,序云:"人人皆言有道士手植仙桃,满观如红霞,遂有前篇以志一时之事。"

③刘郎,作者自指。是年三月作者再贬连州,而《本事诗》等以为乃因诗中有讥刺怨愤,而被新贵所诬之故,未免附会;不若直以写当时赏花之盛视之为佳。

金陵五题(选二)①

一　石头城②

山围故国周遭在,潮打空城寂寞回。③淮水东边旧时月,夜深还过女墙来。④

【注释】

①题后有序云:"余少为江南客,而未游秣陵,尝有遗恨。后为历阳守,跂而望之,适有客以《金陵五题》相示,迺尔生思,欻然有得。他日友人白乐天掉头苦吟,叹赏良久,且曰:'石头诗云:潮打空城寂寞回。吾知后之诗人

不复措辞矣!'余四咏虽不及此,亦不孤乐天之言耳。"此处选收其中第一、第二首。

②《元和郡县志》"江南道润州上元县":"石头城在县西四里,即楚之金陵城也,吴改为石头城。建安十六年,吴大帝修筑以贮财宝军器,有成。……诸葛亮云:'钟山龙盘,石城虎踞。'言其形之险固也。"《六朝事迹编类》卷上:"吴孙权沿淮立栅,又于江岸必争之地筑城,名曰石头,常以腹心大臣镇守之。"

③故国,即石头城,六朝时据以为国都,故云。然其周遭形势虽在,唐时已遭废弃,久为空城。

④淮水,即秦淮河,《太平御览·地部》引《江宁图经》曰:"淮水北去县一里。"又引《舆地志》云:"秦始皇巡会稽,凿断山阜,此淮即所凿也,亦名秦淮。"女墙,《释名·释宫室》云:"城上垣曰睥睨……亦曰女墙,言其卑小,比于之城,若女子之于丈夫也。"

△沈德潜《唐诗别裁集》云:"只写山水明月,而六代繁华,俱归乌有,令人于言外思之。"

二　乌衣巷①

朱雀桥边野草花②,乌衣巷口夕阳斜。③旧时王谢堂前燕④,飞入寻常百姓家。⑤

【注释】

①乌衣巷,《舆地纪胜》曰:"江南东路建康府:乌衣巷在秦淮南,去朱雀桥不远。《晋书》云:纪瞻立宅乌衣巷,屋宅崇严。《晋志》云:王导自卜乌衣宅,宋时诸谢乌衣之聚,并此巷也。"《南史·谢弘微传》载:"混风格高峻,少所交纳,唯与族子灵运、瞻、晦、曜、弘微以文义赏会,常共宴处,居在乌衣巷,故谓之乌衣之游。"

②朱雀桥,《舆地纪胜》云:"江南东路建康府:按《宫苑记》,吴立(朱雀门),初名大航门,南临淮水,北直宣扬门,去台城七里。晋孝武太元三年起朱雀门,上有两铜雀,楣上刻木为龙虎,对立左右。……乌衣巷去朱雀桥不远。"《六朝事迹编类》卷上谓:"晋咸康二年作朱雀门,新立朱雀浮航,在县城东南四里,对朱雀门,南渡淮水,亦名朱雀桥。"

③本联之"野草花""夕阳斜"点染出一片荒颓凄清、繁华事散之景。

④王、谢,指王导、谢安,此二族为江左衣冠之盛者。《南史·侯景传》:"(景)请娶于王、谢,帝曰:'王、谢门高非偶,可于朱、张以下访之。'"
⑤末联妙处全在"旧"字及"寻常"字。施补华《岘佣说诗》云:"若作燕子他去,便呆。盖燕子仍入此堂,王、谢零落,已化作寻常百姓矣。如此则感慨无穷,用笔极曲。"

和乐天春词①

新妆粉面下朱楼②,深锁春光一院愁。行到中庭数花朵,蜻蜓飞上玉搔头。③

【注释】

①乐天,即白居易,参本书诗人小传。本篇为和白居易《春词》而作。
②粉面,一作"面面"。朱楼,泛指女子居处。
③数花朵,见其百无聊赖之深居生活。玉搔头,即玉簪,《西京杂记》卷二云:"武帝过李夫人,就取玉簪搔头,自此后宫人搔头皆用玉。"末句见无情处都有情,亦显女子之温柔娴丽,王士禛《唐人万首绝句选》评云:"末句无谓自妙,细味之,乃摹其凝立如痴光景耳。"

白 居 易

白居易(代宗大历七年—武宗会昌六年,七七二—八四六),字乐天,晚号香山居士,其先山西太原人,后迁居下邽(今陕西渭南东北)。贞元十六年(八〇〇)登进士第,补秘书省校书郎,元和元年(八〇六)对策入等,调盩厔尉,"作乐府及诗百余篇,规讽时事,流闻禁中,上悦之,召拜翰林学士(八〇七),历左拾遗(八〇八)",元和十年"盗杀宰相,京师汹汹,居易首上疏,请亟捕贼。权臣有嫌其出位,怒……贬江州司马";十三年(八一八)迁忠州刺史。后历任主客郎中(八二〇)、中书舍人(八二一)、杭州刺史(八二二)、苏州刺史(八二五)、秘书监(八二七)、刑部侍郎(八二八)。大和三年(八二九)以太子宾客分司东都,此后定居洛阳。大和九年为太子少傅,会昌二年以刑部尚书致仕。[①]有《白氏文集》,存诗近三千首。

白居易曾将其诗分为讽谕、感伤、闲适、杂律四类,一生创作亦可分为若干阶段:早年发挥杜甫"三吏""三别"的精神而多作讽谕诗,继李绅、元稹之后写出《新乐府》五十首、《秦中吟》十首等以社会写实为内容的作品,用以补察时政、泄导人情,所谓"为君为臣为民为物为事而作,不为文而作""非求宫律高,不务文字奇。惟歌生民病,愿得天子知",[②]正说明其思想根据,惟此期所占时间并不长。另一方面,白居易多有品味生活、吟咏性情的闲适之作,和牵物兴愁的感伤诗篇,并占了全部作品的大多数,由此可见传统文人兼济天下与独善其身并行不悖的鲜明典型。

居易诗以通俗平易为创作风格,却能寓高明技巧于其中而不落痕迹,故能誉传普及,如元稹《白氏长庆集序》云:"禁省、观寺、邮候、墙壁之上无不书;王公、妾妇、牛童、马走之口无不道……自篇章已来,未有如是流传之广者。"然而其人虽自诩豁达,却未能真超旷于虚名俗虑之外,往往拘念于年齿、官禄、际遇等个人得失而不能超脱,因此无法臻至真淳崇美的生命境界。苏轼《祭柳子玉文》称"元轻白俗",确为有见之说。

【注释】

①引文部分见《唐才子传》卷六,余参新、旧《唐书》本传等资料。
②两段分见《新乐府序》及《寄唐生》,另《与元九书》亦有类似看法。

赋得古原草送别①

离离原上草,一岁一枯荣。②野火烧不尽,春风吹又生。远芳侵古道,晴翠接荒城。③又送王孙去,萋萋满别情。④

【注释】

①赋得,表示诗题经过指定或限定,与咏物的"咏"字类似。旧传此诗为诗人十六岁时作,唐张固《幽闲鼓吹》云:"白尚书应举,初至京,以诗谒顾著作况。顾睹姓名,熟视白公,曰:'米价方贵,居亦弗易。'乃披卷首篇(即此诗)……即嗟赏曰:'道得个语,居即易矣。'因为之延誉,声名大振。"但据二人生平行踪之考订,于长安相会似无可能,多半为好事者附会之说。
②离离,《初学记·果木部》引《韩诗说》云:"长貌。"荣,繁盛。
③远芳、晴翠,皆指青翠繁茂的草。"远"字形容草原辽阔,"晴"字形容春光温煦;"侵古道""接荒城"则具现草坚韧强劲、无所不在之生命力,不但回应上文之"春风吹又生",而又对比出人事上古道荒城的沧桑衰谢之感,兼且扣住诗题中的"古原"命意,语简而意赅。俞陛云《诗境浅说》云:"古道荒城,言草所丛生之地;远芳晴翠,写草之状态。而以'侵'字、'接'字绘其虚神,善于体物,琢句尤工。"
④末联点出诗题所说的送别之旨。王孙,本指贵族,此处乃对友人之雅称,《史记·淮阴侯列传》中饭韩信之漂母亦云:"吾哀王孙而进食,岂望报乎?"萋萋,草盛貌,兼以形容离情。二句本于《楚辞·招隐士》中"王孙游兮不归,春草生兮萋萋"之意。

自河南经乱,关内阻饥,兄弟离散,各在一处。因望月有感,聊书所怀,寄上浮梁大兄、於潜七兄、乌江十五兄,兼示符离及下邽弟妹①

时难年荒世业空,弟兄羁旅各西东。②田园寥落干戈后,骨肉流离道路中。吊影分为千里雁③,辞根散作九秋蓬④。共看明月应垂泪,一夜乡心五处同⑤。

【注释】

①此诗约作于德宗贞元十六年(二十九岁)秋,其年九月诗人至符离,有《乱后过流沟寺》诗。河南经乱,指贞元十五年春宣武节度使董晋死后部下叛乱,不久申、光、蔡等州节度使吴少诚又反,与官方派往镇压之十六道兵马战于河南境内。关内阻饥,因唐代运河发达,江南物资多赖漕运经河南转送京师,一旦河南陷入战乱,漕运受阻,关内便生饥荒。关内,潘岳《关中记》云:"东自函谷,西至陇关,二关之间,谓之关中。"唐称关内道,治所长安,辖今之陕西中、北部及甘肃一部分区域。白居易大兄名幼文,贞元十三年时任浮梁主簿,地在今江西景德镇;七兄为堂兄,任於潜县尉,地在今浙江临安;十五兄亦为堂兄,任乌江县主簿,地在今安徽和县。符离,在今安徽宿州。下邽,今陕西渭南,诗人曾祖徙居此地,为祖墓所在,此诗作后四年始徙家居此。

②时难,时局艰困。世业,指祖先世代遗留下来的产业。羁旅,因故羁身在外的旅人,含身不由己之无奈。

③吊影,独对孤影而感到悲伤;吊,哀怜。千里雁,分散千里之孤雁。因雁阵行列齐整,依序并进,故常以"雁行"喻指兄弟手足。

④辞根,离根。九秋,因秋季涵盖三个月份,包括九旬(一旬为十天),故云九秋。蓬,草名,至秋则枯,《埤雅》云:"蓬,草之不理者,叶散生,遇风辄拔而旋。"故诗中多以秋蓬喻漂泊不定、无根四散者。

⑤乡心,怀乡之情。五处,即诗题所及的浮梁、於潜、乌江、符离与下邽五地之亲人。诗人生于河南郑州新郑县东郭宅,故诗文中每以河南为故乡。

长恨歌①

汉皇重色思倾国,御宇多年求不得。②杨家有女初长成③,养在深闺人未识。天生丽质难自弃,一朝选在君王侧。回眸一笑百媚生,六宫粉黛无颜色④。春寒赐浴华清池,温泉水滑洗凝脂。⑤侍儿扶起娇无力,始是新承恩泽时。⑥云鬓花颜金步摇⑦,芙蓉帐暖度春宵。春宵苦短日高起,从此君王不早朝。承欢侍宴无闲暇,春从春游夜专夜。后宫佳丽三千人,三千宠爱在一身。⑧金屋妆成娇侍夜,玉楼宴罢醉和春。⑨姊妹弟兄皆列土,可怜光彩生门户。⑩遂令天下父母心,不重生男重生女。⑪

骊宫高处入青云⑫,仙乐风飘处处闻。缓歌谩舞凝丝竹⑬,尽日君王看不足。渔阳鼙鼓动地来⑭,惊破霓裳羽衣曲⑮。九重城阙烟尘生,千乘万骑西南行。⑯翠华摇摇行复止⑰,西出都门百余里。六军不发无奈何,宛转蛾眉马前死。⑱花钿委地无人收,翠翘金雀玉搔头。⑲君王掩面救不得,回看血泪相和流。黄埃散漫风萧索,云栈萦纡登剑阁⑳。峨嵋山下少人行㉑,旌旗无光日色薄。蜀江水碧蜀山青,圣主朝朝暮暮情。行宫见月伤心色,夜雨闻铃肠断声。㉒天旋日转回龙驭,到此踌躇不能去。㉓马嵬坡下泥土中,不见玉颜空死处。㉔

君臣相顾尽沾衣,东望都门信马归。㉕归来池苑皆依旧,太液芙蓉未央柳。㉖芙蓉如面柳如眉,对此如何不泪垂。春风桃李花开夜,秋雨梧桐叶落时。西宫南内多秋草㉗,落叶满阶红不扫。梨园弟子白发新,椒房阿监青娥老。㉘夕殿萤飞思悄然,孤灯挑尽未成眠。㉙迟迟钟鼓初长夜,耿耿星河欲曙天。㉚鸳鸯瓦冷霜华重,翡翠衾寒谁与共。㉛悠悠生死别经年,魂魄不曾来入梦。

临邛道士鸿都客㉜,能以精诚致魂魄。为感君王辗转思,遂教方士殷勤觅。㉝排空驭气奔如电,升天入地求之遍。上穷碧落下黄泉㉞,两处茫茫皆不见。忽闻海上有仙山,山在虚无缥缈间。楼阁玲珑五云起,其中绰约多仙子。㉟中有一人字太真,雪肤花貌参差是。㊱金阙西厢叩玉扃,转教小玉报双成。㊲闻道汉家天子使,九华帐里梦魂惊。㊳揽衣推枕起徘回,珠箔银屏逦迤开。㊴云鬓半偏新睡觉㊵,花冠不整下堂来。风吹仙袂飘飘举,犹似霓裳羽衣舞。玉容寂寞泪阑干,梨花一枝春带雨。㊶

含情凝睇谢君王㊷,一别音容两渺茫。昭阳殿里恩爱绝,蓬莱宫中日月长。㊸回头下望人寰处,不见长安见尘雾。惟将旧物表深情,钿合金钗寄将去㊹。钗留一股合一扇,钗擘黄金合分钿。㊺但教心似金钿坚,天上人间会相见㊻。临别殷勤重寄词㊼,词中有誓两心知。七月七日长生殿,夜半无人私语时。㊽在天愿作比翼鸟,在地愿为连理枝。㊾天长地久有时尽,此恨绵绵无绝期。㊿

【注释】

①本诗于宪宗元和元年(三十五岁)作,时诗人任盩厔县尉。诗成后,其友人陈鸿更作《长恨歌传》,明示其创作因缘乃因"希代之事,非遇出世之才润色之,则与时消没,不闻于世。乐天深于诗、多于情者也,试为歌之"。且白居易自编此诗于"感伤类",可见其处理玄宗贵妃之故事,乃基于故事本身旷世不凡的性质和同情共感的心理;所谓"惩尤物,窒乱阶"之说,实非其本意,若执之以求,似属不当。

②汉皇,本指汉武帝,此处代指唐玄宗。倾国,谓绝色美人,见李白《清平调词三首》注⑦。御宇,统治天下。

③杨家有女,指杨玉环,《旧唐书·后妃传》云:"父玄琰,蜀州司户。妃早孤,养于叔父河南府士曹玄璬。"《新唐书·后妃传》续曰:"始为寿王妃。开元二十四年,武惠妃薨,后廷无当帝意者。或言妃姿质天挺,宜充掖廷,遂召内禁中,异之,即为自出妃意者,丐籍女官,号'太真',更为寿王聘韦诏训女,而太真得幸。……天宝初,进册贵妃。"

④六宫粉黛,指宫中所有后妃。六宫,《周礼》郑玄注曰:"皇后正寝一,燕寝五,是为六宫。"本为皇后寝宫,后亦泛指妃嫔居所。粉黛,本是妇女所用之化妆品,粉以敷面,黛以描眉;借以代称女子。无颜色,失色。

⑤华清池,《新唐书·地理志》云:"有宫在骊山下,贞观十八年置,咸亨二年始名温泉宫。……(天宝)六载,更温泉曰华清宫,宫治汤井为池,环山列宫室,又筑罗城,置百司及十宅。"凝脂,指滑嫩细腻的皮肤,《诗经·卫

风·硕人》云:"手如柔荑,肤如凝脂。"

⑥侍儿,《史记·袁盎传》集解引文颖曰:"婢也。"一承恩泽,意谓受到皇帝之恩宠。

⑦云鬓,形容女子秀发浓密如云。金步摇,一种黄金制的发钗,《释名·释首饰》曰:"步摇上有垂珠,步则摇也。"乐史《杨太真外传》记载:"(定情)是夕授金钗钿合,上又自执丽水镇紫库磨金琢成步摇,至妆阁亲与插鬓。上喜甚,谓后宫人曰:'朕得杨贵妃如得至宝也。'"

⑧《后汉书·皇后纪》曰:"自武、元之后,世增淫费,至乃掖庭三千,增级十四。"而贵妃集三千宠爱的情形,亦见陈鸿《长恨歌传》云:"虽有三夫人、九嫔、二十七世妇、八十一御妻,暨后宫才人、乐府妓女,使天子无顾眄意。自是六宫无复进幸者。"

⑨金屋,指受宠妻妾之住所,见刘方平《春怨》诗注⑦。玉楼,形容如神仙之境,《海内十洲记》曰:"昆仑有玉楼十二所。"

⑩列土,分封土地。可怜,可爱。陈鸿《长恨歌传》云:"叔父昆弟皆列在清贯,爵为通侯;姊妹封国夫人,富埒王室,车服邸第,与大长公主侔,而恩泽势力则又过之,出入禁门不问,京师长吏为侧目。"另可参杜甫《丽人行》之诗与注。

⑪《长恨歌传》又云:"故当时谣咏有云:生女勿悲酸,生男勿喜欢。又曰:男不封侯女作妃,看女却为门上楣。"

⑫骊宫,即骊山华清宫,见注⑤。

⑬漫舞,即"慢舞",或即下文之《霓裳羽衣曲》,因此曲似为慢舞。凝丝竹,指歌舞与丝竹奏出之乐音合拍。

⑭本句以下写安史乱生、贵妃横死之经过。渔阳,天宝时蓟州(今北京大兴西南)改为渔阳郡,隶属范阳节度使。其时安禄山兼平卢、范阳、河东三节度使,"(天宝十四载)十一月,反于范阳"(《旧唐书·安禄山传》)。而禄山据范阳反唐,正如彭宠据渔阳反汉,故举"渔阳"代称。鼙(pí)鼓,本军用之战鼓,借以代指战争。

⑮霓裳羽衣曲,舞曲名,诗人《霓裳羽衣歌》自注云:"开元中,西凉府节度杨敬述造。"而刘禹锡《三乡驿楼伏睹玄宗望女几山诗小臣斐然有感》诗云:"开元天子万事足,惟惜当时光景促。三乡陌上望仙山,归作《霓裳羽衣

曲》。"可见此曲当由玄宗据杨敬述所献之十二遍曲改编润色而成,盛行于天宝时期,详参《唐戏弄·辨体·弄婆罗门》所述。此曲亦与贵妃关系密切,《长恨歌传》云:杨氏"光彩焕发,转动照人,上甚悦。进见之日,奏《霓裳羽衣曲》以导之"。故云"惊破"者,隐含恩断宠绝之象征意味。

⑯九重城阙,指建筑规模宏伟之京城。烟尘生,指战祸引起之烽烟尘土。西南行,指玄宗幸蜀,参杜甫《哀江头》诗注⑨。

⑰司马相如《上林赋》云:"建翠华之旗。"翠华即皇帝仪仗中以翠鸟羽毛装饰的旗子,此处指皇帝车驾。

⑱六军,《周礼》云依制天子有六军,后世用以指皇帝所御之军队。当时实只有左、右龙武与左、右羽林四军,故《旧唐书·杨贵妃传》云:"既而四军不散。"宛转,缠绵委屈貌,含哀怜之情。蛾眉,出自《诗经·卫风·硕人》:"螓首蛾眉。"代称美人,此处指杨贵妃。贵妃之死,说法不一,唐李肇《唐国史补》云:"玄宗幸蜀,至马嵬驿,命高力士缢贵妃于佛堂前梨树下。"《杨太真外传》曰:"瘗于西郭之外一里许,道北坎下。"余参杜甫《哀江头》诗注⑨。

⑲本联两句上下倒装,谓种种珍贵首饰随女主人委弃于地,无人顾念收拾。花钿(diàn),制成花朵形的金玉质首饰。翠翘,本指翠鸟尾羽,此为形似其状的头饰。金雀,雀形的金钗。玉搔头,《西京杂记》卷二云:"武帝过李夫人,就取玉簪搔头,自此后宫人搔头皆用玉。"即玉簪。

⑳云栈,形容栈道高险入云。萦纡,曲折盘绕。剑阁,即剑门关,为入蜀之要道,详参李白《蜀道难》注⑮。

㉑峨嵋山,在今四川峨眉山市南,《水经注·青衣水》引《益州记》曰:"平乡江东经峨眉山,在南安县界,去成都南千里。然秋日清澄,望见两山相峙如峨眉焉。"但山不在入蜀途中,宋沈括《梦溪笔谈》卷二三曰:"峨眉在嘉州,与幸蜀全无交涉。"此处用以泛指蜀山。

㉒行宫,李善注左思《吴都赋》云:"天子行所立,名曰行宫。"夜雨闻铃,《明皇杂录》云:"明皇既幸蜀,西南行,初入斜谷,属霖雨涉旬,于栈道雨中闻铃音,与山相应。上既悼念贵妃,采其声为《雨霖铃曲》,以寄恨焉。"铃,栈道铁索上所系,以便行人闻声辨位,前后照应。

㉓天旋日转,指国家局势大为扭转,肃宗至德二年十二月,玄宗(时为太上

皇）还京。回龙驭，指皇帝之车驾回转，《拾遗记》曰："（夏禹）逾翠岑则神龙而为驭。"此，即马嵬坡。踌躇，徘徊貌。

㉔马嵬坡，《大清一统志》"陕西西安府"："马嵬城在兴平县西二十五里，一名马嵬山，唐杨贵妃葬此。"空死处，只见其死葬之地；亦可谓"不见玉颜"即未见其尸身，因而启后文道士寻魂之因。

㉕尽沾衣，皆流泪。信马归，任马自行归去，显示伤悲之余无心驾驭之失落感。

㉖本联暨以下八句写宫中情景，花草人物兼摄并到。太液芙蓉，谓太液池里的荷花，《三辅黄图》卷四载："太液池在长安故城西，建章宫北。"《汉书·昭帝纪》颜师古注云："太液池者，言其津润所及广也。"未央柳，未央宫中的柳树，《史记·高祖本纪》云："八年，萧丞相营作未央宫，立东阙、北阙。"此处借指唐之宫苑景物。

㉗西宫，即西内太极宫，本皇城所在，"（高宗）龙朔后，皇帝常居大明宫，乃谓之西内，神龙元年曰太极宫"（见《新唐书·地理志》）。南内，即南宫，因皇宫内又称"大内"，《新唐书·地理志》云："兴庆宫在皇城东南，距京城之东，开元初置，至十四年又增广之，谓之南内。"本玄宗在藩时之宅。两地一荣一枯，一繁华一清寂，显示玄宗权柄之沦丧，《旧唐书·宦官传》载："上皇自蜀还京，居兴庆宫，肃宗自夹城中起居。……（李辅国）乃奏云：'南内有异谋。'矫诏移上皇居西内，送持盈于玉真观，高力士等皆坐流窜。"

㉘梨园弟子，参杜甫《观公孙大娘弟子舞剑器行》诗注⑥。椒房，皇后居所，《后汉书·皇后纪》注引《汉官仪》云："皇后称椒房，取其蕃实之义也。"又《初学记·中宫部》引曰："以椒涂宫室，亦取温暖辟恶气。"阿监，宫中近侍女官。青娥，指青春美貌之宫女。本联与上联之落叶秋草指示时光流逝，而晚景凄凉之境况。

㉙悄然，清寂索寞貌。宋张戒《岁寒堂诗话》评此联云："此尤可笑，南内虽凄凉，何至挑孤灯耶？"然诗人创作本可因效果之需求而转化事实，油灯挑芯，长夜孤坐，自比蜡烛燃烧更具孤寂萧索之感，故不须执实以求，自陷窠臼。

㉚钟鼓，报时之具，《旧唐书·职官志》云："秘书省司天台：候夜以为更点之

节。每夜分为五更,每更分为五点。更以击鼓为节,点以击钟为节也。"耿耿,明亮貌。星河,即银河。欲曙天,将要天明。

㉛鸳鸯瓦,嵌合成对的屋瓦,《三国志·魏书·方伎传》载:"文帝问(周)宣曰:'吾梦殿屋两瓦堕地,化为双鸳鸯。'"霜华,即霜花。翡翠衾,绣有雌雄相随之翡翠鸟的锦被。两句皆寓情于物,借以与孤寡失偶者对比。

㉜自此以下,由玄宗苦思贵妃的情景转入道士四处寻访贵妃魂魄的过程。临邛,今四川邛崃。鸿都,《后汉书·孝灵帝纪》曰:"(光和元年二月)始置鸿都门学生。"为东汉时洛阳宫门名,此处借其义为"大都"之字面代指长安。因来自四川的道士客居长安,故称"鸿都客"。

㉝方士,《后汉书·桓谭传》注云:"有方术之士也。"

㉞碧落,指天上,《度人经》中"昔于始青天中碧落高歌"句下注云:"始青天乃东方第一天,有碧霞遍满,是云碧落。"黄泉,指地下,《左传·隐公元年》杜预注云:"地中之泉,故曰黄泉。"

㉟五云起,挺立于五色祥云之上。绰约,柔弱美好貌。

㊱太真,本即贵妃初入宫中为女道士时之称号。参差,差不多。

㊲金阙,金碧辉煌之宫阙。玉扃(jiōng),即玉门。小玉,干宝《搜神记》卷十六载:"吴王夫差小女,名(曰紫)玉,年十八,才貌俱美。"双成,西王母之侍女,《汉武帝内传》载:"(西王母)又命侍女董双成吹云和之笙。"用指贵妃于仙山中之侍婢。

㊳闻道,听说。九华帐,参王维《洛阳女儿行》注③。

㊴揽衣,披衣。徘回,即徘徊。珠箔,即珠帘,《汉武故事》云:"以白珠为帘,玳瑁押之。"《西京杂记》卷二载:"昭阳殿织珠为帘,风至则鸣,如珩佩之声。"逦迤(lǐ yǐ),延绵而稍曲折貌。

㊵新睡觉(jué),刚睡醒。

㊶阑干,横斜的样子,左思《吴都赋》李善注云:"阑干,犹纵横也。"此处用以形容流泪,而《韵会》云:"眼眶亦谓之阑干。"梨花春带雨,表现其清新晶润之纯美。

㊷凝睇,凝视。谢,告诉,张相《诗词曲语辞汇释》卷五云:"谢,犹语也。"

㊸昭阳殿,汉宫名,参杜甫《哀江头》诗注⑤;此处指贵妃生前居处。蓬莱宫,即海上蓬莱神山上之仙宫,贵妃死后住所。

㊹钿合,镶金花的盒子,为男女间定情之物。《隋书·后妃传》载:"太子(按:杨广)遣使者赍金合子……以赐夫人……合中有同心结数枚。"寄将去,托人持送过去。

㊺钗歧出成两股,故又称"钗股"。一扇,一片。擘,分开。合分钿,将盒上所嵌金花分而为二。《长恨歌传》云:"(太真)指碧衣取金钗钿合,各析其半,授使者曰:'为我谢太上皇,谨献是物,寻旧好也。'"

㊻会,终会。此句即《长恨歌传》所云之"或为天,或为人,决再相见,好合如旧"。

㊼重,一再、反复。寄词,寄语也。

㊽长生殿,《唐会要》卷三十云:"华清宫,天宝元年十月造长生殿,名为集灵台,以祀神。"此联本事即《长恨歌传》所载:"昔天宝十载,侍辇避暑于骊山宫。秋七月,牵牛织女相见之夕……时夜殆半,休侍卫于东西厢,独侍上。上凭肩而立,因仰天感牛女事,密相誓心,愿世世为夫妇。言毕,执手各呜咽。"

㊾两句即上文所言之私语誓言。比翼鸟,《尔雅·释地》曰:"南方有比翼鸟焉,不比不飞,其名谓之鹣鹣。"连理枝,根株有别而枝叶合生如一,见《搜神记》卷十一:"宋康王舍人韩凭,娶妻何氏,美,康王夺之。凭怨,王囚之,论为城旦。……俄而凭乃自杀。其妻乃阴腐其衣,王与之登台,妻遂自投台,左右揽之,衣不中手而死。遗书于带曰:'王利其生,妾利其死。愿以尸骨,赐凭合葬。'王怒,弗听,使里人埋之,冢相望也。王曰:'尔夫妇相爱不已,若能使冢合,则吾弗阻也。'宿昔之间,便有大梓木生于二冢之端,旬日而大盈抱,屈体相就,根交于下,枝错于上。……宋人哀之,遂号其木曰'相思树'。"

㊿末联点出诗题的"长恨"之旨,为全诗结穴。绵绵,悠长不绝貌。高步瀛《唐宋诗举要》卷二曰:"结处戛然而止,不纠缠方士复命、上皇震悼不豫等事,笔力高人数倍。"

后宫词

泪尽罗巾梦不成,夜深前殿按歌声。①红颜未老恩先断,斜倚熏笼坐到明。②

【注释】

①泪尽,一作"泪湿"。按歌声,依序出声歌唱。

②熏笼,熏染衣香之器,《东官旧事》载:"太子纳妃,有漆画熏笼二,大被熏笼三,衣熏笼三。"此云聘纳示宠之熏笼犹在,而恩幸已断、足迹早绝;一人孤坐至天明,与前殿之彻夜笙歌成强烈之对比,委婉道尽君恩无常之悲哀,即诗人《太行路》诗所云"妾颜未改君心改"之旨。

秦中吟十首(选一)并序①

贞元、元和之际②,予在长安,闻见之间,有足悲者。因直歌其事,命为《秦中吟》。

买 花③

帝城春欲暮,喧喧车马度。共道牡丹时,相随买花去。贵贱无常价,酬直看花数。④灼灼百朵红,戋戋五束素。⑤上张幄幕庇,旁织笆篱护。⑥水洒复泥封,移来色如故。⑦家家习为俗,人人迷不悟。有一田舍翁,偶来买花处。低头独长叹,此叹无人谕。⑧一丛深色花,十户中人赋。⑨

【注释】

①秦中,同"关中",《汉书·娄敬传》颜师古注云:"秦中,谓关中,故秦地也。"

②"贞元"为唐德宗年号,共二十年;元和为唐宪宗年号,共十五年。贞元十九年(三十二岁)诗人授校书郎,元和二年授翰林学士,次年兼授左拾遗,可见此际正是诗人宦途开展之始。

③本诗列为第十首,花指牡丹花。唐李肇《唐国史补》卷中曾载:"京城贵游尚牡丹三十余年矣。每春暮,车马若狂,以不耽玩为耻。执金吾铺官围外寺观,种以求利,一本有值数万者。"可为本篇注脚。诗约成于元和五年(三十九岁)左右。

④常价,一定的价格。酬直,即"酬值",给卖花者之价款。看花数,因花

而计。

⑤灼灼,鲜明貌,《诗经·周南·桃夭》云:"桃之夭夭,灼灼其华。"戋戋,语本《易经·贲卦》之"束帛戋戋"句,形容众多。素,精白的生绢布,价值高昂。

⑥庇,与下句之"护"互文同义。织,编造。

⑦色如故,意谓花色如旧,妍丽无异。

⑧田舍翁,农家老人。谕,明白。"独长叹"与上文之"家家""人人"对比,造成众醉独醒之荒谬情境。

⑨深色花,指色彩浓艳的花朵。指十户中人赋,指十户中等人家所纳之税额。《旧唐书·食货志》载:"凡天下人户,量其资产,定为九等。"上户、中户、下户各有三等。代宗大历年间中户税钱在一千五百文至二千五百文之间。

放言五首(选二)并序①

元九在江陵时,有《放言》长句诗五首②,韵高而体律,意古而词新。予每咏之,甚觉有味,虽前辈深于诗者,未有此作,唯李颀有云"济水自清河自浊,周公大圣接舆狂"斯句近之矣③。予出佐浔阳,未届所任④,舟中多暇,江上独吟,因缀五篇,以续其意耳。⑤

一

朝真暮伪何人辨,古往今来底事无?⑥但爱臧生能诈圣⑦,可知甯子解佯愚⑧。草萤有耀终非火,荷露虽团岂是珠。⑨不取燔柴兼照乘,可怜光彩亦何殊。⑩

【注释】

①此组诗作于元和十年(四十四岁)贬谪于江州之途中,以和元稹同名诗。此处选收其中第一、第三首。

②元九,即元稹,元和五年时贬为江陵士曹掾;十年三月调任通州(今四川达州)司马。长句诗,指七言诗,五言者则相对称为"短句"。

③所引两句见李颀《杂兴》诗。济水,源出河南省济源西王屋山,《元和郡县志》"河南道河南府济源县":"今东平、济南、淄川、北海界中,有水流入于

海,谓之清河,实菏泽、汶水合流,亦曰济河。"河,即黄河。白居易《效陶潜体诗十六首》之十六亦云:"济水澄而洁,河水浑而黄。"所言类同。接舆,参王维《辋川闲居赠裴秀才迪》诗注④。斯句,此句。

④出佐浔阳,意谓出任浔阳,佐理郡治;浔阳即江州,隋时称九江郡,治所在今江西省九江市,详见《旧唐书·地理志》。未届所任,尚未到达任所。

⑤缀,撰写。续其意,即以和诗申述元稹原作之诗旨。

⑥辨,汪立名《白香山诗集》作"辩"。底事,何事。

⑦臧生,即臧武仲,《论语·宪问》载孔子曰:"臧武仲,以防求为后于鲁。虽曰不要君,吾不信也。"意谓臧武仲以其防地封邑要挟鲁君;然而此人却有圣之名,《左传·襄公二十二年》杜预注云:"武仲多知,时人谓之圣。"故此处谓之"诈圣"。

⑧宁子,即宁武子,《论语·公冶长》云:"宁武子,邦有道则知,邦无道则愚。其知可及也,其愚不可及也。"故荀悦《汉纪·王商论》谓:"宁武子佯愚。"二句谓世人为外表所惑,难以辨知真伪的例子。

⑨本联继续举人类以外之事物的假象为例,所谓"萤火""露珠"都是以假乱真之语。

⑩燔柴,《礼记·祭法》中"燔柴于泰坛"句下疏云:"谓积薪于坛上,而取玉及牲置柴上燔之,使气达于天也。"照乘,宝珠名,《史记·田敬仲完世家》载:"(齐威王)与魏王会田于郊。魏王问曰:'王亦有宝乎?'威王曰:'无有。'梁王曰:'若寡人国小也,尚有径寸之珠照车前后各十二乘者十枚,奈何以万乘之国而无宝乎?'"可怜,可爱。殊,异也。意谓须以燔柴和照乘珠之光兼用,方可区分其间差别。

二

赠君一法决狐疑,不用钻龟与祝蓍。①试玉要烧三日满②,辨材须待七年期③。周公恐惧流言日④,王莽谦恭未篡时⑤。向使当初身便死,一生真伪复谁知?⑥

【注释】

①狐疑,犹豫怀疑;因狐性多疑,故云。钻龟,以坚物钻龟壳,视其裂纹以卜吉

凶。祝蓍(shī)，以蓍草之茎占卜祸福。

②句下诗人原注曰："真玉烧三日不热。"而《淮南子·俶真训》云："钟山之玉，炊以炉炭，三日三夜而色泽不变。"即为此言所本。

③句下诗人原注曰："豫章木，生七年而后知。"《史记·司马相如传》中"北则有阴林巨树、楩柟豫章"句下《正义》转引曰："豫，今之枕木也；章，今之樟木也。二木生至七年，枕樟乃可分别。"《集解》则引郭璞云："豫章，大木也，生七年乃可知也。"此处似以后说为本。

④周公，姓姬名旦，武王之弟。《史记·鲁周公世家》载："武王既崩，成王少，在强葆之中。周公恐天下闻武王崩而畔，周公乃践阼代成王摄行政当国。管叔及其群弟流言于国曰：'周公将不利于成王。'……管、蔡、武庚等果率淮夷而反，周公乃奉成王命，兴师东伐……宁淮东土，二年而毕定，诸侯咸服宗周。……成王长，能听政，于是周公乃还政于成王，成王临朝。"

⑤未篡，一作"下士"。《汉书·王莽传》载："莽独孤贫，因折节为恭俭。受《礼经》，师事沛郡陈参，勤身博学，被服如儒生。事母及寡嫂，养孤兄子，行甚敕备。又外交英俊，内事诸父，曲有礼意。……爵位益尊，节操愈谦。散舆马衣裘，振施宾客，家无所余。收赡名士，交结将相卿大夫甚众。……莽既拔出同列，继四父而辅政，欲令名誉过前人，遂克己不倦，聘诸贤良以为掾史，赏赐邑钱悉以享士，愈为俭约。"乃至独揽朝政，政由己出，终竟废孺子婴，篡汉自立。

⑥向使，假使、如果。全诗以四例揭明真才实德必得通过时间的考验，唯有始终如一，不惑于一时之假象，才能不失于误解妄断，而有明智之判别；如此便不必依赖龟蓍之类的无稽之说了。

琵琶行并序①

元和十年，予左迁九江郡司马②。明年秋，送客湓浦口③。闻舟中夜弹琵琶者，听其音，铮铮然有京都声。问其人，本长安倡女。尝学琵琶于穆、曹二善才④，年长色衰，委身为贾人妇⑤。遂命酒使快弹数曲，曲罢悯默，自叙少小时欢乐事，今漂沦憔悴，转徙于江湖间⑥。予出官二年，恬然自安，感斯人言，是夕始觉有迁谪意。⑦因为长句，歌以赠之，凡六百一十二言[8],命曰《琵琶行》。

浔阳江头夜送客,枫叶荻花秋瑟瑟。[9]主人下马客在船,举酒欲饮无管弦。醉不成欢惨将别,别时茫茫江浸月。

忽闻水上琵琶声,主人忘归客不发。寻声暗问弹者谁,琵琶声停欲语迟。移船相近邀相见,添酒回灯重开宴[10]。千呼万唤始出来,犹抱琵琶半遮面。转轴拨弦三两声[11],未成曲调先有情。弦弦掩抑声声思,似诉平生不得志。[12]低眉信手续续弹,说尽心中无限事。轻拢慢捻抹复挑[13],初为霓裳后绿腰[14]。大弦嘈嘈如急雨,小弦切切如私语。嘈嘈切切错杂弹,大珠小珠落玉盘。[15]间关莺语花底滑,幽咽泉流冰下难。[16]冰泉冷涩弦凝绝[17],凝绝不通声暂歇。别有幽愁暗恨生,此时无声胜有声。银瓶乍破水浆迸,铁骑突出刀枪鸣。[18]曲终收拨当心画,四弦一声如裂帛。[19]东舟西舫悄无言,唯见江心秋月白。[20]

沉吟放拨插弦中,整顿衣裳起敛容。[21]自言本是京城女,家在虾蟆陵下住[22]。十三学得琵琶成,名属教坊第一部[23]。曲罢曾教善才伏,妆成每被秋娘妒。[24]五陵年少争缠头,一曲红绡不知数。[25]钿头云篦击节碎,血色罗裙翻酒污。[26]今年欢笑复明年,秋月春风等闲度[27]。弟走从军阿姨死,暮去朝来颜色故。[28]门前冷落鞍马稀,老大嫁作商人妇。商人重利轻别离,前月浮梁买茶去[29]。去来江口守空船[30],绕船月明江水寒。夜深忽梦少年事,梦啼妆泪红阑干[31]。

我闻琵琶已叹息,又闻此语重唧唧。[32]同是天涯沦落人,相逢何必曾相识。我从去年辞帝京,谪居卧病浔阳城。浔阳地僻无音乐,终岁不闻丝竹声[33]。住近湓江地低湿,黄芦苦竹绕宅生[34]。其间旦暮闻何物,杜鹃啼血猿哀鸣。春江花朝秋月夜,往往取酒还独倾。岂无山歌与村笛,欧哑嘲哳难为听[35]。今夜闻君琵琶语,如听仙乐耳暂明。莫辞更坐弹一曲,为君翻作琵琶行[36]。

感我此言良久立,却坐促弦弦转急。凄凄不似向前声,满座重闻皆掩泣。[37]座中泣下谁最多?江州司马青衫湿[38]。

【注释】

①本篇作于元和十一年秋(四十五岁)任江州司马时。诗题原作《琵琶引》,此处从序文所云,亦顺应习称。引、行,皆为诗体中一种歌调。诗人另有《夜闻歌者》一作,内容与本篇相近,唯远较简约短小,复不及本诗将诗人迁谪斥逐之伤怀与琵琶女色衰沦落之悲情交融为一所呈现的流美动人之力量。

②予,我。左迁,即降级贬官,《汉书·周昌传》颜师古注云:"是时尊右而卑左,故谓贬秩位为左迁。"九江郡,参前《放言》诗第一首注④。司马,《唐六典》卷三十曰:"上州司马一人,从五品下。"其责在协助州刺史处理州务,实为闲职。元和十年七月,盗杀宰相武元衡,居易首上疏急请捕贼以雪国耻,为平日得罪者借机谗毁,而贬为江州司马,此为远离政治中心的生涯之始,对诗人意义重大。

③湓浦口,即湓水(流经九江西)北入长江之入江处,古名湓口。

④穆、曹,元稹《琵琶歌》之"铁山已近曹穆间"句下原注云:"二善才姓。"善才,当时曲师之称。

⑤委身,女子嫁夫,将自己托付于良人之谓。贾(gǔ),商人。

⑥悯默,一作"悯然",忧闷沉寂貌。转徙,辗转迁徙,即流浪之意。

⑦恬然自安,意谓平静舒坦、随遇而安。斯人,此人。是夕,此夜。

⑧全诗共八十八句,应为六百一十六字。言,即"字"。

⑨浔阳江,流经浔阳(九江)之长江段。瑟瑟,风吹枫叶荻花之声;宋本作"索索",此依通行本。

⑩回灯,移灯。重开宴,再度开席设宴。

⑪轴,弦乐器上用以系紧弦线的小木柱。转轴,调动弦之松紧以审音定调。拨弦三两声,试弹几下之意。

⑫掩抑,低遏压抑,即下文所云之"幽咽"之感;诗人《新乐府·五弦弹》诗亦称:"第五弦声最掩抑,陇水冻咽流不得。"本联二句为后文之张本。

⑬拢、捻,乃左手指法,宜于表现细腻婉转之情调;拢,后世称"推",左手指按弦向里抚弄;捻,后世称"吟"和"揉",左手指按弦于柱上左右揉动。抹、挑,为右手指法:抹,后世称"弹",顺手下拨;挑,后世亦称"挑",反手回拨。

⑭霓裳,即《霓裳羽衣曲》,诗人《新乐府·法曲歌》中自注云:"起于开元,盛

于天宝也。"余参《长恨歌》注⑮。绿腰,又名《录要》《六幺》,为歌舞曲,流行于当时京师;一说因乐工进曲时录其要点而成谱,故云"录要",其余名称皆音近之转语。

⑮ 以上四句写轮指繁密而配弦不同的效果。琵琶有四或五弦,由粗至细等次而降,最粗的弦曰"大弦",最细的弦称"小弦"。嘈嘈,舒缓沉厚。切切,清快幽细。《史记·田敬仲完世家》载驺忌子曰:"夫大弦浊以春温者,君也;小弦廉折以清者,相也。"可与此互参。

⑯ 间关,《后汉书·荀彧传论》注云:"间关,犹展转也。"本车转自如、周流不息之意,此处用以形容莺语婉转流滑之感。幽咽,水流窒涩不畅貌。"冰下难"通俗本多作"水下滩",段玉裁《与阮芸台书》云:"'泉流水下滩'不成语,且何以与上句属对?昔年曾谓当作'泉流冰下难'……莺语花底,泉流冰下,形容滑涩二境,可谓工绝。"(见《经韵楼文集》卷八)

⑰ 凝绝,一作"疑绝",写声音由流滑婉转至幽咽窒涩,疑似弦已凝止断绝。诗人《夜筝》诗有句云:"弦凝指咽声停处,别有深情一万重。"与此思致甚近。

⑱ 银瓶,汲水器。乍破,突然爆破。迸,激射喷出。铁骑,铁甲武装的骑兵。本联形容声绝沉寂有如暴风雨前的宁静,暂歇之后突然爆发高昂激烈的铿锵乐音,制造出对比张力突出的最终高潮。

⑲ 拨,弹奏弦乐时的用具,以象牙、牛角等硬材制成。当心画,在琵琶槽身的中心部分用力划过四弦,如后世的"扫",常用于曲终之时。裂帛,布帛撕裂,形容声音尖锐紧厉,为曲终高潮的最高浪点。

⑳ 舫,方形船。两句写听众深受震撼,沉沉醉于余韵之中,不能发一言。

㉑ 沉吟,沉思吟味。敛容,严肃端整的郑重表情。以下叙述琵琶女的身世。

㉒ 虾蟆陵,《长安志》曰:"万年县:虾蟆陵在县南六里。"唐李肇《唐国史补》卷下曰:"旧说董仲舒墓,门人过皆下马,故谓之下马陵,后语讹为虾蟆陵。"为曲江附近之名胜。

㉓ 教坊,宫廷方面管领歌舞杂艺之教练与表演的官办机构,详见杜甫《观公孙大娘弟子舞剑器行》诗注⑥。名属教坊,当是挂名教坊而已,实为临时召入宫中表演的所谓"外供奉"。部,队。

㉔ 善才伏,谓曲师也感佩服。秋娘,当时歌舞妓之常用名,如诗人《江南喜逢

萧九彻五十韵》云:"巧语许秋娘。"元稹《赠吕三校书》云:"竞添钱贯定秋娘。"此处指琵琶女之同行。此联说明琵琶女色艺双全,无人可敌。

㉕五陵,详见孟浩然《送朱大入秦》诗注②。五陵年少,代指富家贵胄之子弟。缠头,以锦帛类财物赏赠歌舞女,杜甫《即事诗》曾云:"舞罢锦缠头。"九家注曰:"锦缠头,以赏歌舞者。"争,竞相、抢先之意。绡,生丝织品,即缠头。不知数,多得不计其数。

㉖钿头云篦,镶上金花玉朵的发梳;篦(bì),密齿的栉发用具。击节,打拍子。两句表现在欢戏忘情时以珍贵首饰充作拍板而敲碎,美丽红罗裙被翻倒的酒溅污也在所不惜。由此可见五陵年少之豪侈大方,及琵琶女不同凡响之身价。

㉗秋月春风,指一年中的美好时光,兼喻一生中的青春岁月。等闲度,轻易、随便地度过。

㉘阿姨,妻子与母亲的姊妹皆称为"姨"。上句喻指亲人离散,孑然一身。颜色故,指容颜衰老,美色不存。

㉙浮梁,唐时属江南道饶州,在今江西省景德镇市郊,当时为茶叶贸易的集散重镇,汇集了周边皖南、浙西甚至闽北的茶叶,唐李吉甫《元和郡县图志》云:"浮梁每岁出茶七百万驮,税十五余万贯。"南宋朱翌《猗觉寮杂记》云:"是唐之茶商,多在浮梁也。"则此一商人乃财力十分雄厚的茶商。

㉚去来,偏义复词,意谓去了以后。

㉛梦啼,梦中哭醒。妆泪,掺带脂粉的泪水。红阑干,胭红泪水纵横流下,左思《吴都赋》李善注云:"阑干,犹纵横也。"

㉜唧唧,叹息声。本联以下转入诗人之身世,抒发积郁胸中之块垒,并共洒同情之泪。

㉝丝竹,丝弦和竹管做成的弦乐器和管乐器,泛指音乐。

㉞黄芦,多年生草本植物。苦竹,《齐民要术》云:"竹之丑者有四,曰青苦、白苦、紫苦、黄苦。"杜甫《苦竹》诗云:"味苦夏虫避,丛卑春鸟疑。"此处亦用其荒僻不美、为人疑避之意。

㉟呕(一作"呕")哑嘲哳(zhā),为拟声形容词,形容声音杂乱刺耳。

㊱翻,依曲调谱写歌词。

㊲却坐,退回原座坐下。促弦,将弦线拧紧。向前声,刚才的曲音。掩泣,掩

面流泪。

㊳青衫,唐朝八品、九品文官的服色。白居易虽任江州司马,却属品秩最低之文散官将仕郎(见其《祭匡山文》),从九品,着青色官服。由置身京师动见观瞻之朝官贬为"州民康,非司马功;郡政坏,非司马罪。无言责,无事忧"之闲职(见诗人《江州司马厅记》),故最难堪凄凄的沦落之悲,以致泪湿青衫了。

问刘十九①

绿蚁新醅酒②,红泥小火炉。晚来天欲雪,能饮一杯无③?

【注释】

①本篇作于元和十二年(四十六岁)冬。刘十九,白居易谪官江州司马时的友人,未详其名;据诗人《刘十九同宿》诗中所云"唯共嵩阳刘处士",知是河南登封人,隐而未仕。

②绿蚁,初酿成之新酒未过滤时,浮于酒面上如细蚁般的绿渣,张衡《南都赋》云:"醪敷径寸,浮蚁若萍。"醅,未漉清的酒。

③无,同"否",致问之语气;扣诗题之"问"字。

△孙洙《唐诗三百首》评此诗曰:"信手拈来,都成妙谛,诗家三昧,如是如是。"俞陛云《诗境浅说续编》亦云:"寻常之事,人人意中所有,而笔不能达者,得生花江管写之,便成绝唱,此等诗是也。末句之'无'字,妙作问语,千载下如闻声口也。"

暮江吟①

一道残阳铺水中,半江瑟瑟半江红②。可怜九月初三夜③,露似真珠月似弓。

【注释】

①此诗约作于穆宗长庆二年(五十一岁)赴杭州任刺史之途中。

②瑟瑟,碧色,杨慎《升庵诗话》卷一云:"瑟瑟,珍宝名,其色碧,故以瑟瑟影

指'碧'字。……(此句)正言残阳照江,半红半碧耳。"与《瑟琶行》中"枫叶荻花秋瑟瑟"者不同。

③可怜,可爱。阴历九月初三月亮始由亏渐盈,初露眉形,故下云"月似弓"。

钱塘湖春行①

孤山寺北贾亭西②,水面初平云脚低③。几处早莺争暖树,谁家新燕啄春泥。④乱花渐欲迷人眼,浅草才能没马蹄。最爱湖东行不足,绿杨阴里白沙堤。⑤

【注释】

①此诗约作于穆宗长庆三年(五十二岁)春,时任杭州刺史。钱塘湖,即西湖。

②孤山,《大清一统志》"浙江杭州府":"孤山在钱塘县西二里,里外二湖之间,一屿耸立,旁无联附,为湖山胜绝处。"贾亭,五代王谠《唐语林》卷六载:"贞元中,贾全为杭州,于西湖造亭,为贾公亭。"

③云脚,古人指流逸不定、自在奔行之云气。本句形容湖水盈漫、云雾迷离之大片春景,为下文细摹之春色铺路。

④《唐诗贯珠》称本联"灵活之极,'争'字既佳,而'谁家'更有情"。

⑤白沙堤,简称白堤,又名十锦塘,在杭州城西,沿堤可直通西南方之孤山。后人误以为白居易所筑,实与虎丘白公堤混为一谈之故。本联上句为苏轼《南歌子》末句"自爱湖边沙路免泥行"之所本。

△全诗以早莺、新燕、浅草等交织一片初春暖融之景,而"争""啄"之动作与"绿杨""白沙"之色泽亦极清新优美。金圣叹《贯华堂选批唐才子诗》云:"前解先写湖上,横开则为寺北亭西,竖展则为低云平水,浓点则为早莺新燕,轻烘则为暖树春泥。写湖上,真如天开图画也。后解方写春行,花迷、草没,如以戬子称量此日春光之浅深也,'绿杨阴里白沙堤'者,言于如是浅深春光中,幅巾单袷款段闲行,即此杭州太守白居士也。"

杭州春望①

望海楼明照曙霞,护江堤白踏晴沙。②涛声夜入伍员庙③,柳色春藏苏小家④。红袖织绫夸柿蒂⑤,青旗沽酒趁梨花⑥。谁开湖寺西南路,草绿裙腰一道斜。⑦

【注释】

①本篇约与前首同时。

②上句诗人自注云:"城东楼名望海楼。"护江堤,即白沙堤。

③伍员,字子胥,春秋时楚人,其父伍奢、兄伍尚俱为楚平王所杀,转徙数国后栖身于吴,先佐吴王阖庐败楚,复助吴王夫差平越,但终因夫差宠信太宰嚭而被谗死,吴王"乃取子胥尸盛以鸱夷革,浮之江中。吴人怜之,为立祠于江上,因命曰胥山"(《史记·伍子胥列传》)。后传说子胥死后挟怨驱水为涛,故钱塘潮又名子胥涛。

④苏小,即苏小小,南朝时钱塘名妓,墓在西湖边西泠桥畔,参李贺《苏小小墓》诗注。《唐宋诗醇》云:"'入'字、'藏'字,极写望中之景。"

⑤红袖,指织绫女。柿蒂,绫布花纹。句下诗人自注云:"杭州出柿蒂,花者尤佳也。"南宋吴自牧《梦粱录》卷十八载:"杭土产绫曰柿蒂、狗脚……皆花纹特起,色样织造不一。"

⑥句下诗人自注云:"其俗,酿酒趁梨花时熟,号为梨花春。"青旗,酒家作为店招之酒旗。

⑦句下诗人自注云:"孤山寺路在湖洲中,草绿时,望如裙腰。"湖寺西南路,指白沙堤,西南向通过湖中到孤山寺,故云"一道斜"。除写实景之外,又勾勒出少女裙腰之婀娜姿态,可谓善比喻者。

江楼夕望招客①

海天东望夕茫茫,山势川形阔复长。灯火万家城四畔,星河一道水中央。②风吹古木晴天雨,月照平沙夏夜霜。③能就江楼销暑否?比君茅舍较清凉。④

【注释】

①本篇作于长庆三年(五十二岁)夏,仍任杭州刺史。江楼,即前篇之"望海楼""东楼"。
②四畔,四边、四方。星河,即银河。"水中央"乃写银河倒映于水中。
③两句具写清凉之境:晴天本无雨,雨之错觉由风吹古木沙沙作响而来,则高树浓荫之清幽可知;夏夜本无霜,霜之错觉由月照平沙莹白泛光而得,则月光遍洒之清明可感。故苏轼据此联推美"白公晚年诗极高妙"(见赵令畤《侯鲭录》卷七)。
④末联点明诗题中的"招客"意旨。

真娘墓①

真娘墓,虎丘道。不识真娘镜中面,唯见真娘墓头草。霜摧桃李风折莲,真娘死时犹少年。脂肤荑手不牢固②,世间尤物难留连③。难留连,易销歇;塞北花,江南雪。

【注释】

①诗约作于宝历元年(八二五,五十四岁)任苏州刺史时,题下诗人自注:"墓在虎丘寺。"虎丘,山名,相传阖庐冢在间门外,筑三日而白虎居上,故号虎丘,为苏州胜地,在今江苏省苏州西北。唐时避太祖讳而改称"武丘",不久又复旧名。真娘,唐时吴国名妓,《云溪友议》云:"真娘者,吴国之佳人也,死葬吴宫之侧,行客感其华丽,竞为诗题于墓树。"《平江记事》亦曰:"真娘,唐帝时名妓也,墓在虎丘剑池之西,往来游士,多著篇咏。"
②脂肤荑手,《诗经·卫风·硕人》云:"手如柔荑,肤如凝脂。"荑(tí),茅草初生之芽,取其洁白柔美。
③尤物,特异之物,《左传·昭公二十八年》载叔向之母曰:"夫有尤物,足以移人。"杜预注:"尤,异也。"多用以指美色。本联二句感叹红颜难留易失,诗人于《简简吟》亦同致其慨:"大都好物不坚牢,彩云易散琉璃脆!"故末

二句以塞北花、江南雪为瞬时即逝之具体例证。

花非花①

花非花,雾非雾。夜半来,天明去。来如春梦几多时,去似朝云无觅处。

【注释】

①本篇与《真娘墓》《简简吟》等诗同列于感伤诗类,时代应相近。
△全诗抒写之对象难以捉摸,不易确指。其中连用花、雾、春梦、朝云作正反面的比喻,烘托出对象本质上迷离飘忽、虚幻朦胧的美感,可以体会为对一切美好而短暂之人事物情的追惜,而富清丽流美之诗致。

杨柳枝词①

一树春风千万枝,嫩于金色软于丝。永丰西角荒园里,尽日无人属阿谁?②

【注释】

①本诗约作于武宗会昌四年(七十三岁)之后,时已卸任刑部尚书,闲居洛阳。杨柳枝,唐教坊曲名,歌词为七言绝句之形式,其题专用于咏柳。唐孟棨《本事诗》云:"白尚书姬人樊素,善歌;妓人小蛮,善舞。尝为诗曰:'樱桃樊素口,杨柳小蛮腰。'年既高迈,而小蛮方丰艳,因为杨柳之词以托意(按:即本篇)。"其说无据,应予保留不可经信。
②永丰,洛阳坊里名。尽日,整日。阿谁,俗语用法,犹云"谁人"。末二句写杨柳所在乃荒僻无人的角落,与其翩翩风致甚不相配,有寂寞无主、遗世独立的孤芳自赏之慨;而反问句更增委婉含蓄之美。
△此诗成后,杨柳随之扬名,以至于河南尹卢贞和其诗云:"永丰坊西南角园中,有垂柳一株,柔条极茂,白尚书曾赋诗,传入乐府,遍流京都。近有诏旨,取两株植于禁苑。乃知一顾增十倍之价,非虚言也。"

元　稹

　　元稹(代宗大历十四年——文宗大和五年,七七九——八三一),字微之,长安万年县靖安里人。少家贫,十五岁明经及第,二十四岁书判入等,授校书郎。元和元年(八〇六)制举登第,拜左拾遗;元和四年官监察御史。元和五年与宦官刘士元(一作"仇士良")争厅室,贬江陵士曹参军,四年后转通州司马,又四年移为虢州长史。元和十四年拜膳部员外郎,次年转祠部郎中,知制诰。长庆二年(八二二)附宦贵得宰相,居位才三月而出为同州刺史,次年改越州刺史,兼浙东观察使。大和三年入为尚书右丞,因无检望轻,次年改任武昌军节度使等职,又次年卒于任所。有《元氏长庆集》,存诗约八百首。

　　元稹早年即与白居易定交,情谊深笃,《唐才子传》卷六云:"虽骨肉未至,爱慕之情,可欺金石。千里神交,若合符契。唱和之多,毋逾二公者。"他在诗歌上效法杜甫"即事名篇"的做法,积极倡行新乐府运动,以"雅有所谓,不虚为文"①的精神,和白居易、李绅等人联手一扫大历十才子的浮靡气息,成为中唐社会写实派的健将。其诗里巷相传,流闻阙下,甚至宫中呼为"元才子"。与白居易并称"元、白"。

　　然元稹人格操守颇为人所议,《新唐书》本传谓:"稹始言事峭直,欲以立名。中见斥废十年,信道不坚,乃丧所守……晚弥沮丧,加廉节不饰云。"后人乃目为"巧宦",所撰《莺莺传》直叙其自身始乱终弃之事迹而不稍惭,写作悼亡诗《遣悲怀》三首之际,差不多也是"纳妾安氏"的时候。诗如其人,无怪乎苏轼《祭柳子玉文》评之为"元轻白俗"了。

【注释】

①见《和李校书新题乐府十二首序》。"即事名篇"一词则出自其《乐府古题序》。

遣悲怀三首①

一

谢公最小偏怜女②,自嫁黔娄百事乖③。顾我无衣搜荩箧,泥他沽酒拔金钗。④野蔬充膳甘长藿,落叶添薪仰古槐。⑤今日俸钱过十万,与君营奠复营斋。⑥

【注释】

①元稹于德宗贞元二十年(二十六岁)娶韦夏卿女韦丛为妻。五年后(宪宗元和四年)元稹于二月初任监察御史,而韦氏竟不及与诗人共富贵,于七月病卒,得年仅二十七岁。贫贱夫妻,关系真实纯洁,而情深义笃,故韦氏逝后元稹每深心怀念,屡作悼亡诗忆之,其中以此三首最为感人,孙洙《唐诗三百首》云:"古今悼亡诗充栋,终无能出此三首范围者,勿以浅近忽之。"诗约成于元和五六年之时,题一作《三遣悲怀》。

②谢公,指东晋名相谢安;女,指其侄女谢道韫。偏怜,偏爱。《晋书·列女传》云:"王凝之妻谢氏,字道韫,安西将军奕之女也。聪识有才辩,叔父安……谓有雅人深致。"此处以谢道韫比韦氏,因"夏卿以太子少保卒赠左仆射……夫人于仆射为季女,爱之。"(见韩愈《监察御史元君妻京兆韦氏夫人墓志铭》)父辈职位与两代关系皆近似之故。本句为"谢公偏怜最小女"的倒装。

③黔娄,春秋时齐之高士,陶渊明《咏贫士七首》之四云:"安贫守贱者,自古有黔娄。"《高士传》载:"黔娄先生卒,覆以布被,覆头则足见,覆足则头见。曾西曰:'斜其被则敛矣。'妻曰:'斜之有余,不若正之不足。'"其贫至此,而妻又贤明,故元稹用以自比。乖,不顺遂。

④顾,看。荩箧,以荩草编制的箱子。泥(nì),以柔言索物,即所谓软缠。沽酒,买酒。本联写韦氏对元稹之爱顾宽容。

⑤充膳,充作饭食。甘长藿,甘心吃豆叶;藿,豆叶。仰古槐,仰仗老槐树,以其落叶添作柴薪。两句写韦氏之安贫俭约。

⑥俸钱,即官禄,任官所得之薪俸。过十万,因元稹已任监察御史、观察使等职,故俸禄不低。营,筹办。奠,祭品。斋,本为设素食款待僧人,此处指延请僧人设

坛祈祷超度。末联写其虽时已晚，但仍尽力补偿、不惜所费的心意。

二

昔日戏言身后意，今朝都到眼前来。衣裳已施行看尽①，针线犹存未忍开。尚想旧情怜婢仆②，也曾因梦送钱财。诚知此恨人人有，贫贱夫妻百事哀。③

【注释】

①施，布施、施舍。行，即将之意；行看尽，眼看就快送完。
②婢仆者曾与女主人共同生活，具主仆之情；"怜婢仆"即爱屋及乌，旧情延伸之表现。
③末句又回到昔日，与首句呼应。

三

闲坐悲君亦自悲，百年多是几多时。①邓攸无子寻知命②，潘岳悼亡犹费词③。同穴窅冥何所望，他生缘会更难期。④唯将终夜常开眼⑤，报答平生未展眉⑥。

【注释】

①两句意同曹丕所云"既痛逝者，行自念也"之意（见《与吴质书》）。下句谓百年为多，然终究有多少时间？
②寻，旋即、立刻。知命，指五十岁，出自《论语·为政》："五十而知天命。"邓攸，晋朝人，《晋书·良吏传》载："邓攸字伯道……永嘉末，没于石勒。……石勒过泗水，攸乃斫坏车，以牛马负妻子而逃。又遇贼，掠其牛马，步走，担其儿及其弟子绥。度不能两全，乃谓其妻曰：'吾弟早亡，唯有一息，理不可绝，止应自弃我儿耳。幸而得存，我后当有子。'妻泣而从之，乃弃之。其子朝弃而暮及，明日，攸系之于树而去。……攸弃子之后，妻不复孕。过江，纳妾，甚宠之，讯其家属，说是北人遭乱，忆父母姓名，乃攸之甥。攸素有德行，闻之感恨，遂不复蓄妾，卒以无嗣。时人义而哀之，为之语曰：'天道无知，使邓伯道无儿。'"

③潘岳,字安仁,晋人,《晋书·潘岳传》称:"岳美姿仪,辞藻绝丽,尤善为哀诔之文。"为亡妻所作之《悼亡诗》三首世人传诵。犹费词,谓其诗词仍属多余。本联双借古人自比,言无子而妻亡之痛。

④同穴,指夫妻合葬,《诗经·王风·大车》云:"榖则异室,死则同穴。"窅(yǎo)冥,深远不易见。他生,来生。缘会,因缘际会。难期,难以预料。

⑤句意本是彻夜不眠以尽思念,兼用鳏鱼之传说表示终身不娶。《释名·释亲属》曰:"鳏,昆也,昆明也。愁悒不寐,目恒鳏鳏然也,故其字从鱼,鱼目恒不闭者也。"又《孟子·梁惠王下》曰:"老而无妻曰鳏。"

⑥未展眉,形容其忧思操劳于清贫困苦中,不得舒展欢颜。其实元稹于元和六年纳妾安氏,十年取继室裴氏,并未信守此刻"终夜开眼"之许诺,人、诗互证,固多有出入之处,却不碍诗本身之凄美。清毛张健《唐体馀编》云:"真镂肝擢肾之语。第一首生时,第二首亡后,第三首自悲,层次即章法。末篇末句'未展眉'即回绕首篇之'百事乖',天然关锁。"

离思诗五首(选一)①

曾经沧海难为水②,除却巫山不是云③。取次花丛懒回顾,半缘修道半缘君。④

【注释】

①本篇原列第四首。

②沧海,本指东海,此处泛言大海。《孟子·尽心上》云:"孔子登东山而小鲁,登太山而小天下。故观于海者难为水,游于圣人之门者难为言。"此处变化其句而用之。

③巫山云,用宋玉《高唐赋》《神女赋》故事,参李白《襄阳歌》注⑱。两句意谓此女之难以取代,令其他对象相形失色。

④取次,张相《诗词曲语辞汇释》卷四云:"取次,犹云随便或草草也。"此处意谓信步经过。花丛,喻指众多美貌女子。缘,因为。修道,元稹也与当时一般知识分子一样奉佛尊道;亦可解作修德进业之努力。而"修道"亦可缘君而来,如此正可见用情之专且深。

行宫①

寥落古行宫,宫花寂寞红。白头宫女在,闲坐说玄宗。②

【注释】

①本诗亦见王建诗集。行宫,左思《吴都赋》李善注云:"天子行,所立名曰行宫。"指天子在外之居所。一说此即洛阳之上阳宫,而白头宫女即白居易《新乐府》中《上阳白发人》一诗所描写之宫女。录此以备考。

②宫女头白,则青春已去,玄宗朝之繁华已远,而对天宝旧事尚念念不忘、津津乐道,真乃寥落行宫和寂寞宫花中的最后余热残光,其间多少追忆眷恋,又多少破灭失所,令人不胜唏嘘。诗中虽未具言所说玄宗者为何,但内蕴无限,故《归田诗话》云:"乐天《长恨歌》凡一百二十句,读者不觉其长;元微之《行宫诗》才四句,读者不觉其短。文章之妙也。"

△清李锳《诗法易简录》曰:"明皇已往,遗宫寥落,却借白头宫女写出无限感慨。凡盛时既过,当时之人无一存者,其感人犹浅;当时之人尚有存者,则感人更深。白头宫女闲说玄宗,不必写出如何感伤,而哀情弥至。"

菊花

秋丛绕舍似陶家①,遍绕篱边日渐斜②。不是花中偏爱菊,此花开尽更无花。③

【注释】

①秋丛,指丛聚之秋菊。陶家,指晋代隐士陶渊明的居处。陶渊明《饮酒二十首》之五云:"采菊东篱下,悠然见南山。"故下句接"篱边"与此承应。

②意谓遍绕篱丛,而无一处遗漏;观花甚久,以至于天暮日斜,可见诗人爱赏之深切。

③末联申明爱菊之原因,在于珍惜最后的花颜,兼且隐隐有"岁寒然后知菊花之后凋"之意。

贾 岛

贾岛(代宗大历十四年—武宗会昌三年,七七九—八四三),字阆仙(或浪仙),范阳(今河北涿州)人。《新唐书·韩愈传》附传云:"初为浮屠,名无本。来东都(八一○),时洛阳令禁僧午后不得出,岛为诗自伤,愈怜之,因教其为文,遂去浮屠……当其苦吟,虽逢值公卿贵人,皆不之觉也。……累举,不中第。文宗时,坐飞谤,贬长江主簿(八三七)。会昌初,以普州司仓参军迁司户,未受命卒。"有《长江集》,存诗约四百首。

贾岛游韩门中,与孟郊、张籍、姚合相与酬唱,诗以寒涩为主调,《唐摭言》卷十一曰:"元和中,元、白尚轻浅,岛独变格入僻,以矫浮艳。"作诗则以苦吟为工夫,世传"推敲"之故事[1],其《送无可上人》诗"独行潭底影,数息树边身"句下自注:"二句三年得,一吟双泪流。"都可见其构思冥索之艰苦。由于追求瘦硬清淡,其生平亦困蹇穷愁,因此限制了诗境的开拓,司空图《与李生论诗书》云:"贾浪仙诚有警句,视其全篇,意思殊馁。大抵附于寒涩方可致才,亦为体之不备也。"苏轼《祭柳子玉文》亦谓:"郊寒岛瘦。"因为风格单一,内容多咏闲居生活与自然景物,笔调又"往往造平淡"[2],不免予人枯寂之感。但他影响深远,晚唐五代、南宋的永嘉四灵和江湖派、晚明的竟陵派都曾受其笼罩。

【注释】

[1] 见胡仔《苕溪渔隐丛话·前集》卷十九所引《刘公嘉话》。
[2] 此韩愈语,见《送无本师归范阳》。

题李凝幽居[1]

闲居少邻并,草径入荒园。鸟宿池边树,僧敲月下门。[2]过桥分野色,移石动云根③。暂去还来此,幽期不负言④。

【注释】

①李凝,未详何人。全诗扣住"幽居"二字写其清景幽趣。

②本联有一传闻,《苕溪渔隐丛话·前集》卷十九引《刘公嘉话》曰:"岛初赴举京师,一日,于驴上得句(即本联),始欲著'推'字,又欲著'敲'字,练之未定,遂于驴上吟哦,时时引手作推敲之势。时韩愈吏部权京兆,岛不觉冲至第三节,左右拥至尹前,岛具对所得诗句云云。韩立马良久,谓岛曰:'作敲字佳矣。'遂与并辔而归,留连论诗,与为布衣之交,自此名著。"

③云根,指石,《诗经·召南·殷其靁》毛传:"山出云雨,以润天下。"孔疏云:"山出云雨者,《公羊传》曰:触石而出,肤寸而合。"

④幽期,指隐居的约定。不负言,不辜负诺言。

送唐环归敷水庄①

毛女峰当户②,日高头未梳。地侵山影扫,叶带露痕书。松径僧寻药,沙泉鹤见鱼。一川风景好,恨不有吾庐。

【注释】

①唐环,未详其人。敷水庄,在陕西华阴西,《水经注·渭水》云:"渭水又东,敷水注之,水南出石山之敷谷,北径告平城东……又北径集灵宫西……而北流注于渭。"

②毛女,《列仙传》卷下载:"毛女者,字玉姜,在华阴山中,猎师世世见之。形体生毛,自言秦始皇宫人也,秦坏,流亡入山避难,遇道士谷春,教食松叶,遂不饥寒,身轻如飞,百七十余年。所止岩中有鼓琴声。"毛女峰,《大清一统志》云:"同州府:太华山在华阴县南十里,即西岳也。……岳顶西北曰毛女峰,以秦始皇宫人隐此而名也。"

△方回《瀛奎律髓》卷二十三曰:"八句皆好,三、四尤精致。无中造有者,扫山影之谓也;微中致著者,书露痕之谓也。人能做此一联,亦可以名世矣。"

忆江上吴处士①

闽国扬帆去②,蟾蜍亏复团③。秋风吹渭水,落叶满长安。此地聚会夕,当时雷雨寒。兰桡殊未返,消息海云端。④

【注释】

①处士,隐居未仕之人。
②闽国,《元和郡县志》"江南道福州":"汉初又为闽越国。"在今福建闽侯东北。
③蟾蜍,代指月也。《后汉书·天文志》注引《释宪》曰:"羿请无死之药于西王母,姮娥窃之以奔月……姮娥遂托身于月,是为蟾蜍。"另参李白《古朗月行》注⑤。亏复团,谓月亮缺了又圆。
④桡(náo),船桨。兰桡,木兰树所做的桨。海云端,意同天涯海角。

宿山寺

众岫耸寒色,精庐向此分①。流星透疏木,走月逆行云。绝顶人来少,高松鹤不群。②一僧年八十,世事未曾闻。

【注释】

①岫(xiù),《说文解字》段玉裁云:"有穴之山谓之岫。"精庐,即精舍。
②中二联写山寺位处之高与所见之景。走,跑也。沈德潜《唐诗别裁集》卷十二云:"顺行云则月隐矣,妙处全在'逆'字。"

渡桑干①

客舍并州已十霜,归心日夜忆咸阳。②无端更过桑干水,却望并州是故乡。

【注释】

①桑干,河名,见许浑《塞下曲》注②。本篇作者一作刘皂,题为《旅次朔方》,令狐楚选入《御览诗》,应是。

②客舍,客居之意。并(bīng)州,治所在今山西太原。十霜,即十年。咸阳,指长安。

△王世懋《艺圃撷馀》云:"余谓此岛自思乡作,何曾与并州有情?其意恨久客并州,远隔故乡,今非惟不能归,反北渡桑干,还望并州,又是故乡矣。并州且不得住,何况得归咸阳,此岛意也。"

寻隐者不遇①

松下问童子,言师采药去。只在此山中,云深不知处。②

【注释】

①本篇一作孙革《访羊尊师诗》。

②《高士传》卷下载:夏馥入林虑山中,"家人求不知处"。只在,即在、就在,表示限定范围之意。

△王文濡曰:"明言只在,忽云不知,正见隐者之无定迹也。"又曰:"此诗一问一答,四句开阖变化,令人莫测。"

李　贺

　　李贺(德宗贞元六年—宪宗元和十一年,七九〇—八一六),字长吉,福昌昌谷(今河南宜阳)人,系出唐宗室大郑王之后。举进士有名,却受与之争名者毁谤,以其父名晋肃,犯同音之讳,虽韩愈作《讳辩》为之力护,而终未第。后由宗人荐引,以恩荫得官,任太常寺奉礼郎。有《李贺歌诗》,存诗二百四十多首。

　　李贺幼即能诗,颇有才名,传闻七岁即以《高轩过》博得韩愈之叹赏;而二十七岁英年早逝时,又传有天帝召赴天庭修白玉楼版文的故事①。其人体弱多病,多愁善感,其诗则往往殚精竭虑,由苦吟得来,李商隐《李贺小传》记述其人云:"细瘦、通眉、长指爪,能苦吟疾书。……恒从小奚奴,骑距驴,背一古破锦囊,遇有所得,即书投囊中。及暮归,太夫人使婢受囊出之,见所书多,辄曰:'是儿要当呕出心乃巳尔!'上灯,与食,长吉从婢取书,研墨叠纸足成之,投他囊中。非大醉及吊丧日,率如此。"这般呕心沥血地创作,最终也确实达到"笔补造化天无功"(《高轩过》)和"金泥泰山顶"(《咏怀二首》之一)的心愿,以立言永垂不朽,弥补现实界的失意和挫折。

　　由于内在性格的因素,和年命不永、缺乏生活历练的缘故,李贺诗建立了极为特殊的倾向,如其集中多乐府古风之体,往往背离矩度,任意遣用,有类李白;内容则多描写想象色彩浓厚的超现实世界,鬼神迷离、鸱笑兰泣,因此为他赢得"诗鬼""鬼仙"之名,与李白之仙气恰成对比,而精神不在人间安顿则一。晚唐杜牧对这种深具楚辞风格的诗歌表现,曾有一番赞誉,其《李贺集序》引韩愈语云:"云烟绵联,不足为其态也;水之迢迢,不足为其情也;春之盎盎,不足为其和也;秋之明洁,不足为其格也;风樯阵马,不足为其勇也;瓦棺篆鼎,不足为其古也;时花美女,不足为其色也;荒国陊殿,梗莽丘垄,不足为其恨怨悲愁也;鲸呿鳌掷,牛鬼蛇神,不足为其虚荒诞幻也。盖骚之苗裔,理虽不及,辞或过之。骚有感怨刺怼,言及君臣理乱,时有以激发人意,乃贺所为,无得有是!……贺生二十七年死矣,世皆曰:'使贺且未死,少加以理,奴仆命骚可也!'"

而潜心幽冥的李贺,正如明王思任《昌谷诗解序》所分析的,因"人命至促,好景尽虚,故以其哀激之思,变为晦涩之调,喜用鬼字、泣字、死字、血字如此之类"。他所建立的奇诡秾丽之风格,不仅于中唐独树一帜,也影响到晚唐诸位大家,成为其后唯美诗风的先导。②虽然张戒《岁寒堂诗话》曾批评其缺点道:"长吉诗只知有花草蜂蝶,而不知世间一切皆诗。"同时也会有流于诡奇难懂的问题;但以今日眼光视之,其诗中时空不合常理之跳跃进行,以及意象之尖新鲜妙,都打破了感官知觉的固定模式,而提供了认知世界的新视野,是值得用现代角度重估其价值的。

【注释】

① 七岁赋《高轩过》一事出于《唐摭言》,并不可信;赴白玉楼事见李商隐《李贺小传》。

② 如李商隐有《效长吉》诗,而其《无愁果有愁曲北齐歌》之"推烟唾月抛千里,十番红桐一行死。白杨别屋鬼迷人,空留暗记如蚕纸"等作品亦颇富李贺色彩。

李凭箜篌引①

吴丝蜀桐张高秋②,空山凝云颓不流③。江娥啼竹素女愁④,李凭中国弹箜篌⑤。昆山玉碎凤凰叫⑥,芙蓉泣露香兰笑⑦。十二门前融冷光⑧,二十三丝动紫皇⑨。女娲炼石补天处,石破天惊逗秋雨⑩。梦入神山教神妪⑪,老鱼跳波瘦蛟舞⑫。吴质不眠倚桂树,露脚斜飞湿寒兔⑬。

【注释】

① 本篇为诗人自编诗集中的第一篇,颇有以之综摄全集的代表意义。李凭,当时梨园弟子中弹箜篌的名手,杨巨源《听李凭弹箜篌》诗云:"君王听乐梨园暖,翻到云门第几声""汉王欲助人间乐,从遣新声坠九天"。箜篌,又作坎侯,古拨弦乐器,《旧唐书·音乐志》云:"箜篌,汉武帝使乐人侯调所作,以祠太一。或云侯辉所作,其声坎坎应节,谓之坎侯,声讹为箜篌。……竖箜篌,胡乐也。"其形制分大、小、卧、竖等差别,此处所弹为竖箜篌,即类似今之竖琴。箜篌引,为乐府旧题,此处只沿用其名以咏李凭。
② 吴丝蜀桐,指江浙吴地所产之丝弦和蜀地所产之桐木,用做琴弦、琴身,俱为制琴美材。张,调理弦线,准备演奏。高秋,即九月深秋之时。
③ 此句意类《列子·汤问》所云:秦青"抚节悲歌,声振林木,响遏行云"。
④ 江娥,一作"湘娥",指舜之二妃娥皇、女英,参李白《远别离》诗注。素女,亦神女也,《史记·封禅书》曰:"太帝使素女鼓五十弦瑟,悲,帝禁不止,故破其瑟为二十五弦。"此言琴声感动神女,与上一句都在极力形容李凭音乐强大的感发力量。
⑤ 中国,为"国之中央"意,指京师长安。
⑥ 此句形容乐声响脆清扬。昆山,《韩诗外传》曰:"玉出于昆山。"凤凰,自《山海经》以来即为象征吉祥太平之神鸟,《文献通考》卷一百三十七云:"燕乐有大箜篌、小箜篌,音逐手起,曲随弦成,盖若鹤鸣之嚖唳,玉声之清越者也。"意颇类此句,而生动处则有所不及。
⑦ 形容琴音若悲若喜,时而忧沉,时而轻悦,足以感动草木。
⑧ 十二门,指长安四周的城门,《三辅黄图》卷一云:"长安城,面三门,四面十二门,皆通达九逵,以相经纬。"融冷光,指云散月出,夜冷光寒。
⑨ 二十三丝,为箜篌弦数,《通典》卷一百四十四谓:"竖箜篌,胡乐也,汉灵帝好之,体曲而长,二十二弦,竖抱于怀中,两手齐奏,俗谓之擘箜篌。"紫皇,道教所说之天帝,《太平御览》引《秘要经》云:"太清九宫皆有僚属,其最高者称太皇、紫皇、玉皇。"
⑩ 逗,引也。《淮南子·览冥训》:"女娲炼五色石以补苍天。"《列子·汤问》亦云:"然则天地亦物也,物有不足,故昔者女娲氏练五色石以补其阙。"此

句谓女娲神工不敌李凭箜篌妙音,而石惊破、天雨落。

⑪神妪,《搜神记》卷四:"永嘉中,有神见兖州,自称樊道基。有妪,号成夫人,夫人好音乐,能弹箜篌。闻人弦歌,辄便起舞。"本句写李凭弹罢,歇息时又在睡梦中至神山将绝技教给神妪,艺胜造化。

⑫《列子·汤问》载:"瓠巴鼓琴而鸟舞鱼跃。"李贺转化后更觉瘦劲有力,形象突出。

⑬两句写月明终夜,神人不寐,而露湿寒兔,俱为李凭音乐所感动。吴质,当即吴刚,《酉阳杂俎》卷一载:"异书言月桂高五百丈,下有一人常斫之,树创随合。人姓吴名刚,西河人,学仙有过,谪令伐树。"露脚,即露点。寒兔,《楚辞·天问》中已有月中"顾兔"之神话,而湿兔之想乃缘于古人以为露如雨降之故。

△明郭浚《增定评注唐诗正声》云:"幽玄神怪,至此而极,妙在写出声音情态。"清黄周星《唐诗快》曰:"本咏箜篌耳,忽然说到女娲、神妪,惊天入月,变眩百怪,不可方物,真是鬼神于文。"清方世举《李长吉诗集批注》云:"白香山'江上琵琶',韩退之《颖师琴》,李长吉《李凭箜篌》,皆摹写声音至文。韩足以惊天,李足以泣鬼,白足以移人。"

雁门太守行①

黑云压城城欲摧,甲光向日金鳞开。②角声满天秋色里,塞上燕脂凝夜紫。③半卷红旗临易水④,霜重鼓寒声不起。报君黄金台上意⑤,提携玉龙为君死⑥。

【注释】

①雁门太守行,为乐府古题,内容多咏边塞征戍之情形。雁门,在今山西右玉县,关址设于西北三十里处。太守,郡首长。唐张固《幽闲鼓吹》载李贺曾以诗卷诣呈韩愈,本诗即为其中第一篇,受到韩愈之称赏。

②黑云压城,指敌军压境时盛大之军气,《晋书·天文志》载:"凡坚城之上有黑云如星,名曰军精。"甲光,甲衣反射之光芒。金鳞,喻日光闪耀下密集片接的铁甲。

③角声,军中传令送讯的号角声。燕脂,形容晚霞绚丽之色彩,当夕阳渐沉,暮色愈深,红即转暗,趋向于紫,故谓"凝夜紫",犹如王勃《滕王阁序》所说之"烟光凝而暮山紫",一说燕脂即血;而马缟《中华古今注》卷上云:"秦所筑(长)城,土色皆紫,汉塞亦然,故称紫塞者焉。"则又指塞土之色。

④半卷红旗,同王昌龄《从军行》之"红旗半卷出辕门",见轻兵夜进之迅捷,以致风劲旗卷。易水,一般指北易水,在今河北中部,可引发荆轲慷慨高歌"风萧萧兮易水寒,壮士一去兮不复还"的悲壮联想,增进整体诗境勇毅不惧之气氛。

⑤黄金台,鲍照《放歌行》李善注:在"易水东南十八里,燕昭王置千金于台上,以延天下之士"。后世用以代称招聘人才之象征。

⑥玉龙,指剑,《晋书·张华传》载:雷焕为豫章丰城令,"焕到县,掘狱屋基,入地四丈余,得一石函,光气非常,中有双剑,并刻题,一曰龙泉,一曰太阿。……(其子华)持剑行经延平津,剑忽于腰间跃出堕水。使人没水取之,不见剑,但见两龙各长数丈,蟠萦有文章,没者惧而反。须臾光彩照水,波浪惊沸,于是失剑"。

△沈德潜《唐诗别裁集》卷八评:"字字捶炼,而成昌谷集中定推老成之作。"

苏小小墓①

幽兰露,如啼眼②。无物结同心③,烟花不堪剪④。草如茵,松如盖,风为裳,水为佩。⑤油壁车,久相待⑥,冷翠烛,劳光彩。⑦西陵下,风吹雨。⑧

【注释】

①苏小小,南齐时钱塘名妓,《方舆胜览》载:"苏小小墓在嘉兴县西南六十步。乃晋之歌妓,今有片石在通判厅,题曰苏小小墓。"中唐诗人李绅《真娘墓·序》云:"嘉兴县前亦有吴妓人苏小小墓,风雨之夕,或闻其上有歌吹之音。"虽年代传闻不一,然其绝美之形貌与凄美哀感之故事,却一直是诗人乐于歌咏的题材,此篇堪称同类作品中傲视群伦的佼佼者。

②眼为灵魂之窗,《世说新语·巧艺》载顾恺之云:"四体妍蚩,本无关于妙

处;传神写照,正在阿堵中。"此处以幽兰露比喻含泪的眼眸,特显其寂寞孤高、静雅芳洁之心魂,也暗合墓地荒冷凄清之气氛:"幽""啼"二字可谓全诗诗旨。

③结同心,指情人间用花草或其他物品结成一种代表坚贞爱情的信物。

④烟花不堪剪,意谓虽繁花如烟似雾,然人已赴幽渺无寻之处,又何能剪取?一说烟花借指为鬼花,虚以为质,故不堪把捉。

⑤四句自墓地周遭景物着墨,极力写活苏小小有影无形、空灵缥缈却又无所不在的灵魂,清丽优雅、飘逸灵秀,而呼之欲出。此一手法承袭自《楚辞·九歌·山鬼》所云:"若有人兮山之阿,被薜荔兮带女萝。既含睇兮亦宜笑,子慕予兮善窈窕。"

⑥油壁车,一种以油彩涂饰壁帷的车子。苏小小酷爱西湖山水,常乘油壁车出游;今物在人亡,仍久相等候。久,一作"夕",亦可通。

⑦冷翠烛,即墓旁飞烁之磷火。劳,徒劳枉费之意。

⑧西陵,今杭州西泠桥一带,苏小小葬处。吹雨,一作"雨吹"。古乐府《苏小小歌》云:"妾乘油壁车,郎骑青骢马。何处结同心,西陵松柏下。"

△全篇纯就其死后飘荡之幽魂与其所在之世界发展灵动的幻想,即景即人,情景一体;以形寓神,意在象中,使苏小小更显得婉媚多姿,而又缠绵幽怨,最后归结于"风吹雨"之实景,仿佛凄风苦雨皆为佳人之悲剧而绵绵化生,更添其悲剧气氛。

梦 天①

老兔寒蟾泣天色②,云楼半开壁斜白③。玉轮轧露湿团光④,鸾珮相逢桂香陌⑤。黄尘清水三山下,更变千年如走马。⑥遥望齐州九点烟,一泓海水杯中泻。⑦

【注释】

①本篇为纵驰想象于天际的幻想诗,写架空在云天高处所见的月宫殊景,以及俯看大地时那山芥水点的宏观感受。取镜角度超然脱俗,感受性质大胆强烈。

② 兔、蟾都是神话中存在于月亮上的动物,前者见《李凭箜篌引》注⑬;后者见《淮南子·精神训》:"日中有踆乌,而月中有蟾蜍。"由于月处高寒之处,又古老难稽,遂有"老兔寒蟾"的联想。又因天色惨淡,故而想象它们为之愁泣也。

③ 云楼,喻云层堆垛之状;一说指月宫高楼。由于云影半遮,月光斜照,因此壁面映得雪白。

④ 玉轮,月之代称。月亮周围渲染着朦胧光晕,仿佛是被露水沾湿的玉轮在空中滚动。

⑤ 鸾珮,以象征吉祥的鸾鸟为形的玉珮,一说是玉珮碰触,发出如鸾鸟歌鸣般悦耳的声音,此处借指仙女,在月宫里飘着桂香的路上与诗人相遇。

⑥ 黄尘、清水,分别指陆地和海洋。三山,即古代传说的蓬莱、方丈、瀛洲三神山,参李商隐《无题》"来是空言去绝踪"注④。走马,跑马也。两句谓神山之下沧海桑田、变化迅速,人间虽是悠悠千年,在天上却只不过如跑马般转瞬即逝。《神仙传》卷三载:"麻姑自说:'接侍以来,已见东海三为桑田。向到蓬莱,水又浅于往者会时略半也,岂将复还为陆陵乎?'方平笑曰:'圣人皆言海中行复扬尘也。'"

⑦ 齐州,亦称"中州",指中国。九点烟,形容中国划分而成的九州渺小得有如九粒尘灰。下句谓汪洋大海小得只像是杯中倾倒出来的水。

△清黄周星《唐诗快》云:"命题奇创。诗中句句是天,亦句句是梦,正不知梦在天中耶?天在梦中耶?是何等胸襟眼界,有如此手笔。"

河南府试十二月乐辞并闰月(选一)①

三月

东方风来满眼春,花城柳暗愁杀人。②复宫深殿竹风起,新翠舞衿净如水。③光风转蕙百余里,暖雾驱云扑天地。④军装宫妓扫蛾浅,摇摇锦旗夹城暖。⑤曲水漂香去不归,梨花落尽成秋苑。⑥

【注释】

① 本组诗共十三首,分咏一年十二月再加上闰月的特有景色,原为应试诗,

却能摆落俗套,表现了细腻的观察力和敏锐的美感直觉。此处选收"三月"一首,可见繁丽的春天盛景以及春暮凋零的感伤。

②下句指百花盛开的长安城中,嫩柳已蔚为深暗的浓荫,红消绿长,春已将去,令人伤愁。

③复宫,形容重重构筑的宏伟宫殿。舞袗,舞衣。两句写清凉的竹风吹起,新绿色舞衣随之飘扬,明净如水。

④光风转蕙,语出《楚辞·招魂》,意谓日光中新亮的风吹摇蕙兰,传送香气。李贺更推扩其势,驱使光风扑天裹地,熏暖春雾,又驱动春云,一片盎然。

⑤两句写宫中歌舞女身着军装、淡扫蛾眉,随着锦旗飘摇的队伍,通过夹城到曲江修禊游赏。夹城,参杜甫《乐游园歌》注⑥。陈本礼《协律钩元》称此为"咏官伎军装随贵主修禊曲水,盖唐时贵主每借征行以为翱翔游戏之举"。修禊乃古代风俗,每年三月上巳之日(三月三日)至水边袚除不祥,常伴有曲水流觞之雅事。

⑥曲水,即曲江。苑,指曲江名胜之一的宜春苑。两句写花落春尽,转眼满目秋色。

天上谣

天河夜转漂回星①,银浦流云学水声②。玉宫桂树花未落,仙妾采香垂珮缨。③秦妃卷帘北窗晓,窗前植桐青凤小。④王子吹笙鹅管长⑤,呼龙耕烟种瑶草⑥。粉霞红绶藕丝裙,青洲步拾兰苕春。⑦东指羲和能走马,海尘新生石山下。⑧

【注释】

①漂,随水浮动;乃对应于下句"流云学水"之想象。王琦曰:"天河与星皆随天运转,处其下者观之,觉星之回似天河漂之而回者然。"

②银浦,即银河。曾益注云:"银浦之中,云气流行有似乎水,但水之流有声,而云无声,故曰学水声。"

③两句指月中情景。采香垂珮缨,《礼记》曰:"男女未冠笄者,总角衿缨皆佩容臭。"郑玄注云:"容臭,香物也,以缨佩之。"

④秦妃,指秦穆公女弄玉。青凤,姚文燮注云:"亦名桐花凤,剑南彭蜀间有之。鸟大如指,五色毕具,有冠似凤。每桐有花则至,花落则不知所之。"

⑤王子,《列仙传》卷上载:"王子乔者,周灵王太子晋也,好吹笙、作凤凰鸣。"鹅管,形容笙上以玉制管之状。

⑥瑶草,仙家所植灵芝之类的植物。天上耕种,自非凡牛俗马所堪任,故呼龙务耕;细想此乃理有必然,却诗思奇特,道人所未道。《海内十洲记》云:"方丈洲在东海中心……上专是群龙所聚。……群仙不欲升天者,皆往来此洲,受太玄生箓。仙家数十万,耕田种芝草,课计顷亩,如种稻状。"

⑦粉霞、藕丝,皆色彩名。青洲,或即青丘,《海内十洲记》云:"长洲一名青丘,在南海辰巳之地,地方各五千里,去岸二十五万里,上饶山川及多大树,树乃有二千围者。一洲之上专是林木,故一名青丘。又有仙草灵药、甘液玉英,靡所不有。……有紫府宫,天真仙女游于此地。"

⑧羲和,御日者,《初学记·天部三》注曰:"日乘车,驾以六龙,羲和御之。"走马,跑马也,言其迅速。本联即《梦天》所谓"黄尘清水三山下,更变千年如走马"之意,参其诗注⑥。

浩　歌①

南风吹山作平地,帝遣天吴移海水②。王母桃花千遍红,彭祖巫咸几回死。③青毛骢马参差钱,娇春杨柳含细烟。④筝人劝我金屈卮,神血未凝身问谁?⑤不须浪饮丁都护⑥,世上英雄本无主⑦。买丝绣作平原君,有酒惟浇赵州土。⑧漏催水咽玉蟾蜍⑨,卫娘发薄不胜梳⑩。羞见秋眉换新绿,二十男儿那刺促!⑪

【注释】

①浩歌,出自《楚辞·九歌》:"临风恍兮浩歌。"即放声高歌之意。

②帝,指宇宙的最高主宰。天吴,水神也,《山海经·海外东经》载:"朝阳之谷,神曰天吴,是为水伯,在虹虹北两水间。其为兽也,八首人面,八足八尾,皆青黄。"

③王母,即西王母,为不死之神仙,《汉武内传》载王母曰:"此桃三千年一生

实,中夏地薄,种之不生。"彭祖,《列仙传》卷上载:"彭祖者,殷大夫也,姓篯名铿,帝颛顼之孙,陆终氏之中子,历夏至殷末八百余岁。常食桂芝,善导引行气……后升仙而去。"巫咸,《山海经·大荒西经》云:"有灵山,巫咸……(等十巫)从此升降,百药爰在。"王逸注《楚辞》称其为古神巫。本联谓比起西王母的永恒长在,寿者彭祖与灵巫巫咸便显得短夭无比,早已死过好几回了。

④青毛骢马,毛色黑白相间的马。参差钱,指马身上错杂不齐的圆形斑点,见岑参《走马川行奉送出师西征》注⑥。

⑤筝人,弹筝的乐伎。金屈卮,一种有弯把的金质酒器。神血未凝,一说为酒醉时形神分离,精神和血肉未能聚合为一;一说指人未生之时,《云笈七签》引《内观经》云:"天地构精,阴阳布化,人受其生,一月为胞精血凝也,二月为胎形兆胚也……十月气足万象成也。"李商隐《无愁果有愁曲北齐歌》亦云:"血凝血散今谁是?"表现了生命虚无、此身非我有的感慨。

⑥浪饮,纵酒狂饮。丁都护,名昕,南朝刘宋高祖时的武官,《宋书·乐志》载:"都护歌者,彭城内史徐逵之为鲁轨所杀,宋高祖使府内直督护丁昕收殓殡埋之。逵之妻,高祖长女也,呼昕至阁下,自问殓送之事,每问辄叹息曰:'丁都护!'其声哀切。后人因其声,广其曲焉。"本句中,"丁都护"可视为下句"世上英雄"具体而微的代称;亦可解作"丁都护歌",为配合浪饮之狂歌,其内容多是哀叹戎马行役之苦。

⑦句意可分两层,一层为堪与英雄比配、相互辉映的贤主本无可求;一层为英雄当自作主宰,不应受制于他人,而屈从一主。

⑧平原君,战国四公子之一,《史记·平原君列传》载:"平原君赵胜者,赵之诸公子也。诸子中胜最贤,喜宾客,宾客盖至数千人。"赵州,即赵国,在今河北赵县。本联建议英雄们不如买丝绣绘一幅平原君像,有酒时便到他赵州的坟上浇淋,以示敬意,如此还聊胜于无。

⑨漏,即滴漏,一种计时器,以一铜壶盛水,由壁孔滴入另一壶中,借水位高低标示出时间状况。玉蟾蜍,指盛水壶的滴水口或刻度壶的接水口,以蟾蜍口为通道装饰,如李贺《李夫人》诗云:"玉蟾滴水鸡人唱。"加一"催"字,形容时光消逝之急速,为下句铺路。

⑩卫娘,指汉武帝第二任皇后卫子夫,张衡《西京赋》云:"卫后兴于鬒发。"李

善注引《汉武故事》曰："子夫得幸,头解,上见其美发,悦之。"发薄不胜梳,指年老发稀,不堪梳头。

⑪秋眉,指老人疏黄之眉形。换新绿,指画眉,因古人以青黑色的黛描眉,与深绿色相近,故以青、绿形容眉色,而李贺尤喜用"绿"字。那刺促,那能局促不展。本联承上,然后翻转以自嘲:既然人寿瞬间告终,青春霎时凋谢,则年轻如我又何须刺促以求,汲汲一生呢?

秋　来^①

桐风惊心壮士苦②,衰灯络纬啼寒素③。谁看青简一编书,不遣花虫粉空蠹。④思牵今夜肠应直⑤,雨冷香魂吊书客⑥。秋坟鬼唱鲍家诗⑦,恨血千年土中碧⑧。

【注释】

①本篇为李贺在秋夜中面对孤独与有志不伸的自己,而有感之作,笔下恨深思奇,令人深慨。

②桐风,即秋风;桐叶至秋而落,随风飘逝,故云。壮士,有抱负的人,指李贺自己。

③衰灯,将灭之残灯。络纬,即纺织娘,秋夜则鸣,见李白《长相思》注②。寒素,形容秋天之凄凉萧索。

④青简,古时剖青竹为书简,故用指著作。花虫,一说为蛀书虫,则本句为反问语气,意谓:不是教蛀虫啃蚀成粉末而终究成空?一说指采花之蜂蝶等昆虫,句谓:人们对此青简既不愿亲炙善取,则书中心血亦如无蜂蝶造临之粉蜜般白白消蚀而已。后说较佳。

⑤肠应直,反用传统以"回肠""曲肠"象征情思宛转的俗套,而推测思愁牵动,绷紧如弦,则肠应是相应而"直"。语新意奇,颇为惊绝。

⑥香魂,一作"乡魂"。吊,陪伴慰藉。书客,李贺自指。诗人得不到人间同类给予的温暖,反而从世人避之唯恐不及的幽冥世界得到安慰,阴阳颠倒,更见不幸。

⑦鲍家诗,指南朝宋鲍照之《代蒿里行》,诗中模拟死者的口吻和心情,表达

对人世的依恋和死去的怨恨;故此说"鬼唱",于情理甚切。

⑧此句典出《庄子·外物》:"苌弘死于蜀,藏其血,三年而化为碧。"添一"恨"字,更见至坚至固、永恒不灭的强烈悲苦。

南园十三首(选二)①

一

花枝草蔓眼中开,小白长红越女腮②。可怜日暮嫣香落,嫁与春风不用媒。③

【注释】

①南园,李贺在福昌县昌谷之居所有南、北二园,南园为其读书处。本组诗篇幅短小,内容或写景物,或抒杂想,多为闲居有感之作,此处选收其中第一、第六首。

②小白,形容娇小散生之白花。长红,指连片成丛之红花。两者有如越女雪白红艳之娇颜。

③嫣香,美好芳香,指花朵。下句谓落花随风而飞,有如无媒妁中介的委嫁之举,比喻新巧,联想奇美,惜春之情盈盈可感。清王琦《李长吉歌诗汇解》云:"眼中方见花开,瞬息日暮,旋见其落,以见容华易谢之意。"

二

寻章摘句老雕虫①,晓月当帘挂玉弓②。不见年年辽海上,文章何处哭秋风。③

【注释】

①寻章摘句,指文学创作。雕虫,亦指文学,扬雄《法言·吾子》载:"或问:吾子少而好赋。曰:然。童子雕虫篆刻……壮夫不为也。"句谓自己因诗歌创作而耗损精神,为此衰老。

②玉弓,弦月之代称。本句指通宵作诗,晓月已出。

③辽海,指辽东边海之地。本联慨叹边境年年征战,重武轻文,自己呕心沥血

的悲秋之作并未受到重视,一片心血也徒然落空。

金铜仙人辞汉歌 并序①

魏明帝青龙九年八月②,诏宫官牵车西取汉孝武捧露盘仙人③,欲立置前殿。宫官既拆盘,仙人临载乃潸然泪下④。唐诸王孙李长吉遂作《金铜仙人辞汉歌》⑤。

茂陵刘郎秋风客⑥,夜闻马嘶晓无迹⑦。画栏桂树悬秋香,三十六宫土花碧。⑧魏官牵车指千里,东关酸风射眸子⑨。空将汉月出宫门,忆君清泪如铅水。⑩衰兰送客咸阳道,天若有情天亦老。⑪携盘独出月荒凉,渭城已远波声小⑫。

【注释】

①诗人遥想数百年前迁徙金铜仙人的历史事件,点染情节,铺陈景致,发抒深邃的哀感至情,遂为千古绝唱。辞汉,辞别汉都长安。

②九年,今本多作"元年",系后人妄改;然宋本作"九年"亦误,因魏明帝于青龙五年改元景初,徙金铜仙人即在此年,故应作"五年"才符合历史真相。

③宫官,即宦官。捧露盘仙人,即金铜仙人,《三辅黄图》卷二云:"神明台,武帝造,祭仙人处。上有承露盘,有铜仙人,舒掌捧铜盘玉杯,以承云表之露,以露和玉屑服之,以求仙道。《长安记》:仙人掌大七围,以铜为之。"同书卷五又载:"通天台,武帝元封二年作……去地百余丈,望云雨悉在其下。……上有承露盘、仙人掌、擎玉杯,以承云表之露。"《三辅故事》亦载:"汉武帝以铜作承露台,高二十丈,大十围,上有仙人掌、承露盘,和玉屑饮,以求仙也。"迁移之事,宋黄朝英《缃素杂记》引《魏略》云:"明帝景初元年,徙长安诸钟簴、骆驼、铜人承露盘。盘拆,铜人重不可致,留于霸垒。"

④潸然,流泪貌。《三国志·魏书·明帝纪》裴注引《汉晋春秋》曰:"帝徙盘,盘拆,声闻数十里,金狄(按:铜人)或泣,因留霸城。"

⑤李贺系出唐室大郑王之后,故自称"唐诸王孙"。

⑥茂陵刘郎,指葬于茂陵的汉武帝刘彻,陵寝在京兆府槐里之茂乡(今陕西兴平东北)。秋风客,秋风中的过客,指武帝鬼魂,除明示季节之外,又与武

所作之《秋风辞》有关,辞曰:"秋风起兮白云飞,草木黄落兮雁南归。……欢乐极兮哀情多,少壮几时兮奈老何。"

⑦黑夜中可听见武帝魂灵于宫中来去时马匹的嘶鸣声,天明后却了无踪迹。

⑧画栏,雕饰华美的栏杆。悬秋香,秋天桂花的香气若隐若现地飘浮着;秋,一作"愁"。三十六宫,出自班固《西都赋》:"离宫别馆三十六所。"土花,指土表的苔藓。

⑨东关,指长安城东门,为铜人迁移至魏都邺城(今河南临漳)途中所经的转换站,出此则为异地他方,令生辞乡别家之悲,故下云"酸风射眸子",为下联"清泪"之前奏。眸子,即眼瞳。酸风,因流泪前眼鼻发酸,主观移情之后,则有酸风射眸之语。

⑩空将,徒然伴随着。君,指汉武帝。铅水,乃巧拟之喻,铜人为金属之质,故设想其泪亦当为流动的金属,而其泪之沉重、温热亦可想见。

⑪衰兰,秋天枯败的兰草,表现离情沉重的形象。客,指铜人,寓有即将作客异乡之意。咸阳,秦朝都城,汉时改名渭城,此处代称长安。下句将无情而恒定的天地也纳入了有情生命的流转中,使宇宙成为唯情的存在,于是彻底以情所特有的温暖与哀愁消融了宇宙的客观与冰冷,而前文一路层层蕴蓄的挚情,至此也到达顶峰,产生石破天惊的力量。

⑫渭城,代指长安,见王维《观猎》诗注②,因有渭水流经,故有"波声",波声小,见铜人渐行渐远,而余情悠悠不尽。

马诗二十三首(选三)①

一

此马非凡马,房星本是星②。向前敲瘦骨,犹自带铜声。③

【注释】

①本组诗借物喻意,写马之神韵志气极为独到,方扶南批注云:"此二十三首乃聚精会神、伐毛洗髓而出之,造意撰辞,独有老杜诸作之未至者。"此处选收第四、第五、第二十三首。

②房星,为代表马的星宿,乃二十八宿之一,《晋书·天文志》云:"房四

星……亦曰天驷,为天马,主车驾……房星明则王者明。"马与王者进一步有相互映带的关系。

③瘦骨,杜甫《房兵曹胡马》诗云:"胡马大宛名,锋棱瘦骨成。竹批双耳峻,风入四蹄轻。"李贺则极力强调瘦骨的坚劲硬固之感,而以敲出金属铜声为具体联想,别出心裁。

二

大漠沙如雪,燕山月似钩。①何当金络脑,快走踏清秋。②

【注释】

①燕山,指燕然山,即今蒙古之杭爱山,与大漠都是天高地广、风劲沙飞的产马之乡。月似钩,形容月如弯刀,借以烘托马之骠劲。

②何当,张相《诗词曲语辞汇释》卷三云:"何当,犹云合当也;何、合声近,故以何当为合当。"应该之意。金络脑,指饰金的马笼头。本联表现出天清气爽的高秋时节,马儿长膘生健,又戴上金丝络头,于钩月下奔踏于空阔的英姿。

三

武帝爱神仙,烧金得紫烟。①厩中皆肉马,不解上青天。②

【注释】

①烧金,指炼丹,葛洪《抱朴子·金丹》云:"金丹之为物,烧之愈久,变化愈妙,黄金入火,百炼不消;埋之,毕天不朽。服此二药,炼人身体,故能令人不老不死。"同书《仙药篇》又云:"仙药之上者丹砂,次则黄金。"得紫烟,暗讽其求仙乃属虚幻不实。晚唐曹唐亦有"谁知汉武无仙骨,满灶黄金成白烟"之句,义同此联。

②肉马,兼含"肥马"与"凡马"之义;肉驱浊重,则难以轻举成仙,则武帝亦升天无望。武帝时李广利伐大宛取回汗血马,号称"天马",此处否定了马与神仙的关系,断绝以马为凭借而升天的途径。

老夫采玉歌

　　采玉采玉须水碧,琢作步摇徒好色。①老夫饥寒龙为愁,蓝溪水气无清白。②夜雨冈头食蓁子③,杜鹃口血老夫泪④。蓝溪之水厌生人,身死千年恨溪水。⑤斜山柏风雨如啸,泉脚挂绳青袅袅⑥。村寒白屋念娇婴,古台石磴悬肠草。⑦

【注释】

①水碧,即碧玉,《山海经·东山经》载:"耿山无草木,多水碧。"郭璞注:"亦水玉类。"王琦则谓:"水玉是今之水精,水碧是今之碧玉。"步摇,妇女头上戴的发饰,《释名·释首饰》云:"上有垂珠,步则摇也。"徒好色,谓只是使姿色美好而已。

②蓝溪,出于今陕西蓝田之蓝田山,乃灞水之源,《三秦记》云:"有川方三十里,其水北流,出玉。"本联意谓为饥寒所迫的采玉者拼力工作,搅浑了溪水,也扰乱了水中龙族的宁静,暗喻神人共愁。

③蓁子,为榛树的果仁,形似栗子而较小。韦应物《采玉行》亦曰:"官府征白丁,言采蓝溪玉。绝岭夜无家,深榛雨中宿。独妇饷粮还,哀哀舍南哭。"本句具体写"饥寒"之情形。

④杜鹃,《尔雅翼》云:"其大如鸠,以春分先鸣,至夏尤甚。日夜号深林中,口为流血,至章陆子熟乃止。"其声特为哀苦,此处用以形容老夫泪流不尽的椎心泣血之悲。

⑤本联言蓝溪淹死者众,故厌恶活人,而夺去更多采玉者之性命;不幸身死者凝恨溪水,千年不灭。王琦注云:"夫不恨官吏而恨溪水,微词也。"

⑥泉脚,即泉底,山中水泉流入溪水处。挂绳,采玉人身上所系以潜入溪底的装备。两者都如青丝般柔弱飘摇,在风雨中若存若断。

⑦白屋,穷人居住的陋舍,参刘长卿《逢雪宿芙蓉山主人》注②。石磴,石阶。悬肠草,《述异记》卷下云:"一名思子蔓,南中呼为离别草。"此处以纠结之蔓草将采玉者挂念娇弱婴儿的心意具体化,不但缠绵难舍,又有身死永别、无力护守之悲惧,知之者必不忍也。

昌谷北园新笋四首(选一)①

斫取青光写楚辞②,腻香春粉黑离离③。无情有恨何人见?露压烟啼千万枝。④

【注释】

①昌谷,李贺故居,见《南园十三首》题注。新笋,新竹。此处选录其中第二首。
②斫取,意同刮削。青光,指泛出光泽的青色竹皮。楚辞,以屈原为代表的骚体诗,为李贺所好;此处借指自己的诗作。全句暗用古代竹简刻书的做法,可参《秋来》的"谁看青简一编书"和《南园》第十首的"舍南有竹堪书字"。
③腻香,浓香。春粉,新生竹子茎表上的白粉。黑离离,形容墨迹历历分明的样子。
④本联谓无情的竹镂刻了诗人之恨,在无人知见的情形下,千万枝竹被烟雾笼罩,雾凝成露,点点滴垂如啼泪,又压低枝叶使之难起。千万枝,表现其啼恨无穷无尽。

感讽五首(选一)①

南山何其悲②,鬼雨洒空草。长安夜半秋,风前几人老③。低迷黄昏径,袅袅青栎道④。月午树无影,一山唯白晓。⑤漆炬迎新人,幽圹萤扰扰。⑥

【注释】

①此处选录其中第三首,表达对幽冥世界的想象。
②南山,人死葬处。嵇康《思亲诗》曰:"欲一见兮路无因。望南山兮发哀叹。"
③风前几人老,一作"风剪春姿老"。
④袅袅,谢灵运诗"白杨信袅袅"句李善注云:"风摇木貌。"《本草纲目·果

部·山果类》卷三十云:"栎叶如栗叶,所在有之,木坚而不堪充材。"
⑤月午,指月至中天,当午位上,如日正当中般,则树影不斜。无影,或作"立影",影直如立,意思相近。白晓,指月色皓然如天明。
⑥漆炬,黑色的火把,指鬼灯。新人,即新鬼。幽圹,幽冷的墓冢。萤扰扰,一说为鬼火聚散如萤光之纷扰,表现死者甚众;一说月白至天明,只有鬼相接不暇,与萤扰扰于草间而已;亦可谓迎新忙碌而惊起草中萤虫,使之扰扰纷飞。

苦昼短①

飞光飞光,劝尔一杯酒。②吾不识青天高,黄地厚③,惟见月寒日暖,来煎人寿。④食熊则肥,食蛙则瘦。⑤神君何在?太一安有?⑥天东有若木⑦,下置衔烛龙⑧。吾将斩龙足,嚼龙肉,使之朝不得回,夜不得伏。自然老者不死,少者不哭。⑨何为服黄金,吞白玉?⑩谁是任公子,云中骑白驴?⑪刘彻茂陵多滞骨⑫,嬴政梓棺费鲍鱼⑬。

【注释】

①王琦曰:"此诗大旨虽以'苦昼短'为名,其意则言仙道渺茫,求之无益而已!"
②飞光,指日月星光,一谓飞逝的时光。尔,你。此联与李白《月下独酌》之"举杯邀明月,对影成三人"用意近似。
③语出《荀子·劝学》:"故不登高山,不知天之高也;不临深渊,不知地之厚也。"
④谓大自然的种种风霜寒暑变化都在消损青春、煎熬寿命,使一切难以持久。《红楼梦》中林黛玉《葬花辞》所云:"明媚鲜妍能几时?一朝漂泊难寻觅!"颇类此意。
⑤王琦注:"熊掌及背中白脂,皆为珍味,富贵者食之;蛙黾,粗味,贫贱者食之。"二句意谓贫富肥瘦虽视食物而别,其为日月煎熬则一也。
⑥太一,《史记·封禅书》云:"天神贵者太一,太一佐曰五帝。"神君,同书又云:"神君者,长陵女子,以子死,见神于先后宛若,宛若祠之其室,民多往

祠。平原君往祠，其后子孙以尊显。及今上(武帝)即位，则厚礼置祠之内中。……及病，使人问神君……于是病愈，遂起，幸甘泉，病良已。大赦天下，置寿宫神君，神君最贵者太一。"

⑦若木，《山海经·大荒北经》载："大荒之中，有衡石山、九阴山、洞野之山，上有赤树，青叶赤华，名曰若木。"《离骚》中"折若木以拂日"句下王逸注云："若木在昆仑西极，其华照下地。"

⑧烛龙，一名烛阴，《山海经·大荒北经》称："其瞑乃晦，其视乃明，不食不寝不息，风雨是谒。是烛九阴，是谓烛龙。"郭璞注云："照九阴之幽阴也。"《楚辞·天问》亦曰："日安不到？烛龙何照？"可见烛龙是衔精照耀日所不到之幽阴处的神兽，本诗则用以喻日月光明之源。

⑨以上六句谓斩除烛龙，使之不得朝回夜伏而有昼夜变化，则岁月长留，人可长生不死，也不必为青春逝去而愁哭。

⑩《抱朴子·仙药》引《玉经》曰："服金者寿如金，服玉者寿如玉也。"并有饵黄金及服白玉诸法，俱为延年益寿之举。

⑪任公子，应为古仙人骑驴升仙者，但其事无考。旧注引《庄子·外物》中投竿东海、以肥牛为饵钓大鱼的任公子为解，又引以纸为白驴之张果解下句，实为两端。

⑫刘彻，即汉武帝，死葬茂陵。滞骨，即枯骨，《汉武帝内传》载王母云："刘彻好道……然形慢神秽，脑血淫漏……骨无津液……虽当语之以至道，殆恐非仙才也。"

⑬嬴政，即秦始皇。梓棺，礼制以梓木为天子之棺，称为"梓宫"。《史记·秦始皇本纪》载："始皇崩于沙丘平台，丞相斯为上崩在外，恐诸公子及天下有变，乃秘之，不发丧，棺载辒凉车中。……会暑，上辒车臭，乃诏从官令车载一石鲍鱼，以乱其臭。"两句谓秦皇、汉武都好求仙信方士，但一为葬于茂陵之枯骨，一为赖鲍鱼遮臭的棺中腐尸，俱不免一死：用"刘彻""嬴政"之本名呼之，更有解消其伟圣雄豪之虚象，而还其凡俗本貌的用意。

巫山高①

碧丛丛，高插天，大江翻澜神曳烟。②楚魂寻梦风飕然，晓风飞雨生苔钱。③瑶姬一去一千年,丁香筇竹啼老猿。④古祠近月蟾桂寒,椒花坠红湿云间。⑤

【注释】

① 巫山高,属乐府古题,为《鼓吹曲·铙歌》之一种。
② 巫山在重庆巫山县东,形如"巫"字,有十二峰连绵成巫峡,峰峦上入霄汉,山脚直插江中,故云"碧丛丛",形容峰峦拥簇貌。翻澜,掀起巨波大浪。曳烟,即行云之意。
③ 楚魂寻梦,指宋玉《高唐赋》《神女赋》中所云楚怀王、襄王梦遇神女的故事,参李白《襄阳歌》注⑱。飕然,风凉貌。苔钱,即苔藓。
④ 瑶姬,《高唐赋》李善注引《襄阳耆旧传》云:"赤帝女名曰瑶姬,未行而卒,葬于巫山之阳,故曰巫山之女。楚怀王游于高唐……遂为置观于巫山之阳。"筇竹,又作"邛竹",产于古邛都国(今四川西昌南)邛山,实心高节,可制手杖;与紫丁香和老猿皆是蜀地特有或普遍的景物。
⑤ 古祠,指神女祠,陆游《入蜀记》卷四曰:"过巫山凝真观,谒妙用真人祠,真人即世所谓巫山神女也。祠正对巫山……惟神女峰最为纤丽奇峭,宜为仙真所托。"蟾桂,皆月中之物,见《梦天》诗注。椒花坠红,王琦注引《图经本草》云:"蜀椒,今归峡及蜀川陕洛间人家多作园圃种之。木高四五尺……四月结子,无花,但生于枝叶间,颗如小豆而圆,皮紫赤色。"可知椒本无花,李贺未曾入蜀,乃出于想象之词。两句与前文之"高插天"呼应。

△本诗交融巫山景致与神话,而成烟雨缥缈、虚灵幽美的迷离世界,中段又设下双重虚幻,以楚魂为虚幻之第一层,以寻梦为虚幻之第二层,而否定神话的现实感,使全篇神话传说与现实景物若即若离,即则混融一体,离则幻灭更甚,故引人入胜。

神弦曲①

西山日没东山昏,旋风吹马马踏云②。画弦素管声浅繁③,花裙䌤缡步秋尘④。桂叶刷风桂坠子,青狸哭血寒狐死⑤。古壁彩虹金帖尾⑥,雨工骑入秋潭水⑦。百年老鸮成木魅⑧,笑声碧火巢中起⑨。

【注释】

①王琦注:"神弦曲者,乃祭祀神祇,弦歌以娱神之曲也。此诗言狸哭狐死、火起鸮巢,是所祈者其诛邪讨魅之神欤?"本篇虽承乐府古题,内容则与《楚辞·九歌》一脉相承,神韵近似。

②马,神所骑者,在黄昏中乘风踏云而降。

③画弦,雕饰着花纹图彩的弦乐器。素管,指素面没有装饰的管乐器。丝管齐发,妙乐迭出,此用以迎神。

④绰缞(cuì cài),行走时衣裙碰触摩擦的声音。本句形容女巫之举止。

⑤自本联至结尾六句,写神接受请祷,降妖驱怪的情形。青狸、寒狐,《尔雅翼》云:"狸者,狐之类。狐口锐而尾大,狸口方而身文,黄黑彬彬,盖次于豹。狐,妖兽,说者以为先古淫妇所化,善于媚惑人,故称狐媚。"

⑥虬,即龙,指古壁上所画之金尾彩龙成精作祟。

⑦雨工,指雷霆之神,唐李朝威《柳毅传》载:柳毅经泾阳,见有妇人牧羊于道畔,其自言:"妾,洞庭龙君小女也。"柳毅"问曰:'子之牧羊何所用哉?神祇岂宰杀乎?'女曰:'非羊也,雨工也。……雷霆之类也。'数复视之,则皆矫顾怒步,饮龁甚异,而大小毛角,则无别羊焉"。

⑧鸮,猫头鹰。木魅,即林妖,《周礼疏》曰:"魅,人面兽身而四足,好惑人。"

⑨言木魅为神力所惊,于巢中随碧色磷火啸叫着腾起,为李贺诗中最凄厉惊悚之篇章。

将进酒①

琉璃钟,琥珀浓②,小槽酒滴真珠红③。烹龙炮凤玉脂泣,罗屏绣幕围香风。④吹龙笛,击鼍鼓⑤,皓齿歌,细腰舞。况是青春日将暮,桃花乱落如红雨。⑥劝君终日酩酊醉,酒不到刘伶坟上土!⑦

【注释】

①篇名为乐府古题,参李白《将进酒》注①。

②琉璃钟,用琉璃制成的透明酒杯。琥珀,为松脂凝成的化石,蜡黄或赤褐

色,透明而有光泽;此处用血色琥珀形容酒色。

③真珠红,亦形容酒色,指江南人所造之红酒。李贺曾游江南,故以之入诗。

④烹龙炮凤,指烹调珍异之食物。玉脂,肥美之肉脂。泣,形容釜中煮物之声响,出自曹植《七步诗》:"其在釜下燃,豆在釜中泣。"罗屏绣幕,指饮酒处华美之屏幕。

⑤龙笛,马融《长笛赋》:"龙鸣水中不见已,截竹吹之声相似。"鼍(tuó),又名猪婆龙,陆玑《诗疏》曰:"鼍形似蜥蜴,四足,长丈余,生卵大如鹅卵。甲如铠,其皮坚厚,可以冒鼓。"

⑥日将暮,指春日无多。桃花乱落,形容暮春景候,而落英缤纷之状如在目前。

⑦酩酊,沉醉貌。《晋书·刘伶传》载:"刘伶字伯伦,沛国人也。……常乘鹿车,携一壶酒,使人荷锸而随之,谓曰:'死便埋我。'其遗形骸如此。尝渴甚,求酒于其妻,妻捐酒毁器,涕泣谏……仍引酒御肉,隗然复醉。……未尝厝意文翰,惟著《酒德颂》一篇。"《大清一统志》"河南省光州":"晋刘伶墓在州(按:今河南潢川)北三十里,冢以铁为砖,旁有井。"又河南汲县附近亦有伶墓。本联意同高菊砌《清明日对酒》所云:"人生有酒须当醉,一滴何曾到九泉。"

△刘衍《李贺诗传》评:本诗有声(吹笛、击鼓)、有色(真珠红、皓齿、红雨)、有形(龙、凤、细腰、桃花)、有态(浓、舞、乱落)、有情(泣、劝),并无平庸之笔。

官街鼓①

晓声隆隆催转日,暮声隆隆催月出。汉城黄柳映新帘,柏陵飞燕埋香骨。②碎千年日长白,孝武秦皇听不得。③从君翠发芦花色,独共南山守中国。④几回天上葬神仙,漏声相将无断绝。⑤

【注释】

①后唐马缟《中华古今注》卷上云:"唐旧制:京城内金吾昏晓传呼,以戒行者。马周请置六街鼓,号之曰'冬冬鼓'。"《新唐书·百官志》"左右金吾卫左右街使":"日暮,鼓八百声而门闭。……五更二点,鼓自内发,诸街鼓承

振,坊市门皆启,鼓三千挝,辨色而止。"又马周上言:"令金吾每街悬鼓夜击,止其行李,以备窃盗。时人呼为冬冬鼓。"

②汉城,指京城长安。柏陵,吴正子注云:"陵寝多栽柏,故云柏陵。"又《资治通鉴·唐纪四十五》胡三省注:"山陵树柏成行,以遮迤陵寝,故谓之柏城。宋白曰:唐诸陵皆栽柏环之。贞元六年十一月,敕诸陵柏城四面各三里内不得安葬。"飞燕,为汉成帝皇后赵飞燕,见李白《清平调》注⑥,此处泛指妃嫔。

③本联意谓街鼓日日硙击,千年光阴随之粉碎;而志求长生的秦始皇、汉武帝,终不能长在以听此鼓声。

④翠发,即青丝、黑发。南山,即终南山,参王维《终南山》注①。中国,指位于国之中央的京城。本联谓:任由你的黑发转呈芦花白,鼓声独与千古不移的终南山长守京城,而并寿不死。

⑤相将,犹相随也,张相《诗词曲语辞汇释》卷三云:"相将,犹云相与或相共也。"两句谓鼓声、滴漏声相续不断,展现出时间是绝无止息的永恒存在,而不死的神仙却已在天上举行过好几回葬礼了。本联颠倒常识凡理,诗趣饱满而警策有力,代表了李贺的神仙虚幻观及时间无限的永恒意识,故钱锺书《谈艺录》云:"他人或以吊古兴怀,遂尔及时行乐,长吉独纯从天运着眼,亦其出世法、远人情之一端也。"

张　祜

　　张祜(德宗贞元八年—宣宗大中八年,七九二—八五四),或误作"张祐",字承吉,南阳(今属河南)人,一作清河(今属河北)人,诗中则以苏州为其故乡。有才思而觅举不中,以处士终身。曾受知于令狐楚,元和十五年(八二〇)楚任宣歙观察使时,并"自草荐表,令以诗三百篇随状表进。祜至京,属元稹在内庭,上问之,稹曰:'祜雕虫小巧,壮夫不为,或奖激之,恐变陛下风教。'上颔之,由是失意东归"(《唐诗纪事》卷五十二)。与杜牧交善,又与白居易日相聚宴谑。大中八年,卒于丹阳隐舍。有《张祜诗》,今存诗近三百五十首。

　　张祜乐高尚,性爱山水,多游名寺,往往题咏唱绝。当其苦吟,妻子每唤之皆不应。曾自号"钓鳌客",并以侠客自任,曾作《侠客传》,但却受骗于假侠客,此事收录于《桂苑丛谈》,又成为《儒林外史》中张铁臂虚设人头会故事之所本。其诗以宫词较著,成就不在王建之下;山水诗也颇为清新可喜,创作形式上则以七绝为胜。

宫词二首(选一)①

故国三千里,深宫二十年。②一声河满子③,双泪落君前。

【注释】

①本诗原列第一首,写宫人远离故乡年深月久,将其中绵密深蕴之幽怨含蓄道尽。

②故国,指宫人故乡。两句叠用数目字,而流动不见堆垛,简要地概括出宫中女性之悲剧,故受时贤称赏,如杜牧《酬张祜处士见寄长句四韵》:"可怜故国三千里,虚唱歌词满六宫。"郑谷《高蟾先辈以诗笔相示抒成寄酬》:"张生故国三千里,知者唯应杜紫微。"

③河,一作"何"。白居易《听歌六绝句》之五《何满子》自注曰:"开元中,沧州有歌者何满子,临刑,进此曲以赎死,上竟不免。"苏鹗《杜阳杂编》载:"(文宗时)有宫人沈阿翘为上舞《何满子》,调声风态,率皆宛畅,曲罢,上赐金臂环。"可见其为舞曲。

赠内人①

禁门宫树月痕过,媚眼惟看宿鹭窠。②斜拔玉钗灯影畔,剔开红焰救飞蛾。③

【注释】

①内人,指选入宫中宜春院的歌舞伎。内,内宫。
②鹭,一作"燕"。窠(kē),飞禽之巢穴。两句写禁深重重,远不如鹭鸟虽结巢在此,却能自由来去,飞往宫外广大天地。
③第三句本夜深百无聊赖之举,竟带出末句救蛾之一片慧心仁术,故使全诗超越出一般宫怨之陈套,而幽禁之哀情更显温柔敦厚。

集灵台二首(选一)①

虢国夫人承主恩,平明骑马入宫门。②却嫌脂粉污颜色,淡扫蛾眉朝至尊。③

【注释】

①本诗原列第二首,亦收入杜甫集中。集灵台,在骊山华清宫长生殿侧,为祀神之所。
②虢国夫人,参白居易《长恨歌》注⑩,为杨贵妃三姊。平明,天刚亮的时候。《明皇杂录》卷下:"虢国每入禁中,常乘骢马,使小黄门御。紫骢之骏健,黄门之端秀,皆冠绝一时。"
③《杨太真外传》载:"虢国不施妆粉,自炫美艳,常素面朝天。"故下云"淡扫蛾眉"。朝至尊,朝见天子。

△仇兆鳌《杜诗详注》卷二评析道:"乍读此诗,语似称扬,及细玩其旨,却讽刺微婉。曰虢国,滥封号也。曰承恩,宠女谒也。曰平明上马,不避人目也。曰淡扫蛾眉,妖姿取媚也。曰入门朝尊,出入无度也。当时浊乱宫闱如此,已兆陈仓之祸矣。一旦红颜委地,白骨谁怜,徒足贻臭千古焉耳。"

题金陵渡①

金陵津渡小山楼,一宿行人自可愁。②潮落夜江斜月里,两三星火是瓜洲③。

【注释】

①金陵渡,为一专名,在今江苏镇江附近,望江北即瓜洲。
②小山楼,诗人住宿处。行人,行旅之人,包括诗人自己。
③瓜洲,一作"瓜州",《舆地纪胜》"淮南东路扬州":"瓜洲在江都县南四十里江滨。……昔为瓜洲村,盖扬子江中之沙碛也。沙潮涨出,其状如瓜,接连扬子渡口,民居其上。唐立为镇,今有石城三面。"

纵游淮南①

十里长街市井连,月明桥上看神仙。②人生只合扬州死,禅智山光好墓田。③

【注释】

①纵游,尽情游赏。淮南,淮水以南地区,包括江苏南部一带,此诗将其胜景集中于扬州表现。
②神仙,代称妓人。两句写扬州市景繁丽,人物华艳,可与杜牧《遣怀》《赠别》互参。
③合,应当。禅智山,指江都以西之蜀冈,因禅智寺得名,《宝祐志》云:禅智寺"旧在江都县北五里,本隋炀帝故宫"。第三句以虚笔写扬州之魅力,极传神而语出惊人;第四句则实写其想,又令人神往,使扬州风采倍增。

朱庆馀

朱庆馀,生卒年不详,字可久,越州(今浙江绍兴)人。宝历二年(八二六)进士及第,官秘书省校书郎,又曾客游边塞。有《朱庆馀诗集》,存诗一百七十多首。

朱庆馀受知于张籍,诗趣也受其影响,《唐诗纪事》卷四十六载:"庆馀遇水部郎中张籍知音,索庆馀新旧篇什,留二十六章,置之怀袖而推赞之。时人以籍重名,皆缮录讽咏,遂登科。"《唐才子传》卷六则云:其"得张水部诗旨,气平意绝,社中哲匠也,有名当时"。所作诗辞意清新,含蓄细致,抒情写景亦颇有韵味。

宫 词①

寂寂花时闭院门,美人相并立琼轩。②含情欲说宫中事,鹦鹉前头不敢言③。

【注释】

①题一作"宫中词"。

②寂寂花时,兼指寂寞的春天与寂寞的青春。美人,指宫女。琼轩,长廊上装饰华美的窗。

③《礼记·曲礼》云:"鹦鹉能言,不离飞鸟。"又《旧唐书·音乐志》云:"鹦鹉……谓之能言鸟。鹦鹉秦、陇尤多。"末句深得慎言之旨,亦见宫中有言难诉之怨情。

△清黄叔灿《唐诗笺注》谓:"宫中忧谗畏讥,寂寞心事,言外味之可见。"俞陛云《诗境浅说续编》评曰:"此诗善写官人心事,宜为世所称。凡写宫怨者,皆言独处含愁,此则幸逢彩伴,正堪一诉衷情。奈鹦鹉当前,欲言又止……对锁蛾眉,一腔幽怨。宜宫中事秘,世莫能详矣。"

近试上张籍水部①

洞房昨夜停红烛,待晓堂前拜舅姑。②妆罢低声问夫婿,画眉深浅入时无③。

【注释】

①题一作"闺意献张水部"。近试,接近考试。张籍,时为水部员外郎,详参本书诗人小传。全诗以美人自喻,将考试时见主考官的心情与新嫁娘拜舅姑相比,而以张籍比于新郎,构思创意十足,而又无碍内容之深挚温柔。

②停,一般解作停放;朱金城考释为点燃之意,应是。舅姑,公婆。《礼记·昏义》云:"夙兴,妇沐浴以俟见,质明,赞见妇于舅姑。"

③画眉,比喻闺房之乐,《汉书·张敞传》载:"(敞)为妇画眉,长安中传张京兆眉怃。有司以奏敞,上问之,对曰:'臣闻闺房之内,夫妇之私,有过于画眉者。'上爱其能,弗备责也,然终不得大位。"入时无,谓是否合于时兴流行。

△末两句虚笔写出新嫁娘娇羞柔媚之美。洪迈《容斋诗话》卷五云:"细味此章,元不谈量女之容貌,而其华艳韶好,体态温柔,风流酝藉,非第一人不足当也。"

南 湖①

湖上微风小槛凉,翻翻菱荇满回塘②。野船着岸入春草,水鸟带波飞夕阳。③芦叶有声疑露雨,浪花无际似潇湘。飘然蓬艇东归客,尽日相看忆楚乡。④

【注释】

①此诗为罢游东归之时作,亦入温庭筠集中。南湖,《嘉泰会稽志》卷十载:

"镜湖在县东二里,故南湖也。东汉太守马臻始筑塘立湖,周三百十里,溉田九千余顷。"在今浙江绍兴。

②翻翻,形容水上叶丛翻腾起伏的样子。

③入,一作"偎"。带波,映带着波光。

④蓬艇,以蓬草盖顶搭建的小船。楚乡,即上文之"潇湘"所在,亦是诗人足迹曾到的洞庭湖、九疑山等地,故有相忆之情。

许 浑

　　许浑,(约德宗贞元七年—宣宗大中十二年后,七九一——八五八),字用晦,润州丹阳(今属江苏)人,大和六年(八三二)进士。三十岁前滞留夔州三载,后为颍州从事,曾奉使上都;年三十余,参节镇戎幕,北游幽蓟而南返。约开成四年(八三九)前后为当涂、太平二县令,久之,起为润州司马。大中三年以前以监察御史奉命赴南海,在南海使府数年。大中初北归,大中七年官虞部员外郎,不久出任睦、郢二州刺史。"尝分司朱方,买田筑室,后抱病退居丁卯涧桥村舍,暇日缀录所作,因以名集",有《丁卯集》,《全唐诗》编诗十一卷五百多首。

　　"浑乐林泉,亦慷慨悲歌之士,登高怀古,已见壮心。故为格调豪丽,犹强弩初张,牙浅弦急,俱无留意耳。"①许浑以律诗闻名,韦庄推崇道:"江南才子许浑诗,字字清新句句奇。"(《题许浑诗卷》)《澹园诗话》更谓其诗"对仗工稳,为律诗正则,故宋人称浑七律为唐诗第一,五律犹非绝唱。……学律诗者,当以浑为入手"。实则其诗凝练而不够浑厚,工稳而稍欠流宕。尤其好用"水"字,胡仔《苕溪渔隐丛话前集》卷二四引《桐江诗话》云:"许浑集中佳句甚多,然多用水字,故国初士人云'许浑千首湿'是也。"

【注释】

① 至此两段引文俱见《唐才子传》卷七。仕历考证参傅璇琮主编《唐才子传校笺》。

秋日赴阙题潼关驿楼①

红叶晚萧萧,长亭酒一瓢。②残云归太华,疏雨过中条。③树色随山迥,河声入海遥。④帝乡明日到,犹自梦渔樵。⑤

【注释】

①题一作《行次潼关逢魏扶东归》。阙,指京城长安。潼关,在今陕西潼关,《水经注·河水》云:"河在关内,南流潼激关山,因谓之潼关。"驿楼,即供行旅住宿休憩之驿站。
②萧萧,形容风吹树叶之声。长亭,庾信《哀江南赋》云:"十里五里,长亭短亭。"用指送别之所。瓢,容量较杯为大的舀水之器。
③太华,即华山,相对于山西南的少华山而言。中条,山名,一名雷首山,在山西永济南。
④迥,深远貌。河,即黄河。中四句可参王之涣《登鹳雀楼》注②。
⑤帝乡,指京城长安。渔樵,指隐逸林泉的生活。
△高步瀛《唐宋诗举要》卷四引吴汝纶评此首云:"高华雄浑,丁卯压卷之作。"俞陛云《诗境浅说》曰:"凡作客途风景诗者,山川形势,最宜明了:笔气能包笼一切,而句法复雄宕高超,斯为上乘。许诗其佳选也。开篇从秋日说起,如仙人跨鹤,翩然自空而降。……(前六句)皆纪客途风景,篇终始言赴阙,觚棱在望,而故乡回首,犹梦渔樵,知其荣利之淡也。"

金陵怀古①

玉树歌残王气终,景阳兵合戍楼空。②松楸远近千官冢,禾黍高低六代宫。③石燕拂云晴亦雨④,江豚吹浪夜还风⑤。英雄一去豪华尽,唯有青山似洛中。⑥

【注释】

①金陵,南京旧名,见刘禹锡《金陵五题》注②。
②玉树,指《玉树后庭花》,参杜牧《泊秦淮》注②。王气终,即亡国。次句一作"景阳钟动曙楼空",景阳,陈后主所建官名,故址在今南京北。戍楼空,战士戍守之城楼已空无一人,形容战备不存。《陈书·后主本纪》载:隋将韩擒虎入宫城,"城内文武百司皆遁出。……后主闻兵至,从官人十余出

后堂景阳殿,将自投于井,袁宪侍侧,苦谏不从,后阁舍人夏侯公韵又以身蔽井,后主与久争之,方得入焉。及夜,为隋军所执"。

③松、楸,俱为墓树。禾黍,《诗经·王风·黍离》小序云:"黍离,闵宗周也。周大夫行役至于宗周,过故宗庙宫室,尽为禾黍,闵宗周之颠覆,彷徨不忍去而作是诗也。"六代,即六朝,为定都于金陵的孙吴、东晋、宋、齐、梁、陈之合称。

④石燕,《湘中记》云:"零陵有石燕,得风雨则飞翔,风雨止还为石。"一解为山名,《水经注·湘水》曰:"湘水……出永昌县北罗山东南,流径石燕山东,其山有石,绀而状燕,因以名山。其石或大或小,若母子焉。及其雷风相薄,则石燕群飞,颉颃如真燕矣。"皆可通。

⑤江豚,《南越志》载:"江豚似猪,居水中。每于浪间跳跃,风辄起。"本联写江上禽鱼腾跃、呼风唤雨的情形,暗寓风起云涌的时代写照。

⑥李白《金陵三首》其三称:"苑方秦地少,山似洛阳多。"王琦注引《景定建康志》云:"洛阳四山围,伊、洛、瀍、涧在中。建康亦四山围,秦淮、直渎在中。"末联兴发自然恒定如一,而人事历尽沧桑的感慨。

△清朱三锡《东岩草堂评订唐诗鼓吹》云:"许公此篇,单论陈后主事,只一起'王气终'三字,已括尽六朝,尤为另出手眼。'王树歌残'与'景阳兵合'作对,直将鼎革改命大事,视同儿戏,真可慨也。"黄叔灿《唐诗笺注》曰:"此诗似不及刘梦得《西塞山怀古》。盖刘从孙吴说起,虚带六朝,凭吊深情,自有上下千古之慨,气魄宏阔,诗亦深厚。此诗叹陈后主为南朝之终,追溯六朝,立局亦妙。"

咸阳城东楼①

一上高城万里愁,蒹葭杨柳似汀洲②。溪云初起日沉阁,山雨欲来风满楼。③鸟下绿芜秦苑夕,蝉鸣黄叶汉宫秋。④行人莫问当年事,故国东来渭水流。⑤

【注释】

①题又作《咸阳城西楼晚眺》。咸阳,秦、汉故都,《旧唐书·地理志》载:"秦

之咸阳,汉之长安也。隋开皇二年,自汉长安故城东南移二十里置新都,今京师是也。"与唐代长安以渭水相隔,在今陕西咸阳市。

②汀洲,水边平地与水中沙洲。

③溪、阁,作者原注:"南近磻溪,西对慈福寺阁。"日沉阁,夕阳在寺阁后方沉落。俞陛云《诗境浅说》云:"上句因云起而日沉,为诗心所易到。下句善状骤雨欲来,风先雨至之景,可谓绝妙好词。"

④绿芜,绿色杂草。苑,林园。两句写官苑中秋夕荒凉之景。《东岩草堂评定唐诗鼓吹》云:"'秦苑''汉宫'俱切咸阳……下一'夕'字'秋'字景况倍觉凄凉,感时怀古之意,岂能已乎!"

⑤行人,旅人,指作者自己。当年事,一作"前朝事"。末句亦作"渭水寒光昼夜流",与前一篇同致自然与人事对比之慨。

登洛阳故城①

禾黍离离半野蒿,昔人城此岂知劳。②水声东去市朝变,山势北来宫殿高③。鸦噪暮云归古堞,雁迷寒雨下空壕。可怜缑岭登仙子,犹自吹笙醉碧桃。④

【注释】

①题一作《故洛城》。洛阳故城,《旧唐书·地理志》"河南道东都":"故城在今苑内东北隅,自㲒王已后及东汉、魏文、晋武,皆都于今故洛城。隋大业元年,自故洛城西移十八里置新都,今都城是也。"华延俊《洛阳记》云:"洛阳城东西七里,南北九里,洛阳城内宫殿台观府藏寺舍,凡有一万一千二百一十九门。自刘曜入洛,元帝渡江,官署里闾鞠为茂草。"

②禾黍,《诗经·王风·黍离》云:"彼黍离离,彼稷之苗。"详见《金陵怀古》注③。蒿,艾类植物。城,此处为动词,建城之意。

③山势,指城北十里之芒山(又作"邙山"),横亘四百余里,东汉梁鸿《五噫歌》云:"陟彼北芒兮,噫!顾瞻帝京兮,噫!宫室崔嵬兮,噫!民之劬劳兮,噫!辽辽未央兮,噫!"

④缑岭,《元和郡县志》"河南道河南府缑氏县":"缑氏山在县东南二十九里,

王子晋得仙处。"在今河南偃师东南。登仙子,指王子晋,《列仙传》载:"王子乔者,周灵王太子晋也,好吹笙、作凤凰鸣。游伊洛之间,道士浮丘公接以上嵩高山,三十余年。后求之于山中,见柏良曰:'告我家,七月七日待我于缑氏山巅。'至时果乘白鹤驻山头,望之不得到,举手谢时人,数日而去。"碧桃,仙人所食,《尹喜内传》云:"老子西游省太真王母,共食碧桃紫梨。"

△高步瀛《唐宋诗举要》评曰:"用晦览古之作,后人多病其落套,此作风格独高,胜于他作。"清赵臣瑗《山满楼笺注唐诗七言律》云:"通首筋节,全在次句。……先写荒景,倒落此句,笔势矫健。三承一言,自来天运,定有变迁;四承二言,若论地形,居然据胜,亦是一低一昂之笔,矫健之甚。五、六不再写目前荒凉之状,与首句不同:首句是乍见,此二句是久而见者也。一结忽然掉开,欲其长久不变,除非学道登仙。"

汴河亭①

广陵花盛帝东游,先劈昆仑一派流。②百二禁兵辞象阙③,三千宫女下龙舟④。凝云鼓震星辰动,拂浪旗开日月浮。⑤四海义师归有道,迷楼还似景阳楼。⑥

【注释】

①汴河,又名汴渠,《元和郡县志》"河南道河南府河阴县":"汴渠在县南二百五十步……隋炀帝大业元年更令开导,名通济渠。……自江都宫入于海,亦谓之御河,河畔筑御道,树之以柳,炀帝巡幸,乘龙舟而往江都。"

②广陵,即扬州。帝,指隋炀帝。昆仑一派,指黄河派流之支脉,《隋书·炀帝纪》载:"大业元年……发河南诸郡男女百余万,开通济渠,自西苑引谷、洛水达于河,自板渚引河通于淮。……八月壬寅,上御龙舟幸江都……舳舻相接二百余里。"

③百二,《史记·高祖本纪》云:"秦,形胜之国,带河山之险,县隔千里,持戟百万,秦得百二焉。"《集解》引苏林曰:"得百中之二焉。秦地险固,二万人足当诸侯百万人也。"禁兵,指御林军。象阙,指官门。

④龙舟,《隋书·炀帝纪》云:大业元年三月,"遣黄门侍郎王弘、上仪同于士澄往江南采木,造龙舟、凤舸、黄龙、赤舰、楼船等数万艘"。其形制详参皮日休《汴河怀古二首》注③。两句谓大批禁军和宫女随炀帝乘龙舟,远别京城南下游幸。

⑤凝云,形容鼓声震天,响遏行云。日月浮,指日月浮映于水浪上。

⑥有道,指唐朝。迷楼,炀帝晚年耽溺于女色,浙人项升为造迷楼,唐韩偓《迷楼记》云:"工巧之极,自古无有也,费用金玉,帑库为之一空,人误入者虽终日不能出。帝幸之大喜,顾左右曰:'使真仙游其中,亦当自迷也,可目之曰迷楼。'"在今江苏扬州西北。景阳楼,见《金陵怀古》注②。

塞下曲①

夜战桑干北,秦兵半不归。②朝来有乡信,犹自寄寒衣。③

【注释】

①与《塞上曲》同为新乐府辞,参王昌龄《塞下曲》注①。

②桑干,河名,即永定河上游,《大清一统志》"顺天府":永定河即桑干河,亦名卢沟河,俗名浑河。"为古之㶟水,明以后屡改道。半不归,可见战况激烈,死伤惨重。

③物在人亡,生死无常;而一腔关爱在一厢情愿的无知中热切进行,尤令人惨伤。

△清赵彦传《唐人绝句诗钞注略》引许培荣云:"'夜'字、'朝'字、'犹'字、'自'字,写得酸苦不可言。"

杜　牧

　　杜牧(德宗贞元十九年—宣宗大中六年,八〇三—八五二),字牧之,京兆万年(今陕西西安)人,为杜佑之孙。大和二年(八二八)进士及第,同年沈传师表为江西团练府巡官,两年后随至宣州幕。大和七年又为牛僧孺节度府掌书记,九年擢监察御史,分司东都。开成二年(八三七)任殿中侍御史,为宣歙团练判官;次年迁左补阙、史馆修撰,五年改膳部员外郎。自会昌二年(八四二)起历黄、池、睦三州刺史,大中二年入为司勋员外郎,常兼史职,四年改吏部,复乞为湖州刺史,五年以考功郎中知制诰,六年迁中书舍人①。有《樊川文集》,《全唐诗》编诗八卷五百多首。

　　杜牧为人不拘细行,风流倜傥,《别传》载:"牧在扬州,每夕为狭斜游,所至成欢,无不会意,如是者数年。"因此韵事频传,有不少轻倩秀艳之作;然而他也内怀经济之略,《上李中丞书》自谓"世业儒学",关心"治乱兴亡之迹、财赋兵甲之事、地形之险易远近、古人之长短得失",而留下了如《守论》和《阿房宫赋》之类的经典文章,成为有唐一代除了韩、柳之外唯一诗文兼擅的文学家,但也由此可见其极端歧异的多元性格。

　　杜牧为晚唐翘楚,与李商隐齐名,号为小"李杜"。《唐音统签》卷五百五十三称:"牧之诗含思悲凄,流情感慨,下语精切,含声宛转,而抑扬顿挫之节,尤其所长。"特别是七言律、绝,往往直追杜甫,有孤标傲世之姿,杨慎《升庵诗话》卷五便谓:"律诗至晚唐,李义山而下,惟杜牧之为最。宋人评其诗豪而艳、宕而丽,于律诗中特寓拗峭,以矫时弊,信然。"就内容而言,写风情高华绮美而不浮靡,咏史则俊爽流宕而不失风骨,不论抒情写景都能延展出鲜明清丽的色泽和深远动人的意境,耐人寻味。

【注释】

①仕历考证详参傅璇琮主编《唐才子传校笺》卷六。

念昔游三首(选一)①

十载飘然绳检外,樽前自献自为酬。②秋山春雨闲吟处,倚遍江南寺寺楼③。

【注释】

①此为杜牧追忆之作,选收的是其中第一首。
②十载,往往出现在杜牧怀念江南旧游的诗中,传达一股遥思黄金岁月的温柔感伤之情。绳检,束缚限制。樽,酒杯。献、酬,皆是敬酒之意,《诗经·小雅·楚茨》笺云:"始主人酌宾为献,宾既酌主人,主人又自饮酌宾曰酬(酬)。"
③倚寺楼,暂居于寺庙僧院中,冯集梧注引《北史·李概传》云:"江南多以僧寺停客。"

过华清宫绝句三首(选二)①

一

长安回望绣成堆,山顶千门次第开。②一骑红尘妃子笑,无人知是荔枝来。③

【注释】

①此处选收第一、二首。华清宫,在骊山上,详参杜甫《自京赴奉先县咏怀五百字》注⑱及白居易《长恨歌》注⑤。
②绣成堆,极言其景致秾丽,物色繁华,冯集梧注引《雍大记》云:"东绣岭在骊山右,西绣岭在骊山左。唐玄宗时,植林木花卉如锦绣,故以为名。"千门,参杜甫《哀江头》注③。次第开,形容宏伟宫宅逐一门开貌。

③妃子,指杨贵妃。李肇《唐国史补》卷上:"杨贵妃生于蜀,好食荔支,南海所生,尤胜蜀者,故每岁飞驰以进。"《新唐书·后妃传》载:"妃嗜荔支,必欲生致之,乃置骑传送,走数千里,味未变已至京师。"虽云"无人知",实贵妃已知,故笑;只取荔枝一事见其荣宠,笔调含蓄幽远。

二

新丰绿树起黄埃①,数骑渔阳探使回②。霓裳一曲千峰上,舞破中原始下来。③

【注释】

①新丰,地名,参王维《观猎》注④。起黄埃,引出下句之"探使回",亦有战祸将起之兆。

②渔阳,安禄山据以叛乱之地,见白居易《长恨歌》注⑭。句下诗人原注:"帝使中使辅璆琳探禄山反否,璆琳受禄山金,言禄山不反。"《新唐书·逆臣传》载:天宝十四年,"国忠谋授禄山同中书门下平章事,召还朝。制未下,帝使中官辅璆琳赐大柑,因察非常。禄山厚赂之,还言无它,帝遂不召"。此言帝昏臣贼,端倪可见。

③霓裳,即《霓裳羽衣曲》,参白居易《长恨歌》注⑮。舞破中原,指帝妃逸乐亡国;始下来,言其知悟恨晚。全诗内蕴不露,而讽意自明。

登乐游原①

长空澹澹孤鸟没,万古销沉向此中。②看取汉家何事业,五陵无树起秋风。③

【注释】

①乐游原,见杜甫《乐游园歌》注①。

②澹澹,水摇动貌。本联谓孤鸟消逝于长空之中,正如古往今来无限岁月被宇宙所吸纳、消融。俞陛云《诗境浅说续编》云:"前二句尤佳,有包扫一切之概。犹岑参《登慈恩塔》诗:'五陵北原上,万古青蒙蒙。'若置身闾风之

颠,俯视万象,类泡影之明灭也。宋人词'消沉今古意无穷,尽在长空澹澹鸟飞中',即袭用此诗。"

③取,语助词,表示动作的进行,张相《诗词曲语辞汇释》卷三云:"取,语助辞,犹着也、得也。"五陵,见孟浩然《送朱大入秦》注②,代指长安繁华之地。无树,暗示必定植树之陵墓已遭破坏,《三国志·魏书·文帝纪》云:"丧乱以来,汉氏诸陵,无不发掘。"起秋风,见其景色之凄凉。施补华《岘佣说诗》云:末联"是加一倍写法。陵树秋风,已觉凄惨,况无树耶?用意用笔甚曲"。此正"万古销沉"之强力例证。

△李锳《诗法易简录》云:"寄慨深远。借汉家说法,即殷鉴不远之意。"

江南春绝句①

千里莺啼绿映红,水村山郭酒旗风。②南朝四百八十寺,多少楼台烟雨中。③

【注释】

①千,有云作"十"者,误。山郭,依山而建的外城;即山城。

②南朝,指定都江南建康城的宋、齐、梁、陈等朝代。四百八十寺,概言其寺庙之众多,《南史·循吏传》载郭祖深上言:"都下佛寺五百余所,穷极宏丽。僧尼十余万,资产丰沃。所在郡县,不可胜言。"烟雨中,渲染江南的水雾迷蒙之美,兼寓有时移事变的沧桑之感。

③何文焕《历代诗话考索》云:"江南方广千里,千里之中,莺啼而绿映焉。水村山郭,无处无酒旗,四百八十寺,楼台多在烟雨中也。此诗之意既广,不得专指一处,故总而命曰'江南春',诗家善立题者也。"又黄生《唐诗摘钞》卷四谓:"曰'烟雨中',则非真有楼台矣,感六朝遗迹之湮灭,而诗特不直说……不曰楼台已毁,而曰'多少楼台烟雨中',皆见立言之妙。"

九日齐山登高①

江涵秋影雁初飞,与客携壶上翠微。②尘世难逢开口笑,菊花须插满头归。但将酩酊酬佳节,不用登临恨落晖。③古往今来只如此,牛山何必独沾衣。④

【注释】

①九日,指重阳节。齐山,池州(今安徽贵池),杜牧于武宗会昌年间曾任池州刺史。登高之俗,见王维《九月九日忆山东兄弟》注②。

②雁初飞,正秋时之事,扣诗题之"九日"。翠微,山间缥缈之青气,亦指山腰处,此处代指山。清金圣叹《贯华堂选批唐才子诗》云:起句"一句七字,写出当时一俯一仰,无限神理。……只为此句起得好时,下便随意随手,任从承接。或说是悲愤,或说是放达,或说是傲岸,或说是无赖,无所不可。"

③酩酊,大醉貌。酬,回报。梁萧统《陶渊明传》云:"尝九月九日出宅边菊丛中坐,久之,满手把菊。忽值弘送酒至,即便就酌,醉而归。"落晖,落日余晖。中四句表现任性自适、放旷洒脱的人生态度,而不拘于爱生惜死的俗情。恨,又作"叹""怨"。

④牛山,在山东临淄南。独,一作"泪"。末句用齐景公牛山涕泣事,《列子·力命》载:"齐景公游于牛山,北临其国城而流涕曰:'美哉,国乎!郁郁芊芊,若何滴滴去此国而死乎?使古无死者,寡人将去斯而之何?'史孔、梁丘据皆从而泣。"另《晏子春秋·内篇谏上》与《韩诗外传》亦载此事。

△清屈复《唐诗成法》云:"'难逢''须插''但将''不用''只如此''何必'相呼应。"《唐宋诗举要》卷五引吴北江曰:"感慨苍茫,小杜最佳之作。"

齐安郡后池绝句①

菱透浮萍绿锦池,夏莺千啭弄蔷薇。尽日无人看微雨,鸳鸯相对浴红衣。②

【注释】

①齐安郡,即黄州,今湖北一带。本篇约成于武宗会昌初年出守黄州期间。

②尽日,整天。红衣,红艳羽衣。

△全诗静动交错互生,"弄蔷薇""浴红衣"都更衬出"无人"的寂静;而红、绿

搭配,色彩鲜明,宛如一幅清丽温馨的小画。

初冬夜饮

淮阳多病偶求欢①,客袖侵霜与烛盘②。砌下梨花一堆雪,明年谁此凭阑干。③

【注释】

①淮阳,用汲黯事,《史记·汲黯传》载:"黯多病,卧闺阁内不出,岁余,东海大治。……召拜黯为淮阳太守,黯伏谢不受印,诏数强予,然后奉诏。诏召见黯,黯为上泣曰:'臣自以为填沟壑,不复见陛下,不意陛下复收用之。臣常有狗马病,力不能任郡事……'上曰:'……顾淮阳吏民不相得,吾徒得君之重,卧而治之。'"因杜牧出使外州,或又卧病,故此处用以自比。

②句谓衫袖与烛盘皆为夜霜所侵。

③谓砌下堆雪如梨花,明年或恐无法在此凭栏赏夜了。凭,依凭。

△俞陛云《诗境浅说续编》云:"淮南雪夜,小饮一杯,聊遣客中情况,玉砌花飞,暂娱此夕。明岁之倚栏吟赏者,知属何人?杜少陵诗:'明年此会知谁健?醉把茱萸仔细看。'张梦晋诗:'高楼明月清歌夜,此是生平第几回?'明知胜会不常,未免有情难遣。"

商山麻涧①

云光岚彩四面合,柔桑垂柳十余家。雉飞鹿过芳草远,牛巷鸡埘春日斜。②秀眉老父对樽酒,茜袖女儿簪野花。③征车自念尘土计,惆怅溪边书细沙。④

【注释】

①商山麻涧,《读史方舆纪要》卷五十四载:"陕西商州:商洛山,州东南九十里,皇甫谧云:南山曰商山,又名地肺山,亦称楚山,盖即终南之支阜矣。"同条又云:"熊耳山……(麻涧)在熊耳峰下,山涧环抱,厥地宜麻,因名曰

麻涧,行六十里而至秦岭。"

②垺(shí),鸡栖处,《诗经·国风·君子于役》云:"鸡栖于垺。"毛传曰:"凿墙而栖曰垺。"两句写农村野趣亲切有味。

③秀眉,《诗经·鲁颂·閟宫》郑玄笺曰:"眉寿、秀眉,亦寿征。"茜袖,即红袖,《尔雅·释草》之"茹藘茅蒐"下郭璞注云:"今之茜也,可以染绛。"

④征车,指奔波之行旅。尘土计,指世俗之思虑。

△全诗温柔沉静,秀丽如画,清赵臣瑗《山满楼笺注唐诗七言律》云:"此诗字字古朴,字字新颖,又字字美丽,披之如身入桃源,虽竟日坐卧其中,不厌也。"

赤　壁①

折戟沉沙铁未销,自将磨洗认前朝。②东风不与周郎便③,铜雀春深锁二乔④。

【注释】

①赤壁,《大清一统志》"湖北武昌府":"赤壁山在嘉鱼县东北江滨。"赤壁之战确立了魏、蜀、吴鼎立之势,时荆州牧刘表死,其子降于曹操,诸葛亮说服孙权联兵拒魏,《三国志·吴书·吴主传》载:"是时曹公新得表众,形势甚盛,诸议者皆望风畏惧,多劝权迎之。惟瑜、肃执拒之议,意与权同。"又《周瑜传》云:"权遂遣瑜及程普等与备并力逆曹公,遇于赤壁。……瑜等在南岸,瑜部将黄盖曰:'今寇众我寡,难与持久。然观操军船舰首尾相接,可烧而走也。'乃取蒙冲斗舰数十艘,实以薪草,膏油灌其中,裹以帷幕,上建牙旗,先书报曹公,欺以欲降。又豫备走舸,各系大船后,因引次俱前。……盖放诸船,同时发火,时风威猛,悉延烧岸上营落。顷之,烟炎张天,人马烧溺死者甚众,军队败退。"本篇约作于武宗会昌二年任黄州刺史时。

②折戟,折断的兵戈武器。沉沙,沉埋沙中。将,拿起。认前朝,认出为前朝遗物。

③不与,假若不与。周郎,即周瑜,见李端《听筝》注③。

④铜雀,台名,曹操所筑,《乐府诗集》卷三一郭茂倩注云:"铜雀台在邺城(按:今河南临漳西),建安十五年筑。其台最高,上有屋一百二十间,连接榱栋,侵彻霄汉。铸大铜雀置于楼颠,舒翼奋尾,势若飞动,因名为铜雀台。"二乔,指大桥、小桥姐妹,《三国志·吴书·周瑜传》云:"策欲取荆州,以瑜为中护军,领江夏太守,从攻皖,拔之。时得桥公两女,皆国色也。策自纳大桥,瑜纳小桥。"

△何文焕《历代诗话考索》曰:"诗人之词微以婉,不同论言直遂也。牧之意,正谓幸而成功,几乎家国不保。"故未可以"社稷存亡、生灵涂炭都不问,只恐捉了二乔"(见《彦周诗话》)视之。贺贻孙《诗筏》亦云:"牧之诗意……惟借'铜雀春深锁二乔'说来,便觉风华蕴藉,增人百感,此政是风人巧于立言处。"

泊秦淮①

烟笼寒水月笼沙,夜泊秦淮近酒家。商女不知亡国恨,隔江犹唱后庭花。②

【注释】

①泊,停船。秦淮,源出江苏溧水东北,流经南京,参刘禹锡《金陵五题》注④。

②商女,卖唱之歌女;一说即商妇,商船上商人之妻或妾。江,陈寅恪指即长江。后庭花,即乐曲《玉树后庭花》,陈后主所作,参张若虚《春江花月夜》注①。此乐艳靡,葛立方《韵语阳秋》卷十五云:"主与幸臣各制歌词,极于轻荡。男女倡和,其音甚哀。"《旧唐书·音乐志》载杜淹云:"陈将亡也,为《玉树后庭花》;齐将亡也,而为《伴侣曲》,行路闻之,莫不悲泣,所谓亡国之音也。"

△清杨逢春《唐诗绎》云:"首句写景荒凉,已为'亡国恨'钩魂摄魄。三、四推原亡国之故,妙就现在所闻犹是亡国之音感叹,索性用'不知'二字,将'亡国恨'三字扫空,文心幻曲。"

题桃花夫人庙①

细腰宫里露桃新,脉脉无言度几春。②至竟息亡缘底事③,可怜金谷坠楼人④。

【注释】

① "桃花夫人"下原注:"即息夫人。"息夫人,详见王维《息夫人》注①。《大清一统志》云:"汉阳府桃花夫人庙,在黄陂县(按:今湖北武汉市黄陂区)东三十里。"

② 细腰宫,指楚宫,《墨子·兼爱》云:"昔者楚灵王好士细要,故灵王之臣皆以一饭为节,胁息然后带,扶墙然后起。"《后汉书·马援传》载马廖上疏云:"楚王好细腰,宫中多饿死。"脉脉无言,出自《古诗十九首》:"盈盈一水间,脉脉不得语。"谓其含情不吐,相视无语。

③ 至竟,到底、究竟之意,袁枚《随园诗话》卷十三云:"唐人诗中,往往用方言。……'至竟'者,犹云究竟也。"息亡,指息国为楚灭亡的事。缘底事,因为什么事;有与红颜无关之意,语带反讽。

④ 金谷,西晋石崇的庭园别馆,《水经注·穀水》云:"穀水又东,左会金谷水。水出太白原,东南流历金谷,谓之金谷水,东南流径晋卫尉卿石崇之故居。石季伦《金谷诗集叙》曰:'余以元康七年从太仆卿出为征虏将军,有别庐在河南界金谷涧中,有清泉茂树,众果、竹、柏、药草备具。'"在洛阳西北。坠楼人,指石崇妾绿珠,《晋书·石崇传》载:"崇有妓曰绿珠,美而艳,善吹笛,孙秀使人求之。时崇在金谷别馆,方登凉台,临清流,妇人侍侧。使者以告……崇勃然曰:'绿珠吾所爱,不可得也。'……使者出而又反,崇竟不许。秀怒……遂矫诏收崇及潘岳、欧阳建等。崇正宴于楼上,介士到门。崇谓绿珠曰:'我今为尔得罪。'绿珠泣曰:'当效死于官前。'因自投于楼下而死。"

△许顗《彦周诗话》云:"仆谓此诗为二十八字史论。"赵翼《瓯北诗话》亦曰:"以绿珠之死,形息夫人之不死,高下自见;而词语蕴藉,不显露讥讪,尤得风人之旨耳。"

题乌江亭①

胜败兵家事不期②,包羞忍耻是男儿。江东子弟多才俊,卷土重来未可知。

【注释】

①乌江亭,在今安徽和县东北之乌江镇,项羽垓下兵败后自杀于此。《史记·项羽本纪》载:"项王乃欲东渡乌江,乌江亭长杋船待,谓项王曰:'江东虽小,地方千里,众数十万人,亦足王也。愿大王急渡。今独臣有船,汉军至,无以渡。'项王笑曰:'天之亡我,我何渡为!且籍与江东子弟八千人渡江而西,今无一人还,纵江东父兄怜而王我,我何面目见之?纵彼不言,籍独不愧于心乎?'……乃自刎而死。"

②此句又作"胜败由来不可期"。期,预知。

△胡仔《苕溪渔隐丛话》评本篇"好异而畔于理",清吴景旭《历代诗话》卷五二则曰:"用翻案法跌入一层,正意益醒……所谓'死中求活'也。"

寄扬州韩绰判官①

青山隐隐水迢迢,秋尽江南草未凋②。二十四桥明月夜③,玉人何处教吹箫④。

【注释】

①韩绰,年里事迹不详。判官,节度使、观察使之僚属。文宗大和七至九年,杜牧曾任淮南节度使书记。

②草未凋,此景正显出江南之柔暖繁华,一本作"草木凋",误。

③二十四桥,《舆地纪胜》"淮南东路扬州":"二十四桥,隋置,并以城门坊市为名,后韩令坤省筑州城,分布阡陌,别立桥梁,所谓二十四桥者,或存或废,不可得而考。"沈括《梦溪笔谈·补笔谈》录有其名。《扬州画舫录》则以二十四桥为吴家砖桥,又名红药桥,如此则为专称。

④玉人,美人,指扬州歌妓;沐浴于明月清光之中,故有洁白如玉之感,因以称之。

赠别二首①

一

娉娉袅袅十三余,豆蔻梢头二月初②。春风十里扬州路,卷上珠帘总不如。③

【注释】

①本篇作于文宗大和九年离扬州赴长安之时。
②娉娉袅袅,形容轻盈曼妙的姿态。豆蔻,胡震亨《唐音癸签》卷二十云:"豆蔻花作穗,嫩叶卷之而生,初如芙蓉,穗头深红色,叶渐展,花渐出,而色微淡。南人取其未大开者,谓之含胎花。"春末绽放。杨慎《升庵诗话》卷九则曰:"牧之诗本咏娼女,言其美而且少,未经事人,如豆蔻花之未开耳。此为风情言,非为求嗣言也。"甚是。
③谓十里路上,卷上珠帘之美人都不如此一豆蔻少女。

二

多情却似总无情,唯觉尊前笑不成。蜡烛有心还惜别,替人垂泪到天明。①

【注释】

①尊,酒杯;此处为赠别之夜宴。不言人而言蜡烛,惜别之心与垂泪之悲更添曲微深婉。
△清黄叔灿《唐诗笺注》云:"曰'却似',曰'唯觉',形容妙矣。下却借蜡烛托寄,曰'有心',曰'替人',更妙。"

遣 怀

落魄江湖载酒行①,楚腰纤细掌中轻②。十年一觉扬州梦,赢得青楼薄幸名。③

【注释】

①落魄,《汉书·郦食其传》应劭注:"志行衰恶之貌也。"颜师古注:"失业无次也。"载酒,携酒。

②楚腰纤细,参《题桃花夫人庙》注②。掌中轻,《飞燕外传》云:"飞燕体轻,能为掌上舞。"又《南史·羊侃传》云:"儛人张净琬腰围一尺六寸,时人咸推能掌上舞。"此处指女妓。

③十年,一作"三年"。觉,一说为醒悟;似以"睡梦"解之较顺当,更有沉沦如梦之感。青楼,女子所居之精丽楼阁,亦指歌楼妓院。

△俞陛云《诗境浅说续编》曰:"此诗者眼在'薄幸'二字。以扬州名都,十年久客,纤腰丽质,所见者多矣,而无一真赏者。不怨青楼之萍絮无情,而反躬自嗟其薄幸,非特忏除绮障,亦待人忠厚之旨。"

叹 花①

自恨寻芳到已迟,往年曾见未开时。如今风摆花狼籍②,绿叶成阴子满枝。

【注释】

①《唐诗纪事》卷五十六载:"牧佐宣城幕,游湖州,刺史崔君张水戏,使州人毕观,令牧间行,阅奇丽,得垂髫者十余岁。后十四年,牧刺湖州,其人已嫁生子矣,乃怅而为诗(按:即本篇)。"诗又作"自是寻春去较迟,不须惆怅怨芳时。狂风落尽深红色,绿叶成阴子满枝"。

②狼籍,形容落花零散满地的样子。

山 行

远上寒山石径斜,白云生处有人家。停车坐爱枫林晚,霜叶红于二月花。①

【注释】

①坐,因为之意,张相《诗词曲语辞汇释》卷四云:"坐,犹因也、为也。"全诗色彩鲜明,清丽有致,可谓秋景如画。俞陛云《诗境浅说续编》云:"诗人之咏及红叶者多矣……唯杜牧诗专赏其色之艳,谓胜于春花。当风劲霜严之际,独绚秋光,红黄绀紫,诸色咸备,笼山络野,春花无此大观,宜司勋特赏于艳李秾桃外也。"

△清黄生《唐诗摘钞》云:"次句承上'远'字说,此未上时所见。三、四则既上之景。诗中有画,此秋山行旅图也。"

秋　夕

银烛秋光冷画屏,轻罗小扇扑流萤。①天阶夜色凉如水,坐看牵牛织女星。②

【注释】

①银,一作"红"。画屏,上画的屏风。轻罗小扇,以轻薄丝罗制成的圆形小扇。扑流萤,可见纯真之心灵和轻巧之身手。

②天阶,官中石阶。坐,一作"卧"。曾季貍《艇斋诗话》云:"含蓄有思致。星象甚多,而独言牛女,此所以见其为官词也。"

△蘅塘退士《唐诗三百首》云:"层层布景,是一幅着色人物画。只'坐看'二字,逗出情思,便通体灵动。"俞陛云《诗境浅说续编》曰:"为秋闺咏七夕情事。前三句写景极清丽,宛若静院夜凉,见伊人逸致。结句仅言坐看双星,凡离合悲欢之迹,不着毫端,而闺人心事,尽在举头坐看中。"

金谷园①

繁华事散逐香尘②,流水无情草自春。日暮东风怨啼鸟,落花犹似坠楼人③。

【注释】

① 本篇约作于文宗大和九年(八三五)分司东都时。金谷园,见《题桃花夫人庙》注④。
② 逐香尘,形容烟消云散。《拾遗记》卷九云:石崇"又屑沉水之香如尘末,布象床上,使所爱者践之,无迹者赐以真珠百琲"。
③ 坠楼人,指石崇爱妾绿珠,见《题桃花夫人庙》注④。

△ 俞陛云《诗境浅说续编》云:"前三句景中有情,皆合凭吊苍凉之思。四句以花喻人,以'落花'喻'坠楼人',伤春感昔,即物兴怀,是人是花,合成一凄迷之境。"

清 明①

清明时节雨纷纷,路上行人欲断魂。借问酒家何处有,牧童遥指杏花村。②

【注释】

① 清明,节气名,《淮南子·天文训》云:"春分后十五日,斗指乙为清明。"《燕京岁时记》载:"清明即寒食,又曰禁烟节,古人最重之,今人不为节,但儿童戴柳、祭扫坟茔而已。"
② 断魂,即销魂,言伤悲之甚。杏花村,《潜确类书》云:"池州府(按:位于今安徽省)秀山门外有杏花村。"此处不必确指。

△ 首句点出细雨绵绵之景,引出次句行人奔波不得归乡之愁,又一转带入聊以消忧之酒家,终句以动作为答。情景既美,画面又生动亲切,故为上乘之作。

陈 陶

陈陶(约德宗贞元二十年—约僖宗乾符初年,八〇四—八七四),字嵩伯,剑浦(今福建漳州)人,其他作鄱阳、岭南者均误。尝举进士不第,而屡入泉州刺史、福建观察使、温州刺史、容管经略使及南海幕中。恣游名山,自称三教布衣。后隐于洪州西山(在今江西南昌),种柑橙为生。相传严宇节度江西,尝往山中,每谈辄竟日。尝遣妓莲花往侍,陈陶笑而不答,莲花献诗求去,云:"处士不生巫峡梦,虚劳云雨下阳台。"陶亦赋诗送别。传闻其学神仙有得,而不知所终。有文录十卷,已散佚,后人辑为《陈嵩伯诗集》一卷,存诗一百七十多首。

陇西行四首(选一)①

誓扫匈奴不顾身,五千貂锦丧胡尘。②可怜无定河边骨③,犹是春闺梦里人④。

【注释】

①此为其中第二首。陇西,指甘肃、宁夏陇山以西之边地。陇西行,《乐府诗集》属之"相和歌辞·瑟调曲",内容乃"言辛苦征战、佳人怨思"。

②本联暗用西汉李陵事,《史记·李将军列传》载:"天汉二年秋,贰师将军李广利将三万骑击匈奴右贤王于祁连天山,而使陵将其射士步兵五千人出居延北可千余里,欲以分匈奴兵,毋令专走贰师也。陵既至期还,而单于以兵八万围击陵军。陵军五千人,兵矢既尽,士死者过半,而所杀伤匈奴亦万余人。"扫,扫荡。貂锦,本汉代羽林军所服之锦衣貂裘,借指精锐部队。两句用"誓扫""不顾"表现战士忠爱献身的豪壮气概,"丧胡尘"则见战事之惨烈与牺牲之众多。

③无定河,在今陕西北部,为黄河支流,《元和郡县志》"关内道夏州朔方县":

"无定河一名朔水,一名奢延水,源出县南百步。"吴景旭《历代诗话》卷五十三引《舆地广记》云:"唐立银州,东北有无定河,即圁水也。后人因溃沙急流深浅无定,故更今名。"其水冲徙不常,此处用之,除了指示所在之外,"无定"二字更营造一股战乱流离、生死无常之感。

④王世贞《艺苑卮言》卷四云:本联"用意工妙至此,可谓绝唱矣"。蘅塘退士《唐诗三百首》评曰:"较之'一将功成万骨枯'更为深痛。"

韩　氏

韩氏,唐宣帝时宫人,出宫后嫁与诗人卢渥为妻。

题红叶①

流水何太急,深宫尽日闲。殷勤谢红叶②,好去到人间③。

【注释】

①此诗本事,见唐范摅《云溪友议》卷下:"明皇代以杨妃、虢国宠盛,宫娥皆颇衰悴不备,掖庭常书落叶,随御水而流。……卢渥舍人应举之岁,偶临御沟,见一红叶,命仆搴来,叶上乃有一绝句,置于巾箱,或呈于同志。及宣宗既省宫人,初下诏许从百官司吏,独不许贡举人。渥后亦一任范阳,获其退官人,睹红叶而吁嗟久之,曰:'当时偶题随流,不谓郎君收藏巾箧。'验其书无不讶焉。诗曰……(即本篇)。"
②谢,告诉,张相《诗词曲语辞汇释》卷五云:"谢,犹语也。……谢红叶,语红叶。"
③好去,张相《诗词曲语辞汇释》卷六云:"好去,居者安慰行者之辞。"
△明周珽《唐诗选脉会通评林》卷五十云:"斩断六朝浮靡妖艳蹊径,是真性情之诗。'谢'字、'好去'字,涵无限情绪、无限风趣。"

温 庭 筠

温庭筠(约德宗贞元十七年—约懿宗咸通七年,八〇一—八六六),原名岐,字飞卿,太原(今属山西)人,家在长安鄠县,为宰相温彦博之孙。《唐才子传》卷八载:"少敏悟,天才雄赡,能走笔成万言。善鼓琴吹笛……侧词艳曲与李商隐齐名,时号'温、李'。才情绮丽,尤工律赋。每试,押官韵,烛下未尝起草,但笼袖凭几,每一韵一吟而已,场中日温八吟;又谓八叉手成八韵,名温八叉,多为邻铺假手。然薄行无检幅……举进士,数上又不第。"[1]因恃才侮慢,讥讽权贵,得罪令狐绹、宣宗等当权者,一生仕途坎坷,大中十年(八五六)贬随州随县尉,徐商镇襄阳,辟巡官。咸通六年任国子助教,次年贬方城尉,后竟流落而死。其著作多已亡佚,今存《温飞卿集》,《全唐诗》编诗九卷三百多首。

温庭筠之与李商隐齐名,应是就内容关涉风情、风格绮艳秾丽的共通处而言,然整体观之,李诗律切精整之格度、绵密深美之思致,仍是温诗所不及。在词方面,温庭筠则独擅高名,以"鬓云欲度香腮雪"之类脂粉旖旎的风格成家,作品几乎全为赵崇祚《花间集》所采录,曾被称为"花间鼻祖",对后世之影响远较诗为深巨。

此处所收数首诗作,或抒情写怀,或咏史吊古,或行旅写景,或思归伤别,都能超越其珠光宝气、粉腻脂香的一般作品,感慨深切,意气苍凉,颇能体物工细,曲达心事,令人耳目一新。

【注释】

[1] 此传多取自《北梦琐言》及《唐摭言》;以下仕历考证参傅璇琮主编《唐才子传校笺》。

利州南渡①

澹然空水对斜晖,曲岛苍茫接翠微。②波上马嘶看棹去,柳边人歇待船归。③数丛沙草群鸥散,万顷江田一鹭飞。④谁解乘舟寻范蠡,五湖烟水独忘机。⑤

【注释】

①利州,唐时属山南西道,治所在今四川广元。全诗写日暮渡江之情景,句句扣住"水"一脉贯连。

②澹然,水摇动貌。斜晖,夕阳斜照。翠微,山中青绿色之气,亦可指山腰,参李白《下终南山过斛斯山人宿置酒》注②。

③棹,摇船之长桨。二句言马先乘舟渡江,而人歇岸柳边,待船归航接运,故能从容观景抒情,引出下文。

④本联皆用当句对形式,表现沙滩草丛之生机盎然,与白鹭点缀无限江波的旷远景色;对句与王维《积雨辋川庄作》诗之"漠漠水田飞白鹭"有异曲同工之妙。

⑤末联用春秋时越国范蠡深谋二十余年,助句践灭后,功成身退,辞官泛舟于五湖之事,《史记·越王句践世家》载:"范蠡称上将军。还反国,范蠡以为大名之下,难以久居,且句践为人可与同患,难与处安,为书辞句践。……乃装其轻宝珠玉,自与其私徒属乘舟浮海以行,终不反。"五湖,指太湖,见刘长卿《饯别王十一南游》注③。忘机,参李白《下终南山过斛斯山人宿置酒》诗注⑥。

△清赵臣瑗《山满楼笺注唐诗七言律》云:"'水带斜晖'以下十一字,只是写天色将暝,妙在'水'字上加一'空'字,而'空'字上又加'淡然'二字,以反挑下文之'棹去船归',见得水本无机,一被有机之人纷纷扰乱,势必至于不能空、不能淡而后已,则甚矣,机心之不可也。三、四写日虽已晡,人马不堪并渡。五、六写人方争渡,禽鸟为之不安。吾不知人生一世,有何机事,必不容已,碌碌皇皇,至于如此,真不足不范少伯之哂也已!"

过陈琳墓①

曾于青史见遗文,今日飘蓬过此坟。②词客有灵应识我,霸才无主始怜君。③石麟埋没藏春草,铜雀荒凉对暮云。④莫怪临风倍惆怅,欲将书剑学从军。⑤

【注释】

① 陈琳,字孔璋,东汉末年"建安七子"之一,《三国志·魏书·王粲传》云:"琳前为何进主簿……进不纳其言,竟以取祸。琳避难冀州,袁绍使典文章。袁氏败,琳归太祖(曹操)。……太祖并以琳、瑀为司空军谋祭酒,管记室,军国书檄,多琳、瑀所作也。"其墓在今江苏邳州。

② 青史,见岑参《轮台歌》注,指《三国志》而言。飘蓬,诗人自喻漂泊不定的生涯。

③ 词客,指陈琳,即对句之"君"。霸才,指杰出不凡的才能。无主,李贺亦有"世上英雄本无主"之句,参其《浩歌》注⑦。怜,解作爱慕意为佳。纪昀《瀛奎律髓刊误》卷二十八评曰:"词客指陈,霸才自谓。此一联有异代同心之感,实指彼此互文,'应'字极兀傲,'始'字极沉痛,通首以此二语为骨,纯是自感,非吊陈琳也。虚谷以霸才为曹操,谬甚。"

④ 石麟,坟前镇墓之物,《西京杂记》卷三云:"五柞宫……树下有石麒麟二枚,刊其胁为文字,是秦始皇骊山墓上物也。"春,一作"秋"。铜雀,见杜牧《赤壁》诗注④;陆机《吊魏武帝文》曾引曹操遗令云:"汝等时时登铜爵台,望吾西陵墓田。"本联意谓陈琳一生霸才,现今却任其坟墓颓圮;而知人善任的霸才之主曹操也不复存在,徒留铜雀荒凉,显示当代不能爱才的时弊,承应上文"霸才无主"之慨叹。

⑤ 将,把、带之意。末联流露弃文从武的无奈与所用非才的惆怅。纪昀曰:"霸才、词客皆结于末句中。"

△ 明周珽《唐诗选脉会通评林》卷四十六云:"自古称才难;才非难,知之为难。知而宠遇惟艰,犹弗知也;遇而明良乖配,犹弗遇也。如陈琳名列'邺中七子',比贾生之于汉文,终屈长沙差殊,而飞卿犹以"霸才无主"为琳叹

息。若祢衡不免杀戮之惨,怀才至此,时运之厄,不令人千载感吊乎?"

经五丈原①

铁马云雕共绝尘,柳阴高压汉宫春。②天清杀气屯关右,夜半妖星照渭滨。③下国卧龙空寤主④,中原得鹿不由人⑤。象床宝帐无言语,从此谯周是老臣。⑥

【注释】

①五丈原,唐时属凤翔府,在今陕西岐山南斜谷口渭水南岸。《三国志·蜀书·诸葛亮传》载:建兴"十二年春,亮悉大众由斜谷出,以流马运,据武功五丈原,与司马宣王对于渭南……相持百余日。其年八月,亮疾病,卒于军,时年五十四"。其为诸葛亮一生鞠躬尽瘁、壮志未伸的最后舞台,故最引起志士仁人之悲怀感慨。

②铁马,犹"铁骑",精健的骑兵。云雕,指军旗,《史记·司马相如传》张守节《正义》云:"画熊虎于旌,似云气也。"又《释名》曰:"鸟隼为旐。"绝尘,喻迅行疾走。柳阴,一作"柳营",则指汉周亚夫屯兵之细柳营,参王维《观猎》诗注④。汉宫,指都所在的长安。首联写蜀汉之军容壮盛,气势凌厉,而迅速北进,威震中原。

③天清,点出秋天。杀气,指战争凶厉的气息。关右,又称"关西",函谷关以西之地区。妖星,代表劫难降临的灾星。《三国志·蜀书·诸葛亮传》注引《晋阳秋》云:"有星赤而芒角,自东北西南流,投于亮营,三投再还,往大还小。俄而亮卒。"

④下国,指蜀国,因位处西南偏远地区,而与中原地区之"上国"相对而称。卧龙,即诸葛亮,《三国志》本传载徐庶谓先主刘备曰:"诸葛孔明者,卧龙也,将军岂愿见之乎?"有人杰潜隐之意。寤主,使君主醒寤;指诸葛亮前、后《出师表》等对后主刘禅的苦心忠谏。

⑤中原得鹿,指取得天下政权,《史记·淮阴侯列传》云:"秦失其鹿,天下共逐之。"不由人,由不得人做主;意谓其他因素胜过个人的主观努力。

⑥象床宝帐,指祠庙神龛中的陈设。谯周,巴西西充国人,诸葛亮死后获后主

宠信。景耀六年冬,魏大将军邓艾长驱而至,后主在群臣会议中从谯周之策,举国投降,"时晋文王为魏相国,以周有全国之功,封阳城亭侯"(见《三国志·蜀书·谯周传》)。老臣,出自杜甫《蜀相》诗所云"两朝开济老臣心";加以"从此"一语,有滥竽充数、后继非人之讥叹。沈德潜《唐诗别裁集》卷十五评曰:"诮之比于痛骂。"而谯周之不肖、后主之昏庸俱在言外。

苏武庙①

苏武魂销汉使前,古祠高树两茫然。②云边雁断胡天月,陇上羊归塞草烟。③回日楼台非甲帐④,去时冠剑是丁年⑤。茂陵不见封侯印,空向秋波哭逝川。⑥

【注释】

①《汉书·李广苏建传》载:"武,字子卿,少以父任,兄弟并为郎。……(武帝)遣武以中郎将使持节送匈奴使留在汉者……既至匈奴,置币遗单于。单于益骄……愈益欲降之,乃幽武置大窖中,绝不饮食。天雨雪,武卧啮雪与旃毛并咽之,数日不死,匈奴以为神,乃徙武北海上无人处,使牧羝,羝乳乃得归。……武既至海上,廪食不至,掘野鼠去草实而食之。杖汉节牧羊,卧起操持,节旄尽落。……昭帝即位,数年,匈奴与汉和亲,汉求武等,匈奴诡言武死。……使者谓单于,言天子射上林中,得雁,足有系帛书,言武等在某泽中。……单于召会武官属,前以降及物故,凡随武还者九人。……武留匈奴凡十九岁,始以强壮出,及还,须发尽白。"

②魂销,形容因至乐狂喜而心魂俱醉之感,为追想苏武得见汉使的心情。古祠高树,回到庙本身而言。茫然,一谓年代久远,不可稽考;一谓对苏武心情茫然无知,皆可通。

③本联描述苏武流放塞外的生活。雁断,指音讯不通。

④回日,归汉之日。甲帐,《汉书·西域传赞》云:"孝武之世……兴造甲乙之帐,落以随珠和璧。"《汉武故事》亦载:"以琉璃珠玉、明月夜光,错杂天下珍宝为甲帐,其次为乙帐。甲以居神,乙以自御。"句谓改朝换代,所见有异。

⑤丁年,指壮年,李陵《答苏武书》云:"丁年奉使,皓首而归。"
⑥茂陵,汉武帝葬所。封侯,《汉书·李广苏建传》载:"数年,昭帝崩,武以故二千石与计谋立宣帝,赐爵关内侯,食邑三百户。"逝川,象征光阴流逝,《论语·子罕》:"子在川上曰:逝者如斯夫,不舍昼夜。"两句就苏武追悼武帝早逝,不及亲眼目睹自己封侯加爵之憾着墨,塑造一片白发丹心、温柔敦厚的忠臣形象。

△清沈德潜《唐诗别裁集》云:"五、六与'此日六军同驻马'一联,俱属逆挽法,律诗得此,化板滞为跳脱矣。"《瀛奎律髓汇评》引何焯曰:"五、六不但工致,正逼出落句,落句自伤。"

达摩支曲①

捣麝成尘香不灭,拗莲作寸丝难绝。②红泪文姬洛水春,白头苏武天山雪。③君不见无愁高纬花漫漫,漳浦宴余清露寒。④一旦臣僚共囚房,欲吹羌管先汍澜。⑤旧臣头鬓霜华早,可惜雄心醉中老。⑥万古春归梦不归,邺城风雨连天草。⑦

【注释】

①摩,一作"磨"。达摩支,唐健舞名,又称泛兰丛。
②麝,一种反刍偶蹄类哺乳动物,形似鹿而小,无角,雄性脐部有香腺,分泌浓烈之麝香,可入药、做香料。拗,折也。首联以麝香、莲丝之性质引带出古今相连不绝的追思,和前人绵绵难灭的悠悠长恨。
③红泪,言其悲椎心泣血,参李商隐《板桥晓别》注④。文姬,汉末蔡琰之字,见李颀《听董大弹胡笳弄兼寄语房给事》诗注②。洛水春,指文姬归汉再嫁董祀的后半生而言,其居住地陈留近于洛水。苏武,见前《苏武庙》注①。天山,参李白《关山月》诗注②。
④高纬,北齐后主,《北齐书·后主帝纪》载:其"盛为无愁之曲,帝自弹胡琵琶而唱之,侍和之者以百数,人间谓之无愁天子。"漳浦,漳水之滨,为其国都邺城所在。
⑤共囚房,《北齐书·幼主帝纪》载:周师渐逼,高纬(太上皇)并皇后携幼主

走青州,"为周将尉迟纲所获,送邺。周武帝与抗宾主礼,并太后、幼主、诸王俱送长安。……至建德七年,诬与宜州刺史穆提婆谋反,及延宗等数十人无少长咸赐死"。羌管,即羌笛,参李颀《古意》注⑦。汍澜,流泪貌。

⑥旧臣,指高纬祖父高欢(开国之君神武皇帝)、父亲辈(如高洋及其父武成帝高湛)等留下之老臣。霜华早,指早生白发。醉中老,谓沉醉于酒乡而使雄心销磨殆尽。

⑦邺城,北齐国都,今河北临漳。末联谓春去复返,而帝京繁华美梦却一去不回,徒留满是蔓草的都城在风雨中颓圮。

△清黄周星《唐诗快》云:"读至末二语,不知几许销魂。"杜诏《中晚唐诗叩弹集》曰:"首四句,兴也。'高纬无愁',终为囚虏,求如文姬、苏武及身归汉,不可得也。此诗盖深着淫佚之戒。"

商山早行①

晨起动征铎,客行悲故乡。②鸡声茅店月,人迹板桥霜。③槲叶落山路,枳花明驿墙。④因思杜陵梦,凫雁满回塘。⑤

【注释】

①商山,又名楚山、地肺山,在今陕西商县东南,为汉初四皓隐居处。本诗约为宣宗大中末年,诗人离开长安后途经所作,扣住"早行"而写出典型意象。

②动征铎,旅途中坐车之铃响动起来;表示客子准备出发,并引出流徙生活中悲念故乡的心情。

③两句景中有情,意象鲜明,鸡声、月、霜绘出残夜如画;茅店、板桥,又与鸡声勾勒出一幅荒村野店之景;如此一切再加上霜上人迹,则可见行旅之辛劳。欧阳修《六一诗话》云:"道路辛苦、羁愁旅思,岂不见于言外乎?"李东阳《麓堂诗话》更谓:"人但知其能道羁愁野况于言意之表,不知二句中不用一二闲字,止提掇出紧关物色字样,而音韵铿锵,意象具足,始为难得。"

④槲叶,冬季枯时犹不脱落,待来年春芽冒出始辞枝飘零。枳花,枳树春天所开的白花。本联写初春旅途驿道上之景色,而引起下联对杜陵故地的

怀想。

⑤杜陵，在长安东南，代指长安，参杜甫《醉时歌》注⑦。凫雁，为春天自南北返的雁鸭类候鸟，亦为周成王时代天下太平之象征，见《礼记》。回塘，曲折的水塘。末联思梦长安，呼应首联之"悲故乡"，也以凫雁得在故居团聚戏水为乐，而强化了自己客征之寂寞艰辛，和对故土之追思恋慕。

△明周珽《唐诗选脉会通评林》卷三十五云："唐人赋早行者不少，必情景融浑，妙极形容，无如此诗矣。即一起发行役劳苦之怀，一结含安居群聚之想，而五、六'落'字、'明'字，诗眼秀拔。谁谓晚唐乏盛中音调耶！"

送人东归①

荒戍落黄叶，浩然离故关。②高风汉阳渡，初日郢门山。③江上几人在，天涯孤棹还④。何当重相见，尊酒慰离颜。⑤

【注释】

①东归，一作"东游"。

②荒戍，一作"古戍"。落黄叶，点出高秋时节，呼出下联之"高风"。浩然，《孟子·公孙丑下》云："予然后浩然有归志。"朱熹注云："浩然，如水之流，不可止也。"故关，即故乡、乡关。

③二句雄俊，有初盛唐之风。汉阳，唐属江南道鄂州，今属湖北武汉。郢门山，即荆门山，参王维《汉江临泛》诗注②。

④棹，船桨；代指船。"孤棹"应上文之"几人在"。

⑤何当，何时之意，参李商隐《夜雨寄北》注③。尊，同"樽"，酒杯。

△纪昀《删正二冯先生评阅才调集》云："苍苍莽莽，高调入云。温、李有此笔力，故能熔铸一切浓艳之词，无堆排之迹。"

瑶瑟怨①

冰簟银床梦不成②，碧天如水夜云轻。雁声远过潇湘去，十二楼中月自明。③

【注释】

①瑶瑟,镶玉的瑟。瑟曲伤悲,参李商隐《锦瑟》诗注②。
②簟(diàn),竹草。通首布景,只"梦不成"三字露怨意,内蕴温柔婉曲。
③潇湘,参张若虚《春江花月夜》诗注⑩。十二楼,为神人居处,《史记·孝武本纪》载方士言:"黄帝时为五城十二楼,以候神人于执期。"《集解》引应劭曰:"昆仑玄圃五城十二楼,此仙人之所常居也。"

△清黄周星《唐诗快》云:"不言瑟而瑟在其中,何必'二十五弦弹夜月'耶?"俞陛云《诗境浅说续编》曰:"通首纯写秋闺之景,不着迹象,而自有一种清怨。……首句'梦不成'略露闺情,以下由云天而闻雁,而南及潇湘,渐推渐远,怀人者亦随之神往。四句仍归到秋闺,剩有亭亭孤月,留伴妆楼,不言愁而愁与秋宵俱永矣。此诗高浑秀丽,作词境论,亦五代冯、韦之先河也。"

碧涧驿晓思①

香灯伴残梦,楚国在天涯。②月落子规歇,满庭山杏花。③

【注释】

①驿,供传递文书、行旅止宿之途站。晓思,清晨之怀思。
②残梦,以应"晓思",兼有天明梦去与梦残未圆之意。楚国,今两湖之地,为诗人怀想之故乡。
③子规,即杜鹃鸟,啼声哀凄,音如"不如归去",详参李白《蜀道难》诗注⑫。月落子规歇,可见晓之时刻与思之内容,而诗人竟夜辗转之情状亦可知矣。

△俞陛云《诗境浅说续编》云:"诗言楚江客舍,残梦初醒,孤灯相伴,其幽寂可想。迨起步闲庭,斜月西沉,子规啼罢,其时群嚣未动,唯见满庭山杏,把晨露而争开。善写晓天清景。飞卿尚有咏春雪诗……不若《晓思》诗之格高味永也。"

李 商 隐

　　李商隐(宪宗元和七年——宣宗大中十二年,八一二——八五八),字义山,号玉谿生,又号樊南生,祖籍怀州河内(今河南沁阳),自祖父起迁居郑州荥阳(今属河南),为其第二故乡。幼孤贫,能为文,令狐楚奇其才,使游门下,授以骈文,遇之甚厚,奖誉甚力,开成二年(八三七)遂擢进士,同年冬兴元节度使令狐楚卒;次年赴泾原节度使王茂元幕,茂元爱其才,以女妻之,从此不免牛李党争的纠葛,而身处夹缝,导致了一生沉沦漂泊的隐痛。开成四年为校书郎,调补弘农尉;次年辞尉赴湖南。会昌元年(八四一)还京,次年居陈许幕掌书记,旋居母丧;五年入京,重官秘书省正字。大中元年随郑亚赴桂管幕,次年还京,为盩厔尉;三年卢弘止镇徐州,奏为判官,得侍御史;四年令狐绹为相执政,仍不顾其屡次上书陈情而未加荐引;五年妻王氏卒,赴东川节度使柳仲郢幕,直至十年始随仲郢还朝,辟为盐铁推官;大中十二年罢职后,不久即病卒于荥阳[①]。有《玉谿生诗》及《樊南文集》,存诗约六百首。

　　李商隐诗为晚唐唯美浪漫派开出灿烂的花朵,而浇溉此花的,一是世纪末秾丽残缺的心态,使他吟出"夕阳无限好,只是近黄昏"的诗句;二是隐痛难言、有志难伸的政治遭遇,如崔珏《哭李商隐》所说的"虚负凌云万丈才,一生襟抱未尝开",致使其诗朦胧隐晦、深微迷离;再则是本身纤细敏感的感伤性格,以及一往情深、往而不返的情感模式,使他表露出"春蚕到死丝方尽,蜡炬成灰泪始干"的无悔执着,和与悲剧相始终的生命情调,无论是夕阳、落花、残春,或是虚负长才的贾生、徒劳追寻的青鸟、夜夜追悔的嫦娥,都透露一股悲凉的凄情和缠绵悱恻的哀感。其作品中首创的"无题诗"不在少数,又常用神话素材及历史典故,往往织染出精美绮艳的情境,却又扑朔难解,形成一种极为特殊的艺术魅力,故而元好问《论诗绝句三十首》之十二云:"诗家总爱西昆好,独恨无人作郑笺。"其影响力及于宋初诗坛的"西昆体"。

在创作形式上,李商隐则是继杜甫以来的律诗大家,所作沉博绝丽、包蕴密致,《蔡宽夫诗话》载:"王荆公晚年亦喜称义山诗,以为唐人知学老杜而得其藩篱者,惟义山一人而已。"尤其是七律诗更得到了极高评价,如施补华《岘佣说诗》云:"义山七律得于少陵者深,故秾丽之中时带沉郁,如《重有感》《筹笔驿》等篇,气足神完,直登其堂,入其室矣。飞卿华而不实,牧之俊而不雄,皆非此公敌手。"其才力之卓绝、运命之困塞皆迥出于晚唐诸家之上,亦非与他并称的杜牧所能比拟。此处所选诗作系年,暂依冯浩所编年谱及张尔田《玉豀生年谱会笺》。

【注释】

① 生平仕历参张尔田《玉豀生年谱会笺》及岑仲勉《玉豀生年谱会笺平质》。

初食笋呈座中①

嫩箨香苞初出林,於陵论价重如金②。皇都陆海应无数,忍剪凌云一寸心③!

【注释】

① 文宗大和八年(八三四)李商隐二十三岁,随调任兖州观察使的崔戎至兖州幕中掌章奏之事,本诗作于此时。
② 箨(tuò),笋皮。苞,指有外皮包护的嫩笋。於(wū)陵为邻近兖州之地,汉代设於陵县,唐时为长山县,在今山东省邹平东南。冯浩注:"《竹谱》云:'般肠实中,为笋殊味。'注曰:'般肠竹生东郡缘海诸山中,有笋最美。'正兖海地也。"盖竹生江南一带,于北方则物稀而贵。
③ 皇都,指京城长安。陆海,指盛产植物的丰饶之地,《汉书·地理志》载:秦地"有鄠、杜竹林,南山檀柘,号称陆海,为九州膏腴。"这里指陆上海中之物产。本联意谓嫩笋一寸,而有凌云之心,他日可成凌霄之翠竹,既有如许之海陆珍味可择而食,何忍为口腹之快而剪伐此凌云之志?为李商隐早年

一首立意新警的咏物诗。

宿骆氏亭寄怀崔雍崔衮①

竹坞无尘水槛清,相思迢递隔重城。②秋阴不散霜飞晚,留得枯荷听雨声。③

【注释】

①本诗作于文宗大和九年(八三五),作者二十四岁。骆氏亭,其址无定说,或谓长庆年间济源骆山人的池馆,或谓骆峻于长安春明门外所筑者,屈复《玉谿生诗意》云:"诗有隔重城,则春明门外之骆亭为是。盖二崔方官于朝,义山闲游留此,故怀之也。"崔雍、崔衮为李商隐的从表兄弟,乃对作者有知遇之恩的崔戎之子。

②本联出句写骆氏亭之幽景,对句写寄怀之所在。竹坞,指长着竹林的高地。水槛,为临水而筑之亭榭上的栏杆。迢递,远貌。重城,指长安,当时长安有内城、外城之分。纪昀《玉谿生诗说》评云:"相思二字微露端倪,寄怀之意全在言外。"与诗题紧扣,彼此呼应。

③末两句由不散之阴云写至霜飞雨落,由秋夕写至秋夜,时间流转与气候变化中暗藏着相思之情的延展;而夜听雨打残荷之声,除了显示作者彻夜不眠的不尽思怀之外,更透显着诗人性格中早已酝酿了对残缺凄清之美感的倾心,这一股心灵的偏向已构成其诗歌表现上的一大情调,成为大部分作品中反复出现的主题,也因此《红楼梦》第四十回中,具有同质性灵的林黛玉会引本诗最后一句为同调了。一说"霜飞晚"意为今年降霜晚,故残荷犹在;亦未必有雨,霜飞、雨落全在诗人想象之中,此亦无碍于其性格之流露。

安定城楼①

迢递高城百尺楼,绿杨枝外尽汀洲。②贾生年少虚垂涕③,王粲春来更远游④。永忆江湖归白发,欲回天地入扁舟。⑤不知腐鼠成滋味,猜意鹓雏竟未休。⑥

【注释】

① 文宗开成二年(八三七)春,二十六岁的李商隐经令狐绹推荐而登进士第,同年冬令狐楚卒,次年泾原节度使王茂元辟之为幕僚,并以女妻之,自此李商隐便无可奈何地陷入牛李党争之中,成为纠缠一生的巨大隐痛。本诗便作于开成三年其婚后应博学宏词科落选之时,处于未来坎坷之路的开端。安定城,即泾州,在今甘肃泾川北,为泾原节度使治所,《元和郡县志》"关内道泾州保定县":"本汉安定县地,今临泾县安定故城也。"

② 迢递,高貌。汀,水边平地,这里指泾州东的美女湫。洲,水中沙渚。《史记·封禅书》之《集解》注云:"湫渊在安定朝那县,方四十里,停不流,冬夏不增减,不生草木。"即诗中所见之景。纪昀《瀛奎律髓刊误》卷三十九云:"'江湖''扁舟'之兴俱自'汀洲'生出,故次句非趁韵凑景。"

③ 贾生,指贾谊。垂涕,流泪。汉文帝六年时贾谊上《陈政事疏》曰:"臣窃惟今之事势,可为痛哭者一,可为流涕者二,可为长太息者六。"然因年少才高,为权贵者所谮害,天子后亦疏之,终不被晋用,死时年仅三十三岁,亦枉自流泪,于事无补,故云:"虚垂涕。"

④ 王粲,东汉末年著名的建安七子之一,十七岁时便因祸乱而自长安流浪到荆州避难,投靠荆州刺史刘表,曾于春日上湖北当阳城楼,写下传名不朽的《登楼赋》,感叹寄人篱下,客居远游。诗人奋发向上,却应试不第,又寓居王茂元幕中,情况正类贾、王二人,故本联分举之,用以自况。

⑤ 本联为"永忆白发归江湖,欲回扁舟入天地"之倒装,表露诗人不为俗世功业所囿的高远志向,永远怀有在创出回天转地的一番大事业之后,于白发年老时再一叶扁舟归隐江湖的初衷。下句暗用战国时范蠡佐助越王勾践灭吴后,便弃官泛舟于太湖之中的典故。王安石晚年甚喜此诗,更谓此二句"虽老杜无以过",可见其契入中国传统知识分子之内在心灵十分深透,而又语劲意道,故深撼人心。

⑥ 腐鼠,比喻博学宏词科的区区禄位。鹓雏,凤凰的一属。本联典出《庄子·秋水》:"惠子相梁,庄子往见之。或谓惠子曰:'庄子来,欲代子相。'于是惠子恐,搜于国中三日三夜。庄子往见之,曰:'南方有鸟,其名为鹓

雏,子知之乎? 夫鹓雏发于南海而飞于北海,非梧桐不止,非练实(竹实)不食,非醴泉不饮。于是鸱得腐鼠,鹓雏过之,仰而视之曰:'吓!'今子欲以子之梁国吓我邪?'"诗中即以凤凰自比,解嘲那些紧握官禄的猜忌者有如梁国为相的惠施,其实都是逐臭嗜腐的猫头鹰,不了解他的高情远志而妄加排挤,竟以"诡薄无行"之谮言将本已录取的诗人强加除名。

回中牡丹为雨所败二首(选一)①

浪笑榴花不及春,先期零落更愁人。②玉盘迸泪伤心数③,锦瑟惊弦破梦频④。万里重阴非旧圃,一年生意属流尘。⑤前溪舞罢君回顾,并觉今朝粉态新。⑥

【注释】

① 本组诗亦作于开成三年,此处选收其中第二首。回中,在安定高平,有险阻。

② 浪笑,恣意漫笑,形容花朵盛开貌。《旧唐书·文苑传》载:"高祖为隋讨贼于河东,诏绍安监高祖之军,深见接遇。及高祖受禅,绍安自洛阳间行来奔,高祖见之甚悦,拜内史舍人。……时夏侯端亦尝为御史,监高祖军,先绍安归朝,授秘书监。绍安因侍宴,应诏咏《石榴诗》曰:'只为来时晚,开花不及春。'时人称之。"先期,在花期之前。本联意谓榴花虽于夏天盛开,然未赶上春日佳期,已属遗憾;而牡丹却在春天花期之前就早早凋谢,零落无成,更令人感到悲愁。

③ 玉盘迸泪,典出左思《吴都赋》:"泉室潜织而卷绡,渊客慷慨而泣珠。"注云:"俗传鲛人从水中出,曾寄寓人家,积日卖绡。……鲛人临去,从主人索器,泣而出珠满盘,以与主人。"数(shuò),次数频繁之意。

④ 《史记·封禅书》云:"太帝使素女鼓五十弦瑟,悲,帝禁不止,故破其瑟为二十五弦。"与鲍照《代东门行》所云:"伤禽恶弦惊,倦客恶离声。"合为本句所本。本联上句写雨打牡丹之状,下句写雨打牡丹之声,语丽情悲,意象鲜明。

⑤ 万里重阴,与陶渊明《停云诗》之"八表同昏"同旨。不但重阴霾之下,回

中本非牡丹根生适长之旧圃;而雨打花蕊,辛勤一年的生命结晶亦沦没为流尘而已,无复生意。两句以无限之空间与短暂成空之时间对比,形成极强烈的张力,呈现李商隐诗特有的时空结构。

⑥前溪,曲名,属清商曲辞,《晋书·乐志》载:"《前溪歌》者,车骑将军沈充所制。"本溪水名,其地居民盛学音乐,于兢《大唐传》曰:"前溪村,南朝习乐之所,今尚有数百家习音乐。江南声伎多自此出,所谓舞出前溪者也。"古《前溪曲》云:"黄葛结蒙笼,生在洛溪边。花落随流去,何时逐流还?还亦不复鲜。"并觉,相对地觉得。胡震亨谓本联为翻案用之,冯浩则谓:"花为雨败,原非应落之时;迨至落尽之后,回念今朝,并觉雨中粉态尚为新艳矣。此进一层法。"意极精当。

无题二首(选一)①

昨夜星辰昨夜风,画楼西畔桂堂东。②身无彩凤双飞翼,心有灵犀一点通。③隔座送钩春酒暖④,分曹射覆蜡灯红⑤。嗟余听鼓应官去,走马兰台类转蓬。⑥

【注释】

①本诗依冯浩系年,乃于开成四年所作,时诗人二十八岁。无题诗与一般在流传中失题的作品不同,乃李商隐为种种难言之隐以及无法实说具指的感受而有意为之的创格,更增诗意朦胧的多义性美感。

②此确为一艳情之作无疑。首联分别点出此一爱慕对象所在之宴会的时间和地点,"昨夜"一词语重义复,表现一种缠绵回环的依依之情。

③彩凤,彩羽之凤凰。灵犀,《汉书·西域传赞》谓:"通犀翠羽之珍盈于后宫。"如淳注云:"通犀,中央色白,通两头。"《抱朴子》亦提及"通天犀角"之物,诗中借犀角之形以喻两心相通也。

④送钩,亦谓藏钩,一种游戏。《汉书·外戚传》载:"武帝巡狩过河间,望气者言此有奇女,天子亟使使召之。既至,女两手皆拳,上自披之,手即时伸,由是得幸,号曰拳夫人。……居钩弋宫。"后人效法,作藏钩之戏,邯郸淳《艺经》载其法曰:"叟妪儿童为藏钩之戏,分为二曹以校胜负,若人偶即敌

对,人奇则一人为游附,或属上曹,或属下曹,名为飞鸟,以齐二曹人数。一钩藏在数手中,曹人当射知所在。"

⑤分曹,即分为二组。射覆,亦为游戏之一种,《汉书·东方朔传》记云:"上尝使诸数家射覆,置守宫盂下,射之,皆不能中。"颜师古注曰:"于覆器之下而置诸物,令暗射之,故云射覆。"本联着力描写通宵饮酒欢宴的热闹温暖之状。

⑥听鼓应官,指宴游达旦,更鼓之声已响,应上朝任职听事,参白居易《长恨歌》注㉚。走马,跑马也,形容奔波之意。兰台,《旧唐书·职官志》载:秘书省"龙朔改为兰台,光宅改为麟台,神龙复为秘书省。"原是汉代掌图籍秘书之处。类转蓬,有如飘转不定之蓬草。时李商隐正任秘书郎,走马转蓬之说,兼有赏心乐事难再,以及官非所愿之慨。

曲　江①

望断平时翠辇过,空闻子夜鬼悲歌。②金舆不返倾城色,玉殿犹分下苑波。③死忆华亭闻唳鹤④,老忧王室泣铜驼⑤。天荒地变心虽折,若比伤春意未多。⑥

【注释】

①依冯浩所编年谱,本诗定于文宗开成五年(八四〇),时作者二十九岁。朱鹤龄云:"此诗前四句追感玄宗与贵妃临幸时事。"而冯浩则谓:"此盖伤文宗崩后,杨贤妃赐死而作也。"程梦星亦云:"此诗专言文宗,盖文宗时曲江之兴罢,与甘露之事相终始也。曲江之修,因郑注厌灾一言始之;曲江之罢,因李训甘露一事终之。故但题曲江,而太(大)和间时事足以概见矣。"论理精当,其说可采。

②望断,极目久望而未见。翠辇,皇帝所乘翠羽装饰的车驾。子夜,一指子时深夜,一指《子夜歌》。《晋书·乐志》云:"《子夜歌》者,女子名子夜,造此声。孝武太元中,琅邪王轲之家有鬼歌《子夜》。"其声哀苦。

③金舆,指后妃坐乘,《旧唐书·舆服志》所载皇后车有重翟、厌翟、翟车、安车、四望车、金根车六等,前四等皆"金饰诸末"。倾城色,指绝代佳人,参

杜甫《佳人》注②。下苑,乃对禁苑而言,指曲江。
④《世说新语·尤悔》载:"陆平原(按:陆机)河桥败,为卢志所谮,被诛。临刑叹曰:'欲闻华亭鹤唳,可复得乎?'"刘孝标注引《八王故事》曰:"华亭,吴由拳县郊外墅也,有清泉茂林。吴平后,陆机兄弟共游于此十余年。"又引《语林》云:"机为河北都督,闻警角之声,谓孙丞曰:'闻此不如华亭鹤唳。'故临刑而有此叹。"
⑤《晋书·索靖传》载:"靖有先识远量,知天下将乱,指洛阳宫门铜驼,叹曰:'会见汝在荆棘中耳!'"冯浩引《华氏洛阳记》注本句云:"两铜驼在宫之南街,东西相对,高九尺,汉时所谓铜驼街。"本联写文宗大和九年发生的甘露之变,盈溢出忧时怆然之哀感。
⑥此联"伤春"所指究竟如何,不但众说纷纭,亦多指实之论,一般皆以"天荒地变"谓甘露之变,而"伤春"者为忧心未来之更可虑者。然冯浩曾云:"诗首句谓文宗,次句谓贤妃,三四承上,五六则以甘露之变作衬,而谓伤春之痛较甚于此。"似较近于李商隐极端个人化之内在心灵世界,此观其往往将神话素材以个人感受重新诠释,流露出浓厚之主观色彩,即可得到旁证。对诗人而言,天荒地变之现实时局固然令人心折,但流连光景、春去如斯之伤怀,或许是更具渗透力而能包弥天地的生命情调。

七月二十九日崇让宅宴作①

露如微霰下前池,风过回塘万竹悲。②浮世本来多聚散,红蕖何事亦离披。③悠扬归梦惟灯见,濩落生涯独酒知。④岂到白头长只尔,嵩阳松雪有心期。⑤

【注释】

①本诗作于唐武宗会昌元年(八四一),时年三十岁,因辞弘农尉后,困顿失意,暂归岳父河阳节度使王茂元在洛阳崇让坊的家宅居住。宴,合饮。
②霰,白色冰珠。风,一作"月",何焯谓:"二十九日安得有月耶?"故从宋姚宽《西溪丛语》改。
③浮世,即飘荡不定的人生,李白《春夜宴从弟桃花园序》曾云:"浮生若梦,

为欢几何?"红蕖,即红荷。离披,花叶散落貌。本联对偶灵活有致,情景交融,流动浑融,故钱良择谓:"情深于言,义山所独。"

④濩落,见杜甫《自京赴奉先县咏怀五百字》注⑤。本诗后二联亦由杜甫诗中化出。

⑤只尔,只是如此。嵩阳,嵩山之南,山在河南登封南,为古代高士隐居之地。松雪,象征高洁的人品与节操,此处用指离尘忘情之境界。心期,意谓素志或夙愿也。

花下醉①

寻芳不觉醉流霞②,倚树沉眠日已斜。客散酒醒深夜后,更持红烛赏残花。③

【注释】

①冯浩将此诗编于武宗会昌五年(八四五),时诗人三十四岁。全诗不用任何典故,却能含思宛转,余韵悠远,象征性极浓地反映出李商隐一往情深、耽溺不返的性格,具有抉发典型的代表意义。

②流霞,仙酒名,《抱朴子·祛惑》云:"仙人但以流霞一杯与我饮之,辄不饥渴。"一般转为酒之代称。

③本联比诸古人秉烛夜游之举,更有一番深兴雅意,前此白居易《惜牡丹花二首》之一已云:"明朝风起应吹尽,夜惜衰红把火看。"后乃启发苏轼《海棠》诗所谓"只恐夜深花睡去,高烧银烛照红妆"的妙想。在《春日寄怀》一诗中诗人曾云:"纵使有花兼有月,可堪无酒又无人。"然则人散醉后,独赏花残夜景,更复有外人难知的幽隐心怀。

落 花①

高阁客竟去,小园花乱飞。参差连曲陌,迢递送斜晖。②肠断未忍扫,眼穿仍欲稀。③芳心向春尽,所得是沾衣④。

【注释】

① 写作年代同前诗,亦是一首不用典故而曲尽深情之作。

② 参差,落花高低远近不齐貌。曲陌,弯曲之路径。迢递,远貌。

③ 稀,一作"归",稀字较胜,透显出即使眼穿而花仍飘零的无可奈何之感。张尔田谓:"此二句词极悲浑,不得以字面论其工拙也。"

④ 沾衣,指泪。

△ 冯浩注引田兰芳云:"起超忽,连落花亦看作有情矣。"一"竟"字寓多少错愕哀怨之感,使花亦随客去而乱飞;而花落后更沿径远布,依依送至天涯,离情不断;由此更进一层,虽则肠断眼穿,仍不改其执着;然如此芳心,所得不过沾衣之泪,其得无异于一切之失也,故何焯云:"一结无限深情,得字意外巧妙。"使全诗委婉跌宕,令人低回不已。

瑶 池①

瑶池阿母绮窗开,黄竹歌声动地哀。② 八骏日行三万里③,穆王何事不重来④?

【注释】

① 本诗冯谱系于武宗会昌六年(八四六),诗人三十五岁,为专讽学仙之作。瑶池,传说中的西方仙境,为西王母所居之地,《穆天子传》卷三载:"天子觞西王母于瑶池之上。"

② 西王母,又称玄都阿母。黄竹歌,《穆天子传》卷五云:"日中大寒,北风雨雪,有冻人。天子作诗三章以哀民,曰:'我徂黄竹,□员阌寒。'"本联上下句各以神仙绮丽升平之境与现实艰苦哀困之状呈现极端对比,强化天上人间之差别。

③ 八骏,《穆天子传》卷一:"天子之骏:赤骥、盗骊、白义、逾轮、山子、渠黄、华骝、绿耳。"冯浩注引杜甫《画马赞》诗原注:"飞兔、腰褭,日驰三万里。"并存以资参考。

④ 《穆天子传》卷三载:"西王母为天子谣曰:'白云在天,山陵自出。道里悠

远,山川间之。将子无死,尚能复来。'天子答之曰:'予归东土,和治诸夏。万民平均,吾顾见汝。比及三年,将复而野。'"李商隐则以反问句质疑仙人超俗之然诺,使不死的神话显得更加荒谬不值,笔调辛辣,一针见血。

晚　晴①

深居俯夹城,春去夏犹清。②天意怜幽草,人间重晚晴。③并添高阁迥,微注小窗明。④越鸟巢干后,归飞体更轻。⑤

【注释】

① 作于唐宣宗大中元年(八四七),诗人三十六岁。此年被桂管观察使郑亚辟为幕僚,初到桂林的诗人沐浴在初夏晚晴的清和气息,以及栖止暂定的舒稳中,在诗里焕发出欣慰振奋的心情。
② 夹城,一谓瓮城,在大城门外用以增强防御力量的建筑;一谓即中间有通道的重墙。夏犹清,即谢朓《别王丞僧孺》诗所云的"首夏实清和"之意。
③ 本联深寓身世之感,以幽草自比,感戴久处阴湿之下,晴明虽晚,却终究而至也。写景中蕴生大自然与人生无限之理趣,令人味之无穷。
④ 并添,上下四方。迥,深远貌。微注,指晴光如细流般微微照入。二句形容晴后雨霁烟收,视野开阔而光明澄亮的视觉景观。
⑤ 巢干,呼应"晴";归飞,呼应"晚",切合题面,结构严谨。东汉末《古诗十九首》有句云:"胡马依北风,越鸟巢南枝。"隐喻移居西南之地的诗人如巢干之越鸟般,可举翅高飞,不再困敛难伸。

贾　生①

宣室求贤访逐臣,贾生才调更无伦。②可怜夜半虚前席,不问苍生问鬼神。③

【注释】

① 冯浩、张尔田俱系年于宣宗大中二年,诗人三十七岁。时郑亚被贬,李商隐

又离桂北归,辗转返京,任盩厔尉。贾生,指西汉之贾谊,参宋之问《度大庾岭》注⑤。

②宣室,《三辅黄图》卷三云:"未央前殿正室也。"借指朝廷。访逐臣,贾谊年少博学,文帝召为博士,并议以任公卿之位,遭重臣反对,后贬为长沙王太傅,又被召回,故云。才调,犹言才气、才具。无伦,无比。

③《史记·屈原贾生列传》载:"后岁余,贾生征见,孝文方受釐,坐宣室。上因感鬼神事,而问鬼神之本。贾生因具道所以然之状。至夜半,文帝前席。既罢,曰:'吾人不见贾生,自以为过之,今不及也。'"前席,古人席地而坐,谈话投机时身体不自觉前移,接近对方。"前席"而下一"虚"字,表示徒劳白费之意,正因下句"不问苍生问鬼神"之故,贾谊《治安策》《过秦论》及《陈政事疏》中表现的政治理想和智慧,竟不及虚无缥缈的鬼神之事,君臣相得之内容和基础只是一片徒劳枉然,可谓一语道尽传统知识分子的悲哀,和将淑世治国之理想寄托于君主的虚幻无益也。

夜雨寄北^①

君问归期未有期,巴山夜雨涨秋池^②。何当共剪西窗烛,却话巴山夜雨时。^③

【注释】

①诗系年同前。诗题《万首唐人绝句》作"夜雨寄内",冯浩曰:"语浅情浓,是寄内也。然集中寄内诗皆不明标题,故仍作'寄北'。"一说诗于大中五年任职于东川柳仲郢幕中,时其妻王氏已逝,所寄对象乃北方友人。

②巴,位于川东之古国名。巴山,泛指四川山岭。雨涨秋池,乃想象之景,特显其思怀缠绵,一如秋雨不绝,盈盈漫溢,满涨而出。

③张相《诗词曲语辞汇释》卷三云:"何当,犹云何日也。"剪烛,截去焦长多余的烛芯使光更稳定明亮,以见晤谈之久。

△本诗四句,短短篇幅却延伸着无尽的时间之轴,涵盖了过去、现在与未来:首句之问点出昔日别离,次句临写现在雨景,末二句则设想未来回思现在之情状,真可谓回环往复,语淡而情深。"何当"呼应首句的"未有期",突

显了当前之孤寂与思忆之苦;再加上"期"与"巴山夜雨"词语重复运用的特殊形式,更造成连绵依依之情韵,故真如施补华《岘佣说诗》所谓"曲折清转""用意沉至"之佳作。全诗由杜甫《月夜》诗化出,可参看。

北　禽①

为恋巴江暖,无辞瘴雾蒸。②纵能朝杜宇③,可得值苍鹰④。石小虚填海⑤,芦铦未破赠⑥。知来有干鹊⑦,何不向雕陵⑧?

【注释】

①本诗作于宣宗大中三年(八四九)至后数年之间,胡震亨《唐音统签》云:"此必东川幕府不得意寄托之作。"朱彝尊亦表示:"此诗作于东川。义山自北来居幕府,故题曰'北禽',以自况也。中二联皆忧谗畏讥之意,末语有羡于雕陵之鹊,其为周身之防至矣。此等诗意味深长,逼真少陵家法。"

②巴江,泛指川东江水。暖,一作"好",诗蕴较薄,故从"暖"字。瘴雾蒸,指江南林泽间闷热潮湿之气蒸腾氤氲,古人以之为毒害身体之病源。

③杜宇,参见《锦瑟》诗注⑤,又左思《蜀都赋》云:"鸟生杜宇之魄。"刘良引《蜀记》注曰:"昔有人姓杜名宇,王蜀,号曰望帝。宇死,俗说云宇化为子规,子规,鸟名也,蜀人闻子规鸣,皆曰望帝。"亦即杜鹃鸟也。朝,朝拜,杜甫《杜鹃》诗曾说:"杜鹃暮春至,哀哀叫其间。我见常再拜,重是古帝魂。"故句云"朝杜宇"。

④可得,即岂能。值,遭逢。苍鹰,因是猛禽,故常比诸酷吏,《汉书·酷吏传》载:"(郅)都独先严酷,致行法不避贵戚,列侯宗室见都侧目而视,号曰'苍鹰'。"诗意则取其搏击之甚,以喻谗毁排挤之烈。

⑤典出《山海经·北山经》:"炎帝之少女,名曰女娃,女娃游于东海,溺而不返,故为精卫。常衔西山之木石,以堙于东海。"着一"虚"字,则精卫拳拳于填海之努力与悲愿顿时化为乌有。

⑥铦(xiān),锋利。赠,系以丝绳用来射鸟的短箭,常"赠缴"连用为词,缴即箭上丝绳也。本句典出《淮南子·修务训》:"夫雁衔芦而翔,以备赠弋。"左思《蜀都赋》有句曰:"候雁衔芦。"注云:"雁候时南北,故曰候雁。衔芦

以御矰缴,令不得截其翼也。"未破矰,则身陷中伤,步步危机。

⑦知来,知未来之事。干鹊,《埤雅》云:"鹊作巢,取木杪枝,不取堕地者。皆传枝受卵,故曰干鹊。"《淮南子·氾论训》谓:"干鹊知来而不知往,此修短之分也。"高诱注云:"干鹊,鹊也,人将有来事忧喜之征则鸣,且知来也。"本句意指干鹊有预知未来的能力。

⑧雕陵,出自《庄子·山木》:"庄周游乎雕陵之樊,睹一异鹊自南方来者,翼广七尺,目大运寸,感周之颡而集于栗林。庄周曰:'此何鸟哉!翼殷不逝,目大不睹?'蹇裳躩步,执弹而留之。睹一蝉,方得美荫而忘其身;螳螂执翳而搏之,见得而忘其形;异鹊从而利之,见利而忘其真。庄周怵然曰:'噫!物固相累,二类相召也!'捐弹而反走,虞人逐而谇之。"本句意谓何不另寻避害之地,脱身远飏? 全诗大量运用有关禽鸟之典故,且尽量选择切合蜀地者,是其一大特色。田兰芳云:"意深、情苦、语厚,大异晚唐人。"因其能化典融入,深化了身世悲感之故。

谒 山①

从来系日乏长绳②,水去云回恨不胜。欲就麻姑买沧海,一杯春露冷如冰。③

【注释】

①本诗作于宣宗大中三年,诗人三十八岁。冯浩解此诗云:"谒山者,谒令狐也。次句身世之流转无常,三句陈情,四句相遇冷澹也。"这些现实遭遇和感受托诸神话而出之,特显高渺深美之情调,表现了诗人超化凡俗的浪漫色彩。冯浩曾谓:"义山身世之感,多托仙情艳语出之。不悟此旨,不可读斯集也。"

②傅玄《九曲歌》云:"岁暮景迈群光绝,安得长绳系白日?"诗人自己的《玉山》诗亦曰:"何处更求回日驭,此中兼有上天梯。"此句乃感慨时光易逝,欲留乏力,无能扭转既定现实。

③麻姑与沧海桑田之神话,参见李贺《梦天》诗注⑥。本联以沧海与一杯冷露的极端差异,彰显出所求与所得之不成比例,更加强化了落空与幻灭之

感；加上意象清美，可堪"语丽情悲"之推许。

昨　夜①

不辞鹈鴂妒年芳②，但惜流尘暗烛房③。昨夜西池凉露满，桂花吹断月中香。④

【注释】

①系年同前。冯浩解云："上二句谓并不敢有迟暮之怨，但恨心迹不白耳，语愈哀矣。下二句人间天上之慨。"

②屈原《离骚》云："恐鹈鴂之先鸣兮，使夫百草为之不芳。"颜师古注《汉书·扬雄传》中《反离骚》一文曰："鹈鴂鸟一名买䤦，一名子规，一名杜鹃，常以立夏鸣，鸣则众芳皆歇。"《广韵》则云："鹈鴂春分鸣，则众芳生；秋分鸣，则众芳歇。"未辨何是。总之在诗中是用以拟人化，比喻英华遭妒而彼长此消之忧憾。

③此句之哀更甚于前句。"鹈鴂妒年芳"为自然之春秋代序，芳华之开落本不应辞亦不能辞；而诗人之最惜最痛者，乃是明烛短暂之辉光亦为"流尘"所"暗"，寓意深长，不落俗套，为凡人所难道。

④池满凉露，桂香吹断，可见夜冷天凉而芳消香残之情景。张相《诗词曲语群汇释》卷三云："吹断、犹云吹尽，即飘尽也。"

无　题①

相见时难别亦难，东风无力百花残。②春蚕到死丝方尽，蜡炬成灰泪始干。③晓镜但愁云鬓改，夜吟应觉月光寒。④蓬山此去无多路，青鸟殷勤为探看。⑤

【注释】

①依冯谱系年于大中三年。由于题旨隐晦，解者论说纷纭，有谓"此亦感遇之作"，有谓"此篇陈情不省，留别令狐所作"（如张尔田）。不如就其本来

面目,直以爱情诗视之,更能探其诗意美感也。

②东风,即春风。暮春时节,风若游丝,繁花已尽,不胜残败之感;其中无力回天之无奈,正是上句"相见时难别亦难"的具体诠释。此句之妙在东风本应助百花之萌发,诗人偏云"无力",可见春天已尽,意深而新。

③此联真有毕生以殉、一往不悔,而使英雄黯然失色的柔韧真情,与屈原《离骚》中所宣示的"亦余心之所善兮,虽九死其犹未悔"出于同一机杼。缪钺先生曾用"往而不返"的人格形态分析之,其陷溺不肯自拔的情感方式,与李白、庄子所属之"入而能出"的超脱形态迥不相类,形成两种典型的极端对比。

④两句推想对方女子在别离的煎熬中揽镜夜吟,不觉寒侵凉入,唯愁青春不再。从对面写来,更觉深情厚意。

⑤蓬山,即蓬莱山,《史记·秦始皇本纪》载:"海中有三神山,名曰蓬莱、方丈、瀛洲,仙人居之。"为东方三神山之一,用指女子身在之所。青鸟,出自《山海经·大荒西经》所载:"有三青鸟,赤首黑目。"郭璞注云:"皆西王母所使也。"后世用以代称信使。

无题四首(选二)①

一

来是空言去绝踪,月斜楼上五更钟。梦为远别啼难唤,书被催成墨未浓。②蜡照半笼金翡翠,麝熏微度绣芙蓉。③刘郎已恨蓬山远④,更隔蓬山一万重!

【注释】

①本组诗依冯谱,系年同前。此处选释其中第一、第二首。

②首二联依时间前后关系,历述某一场约会中焦急等待及落空憾恨之心情:首句言芳踪杳然;次句点出诗人苦寻之时间地点;三句言朦胧睡去后梦中仍是远别之境,因对方难以唤回而悲啼;四句指梦醒后振笔疾书,不待墨浓即成信以寄其意。

③蜡照,烛光。金翡翠,帘帷上以金线绣出的翡翠鸟图案。麝熏,以麝香熏染衣被等物。芙蓉,指褥帐上的花纹绣样。本联指所忆之地,特用富丽之笔

以及象征爱情的翡翠芙蓉之物,渲染钟情之对象周遭华美的布置,达到烘托作用。

④本句旧注多以汉武帝求仙事解之,实不可通。刘郎,应指东汉之刘晨,刘义庆《幽明录》载:汉永平年间,郯县人刘晨、阮肇入天台山采药,逢二女子,至其家留宿半载,其地常如春时;及还家,子孙已历七世,重欲寻彼仙境,已不可复得。诗中以蓬山取代天台,反映诗人对海外缥缈仙山之偏好,或因其特能表现重重阻隔、缈不可及之感故也。蓬山,即海外三神山之一的蓬莱山,《史记·封禅书》云:"蓬莱、方丈、瀛洲,此三神山者,其傅在勃海中,去人不远;患且至,则船风引而去。盖尝有至者,诸仙人及不死之药皆在焉。……未至,望之如云;及到,三神山反居水下。临之,风辄引去,终莫能至云。"

二

飒飒东风细雨来,芙蓉塘外有轻雷。①金蟾啮锁烧香入②,玉虎牵丝汲井回③。贾氏窥帘韩掾少④,宓妃留枕魏王才⑤。春心莫共花争发,一寸相思一寸灰。

【注释】

①东风,一作东南。芙蓉塘,即荷塘,古诗中常作为情人相会之地的代称。轻雷,司马相如《长门赋》云:"雷殷殷而响起兮,声象君之车音。"乃因音近而令人产生错觉的拟似关系,贴切呈现期待者焦虑之心情。

②金蟾,香器,冯浩注引道源云:"蟾善闭气,古人用以饰锁。"又云:"其言锁者,盖有鼻钮施之于帷帱之中也。"啮,咬合之状。锁,同"锁"。

③玉虎,刻玉成虎形,用以装饰辘轳。丝,即绠,井索,此处取其与"思"字谐音,为下联铺路。

④贾氏,西晋重臣贾充之次女。韩掾,被贾充自行辟用的掾吏韩寿。本句典出《世说新语·惑溺》:"充每聚会,贾女于青琐中看,见寿,悦之。恒怀存想,发于吟咏。后婢往寿家,具述如此,并言女光丽。寿闻之心动,遂请婢潜修音问,及期往宿。……后会诸吏,闻寿有奇香之气,是外国所贡,一着人,则历月不歇。充计武帝唯赐己及陈骞,余家无此香,疑寿与女

通。……充乃取女左右婢考问,即以状对。充秘之,以女妻寿。"

⑤宓妃,传说中为伏羲氏之女,溺于洛水,成为洛神,此处指曹丕之后甄氏。魏王,指魏东阿王曹植。本句典出曹植《洛神赋》李善注:"魏东阿王,汉末求甄逸女,既不遂,太祖回与五官中郎将,植殊不平,昼思夜想,废寝与食。黄初中入朝,帝示植甄后玉镂金带枕,植见之,不觉泣,时已为郭后谗死。……仍以枕赉植。植还,度轘辕,少许时,将息洛水上,思甄后,忽见女来,自云:'我本托心君王,其心不遂,此枕是我在家时从嫁前与五官中郎将,今与君王,遂用荐枕席,欢情交集……'言讫,遂不复见所在。……悲喜不能自胜,遂作《感甄赋》,后明帝见之,改为《洛神赋》。"此事后人已辨其诬妄,但仍是文人取资之浪漫材料。

△全诗结构严密,峰断云连,"金蟾啮锁烧香入"呼出腹联之"贾氏窥帘韩掾少",再引带末联的"一寸相思一寸灰",以"烧香"为线索;"宓妃留枕魏王才"则相应"玉虎牵丝汲井回",以"思"字通贯。故肌理交错,呼应渗透,诗情亦回环互生,缠绵不尽。

蝉①

本以高难饱,徒劳恨费声。②五更疏欲断,一树碧无情。③薄宦梗犹泛④,故园芜已平⑤。烦君最相警,我亦举家清。⑥

【注释】

①依冯浩年谱,本诗作于宣宗大中五年(四十岁)。

②蝉,象征清廉,《吴越春秋》云:"秋蝉登高树,饮清露,随风挍挠,长吟悲鸣。""高"字双写高尚之品格,"难饱"则以喻其穷愁。费声吐哀,无人知会,不过徒劳而已;"恨"字启出下联,字字沉痛。

③本联两句相映成强烈对比:彻夜长鸣,至晓已无力为继,稀疏喑哑,即将连悲诉亦已不能;然则一树盈盈缘满,欣欣自碧,竟是旁观局外,唯见其无情也。宋代词人姜夔《长亭怨慢》仿之作句云:"树若有情时,不会得青青如此。"终不及此句之思深语奇。

④薄宦,指官微位低之仕途。梗泛,典出《战国策·齐策》,孟尝君欲至齐,苏

秦(当依《史记·苏秦传》作"苏代")劝阻之,曰:"今者臣来过于淄上,有土偶人与桃梗相与语……土偶曰……'今子东国之桃梗也,刻削子以为人,降雨下,淄水至,流子而去,则子漂漂者将何如耳!'"诗中用以形容自己区区微官,仍如枝梗漂流般四处奔波。

⑤陶渊明《归去来辞》云:"田园将芜胡不归?"另隋卢思道《听鸣蝉篇》亦曰:"故乡已超忽,空庭正芜没。"或许更为此句所本。

⑥君,指蝉。末联又归回蝉上,巧妙作收。清施补华《岘佣说诗》解云:"三百篇比兴为多,唐人犹得此意。同一咏蝉,虞世南'居高声自远,端不借秋风'是清华人语;骆宾王'露重飞难进,风多响易沉'是患难人语;李商隐'本以高难饱,徒劳恨费声'是牢骚人语,比兴不同如此。"

无题二首①

一

凤尾香罗薄几重,碧文圆顶夜深缝。②扇裁月魄羞难掩③,车走雷声语未通④。曾是寂寥金烬暗,断无消息石榴红。⑤斑骓只系垂杨岸⑥,何处西南待好风⑦。

【注释】

①冯谱编于宣宗大中六年(四十一岁),谓:"将赴东川,往别令狐,留宿而有悲歌之作也。"实直以情诗视之即可。

②凤尾,罗帐上之花纹。古时罗帐有单帐、复帐之别,故谓"薄几重"。碧文圆顶,指上句之绿纹罗帐,本为古所谓青庐也,冯浩注引程泰之《演繁露》云:"唐人婚礼多用百子帐……卷柳为圈,以相连锁,百开百阖。大抵如今尖顶圆亭子,而用青毡冒四隅上下,便于移置耳。义山殆指此。"

③班婕妤《怨歌行》云:"新裂齐纨素,皎洁如霜雪。裁成合欢扇,团团似明月。"乐府诗《团扇歌》亦云:"白团扇,憔悴非昔容,羞与郎相见。"此句转化用之,形容女子娇羞之状如在目前。

④车走雷声,参《无题诗》"飒飒东风细雨来"注①。本联言明明可见,却擦身而过,不可接语。

⑤金烬,指灯芯之余火残光。石榴红,一指红色石榴裙,以喻所念女子;一谓石榴酒,以喻合欢;一说石榴花开,以喻时间流逝。似以末说较近诗意。
⑥骓,黑白杂毛之马,乐府《神弦歌·明下童曲》有"陆郎乘斑骓"之句,故多用以指情人所乘之坐骑。
⑦西南风,传统多以"西南阊阖"寓近君之思,如曹植《七哀诗》云:"愿为西南风,长逝入君怀。君怀良不开,贱妾当何依?"便隐喻君臣关系。此处不妨直以期待相见之渴望视之。

二

重帏深下莫愁堂,卧后清宵细细长。①神女生涯原是梦②,小姑居处本无郎③。风波不信菱枝弱,月露谁教桂叶香。④直道相思了无益,未妨惆怅是清狂⑤。

【注释】

①重帏,层层的帐帷。莫愁堂,参沈佺期《古意》注②,此处指年轻女子之居处。卧后,醒后。细细长,形容清夜之寂静漫长。
②神女,即宋玉《神女赋》《高唐赋》中的巫山神女,曾在梦中与楚王欢会,见李白《襄阳歌》注⑱,又《神女赋》序云:"楚襄王与宋玉游于云梦之浦,使玉赋高唐之事。其夜王寝,果梦与神女遇,其状甚丽。"本句言欢乐本是虚幻不实。
③句下原注:"古诗有'小姑无郎'之句。"小姑,相传为汉朝秣陵尉蒋子文第三妹,吴孙权立蒋子文庙于钟山,小姑亦被奉祀为神,南朝乐府《青溪小姑曲》云:"开门白水,侧近桥梁。小姑所居,独处无郎。"为此句所本,言女子孤居,终身无托。
④本联表达了诗人对女子的怜惜与赞美之情:风波、月露,形容命运之险恶与冷酷,而以"菱枝弱"喻其人之体性柔弱无依,以"桂叶香"写其人之品格美好芬芳,从而启出下联的深切相思。
⑤直道,就算说。了无益,全无用处。清狂,形容痴情而一往无悔的纵放表现。末联正是李商隐情感的典型,与宋代词人柳永《凤栖梧》之"衣带渐宽终不悔,为伊消得人憔悴"有异曲同工之妙。

△冯浩《玉谿生诗集笺注》卷二云:本篇"上半言不寐凝思,惟有寂寥之况,往事难寻,空斋无侣。五谓菱枝本弱,那禁风波履吹,慨今也;六谓桂枝之香,谁从月露折赠,溯旧也。惟其怀此深思,故虽相思无益,终抱痴情耳。此种真沉沦悲愤,一字一泪之篇"。别具一深刻见解。

筹笔驿①

猿鸟犹疑畏简书,风云常为护储胥。②徒令上将挥神笔③,终见降王走传车④。管乐有才真不忝⑤,关张无命欲何如⑥?他年锦里经祠庙,梁父吟成恨有余。⑦

【注释】

①作于宣宗大中九年(八五五)四十四岁随柳仲郢还朝途次中。筹笔驿,在今四川广元县北朝天岭上,《大清一统志》载:"四川保宁府:筹笔古驿在广元县北,相传诸葛亮出师,尝驻军筹画于此。……今有朝天废驿,在广元县北八十里,即古筹笔驿也。"

②简书,指军中命令文书,《诗经·小雅·出车》曰:"岂不怀归,畏此简书。"毛传云:"简书,戒命也。"储胥,即篱栅壁垒,扬雄《长杨赋》有"木拥枪累,以为储胥"之句,李善注引苏林曰:"木拥栅其外,又以竹枪累为外储胥也。"范温《潜溪诗眼》释此二句谓:"简书盖军中法令约束,言号令严明,虽千百年之后,鱼鸟犹畏之也。储胥盖军中藩篱,言忠谊贯神明,风云犹为护其壁垒也。"

③徒令,空使、白教。上将,即主将,指诸葛亮。神笔,《世说新语·文学》载:"魏朝封晋文王为公,备礼九锡,文王固让不受。公卿将校当诣府敦喻,司空郑冲驰遣信就阮籍求文。籍时在袁孝尼家,宿醉扶起,书札为之,无所点定,乃写付使,时人以为神笔。"挥神笔,谓挥笔筹画神机妙算之军事策略。

④降王,指投降于魏之后主刘禅。传车,谓驿马车旅传送于途。《三国志·蜀书·后主传》载:"景耀六年夏,邓艾'至城北,后主舆榇自缚,诣军垒门。艾解缚焚榇,延请相见,因承制拜后主为骠骑将军……后主举家东迁,既至洛阳'。"

⑤管乐,指管仲、乐毅,此处喻诸葛亮,《三国志·蜀书·诸葛亮传》载:"每自比于管仲、乐毅,时人莫之许也;惟博陵崔州平、颍川徐庶元直与亮友善,谓为信然。"不忝,无愧也。
⑥关张,谓辅佐刘备的关羽、张飞,《三国志·蜀书·关张传》云:"先主于乡里合徒众,而羽与张飞为之御侮;先主为平原相,以羽、飞为别部司马,分统部曲。先主与二人寝则同床,恩若兄弟。而稠人广坐,侍立终日,随先主周旋,不避艰险。……(建安二十四年)权遣将逆击羽,斩羽及子平于临沮。……(章武元年)先主伐吴,飞当率兵万人,自阆中会江州。临发,其帐下将张达、范彊杀飞,持其首,顺流而奔孙权。"
⑦他年,即昔年,指大中五年谒成都武侯祠之时。锦里,即锦城,参杜甫《蜀相》诗注③,梁父吟,诸葛亮所好之辞,见杜甫《登楼》诗注⑥;此处转指寄托感慨之诗篇。
△范温《潜溪诗眼》云:"诵此(按:首联)两句,使人凛然复见孔明风烈。至于'管乐有才真不忝,关张无命欲何如',属对亲切,又自有议论,他人亦不及也。"纪昀《瀛奎律髓刊误》卷三评:"起二句斗然抬起,三、四句斗然抹倒,然后以五句解首联,六句解次联,此真杀活在手之本领,笔笔有龙跳虎卧之势。"又其《玉谿生诗说》云:"一篇淋漓尽致,结处犹能作掉开不尽之笔,圆满之极。"方东树《昭昧詹言》卷十九曰:"义山此等诗,语意浩然,作用神魄,真不愧杜公。前人推为一大宗,岂虚也哉!"

马嵬二首(选一)①

海外徒闻更九州②,他生未卜此生休③。空闻虎旅鸣宵柝,无复鸡人报晓筹。④此日六军同驻马⑤,当时七夕笑牵牛⑥。如何四纪为天子,不及卢家有莫愁!⑦

【注释】

①冯、张二家俱未系年,此处所选乃第二首。本篇就史事抒感,立论新颖,结构特殊,首句先倒述杨贵妃死后唐玄宗派临邛道士寻访芳魂之事,再追写马嵬事变,正是"逆挽之法,如此用笔便生动";接着以两重对比突显今昔

贵贱之差异,再加上全诗"徒闻""未卜""空闻""无复""如何""不及"等否定及反诘语词的层层迫进,遂使帝王之荒庸及权力本质之虚妄呈现了更为讽刺的意味,诚为咏史之上乘佳作。

②原注曰:"邹衍云:九州之外,复有九州。"邹衍者,战国时阴阳家,创"大九州"之说,《史记·荀卿列传》载:"(邹衍)以为儒者所谓中国者,于天下乃八十一分居其一分耳。中国名曰赤县神州,赤县神州内自有九州……中国外如赤县神州者九,乃所谓九州也。……乃有大瀛海环其外,天地之际焉。"此处用指传说中的海外仙山。徒闻,空闻。更,还有。

③句谓明皇、贵妃二人之故事今生已臻完结,而盟誓中未来的再度结缘却难以知料。陈鸿《长恨歌传》云:方士东极天海,跨蓬壶,见最高仙山上有"玉妃太真院",玉妃见之,取金钗钿合,折半为信,方士"复前跪致词,请当时一事,不为他人闻者,验于太上皇","玉妃茫然退立,若有所思。徐而言之曰:'昔天宝十载,侍辇避暑骊山宫。秋七月,牵牛织女相见之夕……夜殆半,休侍卫于东西厢,独侍上。上凭肩而立,因仰天感牛女事,密相誓心,愿世世为夫妇。言毕,执手各鸣咽。此独君王知之耳。'……使者还奏太上皇,皇心震悼"。范温《潜溪诗眼》评本联云:"语极亲切,不用愁、怨、堕泪等字,而闻之者为之深悲。"

④虎旅,指护随玄宗奔蜀的禁卫军。宵柝,军中夜晚巡逻时打更报警的铜器。鸡人,因皇宫中不得畜鸡,故以头戴绛帻(红色头冠)之卫士计时报晓,谓之鸡人,《周礼·春官·宗伯》载:鸡人"掌供鸡牲,辨其物,大祭祀夜嘑旦以嘂(嚣)起百官。"筹,计时的筹码。此联乃描写玄宗逃难过程中的凄凉情景。

⑤指马嵬坡军队停马不进,请诛贵妃之事。陈鸿《长恨歌传》载:"潼关不守,翠华南幸,出咸阳道,次马嵬亭,六军徘徊,持戟不进,从官郎吏,伏上马前,请诛晁错以谢天下。国忠奉牦缨盘水,死于道周,左右之意未快。上问之,当时敢言者,请以贵妃塞天下怒。上知不免,而不忍见其死,反袂掩面,使牵之而去。苍黄展转,竟就绝于尺组之下。"时当天宝十五载六月十四日。六军,泛指帝王之军队。

⑥此用注③感牛女之事,而以"笑"字强化当时二人对长相厮守之信心,与上句形成更极端之对比。中二联"虎旅""鸡人"与"驻马""牵牛"之对仗浑

然无迹,甚为巧致,非庸手所能得。

⑦四纪,一纪为十二年,岁皇(木星)行天一周称为一纪;玄宗在位四十五年,四纪乃其约数。莫愁,传闻中之洛阳少女,嫁为贵妇,南朝乐府《河中之水歌》云:"河中之水向东流,洛阳女儿名莫愁。莫愁十三能织绮,十四采桑南陌头。十五嫁为卢家妇,十六生儿字阿侯。卢家兰室桂为梁,中有郁金苏合香……"此处用指民间女子,并以"莫愁"之名实对照出贵为天子所爱之杨妃反而有所不及也。

龙　池①

龙池赐酒敞云屏②,羯鼓声高众乐停③。夜半宴归宫漏永④,薛王沉醉寿王醒⑤。

【注释】

①未编年诗。龙池,在玄宗即位前之旧藩宅中,位于皇城东南之隆庆坊,《旧唐书·音乐志》载:"玄宗龙潜之时,宅在隆庆坊,宅南坊人所居。变为池,望气者亦异焉。故中宗季年,泛舟池中。玄宗正位,以坊为宫,池水逾大,弥漫数里。"其上常有云气,又有黄龙出潜,参钱起《赠阙下裴舍人》诗注④;此处用以代指开元二年七月就地改置之兴庆宫,为玄宗起居、听政之处,亦为当代之权力中心。本篇以唐玄宗与杨贵妃的不伦之恋为主题,却只以当时宫中某一欢乐场景着墨,点染情节、塑造人物,语无讥刺而自有讽意,笔法高妙。

②敞,张设、摆置。云屏,以半透明的云母薄片装饰的贵重屏风,参《常娥》诗注③。

③羯,为源于小月氏的边疆民族,后散居上党郡(今山西潞城附近);所出之鼓"正如漆桶,两手具击,以其出羯中,故号羯鼓,亦谓之两杖鼓"(见《旧唐书·音乐志》)。玄宗极好此乐,《新唐书·礼乐志》云:"帝又好羯鼓……常称:'羯鼓,八音之领袖,诸乐不可方也。'盖本戎羯之乐……其声焦杀,特异众乐。"南卓《羯鼓录》载:"羯鼓出外夷,以戎羯之鼓,故曰羯鼓。其声促急,破空透远,特异众乐。明皇极爱之,尝听琴未终,遽止之曰:'速令花

奴(按:玄宗子汝阳王李琎之小名)持羯鼓来,为我解秽!'"此处言其"声高"既是写实,又兼示玄宗之无上权威,使其他"众乐"皆停奏无声,从而展现出横刀夺爱的独霸本质。

④官漏,官中用以计时之刻漏,《旧唐书·职官志》"秘书省司天台":"漏刻之法,孔壶为漏,浮箭为刻,其箭四十有八,昼夜共百刻。"永,长也。

⑤薛王,指玄宗之弟李业,与玄宗之兄岐王李范常在帝侧侍宴佐欢;薨于开元二十二年,册其子李琄为嗣薛王,此处乃笼统为言。寿王,玄宗之子李瑁,《新唐书·后妃传》云:杨玉环"始为寿王妃。开元二十四年,武惠妃薨,后廷无当帝意者。或言妃姿质天挺,宜充掖庭,遂召内禁中,异之,即为自出妃意者,丐籍女官,号'太真',更为寿王聘韦诏训女,而太真得幸。……天宝初,进册贵妃"。本句以一醉一醒为对比,通过薛王无忧畅饮之酣醉而衬托出寿王难以入睡之酸苦,则首句所言之"赐酒"之时,面对在座的贵妃,寿王之强颜欢笑和难以下咽亦不言可喻。

△宋洪迈《容斋随笔·续笔》云:"唐人歌诗,其于先世及当时事,直辞咏寄,略无避隐,至宫禁嬖昵,非外间所应知者,皆反复极言,而上之人亦不以为罪。如白乐天《长恨歌》讽谏诸章……李义山《华清宫》《马嵬驿》《骊山》《龙池》诸诗亦然。今之诗人,不敢尔也。"清吴乔《围炉诗话》曰:"诗贵有含蓄不尽之意,尤以不著意见声色、故事、议论者为上。义山刺杨妃事之'夜半宴归宫漏永,薛王沉醉寿王醒'是也。"

北齐二首(选一)①

一笑相倾国便亡②,何劳荆棘始堪伤③。小怜玉体横陈夜④,已报周师入晋阳⑤。

【注释】

①未编年诗;一说此乃借齐后主事讽唐武宗之喜畋猎、宠女色,约作于武宗会昌五年(八四五)三十三岁之时,而冯浩曰:"夫武宗岂高纬之比? 断非也。寄托未详,当直作咏史看。"本篇以"北齐"为题,所讽咏之对象则为齐后主高纬,《北齐书·后主纪》云:"盛为无愁之曲,帝自弹胡琵琶而唱之,侍和

之者以百数,人间谓之无愁天子。"后因耽于女宠逸乐而亡国。此处选收其中的第一首。

②一笑相倾,言其美丽极为倾动人心,出自《李夫人歌》之"一顾倾人城,再顾倾人国",见杜甫《佳人》诗注②;而此处改"顾"为"笑"字,尤见其娇媚嫣然之美。

③荆棘,言国家沦亡之后荆棘丛生的荒凉景象,《吴越春秋》卷五云:夫差听谗,"子胥据地垂涕曰:'……邪说伪辞,以曲为直,舍逸攻忠,将灭吴国;宗庙既夷,社稷不食;城郭丘墟,殿生荆棘。'吴王大怒"。又《史记·淮南衡山列传》载:"(淮南)王坐东宫,召伍被与谋……被怅然曰:'上宽赦大王,王复安得此亡国之语乎?臣闻子胥谏吴王,吴王不用,乃曰:'臣今见麋鹿游姑苏之台也。'今臣亦见宫中生荆棘,露沾衣也。'王怒。"

④小怜,齐后主惑溺之宠妃冯小怜,《北史·后妃传》载:"冯淑妃名小怜,大穆后从婢也。穆后爱衰,以五月五日进之,号曰'续命'。慧黠能弹琵琶,工歌舞。后主惑之,坐则同席,出则并马,愿得生死一处。"另《隋书·五行志》亦云:"后主惑之,拜为淑妃。选彩女数千,为之羽从,一女之饰,动费千金。"玉体横陈,言其洁美如玉之娇躯横卧在床,出自宋玉《讽赋》:"主人之女为臣歌曰:'内怵惕兮徂玉床,横自陈兮君之旁。'"语极香倩冶艳,朱彝尊曰:"故用极亵昵字,末句接下方有力。"

⑤周师,指北周武帝所率之军队。晋阳,为北齐之军事重镇,在今山西太原市。《北齐书·后主纪》载:武平七年十二月,"周武帝来救晋州。庚戌,战于城南,我军大败。帝弃军先还。癸丑,入晋阳,忧惧不知所之……乃留安德王延宗、广宁王孝珩等守晋阳……帝入邺。辛酉,延宗与周师战于晋阳,大败,为周师所虏"。次年,周师攻至首都邺城,朝官纷纷请降,后主则出逃被俘,齐亡。末联将官内之冶荡与边情之紧急集中描写,所产生的对比张力更突显后主之荒淫昏庸;而此一对比手法亦见于第二首末联之"晋阳已陷休回顾,更请君王猎一围",《资治通鉴·陈纪六》载其事云:"齐主方与冯淑妃猎于天池(按:《北史·后传》作'三堆'),晋州告急者,自旦至午,驿马三至。丞相高阿那肱曰:'大家正为乐,边鄙小小交兵,乃是常事,何急奏闻!'至暮,使更至,云平阳已陷,乃奏之。齐主将还,淑妃请更杀一围,齐主从之。"

△清屈复《玉谿生诗意》云:"'一'字、'便'字、'何劳'字、'始堪'字、'已报'字相呼相应。"冯浩《玉谿生诗集笺注》曰:"北齐以晋阳为根本地,晋阳破则齐亡矣。诗言淑妃进御之夕,齐之亡征已定,不得事至始知也。"

隋 宫^①

紫泉宫殿锁烟霞②,欲取芜城作帝家③。玉玺不缘归日角④,锦帆应是到天涯⑤。于今腐草无萤火⑥,终古垂杨有暮鸦⑦。地下若逢陈后主⑧,岂宜重问后庭花⑨?

【注释】

①作于宣宗大中十一年(八五七)自长安盐铁推官任上东游之时,年四十六。隋宫,为隋炀帝南游江都时所建之行宫,此外又"自长安至江都,置离宫四十余所"(见《资治通鉴·隋纪》)。本诗善用与隋炀帝有关的故事,而大幅铺排其导致隋朝暴亡的昏庸荒淫,为讽意辛辣尖锐而情调慷慨苍凉的咏史佳构。

②紫泉,即紫渊,流经长安北边之水名,司马相如《上林赋》云:长安"丹水更其南,紫渊径其北"。因避唐高祖李渊之名讳而改称,用以代指长安。锁烟霞,为烟雾和霞光所笼罩,兼写长安宫殿之壮丽与荒废。

③芜城,为广陵之别名,鲍照《芜城赋》李周翰注云:"宋孝武帝时,临海王子瑱镇荆州,明远为其下参军,随至广陵。子瑱叛逆,照见广陵故城荒芜,乃汉吴王濞所都,濞亦叛逆,为汉所灭,照以子瑱事同于濞,遂感为此赋以讽之。"内容描写广陵城中"木魅山鬼、野鼠城狐,风嗥雨啸、昏见晨趋"的荒芜景象,而广陵即隋之江都,唐之扬州。作帝家,作为天子所居之都城。炀帝独钟江都,分别于大业元年八月、六年三月、十二年七月三度幸临,最末次则迁延不归,长居至十四年三月为宇文化及所弑为止;若加上其他各地之冶游之内,则其在位之十四年中,居京城长安的时间总计不满一年,故上句言紫泉宫殿锁于烟霞之中。而以"芜城"代言江都,则隐讽其留连忘返之不当,又与第三联腐草无萤、垂杨暮鸦之荒凉景象相呼应。

④玉玺,乃皇帝专用之玉印,亦为政权之象征,《独断》云:"秦以前,民皆以金

玉为印,龙虎钮,唯其所好。然则秦以来,天子独以印称玺,又独以玉,群臣莫敢用也。"不缘,为推测语气,即不因、若非之意。归日角,谓到了有"日角"这帝王之相的人手中,指唐高祖李渊;日角,形容额骨中部隆起如日之状,《旧唐书·唐俭传》载:"高祖在太原留守,俭与太宗周密,俭从容说太宗以隋室昏乱,天下可图。太宗白高祖,乃召入,密访时事,俭曰:'明公日角龙庭,李氏又在图牒,天下属望……则汤、武之业不远。'"此外《东观汉记》亦言光武帝有"隆准日角"之相,古相术以为乃帝王之征。

⑤锦帆,以华美昂贵之锦缎裁制而成的船帆,代指炀帝所乘之龙舟。此锦乃依官中定制所制造,而由各地进贡予皇室专用之官锦,李商隐另一七绝《隋宫》诗云:"春风举国裁官锦,半作障泥半作帆。"龙舟,见皮日休《汴河怀古二首》注③,而《开河记》曰:"炀帝御龙舟幸江都,舳舻相继,自大堤至淮口,联绵不绝,锦帆过处,香闻十里。"本联谓若非炀帝之政权转移到唐高祖李渊手上而告中断,则其锦帆龙舟当自江都驶到天涯海角,其奢靡暴虐更将遍及天下。

⑥此句糅合《礼记·月令》所云:"季夏之月……腐草为萤。"及《隋书·炀帝纪》所载:大业十二年五月,"上于景华宫征求萤火,得数斛。夜出游山,放之,光遍岩谷。"对照今日只见腐草而萤火无迹,可见炀帝赶尽杀绝之残虐本性,连萤火虫皆一网打尽,而原本繁丽之华城也沦为死气沉沉之废墟。

⑦终古,即永恒、亘久之意。垂杨,用炀帝开渠植柳之事,《资治通鉴·隋纪四》云:大业元年"发淮南民十余万开邗沟,自山阳至杨子入江,渠广四十步,渠旁皆筑御道,树以柳"。此一杨柳夹道之御道长一千三百里,世称隋堤。有暮鸦,形容杨柳为黄昏笼罩,枝叶间栖息着乱噪之群鸦,与"无萤火"皆点染其荒凉败落之景,与次句之"芜城"相应;而以"萤火"之"无"和"暮鸦"之"有"相反相成地营造一废墟意境,手法高妙。

⑧地下,九泉之下,指死后。陈后主,即南朝陈之末代皇帝陈叔宝,《陈书·后主本纪》载:"后主讳叔宝,字元秀,小字黄奴,高宗嫡长子也。"《南史·陈后主本纪》云:"后主愈骄,不虞外难,荒于酒色,不恤政事,左右嬖佞珥貂者五十人,妇人美貌丽服巧态以从者千余人。常使张贵妃、孔贵人等八人夹坐,江总、孔范等十人预宴,号曰'狎客'。……君臣酣饮,从夕达旦,以此为常。而盛修宫室,无时休止。"因此史臣侍中郑国公魏徵曰:"后主

生深官之中,长妇人之手,既属邦国殄瘁,不知稼穑艰难。……耽荒为长夜之饮,嬖宠同艳妻之孽,危亡弗恤,上下相蒙,众叛亲离,临机不寤,自投于井,冀以苟生。……古人有言,亡国之主,多有才艺,考之梁、陈及隋,信非虚论。"《隋遗录》载其与炀帝相逢之事云:"炀帝在江都,昏湎滋深……尝游吴公宅鸡台,恍忽间与陈后主相遇,尚唤帝为殿下……后主舞女数十许……中一人迥美,帝屡目之,后主云:'……即丽华也。'……俄以绿文测海蠡酌红梁新酝劝帝,帝饮之甚欢,因请丽华舞《玉树后庭花》……丽华乃徐起,终一曲。后主问帝曰:'……龙舟之游乐乎?始谓殿下致治在尧、舜之上,今日复此逸游,大抵人生各图欢乐,曩时何见罪之深耶?'……帝忽寤,叱之……恍然不见。"

⑨岂宜,怎应当。重问,再问一次,有进一步请益之意。后庭花,为陈后主所制之《玉树后庭花》曲,见张若虚《春江花月夜》注①,而《隋书·音乐志》亦载:"后主嗣位,耽荒于酒,视朝之外,多在宴筵。尤重声乐,遣官女习北方箫鼓,谓之《代北》,酒酣则奏之。又于清乐中造《黄鹂留》及《玉树后庭花》《金钗两臂垂》等曲,与幸臣等制其歌词,绮艳相高,极于轻薄。男女唱和,其音甚哀。"后人乃以之为亡国之音,参杜牧《泊秦淮》注②。此处言炀帝于地下可能"重问"此曲,有讽其至死仍不悔悟之寓意。

△明周珽《唐诗选脉会通评林》卷四十六引周秉伦曰:"通篇以虚意挑剔讥意,即结语不曰难面阴灵于文帝,而曰岂宜问《溪曲》于后主,见殷鉴不远。致覆成业于前车,可笑可哭之甚,殊有深思。评者病其风格不雅则可,如谓其用小说语,彼稗官野史,何者非古今人文赋中料耶?"清胡以梅《唐诗贯珠》云:"按诗情乃凭吊凄凉之事,而用事取物却一片华润,本来西昆出笔不宜淡薄,加以炀帝始终以风流淫荡灭亡,非关时危运尽之故,故作者犹带脂粉,即以诮之耳,最为称题。"清方南堂《辍锻录》评:"所谓'语不惊人死不休'者,非奇险怪诞之谓也,或至理名言,或真情实景,应手称心,得未曾有,便可震惊一世。……李商隐之'于今腐草无萤火,终古垂杨有暮鸦',不过写景句耳,而生前侈纵,死后荒凉,一一托出,又复光彩动人,非惊人语乎?"

春 雨①

怅卧新春白袷衣,白门寥落意多违。②红楼隔雨相望冷,珠箔飘灯独自归。③远路应悲春晼晚④,残宵犹得梦依稀。玉珰缄札何由达?万里云罗一雁飞。⑤

【注释】

①本诗冯、张二人俱未系年。
②白袷衣,白色的无絮夹衣,为闲居之服也。白门,地名,历来所指不定,有编驹之山、彭城地、建康宣阳门及邺城西门等说法,《新唐书·地理志》载:"武德九年,更名金陵曰白下。"古《杨叛儿曲》亦云:"暂出白门前,杨柳可藏乌。欢作沉水香,侬作博山炉。"故似指金陵之白门,为私约欢会之所的代词。
③红楼,指女子所在,李白《陌上赠美人》诗云:"美人一笑褰珠箔,遥指红楼是妾家。"珠箔,即珠帘,参白居易《长恨歌》注㊴。
④晼晚,陆机《叹逝赋》中"老晼晚其将及"句下李善注云:"晼晚,言日将暮也。"
⑤玉珰缄札,指耳饰和书信,即所谓"侑缄",将玉珰之类的定情物随书信附寄也。《释名·释首饰》:"穿耳施珠曰珰。"一雁飞,指信使也,典出苏武故事,见温庭筠《苏武庙》注①。

板桥晓别①

回望高城落晓河,长亭窗户压微波。②水仙欲上鲤鱼去③,一夜芙蓉红泪多④。

【注释】

①未编年诗。板桥,冯浩云:"板桥虽非一处,而唐人记板桥三娘子者,首云汴州西有板桥店,行旅多归之,即梁苑城西也。义山往来东甸,其必此板桥

矣。"地在今河南中牟东。

②高城,指汴城。晓河,即清晨之银河。《白氏六帖·馆驿》云:"十里一长亭,五里一短亭。"长短亭便代指送别之地。微波,形容清晨之微光。

③本句典出《列仙传》:"琴高者,赵人也,以鼓琴为宋康王舍人,行涓、彭之术,浮游冀州、涿郡间二百余年。后辞入涿水中取龙子,与诸弟子期曰:'明日皆洁斋待于水傍,设祠。'果乘赤鲤来,出坐祠中……留一月余复入水去。"水仙,指入水为仙,此处以喻从水路离去。

④芙蓉,喻美貌女子。《拾遗记》卷七载:"魏文帝所爱美人姓薛名灵芸,常山人也……聘之既得,乃以献文帝。灵芸闻别父母,歔欷累日,泪下沾衣。至升车就路之时,以玉唾壶承泪,壶即红色。既发常山,及至京师,壶中泪凝如血矣。"诗中则以红泪形容胭脂为泪所湿之状。

流　莺①

流莺漂荡复参差,渡陌临流不自持。②巧啭岂能无本意？良辰未必有佳期。③风朝露夜阴晴里,万户千门开闭时。④曾苦伤春不忍听,凤城何处有花枝⑤？

【注释】

①未编年诗。全首以流徙无依之黄莺自喻。

②参差,指离合不定,又有《杜司勋》诗所谓的"短翼差池不及群"之意。渡陌临流,越过道路、飞临河流。不自持,不能自主。

③冯浩评此二句云:"领联入神,通体凄惋,点点杜鹃血泪矣。亦客中所赋。"

④《汉书·郊祀志》载:"作建章宫,度为千门万户。"二句形容不论早晚,不计阴晴风露,亦不管城中多数门户是开或闭,其巧啭总不停歇,而苦苦哀啼其本意。

⑤凤城,指长安,杜甫《夜》诗中"银汉遥应接凤城"句下赵次公注云:"秦穆公女弄玉吹箫,凤降其城,因号丹凤城。其后言京都之城曰凤城。"花枝,流莺栖止之处。王昌龄诗云:"羡尔能将迁客意,何如栖得上林枝?"可为参考。

常　娥①

云母屏风烛影深,长河渐落晓星沉。②常娥应悔偷灵药,碧海青天夜夜心。③

【注释】

①未编年诗。常娥,一作嫦娥,亦作姮娥。本篇借常娥神话以抒情,而历来诠释者说法不一,如冯浩以为"或为入道而不耐孤孑者致诮也",何焯以为"自比有才调,反致流落不遇",纪昀以为"此悼亡之诗",张尔田以为"依违党局,放利偷合,此自忏之词,作他解者非"。张说所谓"自忏之词"似近实远,且"放利偷合"之言也未免有所厚诬,事关诗人人格,不可遽下此断。全诗弥漫着一股苍凉难言的身世之感,及沉痛自伤的生命情调,包笼一生,而不宜实指也。
②云母屏风,用琢磨成半透明薄片的云母装饰的屏风,《西京杂记》卷一云:"赵飞燕为皇后,其女弟在昭阳殿,遗飞燕书曰:'……云母屏风、琉璃屏风。'"为贵重之陈设;"深"字构设出室内空间之幽寂。本联由室内写至室外,由空间之深寂转到时间之悠长,借云母、长河及晓星之冷凉质地,加上"深"字、"沉"字,为常娥之悔心铺设了感受基础。
③常娥偷药,典出《淮南子·览冥训》:"羿请不死之药于西王母,姮娥窃以奔月。"高诱注云:"姮娥,羿妻。羿请不死之药于西王母,未及服之,姮娥盗食之;得仙,奔入月中,为月精。"原神话乃出自于先民为求长生以超越缺憾的补偿心理,然李商隐却反其道而行,利用神话思维的反命题,使超凡之神仙再度充满人间的缺憾与哀情。于是常娥带着尘世特有的孤寂,夜复夜地在无垠无尽的神话时空中重复其悲苦,比诸凡躯更无终了之时了。

端　居①

远书归梦两悠悠②,只有空床敌素秋③。阶下青苔与红树,雨中寥落月中愁。④

【注释】

①未编年诗。乃客中忆家之作。
②冯浩云:"远书彼来,归梦我去,两皆久疏。"
③"敌"字险而稳,为全句诗眼,表现出在秋衰寥落中一股坚守挺立之不屈精神。《初学记》卷三引梁元帝《纂要》云:"秋曰白藏,亦曰收成,亦曰三秋、九秋、素秋、素商、高商。"因秋色尚白,故曰素秋。
④本联承上写素秋之景,"阶下青苔"应"雨中寥落",因寥落故雨更滋长青苔;"红树"应"月中愁",秋月泻光,而树亦泛红将凋,益增哀愁。

北青萝①

残阳西入崦②,茅屋访孤僧。落叶人何在?寒云路几层③?独敲初夜磬,闲倚一枝藤。④世界微尘里⑤,吾宁爱与憎⑥!

【注释】

①未编年诗。或谓青萝为王屋山之一峰,岑参《南池夜宿思王屋青萝旧斋》诗云:"早年家王屋,五别青萝春。"即为此地。若果如是,则诗人于大和九年(二十四岁)前后曾至玉阳、王屋学道,本篇当作于此时。
②崦,指《山海经·西山经》所载"崦嵫之山",郭璞注云:"日没所入山也。"《离骚》中"吾令羲和弭节兮,望崦嵫而勿迫"之句王逸注亦曰:"日所入山也。"此处泛指夕阳在山。
③本联意境颇类贾岛《寻隐者不遇》之"只在此山中,云深不知处"与韦应物《寄全椒山中道士》之"落叶满空山,何处寻行迹"。
④磬,乐石;寺观中范铜铁为钵形,拜神则击之,亦谓之磬。一枝藤,指藤杖。
⑤世界微尘,佛经语,《法华经》云:"譬如有经卷书写三千大千世界事,全在微尘中,时有智人破彼微尘,出此经卷。"《金刚经》云:"若以三千大千世界碎为微尘。"意即世界虽大,以宏观视之,亦不啻微尘而已。
⑥宁,岂、怎。《楞严经》曰:"人在世间,直微尘耳,何必拘于憎爱而苦此心也。"李商隐虽有此自省自警,但理有所至,情未必然,正因其溺于爱憎之

中,以情为骨,故此语不过是其试图超脱之表现,理性之反省实远不如情感之无奈,因而更加深其中不可救拔的宿命感。

暮秋独游曲江①

荷叶生时春恨生,荷叶枯时秋恨成。深知身在情长在,怅望江头江水声。②

【注释】

①冯谱未编年,依张尔田系于宣宗大中十年(八五六),时年四十五岁。诗中荷叶或以为乃指李商隐之意中人(如冯浩说),或以为情人留赠之信物,牵引臆测,无端聚讼,实不如直视为诗人遇景自伤而抒发感慨之作,更能探求其生命展现之根本核心与基本情调。

②全诗结穴于一"恨"字,使春生秋枯莫不是一股悲恨诞生与形成的具现,因而一切欣欣之物也都深蕴哀愁的种子,只为了完成此一弥天漫地之愁恨才具备生存之意义;再加以第三句"身在情长在"之"深知",更是终身以殉、无可自拔的绝望自白,再无另行救赎之希望,比诸"春蚕到死丝方尽,蜡炬成灰泪始干"尤为伤切凄愧。全诗自杜甫《哀江头》之"人生有情泪沾臆,江水江花岂终极"化出,而其缠绵凄绝更令人不忍卒读,是李商隐与悲剧相始终的生命基调典型的缩影。

乐游原①

向晚意不适,驱车登古原。夕阳无限好,只是近黄昏。

【注释】

①未编年诗。乐游原,《汉书·宣帝纪》谓:"(神爵)三年春,起乐游苑。"注云:"宣帝立庙于曲池之北,号乐游。"《长安志》卷八曰:"在高原上,余址尚存。……其地居京城之最高,四望宽敞,京城之内,俯视指掌。每正月晦日、三月三日、九月九日,京城士女,咸就此登赏祓禊。"另参杜甫《乐游园

歌》注①。

△沈厚塽《李义山诗集辑评》录何焯云:"迟暮之感,沉沦之痛,触绪纷来,悲凉无限。"纪昀《玉谿生诗说》曰:"百感茫茫,一时交集,谓之悲身世可,谓之忧时事亦可。"

锦　瑟①

锦瑟无端五十弦②,一弦一柱思华年③。庄生晓梦迷蝴蝶④,望帝春心托杜鹃⑤。沧海月明珠有泪⑥,蓝田日暖玉生烟⑦。此情可待成追忆,只是当时已惘然。⑧

【注释】

① 本诗等于一首无题诗,李商隐自编于诗集之首,似有以之作为总论一生、概括整体身世之感的序言。冯浩编于宣宗大中七年,张尔田编于大中十二年(四十六岁),观其内蕴诗旨,今多从张谱。盖为临终之年回首平生的天鹅之歌,适足为其压卷之作。

② 锦瑟,绘饰华丽的瑟。五十弦,《史记·封禅书》载:"太帝使素女鼓五十弦瑟,悲,帝禁不止,故破其瑟为二十五弦。"在义山诗集中常以瑟表达一股凄绝之哀情,而本诗中以锦瑟起兴,再下"无端"一词,尤增其无奈之悲感与怅惘。或以为五十弦乃喻指李商隐当时年岁之近数,触动了诗人低回往事之情绪。

③ 柱,乐器上用以系住丝弦的小木桩。华年,指美好的青春岁月,与作为"光阴"之同义语的"年华"不同,旧注多混为一解。以下四句即由"思"所导出的华年之内涵与感受。

④《庄子·齐物论》云:"昔者庄周梦为胡蝶,栩栩然胡蝶也,自喻适志与,不知周也。俄然觉,则蘧蘧然周也。不知周之梦为胡蝶与,胡蝶之梦为周与?"此句于原典故之上再增加"晓"字、"迷"字,表现出过去之华年往事虽如清晨之梦一样短暂,却如蝴蝶般美好而令人执迷醉恋。晓梦,与上文之"华年"对应。

⑤ 望帝杜鹃事参《北禽》注③。另《说文·隹部》巂字下云:"一曰蜀王望帝淫

其相妻,惭,亡去,为子巂鸟,故蜀人以闻子巂鸣,皆曰是望帝也。"子巂即子规,亦即杜鹃,望帝与其相鳖灵之妻相通之事,详见扬雄《蜀王本纪》。又《成都记》载:"望帝死,其魂化为鸟,名曰杜鹃,亦曰子规。又云:杜宇禅位于开明(鳖灵号曰开明),升西山隐焉。时适三月,子规鸟鸣,故蜀人悲子规鸟。"诗中则益以原故事所无之"春心"和"托"字,借望帝死后精魂化为杜鹃,而年年不减如春之心的故事,以喻自己对人世的悲愿和期待,亦是如此永恒不绝,九死其犹未悔。正是"春蚕到死丝方尽"的进一步推扩的表现。

⑥此句将"月明珠圆"与"鲛人泣珠"两个典故糅合为言,前者见左思《吴都赋》:"蚌蛤珠胎,与月亏全。"李善注引《吕氏春秋》云:"月望则蚌蛤实,月晦则蚌蛤虚。"则月圆亮之时,蚌蛤亦最圆润饱满。而左思《吴都赋》注又曰:"俗传鲛人从水中出,曾寄寓人家,积日卖绡。……鲛人临去,从主人索器,泣而出珠满盘,以与主人。"又《博物志》卷二载:"南海外有鲛人,水居如鱼,不废织绩,其眼能泣珠。"如此一来,由泪所凝成的硕圆之珠上又盈溢"有泪",则此泪中之泪更有哀甚伤绝之情在内,为其一生漂泊沉沦、丧妻失意之苦楚的写照。

⑦《困学纪闻》卷十八所载:"司空表圣云:戴容州(按:叔伦)谓诗家之景,如蓝田日暖,良玉生烟,可望而不可置于眉睫之前也。李义山'玉生烟'之句盖本于此。"蓝田,即玉山,在关内道京兆府蓝田县东,《初学记》卷二十七引《京兆记》曰:"蓝田出美玉如蓝,故曰蓝田。"本句以日之温暖、玉之莹润和烟之迷离交织出一幅温润氤氲的山水景观,又传达过去所经历之温暖美好,同时兼有往事如烟的怅惘之情。

⑧此情,以上所言的这些情怀感受。可待,张相《诗词曲语辞汇释》卷一云:"可待,犹云岂待或那待。"即何必等到之意,李商隐《牡丹》诗之"荀令香炉可待熏"用法同此。只是,就在,"只"为限定范围之意,如同贾岛《寻隐者不遇》的"只在此山中"。惘然,迷惘而失落貌,形容如幻影般的不真实感。末联意谓这些情感何必等到事后才成为追思不已的珍贵回忆呢? 即使在当时就已经唯恐其失落而迷惘惆怅了。

△本诗历来索解者络绎不绝,宋人云此乃写适、怨、清、和的咏瑟诗,朱彝尊谓"此悼亡诗也",亦有牵比令狐绹事以为解者,另周振甫《诗词例话》引

钱锺书《冯注玉谿生诗集诠评》未刊稿云："首二句言华年已逝,篇什犹留,毕世心力,平生欢戚,清和适怨,开卷历历。……(次联)言作诗之法也,心之所思,情之所感,寓言假物,譬喻拟象……举事宣心,故'托',旨隐词婉,故易'迷'。……(腹联)言诗成之风格或境界……不曰'珠是泪',而曰'珠有泪',以见虽化珠圆,仍含泪热,已成珍玩,尚带酸辛,具实质而不失人气;'暖玉生烟',此物此志,言不同常玉之坚冷,盖喻己诗虽琢磨精莹,而真情流露,生气蓬勃,异于雕绘夺情、工巧伤气之作。"则以作诗技法释之。实则李商隐笼摄一切身世、理想、爱情以及生平种种之一切遗恨而成此作,固不须拘泥一端,反有害于诗境,故清薛雪《一瓢诗话》云："此诗全在起句'无端'二字,通体妙处,俱从此出。意云:锦瑟一弦一柱,已足令人怅望年华,不知何故有此许多弦柱,令人怅望不尽;全似埋怨锦瑟无端有此弦柱,遂使无端有此怅望。即达若庄生,亦迷晓梦;魂为杜宇,犹托春心。沧海珠光,无非是泪;蓝田玉气,恍若生烟。触此情怀,垂垂追溯,当时种种,尽付惘然。对锦瑟而兴悲,叹无端而感切。如此体会,则诗神诗旨,跃然纸上。"

郑 畋

郑畋(穆宗长庆三年—僖宗中和二年,八二三—八八二),字台文,荥阳(今属河南)人。会昌二年(八四二)进士及第,任秘书省校书郎、中书舍人。懿宗时宰相刘瞻被诬,黜为节度使,畋为制词,有曰:"安数亩之居,仍非己有;却四方之贿,惟恐人知。"颇有美言,被贬梧州刺史。僖宗即位,召还为兵部侍郎,后拜相。《全唐诗》存其诗十六首。

郑畋美姿仪,姿采如玉;器量弘恕,待人荣悴如一,以德报怨。而文学优深,尤能赋诗,以《马嵬坡》传名后世。

马嵬坡①

玄宗回马贵妃死,云雨难忘日月新。②终是圣明天子事,景阳宫井又何人?③

【注释】

①马嵬坡,杨贵妃死葬处,见白居易《长恨歌》注⑱、注㉔。
②玄宗、贵妃事,见白居易《长恨歌》及其注。云雨,指男女欢合之事,见李白《襄阳歌》注⑱。日月新,指肃宗代位,中兴有望。
③景阳宫井,《南畿志》云:"景阳井在台城内,陈后主与张丽华、孔贵嫔投其中以避隋兵将。旧传阑有石脉,以帛拭之作胭脂痕,名胭脂井,一名辱井。"另参许浑《金陵怀古》注②。此联谓玄宗终是圣明天子,缢死贵妃使中兴在望;而陈后主难舍美色,故招致投井被俘、国破人亡之下场。

△蘅塘退士《唐诗三百首》云:"唐人马嵬诗极多,惟此首得温柔敦厚之意。"唐高彦休《唐阙史》亦谓:"马嵬佛寺,杨贵妃缢所,迩后才士文人经过,赋咏以道幽怨者,不可胜纪,莫不以翠翘香钿委于尘土,红凄碧怨,令人伤感,虽调苦词高,而无逃此意。独丞相荥阳公畋为凤翔从事日,题诗曰……(按:即本篇),后人观者以为真辅相之句。"

陆龟蒙

陆龟蒙(生年不详,约卒于僖宗中和二年,?—八八二),字鲁望,姑苏(今江苏苏州)人。家业败落,举进士不第,曾任苏州、湖州二郡从事,为幕僚官,后隐居松江甫里,自号江湖散人、甫里先生,又号天随子。有《甫里先生文集》,存诗约六百首。

陆龟蒙与皮日休为唱和之友,往来酬赠之诗作即占集中不少篇幅。《甫里先生传》曾自言其诗"穿穴险固,囚锁怪异",而"卒造平淡",有意突破唐末浅显轻快的诗风,因此胡震亨《唐音癸签》卷八评之曰:"陆鲁望江湖自放,诗兴宜饶,而墨彩反复黯钝者,当由多学为累,苦欲以赋料入诗耳。"此外,他与皮日休也有回文诗、人名诗、四声诗等游戏之作。而其集中最出色的,无疑是那些写景咏物的诗篇,特别是七绝,足以担当《唐摭言》所称的"清丽"之名。

别 离

丈夫非无泪,不洒离别间。①杖剑对尊酒,耻为游子颜。蝮蛇一螫手,壮士即解腕。②所志在功名,离别何足叹。③

【注释】

①起句劈空而来,突破一般离别诗儿女情长之藩篱,令人惊绝。
②杖剑、尊酒,使离别充满开创未来的豪劲之气。解腕,即断腕;以壮士断腕之气魄衬托离别之微不足道。
③末联点出功名之志胜于离别之悲,为首联之注脚。

和袭美春夕酒醒①

几年无事傍江湖,醉倒黄公旧酒垆②。觉后不知明月上,满身花影倩人扶③。

【注释】

①袭美,当代诗人皮日休之字,见本书诗人小传;本篇即为对其《春夕酒醒》之和作。
②黄公旧酒垆,典出《世说新语·伤逝》:"王濬冲为尚书令,着公服,乘轺车,经黄公酒垆下过,顾谓后车客:'吾昔与嵇叔夜、阮嗣宗共酣饮于此垆,竹林之游,亦预其末。自嵇生夭、阮公亡以来,便为时所羁绁。今日视此虽近,邈若山河。'"代表一种不羁于俗务而放旷自达的生活之处。
③倩(qiàn),请托之意。
△唐皎然《诗式》云:"题系酒醒,从'醉'字入,系题前起法。首句第曰无事,徐徐引起'醉'字。次句正面入'醉'字。三句转到'醒'字。四句承三句吟咏,尤切春夕。"

白　莲①

素蘤多蒙别艳欺,此花端合在瑶池。②无情有恨何人觉③,月晓风清欲坠时。

【注释】

①本篇为《和袭美木兰后池三咏》中的第三首。
②蘤(wěi),"花"之本字;素蘤,指白莲。端合,正应该。瑶池,西王母所居之仙境,详见李商隐《瑶池》注①。
③此句与李贺《昌谷北园新笋四首》之二的"无情有恨何人见"几乎全同,应有模拟沿袭之关系。
△沈德潜《唐诗别裁集》卷二十三云:"取神之作。"吴景旭《历代诗话》卷五二曰:"白莲二句,无论体物之工,即月冷清风,是何气韵。"俞陛云《诗境浅说续编》亦谓:"'月晓风清'七字,得白莲之神韵。与昔人咏梅花'清极不知寒',咏牡丹诗'香疑日炙消',皆未切定此花,而他处移易不得,可意会不可言传也。"

新　沙[①]

渤澥声中涨小堤,官家知后海鸥知。[②]蓬莱有路教人到,应亦年年税紫芝。[③]

【注释】

① 新沙,指海埔新生地。作者借政府对此一荒凉沙地锐利而不放松的注意,而含蓄地讽刺横征暴敛的行为,手法独到而蕴意高远,与一般社会写实诗迥异。
② 澥(xiè),海的别称;渤澥,即渤海。官家竟比海鸥先察知此一片长期而缓慢形成的新沙,匪夷所思而令人印象深刻。
③ 蓬莱,海外仙山,仙家居处,见李商隐《无题》"来是空言去绝踪"注④。紫芝,紫色灵芝,神仙所植之长生不老药。此联又突发奇想地破除仙凡之隔,使逍遥无忧的乐土同受重税剥削,其中罪恶益发显目。

皮 日 休

皮日休(约文宗大和八年—昭宗天复二年后,八三四—九〇二),字逸少,后改字袭美,襄阳(今属湖北)人。出身寒微,早年居鹿门山,号鹿门子、闲气布衣、醉吟先生。懿宗咸通八年(八六七)进士,曾官校书郎、太常博士。后参加黄巢乱军,任翰林学士。其死因有数说,一为旧史所云因故为黄巢所杀,一为黄巢兵败后为唐室所害,或谓黄巢败后流落江南病卒。自编有《皮子文薮》十卷,存诗四百多首。

皮日休与陆龟蒙齐名,唱和集名《松陵集》。其部分作品承袭中唐元白的新乐府精神,以写实讽谕为目的,《正乐府十篇》即为实践之具体成果,其中又以《橡媪叹》《哀陇民》等较为著名,出发点不外乎愤世哀民,所谓:"古之置吏也,将以逐盗;今之置吏也,将以为盗。"(见《鹿门隐书六十篇》)便是此类作品的共通基础。另外部分作品如"吴体"回文等则具有晚唐纤细巧丽之风格。而有些咏史诗也不乏新意,以下所录之《馆娃宫怀古》《汴河怀古》等,可以明显看出晚唐翻案技巧之新颖趣味。明胡震亨《唐音癸签》卷八云:"皮袭美未第前诗,尚朴涩无采;第后游松陵,才笔开横,富有奇艳句矣。"可谓有见。

春夕酒醒

四弦才罢醉蛮奴①,酃醁余香在翠炉②。夜半醒来红蜡短,一枝寒泪作珊瑚。③

【注释】

①蛮奴,一般用指歌舞伎,此处为诗人自称。皮日休籍属襄阳,春秋以来即为楚地,中原诸国呼之"荆蛮",故云。

②酃醁,酒名,《大清一统志》"湖南衡州府":"酃湖在清泉县东,水可酿酒,名酃醁酒。《湘中记》:衡阳县东二十里有酃湖,周二十里,深八尺,湛然绿色,土人取以酿酒,其味醇美。"

③珊瑚,形容蜡泪滴流,横生蔓衍之状。本篇诗趣奇艳,为才笔开横之作。

馆娃宫怀古五首(选一)①

绮阁飘香下太湖,乱兵侵晓上姑苏。②越王大有堪羞处,只把西施赚得吴。③

【注释】

①馆娃宫,故址在今江苏苏州西南灵岩山上,吴王夫差所筑,明《一统志》卷八云:"馆娃宫,前临姑苏台,吴人谓美女为娃,盖以西施得名。"此处选收其中第一首。

②太湖,在江浙省界,又称五湖,见刘长卿《饯别王十一南游》注③。乱兵,指越军。姑苏,山名,又名姑胥、姑余,在今江苏苏州西南,上有姑苏台,《越绝书》卷二云:"冬治城中,春夏治姑胥之台……驰于游台兴乐……。胥门外有九曲路,阖庐造以游姑胥之台,以望太湖中。"

③"赚得吴"本越王勾践一生功业所在,而此云"堪羞",实则曲笔讽刺吴王杀子胥、用伯嚭,而沉湎酒色等种种无道之举,弦外之音曲折有味。

汴河怀古二首(选一)①

尽道隋亡为此河,至今千里赖通波②。若无水殿龙舟事③,共禹论功不较多④。

【注释】

①此处选收其中第二首。汴河,参许浑《汴河亭》诗注。

②赖通波,意谓汴河具有重要之经济价值,商旅往来有赖其运输畅通。

③水殿龙舟,《资治通鉴·隋纪四》载:"龙舟四重,高四十五尺,长二百丈,上

重有正殿、内殿、东、西朝堂,中二重有百二十房,皆饰以金玉,下重内侍处之。……别有浮景九艘,三重,皆水殿也。"此处用以指炀帝从事冶游纵乐的奢靡豪侈之举。

④较,减也;不较多,差不多之意。皮日休《汴河铭》云:"隋之疏淇、汴,凿太行,在隋之民不胜其害也,在唐之民不胜其利也。今自九河外,复有淇、汴,北通涿郡之渔商,南运江都之转输,其为利也博哉!"故此诗以不同立场加以翻案。

罗　　隐

　　罗隐(文宗大和七年—后梁开平三年,八三三—九〇九),本名横,字昭谏,新城(今浙江桐庐)人,一作余杭(今属浙江)人。曾十次应举不第,历事湖南、淮、润诸镇,久之归乡里,入镇海军节度使钱镠幕府。光启三年(八八七)先任钱塘县令,后辟掌书记;又任著作郎、司勋郎中。光化三年(九〇〇)表迁节度判官,开平二年(九〇八)授给事中,次年迁盐铁发运使①,有《罗隐集》,《全唐诗》存诗十一卷。

　　罗隐自号江东生,《唐才子传》卷九云:"性简傲,高谈阔论,满座风生。好谐谑,感遇辄发。……自以当得大用,而一第落落,传食诸侯,因人成事,深怨唐室,诗文凡以讥刺为主,虽荒祠木偶,莫能免者。"此处所选数首,约可概见其人格诗品。

【注释】

① 所述仕历详参傅璇琮主编《唐才子传校笺》卷九。

自　遣①

　　得即高歌失即休,多愁多恨亦悠悠②。今朝有酒今朝醉,明日愁来明日愁。

【注释】

① 《全唐诗》将本篇归于权审名下,题作《绝句》。权审,字子询,天水人,累官常侍,存诗二首。
② 悠悠,长远貌,形容愁、恨之不尽。
△ 全诗运用字词重叠递出之手法,使音调铿锵、语气宕宕,更增其豪迈洒脱,遂为千古名句。

绵谷回寄蔡氏昆仲①

一年两度锦江游,前值东风后值秋。②芳草有情皆碍马,好云无处不遮楼。山将别恨和心断,水带离声入梦流。③今日因君试回首,淡烟乔木隔绵州。④

【注释】
① 题一作《魏城逢故人》。绵谷,在今四川广元。昆仲,即兄弟。
② 锦江,在今四川成都市南,见杜甫《蜀相》注③。值,遇到。东风,即春风。
③ 将,伴随之意。首句"一年两度"之游,可见双方情亲契好,中二联之"芳草有情""别恨""离声"等皆应此而来:山断峰绝,有如因别而肠断;滔滔水去,正似离情不已。
④ 因君试回首,又作"不堪回首望"。绵州,今四川绵阳。

偶 题①

钟陵醉别十余春,重见云英掌上身。②我未成名君未嫁,可能俱是不如人。

【注释】
① 题一作《嘲钟陵妓云英》。《唐诗纪事》卷六八载有本事,可参。
② 钟陵,地名,为洪州古称,治所在今江西南昌附近。掌上身,形容身材纤美轻盈,见杜牧《遣怀》注②。

蜂

不论平地与山尖,无限风光尽被占。①采得百花成蜜后,为谁辛苦为谁甜②?

【注释】

①二句见蜂活动范围之广。表面风光,却也是下联无限"辛苦"之张本。

②叠用"为谁",托出为人做嫁衣之意,寓有矜惜其徒劳的感慨。

钱　　珝

　　钱珝,生卒年未详,字端文,吴兴(今属浙江)人,为钱起之曾孙。广明元年(八八〇)进士及第,龙纪元年(八八九)为太常博士,又调任京兆府参军、蓝田尉、充集贤校理;乾宁二年(八九五)任膳部郎中、知制诰,次年拜中书舍人。光化三年(九〇〇)贬抚州司马①。有《舟中录》,已散佚,今《全唐诗》存其诗一〇八首。

【注释】

①仕历及年代考证,详参傅璇琮主编《唐才子传校笺》卷九。

未展芭蕉

　　冷烛无烟绿蜡干,芳心犹卷怯春寒。①一缄书札藏何事,会被东风暗拆看。②

【注释】

①冷烛、绿蜡,比喻芭蕉叶犹卷的形象,故"无烟"而"干"。芳心犹卷,即"未展"之拟人化说法。
②缄,封信。一缄书札,以卷成圆筒形之书信拟似未展之芭蕉叶,同时有心事暗藏的寓意,故下云当会被东风(春风)拆看。会,张相《诗词曲语辞汇释》卷一云:"会,犹当也、应也,有时含有将然语气。"全诗善用比譬,发前人所未道,意象更为突出优美。

韦 庄

韦庄(约文宗开成元年—后梁太祖四年,八三六—九一〇),字端己,长安杜陵人。为宰相韦见素之后,屡试不第,至昭宗乾宁元年(八九四)始举进士,年已近六十,曾任校书郎、左补阙,后至蜀投奔藩将王建,任掌书记(九〇一)、安抚副使(九〇六)。唐亡后,王建称蜀帝,韦庄官至吏部侍郎兼平章事,一切礼册诏令,皆出其手,有《浣花集》,存诗三百多首。

韦庄早尝寇乱,间关顿踬,弟妹散居各地。黄巢乱军入长安时,适逢韦庄应举而滞留城中,写成《忆昔》和《秦妇吟》等诗。后辗转大江南北,足迹遍及陕西、河南、江西、两湖、浙江等地,故而思乡、伤时和今昔变化的沧桑之感交织成诗歌中的主题和基调,而流露着浓厚的吊古伤今的悲哀。其《秦妇吟》共1666字,为史上第二长诗,人号为"秦妇吟秀才",制其诗为幛子;在成都时,访得杜甫浣花溪草堂旧址,仅存砥柱,乃建屋其上而居,后终老于蜀中。

韦庄词才亦高,词史上据有一席之地,后人辑有《浣花词》一卷,并传于世。

忆 昔①

昔年曾向五陵游,子夜歌清月满楼。②银烛树前长似昼,露桃花里不知秋。西园公子名无忌,南国佳人号莫愁。③今日乱离俱是梦,夕阳唯见水东流。

【注释】

①韦庄本居长安附近,后移住虢州;僖宗广明元年(八八〇)再至长安应试

时,适逢黄巢攻破长安,遂成此诗。
②五陵,代指长安繁华之地,见孟浩然《送朱大入秦》注②。子夜歌,参李白《子夜吴歌》注①,此处同时借字面言笙歌至夜,行乐不衰。
③西园公子,本指曹丕、曹植兄弟;曹氏有西园,曹植《公宴诗》云:"公子敬爱客,终宴不知疲。清夜游西园,飞盖相追随。"无忌,本战国魏公子信陵君之名,因国号同为"魏"而相关为言。莫愁,古善歌谣之少女,居石城;另一莫愁乃洛阳女儿,见沈佺期《古意》注②。此处"无忌""莫愁"皆取字面意,形容公子佳人之纵情享乐。
△本篇感慨遥深,婉而多讽,沈德潜《唐诗别裁集》卷十六云:"此诗时遘乱离,追忆昔时而作,极风美流发。"

古离别①

晴烟漠漠柳毵毵,不那离情酒半酣。②更把玉鞭云外指,断肠春色在江南③。

【注释】

①诗题一作"多情"。
②毵毵(sān sān),毛长貌;此处乃形容杨柳披垂的样子。不那,无奈,张相《诗词曲语辞汇释》卷二云:"那,犹奈也。……不那,不奈也。"
③江南,为离人将赴之地。其处春色更甚于此,故令人倍感离情,以致"断肠"。

金陵图①

谁谓伤心画不成,画人心逐世人情。②君看六幅南朝事,老木寒云满故城。③

【注释】

①金陵,今之南京,见刘禹锡《西塞山怀古》注③。
②画人,即画家,金陵图作者。略早于韦庄的高蟾曾有《金陵晚望》诗,谓:

"曾伴浮云归晚翠,犹陪落日泛秋声。世间无限丹青手,一片伤心画不成。"此处加以反用。

③故城,指金陵。二句具体写其"一片伤心"之情状。

台　城①

江雨霏霏江草齐,六朝如梦鸟空啼。无情最是台城柳,依旧烟笼十里堤。②

【注释】

①台城,宋洪迈《容斋随笔·续笔》卷五云:"晋、宋间,谓朝廷禁省为台,故称禁城为台城。"故址在今南京市玄武湖侧,为六朝中央政府所在地。《舆地纪胜》"江南东路建康府":"台城,一曰苑城,即古建康宫城也。本吴后苑城,晋安帝咸和五年作新宫于此,其城唐末尚存。"

②烟笼,形容柳树如烟似雾、一片繁茂。清褚人获《坚瓠集》载谢叠山云:"台城,梁武饿死之地,国亡身灭,陵谷变迁,惟草木无情,只如前日,'无情''依旧'最妙。"

长安清明①

早是伤春梦雨天,可堪芳草更芊芊②。内官初赐清明火③,上相闲分白打钱④。紫陌乱嘶红叱拨⑤,绿杨高映画秋千⑥。游人记得承平事,暗喜风光似昔年。

【注释】

①清明,节气名,见杜牧《清明》诗注①。

②芊芊,草盛青绿貌。

③"清明赐火"为唐时之朝廷习俗。杜甫《清明诗》九家注引赵彦材曰:"按唐制,清明日赐百官新火。"《唐诗鼓吹》卷十郝天挺注引《唐会要》云:"唐朝清明取榆柳之火以赐近臣,顺阳气。"

④白打,蹴鞠戏之名,《事物绀珠》云:"两人对踢为白打,三人角踢为官场,胜者有采。"王建《宫词》亦曰:"寒食内人长白打,库中先散与金钱。"

⑤《说郛》卷三引秦再思《纪异录》云:"天宝中,大宛进汗血马六匹,一曰红叱拨,二曰紫叱拨,三曰青叱拨,四曰黄叱拨,五曰丁香叱拨,六曰桃花叱拨,上乃改名红玉犀、紫玉犀、平山辇、凌云辇、飞香辇、百花辇,命图于瑶光殿。"

⑥《开元天宝遗事》卷三载:"天宝宫中,至寒食节竞竖秋千,令宫嫔辈戏笑以为宴乐,帝呼为半仙之戏,都中士民因而呼之。"

△《唐宋诗举要》卷五引姚范曰:"伤乱而作,此故佳;若正序承平而为是语,则无味矣。"

曹　松

曹松(生卒年不详),字梦征,舒州(今安徽潜山)人。懿宗咸通年间曾游湖南、广州;僖宗乾符二三年间(八七五—八七六)李频为建州刺史,松往依之,频卒于任上后,遂流落江湖。广明元年(八八〇)时,为避黄巢之乱而入洪州西山,与栖隐唱酬交往。昭宗光化四年(即天复元年,九〇一)与王希羽、刘象、柯崇、郑希颜同登第,年皆七十余,号"五老榜"。及第后授校书郎,未久即弃官南归,游洪州依钟传幕府。①

《唐才子传》卷十称:曹松"野性方直,罕尝俗事,故拙于进宦。构身林泽,寓情虚无,苦极于诗,然别有一种风味,不沦乎怪也"。又曰:其"学贾岛为诗,深入幽境,然无枯淡之癖"。今《全唐诗》存诗二卷,约一百四十首。

【注释】

①本段生平仕历之考证,详参傅璇琮主编《唐才子传校笺》卷十。

己亥岁二首(选一)①

泽国江山入战图,生民何计乐樵苏。②凭君莫话封侯事③,一将功成万骨枯④。

【注释】

①题下原注:"僖宗广明元年。"此诗系诗人于广明元年追忆前一年(乾符六年,即诗题之"己亥岁")的时事而作。此处选收其中的第一首。
②入战图,进入战争的版图,即沦为战场。何计,有什么方法,即无法之意。樵苏,乃砍柴、割草之谓,《史记·淮阴侯列传》裴骃注引《汉书音义》云:"樵,取薪也;苏,取草也。"为百姓生计之最低凭借;乐樵苏,指安居乐业的

起码生存条件。

③凭,张相《诗词曲语辞汇释》卷五曰:"凭,犹仗也;亦犹烦也、请也。"此处为表示恳求、央请之软语。封侯事,指以战功加官晋爵,如《新唐书·叛臣传》载:镇海军节度使高骈分兵穷讨王仙芝残党,"降其骁帅毕师铎数十人,贼走岭表,帝美其功,加诸道行营都统、盐铁转运等使"。又同书《王铎传》云:"乾符六年,贼破江陵,宋威无功,诸将观望不进,天下大震。朝廷议置统帅,铎因请自率诸将督群盗,帝即以铎为侍中、荆南节度使、诸道行营都统,封晋国公。"

④本句以当句对的紧密形式对比出"一"与"万"、"功"与"枯"的强烈落差,更强化战争的无情与封侯的伪善,较诸中唐刘商《行营即事》的"将军夸宝剑,功在杀人多"和晚唐刘蟾《吊万人冢》的"可怜白骨攒孤坟,尽为将军觅战功"等诗句,尤其显得警策动人、跌宕有力。

△清黄周星《唐诗快》评云:"此即无定河边之骨也。一且不忍,何况于万!然则,此侯竟当封为'万骨侯'可矣。"

韩　偓

　　韩偓(武宗会昌二年—后梁乾化四年,八四二—九一四),字致尧,一字致光,小字冬郎,自号玉山樵人,京兆万年(今陕西西安)人。十岁为诗,曾受姨父李商隐称赏,昭宗龙纪元年(八八九)进士及第,佐河中幕府,召拜左拾遗,累迁翰林学士、中书舍人。天复元年(九〇一)昭宗复辟,与崔胤定策诛刘季述,为昭宗反正之功臣;十一月韩全诲劫帝西幸,偓扈从至凤翔,迁兵部侍郎、翰林学士承旨。天复三年昭宗返京,欲用偓为相,偓荐赵崇、王赞以自代,而忤朱全忠,贬濮州司马。天祐元年(九〇四)昭宗被弑,次年复召为承旨学士,偓不敢入朝,挈族身行南下入福州依王审知。梁开平二年(九〇八)已移居汀州沙县;四年时又迁泉州南安县,以至其卒①。有《玉山樵人集》(或称《韩翰林集》)《香奁集》,存诗三百多首。

　　偓为诗极清丽,如一些小诗往往能以鲜明的色调呈现诗意盎然之画面;又因受知于昭宗,故也多描写宫廷游宴之作;而值丧乱之秋,更有忠愤激郁之作品,与劫后伤时之哀音,《四库全书总目提要》云:"其诗虽局于风气,浑厚不及前人,而忠愤之气时时溢于言外。性情既挚,风骨自遒,慷慨激昂,迥异当时靡靡之响。其在晚唐,亦可谓文笔之鸣凤矣。"即指此而言。另有一部分描写裙裾脂粉的香艳宫体诗,称为"香奁体",则流于浮薄,为其少年时笔②。

【注释】

①生卒年及仕历之考订,详参傅璇琮主编《唐才子传校笺》卷九。

②《香奁集》作者另有和凝一说,历来聚讼不休,但韩偓有此类作品应属无误。少作之说,见胡震亨《唐音癸签》卷八。

中秋禁直①

星斗疏明禁漏残,紫泥封后独凭阑。②露和玉屑金盘冷,月射珠光贝阙寒。③天衬楼台笼苑外,风吹歌管下云端。④长卿只为长门赋⑤,未识君臣际会难。

【注释】

①禁直,待在宫禁中值班留守。

②禁漏,宫中以刻漏法制作的计时器,参李商隐《龙池》注④;禁漏残,夜深时分。紫泥,用以封诏书者,《太平寰宇记》卷一百五十四"陇右道阶州将利县":"紫水,《陇右记》云:武都紫水有泥,其色赤紫而粘,贡之封玺书,故诏诰有紫泥之美。"凭阑,即倚靠栏杆。

③露和玉屑,详见李贺《金铜仙人辞汉歌》注③。贝阙,华美的宫门,《楚辞·九歌·河伯》云:"紫贝阙兮朱宫。"王逸注曰:"紫贝作阙,朱丹其宫,形容异制,甚鲜好也。"

④此言楼台高耸入云,其上奏清歌妙乐,如自天上而来。

⑤长卿,即司马相如,所著《长门赋》序云:"孝武皇帝陈皇后,时得幸,颇妒,别在长门宫,愁闷悲思。闻蜀郡成都司马相如,天下工为文,奉黄金百斤,为相如、文君取酒,因于解悲愁之词。而相如为文以悟主上,陈皇后复得亲幸。"

△高步瀛《唐宋诗举要》卷五注引吴汝纶曰:"此奏封事后作。前六句皆自幸遭际,故末句云云,言为《长门赋》者徒知沦落可怜,未知遭际后之弥不易也。盖公与昭宗有鱼水之契,而事势至亟,故叹其不易,此其忠悃勃郁处,词意至为深沉。"

苑 中

上苑离宫处处迷,相风高与露盘齐。①金阶铸出狻猊立,玉树雕成狒狖啼。②外使调鹰初得按③,中官过马不教嘶④。笙歌锦绣云霄里,独许词臣醉似泥⑤。

【注释】

① 上苑,即上林苑,参李颀《听安万善吹觱篥歌》注⑧。露盘,参李贺《金铜仙人辞汉歌》注③。
② 狻猊(suān ní),来自梵语,为狮子的别名,《尔雅·释兽》曰:"狻麑,如虦猫,食虎豹。"郭璞注云:"即狮子也,出西域。"狒狁,即狒狒。
③ 句下原注:"五方外按使以鹰隼初调习,始能擒获,谓之得按。"
④ 中官,即宦官。句下原注:"上每乘马,必阉官驭以进,谓之过马。既乘之,而后蹲跦嘶鸣。"
⑤ 醉似泥,参李白《襄阳歌》注④。
△ 高步瀛《唐宋诗举要》卷五引吴汝纶云:"极道宫苑之盛以自庆幸。文人无论所处崇庳,例多怨望,公仕危朝,而其词雍容和乐如此,弥见忠悃勃郁也。"

故　都①

故都遥想草萋萋,上帝深疑亦自迷。②塞雁已侵池籞宿,宫鸦犹恋女墙啼。③天涯烈士空垂涕,地下强魂必噬脐。④掩鼻计成终不觉⑤,冯驩无路敩鸣鸡⑥。

【注释】

① 故都,指长安。唐昭宗天祐元年,朱全忠迁唐都于洛阳,四年遂篡唐。
② 本联即庾信《哀江南赋》所谓"以鹑首而赐秦,天何为而此醉"之意,暗示天理不彰、公道沦灭。
③ 籞,围在池中养鱼的竹篱,《汉书·宣帝纪》苏林注曰:"折竹以绳绵连禁御,使人不得往来,律名为籞。"女墙,见刘禹锡《金陵五题》注④。此联形容故都之荒败,兼喻朱全忠篡位与旧臣心怀故国之意。
④ 噬脐,《左传·庄公六年》杜预注云:"若啮腹齐(按:脐),喻不可及。"此处指知其不可而为之的努力。上句自指,下句指当时贬死之诸人。

⑤掩鼻计,《韩非子·内储说》载:"魏王遗荆王美人,荆王甚悦之。夫人郑袖知王悦爱之也……谓新人曰:'王甚悦爱子,然恶子之鼻。子见王常掩鼻,则王长幸子矣。'于是新人从之,每见王常掩鼻。王谓夫人曰:'新人见寡人常掩鼻,何也?'……对曰:'顷尝言恶闻王臭。'王怒曰:'劓之!'……御者因揄刀而劓美人。"此处用以讥朱全忠以卑劣机诈取天下。

⑥冯骥,战国时齐孟尝君之食客,初无表现,后收薛地息钱之际,烧其债券,"令薛民亲君而彰君之善声也";又于齐王废孟尝君之时发挥外交长才,游说秦王迎孟尝君,终使齐王重加考虑,"召孟尝君而复其相位,而与其故邑之地,又益以千户"(见《史记·孟尝君传》)。鸣鸡,亦见《史记·孟尝君传》:"(秦)昭王释孟尝君,孟尝君得出,即驰去,更封传、变名姓以出关。夜半至函谷关……关法鸡鸣而出客,孟尝君恐追至,客之居下坐者有能为鸡鸣,而鸡齐鸣,遂发传出。出如食顷,秦追果至关。……始孟尝君列此二人于宾客,宾客尽羞之,及孟尝君有秦难,卒此二人拔之。自是之后,客皆服。"本句谓自己虽有冯骥之才,却无路施展,愿学鸡鸣狗盗之徒而有所贡献,充满国亡之后慷慨欲报之情。

△高步瀛《唐宋诗举要》卷五引吴汝纶云:第三联"提笔挺起作大顿挫。凡小家作感愤诗,后半每不能撑起,大家气魄所争在此"。而全诗"此国亡后作,慷慨欲报之意,情见乎词,至意旨之悲哀抑郁,与《离骚》《招魂》异曲同工矣。"

深 院

鹅儿唼喋栀黄嘴,凤子轻盈腻粉腰。①深院下帘人昼寝,红蔷薇架碧芭蕉。②

【注释】

①唼喋(shà dié),鱼食物声;此处形容鹅儿呷水争食之声貌。栀黄,栀子提炼出的黄色。凤子,指凤蝶。腻粉腰,言蝶身纤细粉妆之感。

②人昼寝,故院中景物悠然自在,宁静中生机活泼;又因幕后有人,故深院不至于荒败,而富有和谐之秩序与色彩经营之匠意。其"人"在有无之中呼

之欲出,手法婉妙。李商隐《日射》诗云:"回廊四合掩寂寞,碧鹦鹉对红蔷薇。"两篇之末句意象、色彩十分神似。

△俞陛云《诗境浅说续编》云:"写深闺昼寝,而以妍丽之风景映之,静境中有华贵气。"

惜 花

皱白离情高处切,腻红愁态静中深。①眼随片片沿流去,恨满枝枝被雨淋。总得苔遮犹慰意,若教泥污更伤心。临轩一盏悲春酒,明日池塘是绿阴。②

【注释】

①本篇借惜花以申亡国之恨。切,贴近、怀恋之意。皱白、腻红,指白花、红花。

②盏,酒杯。绿阴,指花落春去、红消绿满之夏日景色。

△清钱谦益、何焯《唐诗鼓吹笺注》云:"此篇句句是写惜花,句句是写自惜意,读之可为泪下。"

春 尽

惜春连日醉昏昏,醒后衣裳见酒痕。细水浮花归别涧,断云含雨入孤村。人闲易有芳时恨,地迥难招自古魂。①惭愧流莺相厚意,清晨犹为到西园。②

【注释】

①芳时恨,虚度大好春光之憾恨。地迥,指天涯海角;唐亡后,韩偓定居闽南泉州南安县,故云。难招自古魂,有知音难觅之意。

②流莺相厚,指流莺犹到西园啼唱,有厚待诗人之意。

△清金圣叹《贯华堂选批唐才子诗》云:"春尽又何足惜?两行泪实为'人闲''地迥'堕耳。'流莺'上用'相厚'字、'惭愧'字、'清晨'字、'独为'字,

妙！怨甚而又不怨,其斯为诗人之言也。"

已　凉①

碧阑干外绣帘垂,猩色屏风画折枝②。八尺龙须方锦褥③,已凉天气未寒时。

【注释】

①本诗含蓄婉约,为《香奁集》中最受传颂之一首。
②猩色,鲜红色。折枝,一作"柘枝",有"花开堪折直须折"之蕴意。
③龙须,以龙须草所编之席。《东宫旧事》载:"皇太子拜有八尺褥一、中褥一、步舆褥一。"
△蘅塘退士《唐诗三百首》注云:"此亦通首布景,并不露情思,而情愈深远。"俞陛云《诗境浅说续编》曰:"由阑干、绣帘而至锦褥,迤逦写来,纯是景物,而景中有人,丽不伤雅,《香奁集》中隽咏也。"

寒食夜①

恻恻轻寒翦翦风,小梅飘雪杏花红。②夜深斜搭秋千索,楼阁朦胧烟雨中。③

【注释】

①题一作"夜深"。寒食,见韩翃《寒食》注①。
②恻恻,凄悲也。翦翦,风尖貌。下句又作"杏花飘雪小桃红"。
③秋千,参韦庄《长安清明》注⑥。索,绳索。
△全诗写景如画,其中轻愁和落寞之情蕴藉有味。俞陛云《诗境浅说续编》云:"写庭院之景,楼阁宵寒,秋千罢戏,其中有剪灯听雨人在也。"

杜荀鹤

　　杜荀鹤(武宗会昌六年—哀帝天祐元年,八四六—九〇四),字彦之,号九华山人,池州石埭(今安徽石台)人。大顺二年(八九一)进士及第,因时危势晏,复还旧山。因献颂德诗于朱全忠,遂得厚遇,天祐元年荐以主客员外郎知制诰充翰林学士,未几而卒。有《唐风集》,存诗三百多首。

　　杜荀鹤身处黑暗混乱的晚唐,《自叙》中以"诗旨未能忘救物"自期,而对世局颇有反映;又自称"苦吟",都作近体诗。然其诗实平易浅率,不耐咀嚼,《遁斋闲览》云:"唐人诗中用俗语者,惟杜荀鹤、罗隐为多。"故往往失之鄙俚。《苕溪渔隐丛话·前集》卷二十三引《幕府燕闲录》也谓:"杜荀鹤诗鄙俚近俗,惟《宫词》为唐第一。……谚云:'杜诗三百首,惟在一联中。''风暖鸟声碎,日高花影重'是也。"

春宫怨①

　　早被婵娟误,欲妆临镜慵。②承恩不在貌,教妾若为容。③风暖鸟声碎,日高花影重。④年年越溪女,相忆采芙蓉。⑤

【注释】

①依欧阳修《六一诗话》、吴聿《观林诗话》,本篇作者为周朴。

②婵娟,指美貌。慵,懒怠。红颜薄命,自古已然,此处以反言表示,更见其苦。

③承恩,即受宠。若为容,如何妆扮,清黄生《唐诗摘钞》卷一云:"'若为',唐人方言,犹如何也,言不知所以为容也,即'女为悦己者容'之容字。"本联暗用王昭君为画工所误之事,见杜甫《咏怀古迹五首》之三注④。

④碎,细碎、繁碎。日高,指正午。重,平声,浓密之意。

⑤越溪,用西施故事,《方舆胜览》卷六:"浙东路绍兴府:若耶溪在会稽县东南……西施采莲、欧冶铸剑所。"芙蓉,即莲花。纪昀评曰:"结句妙于对面着笔,便有多少微婉。"

△《雪涛小书》评云:"有评者曰:'杜诗三百首,唯在一联中。风暖鸟声碎,日高花影重。'余玩之,终不如次联更妙。'承恩不在貌,教妾若为容',二语寥寥,而君臣上下遇合处,情皆若此。杜以两语括之,可谓简而尽、怨而不怒者矣。"又清吴瑞荣《唐诗笺要》曰:"宫怨题,能为律诗,难矣。终首不露'怨'字痕迹,可谓和平。"

再经胡城县①

去岁曾经此县城,县民无口不冤声。今来县宰加朱绂,便是生灵血染成。②

【注释】

①胡城县,在今安徽阜阳西北。
②县宰,地方长官。朱绂,红色官服,《新唐书·车服志》载:官员三品以上服色用紫,五品以上用朱。言县宰之荣华富贵皆来自不义,意与"一将功成万骨枯"略同,用语则更为露骨而辛辣。

赠质上人

枿坐云游出世尘,兼无瓶钵可随身。②逢人不说人间事,便是人间无事人。③

【注释】

①质上人,法号"质"的和尚。
②枿(niè),树木砍伐后新生的树枝;枿坐,谓坐禅。二句见质上人绝俗弃物,身心了无挂碍。
③此二语道尽是非之因由与超脱之简易,语浅意深。

小 松

自小刺头深草里,而今渐觉出蓬蒿。①时人不识凌云木,直待凌云始道高。②

【注释】

①刺头,言满是松针的顶梢,兼寓其锐志不屈的精神。蓬蒿,高一二尺的蔬菜植物,指凡材。
②本联感叹世人之无知盲目与趋炎附势。

郑 谷

郑谷(约宣宗大中五年—约后梁开平四年,八五一—九一〇),字守愚,袁州(今江西宜春)人。僖宗光启三年(八八七)进士及第,昭宗乾宁四年(八九七)为都官郎中,约天复初年(九〇一)归隐宜春。曾于乾宁三年随皇帝避难至华州,寓居云台道舍,故自名其集子为《云台编》,共三卷;另有《宜阳集》,已佚。《全唐诗》编其诗四卷三百多首。

郑谷幼即能诗,清婉明白,《唐才子传》卷九曰:"尝赋《鹧鸪》警绝,复称'郑鹧鸪'云。"欧阳修《六一诗话》则谓:"郑谷诗名盛于唐末,号《云台编》,而世俗但称其官,为'郑都官诗'。其诗极有意思,亦多佳句,但其格不甚高。以其易晓,人家多以教小儿,余为儿时犹诵之。"

席上贻歌者①

花月楼台近九衢②,清歌一曲倒金壶。座中亦有江南客,莫向春风唱鹧鸪③。

【注释】

①贻,赠也。
②九衢,都中九交之道,又代指都城。《三辅黄图》卷一曰:"长安城,面三门,四面十二门,皆通达九逵(按:即九衢),以相经纬。"
③鹧鸪,《本草纲目·禽部·原禽类》卷四十八本条李时珍云:"鹧鸪性畏霜露,早晚稀出,夜栖以木叶蔽身,多对啼。今俗谓其鸣曰:行不得也哥哥。"此处为羽调曲名,曲效鹧鸪之声,易引起异乡客之愁怀,故云"莫唱"。

淮上与友人别①

扬子江头杨柳春,杨花愁杀渡江人。②数声风笛离情晚,君向潇湘我向秦③。

【注释】

①淮上,在江苏淮阴附近。

②扬子江,长江别名。愁杀,愁极之意。

③潇湘,见张若虚《春江花月夜》注⑩。秦,代指关中长安。

△沈德潜《唐诗别裁集》卷二十云:"落句不言离情,却从言外领取,与韦左司《闻雁诗》同一法也。"贺贻孙《诗筏》则曰:"盖题中正意,只'君向潇湘我向秦'七字而已,若开头便说,则浅直无味,此却倒用作结,悠然情深,令读者低徊流连,觉尚有数十句在后未竟者。唐人倒句之妙,往往如此。"

中　年

漠漠秦云澹澹天①,新年景象入中年。情多最恨花无语,愁破方知酒有权②。苔色满墙寻故第,雨声一夜忆春田。衰迟自喜添诗学,更把前题改数联。

【注释】

①秦,指关中长安。澹澹,参杜牧《登乐游原》注②。

②酒有权,意谓酒有消愁解忧的力量和重要性。

秦韬玉

秦韬玉(生卒年未详),字中明,京兆(今陕西西安)人。因依倚权贵而应举未中进士,乃出入宦官田令孜之门。僖宗幸蜀(八八〇),秦韬玉从驾随行,以工部侍郎为田令孜神策军判官,中和二年(八八二)并赐进士及第,故有"巧宦"之称。原有集,散佚后明人辑为《秦韬玉诗集》,今《全唐诗》存其诗一卷三十六首。

贫 女

蓬门未识绮罗香,拟托良媒益自伤。①谁爱风流高格调,共怜时世俭梳妆。②敢将十指夸针巧,不把双眉斗画长③。苦恨年年压金线,为他人作嫁衣裳。④

【注释】

①蓬门,代指贫家。绮罗,富贵女子所衣之华贵丝服。自伤,即下联所云,伤感自己之风流高格无人赏爱。

②风流,气质潇洒脱俗。共怜,张相《诗词曲语辞汇释》卷二云:"共,甚辞,犹极也、苦也、深也、细也……此共怜乃深惜之义。"下句有二解,一谓自己怜恤时艰,做俭仆之妆扮;一谓世人皆爱流行的"时世妆"。若为后者,则"俭"通"险",险妆即怪异之妆扮,《新唐书·车服志》云:文宗"禁高髻、险妆、去眉、开额"可为证。

③斗画长,画长以比美;古以长眉为美,如崔豹《古今注》云:"魏宫人好画长眉。"此风至唐犹然。下句即"俭梳妆"的具体表现,又显示出贫女不同流俗之高格。

④苦恨,甚恨。压金线,为刺绣所用的手法。末联写一片慧心巧艺皆化为妆点他人之徒劳,悲怨之至。

△沈德潜《唐诗别裁集》卷十六云:"语语为贫士写照。"俞陛云《诗境浅说》亦曰:"此篇语语皆贫女自伤,而实为贫士不遇者写牢愁抑塞之怀。"

王　驾

王驾(生卒年未详),字大用,河中(治今山西永济)人。唐昭宗大顺元年(八九〇)登进士第,娶陈玉兰为妻。仕至礼部员外郎,自号守素先生。有集六卷,《全唐诗》存其诗六首。

社　日①

鹅湖山下稻粱肥,豚栅鸡栖半掩扉。②桑柘影斜春社散③,家家扶得醉人归。④

【注释】

①社,土地神,《礼记·月令》郑注云:"社,后土也,使民祀焉。"分立春后祈求五谷丰熟之春社,及立秋后酬神谢恩之秋社。本篇一作张演(字裕之)诗。

②鹅湖山,在今江西铅山境。豚栅,即猪栏。半掩扉,可见民情淳朴,无须设防。

③柘(zhè),一种落叶乔木,其叶可养蚕。影斜,为黄昏之景。

④全诗写乡里丰足安乐之情景,刻画极为传神。

雨　晴

雨前初见花间蕊,雨后兼无叶底花。蛱蝶飞来过墙去,却疑春色在邻家。①

【注释】

①兼无,又作"全无"。飞来,一作"纷纷"。

△明周珽《唐诗选脉会通评林》卷五十九云:"贵幸之庭,车如流水;幽栖之户,可设雀罗,时势自然,何待挟刺扫门之徒纷纷他适,而后知荣华之有在也。'雨前''雨后'分景,蜂喧蝶扰异趋,识此可以悟彼。'却疑'二字,有不自信之意,妙。"清黄生《唐诗摘钞》卷四曰:"诗意盖讥炎凉之态,前两句寓荣落之感。"

西 鄙 人

西鄙人,即西方边地之人,为无名氏。

哥舒歌①

北斗七星高②,哥舒夜带刀。至今窥牧马,不敢过临洮。③

【注释】

① 哥舒,本突厥部族名,此处指哥舒翰。《新唐书·哥舒翰传》云:"吐蕃盗边,与翰遇苦拔海。吐蕃枝其军为三行,从山差池下,翰持半段枪迎击,所向则披靡,名盖军中。……筑神威军……于龙驹岛,有白龙见,因号应龙城。翰相其川原宜畜牧,谪罪人二千戍之,由是吐蕃不敢近青海。"此为对哥舒翰之赞歌。

② 《史记·天官书》云:"北斗七星,所谓旋、玑、玉衡,以齐七政。"蘅塘退士《唐诗三百首》曰:"先著此五字,比兴极奇。"

③ 牧马,有犯边之意,贾谊《过秦论》曰:"乃使蒙恬北筑长城而守藩篱,却匈奴七百余里,胡人不敢南下而牧马。"临洮,今甘肃岷县,秦筑长城之西端。

△沈德潜《唐诗别裁集》卷十九云:"与《敕勒歌》同是天籁,不可以工拙求之。"俞陛云《诗境浅说续编》曰:"《诗三百篇》,无作者姓氏,天怀陶写,不以诗鸣,而诗传千古。……此西鄙之人,姓氏湮没,而高歌慷慨,与'敕勒川,阴山下'之歌,同是天籁。如风高大漠,古戍闻笳,令壮心飞动也。首句排空疾下,与卢纶之'月黑雁飞高'皆工于发端。惟卢诗含意不尽,此诗意尽而止,各极其妙。"

齐 己

齐己(约懿宗咸通元年—五代后晋,八六〇—九三六),僧人,本名胡得生,益阳(今属湖南)人。出家大沩山同庆寺,复栖衡岳东林。后欲入蜀,经江陵,高从诲留为僧正,居龙兴寺,自号衡岳沙门。有《白莲集》十卷,外编一卷,今《全唐诗》存其诗十卷。

早 梅

万木冻欲折,孤根暖独回。前村深雪里,昨夜一枝开。①风递幽香出,禽窥素艳来。明年如应律,先发映春台。②

【注释】

① 《唐才子传》卷九载:"齐己携诗卷来袁谒(郑)谷,《早梅》云:'前村深雪里,昨夜数枝开。'谷曰:'数枝,非早也,未若一枝佳。'己不觉设拜曰:'我一字师也。'"

② 应律,指应时而发,合于大自然的规律。映春台,此处为专有之名,亦代指诗人希望寄托之处。

△元方回《瀛奎律髓》云:"寻常只将前四句作绝读,其实二十字绝妙。五、六亦幽致。"

太上隐者

其人失考,今《全唐诗》卷七八四存其诗一首。

答 人①

偶来松树下,高枕石头眠。山中无历日,寒尽不知年。②

【注释】

①《全唐诗》题下注引《古今诗话》云:"太上隐者,人莫知其本末。好事者从问其姓名,不答,留诗一绝云(按:即本篇)。"

②其非关俗务,潇洒风尘之外,颇有"不知有汉,无论魏晋"之致。沈德潜《唐诗别裁集》卷十九云:"语有太古风。"故能发人慕想。

张　　泌

张泌(《南唐书》作"张佖"),字子澄,淮南人。南唐时任句容(在今江苏)尉,上书言治道,后主征为监察御史、内史舍人。入宋后,家毗陵。《全唐诗》有诗一卷二十首。

寄人二首(选一)①

别梦依依到谢家②,小廊回合曲阑斜③。多情只有春庭月,犹为离人照落花。④

【注释】

①本篇为其中第一首。
②谢家,常作为岳家、外家之代称,此处指女子所在。
③由此句起以下三句乃梦中所见情景。本句写梦回故地,景物依旧,其回合曲斜之小廊阑干正显情思之婉转缠绵。
④"离人"正与首句之"别梦"呼应。而庭月犹照落花之多情,正显出离别之无情也。

金 昌 绪

金昌绪,余杭(今浙江杭州)人,今《全唐诗》仅存诗一首。

春 怨①

打起黄莺儿,莫教枝上啼。啼时惊妾梦,不得到辽西②。

【注释】

①题又作《伊州歌》,则此篇为商调曲,为西凉盖嘉运所进,非是。令狐楚《闺人赠远》诗云:"绮席春眠觉,纱窗晓望迷。朦胧残梦里,犹自在辽西。"用意与本篇相近。

②辽西,今辽宁辽河以西之地,《新唐书·地理志》云:"平州北平郡:有……辽西等十二戍。"

△明王世贞《艺苑卮言》卷四云:"不惟语意之高妙而已,其篇法圆紧,中间增一字不得,著一意不得。起结极斩绝,然中自纡缓,无余法而有余味。"清马鲁《南苑一知集》曰:"望辽西,情也;欲到辽西,情紧矣。除是梦中可到辽西,又恐莺儿惊起,使梦不成,须于预先安排莫教他啼。夫梦中未必即到辽西,莺儿未必即来惊梦,无聊极思,故至若此,较思归望归者,不深数层乎?"清李锳《诗法易简录》谓:"此诗有一气相生之妙,音节清脆可爱。唯梦中得到辽西,则相见无期可知,言外意须微参。不怨在辽西者之不得归,而但怨黄莺之惊梦,乃深于怨者。"

唐 温 如

唐温如,其人无考,《全唐诗》卷七七二收其诗一首。

题龙阳县青草湖①

西风吹老洞庭波,一夜湘君白发多②。醉后不知天在水,满船清梦压星河。③

【注释】

① 龙阳县,今湖南汉寿。青草湖,《大清一统志》"湖南省长沙府":"青草湖在湘阴县北一百里,南接湘水,北通洞庭湖……以多生青草,故名。水涸则见山足,水涨则径与洞庭相接,南曰青草,北曰洞庭,所谓重湖也。"故诗中以"洞庭""湘君"言之。

② 西风,即秋风。湘君,湘水之神,指娥皇、女英,见李白《远别离》注③、注⑫。

③ 末联颠倒空间,天水一体,为第一层幻;而梦属虚无空幻,竟能重压,又为幻中之幻。清思丽想,遂有千古,被称为"沙粒中的珍珠"。但有学者考证,唐温如乃明朝人,此篇误收入《全唐诗》中。

无 名 氏

杂 诗

近寒食雨草萋萋,著麦苗风柳映堤。①等是有家归不得,杜鹃休向耳边啼。②

【注释】

①寒食,见韩翃《寒食》注①。萋萋,草盛貌。著,此处为吹拂之意。柳映堤,即春末夏初柳树繁茂之景。蘅塘退士《唐诗三百首》云:"二句十数层。"
②《零陵记》载:"杜鹃,其音云'不如归去'。"于暮春啼鸣,参李白《蜀道难》注⑫。

金缕衣①

劝君莫惜金缕衣,劝君惜取少年时。②花开堪折直须折,莫待无花空折枝。③

【注释】

①缕,线也;金缕衣,以金线刺绣之衣,《后汉书·西域传》云:"刺金缕绣,织成金缕罽、杂色绫。"此处代指歌伎所穿之锦衣华服。杜牧《杜秋娘诗序》曰:"杜秋,金陵女也,年十五,为李锜妾。后锜叛灭,籍之入宫,有宠于景陵。穆宗即位,命秋为皇子傅姆。皇子壮,封漳王……王被罪废削,秋因赐归故乡。予过金陵,感其穷且老,为之赋诗。"其诗"秋持玉斝醉,与唱金缕衣"句下原注即本篇,并谓"李锜长唱此辞",可见《金缕衣》亦为当时流行之曲辞,杜秋娘或李锜皆非其作者。
②"莫惜"之惜为吝惜之意,"惜取"之惜则意为珍惜;取,语助词。
③蘅塘退士《唐诗三百首》云:"即圣贤惜阴之意,言近旨远。"

后　记

这部《唐诗选注》初版于1995年,诞生自"偶然"。

可在宇宙人生的运行里,"偶然"往往预示、引领甚至塑造命定的方向。倘若从"性格导致命运"的潜在逻辑来说,其实"偶然"也多半来自"必然",是"必然"以意外的方式呈现的结果。

当时,初生之犊漫步于路上偶遇邀约,遂埋头读写,那是真正一笔一画的纸上作业。和学术论述的形态完全不同,书中展现的主体是一千多年前的诗人与诗篇本身,而不是我对他们的观察体悟;不是所有的材料彼此搭配、共同演绎出整体的起承转合,而是一个个作品自成体系,单独诉说某一永恒的瞬间。如此一来,岂非恰似昔日念大学时史学教授对《史记·孔子世家》之章法所做的比喻:一串珍珠!

每一粒珍珠都以诗人的灵魂为核心,凝结了某一瞬间的时空,展演了特定个体所专属的运行轨道,同时接受文字规范的严格限制,却也在艺术形式里高度升华,将每一份独特的情思、每一次不可复制的经历以最优美的面貌展现出来。抵消了尖锐刻薄,转化了龇牙咧嘴,成为纤敏的机锋和厚重的承担,通过抑扬顿挫的韵律耐人低吟寻味,通往人性的深层面。所谓"戴着脚镣跳舞",这个比喻岂只是针对十四行诗,也不限于七言律诗,而适用于一切走到巅峰的真正文明。

唐诗当然是文明的最高体现之一。本书所收,都是千年以来历经严酷的检验淘洗而越发光亮的佳篇杰作,不只一篇篇深入诗人的心灵世界,也一页页推展诗国的版图,读者既可品悟字字句句所提炼的喜怒哀乐、所铺陈的人世风景,更能碰触到复杂深微的人性奥妙。确实,诗的力量在于感发,一种启动人心跳跃的力量,但那只是一个最好的起点,更有价值的,是在感动之后往更深、更远、更高之处进一步的认知,由心到脑,于思悟的层次上参透宇宙人生的奥秘。唐诗的价值也正在这里。

唯当时年少春衫薄,有好些诗篇深不可测,得等待日后的磨练才能洞晓。例如:王维"来日绮窗前,寒梅著花未"的致问,究竟有何深隐难踪却深刻感人的意义？李商隐"此情可待成追忆,只是当时已惘然"的慨叹,居然和几乎所有的通常之说截然相反。而这些都是我在后续的"必然"之路上才逐步探索到的。

当然,"偶然"在一开始时便已经蕴含着"必然"。"选注"意味着必须取舍,幸而此一取舍基本都建立于长期以来的共识上,大致无虑,只有一首诗是在几番挣扎犹豫之下,仍然以自己的主观偏好放进书里,那是杜甫的《病马》。我衷心承认,它在杜甫集大成的众多篇什里确实并不特别出色,甚至算得上平庸,理应徘徊于杰作之林外,我却总不能决定断然割舍,因为第一次读到此篇时的心情始终鲜明,正是杜甫所谓的"感动一沉吟"。

那一匹忠诚的、沉默的病马,毫无所求,随着落难的杜甫艰辛地奔走于崎岖的路途上,与主人相濡以沫,杜甫感之、念之而形诸笔墨,岂非同样出自由衷的真情？无一声沦落之叹,无一丝愤懑之气,只有满心的感激与疼惜,而对象是一匹平凡的马。那不只是慈悲,更是谦卑,比起白居易的"同是天涯沦落人,相逢何必曾相识"更厚实,较诸李白的"借问此何时,春风语流莺"还温暖。究实而言,它分担了杜甫的苦难,在流离动荡中不离不弃,充分体现出康拉德·劳伦兹所说的"默默表示的深情",而深深体贴到这份深情的杜甫,又以先秦君子田子方的仁者情操,将一个笛卡儿所谓的"活动的机器"还原为天地所钟的美好灵魂,这是真正伟大的人道精神。如此的至善,诚殊胜于艺术的美,始为庄子所谓"天地有大美而不言"的大美。

在对文明的评价里,我总认为"善"要比"真"与"美"更高阶,更前提,至少会让真与美更有正面的力量,所以我还是收录了这首诗。倘若因此而触发更多的人善待世间万物,大雅君子必能谅察区区之举。

面对书中所选的艺术杰作，评注者的工作有如烧制一砖一瓦，铺桥造路，其实承接了古今许多专家的心血，绝非单凭个人之力所能完成。值此简体版面世之际，必须感谢偶然的机缘与前人的资源，还有北京大学出版社尤其是刘方主任、吴敏女士所给予的协助。而即使路桥底定，但究竟会通往何处风光，依然存乎一己心志之所向，那才是"偶然"成为"必然"的关键。幸祈读者因筌得鱼，进而领略高雅文明的存在姿态！

欧丽娟

2021年2月　台北